評書聊齋誌異（二）

王玥波 讲述

鸦头
马介甫
瑞云
张诚

中華書局

图书在版编目(CIP)数据

评书聊斋志异. 一/王玥波讲述. —北京:中华书局,2025. 8. —ISBN 978-7-101-17333-8

Ⅰ. I239. 8

中国国家版本馆 CIP 数据核字第 2025MB6389 号

书　　名　评书聊斋志异(一)
讲 述 者　王玥波
特约编辑　梁　彦
责任编辑　马　燕
封面设计　毛　淳
责任印制　管　斌
出版发行　中华书局
　　　　　(北京市丰台区太平桥西里 38 号　100073)
　　　　　http://www.zhbc.com.cn
　　　　　E-mail:zhbc@zhbc.com.cn
印　　刷　河北新华第一印刷有限责任公司
版　　次　2025 年 8 月第 1 版
　　　　　2025 年 8 月第 1 次印刷
规　　格　开本/920×1250 毫米　1/32
　　　　　印张 16¾　插页 4　字数 400 千字
印　　数　1-4000 册
国际书号　ISBN 978-7-101-17333-8
定　　价　78.00 元

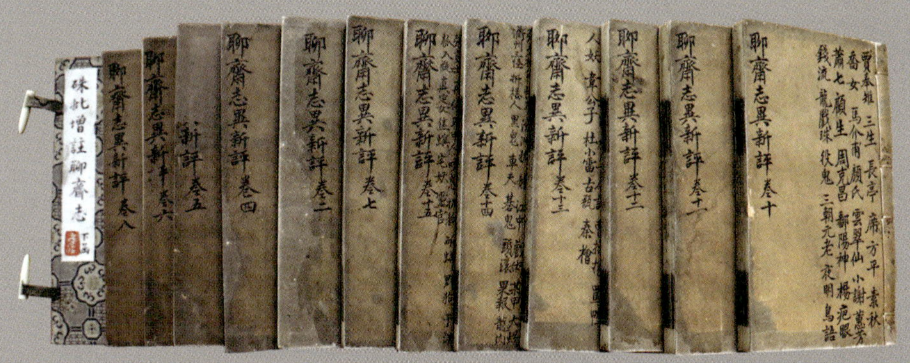

王玥波收藏《聊斋志异》相关资料（一）

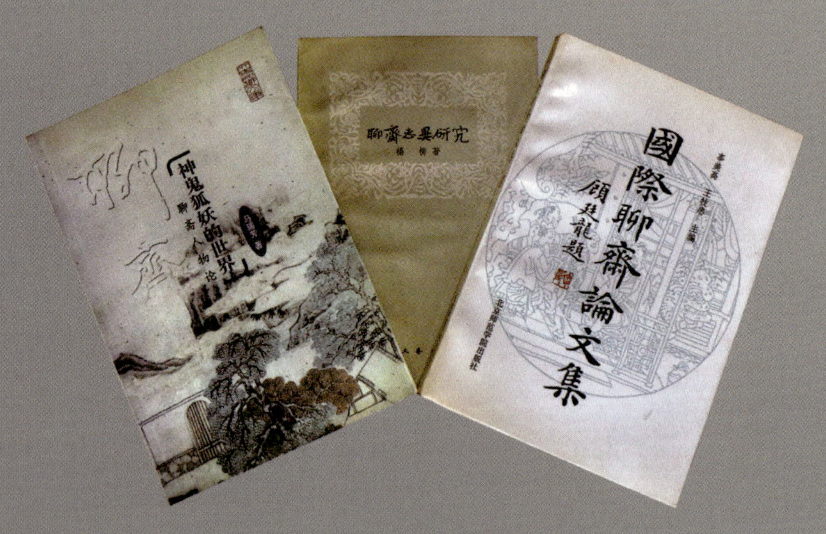

王玥波收藏《聊斋志异》相关资料（二）

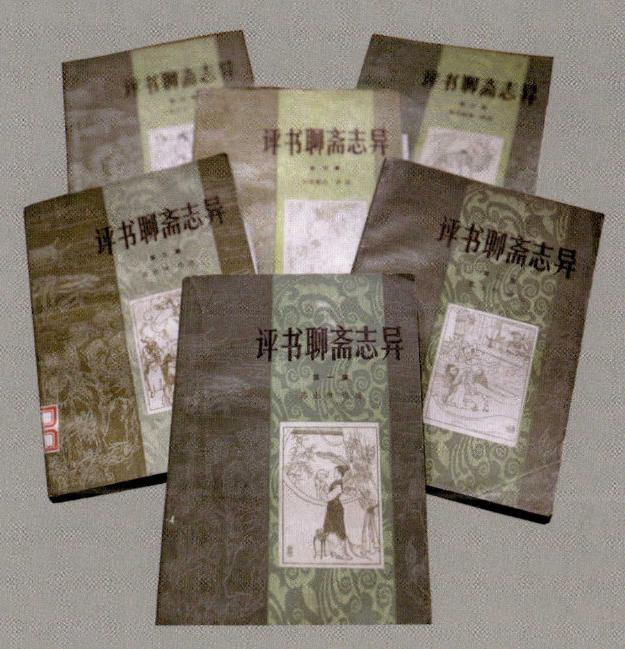

王玥波收藏《聊斋志异》相关资料（三）

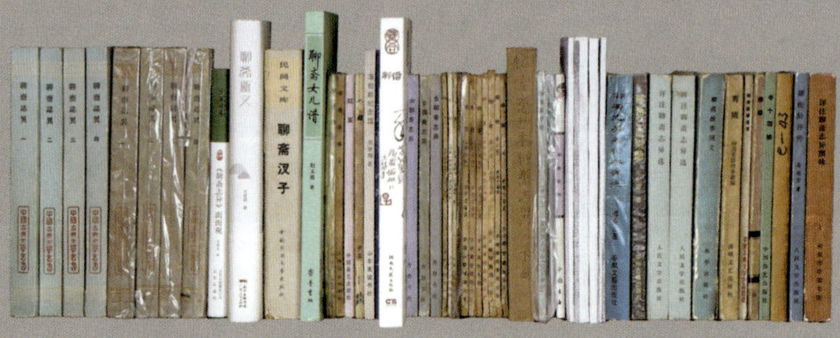

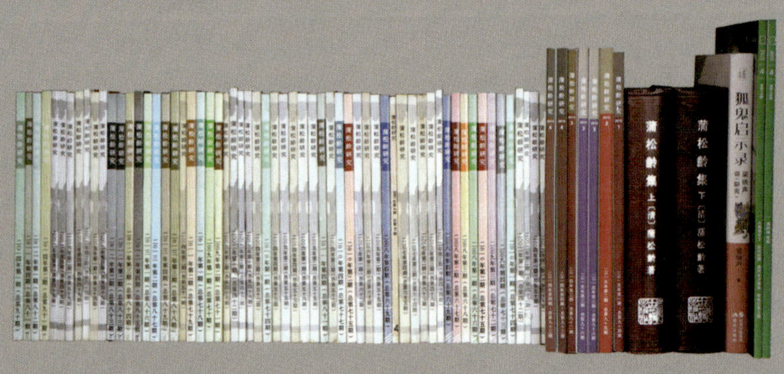

王玥波收藏《聊斋志异》相关资料（四）

目　录

序

姜 昆

认识玥波的时间太早了，那时候他才十来岁，我是看着他从舞台上灵动俏皮的少年成长为独当一面的评书名家的。每次看他在电视里、电台中和书场上，正襟危坐、拳打脚踢、纵横驰骋、谈古论今，得到许许多多观众的认可和喜爱，我内心满是欣慰与感慨。

应该说，玥波自幼与曲艺结缘，相声、评书皆是他钻研的领域。在曲艺的江湖中，有句行话叫“归门”，而玥波最后归门于评书，拜入连丽如老师门下。

连派评书讲究“细、严、正”，在恩师的悉心教导下，玥波将传统评书的精髓一一吃透。从开场时醒木一拍的气势，到讲述时抑扬顿挫的节奏把控；从刻画人物时形神兼备的表演，到铺设情节时环环相扣的巧思……他将老先生们传承下来的评书经典之处，演绎得炉火纯青。每一段故事，在他口中都能重现昔日书场“一盏清茶，听尽千古事”的韵味。

然而，玥波并不满足于对传统的简单复刻。在当今这个快速发展、多元文化碰撞的时代，他敏锐地察觉到，要让评书这门古老的艺术焕发新生，必须注入新的活力。于是，他大胆尝试，用现代年轻人喜欢的方式和语言重新解读《聊斋志异》中的人物、情景、事件与形象。在他的演绎中，狐仙鬼怪不再是古籍里遥远而神秘的存在，而被赋予鲜活的性格与情感。那些或痴情、或善良、或狡黠的角色，仿佛穿越时空，带着烟火气走到听众面前。他会用网络热梗、生活趣事巧妙串联起故事情节，让年轻听众在会心一笑中自然而然地沉浸于《聊斋》的奇幻世界，感受中华优秀传统文化的魅力。

玥波这本《评书聊斋志异》，正是他将传统与创新完美融合的见证。书中记录的不仅是一段段精彩绝伦的评书内容，更是一个曲艺家对艺术的执着追求与不懈探索。每一个字、每一句话，都凝聚着他对《聊斋志异》的深刻理解，以及对评书艺术的无限热爱。

在曲艺行当里摸爬滚打这些年，玥波就像一棵深深扎根于传统土壤的大树，历经风雨，却始终挺拔向上，最终在评书艺术的天地间绽放出属于自己的独特光彩。

对于评书爱好者而言，这本书是不可多得的学习宝典，能从中领略传统评书艺术的精妙；对于年轻读者来说，这本书则是一把打开中华优秀传统文化宝库的钥匙，让人在轻松愉悦的阅读中走进《聊斋》的奇幻天地，感受古老故事的永恒魅力。

相信在未来的日子里，玥波还会继续在评书艺术的道路上不断前行，为我们带来更多精彩的作品。也期待这本范本能够让更多的人爱上评书，爱上《聊斋》，爱上这承载着中华民族千年智慧与情感的优秀传统文化。

玥波，加把劲儿！我相信，凭你对曲艺艺术忠诚执着的精神，你还能成长、进步。祝你再攀高峰！

鸦头

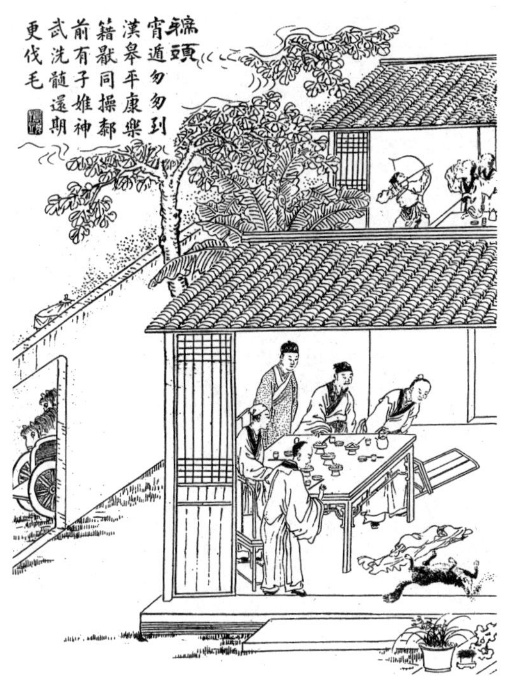

第一回

咱们在崇文[①]又跟大家见面了，我还格外爱在崇文演。磁器口[②]，我是这儿生，这儿长，二十八岁我才由这儿搬家。开一块阵地很不容易，我们通过一年的锻炼，大家真捧，我们也得坚持。怎么坚持呢？两方面：一方面，我们努力好好说；另一方面，您好好听，您各位得真掏三十块钱捧我们，您说是不是？当然，我们这力气也得对得起这三十块钱。您看，老太太[③]说一个多钟头，李菁[④]才说四十五分钟，可分钱的时候他也分十块走。人家崇文区文化馆的音响老师、灯光老师，还有管开门的、收拾东西的，我要说到十点多，人家下班就晚，今儿大中秋的，人家十一点多回家，到家十二点了，咱们又对不起人家工作人员。我要是说到九点半，我才说半个小时，分五块我又不够挑费[⑤]，很多矛盾都在这里冲突着。怎么办呢？我们跟文化馆商量商量，我怎么着也得说一钟头，卖力气，对得起您这钱。“没有君子，不养艺人”，这是老先生教给我们的艺谚。我打小儿七八岁学艺，就听这个长起来的，现在三十多了，明白了：老先生说这话有道理。我媳妇、我，我们家里吃饭都靠您这点儿钱来的。

---

①崇文：2008年，当时我们在崇文书馆说书。后来西城区和宣武区合并为西城区，东城区和崇文区合并为东城区，崇文区就没有了。但现在还有很多人说自己是“老崇文的”。

②磁器口：北京地名，位于崇文门以南。原先我家离这里很近，后来拆迁搬走了。

③老太太：指我和李菁的义母连丽如先生，著名评书艺术家。

④李菁：著名曲艺演员，擅演相声、快板和评书。李菁和我都是连丽如先生的义子，同堂学艺，一起学习和表演评书。

⑤挑费：北京土语，日常用度，生活费和花销。挑，读三声；费，读轻声。

所以不卖力气，老觉得对不起大家。这是实话。

闲言少叙，恭恭敬敬、至至诚诚伺候明公《聊斋志异》，叫做《鸦头》。

玉镜银钩斜挂在晚山头，映碧波长空缥缈，暮云收，荡蟾光河汉沉沉射斗牛。

应时当令，说个半拉[①]的岔曲，权当定场诗。这个岔曲叫《赞月》，赞月不露月。

《聊斋》蒲松龄写得很好，这段《鸦头》非常引人入胜，他写的故事大半都在山东。山东青州有公子王文，原文写“诸生王文”。诸生当怎么讲？就是秀才。现在说吧，高中生。您要到进士，那就大学生了，就能当官去。王文高中生的文化，家境不错，可惜父母早亡。跟着谁过呢？跟着叔和婶儿过。叔很疼这个王文。为什么？这个孩子没有父母，别人对他就要有怜悯之心，何况一奶同胞，是自己亲手足的骨血，对王文另眼看待，甚至于自己的孩子少吃一口，得紧着王文吃，过年过节先给王文穿戴好，多给零花钱，叔对王文一百一。无奈何这婶儿不太贤惠，王文的婶娘视王文为眼中钉、肉中刺。

那会儿的书生跟现在不一样，古人思想跟您各位现在思想不一样，叫“万般皆下品，唯有读书高”，仕途是最光明的。人分三六九等，叫士农工商。怎么能当士呢？学而优则仕，得好好念书。可念书没有进项[②]，它是消费阶级，不是生产阶级。您学过马克思的唯物

①半拉：北京土语，一半儿或其约数。拉，过去一般读三声，现在读一声、三声都有。亦作半儿拉。

②进项：收入。在北京土语中，项，读轻声。

辩证法您就知道，他不往家拿钱，可一般老百姓不管那个。老百姓脑子里是什么？你一把扳不倒半大小伙子，不说挣钱养家吧，你得安身立命，得够自己的挑费呀。

这婶娘平常说话，老慊合[①]着王文，王文是书生，能跟婶娘怎么样呢？人在矮檐下，怎能不低头？忍气吞声，过得很郁闷，有些心里话只能跟书童说。书童叫王生，小生子，可是王家的家生孩儿，比王文也差不了三岁两岁，一块儿长起来的，但论着辈，他是家里的小孩儿，得管王文叫叔，一主一奴的关系。可这孩子更小了，什么都不懂。

赶上这年大比之年，加开恩科，有同窗好友撺掇王文进京赴考。把这话跟叔一说，叔有点儿为难。为什么？进京赴考是需要钱的，跟在家不一样。在家千日好，出门万事难。老百姓有俗谚，叫穷家富路。说您出去玩去，就带十块钱，这不成，走马路上把卖鸡蛋的碰了，你不能扒衣裳赔人家呀，什么样儿的特殊情况都要考虑到。“我给你钱，怕你的婶娘不允呐。”王文也知道叔很为难。“我就跟您这么一提，有同窗的撺掇我去。”“那你想去不想去啊？”“我是想去。”“好吧，我跟你婶儿商量商量。”

王文出去，他叔跟他婶儿商量。“孩子要进京赶考，你看让去不让去？”王文他婶儿琢磨了琢磨。您看，这地方耽误工夫就在这儿，人物塑造。[②]“去。”王文他叔一听，喜出望外啊。“家里的[③]，这怎么这么痛快让孩子去？”“去吧。那个俗话不是说么，‘少壮不努力，老大徒伤悲’，孩子挺大，念了些书，也该让他上进上进。万一你们

①慊合：北京土语，出言挤兑，夹枪带棒，冷嘲热讽。慊，音切，读二声；合，读轻声。

②这里有表演，因为是书馆现场说书演出本，故保留原貌。

③家里的：北京土语，丈夫称妻子为“家里的”，妻子称丈夫为“当家的”。当然，夫妻之间的称呼很多，这两种在北方比较普遍。

老王家祖坟上哪棵蒿子长对付[①]了，他要混个一官半职的，回来咱们不也改换门庭吗?”“那孩子要走，您是管家的，您看在这个川资盘费上……”“好吧，至亲骨肉，我还能亏了孩子吗？你跟他说，这次他进京赶考，婶娘我大大方方、漂漂亮亮，给他这个数……”“二百两?”“二十两。”王文他叔听完这句话，心里不好受，二十两不够干吗的。您要说这二十两不够到北京的，也是瞎话儿，但捉襟见肘，够这儿就不够那儿，够那儿就不够这儿。说白了，拿着二十两银子进京赶考，就得吃棒子面贴饼子、喝凉水；住店也得住最不济的大车店，大通铺，想讲究点儿来个单间儿，没有。但王文他叔有点儿存项，有点儿私房，他婶儿不知道。他一琢磨：二十两打她手里抠出来就怪不易的，一分钱能攥出水来，能掰成两半儿花的主儿。“得了，您恩德不浅，二十两我们不嫌少，我们爷们儿谢谢您，您开箱子拿钱吧。”王文他婶儿拿出二十两银子来:“把他叫进来。”您看，二十两银子还要卖派[②]卖派，训斥训斥。

王文低着头，从外边进来了。“婶娘对你怎么样?”王文能说什么呀?“胜过我亲生父母，婶娘对我大恩大德，此生此世没齿难忘。”“哎，这个二娘我爱听。可有一节，你去赶考，去上进，婶娘我都同意，我也高兴。这不是你叔跟我一说么，我很痛快就拿出这二十两银子。来，孩子，你拿着。”王文接过二十两银子，眼泪在眼圈儿里往外瞪啊，二十两银子够干吗的，可有苦说不出来啊。

有道是“上山擒虎易，出口告人难”，手心冲上、手背朝下跟人家要，这最难受。您看，我们做艺的就这样，最难的不是说书的，

①对付：北京土语，一指敷衍，应付；一指勉强为之，维持；一指称心如愿，合适。此处是后一种意思。付，读轻声。

②卖派：北京土语，摆一摆威风，派头十足。常重叠使用。派，读轻声。

最难的是下去打钱[①]的。现在好办，都是打一张票三十。过去不成，我这儿说书，还得有俩打钱的，一顺这边下，一顺那边下，打钱还得央告[②]人家，拿一笸箩，这笸箩不能扣着，得正着搁，我们不是要饭的，不能托着笸箩，手背冲上，手心冲下，在手里叼着。“咱们是财门上起”，还得说吉祥话儿，“福门上落。要发财，打这边来，各位费心”。什么叫费心呢？这句话我到现在也不懂，大概那意思是让您花钱了，我们本来不应该要您钱，您就应当则分[③]地白听白看。这还随爷赏，这位一把掏多了也是他，掏少了也是他，后来才实行的买牌儿，过去就是随便给零钱。到这儿，这位一拨拉脑袋，也得让过去。“你到这边费心。”这都不敢问，你不知道他干吗的，就得让过去。所以过去做艺也不容易，跟人要钱最难。

王文有心说二十两不够，跟婶儿张嘴再要俩，不敢说呀，旁边叔紧着捅他，意思是二十两就二十两吧，宝贝儿，叔我再贴补你点儿不就完了么？千恩万谢，从婶儿这儿出来。他婶娘什么心气儿？这个女人不贤惠，明知给你二十两不够，还让你去，这就是往死路上逼你王文。那年头儿出门不容易，你到外边混不好，有个马高镫短，入了“三不归”[④]，你心里一委屈，一憋屈，再一病，病在半路途

①打钱：曲艺术语，要钱。过去艺人做艺不是卖票，是零打钱。有能力的就要得多，收入就多；能力差的就要得少，收入就少。所以过去艺人除了艺术水平高超，还得会很多其他江湖手段，才能够生存。

②央告：告，音给，读轻声。

③应当则分：北京土语，同“应当应分”。

④“三不归”：但凡在外跑腿之人，在外逃亡，很多有这种病的。年轻人不明世事，看见人家由家中逃走，在外头发了财，衣锦身荣，发财回家。他看着人家眼热，他在家中稍不如意，也想在外头发财。及至逃在外省，举目无亲，又没有文武赚钱的能力，资斧断绝，没有脸面回家，他一害臊，由此流落他方，绝无归期。此为一不归。再不然，身上无衣，腹内无食，病在旅店，店家一看不好，恐其受了连累，夜间将他搭至在荒郊，遂葬犬腹。此为二不归。或在外，遇着有人扶持发财致富，娶妻生子，或在外恋其美色，竟忘却家中的父母，一去不返，是为不孝不义之人。此为“三不归”。

中，许就把你困死。这个心眼儿，脏心烂肺，盼着王文死，就别回来了。

背着他婶儿，王文的叔又拿出几十两银子，外边找朋友拆拆借借，最后给王文凑了一百两，还不敢让老婆知道。让书童小生子，就是王生，收拾好书箱，带上笔墨纸砚文房四宝，带着爷儿俩的铺盖，雇个小驴，从家里可就出来了。老头儿心里难受，一直送出大门，送到街上，送出关厢，老头儿还往外走。王文紧着劝："叔，您别送了，紧着送我干什么，我不还回来么？""唉！回来那么容易说啊，回得来回不来看孩子你的造化啊。"老头儿不敢往下掉眼泪。为什么？当长辈的不能让孩子难受过不去啊。"儿啊，就盼着你平常不白下功夫，到考场上把你平生所学都拿出来，咱们王氏门中这些老祖宗们保佑儿你。倘若侥幸得一官半职，那时节荣归故里，显耀门庭，就是叔父我脸面上也略显光彩，堵一堵你那婶娘她的嘴呀。"老头儿背着才敢说这话。叔侄二人洒泪分别不提。

书不要麻烦。主仆上路，手里也有俩钱儿，百十来两就比较富裕了，闲逛三山，闷踏五岳，两个人说说笑笑，也不显很寂寞，不一日来到京城，到北京了。住在哪儿？就住咱们这地儿。由咱们这儿往北，这趟街叫兴隆街，兴隆街再往北叫打磨厂，这是当时北京的旅馆街。他由山东来，就得进齐化门，就是朝阳门，进朝阳门住打磨厂，打磨厂的旅馆街当时很繁华。住好之后，安顿好了，跟书童王生要交待交待。"生子。""哎。""这钱你看还有多少？""咱们爷儿俩省吃俭用，还有个五六十两。""哦，是是是，够回去的路费就行，咱们得在北京待好些日子呢。北京这么大，咱们又是外乡人，你年岁又小，来了可别瞎逛，一是怕你惹祸；二是咱们爷儿俩走丢了回头连这儿都找不着就麻烦了，你就伺候我在店房里读书。""那您要是闷了呢？""我就出去逛逛。"小生子小孩儿，不乐意啊：哦，我跟院里老圈着，你出去逛逛？“我说叔，您这可……我也跟您……”“不不不，我先出去帮你看看，有好玩的我回来再带你出去。”哄着小生子看家，王文顺店房可就出来了，走在长街之上一看，大邦之地，天子脚下，帝王之都，北京城说得出去。

各位同志，北京城了不得，明清两代，“九门八点一口钟”，“里九外七皇城四”。在座的我看有几位上年岁的老先生，您都赶上了，因为这城圈儿①是五几年才拆的，现在就剩北边、东边一点儿明城墙遗址，剩这么半段残垣断壁，还保护起来了。

王文开眼了。山东他们那地方也挺富饶的，不是穷地方，不是贫瘠地方来的，但北京厉害，三街六市，人烟稠密，来往行人不断，王文高兴。正往前走，迎面来个人，这位也看见王文了，王文也看见这位了。二人打个对面儿，四目相对，可就都站住了。怎么？熟人，但熟人跟熟人不一样。

同志们，熟人分几种。特熟的甭提了；还有半熟不熟的；还有熟人的熟人，这就是扇子面儿交朋友，我跟他认识，他跟我认识，在偶然的场合上，这是我朋友，这也是我朋友，都是哥们儿，喝过几回酒，但见着这位连叫什么都想不起来了；还有是不熟假装熟。有这样的人，跟你本来不熟，可能就见过一回，一见面跟你特熟。“哎，最近老没见你啊？还在那儿住着呐？”“啊，没搬家，还那儿住着呢。”“哪儿来着？”不熟假熟。还有特熟的，真忘了的也有，在一块儿共事好几年，张三、李四家里怎么回事都说得上来，就一时蒙住了，这位姓什么叫什么想不起来了。

今儿就这样，王文也认得这位，这位也认得王文，两人站住，四目相对，一打愣，光张嘴，不说话。

---

①城圈儿：北京土语，城墙环绕的地域。圈，音券。

这种事儿常有，我们做艺的也常碰上。走马路上，有人把我们认出来了。“嘿嘿，你看，说相声的哎，这个说过书，电视上我看过，这，这，那谁，他叫那什么，他叫刘云天[①]。”也这么高这么胖，也这模样。“谁刘云天啊？我王玥波！”“对对对，王先生。”你看，我这样的人没什么特殊的模样，或者特别矮，又黑又胖，那好记，大白胖子有的是。要不然大眼睛，特别大，也好办，容易让人记住。

这位比王文阔多了，穿绸裹缎，说现在话，全是名牌儿，挺大的肚子腆着。大概刚吃完早点，嘴巴儿上油光光的。一伸手，大拇哥戴祖母绿的扳指，价值连城，这绿呀，说现在话，正经A翠的。拿块红毯子，把这扳指扳下来，“吧唧”，往这儿一搁，整块毯子全是绿的。戴着这扳指，上前门箭楼子一扬手，一下儿能绿到沈阳去。这位太有钱了。往这儿一站，“哟嗬，那……您……我……”，叫不上来，就在嘴边上，两个人都不好意思的。这位一着急：“我冒叫一声，是王文贤弟吗？”就这一句话，“腾”的一下儿，王文来一大红脸。怎么？人家把我名字叫上来了，我没想起人家是谁。王文太难受了，尴尬啊：“哦……是是是，我……哎呀，仁兄，我看着……不敢领教您……”这句话不敢往外问，“您贵姓，怎么称呼”，人家知道你叫什么，你不知道人家叫什么，这什么朋友啊？这位一看，可能真把我名字忘了，倒不在乎，哈哈一乐：“兄弟，您是贵人多忘事，大概把哥哥我忘了。好，我提拔[②]提拔你。咱们都是老乡，都是山东青州人，我家里有俩糟钱儿，在山东也算说得上的，不敢说财主吧，我有个外号，叫‘赵半城’。”半拉城的买卖都是他的，姓赵。王文一拍大腿：“罢了，赵东楼赵员外爷，赵仁兄。”“哎，对喽，对喽……”

---

①刘云天：著名相声演员。因其身材也是又高又壮，确实有人把我俩认错。

②提拔：北京土语，提醒，提示。拔，读轻声。

老乡见老乡，两眼泪汪汪。千里之外，这叫他乡遇故知，没想到到北京头一天就碰上老乡了。

这二位怎么认识的呢？书中代言，赵东楼在青州是大财主，站着有房，躺着有地，家里万贯家财，但不是一般的地主。财主跟地主还不一样。地主就是有地，雇人种地，交粮，有粮食存起来，越种越多，越攒越多，家里边房子，那叫地主；财主不介①，有买卖，他收上这个钱来，还不闲着。赵东楼有很强的经济头脑。您想，山东横竖有河，横着有黄河，往南一点儿有长江，竖着有运河，四通八达，这地方很富。所以赵东楼来回一倒腾，打听北边缺什么，上南边进，顺运河往北边运，沿海地区没有，顺长江进四川办川货往外卖，这一倒腾，大发②了，赵东楼这钱扯了去了，大财主。怎么认识王文的呢？您看，这有钱人他也有病，他钱是够多的，媳妇也娶不少，房子也买不少，他空虚。怎么办呢？附庸风雅，他要找些文人来抬高自己的身份，显耀自己的门庭。"青州有有才的没有啊？"有人就说了："张三有才，李四有才，有个书生王文是个才子。""请他！"谁有才请谁。就这样，把王文请到他家，当然不止王文一个人，还有张三、李四，都是念书人。

大家上他们家干吗呢？吟诗作对，行令饮酒。赵东楼懂吗？不懂，写出来他评点。比如今儿大家都作对子，"山羊上山山碰山羊角，水牛下水水没水牛腰③"，书法家写出来挂这儿。赵东楼酸文假醋啊，也不懂好坏，摇头尾巴晃："哎呀，好！字也好，欧柳颜赵，名人字画，你们学得也好，仿得也像，这个词句也雅致。"仿佛他有多高的身份。大家一捧："赵员外爷，您也给我们来来啊！"他这儿反正大把

①不介：北京土语，不是，没有。介，读轻声。

②大发：北京土语，超过适当的限度，过度扩大。发，读轻声。

③这是传统相声《对春联》中的台词，一笑耳。

抓毛笔，也写，写完大伙儿捧，就为吃他。唯独王文——第一，年轻，脸儿薄；第二，他不会奉承人，不会溜须拍马——他老不言语。越不言语，赵东楼越喜欢他，知道这孩子清高，都奉承我，他不奉承我。您看，他不糊涂，要不他怎么赚那么些钱呢。

赵东楼还有个爱好，下棋，可是臭棋。赶王文棋下得不错，他老拉着王文下棋。慢慢儿大伙儿也跟王文说："王文啊，不能老赢他，老赢他他就不爱跟你来了，下三盘得输他一盘。这样，老跟他下，他老请你来。"慢慢儿王文也明白点儿了，下两盘就输他一盘。嗬，他上外边能说古[①]去。"下棋王文怎么样，服吗？""那是好棋啊，国手级，最厉害。""跟我三盘，当然我输人家，我下不过，可是互有输赢，下三盘我能开一盘张，怎么样我这棋？""嚯，赵员外，您这高棋。"捧他，大伙儿吃他一人儿。

王文老上赵东楼家去，踏破门槛，很熟。但慢慢儿王文觉着丢人，心说：我们家虽然穷，但还不到揭不开锅，叔跟婶儿对我还行，我老吃人家员外算怎么回事，不食嗟来之食啊，干脆我不去了。打这儿以后，谢绝赵家，不去了。可您跟家待着，人家还来请，一回请、两回请，三回人家就不请了，慢慢儿可就疏远开了。

没想到进京赴考，长街之上会碰上大员外赵东楼了。赵东楼喜出望外："哎哟，兄弟，真是你。来吧，来吧……""啪"，一把把王文胳膊就拽住了。"走。""哎，赵大哥，哪儿去啊？""你进京不是探亲访友就是前来赴考。说，干吗来了？""今科秋闱，前来赴考。""好，哥哥我一是给你接风洗尘；二是许久没见，咱们要畅谈旧交；三是我要祝愿贤弟你连中三元。我做个小东，可不敢说请客，我是半拉地主之谊，谁让我先到北京呢，我得请你，咱们哥儿

①说古：原指讲历史故事，此处有拉大旗扯虎皮、显摆吹牛壮门面的意思。

俩好好吃点儿吗儿，喝点儿吗儿。”盛情难却。要说王文跟赵东楼原先这交情，吃赵东楼一顿不算什么，紧着让，王文也就不好意思了。“赵大哥，我不是不跟您去，我不是一人儿来的。”“还谁啊？”“上家也去过，跟着我那书童叫小生子，他跟我来的。”“哦，他在哪儿呢？”“打磨厂某某店，他在那儿住。”“没关系，落不下他。咱到饭馆单点几个菜，让伙计拿食盒送那儿去给书童，你看怎么样？全算我账上。”他有的是钱呐。王文一听：行了，我给小生子这饭也弄下来了，去吧。

好饭馆有的是，赵东楼有钱，哪个饭馆大进哪个，一看这饭馆，七间门脸儿，五间的进深，一楼一邸，大饭铺。门口俩伙计往里让座，高挽着袖面，拿着代手①。里边方桌板凳，二楼雅间。“这儿怎么样？”“行，我是客随主便，哪儿都成。”“来，走走走。”王文一进来才知道，赵东楼敢情在北京不是一天两天了，饭铺的人都认得他。“赵大爷来了，二楼雅座，赵大爷走啊……”他一吆喝，上边就有人接着：“好，赵大爷高升上二楼您呐！”高打帘笼，高接远迎，哥儿俩大大方方可就上来了。王文受宠若惊。您琢磨，在家婶儿对他那样，他没受过这个，还有点儿放不开，很拘谨地坐这儿了。有伙计过来，让这哥儿俩唱菜。“您吃什么呀？”“我常来，也吃不了什么，就是这个酒席，今儿我来个老乡。”“哦，是是是。这位先生……”一看这模样、扮相，是书生。“您……您爱吃什么？”王文心说：我爱吃什么？最好的饭就是热汤面，我净干噎饼子，有碗热汤面能把饼子顺下去就算好饭啊。“热汤面有吗？”“哦，热汤面，有有有……”“我来一碗热汤面，来点儿干粮，您有榨菜给我来半盘。”赵东楼一听：“打住，打住……怎么了？您干吗？咱哥儿俩吃饭，跟着哥哥我吃榨菜、

①代手：指抹布。手，读轻声。

热汤面？那能够吗？得了，你就瞧好吧。伙计，随便你掂配吧，弄几个凉的，弄几个热的，烧黄二酒随便给我们来点儿。要好酒好菜，好吧？”一伸手，拿出一沓儿银票，抽出一张也不知道多少钱。“这算压柜。来，办去吧，凭着你伙计点。”伙计做主，那还不是什么贵上什么，咱就不给您细说了，拿现在比吧，什么叫鲍鱼，哪叫鲍鱼、鲍鱼……我也是穷人家孩子，您知道吧？我也不知道什么好吃，就听说鲍鱼贵，就这意思吧。

菜一上来，王文还真饿了，跟着赵东楼连吃带喝，赵东楼紧着布菜，王文吃哪个都好吃。多新鲜呐，大饭馆、名厨子，哪个菜不比棒子面儿饼子强啊。哥儿俩推杯换盏，打开里外套间儿，颠起前后槽牙，王文别看是文弱书生，饭量不小，吃了个沟满壕平，一抹嘴儿：“哈哈，讨扰讨扰。”书生就这个，一抹嘴儿，讨扰了，交钱是别人。“吃饱了没有？别亏心，跟哥哥我到北京顿顿这个，咱得吃饱了，不管好，管饱。”“这还不好，什么算好啊？”“那咱们走着？”“您，您结账？”“不用结账，这不刚才银票压柜，有的是。走走走……”众星捧月相仿，连先生带伙计都往外送，那张银票除去结账还有的是，那就算小费，就白给了，出来扬长而去。

“哥，那咱们上我那店房……”“上店房干吗？”“咱们坐着聊聊啊。”“上我那儿聊去啊。”“哦，上您那儿聊去，您在北京也置了房产地业？”“甭打听，我绝不能放你走。”“怎么着？”“嘿嘿，哥哥我可不好意思了，吃饱了喝足了，我这瘾犯了，咱们哥儿俩要手谈手谈，下盘棋。”吃人家嘴短呐，王文知道他臭棋，不乐意跟他来，可刚才满盘子满碗一大桌，吃完人家一拨拉脑袋：“不成，我不爱跟您玩。”说得出来吗？王文让面儿拘①住了。“哦，那么又要到贵宅造次。

①拘：北京土语，限制，制约，约束。亦作局。

仁兄，头前带路。”“贤弟，走。”

穿大街过小巷，就来到前门外。同志们，前门外有很著名的八条胡同，赵东楼把王文就带到其中一条，王文不知道。王文打进了胡同就发现，这胡同跟刚才那几条街、几个胡同不一样。怎么？没人。为什么？这八条胡同白天没人，晚上人多。“哎，北京这么繁华，怎么这儿这么清静？”“你瞎打听什么？走吧。”“哎。”跟着走吧。到一家门口，两磴青石板台阶，朱漆的门，门上有门别儿。看门楼，清水脊，干净漂亮，两边挂着彩灯笼，可白天不能点灯笼，随风飘摆。王文有点儿照影子[①]：这是什么所在？他在北京置的家吗？不像啊。他这么有钱，在北京买房子，最起码也得路北广亮大门，不说有门狮子，也挺阔，上边有门灯，下面有懒凳，也得有仆人。这清水脊小门楼是什么地方？“这个，赵大哥，您住这儿啊？”“啊，住这儿怎么了？”“这什么所在？”“我这儿怎么了吧？你看出什么毛病来了？”“不是，这街上也没人，这地方挺肃静。您家里山东那房子我去过，几进的大院子，挺大的门口。这儿是？”“打听？真问吗？”“您要愿意，您就告诉我。”“好吧，你可别恼我。兄弟，哥哥实话跟你说，这个地方叫做秦楼楚馆，花街柳巷，这儿是窑子。”“啊?!”王文听完这句话，“呲愣”一下儿，顺后脖梗子往外蹿一股凉气，激灵灵打个冷战，吓坏了。王文是什么人？念书的学生，妓院没来过，听说都不能，一有人聊这个，站起来就走。也有比他年长的同学，有那风流才子，吃过两回花酒，打过几回茶围，上窑子里去串过，回来大伙儿要聊一聊这些风流韵事。王文站起来就走，“你们说的这都什么，有辱斯文”，拿袖子一挡脸，走了，不听了。今儿愣让赵东楼带这门口来了，这还不害怕？最主要上北京

①照影子：北京土语，疑惑，犹豫。

干吗来了？进京赶考，倘若被言官知道，上学部参我，功名事小，性命有忧啊。

同志们，书生不许逛窑子，过去……现在也不成。这地方高台教化，离地三尺有神仙，我不能胡说八道，什么人您都别去。我不是瞎说，您听完这段《鸦头》就知道我为什么不让您去了。这段《鸦头》蒲松龄写得太高了，要从王文的亲身经历当中说出来逛窑子人的下场，个中利害要给您讲一讲。

“我是书生，我上这儿来，亏了没人，这要让人看见，了得吗？哎呀，赵大哥，你坑煞小弟了。告辞，告辞。”转身就走。赵东楼一把拉住了：“别忙，哪儿去？吃完喝完，掉头就走，够意思吗？懂得交朋友吗？”“不是，这地儿，他……我……”“兄弟，你不懂啊，窑子跟窑子不一样，妓院跟妓院不一样，分很多等。”

有点儿时间，咱们今天要说一说窑子的级别跟等类，跟这书有关系。赵东楼的意思是说，我住的这个地方，不是你想象当中的妓院，也不是大家普遍脑子里想象的妓院。也就是说，妓院的等级跟它里面实质的服务项目内容，是有很大关系的。一等，叫做小班；二等，叫做堂子；三等，叫做下处；四等，叫做流莺。

先说流莺。什么叫流莺？就是最低档的妓女，大道边儿、小道沿儿，电线杆子底下一靠，桥头儿一蹲。您骑着自行车打这儿一过，她不敢高声问您。我没见过，我听别人说的啊。“您，您……”叫您啊。“哎。”打这儿过，吓一跳。“叫我呐？”“您来，您来。”“干吗？”“我孤儿寡母带个孩子很不容易。”“行了，甭说了。”正人君子一听，身上有零钱，“啪”，掏出来，跟赏要饭的一样，不能过去，往地上一搁。“啊，再会。”就得走了。不能听你说完，听你说完不堪入耳。这是最低档。

三等叫做下处。下处好一点儿，也强不到哪儿去，就是我们现在说的容留卖淫嫖娼的一种服务场所，是现在打击的对象。家里有几间闲房，或是明娼，或是暗娼。您有俩闲钱儿，尤其是在京务工人员，老婆、孩子不在跟前儿[①]，要随意地消遣。进门儿给俩钱儿，把帘儿一挂。这是第三等。

二等叫做堂子，这就不是一般的消费了。过去说打茶围，进门儿您见不着姑娘，先交盘子钱。拿过一盘子，“茶壶”[②]或者天津叫“插杆儿”[③]，拿着盘子过来，往您跟前儿一递，还没见着姑娘长什么样儿呢，说现在话吧，最损也得一百块钱，交盘子钱，跟门票一样。一会儿把姑娘找来，坐这儿陪您聊天儿，说会儿话儿，拉手都没有。说过去摸姑娘手一下儿？敢！这地方打茶围，三五知己高谈阔论，这回您找的张三，下回您还找张三。说我们哥儿俩一块儿去的，我没来，他来了，也点名找张三，张三拒而不见。为什么？我跟你不是朋友，你背着你朋友找我来，你就不地道。您看，人家妓女这个行规很厉害，现在都没有职业道德。我听他们跟我说过这个。

第一等、最高级的叫做班子，小班，这就了不得了。小班的窑姐儿，六场通透。先说模样长相，歪瓜裂枣不成，真得说摩其登、漂其亮，年龄也得好，模样还得俊，穿着入时，谈吐不凡，琴棋书画、花鸟鱼虫、风花雪月、诗词歌赋……你有一问，我有一答；说上句，对下句，叫您抻练[④]不短。不管您干什么，进这门儿，得让您高兴。卖身？没有。睡觉？姥姥[⑤]！没有。说做买卖您有烦心事，赔

①跟前儿：北方方言，身边、最近的地方。前，音浅。

②“茶壶”：旧时妓院里的男性服务员。因为常拿一个大茶壶给客人倒水，所以俗称“大茶壶”或“茶壶”。

③“插杆儿”：旧时妓院里的打手。有的妓院规模很小，“茶壶”和“插杆儿”是同一人，所以分得不是特别清楚。杆，音敢。

④抻练：北京土语，考察，测试，考验。练，读轻声。

⑤姥姥：北京土语，表示不服气的状态，不可能，没有。

二百万，到我这儿三言两语，软款温柔，让您把二百万欠账这事儿满忘，脑子全在我身上呢。说您今儿跟人打架了，打得跟花瓜似的，挨一酒瓶子，好不容易包扎包扎，有俩糟钱儿，上小班来了，一进门儿见着你，一会儿忘了疼了。说来的这位是才子，看墙上挂着琵琶。“您精通韵律。”“粗知一二。”“那我跟您合奏一曲？”“好啊。”摘下琵琶来当时就弹，“当当嘀答当，当当嘀答当”，当时就能扒拉上来。都得好，哪样都得精。“您不爱听这个。”立刻收起来：“我给您来段《薛丁山征西》。”①

赵东楼说：“旅馆萧条，客旅烦闷，哥哥我是做买卖的人，我到北京来，我还能再置份儿家吗？我上哪儿去啊？我就得来这地方。你不要想象这地方一进来就多么肮脏下流，我给你讲讲里边的这些事，这也都是好人家的姑娘被逼无奈，寄身于青楼。跟你说，兄弟，你今天放大胆量跟哥哥我进去看看，倘有一字半语有辱斯文，有辱你们圣人门徒，你怎么进来怎么出去，打这儿咱哥儿俩划地绝交，你别答理我。这话怎么样？”王文一听，话都说到这份儿上了，可心里真害怕呀。“不是，大哥，我知道您是好意，您住这地儿，我没敢说您一个不字，我也不是说这地儿多脏，但您非要让我进去，我，我……”“兄弟，我再跟你说，你是不是怕让人知道啊？且不说别人知道不了，就即便知道，到头儿你什么罪过？”“我的功名尽丧啊。”“哥哥我花钱给你买功名，买前程，我保你高官，行不行？”

“啪啪啪”，一打门；“吱扭扭”，把扦关儿②撤去，打开一扇门，另一扇门没打开，有个三十来岁的男子往外一探头儿：“大爷，您

①当时李菁在前场说《薛丁山征西》，砸挂，一笑耳。

②扦关儿：门上的小闩销。过去北京民居院落的大门叫街门，一般门内都是上下两道门闩，一向左插，一向右插。有的门上还有钌铞儿，即扣环。关，读轻声。

回来了。”“啊，来个朋友。走，磨磨唧唧[1]，不是丈夫所为，怕什么呀。走!”王文没辙，抬起腿来往台阶上迈，又拿下来了。“我可恼了!”“别介[2]，大哥，改日，改日。”“就今儿，走!”里边这位会来事儿，一瞧：“今天您还带个朋友，别介呀，您跟我们赵大爷大概是好朋友，上家串门儿这算什么。”王文一听：这话靠谱儿。他说上家来，也没准这儿就是赵东楼一人儿包的，就他一位。那样还好一点儿，别回头我们俩也坐下了，别的嫖客也来了，这……太难堪了。得了，走！脚一跺，牙一咬，心一横，就跟上刀山一样，王文低着头进来了，不敢抬头，一进大门就站这儿了，这位把门还销上。“赵大爷，这……”“往里走吧，往里走。”“哎。”他低着头走道。赵东楼一看：“我说兄弟，你这太不对了。你看看，你低着头走道再绊着……你抬头看看。”“哎。”王文抬头，举目四下观瞧：好四致[3]的一座庭院，漂亮啊。越高档的青楼越四致，真跟有钱人家小姐的绣楼一样，庭院深深，让人感觉就宾至如归，曲径通幽。再看人家院子里，尤其在北京，海棠石榴树，养鱼缸栽荷花，好看。他是文人，爱看这个，眼睛不够用的，对他心气儿。“好!”赞了个“好”字儿。“你看，我让你看你不看，看完又说好，就跟哥哥我害你似的，到屋还好。来，高打帘笼。”

“茶壶”高打帘笼，哥儿俩来到屋里分宾主落座。人家这屋里全堂硬木好家具，再往四外墙上一看，名人的字画，多宝阁上尽是些奇珍异玩，不俗。不是说买的假古玩往这儿一摆，哪样都讲得出来，定窑瓶、郎窑镜、宣窑的盖碗儿，真正都是好东西。“大哥，这

---

①磨磨唧唧：北京土语，办事犹豫，迟疑或言语表达不干脆，不爽快。第一个磨，音墨；第二个磨，读轻声。亦作磨磨叽叽、磨唧、磨叽。磨唧的唧、磨叽的叽，均读轻声。

②别介：北京土语，否定别人的言行。介，读轻声。亦作别价、别节等。

③四致：北京土语，恰当，妥帖，周正。致，读轻声。

地方还真雅致。府上一共有多少人呐？”正说着，就听外边有人说话。“哟，赵大爷您回来啦！”话到，声到，人到，香气到，打鼻儿一股冲香，艳香艳香的。王文提鼻子一闻，这位粉可不少抹。随着挑帘笼，这位进来了，徐娘半老，风韵犹存，三十岁往上，四十岁往下，干净、利索、漂亮、标致的一位鸨儿娘。拿扇子可不是我们这折扇儿、纸扇儿，是毛扇儿、团扇儿，不扇脸蛋儿，不扇胸口，要扇一扇肩头。“赵大爷。”说赵大爷，眼可看王文。“嘿，赵大爷的朋友好漂亮。”就这一句话，王文的脑袋差点儿没扎桌子底下去。什么人夸我？长这么大让女的夸，没有啊。“舍弟王文，山东青州大才子。”拉得够近的。舍弟，我家里的亲戚弟弟，不是朋友，人家没当朋友介绍。“哦，原来是王公子，老身这厢万福。”说着话，飘飘下拜。王文连头都没敢抬：“小生不敢，小生不敢，小生不敢。”也不是什么事儿，他就仨不敢。

说到这儿，还得说说鸨儿娘。鸨，您到西直门外北京动物园，进南门往北走，岔路口，按照象房的那个箭头走，顺象房往北，靠右手有一排鸟笼子，头一个就是您[①]，这鸟叫大鸨。为什么叫大鸨？古人形容鸨鸟叫其大如雁，跟大雁那么大；虎纹，就是它身上的羽毛跟老虎一样，一道黑一道黄，凶，厉害。为什么给它起名字叫七十鸟，叫鸨鸟呢？生性最淫。它一生中要跟七十种不同的鸟交配，而且是强霸别人的妻子。大喜鹊搭好窝了，新婚燕尔，公喜鹊、母喜鹊刚进窝，大鸨来了，到门口叫公喜鹊。“出来。”公喜鹊出来一看，其大如雁，脑袋这么大个儿，挺长的嘴，爪子挺尖。“您什么事儿？”“搬家。”“搬哪儿去？”“不管，找地儿寻窝去。”“我里边还有

①这段描述是当时北京动物园的布置，现在已有很大变化。您是敬谓，北京人对第三人称不能直呼他或她，认为不尊重，所以称您。此处是“包袱儿”，一笑耳。

人。”“知道。”“新婚的太太在里边。”“对，就为她来的。”“您……您打算怎么着?”“我要把她垫吧[①]喽。”那公喜鹊能干吗？奋起而争。哪儿是大鸨的对手啊，三扑两挣，被大鸨赶走。大鸨一低头，母喜鹊一看：哟，换人了。被逼无奈，大鸨把喜鹊奸污了。顺喜鹊家出来，回头一看，山鸡他们家……多咱[②]七十种，算一站。一生中跟七十种不同的鸟交配，生性最淫。文人厉害，故而给青楼的领家儿妈妈起个名字叫鸨儿娘。

鸨儿娘进来，上三眼、下三眼、左三眼、右三眼……把公子王文打量一个三七二十一眼，她越看公子越毛，公子越毛她越看。“您……您别看我，最好您出去才好。”鸨儿娘明白了：哦，大爷赵东楼带来一个生虎子[③]。这个书生年轻英俊，没来过妓院，脸儿薄，他不好意思，他让我走我就走。走可是走，走一个鸨儿娘，可又来了其他人，大家共同观瞧王文，引出这段《鸦头》奇闻，咱们明天接演。

①垫吧：北京土语。原本指吃，但吃的东西很小或很少量，就是非正式用餐，吃点儿东西垫一垫的意思。此处引申为占有。垫，读二声；吧，读轻声。

②多咱：北京土语，是“多早晚”的切音，取早的声母，取晚的韵母，指什么时候。咱，读轻声。

③生虎子：北方方言，少不更事的人。

第二回

那会儿我说书，他还听书呢，这他不说我不能跟您说，现在他是我们大师哥[①]。今儿人少一点儿，我心里痛快。昨天开张，好多人是来捧我们，老听众，八月十五节都不过了，也得来捧捧你们娘儿几个[②]。今天来的就不是了，这是真听书的。尤其这书还好，说的是青楼妓馆的书，人少，我得说。说实在的，我平常轻易都不露这个。您看，我说《张广泰回家》，开书就是“窑论”。张广泰跟王文不一样，王文是书生，张广泰是纨绔膏粱富家子弟，有的是钱，一掷千金。您看，那我都没把窑论说了，舍不得。说良心话，昨天说得也不是特别全。说起青楼妓馆，可说的太多，一个小时光说它都说不尽，但没有淫秽的内容，这您放心，您想听我也不会，老先生怎么教的我怎么说。过去老先生就说这个，有的书用得上，有的书用不上。可您纵观《聊斋》，好几篇都跟它有关。所以我在这上面也下点儿功夫。

王文确实没来过，对妓院的人、物、景、事全不明白，不懂。说妓院的行话，这叫雏儿。老鸨是干吗的？一看就知道。可王文有点儿尴尬。为什么？老鸨老看他。她看人跟咱们不一样，咱们看人是“水过地皮湿”，一看就完，“哦，挺漂亮”。要是男同志看女同志，

---

①大师哥：指吴荻。他是连丽如先生大弟子，是中学教师，不是职业评书演员。当时他报幕主持，我上场，故有此语。虽与本书无关，但因为是书馆现场说书演出本，故保留原貌。

②娘儿几个：指连丽如先生和我们这几个徒弟、义子。

稍微有点儿讲究，“大哥，这妞儿有一眼啊，看这身条儿，漂亮”。再细致点儿，“您看，人家这发型”，到头儿了。老鸨看他不是，眼神儿当钉子一样，往肉里钉。他较劲呐，老低头，鸨儿娘就明白了：我躲出去吧。“赵大爷，那您跟您这个兄弟作何消遣呐?”您可听明白，这钟点儿来，甭说没多少姑娘，有姑娘也不能往外喊，不到钟点儿。什么行业有什么行业的规矩，该几点出来就是几点出来。

您看，就跟昨儿老太太①在台上说卖兔儿爷、卖月饼似的。过去卖月饼，得到八月初十往后月饼才上市呢，一到八月十六，一个卖月饼的都没了，就卖这五六天儿。现在一年四季卖月饼，还老上电视做广告，也不知道哪位那么爱吃月饼，没事儿吃早点在家弄盒月饼吃，这样的人恐怕也不多，那玩意儿也不好吃啊。这不过是应景作个点缀，是个意思。

妓院几点上班？妓院跟妓院也不一样，越高档的妓院，开门儿还越晚。所以鸨儿娘问作何消遣。赵东楼憋着跟王文下棋，中午吃饱了喝足了，拉王文上家来，他也知道王文没来过这地儿，真要拉着这孩子干点儿什么还不成，他还张不开嘴呢。“我们弟兄要手谈手谈。”“哦，好雅兴。那我让人把棋盘、棋子给您拿来，鲜货和干货给您来几碟，好茶叶给您沏上，我可就慢待少陪了。”“妈妈，你自去忙吧。”也不打哪儿论的，妓院里的领家儿妈全叫妈妈，甭管你多大岁数，一进门儿见着她，也得喊妈妈。就是这么个称谓，官称儿。鸨儿娘一阵小旋风相仿，顺这屋可就刮出去了。那位说，怎么形容人还用这样的词汇呢？脚不沾地，走道又轻又飘。一会儿的工夫，手底下人送来干鲜果品，沏的好茶叶，然后都退出去了。王文的心可就定了。

①老太太：指连丽如先生。

棋盘、棋子摆好了，王文干别的不成，干这个一门儿灵，下棋下得好。也甭猜先，他是高棋，赵东楼不成，自然是赵东楼执黑。两个人敛棋子，可就下上了。一般下围棋，按现在话说，高水平的人下盘棋怎么也得两个小时。说过去一个时辰下一盘，就不很细致了，高手下得慢。王文跟他下，落子如飞，应对自如。赵东楼是瞎摸海大晕头[①]，一把一把抓。下棋你不算不知道好坏，也就看出棋力的高低了。说现在话，也就一刻多钟，下了十六盘，嚓里啪啦，盘盘输。赵东楼一看："行，兄弟，你这棋力大涨。"王文一听：我跟你下，越来越回楦儿[②]。一看他有点儿不高兴了，还得让他两盘，再下可就让他。

下着下着，这棋下不下去了。怎么？王文坐不住。为什么？老有人看他。说有人看他，他怎么知道的？门外有人隔着门缝儿，扒着门缝儿往里看王文。不是好看，品头论足，咯咯乐。王文下棋是背对门，他就听外边窃窃私语，听不太真说的什么，但知道说自己呢。赵东楼倒不理会儿，脑子全在棋上，还紧着催王文："哎，走啊，走啊。""是是是。"半是让着赵东楼，半是有点儿心慌意乱，这棋还真没走好，这盘输了。外边看他的人还不是一拨儿，这两三位走了，又来两三位；这两三位走了，又来一两位……换着班儿看他。大概是鸨儿娘回去跟这几位说了，"赵大爷带一漂亮小伙儿来，小伙子长得这个俊呐"，紧着一说，大伙儿都有个好奇心，可是也有男也有女，反正都是青楼的人，都来看王文。

这盘棋一输，王文把棋子一胡噜[③]："赵仁兄。""兄弟。""天色已

①瞎摸海大晕头：北京土语，指茫然不知，或盲目为之、行动莽撞，或特别糊涂无知的人。摸，读轻声；晕，读一声；头，读轻声。

②回楦儿：北京土语，原指用楦子撑大的鞋又缩小了，比喻没有长进甚至不进则退。

③胡噜：北京土语，一指拂拭；一指抚摩；一指用拂拭动作把东西归拢在一起，转指凑集。此处是后一种意思。噜，读轻声。亦作胡搂、胡拉、胡撸、呼撸。

晚，我讨扰的时间长了点儿，改日再登门造次，今日我就不在您这儿再待着了。”怎么了？坐不住，如坐针毡，如芒在背，他不适应这个。赵东楼是隔[①]着棋桌对脸儿坐着，他说走就站起来了，赵东楼一把没拉住，他已经转身往外走。赵东楼绕着棋桌追他：“哎，你别，你怎么说走就走……”往起一站，绕过来够他，他回头还得推赵东楼，斜着身，背着可就走到门跟前儿了。他一回头，把门往外一拽，门分左右。“我走……”撩袍袖迈步往外闯。坏了，门外有一个，这位正看呢。门关着，这位在房檐底下站着，哈着腰，撅着屁股，扒着门缝儿往里瞅。王文站起来，她也看明白这位要走，来不及，三步到跟前儿了，她想回身回不了。王文把门打开，脑袋冲里，跟赵东楼说着话，一转身，门也开了，她没来得及往起抬腰。也搭着公子王文这劲儿急点儿，肚子正顶门外偷看他这人的脑袋上，“咣”，“噔噔噔”，“噗”，两步台阶摔一屁股墩儿，坐当院了。王文平常哪儿这样过啊？今儿太着急了，没想到这儿有一人，愣给撞出去了。“哎哟。”王文可就愣在这儿了，一半儿受惊吓，另一半儿他仔细一瞧他撞的这人。

同志们，是个大姑娘，也就在十六七岁。穿鹦哥儿绿的上身儿，下边是藕荷色儿的百褶裙儿，三寸金莲绣花鞋。头上别着一根银簪子，没有更多的首饰，淡扫娥眉，化着很淡的妆，但天生丽质，漂亮。王文一看：“呀！”可人家姑娘满大方，也“哎哟”一声，“噔噔噔”，“噗”，坐地上一抬头，一看正是她偷看的那个少年。刚才是背对着门，看后身儿就感觉很好了，这回一转过来，四目相对，姑娘一看王文这模样：好，罢了。在男同志里，这王文说个儿，有我这么高个儿；说白，有吴荻这么白；说模样，跟我们二师哥贾林那模

①隔：北京土语音接。有时音借，比如隔壁儿，隔壁，音借比。

样似的，还有棱有角。奶油小生不好看，还得有棱有角。最主要的，跟我们四师弟梁彦[①]似的，还有点儿书生气，他有学问。您要知道，儒气不是装出来的，真得看那么多本书才能有。像我说书行，但我身上没有书气。我们师弟梁彦身上都是输气，打麻将没赢过，一身的输气。

姑娘也看他，他也看姑娘，四目相对。这要是拍电视剧，得用切换“蒙太奇”的镜头，给俩人的特写都得照到了。姑娘还是比王文大方点儿。为什么？她是风尘女子，用手一捂嘴，咯咯一乐，一骨碌身儿站起来，跑了，顺过道一拐弯儿，看不见了。王文可就愣在当场。

赵东楼是干什么的？大江南北跑买卖做生意，而且在风月场中是多情的老手，阅历最广，别的事儿不明白，男女之事一看就清楚。赵东楼心里一琢磨：王文一嘴仁义道德，一肚子男盗女娼，你跟我装蒜[②]玩儿。在门口一告诉你我住的青楼妓馆，你看那不乐意，生死不行，八匹大骆驼拽不进来，我紧着央告说好话，“咱们就喝会儿茶，下会儿棋”，这都不成，死说活说进来，坐这儿浑身较劲，几次三番要走。怎么着？看见人家大姑娘你也拉不开栓，你也迈不动步。你王文读了那么些圣贤书，瞅见漂亮女孩儿也两眼发直，直勾勾，你安的什么心？这是什么地方？没有好人家的姑娘，这儿是青楼妓馆，全是沦落风尘的女子。你说你在这儿冰清玉洁，可能有，说出去谁信呐？你能往好了琢磨这姑娘？

---

①连丽如先生有四个徒弟：大徒弟吴荻，中学教师，因工作繁忙，现在很少说书了；二徒弟贾林，在中华书局做新媒体直播；三徒弟祝兆良，已故；四徒弟梁彦，中华书局编辑，文字功底扎实，喜读书、藏书。故有此语，一笑耳。

②装蒜：北京土语。我理解与算命有关，过去算命先生需要熟背口诀，有骗子假装能掐会算，被称为装算，后演变为装蒜。装糊涂，装腔作势，有表演、伪装的意思，有时有做作的含义，含贬义。

赵东楼不着急追他了，他也不跑了。赵东楼走到王文身后，说了一声："贤弟。""啊，赵仁兄。""我送你出去呀？""是……哎哟，我这鞋，我没戴着帽子哈？""没戴着，走啊。""是。""大点儿步儿，走啊。""不是，我……"还往夹道里看。赵东楼一把拉住："别走了。适方才开门撞着一跤，这姑娘你看见了吗？""看见了。""长得怎么样？""容貌绝色，太漂亮了。""哦，爱吗？""嗯？不，不是……赵大哥，咱别玩笑。""谁跟你玩笑？喜欢吗？"不，老说b，不说u，想说不喜欢，舍不得说。"鲤鱼吃多了是怎么着？你嘎巴[①]什么嘴儿啊？不是不走了吗？来来来，上屋来。"二次又把他拉回到屋里。还是这张棋桌，对脸儿一坐，把棋盘往过一扒拉。"兄弟，哥哥说你两句。来的时候你不乐意进来，我死拽活说把你拉进来的，进来以后碰上这么个姑娘你两眼发直。人之常情，好美之心人皆有之，食色乃性。这个……不算你不对。我跟你说，你看她长得漂亮，你心里喜欢，这也不算什么大罪过。我就问你，你跟我说实话，你爱不爱这样的姑娘？"

世界上有一种事情叫一见钟情，这您不能不相信。说王文就撞这姑娘一下，看这么一眼，就爱上这姑娘了吗？这个人呐，很怪。当然，您各位比我有经验，因为我没搞过对象，搞一回我就结婚了，最起码我告诉我媳妇是这样的，您知道吧？要搁过去六七十年代，我上单位都能领奖金去，大龄、晚婚、晚育，都给奖金的，现在也不提了。搞一回对象我们就正式登记结婚，就过日子了。过去基本都是这样的情况，现在的青年男女搞几回的也大有人在，我也没细研究过青年男女的感情问题。但有人跟我说，就有一见钟情的。大概王文跟这姑娘就有这么点儿意思。

①嘎巴：北方方言，形容嘴一张一合的样子。嘎，读四声；巴，读轻声。

赵东楼紧着问，王文一听：“哎呀，赵大哥，您说那姑娘长得纵然漂亮，与我何干?”“是啊，大千世界那么些人你都撞不上，甚至于说你跟女的都没怎么说过话，没有这样的肌肤之亲，也没有这样的机会。怎么你来到北京，千里之外，他乡遇故知，就碰上我赵东楼了？碰上我赵东楼，我就请你吃饭；请你吃完饭，我就领你上这儿来；到这儿来你那么多人都没碰上，还就碰上她了。这不叫缘分，叫什么呢？你就说她漂亮不漂亮?”“漂亮。”“喜欢不喜欢?”“您别问我，我……这……不……”“有什么不好意思的？你这磨磨唧唧，我……我急了！你喜欢不喜欢?”“喜……喜欢。”“大点儿声儿。”“喜欢啊!”“哦，那我再问你，要是跟她，你们俩人儿……”“唉，您别说了，哪儿……这……这地方我就不该来，既来了我就走，喜欢也枉然。”“不，不不不……我跟你说实话吧，此女乃鸨儿娘的次女，名唤鸦头。”“我知道她是个丫头。”“不是不是，她是乌鸦的鸦，头脑的头，这姑娘叫鸦头。鸨儿娘有两个闺女，大闺女叫妮子。”

山东人爱说“小妮儿”“妮子”，妮子就跟赵东楼有关系，论起来鸦头是赵东楼的小姨子一样。鸦头漂亮，待字闺中，身在青楼，但尚未破身。北京城有钱的人多了，王公贵胄，闻听鸦头的名字，来的人扯了去了[①]，鸦头都没有答应破身。

赵东楼把简单的情况跟王文介绍了介绍：“你要真有这个心，我就跟鸨儿娘说说，你们也别说怎么着，交个朋友见见面，认识认识，你乐意不乐意?”那王文心里求之不得啊，他喜欢，但嘴上不敢说。“头一回见，人家能理我……”“那你甭管了。来，叫鸨儿娘来见。”

书要简短，有人把鸨儿娘找来了。“赵大爷、王公子，你们

①扯了去了：北京土语，特别多。

二位找我有什么事啊?”“妈妈,呃……刚才我兄弟偶遇令千金鸦头。”“哎哟,这孩子好淘气,她不应该上这院来,您说怎么还让王公子看见了,老身替我们姑娘给您赔不是。”“不不不,没什么,不要紧的。是这么个碴儿[①],呃……我这兄弟一看鸦头挺喜欢,打算跟鸦头交个朋友,两个人见见面,认识认识,还望妈妈您从中作伐,当中迂回迂回促成美事,您看能办得到吗?”老鸨子听完这句话,脸儿往下一掉,圆方脸儿改长方脸儿了。“赵大爷,别的事儿都好办,唯独这鸦头,王公子头回来不知道,您还不知道吗?这闺女太拧了,天生的拧种[②]。要说您算大财主了,我可不是别的意思,这是什么地方?这是北京城,有权有势有钱有财的人大把抓。像您这个家财在我们北京城,拿簸箕一搓,搓出好几堆去。还甭说那个,王孙贵胄欲求鸦头一面,都不给个面儿见,逼急了上吊抹脖子,寻死觅活,脑袋楞往墙上撞,我皮鞭子蘸凉水打折多少根啊。您想让王公子跟她见面儿,我办不到。”这老鸨说的也是实情。王文听着着急:人家都说别逛窑子,我长这么大,进京赶考逛回窑子,看姑娘好想见个面儿,人家都不见我,看来人穷志短,马瘦毛长,忍着吧。无计奈何。

赵东楼不爱听了:“鸨儿娘,事在人为。她愿意见,他们俩交个朋友;她不愿意见,我也不让你白跑这趟。哎,这么办吧。”说着话,伸手拿出一锭马蹄金五十两,明晃晃、亮堂堂往桌角这儿一搁,往前一推。“妈妈,您跑一趟多有辛苦,办得成也罢,办不成也罢,我不恼您,有道是‘办事不成,不算无能’。这锭大金我赠与妈妈买双鞋穿,您辛苦一趟,试着办办成不成啊?”青酒红人面,财帛动人心。

①碴儿:北京土语,本指小碎块或器物破口,转指话题,话头或某事,有时亦指嫌隙,矛盾。碴,音茶。亦作茬儿、岔儿。

②拧种:北京土语,性情倔强执拗的人。拧,读四声;种,读三声。

鸨儿娘开的是妓院，赚的是大爷兜里的钱，五十两一锭马蹄金，多少钱？她能不见钱眼红吗？“哈哈，哎哟，赵大爷。”说话先得把钱拿起来。“您这是干什么呀？您说我没办您先给钱，这要办不成，我可就不好意思收您……这么办吧，咱可话儿两说着，死话儿活说。去，我去；说，我说。要说不成，您可不许恼我，王公子可不许怪老身。”“全仰仗妈妈。”“得，舍着老脸我来一趟。”把马蹄金揣起来，她劝鸦头去了。

老鸨子出去了，王文坐不住了。“大哥，我我我……不见了。还没见着，五十两大金就给人家了？我这趟上北京来考试，我叔挪挪借借，肋条骨都咔哧[①]干净了，才凑了不到一百两银子。您这五十两大金给我，我不见，我吃点儿吗儿不好吗？我怎么了我？”“我刚才不问你了么，漂亮不漂亮？”“漂亮。怎么又问这个？”“喜欢不喜欢？”“喜欢。”“爱不爱？”“爱。”“爱就行了。为了爱，什么都值得。五十两金子算得了什么？”“这……不是，这还没见面儿就五十两，要见面儿得多少钱？我们俩要真交上朋友得多少钱？我说赵大哥，您不知道，奈何小弟我囊中羞涩。”“囊涩奈何”，这是《聊斋》原文。

囊中羞涩，有个典。阮孚背着一囊，人家问他：“阮孚，你这囊里是什么呀？”“有一文钱压囊。”“那你干吗用？”“我恐其羞涩。”我怕这囊不好意思见人，里边搁一文钱，就穷成这样。所以留下这么个囊中羞涩的典故。

今天王文一说没钱，赵东楼乐了：“没关系，我来。”交朋友交赵东楼这样的，王文逛窑子他花钱，花掉了脑袋是我姓赵的事儿，跟你没关系。书中代言，赵东楼没安着好心。为什么？他憋着找鸦头

---

①咔哧：北京土语。源自满语，原义为挖、刳、掏，后引申为通过刮、抠等动作彻底清理物体表面的行为。此处就是刮的意思。哧，读轻声。

不是一回两回了。这个男人对漂亮姑娘是吃着碗里看着盆里，妮子本身就挺漂亮，他霸占了，鸦头他也想霸占。但是甭说他，好多有钱人都说不动。怎么办呢？这叫放着河水不洗船。他也知道鸦头准不能答应，拿好话买这王文。可鸦头万一要答应了，与他没亏吃。什么事儿都是有头有尾，有一就有二，你能接待王文，改天就能接待我赵东楼，他没安着好屁。可有一节，那儿答应不答应他也不知道。所以他肯花重金去探路，他敢刺这口子。“鸨儿娘要多少钱都是我赵东楼给，打这儿以后你上这儿来的费用全我出，你看这行不行？”“哎呀，人家见不见尚在两可，您有钱是您的，您跟我说这话还为时过早啊。”

哥儿俩这儿磨唧着，鸨儿娘可就来在绣楼之上，绣楼台阶是十三坡的楼梯，“噔噔噔”，到上边一看，外间屋带[①]着门，里间屋没带。进来把外间屋门带上，看里间屋门开着，姑娘正在里屋炕上做活，拿一纱绷子绷纱，跟前儿搁着线笸箩，有五彩的丝线，正刺绣呢，刺的是鸳鸯戏水。鸨儿娘过来了。“闺女。”“哟，妈妈。”鸦头把线、纱绷子往这儿一搁：“您走道真轻，上楼梯我都没听见，吓我一跳。”“绣什么呢？妈妈我看看。”“我不给您看。”“啪”，鸨儿娘一把抢过来：“哟，好不要脸的姑娘，没结婚、没嫁人、没出门子，绣鸳鸯戏水，想什么呢？”“就您话多。”把纱绷子抢过来，连线笸箩一扣，全搁那边了。“找我干吗呀？”鸨儿娘也不好意思张嘴，皮鞭子打折多少根都不允呐。她往炕上一坐：“唉，这个这个这个……闺女，妈妈跟你说，你可老大不小的了……”“别说了，又来了。什么老大不小了，该嫁人了，该破身了，该开瓜儿了，该接客了，打这儿以后给你们挣钱养家了。跟您说，死了这条心。”“不是，我话

①带：北京土语，关。把门带上，就是把门关上的意思。

没说完呢，你干吗这么奘[①]得慌。你也不是抱的，你是妈妈我的骨血，亲生自养，跟妈妈我就不能好好说吗？怎么了这是？但分[②]咱家好过，我能让亲生闺女干这个吗？这是没有的事情。这么着，这不是赵东楼……”“我知道赵东楼，有钱大财主，怎么着，又给您什么好处了？说!”“不是，赵东楼没说什么，赵大爷今儿来个朋友，想跟你见见面儿交个朋友。”“什么朋友，一丘之貉，冲赵东楼这朋友也好不到哪儿去。”“不是，你等我把话说完行不行？怎么了，这急赤白脸[③]的。跟妈妈我说话你别老这样，招妈妈我生气，这不像话。我跟你说，赵大爷来个朋友，这个朋友不是一般的朋友。”“怎么个朋友?”“他是个书生。”“哟，念书的也上咱们这地方来啊？他就不是个好念书的，念的也不是好书。”“不是，他不是咱们本地的。”“哪儿的?”“山东的。”“山东的更不应该。圣人是山东曲阜人，打山东来的是圣人门徒，怎么能上咱们这地方来呢?”“你瞧你这话盯得真紧，噎得妈妈我嗝儿喽[④]嗝儿喽的，我都快没词儿了，但分没练过说书，我都不能说这个。他是山东青州，青州有这么个公子叫王文……”“打住，打住，打住……妈，谁?”“山东青州公子王文。”“他打算怎么着?”“打算跟姑娘你见见。人家没说别的，就是见见面儿说几句话，交个朋友，跟你……”“您甭费话了，我见了。”

鸨儿娘一听，“噌”，从炕上站起来了。“姑娘，妈妈我这两天吃点儿好东西，有点儿上火，耳朵沉，您受累把后槽牙再张张，这……这王文，你怎……怎么着?”“我见了，您把他请上绣楼，我

①奘：北京土语，脾气不好，说话粗鲁不中听，态度生硬。奘，音葬。有时亦写作葬，含有丧气、不吉利的意思。

②但分：北京土语，如果，倘若，同“但凡”的意思基本一样。分，音芬。

③急赤白脸：北京土语，指人因心里着急而脸色难看。赤，读轻声。

④嗝儿喽：北京土语，原指因饮食过快、吸入冷空气等引起的打嗝现象，此处指被噎得说不出话来。嗝，音个；喽，音篓。

跟他聊一聊啊。”“是啊？哎哟，我的闺女哎，你……”说着话，老太太伸袖子往眼角抹，没眼泪，假装的。“你可让妈说什么好啊……你要真见了，妈我还有点儿舍不得。”“你别费话啊，我见您还不乐意，还哭，假惺惺……什么意思！”“那我可让人安排，就你这外屋，摆点儿酒，摆点儿菜，我把他请上来，你跟他说什么不管啊，见见就行，好不好？”“好吧，您看着安排吧，我简单捯饬捯饬。”“是是，别简单的，好好捯饬捯饬。她见了，这怎么话儿说的，她愣见了啊……”

老鸨子顺楼上可就下来了，上去是一溜小跑，下来是跟头把式[①]，她心里高兴。“噔噔噔”，来到赵东楼跟王文门口这儿，老鸨子往下沉沉心：随便见行吗？把门一开，未曾说话，先叹口气：“唉！”王文一看，鸨儿娘回来了，一拍门叹口气，心里凉半截儿：完了，不见。赵东楼还得问问：“哦，妈妈回来了，辛苦辛苦，请坐请坐。”“哎哟，可把我累坏了，这怎么话儿说的。您还在这儿呐？”“不还在这儿么？等您回信儿呢。妈妈，可曾见到令千金小姐鸦头？”“见着了。”“提没提我兄弟王文这档子事儿啊？”“提了。”“他是见还是不见呢？”“唉，我跟您说什么好，我这闺女您是知道的，死爹哭妈拧丧种[②]，简直把我愁死了，多少有钱人要见她都不见。您说，王公子长得一表人才，就见见也无妨，要说真得说是郎才女貌，天生一双，地配一对。别看我是她亲妈，我可做不了她的主。我来到北边绣楼之上，把嘴皮子都磨薄了，跟她说了好话六车，您猜这姑娘她怎么着？”“那还怎么着啊？她不见呐。”“她见

①跟头把式：北京土语，形容慌乱、匆忙的样子，有时也形容事情办得艰难的过程。头，读轻声；式，读轻声。

②拧丧种：北京土语，指性格固执、不吉利或惹人厌烦的人。拧，脾气倔强，认死理，音佞；丧种，不吉利或晦气的人，音桑肿。属于市井骂人的话。

了。”“你有病是怎么着？好，我心脏病都快犯了。她见了，你费这么些话干什么！”“她见不是好见，您琢磨琢磨，她那么些人都不见，怎么一听山东青州公子王文就见了呢？她这里头有事儿。”“她有什么事儿？您别来这套。妈妈，我懂，这叫烟儿炮鬼吹灯①，您跟我使手腕儿，无非想多讹大爷俩钱儿。也该着杠着②我剌了口子、说了大话，我那意思放着河水不洗船，姑娘见不了我兄弟。既然见了，山东爷们儿是‘茅房拉屎——脸儿冲外’红脸儿的汉子，说出去的话，得给人家办这档子事。你打算要多少钱吧？”“嗐，要多少钱，这不他们的缘分吗？我能要……我不是卖闺女啊，您可明白。这个……刚才五十两金子，我把事儿给您办了，您再一见面，咱怎么……”“你说要多少钱？”“您……您看着给，您常来您也知道，当初妮子也是黄花大姑娘跟的您，您给多少钱这回还给多少钱。”

王文紧着拽赵东楼：“赵大哥，咱们……我不见。”“你瞧，你又打耙③，花这么些钱好不容易给你奔④下来让你见了，你又说不见，你害什么怕？”“不是，那钱回头……”“我说我出就是我出，甭费话了。”一伸手，拿出一沓子银票来，有大张儿，有小张儿，也甭管多少钱吧，“啪”，赵东楼往这儿一拍。“咱也甭管多少了，今儿就这些，前面带路。”“腾”的一下儿，就把王文拽起来：“走，见鸦头去。”鸨儿娘一伸手，先把银票揣怀里。“那咱走啊。来，跟我见鸦头。”

来到绣楼之下，早有人在上边摆好了酒席。“姑娘，那我就请王公子上楼了啊。”“哎。”楼上有人答应一声，鸨儿娘头前带路，赵东楼、王文哥儿俩后面跟随，拾阶而上，一十三梯来到楼上，把楼

①烟儿炮鬼吹灯：北京土语，以花言巧语蒙骗。

②该着杠着：北京土语，正巧，合该，指命中注定要承受某种责任或结果，常用于表达对既定事实的无奈接受。着，音找，读二声。

③打耙：北京土语，退缩，变卦，答应之后又后悔了。

④奔：北京土语，争取，运作。奔，读四声。

门打开。"公子，请。""是。"迈步进绣房。刚一进去，赵东楼跟着。"嗯？赵大爷怎么意思？""我瞜[①]一眼，瞜瞜。""带笹子了吗？""不是，我花那么些钱，见见都不行？""对喽，人家要见的是山东青州公子王文，没说见赵大爷您。""您说我这钱儿花的。那……那我怎么看呀？""怎么看啊？我把房倒带锁上，咱俩楼底下聊聊。""别介，咱听听窗户根儿怎么样？""您这么大人，办的这叫……""不是，我不知道我这兄弟有什么出手儿[②]的，怎么我们那么些人、趁那么些钱，要见都不见，到他这儿一说山东青州公子王文就见了，我得听听他跟这个女性都说什么？我把他这套词儿学了去，明儿我也来来。""没出息都到家了，得了。"倒带房门，把房门一锁，老鸨跟赵东楼要听听窗户根儿。

王文可就到外间屋了，小六仙，摆着椅子，没敢四下踅摸，规规矩矩往客位上一坐，眼观鼻，鼻对口，口问心，不亚如老僧入定。王文心里暗叫自己的名字：王文呐王文，叔可不易，凑这么些钱让你进京赴考，实指望你挣得功名回去封妻荫子、荣耀门庭，哪儿知道到北京你逛窑子，逛窑子上人家屋里来还让人知道了……可这姑娘真漂亮，我怎么看见她之后，打心眼儿里就痒痒。我要不见她，我真说我死的心都有了，可一会儿见我说什么啊？他正做心理活动呢，姑娘可就出来了，鸦头来了。就听环佩叮当响，人未到香气扑鼻，这个香跟鸨儿娘身上那个艳香艳香可就不一样了，淡淡的幽香，就跟一盆兰花那么点儿香味儿似的。你想不闻还不行，往鼻子里窜，虚一阵儿渺一阵儿，闻着这么好受，恍惚惚如在仙境。眼前一亮，里间屋鸦头可就出来了，手一扶门框，一挑帘笼，一指公子王文：

①瞜：北京土语，看看。

②出手儿：北京土语，特殊的手段。本是戏曲术语，台上的道具抛来抛去做各种高难动作叫打出手儿，引申为高超的手段技巧。

“公子，你来了。”“啊，是是是……”“腾”的一下儿，王文站起来，一揖到地：“小生与姑娘这厢有礼了。”“免礼免礼，公子万福。”深深一个万福，飘飘下拜，这叫还礼。“公子请坐。”“小姐请坐。”“公子请坐。”“小姐请坐。”“公子请坐。”“小姐请——坐。”“咱们光站着得了，老让什么劲儿，让您坐您就坐。”姑娘大大方方坐这儿，王文战战兢兢也坐这儿，没词儿，不知说什么好。人家姑娘不能先说话啊，得等着你问，姑娘看着他。王文抬眼皮一看，姑娘正看他，心更慌了。

“啊，小姐，今天天气晴和。”“天儿不错。”“北京人烟稠密。”“我们北京是好地方。”“这里的酒菜适口。”“我们这儿菜本身不错。”“你……你见过老虎吗？”找不着话头儿。姑娘一看，太难了，公子王文见着自己没脉了，简直不知说什么好了，天上一脚，地下一脚，干脆我先问你吧。“公子不要顾左右而言他。我问公子姓字名谁，家乡哪里，今年多大岁数了？”“哦……小生姓王名文，山东青州府的人。”“家下还有什么人呐？”“有叔叔、婶婶相依为命。有个小书童叫王生，此次随我进京赴考。”“您今年多大了？”“虚度二十一春。”“是是，您在家做何为业呢？”“苦读诗书，苦读诗书。”“那您家境如何呀？”“家有薄产，这个……富到小康，富到小康。”“您最爱看什么书啊？”“三列国东西汉，水浒聊斋济公传，大五义小五义，五女七贞西游记。”“您家里不是念书的，是卖盆儿的，怎么一套一套的啊。”嗬，这姑娘说话风趣。你有来言，我有去语，一问多了，王文就有点儿踏实住了，心说：不能老让你问，这不是审案拿贼，我也得问问你。“小生斗胆领教小姐芳名。”“嗐，什么芳名，我们都是小名儿，我姐姐叫妮子，我叫鸦头。”“哦，哪个鸦哪个头啊？”“乌鸦的鸦，头脑的头。”“小姐今年芳龄几许？”“虚度二八年华。”“二八一十六岁。”“您数学真好。”嗬，说得这个热闹。赵东楼在外边一听：这都什么乱七八糟的，凭二八一十六就弄一大姑娘？“我不听，咱俩下楼，我还找妮子去吧。”放下鸨儿娘、赵东楼暂且不提。

单说鸦头和公子王文，一聊开了，光聊可就没劲了。这儿有现成的酒菜，一看桌子上很精致，时令菜蔬有这么三味五味，还有酒。鸦头亲自把盏，给王文斟上一盅：“我这儿也没有什么奉敬公子的，无非是薄酒一杯。公子请。”这不能伸手接，拿袖子挡着，往桌上找。“是是是。”她把酒盅搁桌上，伸手端起来，人家又给自己斟上一杯。两个人互道一声“请”，一饮而尽。鸦头拿起筷子，都是象牙的，给王文布菜：“您尝尝这个。”“是是是，好吃好吃。”“您还没吃呢就说好吃。”“错不了，你布的菜一定好吃。”“瞧您真会说话，净跟我们玩笑。”“小姐也吃，小姐也吃。”两个人聊上了，推杯换盏。您看，酒是色之媒。男人看女人漂亮不漂亮，要不喝酒，还能把持住一点儿。要喝完酒，过去有句话叫灯下观美女，这屋灯光也不知谁设计的，忽明忽暗，按说那年头儿没有旋转的玫瑰灯，这灯不知怎么研究的，一会儿亮，一会儿暗，再加这点儿酒喝得晕晕乎乎，王文没经过这个，越看鸦头越漂亮。这人要有十分姿色，这会儿又平添两三分。

“咱们也吃了会子，喝了会子了，咱们玩会儿吧。”“作何消遣？”“您看，墙上挂着琵琶、胡琴儿、弦子，这儿有琴桌摆着古琴，这儿有七块竹板儿。”“嚯，您这儿还真全，大概干过曲艺团。”“随便您消遣什么，只要您会弹的，有眼儿带弦子的您能扒拉动了，弄出个调子来，我就给您唱上一曲，聊助公子酒兴。”“好啊，平生擅长琵琶。来，请琵琶。”说着话，王文伸手打墙上把琵琶请下来。人家这乐器不是落一层土，敢情天天擦，专门有人收拾这儿件乐器。王文不外行，调动丝弦，一抓这琵琶，还弹得真不错。姑娘一听，他深通音律，清了清嗓音，引吭高歌。二位唱的无非是时调小曲儿，明末清初蒲松龄生活的那个年代的曲子，原文也没有工尺谱，也没写曲词，我也不能给您承应，反正很好听吧。歌声婉转，弹得也好。一会儿一曲歌罢，王文把琵琶放下。"我也会弹两下子，小姐也精通音律。""是，我这儿不有古筝吗？我给您来段古筝。""好好好。"以箸击节，拿筷子敲碗，打着拍子，这儿弹着古筝，这儿知乎者也吟唱古诗文，又一番境界。一会儿把古筝撂下了，墙上还有笛儿，把笛儿拿下来一吹；一会儿拉会儿胡琴儿，来段梆子腔；一会儿竹板儿拿起来，《劫刑车》[①]也来一段……这么说吧，俩人儿玩了半宿，高兴啊，酒也没少吃，菜也是残羹剩菜，不觉已经月上三更。

赵东楼在楼下是百爪挠心呐，一听楼上这热闹，心说：我兄弟是比我有能耐。我为什么找不着这么漂亮的姑娘？吹拉弹唱全不会啊。你看我兄弟风流才子，真有能耐。该着我这命，花钱看人家玩。怎么办呢？得了，忍着吧。

两个人酒已半酣，都略带醉意了。"公子。""小姐。""天色不早，你我二人安寝了吧。""啊，小姐怎么讲？""咱们睡觉吧。""鸦头。""公子。""是真情？""是真情。""无二意？""没有什么假的。""这……合适吗？"王文直哆嗦，他没经过这个。"什么话，我们这是什么地方，有什么合适不合适的。钱您也花了，酒您也吃了，跟我这儿睡觉又算什么呢？来吧，公子请到里边。"说着话，鸦头站起来，转身进里屋了。王文也站起来了，脚步踉跄，心说：王文呐王文，别看就这垂着虾米须的帘子，你要不进去，洁身自好，退出此地，还算圣人门徒。知书达礼，既读孔孟之书，必达周公之礼，岂可做此淫乱之事？要进去，不亚如踏进半步鬼门关。我是进

①《劫刑车》：快板书代表曲目，一笑耳。

呢，还是进呢？这就甭说了，准得进去啊。王文踉踉跄跄，一分帘笼，一头可就扎到内间来了。到内间一看，屋里更讲究了，香罗锦帐就不一一细表了，有檀香炉点的盘儿香，也不知道什么香这么好闻。外间屋人家姑娘可就不管了，帘笼完全落下来，把王文引到床上，亲手把他身上的大衣、鞋什么的全都款去，轻轻一推。王文喝多了，"咣当"，脑袋冲里，可就躺炕上了。鸦头一回头："呼。"把灯吹了。

绣楼上灯光一黑，楼下的赵东楼一抖搂[①]手："嘿，我这钱儿花的。鸨儿娘，他们这……""是，我也不知道您怎么想的。碰上我们这姑娘也犯机器[②]，一阵儿一阵儿的，她今儿看上他了，就跟他对……那怎么办呢？"鸨儿娘高兴，心说：你只要[③]头一回接客，打这儿可就不用鞭子抽、板子打了，跟顺水人情一样，你就正式的……就算干这个了，我这摇钱树就算抱上了。何况头一次破瓜之价有赵东楼这样的大脑袋以重金相许，何乐而不为呢？她高兴，赵东楼肠子都悔青了，咱就不给您细说了。

那楼上这个书不好说，用贾平凹[④]先生的笔法，叫此处删去若干若干字。咱们说书不能那样说，叫"有书则长，无书则短"。当夜无书，到了次日清晨。那位说，俩人后半宿在楼上这书你会不会说啊？会说，不能说。想听得散场，女同志不成，男同志您单约我，咱们到外边，您弄点儿羊肉串、瓶儿啤，找三五知己，我……我不

①抖搂：北京土语，一指抖动；一指添减衣服不慎，引起身体不适；一指挥霍、耗费财物；一指无保留的揭露，敞开说；一指彻底清理。此处是前一种意思。搂，读轻声。亦作抖落、抖罗、抖漏。

②犯机器：北京土语，本义指机器出故障、犯毛病了，此处形容人突然身体出问题或思想改变了。器，读轻声。

③只要：只音自，读二声。

④贾平凹：著名作家。因其作品《废都》中有许多性描写，出版时则注明此处删去若干字，故有此语。

说，您还真以为我说呐？我也不会呀，是不是？

次日清晨，金鸡三唱，天都亮了，王文一翻身：“啊！”同志们，咱们说的可是《聊斋》，您不要忘了。早晨这一睁眼，可把王文吓坏了。怎么？鸦头哭了，坐在床头：“一一一……”哭半天没二，净哭一。“鸦头，这……”王文一看这环境、这意思，虽说昨天喝多了，隐隐约约半宿的事儿也都记得，知道已经做下荒唐之事。“你为何啼哭？”“公子，您此次嫖院，以重金之许买奴家我破瓜之价，我平生第一付与公子。你我两情相悦，今后公子若想常来常往，不知公子身家几许，您趁多少钱呐？”“实不相瞒，小姐，就这还是赵大哥请客啊，我蹦子儿[①]皆无。”“那咱俩要想过好日子，我这妈妈可是认钱不认人，您有主意没有？”“我哪儿有主意？”“我就知道你没主意。你要没主意，我倒有个主意。”“你说你有什么主意？”“咱们俩人儿，走！”

①蹦子儿：北京土语，旧时指铜子儿，就是铜钱，后来指硬币，北京人叫钢镚儿。蹦子儿皆无，就是一个子儿也没有，没钱。

第三回

秋色凄凄，衰草离离。倚望河桥景色稀，斜阳渐下水流迟。碧天云外，鸿雁高飞。青山化作黄花地,（你看那）采莲船上一女子，走向东篱去赏菊。

应时当令，说一个秋的小岔曲儿，权当定场诗。

给您接演一段《聊斋》。三言两语，勾过前文。山东青州公子王文进京赴考，碰上同乡赵东楼，是个大财主，有的是钱，就把王文带到勾栏下处，妓院。王文嫖妓是头一回，也没钱，赵东楼倒是个朋友，很大方,“我花钱，兹[①]这窑姐儿乐意，要多少钱我给”。您看这交朋友，同志们，说实在的，交那个吃一碗刀削面跟您算计的主儿，那不成，得交这个一掷千金的。当然，他那想法也不健康，叫放着河水不洗船，他认为鸦头不能答应。谁知道,“王八看绿豆——对了眼儿了”，这什么人爱什么人真说不清楚。鸦头还没见着王文，就一听是山东青州公子王文，同意。说她真没见着？看着了。偷窥王文，王文跟赵东楼下棋的时候偷偷看他来，光看一背影儿就爱上了。

据说人的背影儿比前脸儿更有魅力。大家都学过《背影》这篇文章。当然，那是一种忆父之情，就说人家朱自清先生写的心理活动，通过看他父亲的背影儿联想到种种种种……您说人家的背影儿

①兹：北京土语，只要的简称，读二声。

能没有戏吗？包括我们在舞台上，有时候转脸儿背身儿的戏，比正脸儿的戏还重要。今天在座的有京剧界的专家，我不知道我说得对不对。比如有出戏叫《三岔口》，这出戏没词儿，摸黑儿打。任堂惠一上场，一拉山膀[①]，往这儿一站，一回头，就是背影儿给观众，这点儿有戏。说有什么戏？他要看看前后有没有人跟踪他。那你背着影儿，观众怎么知道呢？这一望两望，观众看不见你的眼神儿，看你的后脑勺儿，给观众感觉就是这个人很警觉，这是个夜行人、武术家，很精明，很强干。艺术塑造人物高明就在这个地方。

鸦头看上王文了，也同意了，王文跟她晚上一吃花酒。要是小班的规矩，头一回姑娘见客，吃杯酒就是好大人情、塔大[②]面子。睡觉？没有。上回我说了，到秦楼楚馆你不花个几回钱，想跟这姑娘拉拉手，约出来看场电影，说句文言，姥姥！不可能。说出门儿碰上了，姑娘也出门儿，妓院的女同志也不能老在家待着，也上街买东西，你嫖过两回院，跟人家打招呼："哎，大姐，小妹。"不理你，登徒子，好色之徒。"先生您出来遛个弯儿。""啊，碰上您了，再会。"俩人在屋里说的话全不提，人家出门儿就是良家妇女一样，不可轻视人家，不可侮辱人家。

同志们，说实在的，我很佩服从事这个行业的同志。历朝历代出了好多名人，不给您细说了，我要给您说一两位。擂鼓战金山的梁红玉，抗金的英雄，帮着丈夫韩世忠。您琢磨琢磨，韩世忠是大帅，给大帅当夫人错得了吗？可是青楼出身。帮助蔡锷将军二次北伐讨袁的小凤仙，住哪儿？出咱们这门儿，到磁器口，顺两广路一直奔西，头一站水道子，第二站叫桥湾，第三站叫三里河，第四站

①山膀：古典舞和传统戏曲中的基础动作。要求表演者两臂向左右伸展开，高过肩部，两掌略上扬，形成稳定的"山"字形。膀，读轻声。

②塔大：北京土语，形容特别大。

叫过街楼，第五站叫珠市口，过了珠市口路北陕西巷[①]五号二层小洋楼，那就是小凤仙您老人家住的地方。我但分不是珠市口生珠市口长，说不了这么清楚。别的地儿我怎么不说呢？我不认得。我这地儿生这地儿长二十多年啊。

别看鸦头也是个青楼女子，但她爱上王文了，就留宿了。这可不是一般的人情问题了，也不是金钱能买来的了。王文也糊里糊涂，又搭着喝点儿酒，两个人吹灯，宽衣解带，共入罗帏。次日清晨，王文醒了，大大地伸了一个懒腰，脑袋还有点儿晕晕沉沉，恍恍惚惚。一听床头这儿有人哭，王文一看，是鸦头，大衣裳都已经穿好了，但发髻还没梳，蓬着头，坐在床头，以泪洗面，哭得还挺伤心，看意思不是装出来的。“啊。”怎么称呼啊，不知道叫什么好。叫小姐？是……叫娘子？叫鸦头？现在好办，叫亲爱的，都解决了。“我问问您，您哭什么呀？”这儿不言语，还哭。王文顺被窝里钻出来，一看自己，衣不遮体，比鸦头还感觉害臊，大红脸，头一次嫖院啊，赶紧找自己的学生装。什么学生装？自己穿的长衫。都穿戴好了，头发简单拢拢，明朝的人拢发包巾，这会儿也来不及了，简单梳梳吧。

王文定定心神，一看鸦头还哭。“哎，别哭，我明白，您嫌弃我啊。”为什么？“一介穷儒，我是个穷酸秀才，无一技傍身，真得说肩不能担担，手不能提篮，文不能安邦，武不能治国，废物一个，您也不怎么糊里糊涂看上我了。现在您回过味儿来，觉着委屈了。得了，您别哭了。春宵苦短，昨日咱们苟合一夜，我也不敢轻看鸦头您。这不是赵东楼赵大哥有钱，他把钱也给了么？这样吧，我走我

①水道子、桥湾、三里河、过街楼、珠市口、陕西巷：均为北京地名，在两广大街沿线。

的，您走您的，您也别伤心，从此两姓旁人，井水不犯河水。小生这厢告辞了。”“站住。”“没走没走，您说。”“我问问你，你喜欢不喜欢我？爱不爱我？”“爱你。”“是打算跟我做长久夫妻，还是做露水夫妻呢？您就打算今儿来明儿走，三天打鱼，两天晒网，拿我当一般的窑姐儿了，也不是不可以，我也对得起您，我就死去。”“哎，别介。要是想做长久夫妻，怎么样呢？”“有两条道。第一，您就……这价码您也知道了，每天带这么些钱来，够五十年的就成。”“昨儿还是赵大哥请客，谁让我碰上这奘头[①]朋友了呢，我蹦子儿没有。此次进京带纹银不足百两，已然花费过半，我是个穷秀才。鸦头，您干脆说第二条道吧，就说我爱您，您也喜欢我，打算跟我将就着过，凑合半辈子的话，咱们怎么能够过到一块儿？”“那我就要脱离青楼，从这儿出去，弃娼从良，我就能跟你正式过日子了。”

过去妓女有几种到妓院的方式，我也不给您细说了，大部分当然都不是情愿。有官妓，官妓就是一些犯妇，家里人犯罪了，你就没有人权了，把你卖到妓院，从此就是官妓，官准的妓女，你所挣的钱要交给国家。为什么？除了你自己的生活费，剩下入国库，替你家里的男人，或你的父亲，或你的哥哥赎罪。还有好人家的闺女被拐卖，这也不细说了，贩卖人口。还有因为种种原因沦落风尘，这也不必细说了。但你要想出乐籍[②]，出这个妓院的门儿，怎么办呢？得有人花钱，把你的身价银交给领家儿妈妈鸨儿娘，把你买出来。当然，漫天要价，那钱就多了。你走了，就算从良了。

“我……我听明白了，那您要跟我从良，怎么办？”“还是两条道。第一条道，你把你每天来的钱凑一块儿，一次性交给妈妈那

①奘头：北京土语，冤大头，经常心甘情愿请客消费。含贬义。奘，音葬；头，读轻声。

②乐籍：乐户的名籍。古时官妓属乐部，须登记造册，因为官妓有执照。乐，音岳。

儿。”“说第二条，第一条从略，我没钱。”“没钱，公子有胆量否？”这句话可有点儿扎心，男同志听不得女同志问这句。

您看，男的跟男的戗火[1]还好办。“嘿，这事儿你敢干吗？”“我……我不敢干，这玩命，我干吗呀？我家里有老婆孩子。”吃葱吃蒜不吃姜（将）[2]的人大有人在。但毕竟男同志有时候容易把火戗起来，何况女同志呢。女同志一问：“这事儿你敢办吗？”“我敢，没有我不敢办的。”

您别看王文是书生，也是一把扳不倒的青年男子汉。打鸦头一个小姑娘嘴里说出来：“公子有胆量否？”“我有。”“别含糊，有胆儿没有？”“我有胆量。这跟你从良有什么关系吗？”“当然，如果你有胆量，也不用你花钱买笑，也不用你用钱赎我从良，咱俩是‘凉锅贴饼子’，给她来一‘蔫溜’，你我二人私奔了吧。”“啊！”打旧时代明朝人嘴里，打一个女子嘴里说出来，同志们，私奔这两个字太难听了。现在大家可能一听这两个字，感触不那么深，古人对这太重视了。您已经是妓女了，还私奔，这是罪上加罪。王文听不了这个，慌了：“哎呀，这个……鸦头，你……你说……具体点儿，咱们怎……”“你看，我问你有胆儿吗？”“不是，胆儿我是有，咱怎么走？”“你只要有胆量，剩下甭管了，你就甭操心了。我就问你一句话，如果咱们私逃成功，打此以后远走天涯海角，我也脱离苦海，你也跳出尘世，跟你原先家里那些人完全就脱离关系了，你认头[3]不认头？”“只要有卿相依为伴，余生有你足矣。”我这后半辈子行了，只要有你跟我过后半辈子，什么乱七八糟全不管了。“你的功名

①戗火：北京土语，故意招惹，刺激，挑逗，拱火。戗，音枪。

②吃葱吃蒜不吃姜（将）：北京土语，指不为激将法所动。

③认头：北京土语，承认、认可，有时有服输的意思，甘受命运摆布或接受某种情状。

前程?”“去他的。”“你的锦绣文章?”“管不了了。”“哦，我要走，可就是狠得下心来。”“我也狠得下心来，只要有你。”“好，我再问您第二条。”“您说。”“如果侥幸偷逃成功，我也把我的终身相托了，跟你过后半辈子，说实话，你会不会变心?”

在座有几位女同志，我这儿得罪了啊，女同志都要问男同志这句。男女搞对象，也甜言蜜语了，也亲过嘴儿摸过手了，这会儿女同志就要问了:“你……你要爱别人，怎么办?”“我……不能。电影明星走马路上我都没看过一眼，你知道吧？自从有了你，就是你了。”都得这么说。

王文多鬼，念那么些书，这两句话能不会说吗?“哎呀，鸦头，您拿我王文当什么人了？春宵一刻，就昨天晚上这一宿，死都值。还甭说长相厮守、海誓山盟，我也甭跟您说什么沧海桑田了，什么日从这边出、月从那边落，我甭跟您费话了，我的前程尽弃，我是念书人，视功名如我的第二生命，我不考了，我跟您逃跑。今生我若是负心对鸦头，叫天把我怎么长，地把我怎么短……”还要说，鸦头一捂嘴:“哎呀，相公言重了，您不用起那么毒的誓，表表您的心也就是了。”“好吧，那咱走吧。”“哎。”“这青天白日的，怎么走？您楼上这门，昨儿晚上鸨儿娘也锁了，咱得把门叫开走。是我先走，然后您来个‘金蝉脱壳’，我前来接应，还是咱俩一块儿愣闯？凭我的这个……我也没吗儿。”“我跟您说，您甭管，具体怎么跑您不用操心。我收拾我的细软之物，再捯饬捯饬。您把您的头发、衣着再整理整理。”“是是是。”犄角儿这儿有脸盆架子，上边搁着铜盆，水是凉水，凑合吧。拿凉水把头发拢拢，后边盘起来梳上，衣裳重新归置①归置。

①归置：北方方言，收拾，拾掇，整理。置，读轻声。亦作归着，着，音周，读轻声。

王文浑身上下收拾好了，回头再看鸦头，也穿戴整齐了，穿得很朴素，挎着个小包袱。“平生细软就这点儿吗？”“这点儿就够了，床头柜里也没什么，我也没什么东西。咱走啊？”“走，这个……我还有个书童叫小生子，还在打磨厂某某客栈住着。”“甭管他了，他有他的造化，以后他的日子错不了，您就甭操心了，咱俩顾自己的命吧。”“哎，咱们拧锁撞门去。”“不用，走门多费事啊。”“走哪儿啊？”“公子有胆量否？”“怎么又问这句啊？我也忒不济了，这么会儿问我两回，‘砖头打架’，您有什么‘出手儿’的啊？我……我有胆子，怎么走吧？我明白了，跳窗户对不对？没有三脚猫四门斗儿[①]的，敢逛窑子吗，对不对？哟！”把窗户又带上了。“这不成，这太高，骆高[②]骆高的，这跳下去把踝子骨……”“去去去，您把窗户带严了。”“是。”

王文把窗户带严了，走到门口听听没什么动静，一回头，看鸦头从小包袱里拿出两张符来。什么叫符？就是两张布，上边拿朱砂写的曲里拐弯儿的天书文字，咱也不懂，就跟袖标一样。鸦头在王文胳膊上系了一道，自己胳膊上也系了一道，两道符拴在胳膊上，这只胳膊挎着包袱，这只胳膊挎着王文。“说好了，可有胆儿？”“有胆儿。”“嗯，闭眼，可不许睁眼。听见什么，感觉到什么，千万别睁眼，睁眼可就坏了我的事了。”“哦，闭眼不睁眼。”“多咱我让您睁眼，您再睁眼。”“是是是，这是怎样的走法啊？”“您甭管了。”说着话，鸦头把王文往自己身子这儿一拽，王文跟她可就紧靠着了。两道符系好了，三指掐诀，嘴里叨叨念念，也不知她念的什么，王

①三脚猫四门斗儿：做事技艺不精，水平不高，粗浅，亦比喻对各种技艺略知皮毛的人。三脚猫，语出《七修类稿》，“嘉靖间，南京神乐观有三脚猫一头，极善捕鼠，而走不成步”。“三脚猫”本职技能不错，却“走不成步”，所以“俗以事不尽善者，谓之三脚猫”。四门斗儿，本是踩高跷的一种走法，四角对穿走三角斜。

②骆高：北京土语，形容人个子像骆驼那么高。骆，音lé。

文这么近也听不清楚。可了不得了，就看两个人脚下一阵黑烟，盘气成云，一会儿就是一朵黑云，慢慢儿往上绕，一会儿可就过了两个人磕膝盖了。王文低头要看，猛然间就听鸦头一声呵斥：“公子闭眼！”“是。”紧跟着把眼死死一闭，“腾”的一下儿，就感觉飘飘忽忽，两脚可就离了地了。再看鸦头嘴里叨念愈加急促，急斥一声：“去！”刹那间一朵黑云把两个人裹成一团，眨么眼儿的工夫，“唰啦”一下儿，一道白光顺窗户缝儿出去了。

说时迟，那时快，说书的嘴难说两家的话，我给您说这情况王文可不知道。王文就觉得两脚离了地了，紧跟着往前撞，迎面的风跟小刀子似的，刺得脸生疼，耳旁边风声烈烈，想张嘴说话张不开，真想睁眼都睁不开，忍着吧。就这样迷迷糊糊飞，说现在话也就十来分钟，说那会儿话也就一炷香的工夫，就觉得慢慢儿速度下来了，“咕噔”，“咕噔”，两个人沾地了。王文脚一沾地就觉得腿软，“扑通”一下儿，就坐这儿了，紧闭双眼，没敢睁眼。就听鸦头轻声细语：“睁眼吧您。”“哎，是。”不睁眼还则罢了，王文睁眼四下定睛仔细观瞧，只吓了个三魂渺渺，七魄茫茫，亡魂皆冒啊。只见他们两个人身处乱葬岗子大开洼，周围全是坟头儿，到坟地了。

现在是九点半，有单独来的观众一会儿到我们门口报一下名，我们组织大家四个人一拨儿，给打车费，让您走。我说这书还得负责大家的安全。有女同志您跟着男朋友或者爱人来的，我就不管了，不负责了。说《聊斋》，没有点儿恐怖的地方也不成。好多观众跟我打听：“晚上说害怕不害怕？”要说一点儿都不害怕也不尽然，但我们也不故弄玄虚，人家原文那么写的。

这不由得王文不害怕。刚才还在北京，姑娘绣楼上，锦衣玉食呢，眨么眼儿的工夫飞到这儿，乱葬岗子，到坟地了，能不害怕吗？抬头再一看，鸦头笑吟吟满脸堆欢，二目凝神似秋水相仿，正看他呢。这会儿越看鸦头越瘆得慌，王文思前想后一琢磨：怎么那么巧我一到北京就碰上老乡赵东楼呢？怎么那么巧赵东楼就把我带妓院去呢？我是念书人，我那书都白念了。我……我不应该嫖院，我就愣嫖了，这不是该着命中有吗？即便嫖了院，认识她了，怎么就糊里糊涂许给她私奔在外呢？这落一个拐带民女的罪，可是干犯王法，与我性命有伤。我是念书人，连这点儿事儿都不懂吗？人家本家儿追来，不说是鸦头的主意，说是我的主意，走到哪儿打官司我也说不出去。你把人家青楼女子拐带出来，而且她头一回接客是我，对外现在还没宣布呢，人家是黄花大姑娘啊。出来也就罢了，或是明走，或是暗走，得有个办法。怎么口中念诀，一团黑云裹定我二人身形，然后就来到此地，这是什么所在？抬头再看鸦头，可就不那么漂亮了，这里有鬼有怪啊。我读圣贤之道，子不语怪力乱神，我本是堂堂大丈夫，何怕你是鬼是怪把我迷啊？我问问吧。

“哎呀，鸦头。”“哟，怎么说说长调门儿了，怎么着？”“你使的什么办法把我挟至此处？你到底是人是鬼，是妖是怪？意欲何为，想把小生如何？你对我实言相告。纵然死在你手，我到阎王面前有个质对，知道我是被何人所害。看在你我露水夫妻一夜的情分上，让我临死明白明白，你到底是怎么回事啊？”“哦，问这个啊？”“嗯。”“嗐，公子可有胆量否？”王文气坏了：我都这样了，还问我有胆儿没有？我能有胆儿吗？有胆儿也都让你吓没了。“鸦头，事到如今，我怎么叫有胆儿，怎么叫没胆儿？眼看命丧你手，被你挟持至此，叫天天不应，叫地地不灵。唉，我我我……有胆儿。”“这像有胆儿的吗？你非要问我怎么回事，我是非人非怪，非妖非鬼。”坏了，全不占。“神鬼妖怪您都不是，那您是什么呢？”

《聊斋》原文写五个字。鸦头轻启朱唇，轻轻说了这么五个字，“妾非人，狐耳”。写得好，我佩服蒲松龄用笔非常简练，人家写得经[①]琢磨。我是狐狸，狐狸精。“嗯嗯嗯，听说过，狐仙爷。哦，明白了，您……您是就……就这么用餐呐，还是……我洗洗是怎么？”“什……什么意思啊？”“您不得把我吃了吗？”“我吃你干吗，在家就不能吃你了？在我那屋里也没人看见，我嘁哧咔嚓把你吃了不就完了吗？”“不是，那您不吃我，您把我带这地方，您……当然环境很熟悉啊，我不常来这地儿。我……”“跟你这么说吧，不单我是狐狸，我的姐姐、我的妈妈，我们妓院里所有上上下下的人都是狐狸。”“哦，狐狸窝。您别提别人了，我跟您打听，赵……”“赵东楼不是，赵东楼被我长姊妮子所迷。”长姊就是姐姐，妮子是她姐姐的名字，上文书交代过了。“他一掷千金也好，毫不吝啬也罢，早晚必被我姐姐所害，你就不用管他了。”“那我怎么样呢？”“我就是看公子您行为端庄是好人，所以我要搭救公子。话又说回来了，这也是我自救的一种办法，不但救了公子您，也把我救出火坑。简单跟您说吧，我们家这些狐狸都不是好狐狸。”“哦，你是一个坏狐狸，嗒啦愣嗒啦愣，噔噔噔……”[②]“别唱啦，搁这儿不合适。刨去我，都是坏狐狸。”“是，看得出来，您长得漂亮，就是好狐狸。”“不是。从小我们家这些家长，这些老狐狸就逼着我迷惑人，我就不从，从来没干过，早我就想脱离它们的魔爪，奈何我羽翼未丰，修行太浅，道行不够。现在我觉着我这道行有点儿意思了，能跟我妈、我姐姐她们抗衡了，又赶上您是个正人君子以托终身，我打算跟您过。”“是，您道行不浅。那我打听打听鸦头您的芳龄？”“哎哟，姑娘我们还小呢，九百二十七岁。”“我二十一。咱们……咱们不说整数，就说零儿，您比我大六岁啊。女大六，咱们爱不够，是吧？

①经：北京土语，用于动词前，表示某动作可以承受、可持续较长时间。经，音今。亦作禁。

②这是一部老动画片《过桥》的插曲，一笑耳。

这个看不出来，您……您保养得是真好。那您不害我?”“我干吗害你啊？咱们从此以后就是夫妻两口子了。我就问您这两条，在家我不问明白了么，您变不……”“我不变心，狐狸我也不变心。”“那就行，咱们以后日子还长着呢。您也别紧着坐着，地上怪凉的，您……您站起来。”“哎，我得站得起来呀，腿软呐。”

王文强挣扎着站起来了。“哎呀，这地方我是……咱换个地方说话啊。我再跟您打听打听，这……这是哪儿啊?”“杭州。”嚯，刚才还在北京，十来分钟到杭州了，真了不得。“哎呀，您法力高深，那咱……咱怎么过我还得跟您商量商量。我还是那句话，肩不能担担，手不能提篮；文不能安邦，武不能治国。我是消费阶级，念书行，之乎者也矣焉哉我都明白。最多我设馆教书，换几个零钱，咱们将养度日。要想再像以前那样过好日子，恐怕跟着我是不成了。”“没关系，指着您是指不上了。这样吧，咱们进杭州城先赁所房子吧。”“好。”

两个人你搀着我，我搀着你，深一脚，浅一脚，顺乱葬岗子往外走。渐渐可就走到官道上了，到官道上缕缕行行①顺人群邁奔杭州城。好一座锦绣繁华的杭州城，太漂亮了，上有天堂，下有苏杭啊。哪位朋友有时间到杭州去看，美景尽收眼底，一时说它不尽，我也不给您细说了。杭州有美景、美食、美人，尽可一观，大饱眼福，秀色可餐。有机会我也准备去看一看，现在我还没去过啊。

到了杭州，人家一看小两口穿着打扮，尤其王文跟鸦头都这么漂亮，身上又有儒气，这是安善良民呐，都愿意租他们房子，赁了一所房子，临时就住下了。人家要问，就说到杭州城前来投亲访友的这么小两口。简单住下之后，把小包袱打开了。“您看看。”嚯，

①缕缕行行：北京土语，顺着人流往前走。行，音航，读一声。

包袱里还真有不少好东西，有点儿银票，有点儿首饰，还有点儿金的、银的这些黄白之物，都是值钱的。“这也够过些日子。”“不成，拿着它平常吃饭，做生活，呃……这叫坐吃山空，咱们得想个营生。”“我什么都不会。”“没关系，您明天拿着银票也好，拿着首饰也好，出去号[①]几间门脸儿房。”“哦，门脸儿，干吗用呢？”“后边要是再有闲房，咱们是前店后厂，连做买卖带住就都有了。”“好吧，我找着房子，干什么买卖呢？”“等您找着咱们再说，我跟家还有好些活儿干呢。”

王文拿着钱出去号房子。有钱好办事，号了五间门脸儿，后边小院带几间房子，新房子年头儿不多，挺干净，挺讲究，也挺漂亮。王文满心欢喜，回来一看，鸦头正干活儿呢，包小纸包，也不知道包的什么，有个笸箩，包好了往笸箩里一扔。王文把情况一说：“我都办完了。”“好，早歇着。”

第二天，夫妻两个一块儿看房，鸦头也很满意。“您再拿着钱去雇人，装修装修门面，您自己写个匾，咱们就开张了。”“写匾？我没打听，咱们什么买卖？”“药铺。”“药铺？我不懂。”“我懂啊，我是连卖药带坐堂行医，全我一人儿干了。”“看不出来我娘子还有这般本领，真了不得。行行行。”写仨大字：“济世堂。”悬壶济世嘛。字写得还真漂亮，找工匠做了一块匾，挂起来了。也请了三街四邻，放一通鞭炮，济世堂大药铺就算开张了。“药柜子里都是空的，咱们进点儿货吧，弄点儿货底子倒腾着卖。”“有。”把笸箩拿出来了。“你看，这都是药。”“您这上边也不写名儿，怎么治病啊？”“什么病都行。”“是啊？”“我不方便抛头露面，甭管来什么人，您坐头里[②]

①号：北京土语，租赁。号，音耗。

②头里：北京土语，一指前面，前边；一指从前，以前；一指开始，起先。此处是前一种意思。里，读轻声。

号号脉，也甭开方子，这药包拿走两包，回去温开水服下，药到病除。”“我媳妇真有能耐。行，就听你的。”他什么也不懂啊。

没有不开张的油盐店。这位捂着腮帮子，进来了。“大夫贵姓?”“免贵姓王。”“一看您就精擅岐黄之术，医术高明，您看您浑身都是儒气。您这屋倒没什么药味儿，比一般的药铺也强。我就是牙疼。”“哦，牙疼啊？坐下给您号号脉。”“哎，嗯？牙疼。”“是，号号脉。”他也不懂，三个手指头一搭：“行，给您开包治牙散吧。”“哦，您这儿有治牙疼的散。”“是是是。”笸箩里拿出两包，鸦头包好纸包。“给您，拿回去吃吧。”“这多少药钱?”“我们新张志喜，您这又不是大毛病，这两包药您拿回去吃，吃好了替我们扬名，吃不好您回来找我，我再给您换别的药。”“是是是。”这位捂着腮帮子，拿着药包走了，说现在话没十分钟就跑回来了，欢天喜地。“王先生，我谢谢您，您看我这牙，我带着一把蚕豆来的，‘铁蚕豆’[1]，满好，没事，药到病除。”“好，那您替我们扬名。”“是，您看我街坊有几位有病的，我都请来了。这肚子疼，这闹脚气。”“您这天上一脚，地下一脚。来吧来吧。您……您怎么回事?”“哎哟，我肚子疼，这些日子拉稀。”“给您号号脉吧。”一号脉，拿两包。“您拿着回家吃去。”“这怎么算钱?”隔着帘问鸦头：“太太，这怎么算钱?”“二钱银子就得了。穷人吃药，富人花钱。那有钱的来多要他钱，一般的老百姓几十子儿也行，带着银子就搿二钱银子。”“行，有行市就行。”连诊费带药费，二钱银子一位。

没有三天，门口排上大队了。嗬，药到病除，这小药包里也不知包的什么，什么病全治。这下子买卖可做大了，积少成多。您别瞅二钱银子，架不住天天排大队，都是现钱。有钱可就不光王文一

① “铁蚕豆”：不是铁的，是炒制的五香蚕豆，因为比较硬，故得此名。

人儿坐堂了，也雇人了，找真正的大夫来坐堂，慢慢儿也找真正懂药的人进药，一个大药铺俨然可就开起来了。

您看，药铺这行业最赚钱。为什么呢？进货的时候是论麻包进货，卖的时候可是拿戥子一点儿一点儿称着卖。您琢磨，他进货一包，卖您的时候一小块儿就治病。这叫丸散膏丹，神鬼莫测。唯独药行，您得心甘情愿往外花钱。比如，您到那儿找大夫。“大夫，我这病您看怎么样？”“哎呀，你这病也就找我，换别人还真治不了。行了，我给你开个方子吧。”开好方子你一看，上边的药都是珍贵的东西，值多少钱不说，你跑遍各大药铺买不着，你不知道他这药哪儿卖。连转三天没买着，你又回来找他来了。“大夫，您给我开这方子，我转悠好几天，满世界药铺寻不着，您这……”“哎哟，这药倒不值钱，可就是难找，都是海底下千年才生成的东西。这不前些日子浙江巡抚老太太得这病，托我配了两味药，一共是十副，得了，勉为其难，每副抓出点儿来给你凑两副吧。这要让巡抚老大人知道，我的身家性命可有伤啊。”“哎哟，太谢谢您了，您说多少钱吧？”您说这大夫多损，开这方子明知道你买不着，还得谢谢他，多掏钱，你得把十副药钱全掏了，那几副愣送巡抚。其实也不见得是巡抚要的，就这么说。吃好吃坏还不保，大夫没有十成的把握，“拿回去吃去吧，准好”，绝不说这话。“回去先吃吃看，有什么反复回来再找我。”三剂药下去，不济事，回来你找他，他有的说。“大夫您看，这……吃完我爸爸这病不见好啊。”“饭前服的，饭后服的啊？”“饭后。”“怎能饭后服呢？哎呀，你临走也不细问。”他不说他没告诉人家。“你爸爸的事你怎能这么不上心呢？饭前服啊。”“是是是。”三天又回来了。“大夫，这药不济事。”“饭前服的，饭后服的？”“饭前服的。”“哦，午饭前，晚饭前呐？”“晚饭前。”“怎能晚饭前呢？午饭，吃完早点就得吃这药。”“哎。”老折腾你，他老有理。你到这儿不敢跟他瞪眼，除非把你爸爸治死，那你带人拆他的牌匾，那单说。

药铺这么发财，日积月累，日进斗金，王文俨然就是大财主了，也有钱了。三年并二载，也不住后边的小院了，单找地方，买大院子，几进的大院子带花园，阔财主了，也无心考什么功名。老家里的叔啊、婶儿啊、书童王生啊，全忘了，乐不思蜀。跟大奶奶过这日子挺好，鱼水和谐，真得说小两口恩恩爱爱。我要光给您这么说，不就没书了吗？他也有心事。什么心事呢？他心想：不孝有三，无后为大。我叔、我婶儿就没有男孩儿，我们王家就我千顷地一根苗，“老爷庙的旗杆——独一根儿”。我娶一狐狸太太，能生养不能生养不知道啊，我问问。“那个，太太，大奶奶，哈哈哈，今天您闲着没事儿？”“没什么事儿啊，咱们作何消遣啊？是吟诗作赋，还是猜谜语，还是咱们夫妻带着几个丫鬟弹唱弹唱啊？”“这都不好，我问您点儿事儿。咱们两口子也三年五载了，要是别人家两口子三年五载就有产品了。”“咱们的产品不少啊，大药房开着。”“不是，不是那个，是咱们家里。一般人家两口子，好比过个三年两年可就不是一家子了。”“就两家子了？”“不是，我这话没说明白，一家子还是一家子，他就不是两口子了。”“那是几口子呢？”“他小起码儿[①]就是三口了。”“哦，您别跟我绕弯儿，是不是问别人家怎么都有小孩儿，咱俩怎么没有小孩儿？你跟我能不能有小孩儿？”“不是，这我倒不怀疑，主要是想问您，比如我要跟您有了小孩儿，您十月怀胎，一朝分娩，您是生人呐，还……”下句难听不能说了：您要给我生个狐狸，怎么办呐？“哼哼，我说大爷，您的心眼儿还真不少，难得您还能想到那儿去。咱们来着看吧。”“什么话，什么叫来着看吧？”“这不您让我说的？”“我这心里……这玩意儿……不……”“您

①小起码儿：北京土语，最低限度，最基本的。

甭管了。”这话可就当笑话说过去了。

又过了二年太平日子，王文俨然是富家翁，在杭州附近传遍了，都知道有一对神仙眷属。公母俩[①]医术也高，人性也好，悬壶济世，人家济世堂名副其实，真是帮穷人，不欺负穷人，瞧得起穷人，白给穷人看病，白给穷人吃药。一传名，买卖越做越火，杭州城数得出去了。

这一天，鸦头突然跟王文说：“大爷，我跟您说个事儿。”“哎，您说吧。”“我有喜了。”“哦？来来来，我给您把把脉。”这几年王文也跟着长点儿，虽然太复杂的病症看不了，但他本来念书，就看过几本医书。“是是是，好，您大概其是几个月生啊？”“费话，一般几个月生啊？”“十个月啊，但您这……这岁数，对不对？我不敢多说什么。”“我大概也十个月。”“您……您算算咱们是男孩儿还是女孩儿？”王文话里可绕鸦头，他不问生人生鬼生狐狸，他问是男孩儿是女孩儿。你要告诉我男孩儿或者女孩儿，我踏实了，甭问，生人。鸦头能不明白这个吗？“甭绕我，男孩儿女孩儿啊，咱来着看吧。”这倒好，要不出簧[②]来，问不出子午卯酉来。“得，来着看。那打今儿起，柜上事儿您就甭操心了，我跟手底下也说，大奶奶有喜。打今儿起，想吃什么做什么，想喝什么拿什么，您在咱们家里就算重点保护起来了。”“那是啊。”手底下人也都嚷嚷动了，大奶奶有喜还了得？

可是打这天起，王文就发现一个很奇怪的现象。什么呢？经常晚上半夜三更就找不着媳妇了。刚才还在这屋待着呢，王文出去小解，或者出去洗洗脸，或者哪屋转个圈儿，就这么个工夫，回来

①公母俩：北京土语，指夫妻二人。老夫妻，就是老公母俩。母，读轻声。

②要不出簧：要簧，江湖行话，指从别人嘴里套话，通过一些话术探听他人的个人信息或其他消息。要不出簧，探听不出来。

再找大奶奶，没了。一开始失踪个个把钟头、半个时辰，自己就回来。你问她：“大奶奶您上哪儿了？”“我哪儿也没去呀，怀着孕我得走动走动，也不能老在屋窝着呀。”“是，我懂，我懂。下回您说一声，我派俩人跟着您，要不我陪着您去，搀着您走走。”“我就花园一转。”“我派人花园找，没看见您。”“是，走岔了路了，他打这么走，我从这么来，我你还不放心吗？”“是，我没不放心。”

一开始还能对付过去，慢慢儿走的工夫大了，经常一宿一宿不回来，天亮见。这天王文外边办完事回来，院头里院后头，府前府后一找，大奶奶鸦头踪迹不见，问谁谁都不知道，说“吃完午饭，大奶奶一人在屋里睡觉，我们也没敢打搅，也一直没叫我们，谁也没上那屋去”。王文心想：我等着你。晚饭草草一吃，就在书房坐着，随便找本闲书，也看不进去，看两眼撂下；把那本抄起来，翻两篇又撂下；把这本又拿起来，心不在焉。

玉兔东升，听外边谯楼鼓打定更天，已然入夜了。王文一琢磨：人人都不知道我娶了一个狐狸太太，我妻子是狐仙，有好有坏啊，你们尽看见贼吃肉，没看见贼挨揍啊。我有我的苦衷，狐狸太太说没就没啊。你说这晚巴晌儿[①]经常一宿一宿不回来，我一问吧，冷言冷语对我，也不跟我说实话，她肚子里还怀着我的孩子。倘若有个差池，我怎么办呢？唉，熬着吧。

迷迷糊糊，三更天了，王文猛然惊醒，三更天还不回来，心里发急，自己跟自己撒狠儿[②]。我也是男子汉大丈夫，什么叫狐仙，哪又叫妖魔鬼怪，我的夫权还是要的，今儿回来没别的，脆脆生生我给她俩嘴巴。我问问她：“这些日子晚巴晌儿你干吗去了，背着我嘀

①晚巴晌儿：北京土语，傍晚或临近傍晚的时间。巴，读轻声。又作晚半晌儿、晚么晌儿。

②撒狠儿：北京土语，较劲。撒，音仨。

嘀咕咕，难道有什么见不得我的事情吗？”也难说，别看我们夫妻恩恩爱爱、鱼水和谐，狐狸精她安的什么心眼儿？倘若背着我偷寒送暖，跟公狐狸们要有苟合之事……哎呀，王文呐王文，今儿审审她。

这时，鼓打四更，王文心又软了：我审不了，她九百多年道行，随便吹口气就要我命。我们俩过好几年了，对我是言听计从、惟命是听，对我是真好，也疼我，我也喜欢她，没人不说我们大奶奶贤惠。我……我就是打得过她，也不能打呀，再说还怀着我的骨血呢。真要生下来不是妖，不是怪，不是小狐狸，是活蹦乱跳一胖小子，就是我老王家的功臣呐。唉，我怎么舍得跟她真较真儿呢？

俨然快到五更天，天就快亮了，眼前蜡烛火苗一晃，门窗未动，眼前一花，人影晃动，鸦头回来了。“哟，您没睡啊？”“您回来了？”“回来了。”“您坐您坐。您干吗去了？”“不是不让您问么，怎么还打听啊？”“不是不问，您最近……我说您别不高兴。原先出去个把时辰就回来，现在成宿成宿不回来，我真放心不下。您但分能告诉我，就告诉我；您要实在不愿意跟我说，我也不细打听，不招您的烦心。可咱们两口子话得说到这儿，纵然我不济，我是指着媳妇吃饭的人，但咱家里怎么也得有个实招对[①]啊，您跟我说说不要紧的。您到底干吗去了？说说，说说。”“非让我说啊？”“非让您说。”“那我问您一句话。”“我有胆量否？是吗？”“干吗，急啦？对，就想问您这句话，有胆子听吗？”“我今儿非听听，鸦头你说吧，天塌下来，有你扛一半儿，有我王文扛一半儿，我也是大老爷们儿，我这些年够瞧的了，来来吧。你说，怎么着吧？”“实不相瞒，我的夫啊。”未曾说话，滴滴答答，两行泪抛洒前胸，鸦头又哭了。“最近我连夜出去，四下访察，恐怕我的母亲和长姊她们已经发现你我

①实招对：北京土语，实话。对，读轻声。

夫妻的行踪。我处处遮遮掩掩，企图瞒天过海，咱们夫妻再苟且一时。谁料想我那狠心的母亲道行太高，再想瞒可就瞒不住了。要搁在平时，以为妻我的道行和法力，足可与她母女一战。现如今身怀六甲，我……我恐怕战她不过，哎呀，你我大祸就要临头。我的夫啊，还要早做打算。""啊，你待怎讲？老狐狸精她来了吗？""就在下周五。"①

① 当时我每周五晚上在崇文书馆说评书《聊斋》，故有此语。这也是现场评书常用的一种结束方式。

第四回

杭州的美景盖世无双，西湖岸奇花异草四季清香。春游苏堤桃红柳绿，夏赏荷花映满池塘，秋观明月如同碧水，冬看瑞雪铺满山冈。①

今天下午四点钟我才到北京，从杭州回来。因为正说在杭州一段书，所以我特意到杭州去考察考察，看看有没有当年的遗迹，也没看见什么。您要知道，蒲松龄写的一部分故事有鼻子有眼儿，就是据某某人亲眼得见，甚至于他自己亲身经历的，但大部分恐怕还是杜撰的，杭州也没有什么古迹证明鸦头曾经在这儿居住、生活、学习、工作过。但我就得那么说，人家书上那么写，我也是那么学来的。

王文嫖院，鸦头跟他私奔，这个事情已然就很出奇了，没想到自己暴露身份，上回书说了，“妾非人，狐耳”，这句话点题，我是狐狸。王文还是很开通的，狐狸就狐狸，跟谁过不是一辈子啊？他想开了，反正狐狸有狐狸的好处，他大松心。这王文什么不会，虽说念书学问不小，但也没有很深的造诣，也没有很高的成就，发展的前途不很光明，可自从得了狐仙太太，俨然是大财主了。站着房，躺着地，都是白来的，凭自己上哪儿挣去？由一个小小的药铺济世

①这是太平歌词《白蛇传》的前六句，当作定场诗。一般定场诗都和下文内容有些关联，这样批讲一番，便于进入主题。

堂开始赚钱。医生赚钱就是穷人吃药，富人花钱。赶上你真有病，家里很穷，济世堂白给药，吃好了算。说你有钱，小三灾儿，头疼脑热、感冒发烧，不花个万儿八的不让你好利索了。您瞧，杀富济贫。但鸦头跟王文提出来了，我怀孕了，这让王文很担心。咱们上回说了，他不知道他跟狐狸要生一个什么，是人，是狐，还是半人半狐，怎么给起……这都不好办。他几次问鸦头，鸦头倒是跟他半开玩笑："咱们来着看，我生出来你就明白了。""这……你明白我不明白啊。"王文很担心。眼看显怀了，肚子一天天大起来了，同时有个奇怪的现象，鸦头经常失踪，先开始走个把钟头，到最后成宿成宿不回来。这天王文急了："你晚上干吗去了得跟我说清楚。"哪个男同志，也不单男同志，女同志也一样，爱人成宿成宿不回来，不能不问，对不对？你可以回来晚，允许你有各种社交活动，允许你有正常的工作、娱乐，这都好办，不能不知道你干吗去呀。一回两回不想，天天这样受不了。

王文审鸦头，鸦头被逼无奈，说："我那狠心的母亲和姐姐，她们明察暗访已然打探到你我夫妻匿居在杭州。本来我打算跟您甘老林泉了此终生，不能说神仙眷属，反正怎么也得过几年舒心踏实的日子，现在她们不让过。据我最近的观察，已然在杭州城发现她们的踪迹，只不过她们还没确定到咱们住的这所宅子。要凭为妻我的法力跟道行，尚可一战，我还能跟她们挣吧[①]挣吧。但平常行，现在不行啊。你来看，身怀六甲，我是双身子，难以争斗，打不了了。"王文一听，吓坏了。老狐狸多大能耐他没看见，他媳妇他知道啊，带着自己一念咒，一股黑烟，由北京到杭州，什么现在新提速，三百多迈，玩儿去了就，什么波音747、848的，超音速都不管用。说

①挣吧：北京土语，挣扎式反抗，勉强支撑。挣，音证；吧，读轻声。

那会儿的话，一炷香的工夫，到了。我媳妇这能耐都怕这老狐狸，这老狐狸还了得？“哎呀，妻啊，难道你我夫妻束手待毙不成吗？咱们就……就让她给咱们弄死或者逮走？”“也不能束手待毙，要容我三天两天，我做些布置，恐怕还有活路。再退一万步讲，到那时我只能保得夫君你，恐怕就保不了我……”说着话，眼圈一红，眼泪忍住没掉下来。“恐怕就保不了我腹内的娇生。”这一句话，掰开八瓣顶梁骨，一桶凉水泼下来，王文激灵灵打个冷战。“妻呀，宁可你我夫妻双双丧命，你要想一个万全之策保住咱俩的一腔骨血。不能说为我王氏门中传递香烟，我现在不敢做这个奢望，但咱俩本来是人狐殊途，天助良缘，既然走到一块儿了，就不能让此子夭折。”“好吧，看看能不能腾出一天两天的时间来。”夫妻凄凄惨惨、悲悲切切，要商量一个万全之策。

一天两天呐？一天都不等。说现在话，也就十来分钟的工夫，就听一个人银铃般的笑声传来：“哈哈……妹妹，想什么主意呢？”声到，话到，人到，眼前一晃，进来了，门窗没动。时隔多年，王文还认得。谁呀？就是当初自己到北京头一次嫖院，跟赵东楼相好的妮子，妮子是鸦头的姐姐。容颜未变，还那模样，满脸堆笑，往这儿一站。“哟，嗬！鸦头，别说是你，换姐姐我也得跟他私奔，看看这模样、这长相，王文长得这么白净，还胖乎乎的，小眼睛，头发不长，挺好。”那年头儿的人我也没见过，就这么一说。“好啊，我羡慕你啊。”“姐姐你羡慕我什么啊？”“你们夫妻小两口这儿年鱼水和谐，夫妻恩爱，在天可作比翼鸟，在地可为连理枝，真好。我就寻不着这么一个如意郎君、乘龙快婿。得了，好日子你们也过了，妹妹你这小半辈儿也算没白活。妈让我叫你回趟家，是让姐姐我费点儿事呢，还是咱们姐儿俩商商量量、和和气气搭个伴儿回娘家呀？”各位，您可听明白，这话说得好听，口蜜腹剑，行为令人发指，前来胁迫鸦头回去。

鸦头抬眼皮看了看妮子："大姐，按说这话不应该当着我们相公说，既然说到这儿了，我也不瞒着他，有什么话您冲我说，他也不懂咱这里的事情，咱们姐儿俩换个地方谈话啊？""那干吗，就这儿不挺好吗？要是方便的话，连妹夫一块儿走啊，你要嫌带着他麻烦，我带着怎么样？"王文一听：好，拿我没当吗儿，意思是好像把我攒吧[①]攒吧装兜里就带回去了。王文要插嘴："大姨姐……"要劝劝妮子。鸦头柳眉倒竖，杏眼圆睁，拿手一指他："呔！这谈话哪儿有你插嘴的份儿啊，这什么级别。这都是千十来岁的老比丘，我都小一千岁了，我姐姐比我还大二百来岁呢，你插嘴，哪儿有你的话说呀。"其实是怕他哪句话说漏了。怕他说什么？怕他一求情："大姨姐，您……您饶了我吧，不看僧面看佛面，不看鱼情看水情。您不知道，您妹妹身怀六甲，有身孕了。"你一说这个，她倒得意[②]了，本来不敢跟我动手，一听我怀着身孕，肯定跟我动手，我今儿非吃败仗不成。鸦头恶狠狠一指王文，王文吓一跳：还不许说话？"妻啊，这……"鸦头也真对得起他，照他脑门儿一扬手："啪！"就这一拍，王文张嘴不能言，举手不能动。一插他脖子，拿手一托他身子，往床底下一送。那位说，那么大一老爷们儿，让鸦头跟抱孩子似的就……您得说鸦头是狐仙，这是凡人，那太简单了，就给扔床底下了。"咕噜咕噜"，翻俩滚儿，滚到床底下，稍微靠里点儿。床底下很干净，他有钱啊，老有人拾掇，没什么灰尘，正好趴在床底下，脸冲外，对着堂屋，眼睛能看见，嘴不能说，浑身不能动。看也看不见全貌，磕膝盖以下，鸦头的腿、妮子的腿都能看见，说话也能

①攒吧：北京土语，攒簇成团或成堆。攒，音窜，读二声；吧，读轻声。
②得意：北京土语，如意，如愿。意，读三声。

听见。王文心里难受：我再是凡人，也得挣吧挣吧，也得比划比划。现在身为男儿，无有用武之地，一点儿力气都使不上，听着吧。

就看鸦头缓缓一招手，墙上有镇宅宝剑，把宝剑可就拿出来了，褪剑翅，按绷簧，“仓啷啷”，宝剑出匣，把剑鞘往旁边一扔，二拇指一掐剑诀，拉了个架式叫“仙人指路”。“大姐，你我是一奶同胞，咱们老太太这个所作所为你比我知道得清楚，你受的苦比我多，受的罪也比我多，到现在不知自省，拔腿出泥潭，反而助纣为虐，苦苦相逼小妹我，我们手足之情安在啊？咱们可是亲姐儿俩。实话说吧，小妹我实在不愿意跟大姐您动手，但若苦苦相逼，我要是万般无奈的情况下，为保全我心爱之人，为我夫妻二人苟且得活命，讲不了对不起，今天小妹我要献献丑，要对大姐您不恭了。这么多年咱们姐儿俩心知肚明，您也知道您的能耐比鸦头我怎么样。”言下之意就告诉你了，你打不过我，真动手你也不成。说她岁数大，道行比鸦头深，怎么她倒打不过鸦头呢？这个练功跟练功不一样，武术跟我们这行都一样，不见得岁数小的就没能耐，她下的功夫纯；岁数大的俗务在身，老有事儿，妮子闭关修炼的时间就不如她妹妹。别看差着二百年道行，鸦头能耐比妮子大，所以今天敢刺这口子说这大话。“大姐，可话又说回来了，望您网开一面。我也不让您为难，您自当①没来过杭州，您回去告诉老太太，就说没访着我夫妻，我夫妻保证对得起您。怎么办？三山五岳，四海之地，深山大泽，天涯海角，找没人的地方，老太太永远发现不了我们的地方，我们不在繁华闹市了，我们太张扬，我知道错了。这回我远远地找一没人地方，我闭门相夫了。我也不给您添麻烦，回去您就告诉老太太，就说没找着我，放过小妹一马。您看行不行？”

①自当：北京土语，同只当。自，读二声；当，读四声。亦作只当、直当。

妮子听完这番话，心说：好一个伶牙俐齿、鬼灵精怪的小丫头。她用手望空一招，也不知从哪儿来的，也是三尺青锋就拿在手中，二拇指掐剑诀，一压剑身，圆睁杏眼，看了一眼鸦头："妹妹，真能说，这二年不知跟谁学的，三寸不烂舌、两行伶俐齿，'嘚啵嘚嘚啵嘚'，就打算让姐姐我回去。入宝山焉能空手而回？咱姐儿俩也老没游戏玩耍了，小时候没事儿还在洞府里拆招过式，比划比划，到现在得有三四百年咱们姐儿俩没照量照量[①]了，今天咱们运动运动，不打是不行了。"这位口蜜腹剑，说得好听，非打不行。鸦头心说：真难呐。怎么？带着这身子，肚子里有没降生的孩子啊。鸦头一咬银牙，一跺三寸金莲："罢了，姐姐，这可是你逼的我，咱可讲不了说不起了，您加小心，留神。"剑诀往前一推，往外一顺宝剑。"看剑。"风摆荷叶，抖手就是一剑。妮子说了声："哎，这才是我的好妹妹，说什么乱七八糟、虚情假意，全没有用。"老子坐洞观书，宝剑往起一立，"仓啷"一声，剑锋碰剑锋，剑身压剑身。两个人走行门，迈过步，跟俩大花蝴蝶儿[②]一样，就打到一块儿了。

王文在床底下趴着，就看见四条腿在屋里"叭叭叭"来回转，耳朵里能听见"叮叮当当"宝剑相碰的声音，两个人还要随声叱咤，还要互相攻击地骂着。王文心里难受，一是担心鸦头敌不过妮子；二是真心疼，对自己的生死已然置之度外了。鸦头啊鸦头，你怎么使的法让我说不出话、喊不出来，让我动不了呢？倘有一时之虞，你被获遭擒，到时叫我怎么办？

打了有片刻时间，猛听得鸦头说了一声："着！"紧跟着妮子"哎哟"一声，屋子里霎时间就静了，只能听见鸦头微微喘息的声音。

①照量照量：北京土语，较量，比试。量，读轻声。

②蝴蝶儿：北京土语，同蝴蝶。蝴，读四声；蝶，音铁。

鸦头把剑鞘捡起来，宝剑还匣，往墙上一挂。王文趴在床底下听明白了：大概我媳妇胜了。为什么？她说了一声“着”，大姨姐“哎哟”一声，这是中了剑了，化一阵清风隐遁了，跑了。没想到我媳妇还真有两下子。王文心说：鸦头，放我出去吧，既已得胜，咱们赶紧走吧。手抓这地，挠这地，他想往外出，动不了，张嘴说不了话，拿脑袋顶床板也顶不动。再看鸦头，定了半天神，猛然间一睁眼，往四外看了看，长叹一声：“唉！”盘腿儿坐地上了。这王文可就看见了，看鸦头盘腿儿正坐自己对脸儿，把眼睛闭上了。鸦头掐了个诀，嘴里叨叨念念，一会儿有一团黄光罩定全身。猛然间一睁眼，把嘴一张：“噗！”吐出鸡蛋大小一个圆球。书中代言，这是鸦头的内丹。

您要常看《蜀山剑侠传》这类书就知道，但分修道之人，或者是修道的灵异，都有一口内丹，这是他的第二生命，他的法力跟道行全都凝聚在这里。如果用比较通俗的语言说，这就是一个人的小宇宙，这个一爆发，你浑身的力量就来了。要不一个青铜级的战士怎能打过黄金级的战士[①]呢，对不对？这个内丹很主要，内丹如果一失，道行就没有了，就跟凡人差不多了。

鸦头已然警觉了，就是老狐狸要来了，凭自己斗也斗不过，现在要保住自己很困难，再想保住王文更困难。怎么办？只能把内丹吐出来，用内丹去保护王文。她把内丹吐出来，这内丹也不落也不升，就在面前三尺这儿突突转。鸦头睁眼，二目凝神，含情脉脉望着床底下趴着的王文。夫妻二人相对良久，此时有话难说，有情难表，鸦头知道生死离别就在此时。世上千般伤心事，唯有生离与死别。眼看自己心爱之人不知是生是死，自己能不能够保护住他还在两难，但死马当活马治，鸦头二拇指一压内丹，说了一声：“去！”一

①小宇宙，青铜级、黄金级战士，都是漫画《圣斗士星矢》中的情节或人物。

团黄光缓缓由鸦头面前推到王文藏的这张床，正贴着床帮，挨着床帮这木头，“唰”的一下儿，可就散作一团黄雾，淡淡的一层，把床整个儿罩起来了。鸦头用二指遥指，说了一声：“化！”这团黄雾越来越淡，慢慢儿散去，没有了。由有形化作无形，保护住王文藏身的这张床。

王文看得清楚，鸦头很疲惫很劳累的样子，把内丹吐出来之后连手都不愿意抬了，盘腿儿坐在这儿。王文趴在床底下想说：“我不要，你把内丹收回，把为夫我放出去，生则生在一起，死则死在一起，咱俩可是有海誓山盟的。当初你提出对我的要求，就是让我王文此生不能相负，不能办出对不起你鸦头的事情。现在你办这事可对不起我啊，你妈逮你来了，你怎能不让我管呢？眼看生死两茫茫，你弃丈夫于不顾，你要去死，我一个人苟活世上有什么意思呢？更何况你肚子里怀有我的孩子啊。”王文是文人，他有文人的骨气和傲气，他也不是不明事理的人。王文急了，奈于一节，口不能言，身不能动。哎呀，着急啊，滔滔泪向腮边滚。有道是“男儿有泪不轻弹，只是未到伤心处”，王文难受啊，一人儿趴在床底下，哭都哭不出声儿来。

鸦头缓醒了半晌，猛然间微睁二目：“娘，您来了？”“哼！”鼻孔擤力一声哼，“唰”的一下儿，就在王文眼前又多了一双脚、两条腿。“好厉害的鸦头，罢了，不枉为娘我苦心教导你这些年月，翅膀硬了，能耐大了，看上个小白脸儿跑，娘我也没往心里去，年轻嘛，难免为色所惑。可你就应该三年五载吸干王文的精髓，回转京城，前来找为娘我，那方不丧失我狐之一道。没想到孩子你被凡心所动，你跟他讲感情，讲爱情，要跟他厮守终身。呸！妈妈白养你了，妈妈养你这些年就是让你倒贴小白脸儿的吗？就是让你跟王文蹽脚一走再不理娘我了吗？我不好意思撕你的脸，不好意思亲自找你来，让你姐姐来一趟。嗬，能耐大，你姐姐吃你一剑，负伤回到家里，要不是娘我来得快，恐怕你跟王文早跑了吧？鸦头，娘我话说到这儿，你自己掂量掂量，是今天跟娘也动动手，还是乖乖跟娘回去呢?”鸦头坐在地上，抬眼皮往上看，看了一眼自己的母亲老狐狸精，一言不发，把脑袋又低下了。老狐狸看了半天：“你男人呢?”鸦头不言语。“哦，把他藏起来了，藏得了一时，藏不了一世，让我找出那小畜生，我就把他活吞了。得了，没工夫跟你斗牙签子[①]。走!”王文趴在床底下，也没看见怎么动，两条腿就不见了。敢情破顶而出，“咔啦”，顺房顶子开一大洞，房椽子、房瓦全撞碎了，撞一大窟窿，一道金光上天了。紧跟着，半空中一朵乌云压顶，就把王文住的房子罩住了，从乌云中伸出一只大手，顺洞可就进屋子了，“嘭”的一下儿，把鸦头就攥起来了。就听一阵枭叫之声，“哈哈哈……”拽着鸦头往外走，鸦头形同死人。但就在破顶离屋的一刹那，鸦头睁二目往床下看了一眼，这是给王文留下的最后一眼。

黑手抓着鸦头走了，屋子里霎时恢复了平静。王文趴在床底下，就听自己的心“嘣嘣嘣”，什么声音都没有了，动不了。我是活着，是死了？我是醒着，是做梦呢？唉，眼泪都哭干了，一滴一滴往心里掉。如果发生的这些事情都是真的，叫我残生如何度过，我怎么过这后半辈儿？王文这会儿想得挺多，什么都有。鸦头被老狐狸抓走，是生是死不知道，抓到哪儿去不清楚，自己还能不能再见到鸦头也不知道，鸦头怀着我的骨血能不能生下来，还是跟着鸦头一块儿死？想哪个都揪心，难受。

天光大亮，府上三十多人都在外院聚着。“昨天大爷这院这通儿闹，听见了吗?”“听见了。风声大作，飞沙走石，房顶子裂一大窟

①斗牙签子：北京土语，斗嘴，斗话。此处有较劲、折腾的意思。斗，读四声。

窿，我进不来这院，不知为什么。我约着花匠老刘、马号老李，带着家伙，说到这院来看看，走到月亮门那儿愣进不来，一股一股的风往外推，几次冲都冲不进去。说翻花儿墙进去吧，刚骑墙头儿，一股怪风又把我搁下来了。这会儿倒是风定了，多找几个人，咱看看。”“是。”三十多个家仆院公，叉把扫帚，手里有顶门杠，厨子提了切菜刀，都拿着家伙，三十多位摽着膀儿①来到内宅后院。走到月亮花门这儿一看，院子里一片狼藉，石榴树也折了，鱼缸也翻个儿了，水流得满地，金鱼全死了，花盆也碎了，花也都没了，房上裂一大洞。这是怎么了？“大爷，大爷？进院。”大伙儿端着家伙，全进院了，站在屋子外头擂这屋门，“哗哗哗……”“大爷，您在屋吗？大爷！”王文都听见了。

天也亮了，太阳也出来了，王文趴在床底下，听外边也没动静了，一会儿听见砸门，直喊大爷。突然间他就觉得自己能动了，往外爬了两步，脑袋探出床帮外头：“哎。”“哟！大爷在屋呢，进屋！”把门撞开了，“呼啦”一下儿，进来七八个。“哎哟！”屋里这热闹。您想，鸦头跟妮子乒了乓啷一打，家伙满全砸了，屋里也是一片狼藉。床底下大爷趴着探出半拉身子来，知道大爷还活着，可看这意思比死也差不了多少，先救大爷吧。一伸手，把王文顺床底下揪出来，找张椅子扶起来，让王文坐在上边，俩人扶着，后边一人扳着，这儿戗着，看了看，身上也没什么土，也不像有伤的样儿，可就是两眼直勾勾望着窗户外，看院里。“大爷，大爷您醒醒，您说句话，您别吓唬我们。这怎么了？”大伙儿都问。王文有问无答，什么都不说。“大奶奶呢？看看大奶奶。”里外屋一找，不见鸦头的踪迹。是不是也在床底下呢？趴在地上往床底下看，也没有。“哎哟，

①摽着膀儿：北京土语，紧密合作，团结协作。亦作摽着膀子。

大奶奶哪儿去了？最近净找不着大奶奶，这是怎么了？两口子打架也不至于，怎么了？大爷，我们大奶奶呢？”“啊？”“大奶奶哪儿去了？”“唉！”不提大奶奶还则罢了，一提大奶奶王文二目落泪，“嘭”，一把把跟前儿这位攥住了。“你问你家大奶奶吗？”“啊，大奶奶哪儿去了？”“我要知道你们大奶奶在哪儿不就好了吗？唉，我的妻呀！”“哇”的一下儿，哭出来了。大伙儿一看，这还好点儿，能哭出来还不错。“别哭别哭，您……咱先把这儿收拾收拾吧。”连椅子一块儿抬着，把王文抬到别的院。有厨子做点儿粥，包点儿小馄饨不提。大伙儿把这屋简单修修，谁也不知道怎么回事。

王文吃了点儿东西，请郎中一搭脉，无非是心神乱点儿，受什么惊吓了，开了两剂安神的药，也没说出个子午卯酉来，把郎中送走了。

当夜晚间四五个人陪着王文睡，就看王文醒一阵儿睡一阵儿，嘴里嘟嘟囔囔，两手望空乱抓，瞅不冷子①就坐起来，一会儿又死过去了，这一宿折腾得也没睡实。大伙儿一看：坏了，咱们大爷撞客儿②了，癔症了，这可怎么办？

书要简短。连着看了三天，王文沉默寡言，说什么都听不进去了，每天是傻吃闷睡。有人把饭做得了，过来掰开牙往里喂，王文就吃两口。吃完了，那边铺好床、叠好被，把他搁在床上，头脚按平了，就躺着。一会儿又搀他起来到院里走走，形同行尸走肉，王文简直是傻了。大伙儿一看：大奶奶没了，失踪了；大爷现在形同废人。这让咱们手底下人怎么办呢？请大夫看是不管用了，是不是家里出了什么邪秽了？找人看看吧。那年头儿有专门儿干这个的，

①瞅不冷子：北京土语，一指看准时机，趁人不备；一指猛然，突然。此处是后一种意思。亦作瞅不冷。

②撞客儿：北京土语，指碰到鬼邪或邪祟上身附体。

什么跳大神儿的、扶乩的、请神儿的、闹鬼儿的……请了七八拨儿都不管用，王文还这样，王文自己心里清楚。

就这样，将就着过了小半个月。这天，王文突然说话了："来。""哟，行，今儿叫咱了。""大爷，您说什么事儿?""把家里管事的和柜上掌柜的先生都请来。""是。"不知他要干吗。一会儿，到买卖柜上把掌柜的先生，连大管事的，连府里管事的，一共十来位德高望重的都请来了。大家都知道这事儿了，这些日子净来看，可谁跟王文说话都不理人家啊。大伙儿站一屋子。"大爷，您找我们?""都坐下，都坐下。"有人调摆桌椅，老几位都坐下了。"家中遭此大难，我王文身遭不幸，有劳各位这些日子眷顾于我，频频来问，但我心里闹得慌，也没顾上，最近我觉得好点儿了。""哦，您贵体万安，只要您好，我们都好。柜上买卖您别操心，把我们找来是不是想问问买卖怎么样，我们都替您盯着，天地良心，平常大奶奶……""别……别提，提大奶奶干吗?""是，平常大爷您对我们都不错，买卖上的事儿您一直没怎么操过心，咱们办事都得对得住良心，对不对？咱们不能办那缺德事儿，绝不能说现在府里有事儿，我们坑您害您。""不不，我没那么想，几位多心了。我把几位找来，是想跟大家商量个事情。""您说。""买卖好歹我都不管，从今天几位回去，欠别人钱的给人送去，别人欠咱们柜上的能收回来就收回来，收不回来也就算了，尤其穷苦之人万不可刁难。买卖能出倒的出倒，能变卖的变卖，都盘出去，我收手不干了。""哟。"大伙儿一听："这……别介啊，这些年您这买卖干得正好，现在如日中天，不说日进斗金，也都是有进项的买卖，都是稳赚不赔啊。怎么您说不干？别介啊，日子还得过。""我不过了，几位顺着我这心气儿来，我不是东家吗？想干我就干，不想干我就不干，几位就按我的意思办。柜上伙计家里有困难的，完全由柜上支钱。临时找不着事由儿[①]的，谁盘咱这买卖，争取还保住咱这先生、伙计，还跟本柜上干。那么把这个买卖都盘出去，‘大刀切白菜’，一半儿交给我，我把东家本钱领回来；另外一半儿，每个掌柜的、先生各拿一成利，伙计们大伙儿把这几成利都分了，都要厚待。我谢谢各位这些年对我王文的大恩大德。”

这番话说出来，屋子里鸦雀无声，老几位你看我，我看你，面面相觑。“大哥，您劝劝他，东家这家里不知怎么……”“要不这样，东家，您三思而后行，再琢磨……”“我甭琢磨，几位也甭劝我，这些日子我尽想这个了。”“那您把这买卖都散了，不干了，您干吗去呢?”“唉！不瞒几位说，你们要真心相问，大家都是我护心口的体己[②]人儿，全是我的心腹，这些年我仰仗各位之力，我就告诉大家一实底。把买卖散了，你们问我干吗去?”“啊，您干吗去呢?”“我找媳妇去。”他不提，大家不敢提啊。“是啊，大奶奶流落何方呢?”“不知道。”“那您怎么找呢？大千世界找个人，就如同茫茫大海您捞一根针呐，上哪儿找去啊？您要是找着，怎么样？找不着，又怎么样呢?”“找着那时候，不管是生是死，生，我们就一块儿过；死，我们就埋一块地。找不着的话，我就接着找。”“要实在找不着呢?”“要实在找不着，直到我找死为止。”找死找死，就是这么来的。找到我死，白了胡子掉了牙，我也得把媳妇找着。大伙儿一听：这怎么劝呀?“得了，您话既然说到这儿，我们按您的意思办，但这也不是一天两天的工夫，这么多买卖、这么大家业，不是说卖就都卖了的，我们给您办着看。这些日子您再琢磨琢磨，有回信儿我们赶

①事由儿：北京土语，一指职业，工作；一指实情，情由。此处是前一种意思。

②体己：北京土语，一指知心的，一指私下积攒的钱财或珍藏的物件。此处是前一种意思。体，读一声；己，读轻声。亦作梯己。

紧过来回您，好不好?”“有劳各位，管家代我相送。”大管事的把老几位都送出去。

大伙儿办吧。说良心话，大部分人都比较厚道，公道账、良心账，就是王文这买卖能值多少钱，尽量给他往多里卖，没有说自己从中渔利，憋着在这里多挣点儿黑钱的，有个别的也不多，大部分把买卖都盘出去了，有一两个不好出手的也都托牙行的人代办。这钱可就都聚一块儿了。手底下伙计还不少，大家也不明白，甭管盘给谁，有的留本柜，有的就开发了。钱就是按照王文说的，掌柜的、先生各领一成，伙计们分剩下的几成，剩下“大刀切白菜”五成利，连本钱一块儿都给王文拿来了。今儿送一拨儿，明儿送一拨儿，王文手底下人帮着管了管账，在百万之上，一百万两银子以上。王文是大财主，在杭州数得出去。钱都送来了，大部分都是银票。“有劳各位，咱们吃顿散伙饭吧。”“别介，我们不愿意给您添堵，可是东家，咱们把话说头里。”“几位说吧。”“呃……不是我们犯财迷，多咱您找着我们大奶奶了，您还回杭州来，咱还把这买卖干起来，我们还帮着您。只要我们老哥儿几个不死，您来那天，我们不管干什么，咱还……”“哎哟，别说了各位，我心领了。得了，既然大家不愿意吃这顿饭，我也就不强留各位了，大伙儿散了吧。”一句话，众掌柜的依依不舍顺他们家出来，这事儿也只能就这样了，何况王文厚待大伙儿，给的钱都不少，大伙儿都散了。

王文身下还有一处宅子，怎么办呢?院子里还有三四十个底下人，精简吧，除了留下做饭的跟三个主要管事的，剩下也都散了，就剩一座空宅子和四个人。“大爷，就剩咱们爷儿几个了，您说咱们哪儿找大奶奶去呀?”“你们几位还跟我去啊?”“您瞧您什么话，一个好汉三个帮啊。”“这……这个……不知道找到哪儿算一站呢?”“我们哥儿几个也没地儿去，自从您来了开这买卖，把我们招到家来，这些年甭说您，大奶奶对我们那个好我们都记着呢，帮着您找，跟您一样的心气儿，多咱找着大奶奶多咱算。”“好吧，我承情各位高谊，咱们找去。”“哪儿找去？”“想当初我跟你们大奶奶认识是在北京。”“哦，京城，北京什么地方？”“这个……”难以启齿。王文怎么说？“我跟你们大奶奶是窑子碰上的，我们在秦楼楚馆，你们大奶奶是狐狸”，这都不能说啊。“这个……我跟你们大奶奶碰上这地儿，北京这地名我还说不上来，我知道怎么走，那地方反正挺热闹，完了她……”“那你们是怎么恋爱呢？”“我们也没恋爱，一见钟情，她看我不错，我看她不错，我们就来了。”“那在北京待了几天呢？”“待了半天儿，一晚上、一早上，就弄这儿来了”，这没法儿说啊。“你们甭管了，咱们爷儿几个走吧。”有钱了，多带盘缠，多带银票，留下一位看宅子，剩下三位跟着王文顺杭州可就出来了，奔北京。

到北京王文难受，物是人非啊，鸦头在不在北京尚在两说着。一行人还住在打磨厂，王文又想起当初还有一个小书童王生，我问鸦头王生怎么办，鸦头说他有他的造化。唉，我们爷儿俩就住这个客房，要说王生也比我小不了几岁，现在在家吗？我叔、婶儿怎么着了？顾不了了。辨认着当初赵东楼带自己走的道路，找到当初认识鸦头的这间妓馆，这个院子。“啪啪啪”一砸门，里边出来个老头儿。“你找谁？”“我……”“我找鸦头”，这话不能说啊。“我访个故相识。”“谁啊？”“姓赵，叫赵东楼，是山东青州府的人，在北京做买卖。”“赵东楼没有，不认识，我们这儿是民宅。哎，您看，我们这是住家户。”“您让我进去看看。”“哎，什么话，住家户您进来看干吗？您找这人不在这儿啊。”“那么有个……有个鸦头是在……”“丫头没有，我们这儿有六个小子。没有没有没有，您再去别家问问。”“是是。”又砸旁边那家。“跟您打听赵东楼。”“不认识。”“鸦头。”“没有。”

王文没辙了，就跟手底下仨管家说：“给你们钱，你们到花街柳巷当中去打听鸦头的名字。”可你让这仨人去，这仨人就明白了：当初他是在青楼认识的我们大奶奶，我们大奶奶可能是从良的娼妓。但不能提，只能在各个妓馆里暗访。结果听说都没听说过，什么鸦头、妮子、赵东楼，满不知道。

王文可作难了，在北京逗留了很长时间也没找着。“咱们不能再在这儿待了，许是没落在北京。”“那咱哪儿找去呀？”“咱们回杭州，顺着沿路繁华的地方，大的镇甸，咱们暗暗访察。”“好，就听你们的。”大海捞针，没有什么目的，仨管家陪着王文顺路南下。

书要简短。打这儿开始，每半年出来一趟。在外边转悠半年回杭州，住个把月再出来，又半年。天暖和，往北走；天冷，往南走。南七北六十三省中国地，王文这通儿好找啊，咬定后槽牙，带着这仨人，反正有的是钱，不找着鸦头不算完。

光阴荏苒，日月如梭，一晃就是五六年的光景，也没找着。这仨管家嘬不住劲[1]了：“大爷，咱们不能找了，我也知道您跟我们大奶奶好，不成咱们活泛[2]活泛心眼儿，您再安个家吧。”“什么？”“您再续娶一房，填个房。”“不成，我跟鸦头起过誓，这辈子我不能办对不起她的事。还甭说她活着，还甭说就是暂时丢了，就即便她没……她真死了，这人已经没有了，我这辈子也再不娶另姓旁人，就鸦头一个人了。”

您琢磨，五六年，这工夫不短了，又这么有钱，媒婆可来了不少，四个一拨儿，一天来十二拨儿，把王家门槛子踏破了，只要一

①嘬不住劲：北京土语，沉不住气，急不可待。亦作坐不住劲。

②活泛：北京土语，指在为人处事上机智灵活。泛，读轻声。活泛心眼儿，实际有变通、改变思想的意思。

打听王文王大员外回杭州了，媒婆们蜂拥而至。媒婆有外号，叫“撮合山”，甭说俩人，俩山都能撮合一块儿去，您算多能说啊。大伙儿公推李媒婆，大眼睛[①]，来了。“王大爷，我跟您说。”“说什么，你说话怎么这味儿?”“您是不是再活动活动心眼儿，再找一个？原先那大奶奶我没见过，我可听说了，家里外头一把抓，是个亮嗖[②]人儿，又能吃苦又能干，可听说是得了暴病，大奶奶……唉，这也是人的命，八十老翁门前站，三岁的顽童染黄泉。这人呐该着，命中她没有这造化，是不是？可是您这个人物、您这个岁数，您说您这辈子就光棍儿一人过，看着也不像话，这叫财齐人不齐，手底下人也没法儿帮您弄这家。他们都是老爷们儿，不懂这个，咱们姐儿俩说呢，我给……”“你别往下说，我听你说话……”“不是，漂亮姑娘可有的是，对不对？有那投缘对劲的，您没见着您也心里不爱。要不这样，咱们相看相看。哎哟，我手头儿现在有这么三四家，王家、张家、赵家、李家可都不错，都是黄花大闺女，最大大不过二十一，最小小不过十七去，跟您这岁数……”“你贫不贫呀？你说你絮絮叨叨，我没有续弦的意思。”“您等我把话说完了，就即便您真不找，我坐这儿讨您一杯茶，您还管不起我吗？咱这不拉家常……”“我不爱听你说话。”“他要不……不说这书不够钟点儿，[③]您知道吧？”“轰出去，轰出去。”

一个好轰啊，这一天轰出好几十个去，慢慢儿的杭州城，甚至于附近所有州城府县说得上的大媒婆全知道了，人家大财主王文不续弦。说破了嘴，磨破了鞋，人家没这意思，看起来人家真对

①李媒婆，大眼睛：暗指李菁，砸挂，老听众都明白，一笑耳。

②亮嗖：北京土语，办事周到体面，善解人意。嗖，读轻声。

③当时在书馆说书，每个演员都有固定的时间段，基本是每人说一小时。后来在其他书馆也试过每人说75分钟或一个半小时。旧时书馆每天说书，基本是每人说两小时。我们根据实际需要，改成每场2—3个演员，每人说一小时。

得住这位死去的大奶奶，对外就得说暴病身亡。可手底下人一看，老这样不是事儿啊。“大爷，我们再给您出个主意，您看使得使不得。”“说出来我听听，要是好，我就依你们。”“好吧。大爷，有道是‘落叶归根’，您在外边漂了这么多年，到现在您也该回去看看了。您老家是?”“山东青州。”“着啊，家里还有什么人呢?”“应该有我的叔父、婶娘，家童儿王生。”“就是啊，索性您也找不着大奶奶，杭州这个地方也没有三亲六故，留一个人看着房子，我们陪着您回家省亲，回家看看，成不成啊?”“哦，回家看看。唉，人在外边孤独惯了，要说不想家那是瞎话。就依你等之意，咱们回趟山东青州。”说走就走，找人看着房子，爷儿几个带着盘缠，打道奔青州。

一到青州，王文感慨就更大了，家乡面貌大变，自己是少小离家，到现在不能说没有钱，可不是衣锦还乡、荣耀故里那劲头儿。当初叔一把鼻涕、一把眼泪把自己送出来，让自己进京赶考，我要得中功名，当了官、发了财，回来见着叔跟婶儿也交待得下去。到现在我钱是不少，人家一问你怎么发的财，现在过得怎么样，我怎么跟叔和婶儿说啊?王文闷闷不乐，可就到了自己家门，看有顽童在街上玩。“来。”“您什么事?”“跟你打听打听，此处有个王员外吗?”“有啊，王员外是我们这儿有钱的人啊。”“哦，他家里人口怎么样啊?”“人口倒不多，挺简单。”“都有什么人呐?”“就是王员外、员外夫人，还有手底下仆人、佃户。”“有多少人啊?”“家里上上下下也得好几十口子。”王文心想：我们家没那么些钱啊，自己走的时候是家道小康，解决温饱问题，说有钱也不至于当这么大财主啊。“哦，是是，那这个员外爷多大岁数?”“二十多了吧。”“二十多就是员外爷了吗?”“是啊。”“他……他有老家儿①没有?”“谁能没老家儿

①老家儿：北京土语，不是故乡的意思，加儿化韵特指父母，有时代指家中的长辈。

啊，瞧您说的，老家儿有啊，死了。据说有个老员外爷，前二年得暴病，老夫人也得暴病，都死了。”叔父、婶娘膝下无子，那继承我王家家业的人是谁呢？“啪啪啪”一砸门，家奴院公打开门一看：“您找谁啊？”“我到府上找王员外。”“您怎么称呼？”“你对他去讲，公子王文来见。”“是。”家奴院公往里回禀。

一会儿，听里边跟头把式就出来了。“公子在哪里，公子在哪里？”抢步出来一位员外爷，才二十多岁，看见王文，两眼可就凝[①]了。“莫非是公子您回来了？难道说小生子我尚在梦中不成吗？”“哎呀，王生啊王生，你尚在人间，你继承我王家这片基业了吗？”王生抢上前，一撩袍袖，“扑通”，给王文就跪这儿了。“公子啊，我一见着您，我是一肚子的委屈啊。”“王生，你不知道，这数载来公子我也不好受。”“您没有我难。”“你没有我难啊。”“我比您惨。”“不能，你惨……也惨不过我去啊。”旁边手底下管事的一听：“二位员外爷，怎么了？都这么有钱，比惨干吗啊？咱说点儿好的，咱起来说话。”“哎，起来讲话。你跟我说说这些年是怎么过的？”“不，您先跟我说说您这些年是怎么过的呀？”王文一听：“王生啊王生，你要问公子我这些年是怎么过的，真得说一言难尽，我没法儿跟你说啊，一说我就得掉眼泪，就得哭啊。”“那您今儿就哭出来。”

屏退左右，就剩主仆叔侄二人。两个人在屋子里，王文原原本本、一句不瞒的——都瞒不能瞒小生子，这是跟他一块儿长起来的，虽说是他们家家生孩儿，叫叔侄，管他叫小叔，但跟自己兄弟差不了多少——就把以往的经过告诉了王生。王生听得都傻了：“哦，公子，看起来是你比我惨。”

---

①凝：北京土语，形容两眼发直，愣住的样子。凝，读四声。

第五回

离离原上草，一岁一枯荣，野火烧不尽，春风吹又生。

为什么要念这四句呢？因为咱们今天的书跟这四句差不多，有些转机，有点儿生机了。

王文在痛失鸦头之后，心情一直恢复不过来。前几回书您要连着听您知道，他知道他妻子鸦头是个狐仙，所以他才动心。他媳妇这么大能耐都被人所制，让别人当着自己的面儿强行掳走，他这个难受啊。所以六七年的光景，第一是不再娶，除了鸦头，别人都不配做我媳妇。为什么？你们都没有法术啊，我媳妇多厉害，要吗儿来吗儿啊。今天我想吃鸡蛋，不用跟厨子说，我媳妇望空一抓，一划，鸡蛋就来了，往桌上一搁，是煎鸡蛋、荷包蛋、炸鸡蛋、煮鸡蛋、摊鸡蛋角，您说吧。今儿我想吃炒鸡蛋，葱花，拿嘴一吹，“噗”，葱花炒鸡蛋。“您要几成熟？”炒鸡蛋还几成熟啊？问得太细致了。是水炒是油炒，您说吧，难不住人家，这媳妇上哪儿找去？没有了。所以王文对鸦头感情太深。但更揪心的不是对鸦头，而是鸦头被抢走的时候已然怀上自己的骨血，他两个人有后，他舍不得这孩子，本来他就是单传，他多希望鸦头能把这个孩子不管男女生下来。但这个孩子就要降生的时候，鸦头被抢走了，他难受。南七北六十三省中国地，一通儿足找，非要把自己的爱人找到。那哪儿找去？中国别的没有，就是地大物博，人口众多。

您说这么大地盘王文找一人儿，上哪儿找去？问题鸦头姓什么叫什么都不知道,《聊斋》也没写鸦头她们家姓什么。《聊斋》里很多狐狸全托姓胡。您要看《聊斋》，一目了然，突然间出现一人物，一问姓什么，胡大爷，要不胡小姐。甭问，狐狸精，就姓胡。可鸦头不能姓鸦啊，乌鸦的鸦，这是什么姓？不知道，打听不着。说打听不着鸦头，打听我这朋友赵东楼，当初是他带着我逛的窑子，他带我认识的鸦头啊。结果打听赵东楼，也打听不着。手底下人出主意：“水流千遭归大海，人行万里还故乡，落叶要归根。老猫房上卧，每每找旧窝。您有家不回去，您是惦记我们大奶奶。赵东楼得回家，赵东楼是您的老乡，您回山东青州找去啊。”“对。”就这样，一个人看着杭州的房子，其他人跟着一起回山东青州。到老家一打听，他们家原先这地方有个王员外，可这员外爷才二十啷当岁，这是谁呢？没想到一叫门，出来的是自己当年的书童小生子。主仆叔侄抱头痛哭，两个人要诉一诉离别之苦。

您看，这一块儿长起来的有时候比两口子的感情还好呢。好比现在结婚都是二十多岁，满打您上大学搞对象，到您二十四结婚，你不才十八九认识的吗？可我们这发小儿[①]，一门口一院里长起来的，打光屁股时候就在一块儿，感情有时候比媳妇还深呢。上家串门儿去，媳妇要说这朋友一句：“你看你这朋友怎么这样。”“怎么了？我们小时候都这样。”不爱听，替朋友跟媳妇拔创[②]，这感情都是有的，而且常有。

王文和王生叔侄一块儿长起来的，他们这叔侄可没有血缘关系，您听明白。王生是他们家家生孩儿，打王生他爸爸那辈儿就在

①发小儿：北京土语，从小，自幼在一起长大的。发，读四声。

②拔创：京津地区土语。本来是医用术语，指用火罐或膏药等手段把体内的湿寒热火拔出来，有时是把创口里的脓水拔出来，慢慢引申为替他人出头、打抱不平、帮人立威等意思。创，读四声。

人家王文家里做工，甭管是长工、短工，反正是仆人。奴随主姓，人家原先不见得姓王，这就姓王了，再生了王生，就算人家家的孩子。所以其实王生比王文小不了多少，论着就得叫叔，可是从小陪着王文一块儿读书长起来的。“您说说您这经过。”屏退左右。这不能让别人听，说这三四位在杭州跟他这么近，那也不能说实话，家破人亡的经过都知道，但大奶奶是狐仙不能说。跟王生不瞒着，王文把我前四回的书一说，当然比我说得要精练了，我说四回就是四个钟头啊。王生都听傻了，净听狐仙，没碰上过，敢情大奶奶是狐仙，好家伙。“这……看起来您的经历比我还……还厉害，我听明白了。”“好，该你说了，你……你说下半场，你说得一定比我说得好。”后边的演员比前边的演员都说得精彩，攒底嘛，对不对？王生这才述说自己的经过。

两人一块儿进京赶考，睡一宿觉，第二天王文出门了，出门就没回来，等到天晚也没回来。干吗？逛窑子去了，晚上人家鸦头留宿。第二天一早一睁眼，两个人风遁了，鸦头掐诀念咒，一股妖风刮走了。打这儿起，定居杭州不见面了，主仆可就失了音信了。一天不显，两天不显，三天可实在坐不住劲了，北京又不熟，王生托店伙计、掌柜的出去找，找了好几天也没找着，只能报官了。报到九门提督府，有专管北京刑事案件的衙门顺天府啊，一说进京赶考的丢了，姓什么叫什么，到学部一查，山东青州还真有这么一学生进京赶考，这是大事，人命案失踪啊，找吧，找来找去找不着。

可王生老在店里住着不成啊。爷儿俩出来一共凑了这么百十来两，花了一半儿，还有一半儿，即便掂着花，那跑衙门口也得花钱，见哪个官你不递个三两二两的进不去啊，门包儿厉害，不经花，一个月几十两银子花完了。开店的就这样，开的是店，卖的是饭，差一分钱也不行。店家跟王生商量：“你们家这家大人找得着找不着？”“我也不知道，咱这个事情说不清楚。”山东青州人嘛。“说不清楚你怎么办呢？老跟我们这儿住着，人吃马喂的，虽说你一个人也吃不了多少，原先四个菜一个汤，大白面馒头，咱们是不是就算了？”“那……那行，我吃什么倒都行，我在家也吃不上这个。”“打今儿起，咱们每天一碗热汤面、一张烙饼，弄个芥菜头就得了。”“行，我吃这也行。”“这屋子你是不是也换换啊？”“那您看我换哪儿去啊？”“后边有小房，你凑合对付着住就得了。”“行，您让我在北京待着，能找着我叔就行。”好房子也不让住了，搬柴房了，也没人收拾，草房子。每天说是热汤面、烙饼，哪儿有啊？晚上都吃完了，店里客人最后剩吗儿算吗儿。弄好了，有点儿稀汤挂了水儿，面条是没有，反正有俩小虾米皮。今儿剩的多，你就算吃顿饱的；剩的少，就是它，你就饿着了。

住了半个月，店家又找王生来了。“不成，你不能跟我们这儿住了，最后剩这二两银子压柜，吃烙饼、热汤面也都完了，芥菜头也没有了。打今儿起，你得出去了。”“不成，我没找着我们公子呢。”“那我不管，我们这儿不能招待你这样的人，要不你外边奔奔去，有营生也行。”“我在你们这儿奔奔不就完了么？”“在我们这儿奔奔？怎么着？”“您这不得刷家伙、挑水、劈柴、烧火吗？我干点儿零碎活儿，白天我找，晚上我干活儿。”“哦，临时工，这也行，看你怪可怜的，干吧。”就这样对付着，人家也知道这孩子真可怜，王生又真勤快，给人家打杂儿，在北京愣混了小半年。实在混不下去了，没办法，王生跟掌柜的说：“您看我最近干得这么好，您给我俩钱儿，我回家吧。”掌柜的真不错，发恻隐之心了：人家这孩子把家大人丢了，这么点儿岁数，在北京愣混了这么长时间。

人都怕掉个儿想。您把我搁在那个处境，给我搁外地，找一地儿，连吃饭的营生都没有，我坚持不了半年。我这人就这么想：我守家带地父母月儿[①]，我不说书我也饿不死，我有爹有妈，他们都有退休费。对不对？我说："妈，今儿咱吃包饺子。"老太太包饺子。我跟媳妇说："今儿吃炸酱面。"我媳妇给炸酱做面条。我不说书也没关系，外地人行吗？

掌柜的真给王生凑了不少钱，有同住店的看着都伸手帮忙，王生跟头把式算回来了。王生回到家，见着王文的叔跟婶儿，把这事儿一说，嗬，可把王文他婶儿乐坏了，就盼着这个呢，他要死外头就称了我的心了。人太高兴也不成，乐极生悲，王文他婶儿不知怎么，吃哪块肉没对付，噎在嗓子眼儿这儿，得噎嗝[②]，死了。也不是说书的恨她，她就得这么死。您琢磨琢磨，王文失踪了，老伴儿噎嗝了，王文他叔这日子好过得了吗？每天忧心忡忡，茶水不思，把这水递到嘴边都不愿意喝一口，长吁短叹。

同志们，气乃百病之祖，您记住这句话。为什么劝各位听书？不是为挣您这三十块钱，哈哈一乐不得病，而且说书高台教化，不教人学坏。您家里有孩子实在不爱上学的，没关系，领这儿听书来，我保证不教坏。说听完我们说书，出去拿刀劫人去？不能够。再一个，万一哪句您听着高兴，哈哈一乐；或者说哪段书您动了感情，真比看电视剧有意思。不信您回去看书，我们绝不是瞎说，《三国演义》书店有卖的，《聊斋》上网随便看，都得按本宣科，不能胡说，邪的、歪的没有。所以不生气对人身体最好，心里别搁事儿。

半年的工夫，王老员外，说句文言，踹了[③]。这是什么文言？这孩子就别学了。家里没主事的人了，就剩书童家生孩儿小王生，家

①父母月儿：京津地区土语，形容家境殷实，一切由父母供给，因此不自食其力的人。含贬义。

②噎嗝：北京土语，食道瘤，比喻麻烦的事儿。

③踹了：北京土语，死了。人死的时候，腿就踹直了，所以也叫踹腿儿了，简称踹了。如果说把某人踹了，是把某人抛弃了，不是死了的意思。

里还有好些佃户农工，大伙儿一闹，要分家产。嘿，小王生在北京这半年没白历练。您想，店房里什么人没有，而且净跟衙门口打交道。说现在话，有点儿法律意识。小王生“舌战群儒”，跟家里这些人一说：“你们不能分这家产。为什么？我们公子爷不是死了，他是丢了，我们家不是没人。”王氏宗族这些人，还有家里这些长短工一听：“什么丢了？丢了不就是死了吗？”“你弄不明白这字眼儿，丢了就是暂时找不着了，没有了，万一哪天回来，你把人家分了，这怎么意思？”“那这么大家业谁守着？”“我守着！”“你守得住吗？”“咱来着看呢。”小王生不含糊，跟着王文读书识字，有点儿文化，再加上在北京历练半年，见什么人说什么话，了不得。没有几年，家业不但没有颓废，没有衰败，反而比原先更阔了，房子也都翻修了，地又买了几十亩，家里雇的人更多了，俨然坐家的一个小员外郎。大伙儿也暗挑大指：罢了。可也有人脏心烂肺，背后戳着指头说王生：“这是他们家人没回来，还有情可原。倘若人家王文真回来了，这么大家业小王生还还不还呢？”人心隔肚皮，做事两不知。难说让人琢磨他，人没钱的时候一样，有钱就要变质。大伙儿琢磨王生，王生知道不知道？知道，不言语。我就给公子守着家业，打我手里不能让它完了。

没想到忍辱负重，得来的是什么？苦尽甘来。早晨起来，喜鹊登枝，就知道有好事儿；灯花报喜，就知道有贵人。一砸门，公子王文似从天而降，回来了。王生能不高兴，能不激动吗？把以往的经过，自己受的这些罪、这些苦，跟王文一说，王文掉眼泪啊：“难为你了。”“现在您回来，我为了表我的心，为了压他们的口舌，为了让他们不再说我，咱家现在多了没有，十来万完全我都还给您，您现在就是大富翁的财主。”王文一听，一摇手：“十来万啊？我现在有百十来万。”王文有钱，打鸦头手里给他挣扯了[①]。“哦，您这么有钱呢，算我没说。那这家也是您的，您回来就好了。”“我不问你别的，问你个事儿，你还记不记得你小时候我带着你上一家串门儿，我跟他下棋，当时是山东青州数得出去的大财主，不说首富吧，反正家里趁落儿[②]，他姓赵，叫赵东楼。”“那我怎么不知道啊？您小时候他净请您吃饭，我跟着蹭好些回饭呢。”“对对对，这个赵东楼回来没有？他回家没回家？”“没有，我还真听人跟我说过那么一耳朵两耳朵，说他上北京也不是做买卖，六七年没回来了。家里也是，据说媳妇、孩子也都不贤良，他那点儿家底儿抖搂得快差不多了。”王文一听，这个线索又断了。“唉，得了，今儿咱们什么话都甭说了，晚上你让厨子弄点儿菜、弄点儿酒，我带的几个管家你们也认识认识。从今往后，咱们也别主仆，就叔侄了，就说你是我侄子，员外还你当，我还得找你小婶儿去。你这婶儿我多咱找着，多咱算一站，好吧？”“那我陪着您，打这儿以后我再也不和您分开了。咱家现在也有钱，手底下人就都办了。行，晚上喝酒。”酒入愁肠愁更愁，叔侄六七年离别之情，说不完的话，乐一阵儿哭一阵儿，直聊了一个通宵，才抵足而眠。

在家里住了个月期程[③]的，王文又坐不住了，跟王生商量：“我还得找去。”“您还找去？您歇歇再找。”“不成，我非得找，多咱找着大奶奶，多咱算完。”“好吧，我陪着您找。”这回家里人多了，出门更阔了，爷儿两个，加上十几个人，全都鞴高头大马，多带盘费钱。还是不离北京周边，老在这片儿，因为他在这儿认识的，然后往远里走，夏天往北边找，冬天往南边去，一通儿找，找不着。

①扯了：北京土语，极多。
②趁落儿：北京土语，有钱。落，音涝。
③个月期程：北京土语，一个月左右，形容时间不长。

书不要麻烦。又找了三四年，鸦头失踪已然就是十年的光景了，连王生都开始劝王文："叔，别人劝您您不听，我劝劝您。咱现在这叫什么？财齐人不齐，您怎么也得再续一弦。""不，别人劝我我不说，都是好意，唯独小生子你劝我，我得跟你说清楚。我告诉你了，我媳妇是狐仙，你知道这情况。按理说，只要她不死，她应该给我来个信儿，这样才对，她一定有办法。但十年光景，杳无音信，我不知道为什么，我非得把她找着不成。跟你这么说吧，这辈子找不着鸦头，死不瞑目，我绝不再娶。""好嘞，有您这话就行，陪着您找。"

俨然又到了夏景天儿①，还上北京。来的次数多了就熟了，有人负责找旅馆打店，都安排好了，大家众星捧月相仿，捧着王文上街找媳妇。北京城大，明清两代北京城最宏伟，四面都是十里地的城墙，一共是四十里地，大胡同三百六，小胡同赛牛毛，大宽马路也有。您看，过去的马路、大街，比如米市大街、东四牌楼大街，现在都不显得很宽了，过去没那么些车啊。路旁有一家，一个大铁门，上写仨大字："育婴堂。"什么叫育婴堂？说现在话，就是孤儿院。这儿有个孤儿院，门口正卸车。卸什么呢？卸草。草车，头里是牲口，现在牲口已经下辕，车跟这儿落着，上边摞着都是草垛。一帮孤儿院的孩子卸车，有利索的就爬到车上去，三个人一组，把草包提起来往下扔，扔在地上，底下的小孩儿也是三四个人一组，把草包扛起来往里边走，岁数小点儿七八岁的，四个人抬一包。草这东西说沉不沉，说轻不轻，它不好拿，拿多了不成，十来岁的大孩子，也得俩人抬一包。

这帮孩子卸车，王文看着很高兴。突然间他发现一个奇怪的现

①夏景天儿：北京土语，夏天。景，读轻声。

象，其中有一个小孩儿，个子也不很大，这个孩子不从地上捡草包，他站在车头里跟车上的人说："哎，来一包。"车上的人提起来不往下扔，往下顺，顺到他肩膀上，拿手一扶："再来一个。"又摞上一包。一掉脸儿，又两包。别人四个人抬一包，他一个人扛四包，而且这东西在他身上扶得倍儿稳，跑得还挺快，一转身，"噔噔噔"，跑进去了。别人那一趟没转回来，他又跑出来了。"快快快！"这很吸引人，引人注目。为什么？他力气太大了。王文说："哎，你们哥儿几个看，这小孩儿真有意思，人家都是三四个人抬一包，他一个人能抬四包。哎呀，此子天生神力，看着岁数也不大。""就是，您看这小孩儿长得还真好，齿白唇红的。"育婴堂的这些孩子应了那句话，穷人的孩子早当家，一大车草，这么会儿工夫，搬得差不多了。"欸？"王生多了一句嘴："叔，这孩子眉目鼻眼儿长得跟您似的。""多嘴。"说者无心，听者有意。大伙儿一听："是么？看看，看看。"这孩子正往过跑，大伙儿一看，干吗长得像啊，活脱儿一小王文。没细看咂么[①]不出来，一细看，看看孩子看看王文，看看王文看看孩子。"是啊，大爷，这孩子怎么跟您……这……有点儿意思，长得真像啊。"王文也乐了："你们不说，我……我也没注意，我也看着他长得是挺像我的，要不生子你过去问问，这孩子怪好玩的。"王生可就过来了。

这孩子刚要接草，王生过来一伸手："哎，你别忙。孩子，你是干吗的啊？""你管呢。""你看这孩子，挺青皮[②]。""干吗？""什么叫干吗？我看你长得挺好的，我想问问你，你叫什么啊？""你打听这干吗？""不白打听，你告诉我你叫什么，你看着没有？"说着

①咂么：北京土语，品味、体会。么，读轻声。亦作咂摸。
②青皮：北京土语，通常指流氓、无赖，此处有不和善、耍态度、不服气，说话不中听的意思。

话，王生掏出一把铜子儿来：“给你买糖吃。”小孩儿一看铜子儿，两眼直放光：“哦，说说叫什么，就给我一把铜子儿？”“啊。”“我叫王孜。”“哦，哪个孜啊？”“孜你都不知道，孜孜不倦的孜，这边儿一子，这边儿一反文儿。”“哎哟！”王生识文断字啊，这边儿一子，这边儿一文，加一块儿，王孜就是王文子，这是我叔的儿子啊。“你等会儿吧。”他的意思是要回身告诉王文。孩子一伸手，“嘭”，王生没留神，“哎哟哟”，一撒手，铜子儿全掉下来了。孩子伸手一抄铜子儿：“给钱吧你，说给钱你又不给钱。”就这么一搡他，“噔噔噔”，“扑通”，王生一屁股坐地上了。带着十来个人呢，大伙儿往上一围，就想把孩子围住。王文一摆手：“哎，别乱别乱。”大伙儿就把王生搀起来了。王生一看，好家伙，自己的手让他一攥，攥出一青印儿来，攥紫了，这孩子劲儿太大了。

“叔。”“怎么了？”“这孩子有古怪。”“有什么古怪？”“他有名字。”“费话，你还有名字呢。”“不是，他……他叫王孜。”“怎么个王孜？”“孜孜不倦的孜。”“啊？”王文一听，也愣了：这孩子长得跟我一样，还叫王文子。“呃……叫他近前答话。”“是，来来来。”这孩子一看：“干吗，怎么着？你们人多，要跟我……我不怕。”“是，不是说怕不怕，看见没有，跟你长得差不多，上岁数的这个？”现在的王文，富翁，留点儿小黑胡。“啊，看见了，怎么着？”“你过去跟他说话，不白说，说完也给钱。”“是啊？那行。”他把铜子儿揣怀里：“你们……你们卸，你们卸。”跟着过来，愣磕磕[1]往王文跟前儿一站。大伙儿一看，长得跟员外爷一样。

“呃……你叫什么名字？”“我叫王孜。一句了。”哦，按句数

①愣磕磕：北京土语，失神、呆滞的样子。亦作楞磕磕、愣瞌瞌、愣愣磕磕、楞楞磕磕。

啊？够厉害的，这孩子够王道[①]的。“你在育婴堂，是育婴堂办公人的孩子吗?”“没有，我们育婴堂的孩子跟我一样，都是孤儿，没爹没妈的。”“哦，那你从小就没有爹妈，还是把你抚养到四五岁上你爹妈双双亡故，有街坊邻居把你送来呢?”“我从小就没爹没妈，人家育婴堂的人把我捡来的。”“哦，这就不对了。你既然没爹没妈，也不是从小有爹妈的，这个姓名是谁给你起的呢？你怎么知道你叫王孜呢?”“哦，您问这个，那我当然知道。”“你怎么知道的呢?”“皆因为我落草儿[②]的时候，胸前就刺着一行青字。”“哦，写的什么呢?”“上写‘山东青州王文之子王孜’。”“啊，你待怎讲?”“我胸前有刺青，‘山东青州王文之子王孜’。”“哎呀，儿啊!”“别玩笑，哪儿的事儿您就认儿子。”您别看这孩子人不大，挺酽儿咕[③]。

这下儿王文真有点儿激动了。身旁这些人一听：“山东青州王文不就是我们员外……孩子，你还不知道吗？这就是山东青州的王文呐。”孩子一听这话，有点儿愣：“你……你?”“哎呀，我就是山东青州王文。”说着话，王文把孩子往怀里一搂，一伸手，“刺啦”，也搭着急点儿，把孩子穿的小褂儿可就撕开了。大伙儿一块儿瞧，果然在胸前有刺青，“山东青州王文之子王孜”十个字,触目惊心啊。这个字写得，王文太熟悉了，鸦头的笔迹就甭问了，这就是我跟鸦头的孩子，我的骨血。男儿有泪不轻弹，只是未到伤心处。他赶到这儿了，十年就想见鸦头跟自己的孩子，没想到长街之上育婴堂门口

①王道：北京土语，霸道，厉害。道，读轻声。

②落草儿：指刚出生。刚出生的婴儿，叫刚落草儿的孩子。落草儿原指接生，因为旧时条件差，妇女生孩子时身下通常垫草，产下婴儿自然落在草上。落，音涝。如果去掉儿化韵，是落草，指逃入山林做强盗，评书中常说“占山为王，落草为寇”。

③酽儿咕：北京土语，难听、听了令人难过的话，亦有挖苦、嘲弄之意。语汇来源是茶太酽了，苦涩。作为形容词时，指顽皮、淘气等不好的行为，也有刁钻、各色的意思。咕，读轻声。亦作厌儿咕。

会看见这孩子。王文把孩子往怀里一搂，可就撒不了手了。“儿啊，唉!”血泪双啼。王生跟在旁边陪着的这些人，尤其杭州来的这几个管家，陪着他大江南北找了十年呐，今天终于见着亲生儿子王孜了，大伙儿能不替他高兴么，喜极而泣啊。“这就好了，这就好了。”杭州的方言是不是这么说我也不知道，反正南方人吧。王生一看：“这回行了，您等会儿吧，先别哭。我把他们这里办公的头儿什么的，也不知道这育婴堂是堂主还是怎么着，找出来吧。”王生嘱咐俩大孩儿：“麻烦你们把你们老师是叫什么给找出来。”

时间不大，负责人真出来了。“您什么事儿?”看穿着打扮，后边带着这些跟班的都穿得不错，十几匹高头骏马，一看就是有钱的员外爷，有一位抱着自己育婴堂的一小孩儿哇哇哭。“我找您有事儿。”“您别客气，您说。”“咱们育婴堂的孩子都是孤儿?”“是。”“那这些孩子平常四季衣裳，什么吃喝拉撒，都是谁来管呢?”“都是国家给。”您可听明白，打那年头儿就是国家要给一部分钱，专门的机构把社会上的孤儿收养起来。当然，没有现在的慈善机构这么系统，这么完善。我就不给您细说了。“国家给一部分。”“哦，那剩下那些呢?”“剩下那些我们就化去啊，有善男信女好心的人，家里有钱的，给我们这儿捐啊。”“好吧，我们打算捐点儿。”“哟，那求之不得呀，您打算捐多少?”“我们先捐二十万吧。”“哎呀，爸爸，咱走。”“不是我捐。”“不是你捐你说什么?”“你看抱着孩子哭那位，那是我们员外爷。”“哦，他要捐啊?”“可不是他要捐吗?”“那都请进来，咱一块儿说吧。这孩子是惹了祸?”“哎呀，这一两句话说不清楚，我们捐可是捐，唯一有一个条件，这孩子我们得领走。”“您给二十万都领走都行，干吗领走一个啊，您……您来。”

说是那么简单，但办这事儿还得有一定的手续，你也不能一点儿不告诉人家。为什么？人家对王孜有十年养育之恩，这就是重生爷娘、再造父母一样。要跟王孜谈话，要跟他讲，你信不信我是你亲生父亲，这叫父子天性。王孜这么葛[①]的孩子，说北京话，这么青皮，见着生身父，一看动真感情，王孜也哭了，小孩儿心里不装事儿啊。把小哥儿几个都聚一块儿，一说："这回我见着我亲爸爸了。我爸爸找我来了，要接我回家。"小兄弟们自然要安慰他，要劝他，抱头哭了一场。跟这个负责人也说好了："这孩子亲生父亲就是他，对于你们的十年养育之恩，没别的，我们捐二十万两银子。"当时给银票。二十万两银子，像这样的育婴堂能盖二三百个，了不得啊。把王孜领走，报官面儿，有相应一番手续，就不细说了。

小少爷王孜回山东青州，这可了不得，大大冲淡了王文心里的悲痛，失去鸦头而得到儿子王孜，几乎可以冲淡悲伤。说他不想鸦头，那是瞎说，看见儿子能不想孩儿娘吗？也想，但他有盼了，就是我纵然见不到鸦头，我要把她跟我的孩子抚养好，培养好，让他有出息，把全部心血倾注在王孜身上。他先要问王孜："你对你母亲有什么印象？""我哪儿有印象，襁褓之内就一包袱皮儿给我扔育婴堂门口了。人家育婴堂的人把我捡去，看我胸前有字，就管我叫王孜，这十年我净受罪了。"您琢磨，那年头儿孤儿院的孩子多受罪。您看过《三毛从军记》，多惨啊，里边那主演都混得说了书了，还不让上台，净续水。[②]那会儿穷人的孩子跟有钱人的孩子真是天壤之别，差得太多了，贫富差距太悬殊。这回一下儿掉蜜罐里了。孩子说完，

①葛：北京土语，性格特别，难以相处。

②这是拿二师哥贾林砸挂。贾林自幼学艺，京剧科班出身，还曾主演电影《三毛从军记》，"小三毛"的形象在20世纪90年代深入人心。后来放弃演艺事业，调入中华书局工作，业余时间学习评书，在崇文书馆、东城书馆亦说演了很多书目，不演出时则为观众沏茶续水。这也是我们书馆不成文的规定，即所有演员上场之前、下场之后，都一起干活儿。

他爸爸一跺脚："打今儿起，绝不能让你再受苦。"一家子全部集合。"看见没有，这是少爷，从今天起，少爷说什么是什么，全家以他为最高指示，他要上东不能奔西，他要打狗不能骂鸡，他要月亮不能摘星星，他要说今天听戏咱就不许下棋，他要说吃西瓜咱就不能吃西瓜皮。""员外您糊涂，西瓜皮本来也不吃。""就说这意思，他让吃西瓜皮也得吃。""是是是，我们就是哄着少爷玩。""对喽。"

玩好办，得教他念书，得让他有出息啊。干了[①]，王孜不念书，一拿起书本，只要之乎者也就头疼。请专馆的先生上家来，聘为西席，好好教，人家最后全都找来："东翁，我们教不了，您这么大能耐、这么大学问，当年就是才子，您自己教您这儿子吧，我们教不了。"辞退了十来拨儿先生。王文找王孜："儿你喜欢什么？""我什么也不喜欢，您就由着我性儿自己玩，我待不住，您知道吧？我也不愿意念书。""那你练练武。""武也不用练，那有什么可练的？反正也没人打得过我。""你怎么知道别人打不过你？""那……反正我觉得别人都打不过我。"说者无心，听者有意。王文一听：这孩子他妈是狐狸，当初跟我搞对象刚结婚的时候，我就问过鸦头："你怀孕以后是给我生个人，还是生个狐，还是生个半人半狐啊？"她说："来着看。"现在我倒是看见了，活蹦乱跳一小小子，倒是人。他这待不住，可能就有狐性。

您看，狐狸这东西，从来没有说柱柱儿[②]跟那儿坐着。您去动物园也能看见，"嗞溜[③]嗞溜"，狐狸老来回跑。耗子也没有待着的时候。猫行，猫一趴能趴一天，猫要看一东西，跟那儿站着不错眼

①干了：北京土语，发生意外，面临危险，坏了，糟了。干，读四声。

②柱柱儿：北京土语，指专注的样子，很安静地待在某处，一动不动。我认为像柱子一样不动，所以用柱字。柱，读一声。

③嗞溜：北京土语，形容动作迅速敏捷。溜，读一声。亦作吱溜、滋溜。

珠地看。我观察猫观察得最好，因为我们家我太太养仨猫，动是真动，静是真静。耗子不行，撂爪儿就忘，没拾闲儿[①]的工夫，狐狸也如是。

王文心想：得了，由他去吧，家里人陪着玩吧。陪着王孜玩的这些人受了累了，这王孜胆儿太大了，什么上树掏个鸟蛋，下河摸个鱼，都不在话下。什么悬玩什么，经常玩上吊。弄根绳子，“啪”，把自己吊上，一踹板凳，吊上了，一吊吊一时辰，没人知道。一会儿大伙儿上这屋一看，舌头都伸出挺长来了，这要让员外爷知道不得死了，赶紧往下摘吧。刚一摘下来，“噗哧”一乐，大伙儿全趴下了。“您怎么意思，吊一个多钟头愣没吊死？”“逗你们玩呢。”天生有这种奇特的本领，慢慢儿大家也就习以为常了。他这不叫玩，叫作[②]，反正家里有钱，别人也惹不起他，信着他作。

赶这孩子十岁回家到了山东青州，长到十三，可就不是原先那小个儿了，半大小伙子，个儿也蹿点儿了，膀扇也大点儿了。他说这句话可应验，不用练武，天生神力。家里有石碾子、石磨，拿着举重若轻，两手一托大石碾子，就托起来了。“接着啊。”“啪嚓”，摔碎了。“你们怎么不接着？”“我们接得住吗？我们接不住，您拿您比量我们不行，我们不成。”“哦，你们不成，那说明你们打不过我。”“我们打不过您。”“那有打得过我的吗？”“有，有会练武的，练武的就打得过您。”“哪儿有练武的？”“村里也有练武的。”“走，带我找他去。”带着上那儿找去。人家这儿练，十三岁的王孜，看着好玩：嘿，这有点儿意思。人家练刀，他也拿起刀来，看一遍就会，不用学，“唰唰唰”，耍得比那位还好看。“嘿，我们少爷天生学武的

①拾闲儿：北京土语，稍作休息，稍微安定些。不拾闲儿，即不停地忙碌。

②作：北京土语，指过分的行为。含贬义。作，读一声。

材料，您看这刀花儿要得，真了不得。”“你说我打不过他？”“人家会练啊。”“来来。”三下五除二，把这位打躺下了。那位过来，也完了。砸完这场子砸那场子。等他长到十五，山东青州没练武的把式场子了，全让王孜踢了馆了。都知道大员外王文由北京拣回个儿子，王文这么有钱，精通文墨，不能说才高八斗、学富五车，满腹诗书是没问题的，书香门第人家称得上，可小少爷一字儿不认得，不念书，反而武勇过人，十五岁打遍山东，罕逢敌手。

有这么一天，王孜带着众家奴，架鹰牵犬，郊外游玩。谁敢惹他？那了不得。突然间，就听一家院里“稀里哗啦”，“稀里哗啦”。这什么声儿啊？扒着门缝一看，里边有一位，一张供桌，香炉、蜡扦儿，手拿宝剑，有张黄表纸，上写一道符。这位把符插在宝剑尖儿上，跟蜡烛那儿晃，晃晃晃……点着一个火球，嘴里叨叨念念。晃着晃着，一声喝喊：“太上老君急急如律令！”“啪！”“天门开地门开，各位大仙快些来。”跳大神儿，装神弄鬼。他没见过，“啪啪啪”一砸门，本家儿开开门一看，一大伙子人，中间儿围着一小少爷。“您什么事？”“你们怎么意思？”“我们家里闹。”“闹什么？”“不知道，这不请来六拨儿大神了吗？今儿是李天师在这儿。”“什么李天师，我看看。”王孜带人进来了。李天师这儿还要呢，看进来一伙人，他也站着不动。“你干吗的？”“我会降魔除妖。”“他这院里有什么魔什么妖？”“本仙我还没看出来。”“你先看。”这位这院走，那屋瞧，看半天，惊呼一声：“哎呀！跟本家儿说，您这院里惊动太岁，可了不得了。依贫道我看，得有镇邪的东西。”“您说怎么镇邪？”“这厨房得钉块镜子，弄块铜镜子钉这儿，照妖镜；这正房得搁一老虎头；这西厢房得挂把宝剑。我再给你写四道神符，在你院子里走人的地方，有过道的地方，全贴上，才能震住这个妖秽。”

李天师还往下说呢，王孜过来一薅他脖领，抡圆了，“啪”，给他来个嘴巴，给李天师打得原地转了七个圈儿。“您打我干吗?”“打你干吗？哪儿有妖秽，他们家闹狐。”陪着这几位一看：“少爷，您管这个干吗？您怎么知道人家闹狐?”“费话，我看见了。”“在哪儿呢?”王孜一指东墙犄角儿：“看见没有？那儿呢。”大伙儿一看，东墙犄角儿有葡萄架，摆着俩石凳，地上扣着几个筐，旁边立把铁锹，什么都没有啊。“哪儿有狐啊?”“就我手指的这地儿，看见没有？狐狸在那儿蹲着呢，其大如犬，没动。咱这郊外行围射猎不都带着弓箭么？拿箭过去扎去。”有胆儿大的一看：“少爷，您指定了啊，别让它动啊。”把弓箭拿出来了，过去，“噗”，顺着弓箭下来血了。“真有东西，打!”旁边有铁锹，抄起来“乒乓”一凿，就听见“嗷嗷”之声。一会儿的工夫，王孜拿手定住了：“现!”大家一看，墙根儿出现一只被打死的狐狸。王孜目能识狐。本家儿千恩万谢：“这李天师跟我们要了二百两银子，我们都给您得了。”“我不指着这个。他们这个怪不容易的，平常唱完快板也没什么事儿，①上这儿蒙你们俩钱花。还给李天师吧。”他带着人扬长而去，走了。

王孜走了不要紧，过两天，那村有一家闹。这村的跟那村的说：“我们村也有一个闹的，那天来一小孩儿，一指，墙根儿那儿打死一狐狸，打这儿不闹了。”“这孩子在哪儿?”“我们也不知道，上本家儿问问吧。”东打听西问，最后问出来了，山东青州员外爷王文的儿子，小少爷叫王孜，目能识狐，请去吧。王文一听：哪儿的事儿，我儿子哪儿会看这个？我把他叫来。“王孜，你会看狐狸在哪儿?”“那是，看得倍儿清楚，就在墙根儿那儿蹲着，我让人打死，那家不闹了吧?”“你还有这能耐，这儿有人来请。”“你怎么回

---

①此处还是暗指李菁。他自幼学习快板，师从梁厚民先生，具有很高的造诣。此处拿李菁砸挂，一笑耳。

事？”“我们家也闹得厉害，不知道是不是闹狐，我们家闺女这些日子茶不思，饭不想的，说是死了吧，可有口气儿；说没死吧，这怎么意思？您受累，让少爷去一趟。”“我跟着一块儿去。”王文也好奇，倒看我儿子有什么能耐。王文亲自领着王孜上人家去了。

一进门儿，本家儿说：“您给看看在哪儿呢。”“干吗在哪儿呢，这不就在台阶上蹲着么？”大伙儿一看，台阶上什么都没有。“哪儿蹲着呢？”“你看我手指着它，别动，那儿别动，过去打去。”有上回的经验了，王家手底下仆人不管那个，什么叫大铁锨、顶门杠，过去“乒乓”一打，一会儿台阶上全是血。“现！”“嘣”，一大狐狸。您说这玩意儿神不神？王文一看，行啊，我儿子还有这两下子，回家。

回到家里把人都轰走，王文跟王孜说：“儿啊，打今天起，谁再请你去看狐，可不管了，即便你看见，也不许再打了。”“哎，那干吗？爹，它闹人家我还不给它打死？”王文心里话儿说：你哪儿知道啊，你妈就是狐狸，这日后要见着你妈怎么着啊？“这话我不能跟你说，咱们家不能打狐狸，咱们爷们儿得过狐狸的好处。”“咱们爷们儿还得过狐狸的好处，这好处打哪儿来？您说说，我今儿就想听听这好处。”“不是，这好处……你这不抬杠吗？”“他……你先别说。”“哦，我是被告。”“不是，我先说。”“你是原告？”“还是打官司。我就问您这好处。”“是，你别忙啊，狐狸它与我有恩。”“与您有什么恩啊？”“你也别细打听，你还小，等你长大了，爸爸我都告诉你。总而言之，你如果再去看狐打狐，有违父命，为父可要生气了。”“得，完了，完了，不看不就完了吗？不打不就完了吗？您还有别的事儿没有？”“别的事儿没有。”“那我可玩去了。”“玩去吧。”王孜出来了。

那么还有没有人找他？太有了。人的名声一传出去，一回灵，两回灵，那家里有闹狐的，多老远都来请。有的王孜嫌道儿远就不去了，有的捎带手儿[1]碰上了，背着他爸爸还管，杀狐无数。哪儿那么凑巧上人家去就一只啊，有时候一窝全宰了。这王孜逮狐狸可出了名了，甭管狐狸怎么变化，王孜到这儿手一指，手底下人过去一打，准打死。可是背着王文不知道，王文也就不经常说他了。

书要简短。又过几年，王孜长到一十八岁。这天，王文正在书房看书，忽然有人来说："外边有人要见您。""谁要见我啊？""我们不知道，就说是故人。""故人？我没什么老朋友啊，这人什么样儿啊？""是个要饭的。""嗯？"王文一听：我都大员外爷了，怎么还有要饭的说跟我是朋友，找我来？"那我就出去看看。"跟着手底下人穿宅过院，到了前头，站在大门这儿。他们家有钱，是大门楼，王文站在台阶上往街对过看。门里边这个叫影壁，门外边对着这个叫照壁。照壁头里太阳地儿，靠着照壁墙根儿这儿，半蹲半坐，有这么一位，破衣啰嗦[2]，衣不蔽体，这个脏还不说，头发一绺一绺全擀毡[3]了，身上净是怪味儿，而且脸上全是滋泥，也看不出是男是女来。"这谁呀？""说跟您是故友，我们哪儿知道啊，要饭的。这不，旁边有杆儿，还有一破碗，这是拉杆儿要饭的啊。""好吧，我过去看看，你们可跟着点儿啊。"

晃晃当当，爷儿几个过来了。这位靠着墙根儿正养神呢，有手底下人拿脚一踹他："哎，醒醒，醒醒。你不是要见我们员外么？出来了。""嗯……""睁眼啊，看看是谁啊。"王文一看："不要鲁莽，不要鲁莽。朋友口称是王某故交，你姓字名甚，跟我是怎么认识的？你抬起头来我看看，咱们俩到底熟不熟啊？""唉，王文贤弟，你不认得愚兄我了吗？""听声音很熟，我实在是想不起来了。""好

①捎带手儿：北京土语，就势，顺便。带，读轻声。亦作捎带脚儿。
②破衣啰嗦：北京土语，形容衣服破烂。啰，读一声；嗦，读一声。
③擀毡：北京土语，形容毛发类由于不洗不梳，都粘在一起或结成片状。

吧，我现在落魄[1]了，恐怕你也想不起我来了。”“噗！”“噗！”这位啐唾沫擦了擦脸上的浮泥，用手分了分乱草一样的发髻，猛一抬头，太阳地儿看得非常清楚。“你看我是谁？”王文不看则已，这一看，正是当年带自己逛窑子认识鸦头的赵东楼。

①落魄：落，音涝；魄，音派，读三声。

第六回

八月秋风阵阵凉，一场白露一场霜。小严霜单打独根草，挂大扁儿甩籽在荞麦梗儿上。

这个《双垂泪》是一个岔曲，[①]我这是一段大鼓。因为《聊斋》也不知道用什么样儿的开场诗合适，就念几句大鼓词，应时当令，反正是秋景。您听我这个鼻子跟这个声音，实在对不起您，刚才还喊了喊，也没太喊开，好几天了就这样，这感冒吃药不吃药也是一礼拜，反正今儿您对付着听。这个《鸦头》今儿能不能说完呢？我也不知道，但应该是说不完。因为要说完了，下礼拜换新书您就不来了。咱们还接着说《聊斋》,《聊斋》篇目很多，今天鉴于身体情况，估计也说不完，更得说得慢了。我让我们师弟梁彦数了数《鸦头》的原文，两千五百字，咱已经说完五回了，每回一个钟头是五个钟头，落成文字大概有几万字了。两千五百字说成几万字，当然要丰富起来，后边还要说。所以评书跟您看书不一样，它的魅力就在这儿。《三国演义》小说本身已经很吸引人了，但为什么还要听评书呢？它一定跟书上写得不一样。《聊斋》也如是，蒲松龄原文写得就是好，语言特别精练，所以我还要给您翻译。

鸦头失踪就失踪两回了，您着急，王文更着急。说鸦头，鸦头

①这四句定场诗是铁片大鼓曲目《王二姐思夫》的前四句。《双垂泪》是一个岔曲，以首句为题。

老不露面儿，可观众还听。为什么呢？这根线不能断了，就是王文苦苦寻找鸦头。但没想到，在北京的育婴堂偶然找着了自己跟鸦头的孩子，足慰创伤，就能平复他受创的心灵，能弥补一些。找不着孩儿他娘，把孩儿找着也是好的。说怎能证明这孩子就是他的呢？《聊斋》原文写得好，“及归，见者不问而知为王生子”，就是打他带着这孩子回家之后，街坊邻居一看这孩子不用再问，直接就得说：“您这少爷长得真随您。”爷儿俩活脱一样。更何况他胸前刺字，“山东青州王文之子王孜”，孜是这边一个子，这边一个反文，王孜就是王文子。再有，很明显的特征，只有王文自己知道，就是这个孩子知狐认狐。狐仙是肉眼看不见的，会幻化，王孜知道，王孜的业余生活就是捉狐，颇受乡人的赞赏。先开始他爸爸不同意，他就偷偷的，不让他爸爸知道，王文很溺爱他，后来对他管得就不是那么严格，半知半不知的，反正他能出去逮狐狸。狐狸甭管藏哪儿，他一进来，手一指：“这儿有狐狸。”大伙儿锹镐齐下，就给打死了。“那儿有。”接着刨那儿。所以王文很确定王孜就是他跟鸦头狐仙生的孩子。这孩子长到一十八岁，孔武有力，本领不是学来的，天生而来，这样的人特别的少，叫生而知之。人都是学而知之，生而知之的人有没有？有，就是没喝孟婆汤的人。

您要听短打书，有一部书说黄天霸，里边有个兵部尚书王曦王大人，王曦就是生而知之。上辈子八十多岁一个老学究，死了。阎王一查：“这个人寿终正寝，一辈子没办过损阴丧德缺德的事儿，轮回世间，领个富人家投胎去吧。”有牛头、马面、吊死鬼、无常都办完手续，领着老学究到这个轮回的场所，有几个门：这是天道，这是鬼道，这是轮回畜生，这是轮回成人，这里又分大富之家、穷人家，都不一样。这儿有个茶摊，卖茶的是个老太太，叫孟婆，给你一大碗茶似的东西让你喝，喝完这辈子事儿全忘了。走到门这儿，

"咣当"一脚，小鬼一踹后腰，大头朝下踹下去，那儿呱呱坠地就生了。也有扔错的时候，本来是往富人家投的，也不知怎么，"啪"的一下儿，投说相声他们家去了，那算他缺德倒霉。老学究到这儿，孟婆卖茶："谁喝我这茶啊？"老头儿还真渴了："我能喝一口吗？"小鬼一看："你这老头儿，阎王说你一辈子没干过缺德的事儿，挺照顾你，又轮回成人了，你赶紧投胎去吧。""我求求您，您行行好。"说着话，老头儿哆里哆嗦从怀里掏出俩钱儿来。"我这一辈子也没有饷，没积蓄，您行行好。"小鬼一瞪眼："你一辈子都没干过这事儿，没行过贿，怎么到这儿学会这个了？"手里有狼牙大棒，照着顶门："走！""啪"，正砸老学究顶梁门上，头一抬，"咕噔"一下儿，投胎去了，孟婆汤没喝。

那边姓王，起名叫王曦，早晨生的。小王曦睁开眼一看，老学究傻了：我这手怎么这么小啊？抬抬腿，小脚巴丫儿。眼头里，跟妈儿、看妈儿、哄妈儿、老妈儿，这个抱抱，那个说说，嘴里叨叨叨，说什么都有，这叫一个乱。这孩子就是老学究，明白了，自己转世为人了。赶这帮人都出去，他三姨看着他，他叫他三姨："哎。"他三姨一看，刚生的孩子会说话，过去给一嘴巴："别说话。"他三姨一看，我姐姐生个妖精，刚落草儿的孩子能说话，这要让家里人知道，非吓坏了不成。所以给孩子一嘴巴，不许说话。小王曦一琢磨：哦，这辈子跟上辈子不一样了，上辈子让说，这辈子不许说话，那我不言语。长到十二，王曦没说过话，家里拿他当哑巴养活着，爹妈不会叫。三姨上家串门儿来，往这儿一站。"怎么不叫我啊？""妹妹，你这些年没往家来，他不会说话，是个哑巴。"三姨一听：不会说话？刚生下来就会说啊。"姐姐，不对，这孩子会说话啊。""你怎么知道？""我怕吓着您，没敢跟您说。想当年这孩子落草儿就会说话，他叫我。""是吗？"问王曦。王曦说："是。"上学馆不用学，上辈子老学究，那知识都是带过来的，叫生而知之。

那位说，你说这些都有依据吗？您看书去。当然，这是短打书，说后套《三侠剑》，说黄天霸的时候才有这段书，兵部尚书王曦叫生而知之，不是学而知之。其实没有生而知之的人，咱们生活中您没碰上过。说刚一落草儿就会背“菜单子”？没有那样的人，都得通过努力学习。学习的途径有很多种，无外乎间接与直接，要么看书，要么经的事情多。经一事，长一智，这也可以；行万里路，读万卷书，开卷有益，这也可以，对人都没有坏处。

王孜也是生而知之，武艺看一遍就会了，而且天生神力。他又是纨绔膏粱，一个少爷秧子①，他爸爸又是首富，带着很多手底下的家奴院公，架鹰走犬，有一些鱼肉乡里、欺行霸市的事情也就不新鲜了。小王孜，小混的鲁②。上回咱正说到这儿。

王孜长到十八，这天王文闷坐书房，外边有人回禀，说您的故交求见，这句话王文可多少年没听过了。为什么？自从杭州回来之后，闭门不出，出去也是找媳妇，不交朋友。说原先年轻的时候，一块儿经常吟诗作赋、酌酒下棋的那些朋友，全都掰了③，叫心灰意懒。朋友？看看吧。出门在照壁跟前儿坐着一位，破衣啰嗦，拉杆儿要饭，头发也擀毡了，一脸滋泥，身上衣不蔽体，想必也是食不果腹。这人但分要穿得起衣裳，能不先吃饱饭吗？“谁呀？”手底下人过去拿脚把这位踹醒了：“醒醒，醒醒。”这位是悠悠转醒。“啊？”王文是念书人，很客气，说：“您既称王某故交，咱们就得有一面两面之实，我什么时候认识您，咱们在哪儿见过？您说说，我是一时

①少爷秧子：北京土语，是对娇生惯养、缺乏历练的富家子弟的贬义称呼，常用于调侃或讽刺其性格软弱、好逸恶劳等特质。

②混的鲁：北京土语，混账，混蛋。鲁可加儿化韵。

③掰了：北京土语，情谊破裂或关系决裂，泛指双方闹翻。

懵住，想不起来了。”“唉。”这位分了分自己的头发，一仰脸儿：“王文，贤弟。”“啊？”他是员外爷，这是臭要饭的，管他叫贤弟听着扎耳朵。王文还好办，旁边这位一听：“叫什么呢，哪儿就贤弟？齁儿着你。你真敢叫，也不怕风大闪了你的舌头。”“你的舌头就闪了。我跟他不是泛泛之交、萍水相逢，你仔细看看愚兄我是谁。”这位说话真冲，别看有气无力，话可横，叫你贤弟就自称愚兄，你今儿要认识我，咱俩算完；你要是不认识我，我跟你好好算算账。啐点儿唾沫，把脸上的泥胡噜胡噜，分了分头发，王文还真认出来了。哎哟，非是旁人，自己的同乡，当年的大财主赵东楼。

鸦头被掳走，唯一找鸦头的线索就是赵东楼，他是我跟鸦头认识的大媒人。当初我进京碰上的是赵东楼，带我上青楼妓馆的是赵东楼，撮合我和鸦头成美事的也是赵东楼，我头一回逛窑子都是赵东楼花的钱。鸦头找不着我就找他，没想到他也找不着了。

今天王文认出是赵东楼来，有点儿激动，一下腰，“嘭”，这会儿可就管不了脏啊，什么有味儿啊，臭啊，把赵东楼两膀臂抱住了。“你……你是赵东楼。”“就是愚兄。”“哎呀，叫弟我好找啊。”“唰”的一下儿，王文眼泪下来了，看见赵东楼可就看见鸦头了，人不伤心不落泪啊。“东楼兄，您，怎么……”下话不能再问了。为什么？当初赵东楼风光，太有钱了，那钱都扔着花，真是早上起来吃早点，吃一看二眼观三，说一顿早点要十几个菜是经常的。豆浆要两碗，喝一碗，倒一碗说的谁？就是说赵东楼，有钱不在乎。而且是风月场中的老手，那里花钱得花多少？不在乎，有买卖，家里有田，大财主。再看现在这模样，天壤之别。“您怎么化装成这样呢？”赵东楼心里话儿说：我亏心不亏心啊。“我呀，一言难尽。”“此处不是讲话之所。来来来，搀起来，搀起来。”人家弟兄相认，大伙儿一听：这位敢情不是吹牛，真跟我们员外有交情，贤弟愚兄，称兄道弟，这错不了，来吧。

大伙儿七手八脚把赵东楼搀起来，让到里头。“呃……这个……”一肚子话说不出来啊。“东楼兄，你……”“我知道，我也有话要跟您说，千言万语不在这一时，先解决我的大问题。”“您什么问题？”“我饿。”我瞅你也不善。“您……您吃点儿什么？”“您家里有小米粥、窝头、咸菜，都行。”“哪儿能让您吃这个啊……酒宴摆下是来不及了，就您一人儿，这样，领您到厨房，您看什么好吃吃什么，咱家有什么让厨子给您做什么。”王家是大财主，厨房就占一后院，养着仨厨子和四个伙计，专给他们家人做饭。您琢磨琢磨，他溺爱王孜，王孜一天三变，指不定想什么，当时就得吃上。把赵东楼领到厨房，厨子跟伙计一看：好，我们员外爷认的这是什么朋友？赵爷进厨房，跟饿狼似的，等不了下锅炒，下手就抓，往嘴里就塞，这顿吃啊。看他吃这么狼乎[①]，就跟没下顿儿似的，饿怕了。看他一摩挲[②]胸脯，手下人问他：“赵爷，您吃饱了？”“不忙。”“不忙？这是怎么句话，问您吃饱了没有？”“我也不知道吃饱没有，反正一会儿我活动活动还接着吃。”“好，咱下顿儿还有呢。”“你们还管下顿儿？”“什么话？您跟我们员外有交情，哪儿能不管您下顿儿？员外说了，先别上头里说话呢，领您洗洗澡。您养养神，换身新衣裳。”“哎。”又领着赵东楼洗澡去。

人凭衣装马配鞍，西湖景配洋片。人不捯饬不好看，捯饬出来您看，跟刚才就不一样了。再有，赵东楼是享受过的人，一旦换上好衣裳，洗完了，白白净净的，派头儿是有，这会儿也吃饱了，跟刚才拉杆儿托碗要饭那劲儿满不一样了。头发也不打绺儿了，梳得又齐又亮，有人给他把头发盘好了，穿的新衣裳，王文家没次衣裳。

---

①狼乎：北方方言，吃东西快速又不挑剔。推测词汇来源于狼吞虎咽。乎，读轻声。
②摩挲：北京土语，用手轻轻按着并一下一下移动或用手抚摸抹平。据说是满语音译。摩，音妈；挲，音萨，读轻声。

赵东楼穿绸裹缎，衣光鲜亮出来了，往这儿一坐，看气色也比刚才强多了，说话也有点儿亮音儿了。“贤弟。”“仁兄。”“你找我来着吧？”“找你来着吧啊？”说着话，王文鼻子又酸了，又要掉眼泪。“好找啊，我这媳妇您给我算介绍着了。”“谁说不是呢。”“来，左右退下。”把左右全轰出去了。“您知道么，您给我介绍这媳妇……”“啊，是狐狸。”“哦，东楼兄你都知道啊？”“知道，我哪儿能不知道啊？我跟您说，我这些年罪也没少受。”

王文简单一说，赵东楼也要把自己的经历说一说。敢情王文跟鸦头私奔之后，老鸨和妮子带着赵东楼，以及家里全部这些人搬家了，北京的这个窑子不干了，往北走。当时大明朝跟大元朝的残余势力还有冲突，北元已经被赶到蒙古去了。一直往北走，这地方很不安静，再做买卖，就是再开青楼妓馆已经不现实了。那么吃谁呢？就吃赵东楼。赵东楼是大财主，但不是一个人，他是做买卖的。咱们说过，他带着很多值钱的货物，这个辎重很繁重，老打游飞[①]不是事儿，很不方便。原文写“贱售”，就是以很便宜、很贱的价格销售出去，所以赵东楼大赔。但这个妮子，鸦头的姐姐，就是大狐狸，已经把赵东楼迷惑住了，赵东楼不能自拔。也就是说，王文和鸦头风光的这几年，是赵东楼最受罪的几年，赵东楼受了苦了，受到非人的待遇，最后身无分文。原文就要写鸨儿娘和妮子，以及楼里这些人，对赵东楼白眼相加的一种虐待的态度，有钱您是爷，没钱你是狗屁。一来二去，不理赵东楼了。再过些日子，就要把赵东楼扫地出门。赵员外那么有钱，一下儿变成穷光蛋了，一文不名了。他认为自己跟妮子这些年的感情是有的，花在妮子身上的钱不计其数，数以万计。“现在你们怎能这样对我？”“哦，我们这样对你不好啊？

①打游飞：北京土语，闲逛，没有稳定的居所或工作等着落处。含贬义。

我们对你算客气的，还有不好的呢。”怎么样？敢情已经把鸦头抓回来了，赵东楼亲眼目睹鸦头所受的惨刑。因为鸦头用内丹保护王文，现在法力已经丧失，又身怀有孕，所以鸦头受了很多荼毒。赵东楼一看，鸨儿娘跟妮子心太狠了，手段也极其残忍。

就在鸦头分娩之时，把赵东楼找来，两个人在石室内外，一个石头屋子，有铁窗，一内一外，鸦头说了几句话。这是《聊斋》原文，我认为是这篇《鸦头》两千五百字当中最有用的话，就是说明蒲松龄写这篇文章的目的和宗旨。“勾栏中原无情好，所绸缪者，钱耳。君依恋不去，将掇奇祸。”同志们，这几句话写得太好了。勾栏就是妓院，妓院里没有情义，都是假的。过去北京有这么句话，“窑姐儿的乖乖——白给”，白给就是饶头儿[①]，跟你亲个嘴儿，搂搂抱抱，不算回事。说都委身于你了，都是露水夫妻了，你认为她跟你就是一个心眼儿吗？没有。还这样对你好，这样与你恩爱，是为什么呢？两个字，蒲松龄写得好，“钱耳”。除了这个利益，其他什么都没有。说你长得再漂亮，再有能耐，只要没钱，全都扯淡。这就是窑姐儿。她跟你所有软款温柔、细语缠绵，都为了赚你的钱。你都这样身受其害了，万金俱抛，现在坑家败产、一文不名了，你怎么还在这儿待着呢？赵东楼听鸦头这几句话，如醍醐灌顶。老龙正在沙滩卧，一句话点醒梦中人，这几句话振聋发聩，发人深省。我再给您背一遍，叫“勾栏中原无情好，所绸缪者，钱耳。君依恋不去，将掇奇祸”——这工夫全耽误这儿了，您知道吧？我就为让男同志，尤其是青年男同志们把这句话记住。这就是听书的好处，高台教化、劝人向善的地方。

赵东楼听完这几句话，满脸通红：“鸦头，我不仅害了我自己，

①饶头儿：北京土语，多余的、富余出来的，一般指白送的东西。头，读轻声。

还害了你和我兄弟王文。”“那您现在愿不愿意将功赎罪?”“太愿意了，你说怎么样?”“实不相瞒您，我的胎气已经动了，这一两日之内就要分娩，就要生这个孩子，这个事情绝不能让我母亲跟我姐姐知道。如果让她们知道，我跟王文的骨血不保。您做一做简单的收拾，在一两日之内我生下这个孩子，你带着他要跑，要走。”赵东楼一听：我走哪儿去啊？茫茫天下没有我去的地方，有家难奔，有国难投啊。“您让我上哪儿啊?”“您爱上哪儿上哪儿，但有两个事情必须办到：一是要把我儿子送到北京的育婴堂，你把孩子扔到门口就别管了；二是我写一封信，您时刻带在身边，从此以后大江南北您去找，哪儿碰着哪儿算，只要碰上王文，你就把这封信给王文，那就是我脱离苦海之时，咱们再相见之日。”赵东楼一听：好家伙，这俩任务够艰巨的。“我……我行吗?”“您看着办吧。”

就在是夜晚，好可怜，冰冷石屋之内鸦头生下了王孜，连个裹王孜的布条都没有。没办法，只能扯下半幅罗裙把孩子包好了，隔着铁窗递出去，递给赵东楼。鸦头嗑破指尖儿，在一张羊皮上写了一封短信，叠好了也交给赵东楼。赵东楼把信收好，抱着孩子连夜逃出，脱离了妮子的魔爪。还是活不了啊，主要是这孩子怎么办啊？赵东楼没有喂养孩子的设备，孩子得吃奶，他没有。抱着孩子怎么办呢？要吧。

同志们，你们要想想，赵东楼这么大财主，挨饿、受穷，甚至可以死去，让他拉下脸来要饭，太难了。钱压奴婢手，艺压当行人。上山擒虎易，出口告人难。平常找朋友帮个忙，都得跟家琢磨词儿：我这话能不能跟朋友说啊？人家朋友帮得了我帮不了我？要皮要脸的人怕碰钉子。到朋友那儿，碰一软钉子：“行，大哥，您放心吧，我给您问问。”干了，仨月也是他，半年也是他，问不来怎么办?再问别人，连这朋友都耽误了。你一问别人，传到他耳朵里，他说了：“您这事儿托我，怎么还问别人啊？”“你这不仨月没管吗？”“是啊，我给您问着呢，也不能当时到那儿就办啊，这不找朋友给您办着么？您要找别人，索性别找我。”还甭说借钱了，要饭得多难啊。

这么大的赵东楼，现在穷得叮叮当当，还抱着个孩子，指着孩子说吧。“当当当”，砸开门。“您家里有面和点儿浆糊，我为活这孩子啊。”真有大户人家发恻隐之心，一看：“这孩子跟着您可受了罪了，是您生您养吗？”“是啊。”只能说是自己的。“您要舍得您给我，我们也不说买，我们自当活一条小生命，给您几两银子，您或是做个小买卖，或是干点儿什么营生。这孩子没满月就跟着您挨门儿要着吃，早晚得死了啊。”赵东楼心说：那哪儿成啊，我有任务，多咱我熬到北京，把这孩子往育婴堂门口一撂，这就算行了。“得了，既然您有这善心，您管他一顿，管我一顿。”就这么挨门要饭，乞讨为生。赵东楼带着小王孜好不容易熬到北京，把孩子扔到育婴堂门前，不敢走啊，远远儿在胡同口看着，直到看见育婴堂有人出来看见这孩子，抱进去了，这才算一站。

俩任务完成一个，打这儿以后赵东楼揣着这封信找王文。王文找他，他找王文。那位说，俩人互相找这么难吗？大明朝，这么大的中国地，这么些人，大海捞针啊，找一个人太难了。而且王文打听赵东楼，说的是大财主，到哪儿去都问：“有个大财主，我们山东人，说话气粗，使奴唤婢，家里趁多少多少。”人家说：“没这人。”这位拉杆儿要饭，谁知道啊？赵东楼打听王文，说的都是穷书生，“我有一兄弟，就是山东人，念书，学问不错，没什么钱”，他哪儿知道王文现在混壮了。等于这两岔儿着[①]。最后赵东楼也明白了，我

①两岔儿着：北京土语，没合在一起，走两条道路了，有时有阴差阳错误会的意思。岔，读一声。

不如回家看看，一十八载，这才想起来回山东青州。

一打听王文他们家，这人还真回来了，赵东楼得说是喜出望外。一问王员外现在怎么样，站着房，躺着地，骡马成群，鸡鸭成栅，鱼虾成池，彩缎成箱，美食成品，好木成材……现在阔了。“我跟您打听打听，这王员外……”“您放心吧，大善人，心可善了，您上那儿去准周济您。”“不是那意思，他有后没有?”“有后啊，有个小少爷今年都十八了。”赵东楼一算这年头儿：“哦，这少爷叫什么啊?”“你要饭你打听那么清楚干吗？你……你有什么心思？坏心?”“不是，我没坏心，您领着我看看哪个门口是啊。”原先家里清水脊小门楼，现在好，广亮大门了，一眼看不到底，几进的大院子带花园，还了得。

赵东楼一上台阶，家奴院公拦住了：“你别忙，等我们一会儿中午饭吃完了，后边有大盆端出来你随便吃，临走的时候还给你个三文五文的。你来的不是日子，我们这儿初一、十五斋道日还多给，成吊的钱你们领家去。看你四五十岁，身体也挺棒的。”拿他真当要饭的了。“我先不忙吃，我想见见你们员外爷。”家奴院公一听：要饭的要见员外爷?“你凭什么见我们员外爷？你不是要饭的吗?”“我不是要饭的，我跟他是朋友。”“呸！我们员外爷就交你这朋友？你瞅你这模样。我们员外爷交的都是文艺界、政治界、文学界，都这个朋友。你……我们说着都塞牙，跟拉杆儿要饭的交朋友。”“我们真是朋友，旧相识。你进去跟王文说，我是他的老朋友。”这样，弟兄二人才相见。

赵东楼把以往的经过一说，王文听着，不亚如万把钢刀扎于肺腑。他一听鸦头挨的这个打，受的这个非人的待遇，揪心啊。尤其听到一个任务是把孩子扔到育婴堂，另一个任务还有一封信，王文动心了。“哎呀，东楼兄，那么鸦头给您的这封信，您还保留着吗?”十八年，他拉杆儿要饭，这封信太难说了。赵东楼点点头。刚才旧衣裳脱下来，洗澡的时候有手底下人要给扔了。“您这堆我们……我们就给您处理了啊，这都不能烧，一烧呛一院子，得深挖坑埋了。”“别忙，我那里还有东西。”“您这里有什么？”“有值钱的东西，要命的东西。”“是啊？您抖搂抖搂吧。”把这东西单拿出来。现在赵东楼哆里哆嗦：“贤弟，什么话？这是我的使命啊。我当初既害了你夫妻两个，我这就叫将功赎罪。我听说小王孜现在十八岁，孔武有力，这孩子没糟践，能活下来，而且你们父子团圆，我心里特别痛快。再有，我把这封信交给你，我这辈子就是死也瞑目了。”“您说话说得太重了，您把这封信拿出来。”“哎。”贴肉皮儿把这封信拿出来，是个油绸子，打开一看，里边是桑皮纸，再打开才是这张羊皮。这不是瞎说，赵东楼把这个视作比生命还重要，十八年大江南北这么要饭，这东西愣没丢，油绸子包老是贴肉皮儿这么藏着。今儿颤颤巍巍拿出来，一张羊皮带血书展在王文面前，王文手都哆嗦了。为什么？看看上边殷红的血迹，点点斑斑，俱是鸦头的笔迹。王文把这封信拿起来，上写：

“知孜儿已在膝下矣。妾之厄难，东楼君自能面悉。前世之孽，夫何可言！妾幽室之中，暗无天日，鞭创裂肤，饥火煎心，易一晨昏，如历年岁。君如不忘汉上雪夜单衾，迭互暖抱时，当与儿谋，必能脱妾于厄。母姊虽忍，要是骨肉，但嘱勿致伤残，是所愿耳。”

就这么短，这是《聊斋》原文。头里比较好理解，她说的是自己的处境。我知道，十八年前就知道这事儿了，你们父子已经团圆了。我所受的这些罪，赵东楼都清楚，他会告诉你的。前世作孽，有何话说。底下这几句扎王文的心：“妾幽室之中，暗无天日，鞭创裂肤，饥火煎心。”尤其是这个饥饿的饥。哪位上岁数的同志您可能赶上了，就是这饿，咱们年轻一代没挨过饿。世界上有两种事最难受，第一是说话不明，第二是吃饭不饱。说话不明，吃饭不饱，不亚如钝刀子剌人。您想，不是一两天不管鸦头饭吃，是经常就饿个个月期程的，想起来给你来块馒头，弄半拉窝头，就是这样的虐待。石头屋子，暗无天日，终日鞭打，皮开肉绽，疼痛难忍。接下来这句话又让王文很感动，“君如不忘汉上雪夜单衾，迭互暖抱时”，就是如果你还想着当初咱俩鱼水恩爱的时候，那么冷的天儿，咱俩抱着互相取暖。“当与儿谋”，想救我吗？要跟王孜商量，他能够让我脱离苦难。这几句话很简单，很好理解。同志们，最后两句是最主要的，“母姊虽忍，要是骨肉，但嘱勿致伤残，是所愿耳”。鸦头非常善良，说我母亲跟我姐姐虽然这么狠，这么残忍，总归是骨肉，她们是亲妈、亲姐姐。下面这句话是让王文嘱咐王孜的，你千万要告诉他，救我可以，可不许伤害他姥姥跟大姨娘。这样我才高兴，这是我的愿望。

读完这封信，王文涕泪双流，把羊皮信叠起来，桑皮纸、油绸子还包好了，这回贴自己身子带上了。王文抬头看赵东楼：“东楼兄，这个信……”“我没看过。”带十八年，一眼没看过，不是给我的信。君子人就这样。“她信上说，得跟您侄子小王孜说这个事儿。”“好吧，我们爷儿俩也没见过，你把他找来，我见见吧。”

话刚说到这儿，外边一抬腿，“咣当”，踹门进来了。“爹，这干吗的？听说您收留一要饭的。”“呃……不可胡言。什么要饭的，这是你大爷。”王孜一听：您吃饱了撑的，没事儿给我弄这亲戚干什么？弄一要饭的大爷。“谁大爷？”“真是，我最好的朋友。”王文简单把经过一说：“儿啊，现有一物爸爸要让你看看。”“看什么？”“你来看。”说着话，把这封信又拿出来，往这儿一摊。王孜文化有限，他不好好上学呀。“这……这我看不全，您干脆给我念得了。”“啪啪啪”，连念带讲，把以往的经过跟王孜又重新述说一遍。可了不得了，王孜一听，当时眼眉一挑，眼珠子就瞪起来了：“啊？爹，敢情我有妈啊？”“啊。”“好恼！”王孜犯性了。“这些年我先在育婴堂，我自当我是石头缝儿里蹦出来的，没爹没妈，跟那些孤儿一样，受多少罪我都想忍了。没想到你把我领家来了，咱家这么趁钱。我头里走，人家后头戳我脊梁骨：‘看这孩子，有爹没妈。’我原先认为我无爹无娘，后来有了爹没妈，我问我妈怎么样，你告诉我妈没有了，你骗我。我有妈，你为什么不告诉我？”这孩子有这种想法是正常的。王孜氽儿[①]了：“那我妈现在受到这样的待遇，还等什么呀？信上写跟我商量，商量什么？我找她们去，到那儿我把她们都宰了，就把我妈救回来了。”王文一听：这信看一半儿，没看明白。“孜儿，我再给你讲讲，后边这两句你可听明白，‘母姊虽忍，要是骨肉，但嘱勿致伤残，是所愿耳’。你妈现在就一个愿望，你去是去，可不能把你姥姥跟你大姨都弄死。”“行，您甭管了。赵大爷，你等会儿啊，我收拾收拾。”这孩子转身走了。

赵东楼一看，这孩子混拙猛愣，说话这劲头儿够混的。“贤弟，这就是令郎王孜？”“啊，犬子王孜。”“这行吗？鸦头说让他救她去，我看够悬的。”“您不知道，他有个能耐，专能降狐，别的不成，就治狐狸他有办法，有绝招。”“是是是，那咱们给这孩子怎么准备准备？”“您甭管，他有他的办法。说良心话，我对他们娘儿俩也闹不太清楚。打今儿起，一会儿我把手底下人都找来，怎么对我王文，怎么对您赵东楼，您赵东楼跟我王文从今就是异姓手足，我这片家业全是您的，您跟原先一样，想怎么花怎么花，想怎么办怎么办。”赵东楼一听，热泪盈眶：“我这回回来就没想活着，平生之所愿，两件大事我都完成了。看着这孩子十八载被你抚养成人，看着这封信

①氽儿：在北京土语中，有三种含义：一是烧水工具，即水氽儿；二是烹饪方法，即氽儿面；三是指人突然发火或情绪爆发，即氽儿了，源于氽字本身入水速煮的意思，延伸为情绪的瞬间激化。此处是后一种意思。氽儿了，亦作蹿儿了。

平安落在你手里。倘若这孩子能把鸦头救回来，你们夫妻母子一家团聚，我看着就更高兴了。我不能在你府上讨扰，我还有什么脸再见鸦头啊？”“大哥，您说这话就远了。得了，有什么后话再说，您怎么也得跟我这儿住些日子。”“好吧。”

正说着呢，王孜二次回来了。这回好，换衣裳了，换的打猎的衣裳，背弓插箭，背背单刀，虎皮战裙。嚯，这家伙，厉害了。了不得，小王孜十八，个儿、模样、膀扇儿①，扇子面儿的身材，长得边式②好看，往这儿一站。赵东楼暗挑大拇指：你看人家孩子。“爹，那我可去了。”“别忙啊，你上哪儿去？你知道你妈落哪儿了？”“我知道，您甭管了。找别的不成，找狐狸我一门儿灵，到那儿我就找着，找着她们我……”“你可记住了，千万别动粗，把你妈救回来这事儿就算完，可别闹出人命来。”“好吧。”王孜趴地下磕个头，站起身形往外就走。王文高叫一声：“我的儿啊，转来。”“您还有什么事儿，这样絮絮叨叨？”“唰”的一下儿，王文眼泪又下来了。“你自幼在育婴堂，没有爹娘的管教，也没有爹娘的恩爱，好不容易我把你找回来。这几年你刚吃了几碗舒心的饭，到现在背弓插箭，带着刀，去救你的母亲。你怎样救法我也不问，儿你务必要小心。”“料也无妨。”“你母亲的话你可一定记住。”“您特以③得絮絮叨叨，怎么这么坨的④呀？”“我自把你找回来没跟你瞪过眼，没说过你一个不字。王孜，倘若你伤了老狐跟大狐的性命，到那时你就是有违父母之命，便是不孝之人。为父我……”“您怎么着呀，说呀，把我怎么着？”“唉，去吧。”拿他没辙。这就是王文懦弱软弱的一面。王孜不

①膀扇儿：北京土语，臂膀。扇，读四声。
②边式：北京土语，形容外观或动作齐整、精巧、轻盈等。式，读轻声。
③特以：北京土语，特别，太。
④坨的：京津地区土语，说话或办事反复，速度慢。

管那个，给他爸还磕一头，冲赵东楼高抱拳一拱手，“噌楞”一下儿，到院子里了。

哥儿俩站起身来想送送这孩子，刚走到房檐底下，还没下台阶呢，看王孜一提腰，上墙头儿了，站在墙头儿往下一哈腰，往外一翻，人没了。“哎哟，兄弟，咱这少爷还真有能耐。”“我也不知什么时候练的，咱们就跟家等着他把他妈救回来吧。”

不表赵东楼、王文在家苦等，单说幼子王孜，背弓插箭，带着单刀，可就一直奔北下去了。说他奔哪儿？北京。不是从北京走了吗？又回来了，还在前门外，就是现在我们普通人认为的八大胡同这片儿，一家装修得很阔的妓馆。王孜来了，正是晚上。那位说，什么时候来的？从山东青州到北京城，一白天就跑到了。晚巴晌儿正是华灯初上，正热闹，妓院门口车水马龙，门庭若市。有“茶壶”搭着白手巾，跟这儿正招呼呢，看来一小孩儿，十八岁。那位说，怎么看出来的？这岁数正是青春年少好玩的时候，十八九，可这模样不像逛窑子的模样。“少爷。”“啊。”“您玩会儿？”“嗯。”“那您往里请吧。”“好。”一个字儿的话，王孜跟着低头往里走。天井当院，大圆桌面儿，正摆一堆花酒。当中坐着一位，是商贾啊，是官宦啊，反正穿绸裹缎一大胖子，左右各搂着一个粉头。下边有陪酒的人也都搂着人，这儿正吃花酒，猜拳行令。具体是摇骰子是怎么，咱就不知道了，那年头儿咱也说不清楚。

王孜进来了，“茶壶”得问啊：“您有熟识的姑娘吗？是先交盘子钱？”“是。”他老说一个字，也不知道他说什么。王孜一探手，“噌”的一下儿，把刀亮出来了。“茶壶”一看：这位怎么进门儿就亮刀？“哎，少爷，您什么意思？”“就这意思。”推手一刀，“噗”，先把“茶壶”宰了。一看他亮刀杀人，桌上可炸了窝了，“哗”，大伙儿一乱。王孜过去一抬脚，把桌面儿就踹了。当间儿坐着一大胖子，这位不知怎么回事。“哎，你干吗?”“干吗?宰你!”说着话，一亮单刀，“嘭”，攥过一妓女来，一扬刀，“噗”，一回手，“噗”……眨么眼的工夫，院子里十来个全宰了，大伙儿吓得全趴地上了。敢情一腔子血往外一喷，再躺地上就不是人了，全是狐狸。

蒲松龄写这么四个字，“妓尽狐也”，是妓女全是狐狸。他这个理论我也不知道有没有根据，因为现实生活中这样的女人我不认识，我也不知道哪儿有。但他说狐狸跟狐狸不一样，狐狸也有三教九流。他拿鸦头比什么?这可是蒲松龄说的，不是我说的，比唐太宗之魏徵。您可以看原文，说“唐君谓魏徵饶更妩媚，吾于鸦头亦云”。唐王喜欢魏徵，有人说:“魏徵老杠着，老给您提意见。”“啊，他是我的镜子。”“可这人说话，举指动足太疏慢了。”“我看着他很妩媚，美好可爱，我觉得这是他的一种风采。”您看，唐王替魏徵说话就这样。蒲松龄认为鸦头也这样，在狐狸当中是最好的。所以这篇《鸦头》，蒲松龄给了鸦头很高的赞誉。

大伙儿一看，敢情妓女全是狐狸，都不乱了。“哎呀，小侠，您救命吧，我们掉狐狸窝里了。”“你们闪开了!”真得说大开杀戒。这屋搜，那屋找；那屋搜，这屋找，是狐狸全宰了。猛然间有一人亮宝剑，娇喝一声:“呔!你是王孜吗?”“啊?!”单刀往身后一背，定睛观瞧，非是旁人，自己的大姨娘，名叫妮子，手持三尺青霜剑，往这儿一站。“小子，还反了你了，你能耐不小啊，救你的生身母来。你要知道，孩子……”王孜蹿过去，搂头就是一刀，妮子举宝剑往外招架，两个人就在天井当院动起手来。打不多时，王孜瞅个棱缝儿[①]，拿刀往外一拨她的宝剑，一抬自己的左腿，“啪”的一下

①棱缝儿：北京土语，原指迹象、漏洞或破绽，此处指缝隙、机会或头绪。缝，读四声。

儿，正踢手腕子，“噔啷啷”，宝剑出手，顺水推舟，单刀往前一送：“噗!”“咕噔”一下儿，妮子尸身栽倒于地下，现身形三尾狐，三条尾巴。

王孜提刀满处踅摸，这屋搜，那屋找；那屋瞧，这屋看。“我姥姥呢？老人家，你在哪里？罪魁祸首都宰了，你不死可不成。”他迈步可就来到正房屋当中，把单刀往肘后一背，猛然间一抬头，眼皮往上一翻：“哦，我的姥姥，您老人家在这儿呢!”

第七回

正如我们这个师兄所说，鸦头说到最后这点儿紧要关头，上礼拜其实能说完，为了开新书就得留一点儿。这跟说长书不一样，短书最后都不能说完了。这还是《聊斋》，叫“小猫吃鱼——有头有尾”；要说“八大棍儿”[①]，光有头，没有尾。就跟我录《张广泰》似的，张广泰后来怎么着了？没有，我也不知道他怎么着了，学到这儿就完了，后头要想说就得杜撰，可有时编得好人家爱听，编得不好人家不见得爱听。所以到目前为止，我们还不敢杜撰新的东西，就是我们小时候学成什么样儿，就给您说成什么样儿。

上回书正说到王孜去救他母亲鸦头。鸦头是个狐仙，那么大法力，她儿子不是狐仙，是个人，她需要他去救。王孜平生最得意的能耐就是识狐、辨狐、擒狐、杀狐，厉害。一口单刀到北京，把大大小小的狐狸真正是刀刀斩尽，刃刃诛绝，连他大姨妮子也宰了，三尾狐，道行不浅呐，一刀捅死了。不算完，还得找姥姥，就是鸦头的母亲。虽然是狐狸，但鸦头对她母亲，跟人一样，母女天性。上回我给您说了，她在信里特意嘱咐王文，你要跟咱儿子说，“母姊虽忍，要是骨肉，但嘱勿致伤残，是所愿耳”。我就这么一个愿望，他救我是必然的，不能伤害我母亲。母亲连我姐姐，也就是他大姨妮子，都不许伤害。王孜杀红眼了，还管那许多，已经把大姨宰了。

① “八大棍儿”：相声术语，特指中短篇单口相声，内容更像短篇评书，但相声“包袱儿”很多，篇幅较一般的单口相声和笑话长得多，通常能连演几天。名字出处说法不一。

一羊也是赶，俩羊也是放，找吧。

王孜屋里屋外、院前院后一搜老狐狸，他这姥姥，猛然间正堂屋一抬头，一翻眼皮，看见了，老狐狸在这儿藏着呢。“姥姥，妈的妈我的姥姥，姥姥的姥姥老姥姥，老姥姥喝酪，酪落老姥姥捞酪，您还让我费事吗？哈哈，您觉着您还能躲得过去呀，躲得过初一也躲不过十五。我干吗来了？就为宰你来的。”老狐狸真害怕，浑身颤抖，体似筛糠。再看王孜，单刀还鞘，走兽壶悬天袋内一伸手，二拇指搭出一支三棱透甲锥，伸手从肩膀摘弓，前手如托泰山，后手如抱婴孩，弓开如满月，箭走似流星，“嘎巴嘎巴嘎巴”，把这张弓可就拉圆了，“犀牛望月”拉了个架势，抬头看房柁。老狐狸一看，现原形玩命了。就看老狐狸趴在房柁上，腰一弓，肚子一收，“噗”，一团黄光，把内丹吐出来了。老狐狸一张嘴，“啪”，内丹奔王孜打下来了。王孜一看，这是要玩命，这手攥着弓跟箭，这手望空一招，把黄内丹就招到手里，往自己嘴里一搁，“哧”，一箭正射到房柁上头，老狐狸这儿进，这儿出，怪叫一声，尸身坠落。王孜恨她，二次拔刀过去，就是他姥姥的尸首狐嗉这儿——您认识皮毛业的朋友您打听，一只狐狸就出这么一块儿皮子，叫狐嗉，有狐领儿，有狐腿儿……因为学徒王玥波家里是干这个的，所以我知道一点儿，我祖父是干皮作坊的——顺这地方插进去，拿小刀刺一个半圆，刺开口儿，二拇指探进去，要活剥狐狸皮。手法好，把整张狐狸皮就剥开了，跟他大姨那个，尾巴系尾巴，往腰里一盘一系，外边有衣裳罩着。

别人不知道他母亲在哪儿，王孜知道。有这么一面墙，石头的，打这儿一过，你以为就是一堵墙，那是空的，到跟前儿拿手一击这墙，“啪啪啪”“哗……”石室坍塌。鸦头在里边坐着，王孜没见过鸦头，鸦头也没见过王孜，但鸦头知道这是她儿子。第一，母子天性；第二，她是狐仙，能断出来；第三，王孜长得跟王文一样，跟他爸爸一模样，一模子里抠出来的。鸦头看见他，也看不出是高兴，也看不出是难过，就这么看着王孜。王孜可不成了，干吗来的？救妈来的。现在把狐狸都宰了，石室里见着妈了，王孜有点儿说不出话来。“妈。”叫了一声，一张嘴，鸦头冲他一招手，老狐狸的内丹在嘴里呢，他不是狐狸，咽不下去，只能在嘴里含着。鸦头一招手，一团黄光，“噗”，顺王孜嘴里吐出来，飘飘悠悠过来了。再看鸦头，望空一招手，把内丹接住往自己嘴里一送，往下一摩挲，一闭眼，又坐这儿了。干吗？运功得把内丹消化了，这内丹不是她的，是她母亲的。

王孜一看妈运功呢，也不敢说什么，拉着刀，就在石屋子跟前儿站着。他救人是什么地方？青楼，好些人呢。看这位直眉瞪眼，进来拔刀就剁，一会儿二十来个全剁了，剁完现原形全是狐狸，真有胆儿大的没走。街坊邻居越聚越多，探头探脑，都跟这儿看。王孜不管那个，横眉立眼，攥刀直瞪眼。“这跟谁啊？”“大概是对门儿。”这位还胡琢磨。

一会儿的工夫，鸦头把眼睁开，提鼻子一闻，坏了，两张狐狸皮在腰里围着，鸦头能闻不出来吗？就看王孜生身母鸦头眼圈一红，眼泪要往外瞪，可是生给瞪回去了，没流下来。为什么？孩子千里迢迢是救自己来的，怎能这会儿训教他呢？鸦头一指王孜：“好冤家。”说完这句话，一阵清风吹过，再看鸦头，踪迹不见，遁走了。王孜这孩子是混，但他也有脑子：我妈怎么了？是，你是我妈，我是你儿子，大老远来了，母子相见得唠点儿吗儿啊，得说会儿话啊。您也不用谢谢我，怎么我就落了仨字儿“好冤家”？这太没有了。王孜有点儿不高兴，心里话儿说：我妈怎么这样？哪儿去了？一定回家找我爸去了，我也走。单刀一背，王孜往外走。

地方在门口呢，伸手拦住了："小爷，小侠，您留步，这……您……拾掇拾掇这个，您别走啊，这……怎么意思?""什么怎么意思?""不是，我们也不知道，这……怎么都变成狐狸?""什么叫变成狐狸？他们就是狐狸，幻化人形迷惑你们，赚你们的钱，吃你们的肉，害人。明白了吗?""哦，那您是活神仙活菩萨，与世除害除妖。可您杀这些狐狸，这……我们怎么添尸格，怎么往上报啊?""那就是你的事儿了。""不成，北京这地方您要知道，三步一栅栏，五步一锥子，这是帝王之家，我小地方担不起这些人命啊。""你一人儿担不起大家担啊，这么些人有目共睹，全是你的干证，要物证有物证，要人证有人证，与我什么相干?""啪"，一跺脚，"噌"，少爷王孜上房了。他有能耐，说了声"少陪了"，一个跟头翻过房梁，再找王孜，也踪迹不见了，颠了[①]。地方怎么处理这些狐尸，怎么往上一层一层报，咱就不必细说了。

单说王文，自从儿子王孜一走，把赵东楼安顿好，心里是忧心忡忡：儿子此一去能不能把他母亲、自己的爱人鸦头营救而回？能不能听我嘱咐他的这些话，听他母亲信上那个言词，放过他的外祖母和大姨母？他思想斗争很剧烈，也睡不着觉，在书房闷闷不乐，拿起这本书又撂下，把那本拿起来，写几个字也不像，怎么待着都不合适。突然间，眼前灯花摇摆，再一抬头："啊!"真得说此时无声胜有声。面前站定非是旁人，朝也盼，暮也想，鸦头进屋了，笑盈盈站在爱人王文面前。"君，妾我回来了。""哎呀!"王文愣磕磕半晌无言。说想了十八年了，他有多少话要说呢？最起码得把咱们前六回的话都说了。可这会儿一句都想不起来了，满忘，脑子有点儿不跟趟儿了。这是鸦头回来了吗？掐自己一把，真疼，我不是做梦。

①颠了：北京土语，跑了。可以加儿化韵，即颠儿了。

“鸦头。”“君。”“你回来了?”“妾身回来了，我的夫啊。”“哎，我的妻。”王文站起来，绕过桌子，“嘭”，一把就把鸦头抱在怀里。

“来人!”大财主家里有的是人，堂上一呼，阶下百诺。“有。”“去，拿几盘绳子来，给我们俩捆起来，捆得越结实越好，我再也不能跟她分开了，有五〇二的胶水给我们抹上。”鸦头一听：好，我爷们[①]气迷心了。“哪儿的事儿啊，我回来就得了，您这是干什么呀?”王文委屈啊，说着就要哭。“别哭别哭，您还不如我们娘行呢，不如我们妇道人家呢。”“是，您九百多岁了，您经多少事儿，我经多少事儿。满算跟您在一块儿，我才四十多，认识您的时候二十多，十八年过去了，我……我跟您比，小孩儿，我不懂，这么多年……”“别忙，等王孜回来再说。”“您不是跟王孜一块儿回来的?”“我先回来的，这孩子不听话啊。”“怎么了?他到那儿怎么救的你?”鸦头就跟亲眼看见一样，“啪啪啪”，把经过一说：“最残忍的，他将我生身之母活活剥下狐皮，还不说掩埋了，就系在他腰间了，我闻不了这味儿。一会儿回来我跟他不能见面，你让他把这两张狐皮远远儿埋葬在城外荒郊，切不可让野狼、野狗把坟扒了。等回来咱们再说。”“哦，是是。这孩子……”王文心里埋怨王孜：我还紧着嘱咐，你妈信上就这么一个愿望，不让你伤害，你怎么还是给宰了?宰了就完了，就别剥皮了，还扒下皮来，扒下皮也不要紧，还带身上。咱家趁这么些钱，狐狸皮大衣有的是啊。”“那您怎么着?”“我先养养神，我一时半时恢复不好。你跟手底下人也不要声张，冷不丁家里出一大奶奶，大家也不知怎么回事，这事儿得慢慢儿说。”“哦。”“东楼兄回来了吗?”“回来了。怎么，你们哥儿俩还

①爷们：北京土语，丈夫。此处一定不加儿化韵，如果是爷们儿，就是另外的意思了。

见一面?”“好，我跟东楼兄有几句话要说。”“是是是。”把赵东楼找来，跟鸦头见面自有一番感慨不提。

这时，就听院子里“扑腾”一声，回来了。这位有门不走，跳墙。“爹，我妈回来了吗?”“回来了，别嚷嚷，进来吧。”“是。”一抬腿，“当”，把门踹开了。多咱不说拿手推门，老是拿脚踹门。这门要是没销着，一脚踹开；要是销着，一下儿就得把门扦关儿踹折了。王孜迈步进来了，一身戎装，搭着弓，带着箭，背着刀，腰里鼓鼓囊囊，狐狸皮，血腥之气扑鼻，甭说鸦头，连王文闻着都有点儿冲脑子。“你……你怎么去的?”“我就跑着去跑着回来。”“哦，真快。报了仇了?”“啊。”“把你母亲救出来?”“那我……不知道，我母亲一晃，说我‘好冤家’，然后就……就没了。”“什么味儿?你腰里鼓鼓囊囊是什么?”“哼，倒叫孩儿好恨!”“啪”，一伸手，两张狐狸皮往地上一扔。“您看，这就是我姥姥，这仨尾巴的就是我大姨。”“是是是，我见着的时候都不是这形象。你怎么不听爹娘的话啊?”“什么事儿我不听您和我妈的话了?”“信上写的、我的嘱咐，您都忘了?”“我没忘啊。”“没忘怎么还给宰了?宰了也就完了，草草掩埋也是它，还把皮剥了带回来干吗呀?”“我恨她不过，我得把这两张皮挂起来，天天拿鞭子抽一百下，方消孩儿心头之恨。”

这句话一说，王文一看：这孩子怎么那么大恨呢?要是恨，应该你的母亲恨；要是恨，应该我恨。你怎么这么恨呢?不知这恨打哪儿来的。“恨也不成，埋了吧。”“不，我得留着打。”“嗯!”王文一掉脸儿，跟这孩子没瞪过眼，他也知道管不了这孩子。“你不遵父命就是不孝。”王孜抬眼皮看了看他，心说：两张狐皮留着倒也没什么用。“你既把她们宰了，一死也就了之，拿到城外，深挖一个坑，好好埋葬，不要让野狗把坟扒了，把皮毛伤害了。你要知道，你母亲见不了这个。人以群分，物以类聚，兔死还狐悲呢，何况狐死啊?

你不要忘了你母亲也是她们的同类，这是她亲生之母啊。”“哦哦哦，是，也有您这么一说。好吧。”王孜下腰，把两张狐狸皮捡起来往肩膀上一搭，迈步又出去了。地上滴滴答答全是血迹，王文找人拿清水刷洗地上的污物不提。

单说王孜到城外，他也不用别人，“唰唰唰”，就刨了个大坑，把两张狐皮扔在坑内埋上了，拿脚踩得挺严实。旁边有瓦片，有石头子，插在这儿还作了个标记。等过些日子，不用野狗刨，我刨来，我还得拿它出出气。

王孜咬牙切齿回城，到家了。“行了，埋完了。”“埋完就好，我请你的母亲出来，你要登堂拜母。”“是。”跟丫鬟、仆妇说，请大奶奶夫人鸦头到厅堂落座。鸦头转屏风来到正厅堂，赵东楼也请来了。真得说人配衣装马配鞍，在石牢里待的形象太惨了。您算鸦头自己信里写的，“鞭创裂肤，饥火煎心，易一晨昏，如历年岁”，从早晨到晚上这一天就跟过一年一样，叫度日如年。她还是狐仙，她还会变戏法儿，谁自己跟家变个戏法儿不还能哄自己高兴么？自己说话也解闷儿，看看书也是好的，不成。还不管饱，还天天挨打，在里头受的摧残非常残忍。但现在不一样了，一家团聚，破镜重圆，爱子在膝前承欢，心情不一样，精神面貌就好。

人这模样，像由心生，心里要高兴，要痛快，带得出来。出来进去，嘴里拉胡琴儿，脚底下拍着板，“东格哩格哩格啷”，这位心里没事；一天到晚一脑门子官司，出来进去老发愁，唱的歌也是“手里头捧着窝窝头”，这家里肯定有事儿。

夫妻二人就坐，赵东楼客位上首一坐，王孜行三跪九叩大礼。“十八年未见过的生身母，我的天伦在上，不孝男王孜与父母高堂施以全礼。”“嘣嘣嘣”，磕响头。夫妻二人双双落泪，赵东楼也很激动。“孩子，你起来吧。”把王孜搀起来。王孜看他妈：“娘，您不怪我吧？”王文一听：我这儿没提他先提。王文不敢搭茬儿，看着鸦头。鸦头抬眼皮看了看王孜，没说话，摇了摇脑袋，叹了口气：“唉！”一闭眼，不理他。“您倒是跟我说说话。”又摇了摇头。王文一看，这是有话不能说，冲王孜摆了摆手，意思是你先出去吧。王孜一看他母亲两次三番对他这个冷淡的态度，不由得勃然大怒。王孜恼了，一指生身母鸦头，张嘴想要说什么，想了想，她是我妈，我能说什么，把话又咽回去了，恶狠狠瞪了鸦头一眼，在厅堂一跺脚：“唉！”扬长而去，走了。王文吓坏了：要让这孩子恨上他妈，这可不成。“呃……鸦头，他这……”鸦头摆了摆手，看了赵东楼一眼，意思是这话当着东楼大哥不能说。赵东楼是什么人物？那是老商人，能不明白这个吗？“今儿天不早了，咱都各自歇着吧，我先回屋了。”

人家走了，屋里就剩夫妻二人了。“他这怎么意思？他恨他姥姥、恨他大姨也就罢了，怎么我看连你也有点儿恨啊？”“对，这孩子天生有点儿恨我们这一物种，恨狐狸，这还不可怕，最主要的是他身上有一根拗筋。”“什么？”“有一根拗筋。”就是反筋。人都有一根大筋，王孜两根，正着一根，反着一根，跟麻花一样拧着，直到自己的后脑勺，就是人的后山骨下边这儿，这根反筋连着这根反骨。《三国》有个魏延，脑后有反骨。这样的人老反，在哪儿都干不长。王文哪儿懂这个啊？“哦，孩子还有一根拗筋，那怎么办呢？”“必须把孩子身上的拗筋挑了。”“啊？他让挑吗？”“费话，他能让挑吗？”“那你得想个法儿把他降住。”“我妈那么大道行都降不住他，都让他弄死了；我姐姐那么厉害，都完了。我也不灵。”“你这个法术我见过，厉害。”“是，对别人行，对咱们这儿子王孜没用。王孜专门杀狐，他有这个奇特的功能、奇特的手段，我降不住他。”“你都降不住他，世界之大，咱们找谁能降住他呢？”“你。”王文一听：说得挺热闹，我？“我……咱过小半辈儿了，我……我什么都不会啊，我怎么弄啊？”“我问你句话。”“又来了，又问我你有胆量否？打年轻时咱俩搞对象就问这句，现在还问这句。”“对，夫可有胆量否？”“这回我有，为救咱儿子，你说怎么着吧？”“这孩子不胜酒力，必须你把他灌醉了，灌醉后你亲自把他捆起来，捆得越结实越好。在什么地方下手，什么地方动刀子，你来办。因为我跟他五行相克，近不了此子之身，得你亲自动手。”“是啊？哎呀，这行吗？”“试试吧，如果能成功，这孩子还有一救；如果不能成功，再过三年二载，我一旦降不住他，他这根拗筋越长越粗，不单恨我，恐怕咱们一家老小都有性命之忧，咱们早做安排。”夫妻两个人是夜晚就定下一计，安排打虎牢笼计，准备金钩钓鳌鱼。

第二天，王文要给媳妇接风洗尘，通知阖府上下，大排筵宴。小少爷王孜上首一坐，独霸一桌，畅饮开怀。赵东楼也敬，王生也敬，手底下的管家、仆妇也敬，王孜喝了个酩酊大醉。这孩子刚十八，好酒贪杯，净喝酒不吃菜，一会儿酒劲儿往上一撞：“哎，爹，我怎么今天这酒喝得……我……”脑袋顶桌子，睡上了。“绑！”王文一声令下，手底下人进来，就在屋里搭一条板凳，把王孜平着，脸冲下，背冲上，让他趴在板凳上，准备拿绳捆。鸦头摆了摆手：“拿绳可捆不住他，一会儿酒醒了，一般的绳子他一挣歪[①]就开。”“那拿什么捆啊？”“我跟你们员外爷昨晚连夜做了一条绳子，把牛筋、鹿筋拿锤子砸，跟麻刀和人头发拧到一块儿，拧了这么一根绳子。”人的头发最结实。您看，一根头发一扽就折，一绺头发您可就扽不折，这东西有韧性，硬中软，软中硬。这么一条牛筋、鹿筋、麻刀跟人的头发拧成的绳子，从腿肚子这儿开始绕，一绕、两绕、三绕、四

①挣歪：京津地区土语，泛指挣扎行为，尤其指无谓的反抗或徒劳的努力，常带有对挣扎者的不屑或嘲笑意味。此处属于泛指。挣，读四声；歪，读轻声。

绕……一直绕到腰上边胸口这儿，整个儿把这人就箍在板凳上了。两头儿一边来五个人，这五个人蹲这儿拽着板凳头里这两条腿，这五个人拽着板凳后边这两条腿，板凳中间横着一根长杆子，一边再拴上几块大石头压住板凳，怕他力量大了暴起伤人。二三十个人做好准备，还得预备长杆子，头里套马的绳子套，在远处盯着，一旦要真弄不住他可麻烦。

鸦头远远儿就躲开了，递给王文一把刀："夫啊，照我说的，下手不可心软，需要放开胆量。""是，胆量我是有，我……我有胆量，可有一点，我这腿怎么迈不开步儿？"鸦头一看："这儿有酒，您喝口酒壮壮胆儿。""哎。"一仰脖儿，这口白酒干了。王文这酒今天也有点儿大，踉踉跄跄，攥着这把牛耳尖刀就过来了。"闪开！"众仆人往左右一分。

王孜跟板凳这儿趴着，敢情紧着勒他喘不上气儿来，这小子可就憋醒了。"嗯？"猛然间一睁眼。连头里带后头这些人一看，坏了，"呼啦"，往旁边一闪。王文一看：你们可要坑我。"别跑，按着按着！""哎，是。"大伙儿过去攥凳子腿儿，这凳子好悬没起来，这孩子在板凳上紧着挣歪，敢情他明白手底下人绑他，他可不干了。"你们要干什么？你们要造反吗？少爷我可不是吃素的。你们要跟我逗着玩，早解开。要是玩真的，一会儿我把这条绳子弄折了，我把你们都弄死，挨个儿掐……"他要说"挨个儿掐死"，回头一看，自己的生身之父拿着刀，明晃晃，亮堂堂，在他身后要刺他。

王孜吓坏了："爹，你要干什么？"再往远处一看，扶着屏风是自己的母亲鸦头。哦，甭问，他们夫妻要害我，"哎呀，鸦头，你不是我亲妈，我千里迢迢把你救回来，你怎么撺掇我爸爸害我啊？爹呀，你可不能上她的当，她是狐狸。"王文心说：用你告诉我，我还不知道你妈是狐狸？"儿啊儿，别怪爹我心狠，你身上有拗筋，你妈说了，今儿得把拗筋挑出来。你说你不醒多好，要酒我给你酒吃，要肉我给你肉吃。你稍安勿躁，爸爸我下手快点儿，把这根筋挑出来，你可就好了。”孩子一听要挑他的筋，更不干了，脸胀得通红，浑身使劲，眼看板凳上这根牛筋“咯吱吱”直响。手底下按着的二十多人一看：“员外爷，别对付了，您赶紧的，这可马上就折，我们可盯不住，您……您快点儿！”王文把心一横，把牙一咬：“得了，儿啊，你忍耐些。”手顺着腿肚子往下一捋，“嘭”，就在踝子骨这儿一掐，一条青筋就在皮肤底下，人都能看见，这根青筋可就露出来，拿刀从踝子骨旁边这儿，“噗”的一下儿，小王孜惨叫一声。能不疼吗？愣挑筋啊，而且这人清醒。不是说现在做手术打麻药，给您麻醉过去。鲜血淋漓，刀子一划，“唰啦”，皮肉分开，拿牛耳尖刀刀尖儿一拨筋的这头儿，“扑棱”一下儿，露出一寸多来。王文俩手指头把一寸多的筋的头儿往手指上一绕，这手一压他的腿肚子：“儿啊！”可了不得了，活生生抽下反筋一条。再看王孜，面如白纸，气若游丝，已经昏死过去。

可把王文疼坏了，刀也撒了手了，这条反筋也掉地上了。回头再看鸦头，也是以泪洗面，拿袖子挡着脸都不敢看。您看，鸦头这么大能耐，不能近王孜之身。“搭走搭走。”牛筋的绳子撤去，大伙儿连板凳一块儿搭着，搭回王孜自己的屋。早就预备好了，有大夫上药，包扎。再看王文，坐地上了，脸儿煞白，“吧嗒吧嗒”，往下出冷汗，恍若两世为人。“我儿怎么样？”就听鸦头说：“夫啊，儿已不妨碍了。”“哦哦，但愿你说得对啊。”这边是鸦头，这边是赵东楼，好容易把王文搀起来，刚坐好，就听外边“噔噔噔”“咣”，把门可就踹开了。大伙儿抬头一看，正是小爷王孜。“哎哟，没管用，坏了！”王文吓坏了。再看王孜，跑到近前，一撩袍袖，“扑通”一声，跪在地上：“爹、娘、东楼大爷，儿我不亚如两世为人，前昔所作所为绝非人类啊。今反筋已去，儿我自省前半辈子做的这些事都不是人事，今后还望母亲、父亲、伯父大人多多训教。”连连磕头。再一抬头，嗬，活脱儿[①]小王文，王文当初十八岁什么样儿，这孩子就什么样儿，清清秀秀一张脸。但从此王孜再也不能识狐、辨狐、擒狐、杀狐，这个能耐从他身上可就慢慢儿褪去了。

这个事情只有王文、鸦头、王孜、赵东楼，再就是当年王文的书童小生子、现在的二员外王生知道这个故事，手底下大部分家人都不知道。上述说的这些人，王文、赵东楼、王孜、王生，有活到一百多的，有活到九十多的，寿终正寝，无疾而终。

这就是《聊斋志异》一段《鸦头》，咱们说了六回半。原文是两千五百字，说了大概将近十万言，给您讲完了。讲完这段《鸦头》，从今天开始，给您换另一段，是《聊斋志异》中我最喜欢的一段故事，也是蒲松龄写得非常好的，以前说《聊斋》的评书前辈都要上演的一段名篇，《马介甫》。

①活脱儿：北京土语，形容音容相貌、言谈举止等都极其相像，像是一个人从另一个人脱胎而来。

马介甫

馬介甫

乾綱不振自
貽羞此病難
将藥力瘳羸
得仙人勤佈
置宗嗣一綫
賴長留

第一回

《鸦头》有两千五百字,《马介甫》大概六千多字，我这意思您明白了吧?《聊斋志异》头一段是《考城隍》，但我说评书愿意拿《鸦头》开，热闹，有意思，容易抓住人，而且说的是一个好狐狸。蒲松龄笔下四百多篇《聊斋》，多少狐狸形象，鸦头是最好的一个。我不是上回给您说了么，蒲松龄说“妓尽狐也”，是妓女都是狐狸，但狐狸跟狐狸不一样，妓女跟妓女不一样。唐王谓魏徵（就是大丞相魏徵，历史上确有其人）“饶更妩媚”。人家都给魏徵提意见，唐王不说，李世民说:“这是我的镜子，他的一言一行反射到我这儿，能看到我自己不对的地方。”“这人言语太顶撞您，过于疏慢，平常见着您大模大样，不理不睬，慢条斯理。”“饶更妩媚，我觉得这是他的一种风格，我还爱看。”蒲松龄说了,“唐君谓魏徵饶更妩媚，吾于鸦头亦云”，我认为鸦头在这些狐狸当中，就像唐王看魏徵一样那么好看。所以一般都先说《鸦头》。

《马介甫》我不可不说，各位不可不听。为什么呢？这段故事尤其男同志一定要听，因为有这么四句诗，说:“龙丘居士亦可怜，谈空说有夜不眠。忽闻河东狮子吼，拄杖落手心茫然。”这四句可不是我说的，是苏东坡说的。宋朝大文学家苏轼写了四句诗，讥笑他一个朋友，这首诗落下两句话，叫“河东狮吼，季常之惧”。他这个朋友就是陈季常，陈慥陈季常，号方山子，别号龙丘先生。因为他信佛，又叫龙丘居士。

头一句苏轼就说了,“龙丘居士亦可怜”，我这朋友太可怜了。

“谈空说有夜不眠”，他说他的夜生活很丰富，吹牛。历史上陈季常喜谈佛，好交宾朋。史书记载陈季常喜蓄声妓，蓄就是养着，歌舞之妓，声色犬马，这个人很风流。陈季常跟朋友说：“上我们家玩去。我们家天天晚上家庭party，[①]我那儿有几个如花似玉貌美之人，吹拉弹唱，什么叫歌舞、琴瑟、诗词，花鸟鱼虫、风花雪月、说学逗唱，全行。你们想听什么活[②]，我们家都有。”大伙儿说：“好啊。”但苏东坡讥笑他，说“忽闻河东狮子吼”。他妻子姓柳，柳氏，河东是柳姓郡望，就是姓柳的一大户。忽然听柳氏一叫他：“陈季常！”“拄杖落手心茫然”，“啪唧”，拿着的手杖就掉地上。“啊？！”当时就没脉了。后来就落了这么两句话，叫“河东狮吼，季常之惧”。他媳妇那儿一叫唤，一嚷他，他就害怕到这样的地步。

有出戏叫《变羊记》，大家找机会可以看一看。还有个电影叫《狮吼记》，香港那边拍的，取材于“河东狮吼”这个典，但内容好像还不完全一样。

那为什么要说这四句呢？这段《马介甫》说的就是一个像陈季常这样的惧内之人，他的故事。为什么您各位要听？就是由惧内到不怕，到又怕，又不怕，再怕，而再不怕。他对媳妇极度害怕，最后不怕，可不怕到矫枉过正了，结果后来又怕了。在座的男同志们如果有时间，一定要来听；在座的女同志们更要来听，您听听这怎么对付男人的手段。就这么一个故事。

开篇头一句说“杨万石，大名诸生也。生平有‘季常之惧’”。杨万石，石头的石，这儿念旦，粮食一石两石的石。他弟弟叫杨万钟，钟也是说粮食的一个量词。万石、万钟，农村人给孩子起这个

①书中有很多新名词，属于噱头。一笑耳。后面也有很多地方如是，就不一一列举了。

②活：曲艺术语，节目。听什么活，就是听什么节目。

名字，是家里粮食有富余、年年有余的意思。杨万石是大名府的一个秀才，这个人最大的特点就是怕媳妇。怕到什么份儿上呢？其妻尹氏，大奶奶杨尹氏，动辄鞭挞他。动辄您要听明白，就是来不来的[①]，有一点儿不痛快就揍爷们一顿。

您看，为什么我推荐您一定要看蒲松龄的原文。您听完我说，回去也翻翻原文。其实今天我说《鸦头》后边这点儿，写出来也就二百来个字；我说《马介甫》头里这点儿呢，写出来也就一百多字，但是经琢磨。

“少迕之，辄以鞭挞从事”，稍微违背她一点儿，就鞭打他。平常在他们家不要说夫权，一点儿家庭地位都没有，以至于家里上上下下就没有不怕这大奶奶的，他兄弟杨万钟也怕，弟妹也怕，孩子也怕，小侄子跟大娘不敢对眼神，不敢说话。

我们有个前辈叫德寿山，是单弦岔曲的祖师爷。德先生有两本牌子曲就是《马介甫》，他最喜欢这段，唱词我看过。

杨万石怕老婆怕到什么份儿上呢？每天吃饭，尹氏坐着他站着，尹氏吃什么他给布什么。尹氏今天高兴，胃口好，吃完一看剩的不多，“吃吧”。杨万石站着吃，吃多少得问：“您看今儿我吃多少？”“把这都打扫了。”“哎。”都吃。哪道菜吃得稍微急了点儿，尹氏一看：“你抢什么，我不给你吃是怎么着？别吃了！”这就算吃半顿。这还是高兴的时候。不高兴的时候，她吃完了，剩的满桌子，她胃口不好，剩的多。“您看今儿我……”“我今儿不高兴，吃的少，你陪我饿一顿吧。”“哎。”饿一顿。喝水站着，沏好水给揣着，晾得温凉不盏儿[②]，不能拿嘴，拿嘴喝嫌你脏，拿手，揭开杯子：“嚯，还

①来不来的：北京土语，动不动的，轻易、随意的。
②温凉不盏儿：北方方言，形容饮品或流食不冷不热、恰到好处的状态。

稍微有点儿烫。”掀开盖儿吹。“那么笨呢！”“今儿沏水沏晚了，您别着急。”天天这么伺候，还动辄鞭挞他，还打。最要命的是，打不是关起来打。

人家都说“当面训子，背后教妻”。教训儿子都当着人，朋友越拦越没完，得朋友劝：“得了，您别打了，小孩儿一打二吓唬，这不您自己生自己养么，回头真打坏了。”“不成，我不管这回他还有下次。站好了！”“啪”，一巴掌。孩子哭：“爸，您别打我了。”“要不你下回……”“别介，大哥，您这是干吗，完了完了，孩子知道错了就得了。”当面训子。背后教妻，媳妇不能当着人面儿打。越当着朋友面儿越来劲：“今儿不成，我跟她没完，非离不成！”“离就离，这不你哥们儿在这儿么，让你哥们儿说你办的这是什么事儿。”“啪啪”一说，准打起来。得等朋友都走了，再劝媳妇：“你看你今天当着我朋友说这话，让我多过意不去，这话咱得……”“那怎么了？”“不是，你不知道，这事儿……”媳妇得劝着说。

尹氏不介，不管当着谁，有时候手下人在跟前儿，“啪”，就一嘴巴；“噔”，就一脚，打得杨万石连声儿都不敢吭。最难的是晚巴晌儿还得洗脚。手底下有丫鬟洗，不成，得杨大爷自己洗，大概杨大爷会足疗，他洗得舒服。每天得把洗脚水打好了搁这儿，鞋、袜子脱去，把大奶奶的玉足泡在水里，拿手洗干净了，新毛巾又白又厚又软乎，把脚蘸好了，出去倒洗脚水，洗袜子。天天得干这活儿。

其实这事儿搁今天也不算什么，可您别忘了，我说的这是明朝的书，蒲松龄写的都是明晚期或清初期，这两个时间段居多。那会儿的人多封建，夫权第一，女子讲究三从四德啊。一般妻子给丈夫洗脚他还不乐意呢，还要有三妻四妾，你要犯了七出之条，说休就休了，那会儿不叫离婚。什么叫休了？就是他可以再娶，你可不能再嫁了。他要死了，你还得守着，不白守，还给你立一贞节牌坊，告诉大家她是榜样，都学她。

杨万石家不然，季常之惧，就怕到这份儿上，甭管当着谁，说打就打，说骂就骂，家里人没人管。那么你光是对杨万石、杨万钟和弟媳妇、孩子、手底下人横一点儿，这不算太可恶。最可恶的就是尹氏虐待她公公，杨万石的父亲。原文写“杨父年六十余而鳏”，鳏夫，老伴儿死了。现在六十多给老年证，可走马路上七十、八十不在话下，北京城九十几岁的老人有的是。那年头儿人活七十古来稀，六十多岁就是老得不能再老的人了。他们家本来条件挺好，老太爷俩儿子，一个万石、一个万钟，都有功名，都有钱，这是颐养天年的好日子啊。可尹氏对老公公怎么样呢？当奴隶一样对待，也是非打即骂，不给好衣裳穿，不管饭吃，还让老头干活儿。那杨万石在家里要有地位，不就给他爸爸出了气、拔了创吗？就因为杨万石怕媳妇不敢说，她说他爸爸什么，他都听着，都忍着，反过来还埋怨老头儿：“您招她干吗？又招她不高兴。您说为这挨打多委屈啊。”一家爷儿三个在尹氏的淫威、雌威下，苟且偷生。

原文说杨氏弟兄“常窃饵翁”。窃，就是偷；饵，鱼饵的饵，指吃的。得背着自己的老婆偷一点儿吃的。今天吃完饭，顺厨房顺半拉饼子。“爹，今儿您打打牙祭，吃顿好的，这儿有半个贴饼子您吃吧。”“谢谢，谢谢。难得儿子你一片孝心还想着爹，不方便可别拿啊，为这半拉饼子能把你腿打折了，我可不愿意给你找事。”“今儿她没看见，正睡午觉，您快吃快吃。”老头儿今儿算有半拉饼子，明儿看得紧没偷出来算饿着。您说这叫什么日子？

那一个人怕一个人得有原因，他为什么这么怕她呢？这也有原因，就是杨万石年四十而无子。过去“不孝有三，无后为大”，他没有后就得娶一妾，王氏，二十多岁，小媳妇。他四十了没孩子，小媳妇二十多岁。这个悍妇一般动火的地方都是因为自己的男人又找小老婆，但那会儿的法律制度和人情道德允许男同志这样，杨万石也不为过，但杨万石怕他媳妇的根儿就在王氏身上。把王氏娶过来怎么样呢？叫“旦夕不敢通一语”，俩人连说句话都不成，说话也成，得对暗号，挤咕[①]眼儿。比如早上起来两口子见面了[②]……当俩哑巴这么养活着。这还不能让尹氏看见。两个人要在院子里站着，背对背一走一过，这算没事儿。只要挨肩蹭背，或者俩人递个眼神、说句话，让尹氏看见，这顿打可就不是动辄鞭挞了，那是真揍啊。

当然，我也不知道那会儿女同志教训自己的爱人都用什么办法。过去我老听说跪搓板儿，也不算什么难事，跪搓板儿也就膝盖疼点儿。那天我逗着玩，招我太太生气，我太太不让我跪搓板儿，让我跪键盘，多咱拿膝盖打出“我爱你”这仨字，多咱算完。这是什么招啊？当然，这是笑谈。

您说她对老公公也这样，对丈夫的小妾更是变本加厉，所以外人都不知道，这个事情不足对外人道。那他爸爸在家里穿成这样，瘦成这样，来人串门儿怎么办呢？不接待。接待也行，坐一会儿就轰走，不能让他爸爸见客。人家上家来了，说：“我看看老伯父行不行？”“病了。”老说病了，谁也没见过杨万石他爸爸什么模样，不敢提。

那杨万石、杨万钟既是秀才，得赴考啊，到郡中赴考，住在客房里，同来的这些秀才差不多都住这儿。哥儿俩就发现其中有一个少年人，长得也漂亮，穿得也好，一看就知道家庭环境挺富裕。哥儿俩觉得这个小伙子面貌很善良，也有一种书卷气。哥儿俩

①挤咕：北京土语，挤眼睛的动作。咕，读轻声。亦作挤箍、挤鼓。

②此处有很多表演，但录音和文字无法体现，后面也有很多地方如是，就不一一列举了。

想跟这个少年人近乎[①]近乎，这天可就问出来了。“仁兄。”“啊，仁兄。”“您是到郡中会考吗?”“是是是，您二位也是吧?”“对。那咱们都是年兄年弟。”“哪里哪里，咱们以后要多亲多近。”“没领教年兄您贵姓高名?”“我叫马介甫。”

①近乎：北方方言，关系密切，亲近。乎，读轻声。

第二回

接着给您说《马介甫》。说二本还不能算二本，实际今儿算头本，因为上回就给您开个“书帽儿”，而且紧赶慢赶就为让马介甫出来，上回等于就给您说个“季常之惧”，说“河东狮吼”这个典。说男人怕老婆怕到陈季常这个份儿上，那就最经典了，所以后来文人骚客们就这点儿事情演绎出很多文艺作品，大伙儿多多少少都有所接触，我就不必细说了，惧内古今中外比比皆是。

咱们的主人公杨万石就是这么一个人物，但他妻子尹氏就太过了。你光欺负万石也就罢了，以至于杨家这些人，连下人带仆妇带丫鬟，带杨万石的弟弟杨万钟，带杨万石的弟媳妇，带杨万钟的孩子喜儿才七岁，全都虐待；更为甚之的是虐待杨父；最惨的是杨万石的小妾王氏。杨万石年四十无子，没孩子。古人跟现在不一样，现在有条件都不要，叫“丁克”一族，甭管多大岁数，甭管家长怎么着急，年轻人不要孩子，养活小猫、小狗也不要孩子，这是新新人类的一种思想潮流。古人“不孝有三，无后为大”，得生孩子，生女孩儿都不成，家里得有男孩儿，而且允许男子有三妻四妾，这才纳妾王氏。可杨万石跟小妾都不能说话，甭说说话，给个眼神，就一顿嘴巴；拉一下手，小拇哥勾小拇哥一碰，就一顿板子。您说娶这小妾不是罪孽吗？尹氏在家里大发雌威，坤道盛行，对这一家子全是这种极其恶劣的态度，所以万石、万钟借着乡试会考这么个机会，到郡里考试躲清闲。哎呀，打开金锁走蛟龙，斩断樊笼飞彩凤[①]。这一出来，心情太痛快了。说家里老爸和万钟媳妇不还是受她的虐待吗？那没办法，得一时清闲吧，哥儿俩有说有笑。大名府考试的学生多了，住在店房里，碰上马介甫了，上回咱们正说到这儿。上回只是让马介甫一露面，原文有四个字的评语，蒲松龄形容马介甫“容服都雅”，穿得也好，谈吐也好，长得还好。

您看，雅这个字不是瞎给的。说你有多少钱，装扮不出来。您看《红楼梦》，曹雪芹写林黛玉初进荣国府一见王熙凤，给王熙凤这个“开脸儿”[②]，着重描写一番，穿的这个，带着这个，金银珠宝、翡翠玉器挂满全身，突出王熙凤一个俗字，突出王熙凤认钱的本质、贪婪的本性。所以要给人下评语、下定论，文人是很谨慎的。我们后台也是，这演员夹个破包，破衣拉撒[③]，模样也不济，后台也没人愿意搭理他。

“您怎么称呼？”“姓马，叫马介甫。您二位？”“我们是弟兄二人，学生我叫杨万石。”“我叫杨万钟。”“我们是亲哥儿俩。”“哦，幸会幸会。”“久仰久仰。”坐下一块儿谈谈吧，都是来赶考的秀才，有共同语言。

人分三六九等，木有花梨紫檀。什么人跟什么人聊到一块儿，这也难说。秀才遇见兵，有理说不清，因为他不懂。秀才之间谈话，都是文言，跟咱们说话不一样。那位说，不就是文言吗？不，那会儿的文言跟咱们现在想的文言还不一样。秀才碰见秀才，一打招呼：

---

①这两句说错了，应该是打开玉笼飞彩凤，斩断金锁走蛟龙。因为是现场评书演出本，故未删改，保留下来也是对自己的警醒。现场说书口误和错误难免，当然会竭力避免，但同时希望听众多纠正、多指点，演员及时改正才能不断进步。

②“开脸儿”：评书术语，即外貌描写，对书中人物从穿着、长相、身材、坐骑、兵刃、配饰等方面进行描述。

③破衣拉撒：北京土语，形容衣服破烂，破损的地方都没钱缝补。撒，读一声。

“和字儿。”“辛苦。”“您什么买卖？”“吃横梁儿的。”[①]什么乱七八糟的，反正一般人您破译不了。

嚯，这几位聊得挺高兴。这聊天儿要聊得好，旁边挨着的人都爱听。为什么？你看这几个人聊得那么活泼、那么生动。杨万石弟兄跟马介甫一聊天儿，带着旁边这些人都爱听，斟茶倒水，端个瓜子儿什么的，他不嫌烦，他乐意听。鸟随鸾凤飞腾远，人伴闲良品自高嘛，跟着高人长能耐。

一看钟点儿差不多了，到饭口了，马介甫跟杨万石、杨万钟可就说了：“眼看着该吃饭了，咱们虽说初次见面，我可不敢说请客，做个小东，咱们哥儿几个小酌小酌。”“当浮三大杯，不过马兄，我们可有句话拦您高兴。”“您说。”“可不能让您做东。”“为什么？”“我们哥儿俩花钱。我们是俩人，你是一个人，这顿怎么也是我们花钱。”初次见面可就过说[②]。马介甫一看，这哥儿俩挺亮嗖。说这哥儿俩在家里没这地位啊，在家里受欺负，出门也愿意混得跟个人似的，也愿意摆摆谱，好不容易碰上马介甫了，要请客。

三推两让，马介甫一看，这两个人非常执着，有点儿拗不过去。“那完了，我生受你昆仲二人。”“好吧。”叫手底下人花钱上外边有名的饭馆去叫菜。一会儿，手底下人带着饭馆的伙计，大提盒提溜来了。盒子菜，八个凉的、八个热的，有荤的、有素的、有酒，一会儿主食跟汤再往过送。“啪啪啪”，菜摆了一大桌子。“哎哟，杨家哥儿俩太破费了，吃不了啊。”“不不，咱头一回，爱跟您聊天儿，咱们喝着酒聊，聊得更高兴。”“是是是。”马介甫拿起酒杯来：“我先

①和字儿、辛苦、吃横梁儿的：这几句是旧社会江湖隐语。江湖人彼此见面打招呼，称为和字儿或合字儿，还要互道辛苦。所谓见面道辛苦，必定是江湖。吃横梁儿的，指劫匪。

②过说：北京土语，指可以推心置腹地交谈，深谈。

敬你们哥儿俩。”“不不，我们哥儿俩当敬您，先干为敬。”一碰杯：“干。”头一杯酒下去，就好办了。

酒逢知己千杯少，话不投缘半句多，他有的聊啊。平常喝不了那么些酒，也搭着在家里不让杨家哥儿俩喝酒，喝酒老偷着喝，瞅冷子[①]对付[②]一两，喝的还都是急酒。为什么？没工夫细咂么。杨万石端起酒杯来：“这酒好啊，二十年的花雕陈酿，这个酒配这个。”先不吃螃蟹肉，掰螃蟹腿儿，咂摸这个，蘸点儿姜醋，一会儿把盖儿扒开先吃这黄儿，吃这黄儿嘴都张不开，一喝黄酒，嘿！肥蟹黄酒，哪儿找去？要不今儿涮羊肉喝点儿？没这条件。有点儿吃剩的干饼子烂饽饽，还得济着[③]爸爸。为什么？不管爸爸饱啊。等媳妇吃完，哥儿俩吃点残羹剩饭，赶紧给老爹端去，在家里过的是这样非人的日子。这一出去，酒宴摆下了，又加上这朋友能说，连吃带喝，可有点儿过量，喝得有点多。

在谈话当中马介甫可就问了：“贵府上宝眷都有什么人呐？”“有家严在堂。”“哦，老伯父。二位都结婚了？”“是，我这媳妇不错，贤惠，最主要脾气好。”杨万钟一听，也不好意思刨[④]他哥哥，意思是您说这个干什么，咱家最提不出去的就是我这嫂子。今天老虎不在身边，猴子要称霸王，您这顺嘴胡说，信口雌黄。听着吧。“兄弟，我说点儿大话，我让她干什么她就得干什么，这……这说得出去，

---

①瞅冷子：北京土语，看准时机，突然。

②对付：北京土语，一指敷衍，应付；一指称心，如愿；一指勉强维持，凑合将就。此处是后一种意思。付，读轻声。

③济着：京津地区土语，指先满足某人。济，读三声。亦作紧着。

④刨：曲艺术语，泄露玄机，提前告知。此处有揭老底的意思。刨，音袍。

不敢滋扭[①]。跟我瞪眼？姥姥！跟你这么说，这就是鬏鬏儿夫妻[②]，没办法。‘不通气的烟袋杆儿——枯木一截’。什么不懂不说，不生不养，你说咱们男子汉大豆腐……大丈夫，对不对？家里有这样的拙妻，在外能做横事吗？我的文运不通、官运不旺，就是这个妇人迟累的。”“哦，是是是。”“她不生不养，还醋心极重，我又续了一房小妾，醋海生波，她不贤惠。要不是鬏鬏儿夫妻，一纸休书我就……就把她休了。”手底下还有伺候的人呢，跟杨万钟都不敢言语。杨二爷心说：我哥哥怎么了？你知道手底下人哪个跟我嫂子护心口儿[③]，回去一汇报，你受得了受不了？这顿打凿凿实实你算挨上了。

马介甫也将信将疑：“哦，那这位如夫人给您生了几位少爷？令郎今年……？”“也没有呢，还没生养。”其实在家没拉过手，打娶这小妾甭说睡觉，面儿都不让见，一碰面就挨一顿嘴巴啊，旦夕不通一语，这小妾娶得多冤。所以他不好意思说。“也是，明儿上医院检查检查吧。”“这个……”“喝酒喝酒。”往外岔话头儿。马介甫心想：问二爷吧。“您膝下？“犬子年方七岁，刚入童蒙，刚念书，也没请家教，就是我们哥儿俩教，他伯父教他。”“是是是，令郎高才，日后前途不可限量。”捧着聊吧，可就喝得渐入佳境。

酒至半酣，说现在话就是稍微有点儿大了，喝多了，睡觉吧。古人讲抵足而眠，彻夜长谈，不舍得走，把铺盖都拿来，哥儿仨促膝交谈，谁困了谁先睡。聊到东方破晓，蒙蒙发亮，这才算倒头睡觉。

第二天早上起来，梳洗已毕，接着聊。起来就快吃中午饭了，

①滋扭：北京土语，反抗、挣扎。滋，读二声；扭，读轻声。

②鬏鬏儿夫妻：北京土语，原配、结发夫妻。过去男孩子、女孩子都梳鬏鬏儿，从小梳鬏鬏儿的时候就定亲了，后成为夫妻就叫鬏鬏儿夫妻，也有老夫老妻的意思。鬏，音抓；鬏，读轻声。亦作抓髻儿夫妻。

③护心口儿：北京土语，贴心人、心腹。

又摆下了。“今儿可得我花钱。”“别介别介，昨儿算我请客，今儿是我们二爷请客。晚上，晚上算你的。”“不不不，这没有，昨天就应该我花钱，我说的嘛，但你们哥儿俩非抢的。今儿无论如何得我花钱，要不我脸上可不好看，您就是骂我。”“完了完了，今儿马兄你花钱。”马介甫又请。三顿饭过去，这哥儿仨可无话不谈了。这叫什么？酒肉朋友。好交的人都是在外边吃顿饭，自来熟，就能聊出好多事儿来，但这仨人文才都不错，可不是您脑子里想的那酒肉朋友，胡说、胡砍[①]也不是，除了杨万石有点儿吹牛，剩下聊得都挺文雅。

赶试也考完了，在店房住好些日子，都得回家等着发榜了，就在临走这天，哥儿仨是依依惜别。要分手了，难免有互道珍重、互相表表情谊这么一个环节，又坐在酒桌上了。马介甫看这哥儿俩这么大方，说话这么得体，谈吐不凡，支支吾吾：“我打算高攀一下。”“什么意思？”“咱们拜一盟把兄弟怎么样？结为异姓手足、金兰之好。我这个不情之请，二位仁兄可不能驳我呀。”这话说出来你不答应，可就得罪了，因为人情处到一定份儿上，处得感情好了，要拜把兄弟。那这怎么答复呢？要搁一般人，应该答应，但杨万石可不敢答应。为什么？泛泛之交，交完朋友，考完试你走你的，我走我的，落一个香嘴臭屁股，吃吃喝喝也就罢了。要拜把兄弟，可就得当亲戚那么走。我上马家好办，人家马介甫上我们家来，我们家可不招待客人。不是我不好客，是我们家没有招待客人的条件，钱也有，东西也有，吃喝不愁，甭说来一个朋友，来两连人我们家也住得下，问题是我们家我们那“妈”不成啊，我们那大奶奶?！杨万石面露难色。

①胡砍：北京土语。砍大山指漫无边际、无拘无束地瞎聊、闲谈，胡砍略带贬义，有吹牛、胡说的意思。砍，亦作侃。

他刚想到这儿，杨万钟脱口而出："哎呀，马兄，弟我也有此意，我就不好意思说。"杨万石想拦可拦不住了，心说：这不给我惹祸么？你嫂子怎么在家你不是不知道啊，你答应完马介甫，真一个头碰在地上，他上咱家一串门儿，一看咱家这情况，我吹牛露馅儿不要紧的，这不把好朋友得罪了吗？杨万石没拦住，二爷话说出来了："大哥，我就想交马介甫这样的朋友。"马介甫一听，一推杯盘，"噌"的一下儿，站起来了，性情中人，一伸手，"嘭"，把二爷的手拉住了："杨二爷，你们哥儿俩是我碰上的好朋友，是我碰上的识文断字里的有血性的男儿汉。"这一句话，杨万石腰板儿也往起拔：人拿我当男子汉，不是拿我当下三滥。"对，兄弟，咱们交得交介甫这样的朋友。你刚才说怎么着？""咱们拜一盟把兄弟啊。""使得，使得。""好，请老爷码儿。"

拜把兄弟得请老爷码儿，又叫三义码儿，桃园结义刘关张，拜把兄弟都得拜刘关张。您说那么好的把兄弟，张飞能给关云长一枪吗？关云长挨他一枪，愣没事儿，过五关斩六将，黄河渡口刀劈秦琪，古城会撇刀斩蔡阳。这地方叫训弟，古城训弟。刚才您听这书了，[①]关云长一辈子不哭，这地方掉眼泪；张飞更没哭过，您多咱看戏台上张飞哇哇哭，没有过；刘备老哭。您看《三国演义》，刘备的眼泪都在兜里装着，什么时候用，掏出来直接往这儿一按，"唰"，眼泪就下来。这把兄弟不是手足胜似手足，人家桃园结义起誓最后得应誓。把兄弟起誓都这样，"不愿同年同月同日生，但愿同年同月同日死"，没有做到的，人家刘关张做到了，就因为关羽的死，刘张都得死，大哥三弟都要给关羽报仇才死的。走麦城关羽死了，刘

①当时连丽如先生在我前场说《三国》。现场说书时经常引用前场演员所说内容和评论，以为互动。

备怎么样？倾川蜀之兵七十五万，兵发东吴，誓杀吴狗，我得把江东所有的人全宰了。结果呢？让张飞督造十万白盔白甲，手底下人刺死了张飞。大哥刘备为了给二弟报仇，陆逊火烧连营，大败猇亭，兵败至白帝城托孤尽命。人家做到为兄弟死这一步。

刘关张以前拜把兄弟，拜四贤，伯夷、叔齐、羊角哀、左伯桃。也有说拜俞伯牙、钟子期的，这都是为朋友死。二鬼战荆轲，我兄弟死了，他的魂打不过荆轲的魂，我给他烧草兵去打没用，怎么办？一拉宝剑，抹脖子，我也死了，二鬼战荆轲，咱哥儿俩一块儿跟他打。为朋友抹脖子自杀，这是羊角哀、左伯桃。俞伯牙、钟子期呢？我兄弟死了，那叫知己，这琴我不要了，“摔碎瑶琴凤尾寒，子期不在对谁弹”，再以后把琴忌了。您看，人就得有恒心，忌一样东西特别难。比如忌烟忌酒，我跟您说，我是不会抽烟，但有人跟我说过这难受，我是忌不了肉。那天我看大夫，大夫跟我说：“王玥波，你得把肉忌了啊。让你忌饭不现实，你不许吃肉，一定得把肉忌了。”他一吓唬我，我一跺脚，我把这大夫忌了，后来再没上他那儿看过。所以交朋友说的是刘关张。

今儿哥儿仨请老爷码儿，仨人都有钱，抢着花。香、炉摆好了，跪在地上，不是简简单单的，弄得挺正式。拜把兄弟不能胡来，得有人主盟。请谁？净是一块儿来赶考的，这些秀才全懂，而且有年长之人，张三、李四我也不给您细说了，《聊斋》也没细写。“今有过往神灵，上有皇天，下有后土，中有信士弟子杨万石、杨万钟、马介甫，愿义结金兰。我们不是一娘肠子里爬出来的，但打这儿以后情同手足。如违此愿，天把我怎么长，地把我怎么短……”哥儿仨一对脸儿，互道一声“言重了”，一伸手搀起来，要论一论齿序。万石行大，万钟行二，介甫行三，马介甫跪在地上要给俩哥哥磕头，俩哥哥得还半礼，对拜八拜之交。这一拜把子，可就是一家人了。

细打听，您在哪村住？怎么走，怎么住？门牌号码全打听清楚了。为什么？人家里有嫂子，还有老盟父呢。“改日我要登门造次去拜望盟父。”杨万石就怕这个：“哎，好，是是是，兄弟你勤来。青山不改，绿水长流，咱们各自珍重吧。”分手了。

道上杨万石就埋怨二弟：“弟啊，他一说拜把兄弟，你别答应他啊。”“我看您挺高兴的。”“不是，咱……咱家里不能招这客人。他哪天真一来，咱俩这不褶子了[①]么？”“您别跟人家吹牛啊。嚯，头一回见，您这通儿说，喝点儿酒您不知道姓什么了，咱家是那样吗？您说夫妻恩爱就够瞧的了，您还在家里作威作福，还对我嫂子怎么怎么着。哎呀，哥，您可真行。人家马介甫提出结拜，这兄弟是个好人，而且真有真才实学，咱交这样的朋友不错。”“是，我愿意交朋友，咱家不是条件不允许吗？”“得了，没有吃后悔药的，已然这样了，咱走着瞧吧。”“是，那……那只能这样了，回家见着你嫂子可别说。”“我说这干吗，这不找事儿么？”“这……带来这几个人都得嘱咐。”“我都嘱咐了。”跟手底下从人全说明白了：“回去见大奶奶只字片语不能说，倘有一点儿风声走漏，我们麻烦不说，你们都得跟着沾包儿[②]受罚。”手底下人也都明白，一看这回大爷、二爷是真高兴。

哥儿俩回家了，尹氏审来审去，那不在话下。终日里弟兄二人战战兢兢，就怕马介甫串门儿来。

一个月没来，俩月没来，三个月、四个月、五个月、六个月，原文写“约半载”，来了，带着自己的仆人，看哥哥来了，看俩把兄弟来了。马介甫进村一看：对，是这儿，大哥、二哥临走时跟

①褶子了：北京土语，指事情不妙。褶子，原指起褶了、不平整了，引申为事情发展不顺利、发生变故，因而变得复杂难办了。

②沾包儿：北京土语，受到牵连。

我说了，他们村口有棵大槐树。一看有一位扛着锄头，大概刚下地回来，马介甫走上前："哦，借问借问。"这位站住了。"您别客气。""跟您打听个人。""本乡本土的吗?""对，就您这村的，您都熟悉?""我就这儿生人呐，有名便知，无名不晓。您说。""贵处有家员外姓杨。""我们这儿大半都姓杨，您问谁家?""他们是弟兄两个人，长者讳万石、幼者讳万钟。""哦，杨万石杨大爷、杨万钟杨二爷。""是在这儿住吗?""对呀，不远就到了。""哦，哪个门儿?""没关系，我领您去。这儿位都跟您是一块儿的?""对，我们一块儿的。""来吧来吧，跟我走吧。"

这位扛着锄头在头里走，马介甫带着这儿个人在后边跟着，嘴里不能闲着呀。"您跟杨大爷、杨二爷认识?""岂止认识，我们是亲戚。""哦，倒没听说他们在外埠有亲戚，您怎么个亲戚?""我……我和杨家哥儿俩是把子，我们是干哥们儿。"这位心里一翻个儿：杨万石、杨万钟还敢拜把兄弟？不能，不能不能不能……他们家怎么回事村里人都知道，平常串门儿的没有啊。谁上他们家去，甭说吃饭，茶水也没一杯，而且家里三日一小战，五日一大战，天天开火啊。手底下人是今天罚张三，明天打李四，这哥儿俩每天也得听庭训三遍，连老爷子时不时都得挨揍，上他们家串门儿不行啊。杨万石和杨万钟把爸爸藏起来，谁上家串门儿来不能让人看见，这老头儿太惨了。说看看老爷子，不成，老得说有病。我们打他们家门口过都绕着走。尹氏偶尔也出个门儿，我们看见离三站地就得拐弯儿。今天杨万石家里要变天啊，敢在外边拜把兄弟，还找上门儿来，上他们家串门儿？这是个乐子。"您和杨大爷、杨二爷是把兄弟?""我们是金兰之好。""哦，是是是，好交朋友，那杨大爷、杨二爷慷慨得很，义名传于四乡，真得说为朋友两肋插刀，义不容辞，真是……血性的男儿。您交这样的朋友算长了眼了。""他家不远？”“这不到了吗？我跟您说，他家里您这贤惠的嫂嫂，大概其您没见过。”“我是初次上他们家来，头一回。”“难怪难怪。嗯，您这大嫂、二嫂可都不错。”“是是是。”

说着话，可就到杨家大门口了。杨家这住宅真说得出去，家里有钱，在村子里虽不能说首富，但家里门楼、院墙干干净净、四四致致的，挺好。杨家门开着，门口台阶下头靠着墙有一老头儿，破衣拉撒，头发擀毡，也看不出模样来，又黑又瘦，叫“曝阳扪虱”，这是原文。曝阳就是晒太阳，暴露在阳光下。底下这两个字您听着就有点儿不卫生了，什么叫扪虱？择[①]虱子。老头儿晒着太阳这一热，虱子都出来了，也不光虱子，虮子、虼蚤、虱子、臭虫，老头儿身上全了，还净是伤，身上红一块儿、白一块儿，不知道臭虫咬的还是怎么回事。老头儿靠着墙，还紧着蹭。“这就是杨家？”“对。”“那我要上杨家，我问谁？”“问这老头儿。”“哦。”马介甫抬头看了看：甭问，这是杨家人，杨家的仆役太不讲究了，这哥儿俩带着考试去那几个还都油光水滑的，这老奴怎么这样啊？“借问此处可是杨宅吗？呃……杨万石、杨万钟弟兄是在这儿住吗？”马介甫哈着腰、低着头，跟老奴一说话。老头儿手底下择着虱子，抬眼皮看了看马介甫，没说话，点了点头。“您给回禀一声啊，就说他的盟弟马介甫登门拜望。”老头儿听完这句话，张大嘴，瞪着眼睛，看了半天马介甫。马介甫一看：“您没听懂啊？这是杨万石家吧？”“啊。”“杨万石、杨万钟哥儿俩跟我是把兄弟，我行三，我是来过府探望老盟父的。”“哎。”老头儿说着话，眼圈一红，眼泪差点儿掉下来。“您稍等。”老头儿站起来，扶着墙，哆里哆嗦，颤颤巍巍，步履蹒跚，可就进院了。

①择：北京土语音宅。

马介甫不明白。带道儿这位把锄头撂下:“先生您姓马是吧?”“啊,我姓马。”“您不认得这老头儿?”“杨府老奴。”“什么呀,杨万石他爸爸。”“啊?您……您说清楚了,这老翁他是何人?”“万石、万钟之父,也就是您的老盟爹杨老丈,杨员外爷啊。”“干吗化装成这样?”马介甫问手底下人:“今天什么节日?万圣节?”“不知道,化装舞会是怎么意思?”介甫大惊:万石跟万钟他爸爸怎么这样?哎哟,要了命了,我跟把兄弟的爸爸这么说话,误视为老奴,让人家代为传禀,一会儿见着老头儿我怎么说呀?“万死啊万死。”“马上就出来,我不陪您了,我还有事儿,我得……我得叫人去,今儿杨家要乱。”这位走了不提。

单说马介甫,满面含羞带愧,站在门口跟手底下人说:“这……咱不知道啊?”“怎么……来时候您不是知道他爸爸么?”“对啊,他说他有爸爸,岁数挺大的,你看我买这东西。咱们……这……”马介甫满脸通红,过不去这劲儿,真难受。就听里边脚步踉跄,“噔噔噔”,哥儿俩跑出来了,原文写“岸帻出迎”。岸帻,头上戴的头巾很不讲究,来朋友应该很正式,这不介,慌不择路。身上穿的就是家里睡觉的衣裳,趿拉着鞋,鞋也没换,也没带从人。说大开仪门,吹吹打打把马介甫接进去?没有。哥儿俩满脸惊慌就跑出来了。“介甫在哪儿呢?介甫,哎哟,兄弟,你可……想死哥哥我了,怎么今儿才来啊?”“啊?”马介甫一看,万石跟万钟兄弟二人变颜变色,而且出来这个穿着打扮,心说:家里着火了是怎么着?把兄弟头一回登门,连个待客的衣裳都不换。说哥儿几个好也不能这样,让外人和我手底下人看着不像话,成何体统。“大兄、二兄,一向未会,别来无恙?”“好,这不是讲话之所。来来来,屋里坐。”马介甫想问,在这儿没法问,跟着进院。在这过程当中马介甫可就观察了,他们家环境不错,院子干净,房屋讲究,出来进去手底下人穿得也都干净整齐。无外乎一节，就是他们家没胖子。甭管男的女的，全倍儿瘦，脸色都是菜色，青脸儿，要不就是蜡渣儿黄，而且一个个无精打采，不敢跟你对眼神儿。您看，好比咱家里也雇保姆、雇阿姨什么的，主人要来朋友，也得跟着张罗。“您来了，我给您沏水。您挺好的？您坐这儿，我们家主人换身儿衣服。”也得热情招待。这不介，躲眼神儿，不敢看你。这杨家什么意思？

到客厅，书房待茶，哥儿仨坐这儿。“兄弟，哪阵香风把你刮来了？来之前你来个信儿，这……”万钟紧着拉万石：“人来了。”“是是是，兄弟来了就好，来了就好。手底下人都安排房子，安排房子，住几天，住几天……”语无伦次，不知要说什么。“大哥、二哥，咱们一向未会半载有余，小弟我实在想念，望穿秋水想见你们哥儿两个。这次我是腾出工夫来了，最近我不忙，放长假，这次长假期间我准备就跟你们多亲多近。”“打算跟我这儿住……”“怎么也得盘桓几个月。”“应该，应该……多住，多住……”“呃……咱先别说别的，您把老盟父请出来，我是登堂拜父。”把兄弟，你爸爸就是我爸爸。“我得给他老人家磕几个头。没别的，这次来带了几样家乡的土特产，聊表孝心吧。”“这个……”万石就瞪万钟，万钟就看万石。“您请出来，咱们拜拜。”“兄弟，你不知道，老头儿病了。”“哦，什么病?”“不知道啊，请了两个郎中看看，开药没见好。”“什么症状?”“有点儿咳嗽，带点儿喘，手脚还发凉，可脑袋发热，说腰疼吧还串脚气。一阵儿糊涂一阵儿明白，睡觉不知颠倒，吃饭不知饥饱。吃这顿有时还解不出手来，吃那顿许是两天就水米不下牙，这个……可还能走道，也下得了炕，但精神……”“这是什么病啊？这可不是闹着玩。”“是啊，这两天能睡觉了，可就是不爱醒。他这病也怪，每天白天也睡，是晚上也睡，黑下还好，白天吃饭给叫起来还不乐意，闹觉那意思，不敢惊动，府里上下连你嫂子都不敢叫老爷子。这个……等两天吧，等老爷子这病见好，咱们再见好不好？”

介甫听着这话，将信将疑，他明白啊。明白什么？门口碰上这个老奴，都曝阳扪虱了，有村人相告这是万石之父，要是这样，他是不能让我见。但万石、万钟哥儿俩是外边交朋友的人，在家里怎能对老父这样呢？难道是忤逆之子不孝儿吗？马介甫有点儿不高兴，但人家不让见，也不能强求。“不行，我今儿非得看看老爷子。”这话说不出来。“好吧，那就等老盟父身体大安之后我再给他请安去。”“是，应该，咱们见面说不完，聊不够。怎么没人沏水啊？这水……”万石一着急，万钟赶紧打圆盘[1]：“大哥，别忙，别忙……今儿忙，这不老爷子病了么，都顾那头儿。介甫，你来得也突然点儿，家里也忙不开，我催催去，我看看那茶水。”说着话，万钟可就站起来出去了，书房就剩万石跟介甫说话。

马介甫风尘仆仆，还真有点儿渴了，说拿水去就等着吧，有一句没一句跟杨万石聊着。一会儿万钟回来了，可手里什么没有，空着。万石瞅了一眼万钟，万钟看了一眼万石。“那个，坐着水呢……你们哥儿俩聊得挺好是吧？最近家里怎么样……咱们这次发榜……”他净说这个。马介甫心说：这水怎么没拿来啊？再过三言五句，杨万石一看：“老二，这水怎么着？这……还得我自己去是怎么着？我去。”杨万石站起来又出去了，杨万钟跟这儿陪着。聊了几句，杨万石回来了，也空着手。“这着急劲儿的，你喝口水都喝不上，这火也不谁弄的，还灭了，又现拢火[2]、劈劈柴，这手底下不是干活的人，哎呀，让我生气。不来人也不丢人现眼，这一来人处处忙乱，也是平常我家教不严。兄弟暂待一时，咱们喝着水，说着话，中午是不

①打圆盘：北京土语，用言语遮掩错误，堵塞漏洞，以摆脱尴尬处境。

②拢火：北京土语，生火，使火着起来。亦作笼火。

是……咱们哥儿几个，家里没别的，你……我……”“是不是咱中午跟家吃饭?”“对，这么句白话说不出来了。兄弟，你早饭什么时候吃的?”“早饭我一早吃的，然后就赶路赶到您这儿。”“嚯，那也该饿了，咱该吃饭了。这样，别催茶水了，你……你把饭催了吧，这火上来先别做水了，弄几个菜，可别弄太多，咱也不知道介甫今儿来，随随便便弄三四十个菜，咱们先喝着，你看是不是？这个……介甫不是外人，你催催饭去。”“哎。”杨万钟勉强答应，站起来出去了，剩万石陪着马介甫。

可杨万钟出去这工夫大了，也不知道干吗去了，半天才回来。这人要不说吃饭，也不觉着饿；一说吃饭，马介甫还真觉得饥肠辘辘有点儿饿了，跟杨万石说话也没精神。杨万钟推门进来了，这回连理都没理杨万石，直接往那儿一坐：“快了快了……”马介甫一看：什么快了？我没问你啊。“是，咱们不忙，不忙。”杨万石脸上不好看，难受啊。“我看看去。”杨万石站起来又出去。这哥儿俩走马灯，他进来，他出去；他出去，他进来。原文写“屡言具食，而终不见至”。屡言具食，准备吃饭提好几遍；而终不见至，老不来。您说这怎么招待客人?

咱们交朋友，甭管上谁家去，虽说家有万贯难免一时不便，但不能让客人等着，谁串门儿也是。一上朋友家，朋友问了：“兄弟吃了吗?”“没吃呢。”“怎么，跟我这儿吃?”“行啊。”“可是没好的，咱们为了快，我楼底下买俩烧饼，这儿有方便面，有鸡蛋，可没菜，咱们就是鸡蛋挂面，热热乎乎，吃饱就得，咱好办事儿。”“我这还挑吗？有什么算什么，您下去买烧饼，要看有香菜就行了，买点儿香菜一俏①，挺香。我在家您弟妹也给我做这个。”“行行。”您看，这

①俏：北方方言，指在食品上撒点配料。

是句热乎话，连买回来带做挂面带吃烧饼，用不了二十分钟，这顿饭吃上了，这是交朋友，好歹得管饱啊。

“屡言具食，而终不见至”，这多难受，就恨不得让马介甫说出这么一句话，“不成，我这有急事，我得回家”，那才好呢。马介甫这火儿有点上来了，心说：这不逗火儿吗？“大哥、二哥，别太麻烦了。兄弟我来别弄四个炒六个的，咱们不是那朋友，咱们是把兄弟，吃吗都过得着，可是不在好，对不对？我今天一定要讨扰你们哥儿俩，但有什么咱赶紧来，行不行？”这话说出来了。哎哟，杨万石还好办，杨万钟臊得呀，心说：哎哟，真坐蜡[①]，真来不了。为什么？他们家吃饭他都吃不上啊。上回说了，得等尹氏吃完，今儿看你们哥儿俩顺眼，一指残羹剩饭：“吃吧。”这才能站着吃，在家里就这地位。来朋友了，哪儿有东西端出来啊？这回哥儿俩更绝，把马介甫一人儿搁屋里，哥儿俩一块儿出去了。甭问啊，求尹氏去了。

这回仨人回来的，除万石跟万钟，还有一“瘦奴”，这是原文。有一个瘦奴端着一个菜进来了，半盘黄豆炒雪里蕻，还是素的，连点儿肉末儿都没搁。把菜搁桌上了，杯子、盘子、筷子都摆好了。这套吃饭的家伙不俗，挺讲究，菜可惨点儿。杨万石布菜都没敢抬头，夹了一黄豆：“吃。”马介甫一看：“哎哟，这太多了。”马介甫气得这火儿腾腾的：这是怎么个交朋友啊？可半年前哥儿俩在客房跟我拜把兄弟，不是这样，真花钱，不是说大话啊。说今儿这酒账我付，叫完伙计不掏钱净漱口，不是那朋友啊。人家真花真请客，怎么一上家来对我这样？马介甫又有火儿，又惊又疑，按说不吐不快，但在嗓轴儿这儿转三圈，没说出来，生往下咽。

好不容易这个又黑又瘦的仆人陆陆续续端来四五样菜，反正也

---

①坐蜡：北京土语，遇到难题或事情糟了，为难、不好办甚至尴尬难堪。

没肉，全是素的，拌苤蓝丝儿、拌黄瓜条……最好的菜是拌豆腐，也没酒，又倒茶水喝，以茶代酒。这顿饭吃得哥儿仨少言寡语，没话了。怎么办？马介甫心说：我跟他们俩把兄弟吃拌豆腐、雪里蕻，我还带好几个人呢，让到别的屋去了，这得吃什么啊？得给豆饼吃啊，今儿就得是大酱豆腐渣，就得给我手底下人上猪食啊。他瞪杨万石、杨万钟，杨万石让他瞪得不敢抬头，也不敢抬眼皮，草草就把这顿饭吃完了。“兄弟，我也有点儿难受，你嫂子这两天也有点儿不合适，告个便，我先逃席了，再会。”杨万石都没敢高声说话，站起来灰头土脸，狼狈而去。

他刚出去，马介甫把茶盅往桌上一墩，把杯筷一推。“二哥。”“兄弟。”“‘曩以伯仲高义，遂同盟好。’”我是看你们哥儿俩够义气够朋友，咱们才拜的把兄弟。“‘令老父实不温饱，行道者羞之！’”马介甫急了：你们怎么对我我不管，你爸爸没病，我要登堂拜见老盟父，你们左遮右拦告诉老头儿病了，可我在门口碰上了。老头儿干吗呢？曝阳扪虱，太惨了。你们这样对朋友没关系，怎能这样对爸爸呢？甭说我们是把兄弟，就是旁人，街坊邻居看见你们这样的行为，听说你们这样的事，都得替你们害臊。你们办的这叫什么事？就这一句话，扎肺管子[①]啊。杨万钟一听，眼泪下来了。马介甫吓一跳：“二哥，你哭什么啊？”“兄弟，你……我……我说不出来，我有难言之隐啊。”“你闹痔疮？你有什么难言之隐？你们这样对你们的老爹，我能跟你们交朋友吗？交朋友不能交不孝之人。二哥，今儿这话你给我讲明白了，有道理您说，有什么苦、有什么累您别往自己肚子里咽，您跟兄弟我说，能帮上忙我帮忙，帮不上忙

①扎肺管子：北京土语，形容损伤最心疼的，触及要害或有损根本利益，而使痛苦、恼怒或憎恨。亦作戳肺管子。

我理解您。可有一节，您要支支吾吾不往外说，二哥，咱们这半年多的把兄弟可就到头儿了，我今儿就走，打今儿起我就不登你们家这门儿了。”“别介，兄弟，咱们要不过命，实不敢倾心相吐，我绝不能跟你说。老父跟我们弟兄遭此境遇，是因为家有悍嫂，我这嫂嫂太厉害。”“她能厉害到什么份儿上呢?”“您听我说。”

第三回

咱们接演一段《马介甫》。

马介甫没想到上把兄弟家串门儿，会有如此境遇。上回书给您说了，“屡言具食，而终不见至”，老说开饭老不来。好不容易来了，“脱粟失饪”，粟是米，饪是烹饪的饪，不是好厨子做的，连好稻米都没有；“殊不甘旨”，这饭太难吃了。原文就八个字的评语：“脱粟失饪，殊不甘旨。”咱也不知道是什么饭，上回我简单一给您说，反正不是人吃的饭。那么由于他在门外看见万石跟万钟的老父亲那个穿着打扮，再加上对自己的这个态度，马介甫汆儿了，急了。杨万石草草逃席，作了个长揖，进内宅了，那只能二爷陪着把兄弟。马介甫跟二爷说：“你们办的这叫什么事啊，对把兄弟这样无所谓，对爸爸怎么这样？”“我们对爸爸怎么了？”“你还瞒着呐？咱们把兄弟，你爸爸就是我爸爸，我头一回登门没见过老盟父，我说磕个头请个安，你们左遮右挡不算，我在门口碰上了，你们还瞒什么？”上文书说了，老头儿在门口都曝阳扪虱了。杨万钟是血性人，确实脸上挂不住，太丢人了，做了半天思想斗争，最后跟马介甫说实话了，说“非沥血之好，此丑不敢扬也”。这话怎么跟把兄弟说啊，我们不孝顺爸爸还有原因，有什么原因也说不出去，家丑不可外扬嘛。“就因为我这嫂子。”“你嫂子怎么了？”“我这嫂子太厉害了，还不是一般的厉害，也搭上我们哥儿俩怕她，这么这么这么……”把以往这些事情一说，马介甫听得直犯愣：世界上还有这样的家庭，还有这样的父子夫妻，还有这样虐待自己丈夫、虐待自己老公公的人？一家子十好几口，使奴唤婢的大员外家庭，竟会受这样的气，真是闻所未闻，见所未见。

马介甫听完，点点头，看着二爷万钟他想词儿。想什么词儿？得安慰安慰啊，想半天没词儿。说什么？“您别过意。完了，我挑眼挑得不对，应该这样。”不像人话啊。“不应该这样，她办得不对，我管管。”你管得着吗？交浅不可言深。您是把兄弟，嫂子都没见过，先派嫂子一堆不是，说嫂子这不成那不成，管不着啊。可话又说回来了，听话里话外二爷这意思，还有观察大爷万石的表现，他乐意。文言说得好，“有钱难买我乐意”，什么文言……一句话他愣把我噎得嗝儿喽嗝儿喽的，我要伸手一管，他要认头，还则罢了；他要不认头，他向着他媳妇说话啊。“我说兄弟，你这没有，你跟你嫂子没见过，怎么先说你嫂子不是？她这么对我我高兴。”你说这怎么弄？热脸贴冷屁股。所以马介甫想半天词儿，不知道跟二爷万钟说什么。

“二哥，您都说完了吗？”杨万钟一把鼻涕，一把眼泪：“兄弟，你千万别挑哥哥眼，家家有本难念的经，实在是迫于万般无奈啊。”“别说了，别哭了。本来我打算弟兄盘桓几日，我还有事要走，听您一说咱家里这个情况，我倒不想走了。哥，家里有闲房吗？借我一间房。”“借干吗？咱们把兄弟还借不借的，房子有，你住啊，住可是住，就是饭……”“没关系，我拿钱让家里人出去买，不单买我一人儿的，把大伙儿的都买了。我住多少日子，管多少日子饭，行不行？”“不是，那不像话。”“怎么像话啊？你们家对待我，对待老爷子就像话吗？这个事儿现在孰是孰非还不好说，我得在你们家住几天。”马介甫提出这个要求，按说把兄弟人之常情不过分。同志们，但杨万钟可有点儿不敢答应。为什么？自己跟哥哥外边交朋友可没敢回来跟大奶奶尹氏说，今儿这就算来一下马威，就给你来个样儿瞧瞧。这要住的日子长了，没有马勺不碰锅沿儿的[①]，大奶奶哪天一犯脾气把我们这朋友得罪了，得罪朋友还事小，我们俩受不了，非打即骂啊。“兄弟，你大老远来了，哥哥我话可不应该这么说，住能不让你住吗？按说吃喝也都应该管，但我把实话也说了，你可别给哥哥惹祸。”“什么话，您给我找间闲房就完了，好不好？”“哎，好吧。”二爷把自己的铺盖抱来，人家马介甫自己有铺盖，跟马介甫在屋里抵足而眠。哥儿俩也有交情，半年多没见了，得说说啊，天快亮睡着了。

第二天早上起来，马介甫刚醒，看杨万钟推门进来了，手里端着一碗，碗上盖一块布，拿手护着，高抬腿，轻落足。

您看，蒲松龄写小偷写得最到位，原文写小偷四个字：“狼顾鹤行。”狼顾，就是狼看。您看，狼看人跟咱们不一样，它低头抬眼皮看。小偷也是，上车看你的钱包在哪儿搁着呢。咱们上车，有朋友聊天儿不说，一般人站在车上都往车外看，唯独小偷站在车上狼顾。鹤行，仙鹤的鹤念毫，仙鹤出腿高抬腿先往前探，这算一步，拔后腿抬起来。小偷得了手抱什么东西，就这么来的。所以我为什么爱说《聊斋》？我服蒲松龄。

马介甫一看，二爷万钟怎么了，进屋鬼鬼祟祟的。“咳咳。”他一咳嗽，万钟就知道他醒了。“哎哟，兄弟你醒了。”“什么呀？”要搁这碗，回手扒着门往外看，把门上上了。“我啊。”“你大点儿声儿说话，怎么了？这屋没人。”“我害怕。我从厨房啊，偷了一碗好吃的。”“早点？”“对。”把布掀开，半块酱豆腐，一馒头，还是凉的。“兄弟，今儿你改善改善。”“我吃这个就改善改善？”马介甫这个气

①没有马勺不碰锅沿儿的：北京土语，比喻家庭日常生活矛盾难免。沿，读四声。亦作没个马勺不碰锅沿儿的。

啊，气乐了：“您这么大院子，厨房在后院？”“啊。”“来回挺费事的吧？就给我偷半块酱豆腐，还跟做贼的似的，神情紧张，变颜变色。昨儿晚上您跟我说的是真的？”“可不真的么，这我敢说瞎话吗？大爷为什么这钟点儿都不露啊？根本就不敢来。我们家多大家规您不知道，我把这个给您偷来，您凑合吃。”“我就吃这个？得了，我外头吧，我进趟城。”“你进城干什么？”“回来你就知道了。”

马介甫也不客气，有从人跟着来的，把从人都喊起来，用杨家的地方、杨家的水、杨家的脸盆，洗脸，漱口，梳洗打扮，换上自己衣裳，那就甭提了。杨家人谁也不敢问。一行人衣着鲜亮，出去了。上哪儿？进城去了。进城干吗？改善生活去了。为什么？昨天晚上这顿饭“脱粟失饪，殊不甘旨”，没吃饱，饿了，早上起来这半块酱豆腐看着堵心啊。早上起来带这哥儿几个进城，马介甫吩咐一声：“先来十个糖油饼、二十根油条，一人一碗老豆腐。那边勾着炒肝，这边炸着焦圈，一会儿熬豆汁，弄点儿糖卷果，再买二斤排叉儿。”手底下人一听：“怎么了您？员外爷要疯啊，您吃得下去吗？”“费话，赶紧办，赶紧办。去……那门脸儿砸开。”还没下板儿[①]，砸开。什么买卖？绸缎庄买布，皮棉单纱、绫罗绸缎，一样买两匹。“您买那么些布干吗？”“甭费话，赶紧给钱。”这儿吃饱了早点，买完了布，那边油盐酱醋茶，日用品，买点儿洗衣粉、牙膏。说那年头儿有吗？反正有牙线什么的。都预备齐了，快中午了，买中午饭。中午饭买什么？买大饼，再买二十斤鸡蛋，各样青菜买点儿，牛羊肉一样买二十斤，酱牛肉买牛腱子，羊头、羊蹄儿多买。这哥儿几个昨儿也饿半宿，心说：我们员外爷是跟老杨家干上了，

①下板儿：北京土语，开始营业。过去买卖门面为了防盗，都有插板儿，早晨开业时下板儿，晚上打烊后上板儿。

这哪儿是串门儿走亲戚啊，跑那儿夏令营去了，您这亲戚……人家不管，咱家走[①]吃去，买这么些东西上人家这儿会餐来。大包小包，人驮人扛，从城里浩浩荡荡回来了。

杨家哥儿俩在门口，左边一个，右边一个，倚着门框扒着门。哥儿俩把门打开："哎哟，兄弟，你这是干吗？""都搬我那屋去。大哥、二哥，看见没有，打今儿起，我不吃你们家饭，这些饭够我吃好几个月的，不单我一人吃，俩人吃。""哦，大哥陪着。""呸，他得配。""我陪您吃？""呸，你更不配。把老头儿请来，打今儿起老爷子跟我吃。看见没有，四季的衣裳布料子都买好了，一会儿我派人去请裁缝，给老头儿量衣裳，量完就做。打今儿起老头儿我管了，咱们不一个头磕在地上了吗？咱们不是把兄弟吗？老头儿我也孝顺得着，你们不孝顺我孝顺，你们不管饱我管饱。"杨氏弟兄在一旁垂首听着，眼观鼻，鼻对口，口问心，让马介甫数落[②]得连眼都不敢抬，心说：在家里受大奶奶的气，这回还得受他的气，你说咱俩跟朋友说什么？头都抬不起来。"我们给您请老爷子去。""老爷子呢？""老爷子挑水去了。"马介甫一听，这个气啊：家里上上下下十好几口子人，让老爷子挑水。"老爷子上哪儿挑水去了？""水井不远，四站地。"嚯，派俩腿快的给老爷子接回来。一会儿，俩人提着水桶、拿着扁担、架着老头儿就回来了，一阵小跑。"老爷子给您请回来了。"老爷子还不知道怎么回事："这干什么？这……"

杨万石跟杨万钟一左一右："爹，给您指引指引，我们在外边交了个朋友。""啊？""我们拜了一盟把兄弟。""好忤逆啊，你们还敢拜把兄弟，咱们家什么家庭情况你们不是不知道啊。我那贤德的儿

---

①家走：北京土语，回家。

②数落：北京土语，一指列举错处，责备训斥；一指絮絮叨叨、自言自语说个不停。此处是前一种意思。数，读三声；落，读轻声。亦作数唠。

媳如此孝道仁厚，你们还敢在外面嘬雷[①]，往家招不三不四的朋友。”老头儿说完这话，转身要走。“爸爸您别走，您见也得见，不见也得见。”“为什么?”“为什么？打今儿起他管您饭吃了。”老头儿一听，往前蹭两步：“他管我饭吃啊?”“您是他老盟父。”“不不不，他是我老盟父。”马介甫一听，左边一推，右边一搡：“你们起开吧。”一撩自己的袍袖，“扑通通”，跪倒在地，给老头儿磕头：“盟父在上，晚马介甫与您施以大礼。”“梆梆梆”，磕头。老头儿眼泪下来了。为什么？没人给磕过头，家里谁要对老头儿好一点儿，尹氏都不干。老头儿天天劈柴打水，烧水做饭，一年四季干不完的活儿，又黑又瘦，破衣拉撒。现在愣有一员外爷跪地上管自己叫盟父，还给磕头，俩亲儿子在旁边站着，老头儿腌心[②]呐，有苦说不出来啊。

“起来，什么时候开饭呐?”老头儿饿坏了。“做饭。”饭做完了，大饼卷肉，老头儿吃饱了喝足了。“去，找裁缝去，村里有裁缝吗?”“有裁缝。”“请来，给老头量衣服。”裁缝来了都纳闷儿：“嚯，老杨家怎么了这是？老头儿要不行是怎么着？裁寿衣？老头儿就是死了，他们也就是往老头儿腿上绑一包子，喊一狗拽出去，绝不能厚殓厚葬老爷子，他们家对老头儿什么行为咱们都知道啊。”人家裁缝很好奇，到家来一看，敢情不是杨氏弟兄给老头儿做衣裳，来一把兄弟，各样的布料跟这儿搁着。“看见没有？四季的衣裳，每件给老爷子做几套，由里到外全得做新的，您给量吧，手工钱我额外多给。”“好吧。”你给钱，人家干吗不介。都量好了，把布料扛着都送裁缝他们家去，做好成衣裳拿来。量完衣裳，带老头儿洗澡去。刚才老头儿是饿了，不能不吃饭，真到澡堂子再晕堂子，池子里拿热

①嘬雷：北京土语，自找祸害、惹祸。亦作嘬雷子。
②腌心：北京土语，难过。

气一蒸，老头儿非晕死过去不成，吃得饱饱的再洗澡。老头儿哪儿享受过这个，热水泡澡，一会儿有人搓澡，正经的猪胰子，还搁点儿瓣儿兰花儿，倍儿香。老头儿搓两块吃三块，这回可过年了。

人凭衣装马凭鞍，捯饬捯饬老头儿，还别说，比刚才就顺眼多了，强多了。“打今儿起，老爷子跟我住。”给老头儿搭好床，搁上书，铺盖都是马介甫自己带来的，做好了衣裳再做新的。“你们哥儿俩愿意上这屋来，到饭点儿了我管饭，不来我不请，有事儿也别请我，我孝顺咱爸爸几天咱们再说。”“哎，这是您仁义。”哥儿俩不敢言语，走了。老头儿可是一步登了天了，晚巴晌儿吃饱了喝足了，爷儿俩盘腿儿坐在床上，老头儿看着马介甫，马介甫看着老头儿，老头儿也不知道打哪儿说起。有心骂儿子，这是儿子的朋友；有心不骂儿子骂儿媳妇，难以启齿，老公公骂儿媳妇算怎么档子事儿啊。老头儿有泪不敢往外流，牙咬碎了往肚子里咽，胳膊折了褪[①]袖儿里，难受啊，看着马介甫，长一声，短一声，净叹气。马介甫看着老头儿，也不知打哪儿说起。“得了，您早歇着吧。”“哎。”

这时，“哐哐哐”，有人敲门。“谁呀？”“爷爷，是我。”老头儿一听，眼睛一亮：“介甫，是万钟那孩子。”“哦哦哦。”马介甫把门打开一看，七岁的小喜儿，孩子小名儿叫喜儿，您就知道冤不冤吧。[②]这是二爷杨万钟的孩子。别看老头儿那么脏、那么破，身上净是味儿，这孩子每天得让爷爷抱着睡。今天他爷爷搬家了，他又上后边柴房找老头儿去了，没找着，四处一打听，说爷爷这回住宾馆了，穿新的，吃的、喝的都好了，才上这儿找爷爷来。一进来，趴在床上把老头儿大腿就抱住了。老头儿一看孙子，眼泪下来了，心里话儿说：

---

①褪：北京土语，回缩，藏起来。褪，音吞，读四声。

②因为《白毛女》中的女主角叫喜儿，故有此语。一笑耳。

我受点儿罪没关系，你看这孩子，大妈怎能对侄子这样?“这是谁啊?”“这是你的侄儿，老二万钟的孩子，小名儿叫喜儿。”“哦，是是是。孩子，起来，起来，这儿有热水，有吃的，你吃。”孩子一看吃的，两眼冒光，连吞带咽，拿手就往嘴里塞，吃得这个狼乎。“慢点儿吃，别噎着，喝水，喝水。找爷爷睡觉来了?”“啊。”“行，吃饱了喝足了，脸盆里还有点儿水，擦把脸，陪爷爷睡吧。”“是。”小孩儿吃饱了喝足了，擦吧擦吧往上一躺，一会儿就睡着了。老头儿嘟嘟囔囔也不知说什么，好像哄孙子似的，马介甫听得也不很真着，爷儿俩可就睡了。

第二天天蒙蒙亮，影影绰绰就听见有人在当院骂闲街。“好啊，听说有人管我公爹了，又吃好的，又喝好的，吃香的，喝辣的，还给做新衣裳，这不年不节是什么样的达官贵人来到我们杨家啊?到了家里，怎么也不说指引指引呢?这都是好不错的朋友啊。”甩闲话。马介甫在屋里一听：这是谁?回头再看，杨氏祖孙在床上拿被卧蒙着脑袋直打哆嗦，吓坏了，恐怕尹氏破门而入。马介甫明白了：这是平日里受荼毒过甚，太狠了，爷儿俩一听声音就吓成这样。“不要害怕，咱们起床吧。”“我不起床。”“老盟爹，您干吗不起床?”“您没听她骂闲街么?孩子受不了这个。”“有我在，没关系。她也没在这院里骂，好像是在那院里骂，听得不很真着。”打今儿起，万石跟万钟也自觉，不来了。一个是没脸见马介甫跟老头儿；再一个也不敢来，要让尹氏知道可了不得。

但尹氏头一天在那院骂，第二天在院门骂，第三天可就过院墙到这院骂，第四天头上就堵着马介甫的门骂，每天骂。一开始就早上骂一阵儿，后来吃完早点接着骂，骂到吃晌午饭，吃完晌午饭骂一阵儿，晌午觉睡醒了接着骂，晚饭吃完了还得来个夜宵，一天骂五遍。先开始还不带脏字儿，也就甩点儿闲咧子①，到最后可不介，爹娘祖奶奶，什么难听卷什么。“什么他妈把兄弟，哪儿交的这个狐朋狗友，乱葬岗子下三滥都往家里带。姓杨的，你们家有那德行吗？你们家有那蒿子吗？哦，外边交完那不三不四的人带到家里祸祸②，他那钱是好来的吗？凭什么就养活你爸爸啊？凭什么好吃好喝招待他啊？甭问，他那钱非偷即盗，绝不是正道来的。话又说回来了，看着别人爸爸眼馋呐？吃饱了撑的没事儿，弄个爸爸养活着玩儿，当祖宗供着，你没爸爸？哦，对了，我们娘们儿倒明白了，大概就是没爸爸，打小儿跟着妈长起来，不知道亲爸爸是谁，跑我们老杨家认祖归宗来了。别他妈姓马啊，改姓也姓杨，算我们家小三儿不就得了吗？整天闷在屋子里，也不敢出来见个人，倒叫我们娘们儿好笑。什么东西?!”嚯，头一天嘴还不老利索，磕磕绊绊。过半个月，嘴皮子功夫见长，调门儿越骂越高，一天骂五遍全是小贯口③儿，把马介甫骂得坐屋里过来过不去，混身较劲。

万钟来了。“老三，大嫂每天那儿骂。”“我听见了。”“您可别生气。”“我不生气，我要生气，不就出去跟她对卷④对骂了吗？哼，我一点儿都不生气。”“兄弟，你这就是气话。按说你对老爷子跟您侄子这样，我就不能再说别的了，可她天天堵门儿这么骂，您就听着，我们过意不去啊。”“那你怎么着，替我还句言?”“我哪儿敢啊。”“大哥这半个多月连面儿都不露，怎么碴儿⑤啊?”“谁知道怎么

①闲咧子：北京土语，闲言碎语，含贬义。通常指指桑骂槐骂闲街。咧，读一声。

②祸祸：京津地区土语，把东西弄坏或把事情办砸，含贬义。通常有搅闹、折腾的意思。第二个祸，读轻声。

③贯口：曲艺术语，快速而有节奏地歌唱、背诵大段独白式唱词台词，是曲艺演员的基本功之一。

④对卷：北京土语，对骂。卷，读三声。

⑤怎么碴儿：北京土语，怎么回事儿，什么情况。碴，音茶。亦作怎么茬儿、怎么个茬儿。

碴儿啊，我都见不着大哥，足不出户，就不让出门啊，不成你先回去。”“我不走，我就不走。我看看她除了骂街，还有什么出手儿的。二哥，您也甭担惊害怕，不就骂我几句吗？有道是‘骂人不理骂自己，骂人不答骂爹妈’，我自当她骂的是她自个儿[①]，不是我也就完了，什么姓马姓杨，咱不是把兄弟吗？都一样。您的爸爸今儿我孝顺着，不过亲哥儿们也就这样。”“是，只要您听得下去，我不敢说什么，我是怕兄弟你真生气。”“我不生气，您把心放肚子里，不成您把人组织起来筛着锣骂我，编成词儿，合辙押韵打着板儿骂都没关系。你跟大哥不骂，不屈兄弟我这心也就是了。”“哎。”万钟含羞带愧，没敢说什么，知道也劝不了马介甫，大嫂天天骂也只能随她去，但终归还有点儿面子，就是没有公然打上门来。

要这么天天骂街，马介甫不理她，还伺候着老爷子，也就没事儿了，偏巧大爷万石娶的小妾王氏出状况了。说他这样的家庭环境怎么还能娶妾呢？上回说了，“四十无子”，那个社会四十多岁没孩子就是大不孝，所以有钱人都要娶小娶妾。那么迫于公众的压力和村里族人的压力，尹氏也不敢公然反对，万石就娶了小妾王氏。但上回咱也说了，自从娶回来，“旦夕不敢通一语”，从白天到晚上公母俩想说句话都没有。这些日子，小妾王氏干活儿见慢。您琢磨，她对她公公都那样，何况王氏，她是大奶奶，王氏是小妾，小妾过去没身份。您要明白，古代小妾的身份还不如通房大丫头呢，还不如老妈子呢，就说受的气。尹氏使唤王氏更得意了。这些日子王氏干活儿见慢，行动迟缓，老懒洋洋的，而且发现她肚子见大，尹氏可就怀疑了，背着人细观察王氏，还有些怀孕的反应。她自己没怀过孕，她怎么知道呢？那她也四十多了，听也听说过啊，干呕啊，

①自个儿：北京土语，自己。个，读三声。

想吃酸的，怀孕各方面的表现吧。尹氏心想：八成这位如夫人病了吧？

“大爷。”“哎，大奶奶您说。”“去，给王氏请个大夫来。”杨万石一听：哎哟，这家伙菩萨心肠，知道给我小媳妇请个大夫。“是是是，我这就派人去请郎中。”把郎中请来。不先看病人，先政审。“大夫贵姓啊？”“杨大奶奶，免贵姓赵。”“哦，赵郎中。我们大爷的小妾，这位二太太病了，可也不知得的什么病，因为我没得过这样的病，但我可听说过，您到时候给看看。不是信不过您，有病治病，吃药花钱对于咱们杨家不在话下，多贵的药咱们买得起。可您不能胡乱地看，不能胡乱地下药，万一是喜脉，您可得实话实说。”“那是，我还得跟您讨喜酒喝呢。”这句话说完，旁边的杨万石吓了个面无人色，浑身开始哆嗦。尹氏回头一看大爷万石这个表情，观其外知其内，就知道这回自己这宝押对了，八成王氏有孕。“赵郎中，看病。”

有丫鬟把赵郎中让到内间，隔着帐帘子王氏把手伸出来，人家有脉枕，掐住手腕子一搭脉，什么病没有，身怀有孕，已经显怀五个多月了。王氏有苦说不出来，也不能告诉大夫您别说啊，只能躺着自己掉眼泪。“好吧，我看您这个脉象还不错，但平常过于劳累了，您是不是还做些个家务啊？”这儿净哭，不言语。“二太太，没什么事，我看孩子跟大人都挺结实，应该没什么大问题。”一抬手，示意丫鬟，意思是行了，咱出去吧。

赶丫鬟挑帘子把赵郎中让出来，赵郎中出来一看，好家伙，到三法司了。尹氏已然设下公堂，准备好刑具，把宽大的衣裳脱去，紧身小袄，高挽袖面儿，拿着鞭子，在堂屋这儿坐着。再看大爷万石，面无人色，浑身颤抖，体似筛糠，脑袋恨不得都扎到裤裆里去了，脸是青一阵儿，白一阵儿。“赵郎中，辛苦。”“不辛苦，看完了。”“哦，看完了。我们二太太得的是什么病啊?”“哦，我给大奶奶您道喜。”道字说出来，喜字音儿还没落呢，就听“扑通”一声，杨万石就坐地上了，那是真害怕。“这不年不节的，赵郎中给我们娘们儿道的什么喜啊?”“二太太是喜脉，已然身怀有孕五月有余。”“啊哈，来人呐。”“有。”“给赵郎中诊费。”“那我得开点儿保胎的药。”“不劳了，我们天生有一种保胎的方法，是娘家祖传的，恐怕比赵郎中您要高明一些。”“那我倒要请问杨大奶奶，您是怎样保胎呢?”“你来看，我就用这条鞭子保胎。”“啊?”赵郎中一愣：“大奶奶，您这是什么意思?”“甭费话，给他钱，轰出去。”有人抓一把钱，打开药箱，往里一搁，连推带架，把赵郎中可就轰出去了。

大奶奶尹氏大发雌威：“插门!”大门上栓了，顶门杠也顶上了。“请二太太出来吧。”丫鬟们一看：这不要命吗？怎么办呢？上屋里请二太太。回头再看大爷杨万石，躺地上都起不来了。大奶奶气坏了。为什么？旦夕不敢通一语，她怎会怀了孕呢?

同志们，你们要知道，“妻不如妾，妾不如妓，妓不如偷”，你越不让他见着，他越想法儿见着。那大奶奶这么大家规，他不是害怕吗？哎，有那么句话，叫色胆包天。多㞞的男爷们儿一沾……我说这干吗。旦夕不敢通一语，连句话都没说过，她愣会怀孕了，这杨大爷也有点儿能耐。越不让他见着小妾王氏，他越想见；越天天虐待他，他越想在王氏那儿得到一点儿正常夫妻感情上的弥补，不说软款温柔，最起码人家能说句人话，这儿连句正常人话都没有啊。所以跟自己的媳妇就跟做贼一样，就跟偷情一样，抓工夫见一回面。也不怎么哪回没弄对付，怀孕了。当然，这事儿说书的就不明白了，也不能给您细说了。王氏先开始觉出自己怀孕了，就暗暗告诉杨万石了。杨万石尚存一丝侥幸：万一要不是怀孕呢？可五个多月一显怀，就看出来了。这些日子又搭上马介甫来，两下子夹攻，大爷连面儿都不敢露，今天闹了个焦头烂额。他准知道今天这顿打轻不了，所以趴在地上，腿软得都站不起来了。

大奶奶尹氏不管那个，请二太太。二太太拽着床帮死不撒手，不敢出去，知道出去得扒层皮，活不了啊。丫鬟也是迫于无奈："二太太，上支下派，我没辙，您出去一趟吧，您赶紧撒手吧。"愣把手指头掰开了。四个人连抬带架，把王氏抬到厅堂，往地上一扔。她带着孩子双身子，准知道今天好不了，在地上爬几步可就够着尹氏的脚面了，"唰"的一下儿，眼泪下来了："夫人，您饶了我吧。"下话没有，说什么也说不清楚啊。再一看旁边趴着的杨万石："大爷，您得替我说句话啊。""哈哈，他替你说句话，一会儿赶我打他的时候你再替他说句话。嗯嗯嗯，你们倒是夫妻和谐，鱼水成欢，那要奶奶我干什么呢？好啊，平常俩人做模做样，人模狗样的，连个手都没拉过，连句话都没说过，到现在怀五个月的身孕，怎么怀上的啊？为什么不告诉我啊？干吗，怕我欺负你，怕我把这孩子踹掉了？大奶奶我是这样的人吗？我那么对待过你们吗？你们这叫以小人之心度君子之腹。我不恼你们俩有奸情。"旁边人一听，这都不是人话，人家合法夫妻两口子啊。"我恼的是你们做事背人，你们丧了天良了。他年四十无有子，这事儿要说也是我们娘们儿的不对，可那是他们老杨家的德行，老杨家不积阴功，就应当断子绝孙。我心存善念，说把你娶进家门也是我一个好帮手，没想到你们天天合着伙儿算计我啊。干吗，生出个孽种来以后好分我的万贯家资？要是打一有这孩子就实招实对，跟我实说，咱们也就两厢情愿，这事儿就算罢了。隐隐遮遮，遮了五个月，到现在显怀，东窗事发犯了案了，你说我今儿不打你，我打谁啊？"连说带数落，让人听着都是她一面的理，旁边有人也不敢劝。

早有腿快的上头里告诉二爷杨万钟，杨万钟一听，都没想到：

什么，我们那小嫂子怀孕五个月愣不知道，这玩意儿今天大闹一场啊，还有朋友马介甫呢，今天非一锅粥不行。赶紧找马介甫。“马介甫在哪儿呢?”“早上起来出门遛弯儿去了。”“好，他不在家还好，这要在家，咱家丢人丢大了。我赶紧……”“您劝劝去。”“哎。”杨万钟硬着头皮往回走，这儿已经动上手了。

同志们，原文写“褫衣惨掠”四个字。“扒光了打!”尹氏可下得去手，手底下这些丫鬟、仆妇谁敢惹她，不听她的啊？打吧。当着杨万石的面儿，把王氏剥了一个赤条条，一人一条鞭子，这顿打。“踹她肚子，踹!”一开始大伙儿还都不好意思的，过去拿脚一趟，尹氏劈头盖脸就是一鞭子。“干吗，做着样儿给我看？你们上上下下合伙儿打算把我琢磨死是怎么着？甭想，有他妈奶奶一口气在，你们今儿都甭想好受了。谁今儿不打她，奶奶我打谁。”“哎，打。”上边拳头、皮鞭，下边两脚踹，打了个死去活来。原文有“惨掠”二字，遭到列强侵掠就够瞧的了，再加一“惨”字，蒲松龄用笔精练，从不妄加一字。“褫衣惨掠”这四个字就形容王氏的惨，打了个体无完肤。先开始还哎哟叫唤，一会儿叫大爷，一会儿叫大奶奶；到后来已经打得胡说八道了，打糊涂了；打到最后气若游丝没声儿了，趴地上也是有出的气儿，没进的气儿了。“大奶奶别打了，再打可就打死了。”“打死怎么了？我是大奶奶，打死个小妾，送到当官，告她以小犯上，我也没有死罪啊。打！连大的带小的，今天都不能留活命，打死!”她给下死刑了。

这个判决一出，杨万石实在受不了了，满以为今天这事儿爆发了，挨顿打也就是了，要是活生生把自己心爱之人，连我这孩子打死在面前，他可受不了。杨万石这会儿鼓足了一口勇气，跪爬几步，一抱尹氏的腿:“大奶奶。”“呃……差点儿把您忘了。哥哥哎，我的大爷，您给她求个情啊?”“吓死我也不敢，要打，您打我吧。”“哦，打您呐？哈哈哈，我还真有点儿舍不得。大爷，今儿我也不打您，我也不骂您，咱们玩耍玩耍，游戏游戏。来人，把奶奶我的衣裳拿一套来，把我平常用的胭脂粉拿点儿来。”“哎。”王氏打得半死就搁那儿不管了。一会儿的工夫，有人把尹氏的衣裳和胭脂粉拿来了。“来吧，姐儿几个，给大爷扮上。”杨万石一看：怎么……扮上？让我穿女人的衣裳？“大奶奶，你……你这是何意？”“你不喜欢漂亮妞吗？你不爱她吗？你不是背着我想跟别的女人睡觉吗？你不如自己扮上一个俊俏的女子，撒泡尿照照，你是他妈什么德行。扮！把他衣服给我扒了！”尹氏说着话，脸色一变。手底下仆妇过来：“大爷，您把您这衣服脱了。”杨万石站起身来，伸手解扣子，把长衫可就脱下来了。男儿有泪不轻弹，只是未到伤心处。“唰”的一下儿，杨万石眼泪下来了：“大奶奶，你可不能对为夫……”“少他妈费话，给他穿上！”把女人的衣裳给他穿上了。“擦粉。”戴了一脑袋花儿，搽了一脸怪粉。“跪下！”原文写万石大爷“跪受巾帼”，这招儿损了。

想当初，诸葛亮给司马懿使过一回“胭粉计”。为了羞辱司马懿，诸葛亮送去一套女人的衣裳，没想到司马懿不仅穿上了，还到阵前招摇，反气诸葛亮。我不嫌害臊，就是不跟你打，你不是讥笑我是女人吗？哎，我反气你诸葛亮。这是大军事家、大政治家的手段。今天大奶奶尹氏来这么一手，让大爷跪这儿穿着女人的衣裳。同志们，你们要想，甭说在旧社会，就是今天也不行啊。你寒碜他，挺大眼睛，让他来一超短裙穿，再打个板儿，①什么形象？他受得了吗？过去更是对男人最大的侮辱啊。

杨大爷生气，嗓子眼儿嗝儿喽嗝儿喽好几回，想张嘴说，说不出话来，想抬头骂句街都不敢，老老实实跟这儿跪着，穿着女人衣

①此处暗指李菁。他和我同堂学艺，又同岁，故经常拿他砸挂。一笑耳。

裳，搽一脸怪粉。二道院门一脚门里一脚门外，二爷万钟也掉眼泪，不敢过来劝。“哎哟，我哥哥这叫什么罪孽。”尹氏余怒未息：“还怪俊的，打扮得漂亮不让人瞅瞅怪可惜的。来人。”一说来人，万石一哆嗦：还有什么招儿啊？“大奶奶。”“甭害怕，我把您捯饬得这么俊，我舍不得自己一人儿看，我得让村里的人都看看。来人，把门打开，你上街给我走去，围着村子走三圈，绕三遭，咱们再回家算账。”这下儿杨万石真受不了了，家丑不可外扬，在家怎么打都行，我出去让大家伙看，这可不行。“嘭”，万石把尹氏的腿抱住了。“我的妻呀。”“呸，谁是你媳妇！”“你不能让我出去。”“你出去不出去？”“我不出去。”“来人，打！”大伙儿拿着皮鞭子往外轰，这顿抽啊。杨大爷头里跑，尹氏带着人拿着皮鞭子在后边赶，把杨万石打出大门。

下门槛儿也高，“叽里咕噜”，杨万石顺台阶就轱辘下来了，趴在地上。尹氏带着人已经冲出二道门，奔大门外来了。街坊邻居早就听他们家打架了，原文写“观者填溢”。溢就是满，都流出来了，填到一定份儿上都往外流了，街筒子[①]里就那么些人。杨万石趴在地上，恨不得自己有分土裂地之能，找个地缝儿钻进去，想把自己毙了的心都有。杨万石回头一看，尹氏带着人拿着皮鞭子出来，当街挨打更寒碜。猛然间一抬头：“哟！”面前站定非是旁人，把兄弟马介甫。马介甫一看，自己的把兄弟大哥搽一脸怪粉，戴着花，穿着女人衣裳，在地上趴着。再抬头看，尹氏拿着皮鞭子，双手插着腰，站在门口恶狠狠瞪着一街两巷的人。手底下这些丫鬟都拿着家伙。再往后看，二爷杨万钟在二道门这儿唯唯诺诺，敢进不敢出。马介甫不由得勃然大怒：“成何体统！大哥，你这是怎么了？”“哎哟！”马

①街筒子：北京土语，胡同街道。

介甫一句话问出来，杨万石说什么？今儿这人就算丢到家了。

尹氏一看：八成这就是来那朋友马介甫，今儿我已就已就，连他一块儿打吧。尹氏一抡皮鞭子："我看你交的什么狐朋狗友！""噔噔噔"，顺台阶往下跑。杨万石爬起来，可就躲到马介甫身后了。尹氏到跟前一扬手，要拿鞭子抽马介甫。马介甫也真对得起她，一挑眼眉，一瞪眼，拿手一指她："去，去！"再看尹氏，"唰"的一下儿，皮鞭子往地上一扔，立正向后转，往回跑。可不是好跑，似有鬼捉，她是连挣带拽，好像有人拖她腿、扽她胳膊，不让她跑利索，嗷嗷乱叫，形若疯魔。大伙儿一看：扬手要打，怎么把皮鞭子一扔，又往回跑啊？这个人怪，一说"去，去"，尹氏就往回跑。尹氏往回跑还不说，好像暗含着空气中还有人扒她的衣裳，左扒一件，右扒一件……扒来扒去。可了不得了，就在杨家大门口，众目睽睽之下，就把杨大奶奶尹氏夫人扒了一个走油篓大光板儿①。模特这回值钱，尹大奶奶裸体。

①走油篓大光板儿：北京土语。走油篓，形容光滑的样子，油篓外部非常光滑；光板儿，上身儿不穿衣服或不穿内衣。此处指赤身裸体。

第四回

节目是一场接一场，书是一段接一段。刚才您听的是一段《三国》的回目，这里有个怕老婆的，就是荆州刘表刘景升。但刘表怕老婆，要比起咱们这段《马介甫》里的杨万石杨大爷，那就差远了，小巫见大巫了。咱们连着说了几次《马介甫》了，您对杨万石惧内已经很清楚了。这次就过了，不仅当着杨万石的面打王氏，王氏有五个月的身孕，尹氏恨坏了，这通儿打，而且让杨大爷“跪受巾帼”。上回说了，扮成女的是对男人莫大的侮辱。家里扮不就完了么？不成，上大街。杨大爷这脸儿没地儿搁啊，这通儿央告：“得了，咱今儿家里就得了，我知道错了。”“不成，晚了，我就想知道知道你们俩怎么怀上的这孩子。”为什么？“旦夕不敢通一语”，我这儿跟防贼似的，紧盯着慢拦着，在我眼皮子底下还能有这样的奸情，可人家是正式两口子。带着众丫鬟、仆妇兜着后屁股一顿打，愣给杨大爷打到外面。大伙儿没见过这个，“观者填溢”，胡同里人都满了。这还不算，手持皮鞭，追到街上打。

这时，救星来了。刚才就派人打听去了，马介甫上哪儿了？上街上遛弯儿去了。遛弯儿回来一看，杨家门口大乱，这个不贤德的嫂嫂愣给哥哥糟践成这样，杨大爷跪在地上，半趴半跪，眼泪哗哗往下流，躲到马介甫身后不敢出来。马介甫一看尹氏，尹氏一看马介甫：哦，今儿杨大爷怪不得敢气我，有撑腰的。听说交了个把兄弟马介甫，自到家以来我天天骂、日日骂，骂他一个乌龟不敢出头。我认为能把他骂走，没想到这位也不走，也不生气，跟我们家泡。

今儿见着了，就这位。以歪就斜，一羊也是赶，俩羊也是放，打一个也是打，打俩今儿也是打。尹氏怒从心头起，恶向胆边生，下台阶一扬这鞭子，要打马介甫。《聊斋》得有一点儿神话色彩，也不知道马介甫是怎么回事，一指大奶奶尹氏夫人，说了两个字："去，去！"这我不能瞎说，《聊斋》原文就这么写的。说不用掐诀念咒吗？大概不用，信手拈来。杨大奶奶还真听话，连立正、稍息都没有，直接向后转，迈步往回走，似有鬼捉，好像有人架着胳膊、拽着腿、搂着腰，想走走不了，跑也跑不动。这还不算完，扒她衣裳。说你看见有人扒她衣裳？没有，好像空气当中有人，从外边衣裳开始扒，她不愿意，拽着衣裳，不成，好像有人掰她手指头一样，这通嚷嚷，嚎叫不停。扒一件、扒两件也就罢了，全扒，一会儿的工夫裸体了。咱上回就说到这儿，尹氏扒了一个走油篓大光板儿。

同志们，这可是明朝，今……今天也不行。这儿出门儿，崇文门新世界门口，观者填溢，一街两巷全是人。这位说："我行为艺术了，今儿我来一回，我当着大伙儿来一裸体。"搁过去不行，就有人打；现在可能没人过去打，但警察不干啊，一会儿来辆警车先把您装车上带走，看是精神有问题还是流氓。行为艺术我们不管，但您在大马路上公然这样不行。

那年头儿更了不得，但也没人敢管。为什么？都傻了，这会儿连房上都是人了。大伙儿一看：这是怎么意思？裹脚布"萦绕于道上"，就扔在街上。这东西是女人匿而不见，不能往外拿的。晾衣裳，大衣裳能往房檐底下挂，往当院挂，小件内衣都得挂自己屋里，不能让人看见。大家主儿也不行，甭管你趁多少钱，单有挂衣裳的屋子，不能搁院子里挂，家里有男人这就不成。尤其男同志，碰上这些东西说晦气。今儿这都顾不得了。杨大爷、杨二爷也傻了，一个在街上，一个在门里，这人丢得，丢到家出来顺胡同又拐三站地[1]，丢姥姥家去了，比挨打、穿女人衣裳还难受。

杨大爷一扒拉马介甫："贤弟。"马介甫不管那个："去，去！""徒跣而归"，就是光着脚跑回去的，连袜子、鞋全扒了。跑回去好像明白点儿了，原文写"面色灰死"，"嗷嗬大哭"，可把尹氏吓着了。为什么？她没吃过这个亏，只许她打人，不许人打她，你突然给她来这么一回，她不知道怎么回事。刚一扬手要打人家，身不由已、作不了主就转身往回跑，还不让跑，还扒衣裳。当着这么多一街两巷街坊邻居，真吓蒙了，面如死灰，号嗬大哭。家里人一看，这可太新鲜了。自从大奶奶尹氏过门儿，没哭过，锥子扎肉，哈哈一乐。说这么豪横？啊，她看别人哭行，她没哭过。今天好，号嗬大哭。"我的天儿哎，嘿嘿嘿，哦！"

是女人哭，得有"三嘿嘿一哦"。说女同志怎么这么哭呢？那会儿不许哭天抹泪儿，只有丈夫死了，哭天。夫是当头人，死了，头儿去了，剩天了。所以不能哭我的夫啊，怕人答应，知道吧？"我的夫哎！""哎。"这吃亏太大。不能哭夫怎么办？哭天。哭上半截儿，哭头儿不行。"我的头儿哎！"领导不干啊。单位领导一听："你哭我干什么？"是不是？哭天抹泪儿，"自走了你，撇下了我，扔下了他"，不知道这仨人从哪儿来的。都这么哭，成本大套，合辙押韵，有板有眼，有腔有韵。什么人哭什么人，什么样：媳妇哭丈夫，惊天动地；妈妈哭儿子，真心实意，只有妈哭亲儿子是真心实意的；丈夫哭媳妇，虚情假意；姑爷哭丈人，野驴放屁，最不值钱就是哭老丈人。哪天说到哭论，再给您细说。

今天尹氏真哭了，手底下丫鬟没有敢劝的。为什么？不知道她怎么回事啊，都吓坏了，今儿她吃的这个亏太大，可不能让她光

①三站地：大约三里地。过去北京公交车站每站之间大约一里地。

着坐屋里这么哭啊，得让她穿上什么啊。“大奶奶，您把这个先穿上。”“吧唧”，拽[①]地上，接着哭。“您把这……”“吧唧”，扒拉地上，接着哭。这没办法了，有人扯了一床薄被卧先给围上了，这算消停点儿。尹氏自已跟屋里喘，直吭哧，似乎明白点儿了，看看屋里这人，也感觉出害臊来了，披着被卧没言语，进里屋了。

外头呢？外头大伙儿不走啊，不知还有没有啊。马介甫气得脸色铁青，当街站着。杨大爷跪在这儿，都不敢起来。二爷万钟出来了：“众位高邻贵友，散散吧，散散吧。家门不幸，出此逆事，各位别跟着起哄了。”都是老街坊，一村住多少年，人家也不好意思的，二爷一轰，全走了。“哥，咱们……咱们兄弟家说话去。”“哼。”马介甫一回头：“大哥，起来。”“我不起来。”“干吗不起来？”“她……她没让我起来。”“您怎么懦弱到如此地步？您上家去，把您这乱七八糟的……您洗洗吧，换了吧。哎呀，走吧，走吧。”一左一右，顺地上给他搀起来，步履蹒跚，脚步踉跄，回到院里，把街门就上严了，到屋里换衣裳。

“我不换。”不敢“私脱”，私自脱；恐其“加罪”，还怕大奶奶怪。说什么也不敢摘头上的花，脸上的胭脂也不敢动，您就说杨万石怕尹氏怕到什么份儿上。马介甫急了：“来人，打水，给他洗脸，把他身……都脱下来。”皆因为他对尹氏有这样的行为，杨大爷也不敢违背他的意思，也不敢惹他。反正手底下人拾掇吧，二爷万钟帮着把脸也洗干净了，身上衣裳也脱去了，把男人衣裳又找来，重新穿上。杨万石惊魂未定：“兄弟，我……”“什么呀？怎么了？”“不是，刚才……”“刚才怎么了？该怎么过怎么过。”“这还能过啊？”“多新鲜。”马介甫走了。杨万钟也没词儿啊：“哥，您……您

①拽：北京土语读第一声，扔、抛掷，不是拉扯的意思。

进屋看看我嫂子吧。”“哎。”

杨大爷哆里哆嗦到里外屋门口这儿，把帘子掀起来往里一看，尹氏坐在炕上，脸儿冲里，披着被卧，也没穿衣裳，还抽搭①呢，直喘粗气。“大奶奶，大奶奶。”这要回头一看自己怎么换这身儿衣裳了，怪罪下来，还是受不了啊。杨万石不敢进屋，一脚门里一脚门外，随时拔腿就得跑。他老叫，尹氏大概是听见了，脸往外一转，一看，目色茫然，没说什么，把脸又转回去了，还抽搭。杨大爷在门口一看，看我穿这衣裳没言语，仗着胆子，迈步进来了。“您不碍的吧？”尹氏没说话，但给了个意识，脸冲里摇了摇头。“那早歇着吧。”又点点头。杨大爷喜出望外：没这样过啊，今儿这是怎么了？哈哈。“大奶奶，那没事儿我先外边了。”又点点头。点完头，脑袋一歪，身子一躺，被卧本来就在身上披着围着，睡了。杨大爷一看：行，今儿这顿打没白挨，这衣裳没白穿，让马介甫两指，大概受点儿教育。杨万石蹑足潜踪退出来了，心里还有点儿欣慰，挺高兴，但不明白今儿怎么回事。他不明白，尹氏还不明白？尹氏心里这个窝囊，怎么也想不明白：怎么我当着大伙儿失疯魔似的就把衣裳都脱了，这人丢大了。

第二天早早就起来了，尹氏坐在前堂，把丫鬟、仆妇都找来了。“昨天是怎么回事？”谁敢说啊？大伙儿你看我，我看你。“大奶奶，昨儿不是后来睡……”“我没问你睡觉，我问头里这些事儿，就是我打完王氏，让你们大爷跪受巾帼出去上街上，我碰上马介甫之后是怎么回事？”“之后我们不好说。”“说，不说我撕你的嘴。”“哎。”左一句，右一句，前言不搭后语，支支吾吾，遮遮掩掩，这点儿事儿算跟大奶奶学遍舌。尹氏闻听，勃然大怒：看来这个毛病出在马介

①抽搭：北京土语，一吸一顿地哭泣，抽泣。搭，读轻声。亦作抽达、抽答、抽嗒。

甫身上，这个根儿在小妾王氏身上，这口恶气不出，誓不为人啊。今天咱们来来吧，我看看马介甫有多大能耐。咱们今天是先打王氏，后打大爷杨万石，再打马介甫。大伙儿一看：还打啊？“大奶奶，昨天晚上您这……”“昨天晚上我反省一宿。”“那您应该明白。”“我明白不了。”大奶奶一琢磨：“我不信他弄神弄鬼的，你们都给我抖擞精神，今天打一个通堂，咱们打出个样儿瞧瞧。来人，上后头把王氏给我叫来。”谁敢不去啊？

有丫鬟到后头一看，昨天打得体无完肤啊，躺在炕上，连惊带吓，又有五个月身孕，您说这什么罪过。“太太头里叫您呢。”说不出话，净哼唧[①]。“您头里回话啊？”连水都喝不下去。也有伺候她的，眼泪都下来了：“我说姐姐、妹妹，你们看看，二太太去得了去不了，昨天这顿打……”“哎，我们没法儿说啊。”光掉眼泪，说不出话来。这几个丫鬟一看，也确实太难点儿了。“我们替您回一声吧。”“那您积德行好了。”丫鬟们回来见尹氏。尹氏一听，原文写“妇以为伪”，怀疑她是假的，跟我装洋蒜。“来呀，咱们找她去。”大伙儿一看，这可得拦着。“大奶奶，您这叫贵足踏贱地，跟她怄什么气。”“甭费话，带着家伙跟我走。”有心善的啊，实在看不下去了：“您赶紧告诉大爷一声，这儿又要打啊。”趁尹氏不备，有个丫鬟可就往前跑。那会儿内宅外宅不通，讲究的人家男丁不许进内宅，得丫鬟往外跑，见着外边的人再找大爷去。

尹氏带人可就到后边了，挑帘笼迈步进来，往屋中一站，目露凶光，一瞪王氏。王氏心里一揪，“唰”的一下儿，眼泪下来了，张嘴说不出话来，昨天打坏了。王氏声音带颤，就说了半句话：“大奶奶您……”底下可就说不下去了。“给我拉下床来。”众仆妇往上一闯，

①哼唧：北京土语，小声哼哼。唧，读轻声。

顺床上就拖下来了，被卧也掀了。尹氏迈步往前一看，王氏确实浑身是伤，下不了炕。像那个你调头一走，不就完了吗？她心也狠点儿，嘴角儿往下一耷拉，眼眉往上一挑，鼻孔攥力，说一个字："打！"大伙儿谁敢打啊？为什么？下不去家伙，没有下家伙的地儿啊。打得往好肉上打，不能往人家伤口上打啊，浑身已经没有下鞭子、下棒子的地儿。这儿连求饶都说不出来，就是哭啊。怎么办？别人不打我自己打，打一个样儿叫你们看看。尹氏往前迈步，举皮鞭子，也不管身上哪儿，"啪"，头一鞭子就下去了，王氏"哎哟"一声。"嗬，还有气儿，看来还是装洋蒜。"大伙儿谁也不敢拦，谁刚一过去，"啪"，反手一鞭子就打你。左一鞭子，右一鞭子，连打带骂，上边鞭子抽，底下拿脚踹。"当当当"，照肚子三脚。可了不得了，小妾王氏如夫人惨叫一声，当时血流满地。大伙儿定睛观瞧，五个月已然成形的男胎在一片污血当中可就给打掉了，胆儿小的"扑通"一下儿就坐地上了。

尹氏也有点儿傻眼，原文写"就榻搒之"，就在床旁边打；"崩注堕胎"，血带着胎就下来了。没法儿不下来，照肚子上踹能不流产吗？惨号一声，王氏可就死过去了。尹氏也没法儿再打，死过去了怎么打啊，但恶气还不出。"你们看，这就是她产生的妖孽，五个月已经成形了，但还不是人模样呢。"大伙儿全都屏住呼吸，不敢出声啊。

"咣当当"，门分左右，杨大爷踉踉跄跄打外边跑进来一看，尹氏大奶奶怒气冲冲，拿着皮鞭子站着，地上躺着心爱的小妾王氏，污血当中有五个月尚未成人形的胎儿。"哎呀！"一指尹氏大奶奶："你……"下边可说不出来，他不敢张嘴，这么多年一句恶言恶语都没说过，但他心疼啊，欲哭无泪，欲喊无声，净指着尹氏大奶奶，意思是你欺我太甚，可这句话不敢往外说。尹氏一看：哦，指指点点，比比划划，你要反啊。“你饶了她吧。”“去你的吧。今天是先打她，后打你，再打马介甫。”这儿已经不能再打了，大的死过去了，孩子也打掉了，她也得给自己找台阶儿。“来呀，给我打大爷。”大伙儿一听：这可不成，您打行，我们能打吗？“我们可……”“给我打！”带着众仆妇往上一冲。杨万石一看，这还不跑，不敢惹她啊，捂着腮帮子，抹头[1]就跑。到底他是男的，腿长脚大，过去女的都缠足，小脚追不上他。含羞带恨，杨大爷顺内宅跑出来了。

昨天尹氏吃一回亏了，她害怕这手儿啊，一看大爷往外跑，她得给自己找台阶儿。“你可别回来，今儿回来有你的好瞧，我打不死你！”转身气昂昂回自己的屋。众丫鬟一看，惨不忍睹啊，顺地上搁到床上，王氏不省人事。也没人敢张罗出去请郎中，郎中一来又是事儿啊。有年长的老嬷嬷一看：“要说这个我们也没经过，先盖上点儿吧，弄点儿水喝。唉，你们姐儿几个看着吧，地上也得拾掇了。”扫地也不能扫这个啊，有年长的人把死胎抱起来：“罪过啊罪过。”如何到花园埋葬搁下不提，打扫房间也不必细表。尹氏余怒未消，指天骂地还接着骂。

单表大爷杨万石，泪流满面可就跑到头里了。往谁那儿跑？往破房子马介甫那儿跑。敢情马介甫跟他爸爸杨老头儿，还有万钟的孩子七岁的小喜儿，爷儿仨都在屋里呢。“咣当”一下儿，门开了，杨万石进来了。“兄弟。”马介甫一看：昨天我替你教育你老婆了，今儿怎么又这样了？“大哥，您怎么了？”“我……”往这儿一坐，泪如涌泉，光哭不说话。他一哭，小喜儿也哭，老头儿也哭，老头儿准知道大儿子受气啊，不敢言语。“孩子，跟爷爷外边玩去吧。”要腾出这个工夫，让他把心里话告诉马介甫。马介甫冲老头儿点了点头。

①抹头：北京土语，扭头，转过头来。抹，音墨。

老头儿把小喜儿拉起来，带着孙子出去玩，把地儿可就腾出来了。

马介甫到院里看看没人，把门窗带严了。“大哥，没人了，您别哭，怎么回事啊?”“她太狠啊。”“谁啊?”“还有谁啊? 今天是这么这么……”就把“就榻搒之，崩注堕胎”这个事情原原本本跟马介甫一说。马介甫听完，半晌无语。“我昨天替您教育教育她，要冲昨天晚上她这个表现，我还认为是回心转意，看来没有，变本加厉，反而害您不浅，绝了杨氏一脉的宗嗣，这是我办事不对的地方。没办法，我给您赔个不是。”“咱们弟兄说这个干什么呀。”“我给您排解排解，请您喝顿酒，咱们岔乎[①]岔乎。”“什么节骨眼儿[②]咱还喝酒? 我都这模样了，你还请我喝酒，我喝得下去吗?”“不，酒入欢肠，酒入愁肠，有道是‘一醉解千愁’。您多喝两盅，醉上一宿，不就少一宿的烦恼吗?”“对，我跟你喝回酒。”在家里杨万石哪儿喝过酒啊? 说酒宴摆下，跟二弟或者朋友痛痛快快又聊又喝? 没有。今儿一看，已就[③]已就，来吧。“来人。”马介甫手底下有人。“去，打酒买肉买菜。”

一会儿的工夫回来弄好了，杨老头儿带着小喜儿也回来了。“吃，跟着一块儿吃。孩子，多吃，吃菜。大哥喝，老爷子喝。干。”闭口不提打人这事儿。杨万石也是真急了，杯杯净，盏盏干，喝得可不少。一会儿老头儿带着孩子睡觉，都在一屋，那张床，搂着一睡，就剩哥儿俩了。“咱小点儿声儿，别吵着老爷子。”“是，别吵着老爷子。现在多咱了?”“已然黑天，月亮都快到中间儿了。您怎么着?“啊!”杨万石激灵灵打个冷战：半夜了我没回去，这是死罪啊。

---

①岔乎：北京土语，岔开，搅混，引申为将话题或矛盾转移。乎，读轻声。亦作岔糊、差忽。

②节骨眼儿：北京土语，关键时刻，关键之处。节，读一声；骨，读轻声。

③已就：北京土语，就势而为，既成事实，已然这样了，索性这样去办。

平常太阳不能偏西，我就得早早班班给人家打洗脚水，伺候人家睡觉了，今儿愣喝到半夜我没回去。“哎呀，贤弟！”杨万石酒醒大半儿：“你误了我的大事啊。”“这怎么话儿说？您还憋着今儿晚上回去伺候嫂夫人吗？”“那不回去，那回不去了。”“对，您就是回不去了，今天晚上您不能再回去了。”“那不成啊，那……哪儿能……”“我说不许回去就不许回去。”“兄弟，别的事儿我能应你，这咱玩笑不得。”“谁跟你玩笑啊？”马介甫一掉脸儿：“大哥，我可不跟您逗。打咱交朋友开始，到您家来这些日子我跟您逗过吗？我为什么不走？你们家连招待客人的饭都没有。”前文书说了，“脱粟失饪，殊不甘旨”。“你们家连正经的米饭都没有，我上你们家我自带干粮自带水，自带胳膊腿。我带着粮票跟工资上你们家，我干吗来了？我为什么在你们家不走，借你们家一间房？就因为您这媳妇、我这嫂子她不贤德，您太惧内，我要替您管教管教。但当小叔子不能管嫂子，这是昨天这个事儿出来了，我小小惩戒她一下儿。可有一节，今天上午她这个事儿过了。为什么？她害的不单单是您这如夫人，她害了一条人命啊，她就是杀人的凶手。这样的人要让她如此长久下去，您琢磨琢磨，您能得好报应吗，您有好果子吃吗？我就问您，您打算不打算让我这嫂子学好，让她改邪归正？”这句话问完了，杨大爷半天没敢回答，哪儿敢想啊。“啊？你说什么？”“让她打今儿以后怕你。”“是，她……她会怕了我？”“您别哆嗦，打今儿起我就得让她顺过来，可有一节，您可不能心慈手软，您不能回屋，您要一回屋，可就不成了。”“那你有什么办法？”“我想想吧。”

死劝着杨大爷不能回屋，左一杯，右一盏，杨大爷也确实喝多了，朦朦胧胧拿手拄着桌子，可就有点儿瞌睡。马介甫也不理他。他这儿喝着，尹氏就不知道吗？恨坏了，打月亮刚升就派人去喊，左喊不至，右叫不到，她怒从心头起：这是要造反，平常也不敢指着我说话，今天一看他小媳妇流产了要跟我玩命，拿手指着我半天没敢骂出街来，让我一嘴巴打跑了。今儿晚上好，无声的抗议，还不回家了，更反了。今儿你不回来，咱们算两拉倒，明天见；今儿你要回来，咱后半宿也不睡了，打出个样儿来让你看看。此时二更二鼓，就她一人儿她也闷得慌，身边人都明白都躲出去了。她摔这个，砸那个，抱起来，也不管多少钱买的，说前朝的古董，去他的，“夸嚓[①]”，梳妆台也推倒了，被卧也扯了，枕头也撕了，一人儿在屋里耍疯魔，不知怎么着好了。此时三更三点，已经是深夜了，尹氏坐炕上骂大街，天怎么长，地怎么短，这个恨、这个火发不出来，大发雌威。

就在这工夫，听见外边有人敲门，说好听是敲门，实际是擂门、砸门，整扇的门跟着动。尹氏一看：“谁呀？好好敲门。”就听外边有人答声：“开门！”一听这声儿不对，嗓子这么粗，声音这么大，声若洪钟，不亚如半悬空打个霹雷相仿。那她哪儿敢开门啊？“噌”的一下儿，尹氏夫人腿脚还挺利索，本来都下地了，顺平地又蹿回炕上去了，坐在炕里头，把被卧往跟前儿一抱：“不……不能进来。”不能进来？“夸嚓”，门窗俱碎，解[②]外边进来一个巨人，有两人多高。原文写“影蔽一室”，就是他的影子，因为晚上有月光照进来，他的身影遮住整个屋子。这是个巨人，面目狰狞。一个巨鬼手持一把利刃，进来之后，两只大眼睛目露凶光，一瞪尹氏。尹氏“嗷唠”一嗓子：“有鬼呀！”巨鬼往前身形微探，把尖刀往她嗓轴子上一顶：“别嚎，嚎就捅死你！”尹氏还真听话，干嘎巴眼儿，可就不敢再出声了。

这时，又进来几个，全都各持钢刀利刃，“哗”，扇子面儿把床

---

①夸嚓：象声词，坍塌、土落或猛然倾倒等声音。嚓，音插。亦作咵喳。
②解：北京土语，从、由。解，音姐。

就围了。尹氏也不敢张嘴说话，说你们是怎么回事，不敢说啊，她拿眼神往梳妆台那边领。梳妆台让她扒拉躺下了，底下有箱子，箱子里有首饰、银票。她眼神儿往那看，鬼还有点儿不明白。“嗯？你要做什么？”你问我我还能不说话吗？尹氏清了清嗓子，奓着胆子[①]：“我有钱，您看，这箱子里都是钱。”“哈哈哈！”鬼乐了：“干吗，拿钱买动我们啊？这都阳间那一套。我乃冥曹之鬼，岂为金钱所动？今特为取悍妇之心。”干吗来了？摘你的心来了。尹氏一听：他说得出来做得到啊，要把心摘下去，从生物学的角度来讲，这人就活不了了。这个她是明白的。“饶命吧，我知错了。”这一句话，鬼又乐了：“啊？”“我知错了。”“你知道你错什么了？”我还没说呢，你就告诉你知错了。

您看，生活中也有这样的人，前言不搭后语，语无伦次。“哎，这事儿你给我办办。”“行，我给你办。”“什么事儿你给我办？我还没说呢，你就给我办。”有人好这么说话：“您甭管了。”“什么事儿就甭管了？”还没听明白呢。鬼对尹氏就这态度，我还没说你就知错了，你错在哪儿你都不知道。

说着话，这几个鬼蜂拥而上，把尹氏就按住了，反接其臂，把俩胳膊往后一拧，后边对圆一拧。巨鬼一伸手，“刺啦”，把身上衣裳全扒下来了，攥着这把刀。“某来问你，你虐待公婆可有？”这会儿尹氏可不敢说没有了，花容失色，玉体乱颤，只能点头。巨鬼拿刀照她心口，“噗”，“唰”，就划了一道印儿。“你犯七出之条，虐待丈夫可有？”又点点头。巨鬼反手又一道。尹氏疼啊，张嘴要嚷，旁边有鬼拿刀压着她脖子：“别嚷，嚷就弄死你！”还不能嚷，咬着牙，这儿哗哗流着血，她难受啊。“虐待小叔万钟可有？”“虐待侄男可

①奓着胆子：北京土语，强打精神、鼓足勇气。亦作乍着胆子。

有?”“虐待小妾如夫人王氏可有?”“虐待仆妇、丫鬟手底下这些人可有?”……问一声，答一句，划一刀。霎时间纵纵横横数十刀，前心整个儿划烂了，血流满床。

末后巨鬼怪眼一翻，獠牙一龇，大嘴一张：“尹氏，千不该万不该，悔不该大不该，你今天上午犯下灭绝人伦之事，你打得王氏崩注堕胎，此子若产下来，是尔宗绪。”他不是管王氏叫娘，管王氏得叫姨，管杨万石叫爹，管你叫娘。你没有儿子，人家替你生儿子，这是你传香火的人，也就说你得孩子的济，这孩子以后要把你养老送终，要发送你的，你怎能把他害死呢?这句话在古人来说可深呐，今天从鬼嘴里说出来：“何忍打堕?”你怎能忍心把她打流产，打堕胎呢?尹氏闭目受之。人家说得对，她不得不承认，划这么多刀她也没动心，但这句话她动心了：对呀，人家生下孩子是传我的香火啊。她突然间天良发现了：“我今已知悔呀。”我知道后悔了。“嘿嘿，悔之晚矣。”巨鬼手持利刃，两眼精光四射，就要动手。尹氏一看，命坑当场，可就要完了。

就在这会儿，屋外有人说话：“别闹了，杨万石可要回来了，不差么儿①咱们撤吧。”那位说，这是蒲松龄说的吗?这是我说的，我得给您翻译过来。“杨万石来矣”，杨万石马上就要来，咱们赶紧走吧。巨鬼还似有所不甘心，这手攥着刀，这手攥着尹氏的发髻，想要动手。外边这个声音紧着催他：“哎，别愣着，走啊，让杨万石碰上可了不得。走走走。”他这一说，底下这几个人拿着刀可就出去了。尹氏恍恍惚惚就看这个巨鬼撒手一松她，她往床上一跪，巨鬼把刀往肘后一背，头一低，顺屋里出去了，再看踪迹不见。外边谁说的话也不知道。

①不差么儿：北京土语，差不多。差，音岔；么，音麻。

这时，杨万石进来了。他心里放不下尹氏啊，那儿紧着不让走，一觉睡醒了一看，马介甫不在跟前儿，顺屋里赶紧跑出来。跑到后院，到屋一看："啊！"媳妇光着，胸前全是刀疤刀痕，血流满床，脸色儿就甭提了，跟死人也差不多，两只眼睛呆呆往外看着。"大奶奶，您这是怎么了？"这回真说不出话了，连点头摇头都不会了。大爷没敢在屋多待，转头出来就喊人来了："来人呐，快些来人！"大半夜把手底下人都叫起来了，男的都在外边。"这又是怎么了？""不知道啊。"女的都进来了，一看这模样，先治伤吧。别看不敢给小妾王氏治，给她得用好药，家里有点儿什么药先上上，然后外边请郎中去。收拾屋里，门窗也都打破了，先挪到别的屋明天再找人修理。折腾大半夜，尹氏是一语不发。

次日清晨，郎中请来了，好在都是刀伤、外伤，该开药开药，该敷药敷药，人家也不好意思说什么。说您怎么伤的啊，这句话说不出来。连问都没敢问，开完药、开完方子，人家走了。杨万石得表示慰问啊："大奶奶，你觉着怎么样啊？""唰"的一下儿，尹氏眼泪下来了。"大爷，我对不起你。"就这一句话，杨大爷倒抽一口冷气，站起来往后退了两步。"您叫我什么？""大爷。"这打过了门儿没有啊，除了叫小名儿，就是嘿来呼去，当着谁不管，没叫过大爷啊。"您好点儿没有？""我好不好不要紧，您说我怎么会有这样的报应啊？"她这一哭，杨大爷也委屈，心里话儿说：那不你自己作[①]出来的吗？"得了，您也别难受了，好好养伤吧。""哎，只可如此啊。"夫妻二人抱头痛哭，四目相对，"吧嗒儿吧嗒儿"，还掉了几滴伤心泪。

杨大爷出来就找万钟。"兄弟，你看看你嫂子去，你嫂子变了个人似的。""是吗？""你进去问问她怎么样，看看她，再帮我试试

①作：北京土语，随心所欲地胡作乱为，等同于自作自受的作。作，音嘬。

她。”“哎。”二爷万钟也上这屋来，离着床老远不敢过来。“嫂嫂，您怎么样啊?”“是叔叔吗?”杨万钟也浑身较劲。“您叫我什么?”“二叔，您来了。”“还您来了，不敢不敢，小二小二啊，我是万钟，来看您来了。”“万钟啊，兄弟，嫂子我也对不起你啊。”“您哪儿的话，您哪儿有对不起我的地方，这怎么话儿说的。您也别伤心，别掉眼泪，将养身体，养好了身体是最好。”“哎，只可如此啊。”杨万钟出来，万石在外边等着他。“兄弟，怎么样?”“行啊，叫我叔叔，还您您的，我嫂子怎么了？昨天这……”“我也不知道，我来的时候她就浑身又是血又是伤，怎么弄的不明白啊。”“昨天您在哪儿来着?”“我？介甫拉着我喝酒，不让我回来，后来我睡醒一觉没看见他，就往后跑，回来就这样了。”“哦哦哦。”二爷一听:“那马介甫都跟您说什么了?”“他不许我回去啊，说有人要教育你嫂子，不知怎么就教育成这样了。”“那您问他，他定知其中的隐情。”“嗯，我看也是。走，咱问他去。”

两个人找马介甫来了。马介甫跟屋里正喝水呢，两个人一进来，一左一右往这儿一坐。“兄弟，昨晚上怎么回事啊?”“什么怎么回事？您半夜逃席啊，我请您喝酒，不让您走您非得走，我都不知道您上哪儿去了，您怎么问我啊?”“不是，他……你嫂子今儿可不那样，见我们俩说话还特客气，还您您的，这怎么回事?”“我哪儿知道，您问她去啊。”“不是，不是你?”“不是我，我陪您喝酒啊。”“那你干吗去了？半夜我醒了找不着你。”“我就方便方便，再回来您不见了，这是从哪里说起啊?”“那到底……”“您问嫂子去啊。”“哎。”这嫂子现在也不那么可怕啊，杨万石又回来了，万钟不好意思跟着，不知怎么回事啊。

杨万石头天没敢问，转天才问:“你跟我说说，前儿个夜里到底怎么回事啊？我可不敢问，你这态度怎么就变了?”这句话一说，尹氏本来躺着，“噌”的一下儿，坐起来了。“我我我……”这是吓坏了。“别害怕，快躺下，快躺下，您别害怕，您说。”“哎，我说。”把被卧戗上，尹氏半躺半卧，战战兢兢、怵怵忐忐[①]把那夜晚自己经历的这个事情，怎样有巨鬼闯入，要剖我的心，在我身上剌的伤，原原本本一说，直到半夜有人说了一句话，这个鬼带着手底下人才走。“我得以活命啊。”她说完这个话，大爷虽说将信将疑，可不由得他不信啊。“大奶奶，你所说是实吗？”“我焉敢妄语啊，您看我身上的伤在这儿摆着，我再也不敢了。”“别往心里去，为夫知道了。”安抚大奶奶一顿，他就出来了。万钟在外边等着。“哥，怎么回事？”“是这么这么回事。”“啊？有这样的事情吗？这是不是介甫做的呢？”“这咱说不好，还得问他去。”“哎。”

两个人又来找马介甫，把这话跟马介甫就说了。马介甫一听，原文写“亦骇”，他也害怕。“啊？世界上还有这样的事情吗？”这不像装出来的。哥儿俩一看：“你真不知情吗？”“我真不知情啊，不知道。”“哦哦哦，那这事可就怪了。”虽说将信将疑，也不太信任马介甫，但人家矢口否认，就不能再细问了。

就这样，连着过了好几个月，就发现尹氏性情大变，原文写“不敢出一恶语”。说白了，连个脏字儿都没说过，骂句街都没有，见着不管是长是幼，是主是奴，全是和颜悦色。唯独不敢见小妾王氏，她对不起人家，人家也养伤，她也养伤。那她就真教育好了吗？杨万石要来问问马介甫。马介甫说：“她的状况是什么样？她的表现是什么样？”杨万石一说：“兄弟，不管是不是你做的，我可得谢谢你啊。”“哈哈，几个月前我不敢跟您说实话，现在我跟您说实话，是我做的。”“那你是怎样的做法呢？”“不过偶然一戏，我就是变个

①怵怵忐忐：北京土语，心中害怕，不敢向前，形容胆怯的样子。忐，音滩。

小戏法，实际没有那么深奥，就是我能驱一些纸人纸鬼去吓唬吓唬她，您别往心里去。”“哦，她这回好了，你跟她见见面。”“不见，见面很尴尬，跟她没什么话可说，我在您家待的目的就是为把嫂子教育过来。现在既然已经把她教育过来，我可就要走了。”“兄弟，你可不能走。”“不，说来就来，说走就走，你强留我也留不住。”

告别万石、万钟这哥儿两个，带着手底下人离开杨家，马介甫可就走了。书中代言，马介甫可不该走，他这一走不要紧，坑苦了说书人还要再说两个月。①

①现场评书临时抓“扣儿”，经常用这种“扣子”作结，并无悬念，保留以示原貌。

第五回

我是从医院出来的，一会儿完了还回医院，检查身体，倒不是因为感冒，连血压带心脏全检查。老说这么一句话，说没什么别没钱，有什么别有病。我还没病，就是检查检查身体，这受罪啊。您要知道，要是小三灾儿还好办，头疼脑热、感冒发烧，上医院不上医院也那么档子事儿。这在医院一住，五点叫你一回，你睡着了，七点又叫一回，刚眯瞪[①]着，八点又叫一回。要么验血，要么量血压，要么试体温，老有事儿，你想睡一整觉睡不了。告诉说第二天验血，医院还齁热，也不让喝水，您说这半宿怎么过来的。好不容易把血验完，能喝水了吧？不成，一会儿还得验一回。我说："这不刚抽完六管血吗？""您还得服糖。您吃完这糖，一会儿量一回糖后的，看您解糖的能力怎么样。""那我吃多少糖？"递我一袋，二两。给这二两糖冲开了，一缸子水喝下去，一宿没喝水，又来一碗糖浆，您琢磨琢磨，这嗓子好不了。这鼻子您也听出来了，齉鼻儿，说话也不太痛快。好在说《聊斋》能稍微温和一点儿，不跟说《隋唐》似的那么多炸口[②]，咱慢慢儿说，您慢慢儿听。在医院不好受，人得病是很难受。

杨万石的媳妇尹氏大奶奶比我还难受。为什么？吓着了。您琢

---

①眯瞪：北京土语，闭目浅睡。瞪，读轻声。

②炸口：曲艺术语，指突然提高音量和加大力度，属于表演技巧之一，目的在于渲染气氛、突出主题或强调某一观点。

磨琢磨，屋里睡着着儿的[1]，进来一个鬼，拿刀在胸前数落一句划一道，数落一句划一道，能不害怕吗？甚至于要开膛摘心。亏了外边有人说杨万石要回来了，这些鬼才走。杨万石一听媳妇学舌，也很害怕：说不信吧，眼睁身上有伤；说信吧，这事儿难以让人置信。怎么办呢？就跟马介甫说了，先开始马介甫不承认。为什么？再是把兄弟，毕竟你是客人，伸手管人家家务事不应该。

尤其是大伯子管弟妹的事还好说，小叔子管嫂子可不成，就跟武松似的。您看，武松临走时告诉潘金莲："听说有些风言风语，但我没有真凭实据，倘若让我查出半点蛛丝马迹，或者说你们跟谁有事对不住我哥哥了，那回来我可要你好瞧。"为什么武大郎死？就因为武松这句话。"到那时二郎我认得嫂嫂，我手中的钢刀可认不得嫂嫂。"武松走了，大郎捉奸，她跟西门庆的事情败露了，她害怕不是怕大郎，是怕二郎：二郎回来要知道我跟西门通奸这事儿，还把他哥哥打了，活得了吗？这事儿说什么不能让他知道。这样，才害死武大郎。小叔子管嫂子的事，到最后斗庆杀嫂得有真赃实据，得把团头何九叔、通风报信卖酸梨的乔郓哥，还有穿针引线办这事的王婆，以至于四邻左右这些街坊都请来，大伙聚结，这叫私设公堂。为什么？我上衙门告你不管，我自己开公堂管，这才斗庆杀嫂。当然，我这是简单给您说，《水浒传》斗庆杀嫂最好，我平常说《水浒》就爱说这段，我演武松不太擅长，尤其我演这西门……我跟您说，西门庆不好演，他纯是一个流氓就没意思了。当然，《水浒传》的西门庆跟《金瓶梅》的西门庆还是不同的，这俩人物有区别，处理上还得区分开。我就给您说小叔子管嫂子的事，张不开嘴。

所以一开始马介甫不能承认，跟万石、万钟哥儿俩矢口否认，

①着着儿的：北京土语，稳稳的，着实的。着，音招。

并且装出很害怕的样子。可好几个月过去了，尹氏“不敢出一恶语”了，上回说了，尹氏连句脏话都没有了，杨万石喜出望外。这个人很外向，喜怒形于色，他的高兴别人看得出来，尤其马介甫替他高兴。他把经过跟马介甫一说，马介甫也是被胜利冲昏头脑，就把事实说了：“大哥，是我干的。”“你怎么办的呢？”“我略使一个小小的戏法吓唬吓唬嫂子，能把她吓唬住呢，打这儿以后弃恶从善、改邪归正，也就行了，我没有别的目的。”当然，杨万石对马介甫这种行为很感激，也就顾不到什么嫂子、小叔子之间关系了。“那你是怎么做到这一步呢？”“这您别打听。哈哈，要都告诉您，戏法也就变不成了，下回也就不灵了。那既然嫂子也学好了，我也就该走了。”“兄弟，你可不能走。”“不，我还是说走就走。我这人来时也不告诉您，我自己就来了，现在我还偷偷走，正如我轻轻地来。”[①]“嚯，没少看名著啊，那我送送你。”“送什么啊，跟您家讨扰好几个月，您这话说的。”杨万石扇自己嘴巴心都有，心说：在我这儿好几个月没吃我，一顿我们家饭没吃。不仅这样，人家自带干粮自带水，还管着我爸爸跟我侄子的饭，养活我们家两口人。这是我们大奶奶心比原先软点儿了，行为上善点儿了，让他吓唬住了。这要跟原先似的，我们简直对不起朋友。得了，川资路费预备好吧。万石、万钟哥儿俩真心实意，马介甫也是盛情难却。就这样，吃完饭，换好衣裳，拿了一点点川资，告辞杨氏昆仲，马介甫可就走了。

马介甫一走，杨万石有点儿揪心。为什么？他是镇物[②]啊。他在这儿，我媳妇老实；他走了，我媳妇要还像原先那样怎么办？可一观察，尹氏没有，她也知马介甫走了，但还像马介甫在一样，对别

①出自《再别康桥》，一笑耳。

②镇物：北方方言，迷信者所谓镇妖驱邪、带来吉祥如意的物件。物，读轻声。

人还冷淡，尤其对大爷万石，真得说是改过自新，有点儿放下屠刀的意思，日常生活问嘘寒暖那就甭提了，简直跟从前判若两人。杨大爷觉着这回是掉蜜罐儿里了，最主要是他家里的主权拿回来了，现在是一家之主，翻身农奴做主人这句话搁他身上了。手底下人原先都不怕他，要有大奶奶，连看都不看他，没拿他当回事。现在不介了，支使这个，呲得[①]那个，大爷的派头也有了。但同时，他又有点儿心软。怎么？就是尹氏每天战战兢兢、怵怵忐忐，无缘无故“嗷唠”一嗓子，“嗞溜”，就钻墙犄角儿去了，浑身颤抖，体似筛糠，哆嗦成一个儿了。大伙儿劝啊：“大奶奶，您这怎么了？”尹氏拿手指着：“鬼，鬼！”好不容易劝住了，一问看见什么了，尹氏说：“他们拿着刀，要……要摘我的心。”这是吓得，惊吓过度，没少请大夫给开安神的药，也没少劝她，但总是劝不好。

现在有主权了，对老爹，对二弟跟孩子，要格外另眼相观。老头儿现在有好衣裳了，马介甫换的，里外四季的衣裳全是新的，又跟着马介甫吃这几个月，老头儿没什么病，补充点儿营养，比原先也胖了。小孩儿看着也水灵啊。杨大爷打心眼儿里这么痛快。原先出来进去低头耷拉脑，现在扬眉吐气，未曾说话痰嗽一声：“嗯哼！”毛病见长。附近街坊邻居也挑大拇哥：“你看这家就得这样。”

赶这天杨大爷活泛活泛心眼儿，心说：现在还有最后一关得过，就是我能不能上如夫人王氏那儿过夜去。王氏惨啊，上回书说了，愣让大奶奶“就榻搒之，崩注堕胎”，五个月的身孕打掉了，身体受多么大的创伤，心灵上更甭提。虽然大奶奶改了，大爷在家里也有地位了，但现在上这屋还少，现在想起来，最对不起的就是姨太太

①呲得：北京土语，斥责，申斥，批评。得，读轻声。亦作呲打、叱搭、斥挞、訾搭。

王氏。这天晚上，杨万石爹着胆子，摆下酒宴，颠仨炒俩，来姨太太这屋喝酒。定更时分，吩咐一声："去，你们上后头大奶奶那儿看看，看她找我没有。"小丫鬟去了，回来了。"没找您。""没找我？接着喝。告诉她，就说我在姨太太这儿喝酒呢。""哎。"小丫鬟又去了，一会儿回来了。"说您喝吧，嘱咐您少喝。""去，告诉她，说今晚我不上她那屋去了，我在姨太太这屋就寝。""哎。"小丫鬟去了，一会儿回来了。"那您就寝吧，大太太没说什么。"杨万石一听：哈哈，这算彻底翻过身来了。王氏还害怕呢："行吗，大爷？""什么行不行？来吧！"两口子原先是偷鸡摸狗，见王氏一回那个劲费得，各种间谍、反间谍，侦察、反侦察的手段，没一样没使上的，现在竟然光明正大了，能够公开在这屋睡了，他能不高兴吗？也借着点儿酒劲，"噗"，一吹灯，宽衣解带，共入罗帏，杨大爷心里高兴。打这儿以后，这屋睡两天，那屋睡两宿，还真对得住大奶奶，跟那儿待两天觉得过意不去了，还回大奶奶这屋。

像这样太平日子过了俩月，就是大奶奶的病根儿没除。这天正在姨太太这屋吃饭，丫鬟来了。"大爷，大奶奶叫您去。""啊，不去。""您得赶紧去，那儿着急让您回去。"王氏一听，脸就变了："大爷，又坏了，怎么又跟从前似的了？您快点儿去吧。""这不挺好的么，怎么又让我去啊？我看看她说什么。"杨大爷晃晃荡荡回来了，上大奶奶这屋一看，外屋没人，丫鬟挑帘笼，进里间屋，尹氏在炕上披着被卧正哆嗦呢。"怎么，发疟子呢？""不知道，您问问。"大爷过来一问："大奶奶，您怎么了？""我害怕。"大爷发了恻隐之心了："好几个月了，你怎么还害怕啊？""今儿晚上您可不能再上姨太太那屋了，您得在这屋陪我，我现在晚上一闭眼就看见鬼拿着刀找我，我害怕。""好吧，别害怕，别害怕，打今儿起我天天陪着你，不怕啊。来，伺候大奶奶梳洗，咱们睡觉吧。"派人去跟姨太太说一声没事儿，这儿梳洗完毕，公母俩睡觉。

人心里有事儿跟没事儿不一样，大奶奶长吁短叹，大口喘气。“你好好睡觉，别老出声。”“不成，我心里慌。”“你慌什么，这不有我在么?”“有您在不行，我不敢闭眼，一闭眼我就看见鬼。”“你往宽处想，你这是‘一朝遭蛇咬，十年怕井绳’。照这样，咱这后半辈儿还过不过了?”“要真这样，过不过不吃劲①。大爷，我跟您说，我不是心有余悸，我是打心里往外那么发冷，穿多少衣裳老觉得浑身冷得慌，您可千万得救我啊。”打尹氏过门儿杨万石就没受过这样的礼遇，没享过这样的福，今天不仅夫妻和睦了，而且大奶奶口口声声老央告他，老求他，使他如坠云雾中，晕了。又搭着尹氏悲悲惨惨、凄凄切切，确实可怜，他发了恻隐了，原文写杨万石“思媚妇意”。什么叫思媚妇意呢?献媚的媚，想献媚于大奶奶，就是要讨个好。

怎么讨这个好呢?同志们，您注意听，他跟大奶奶说了这么句话:“害什么怕啊，哪儿有鬼啊，这玩意儿不都假的吗?”这等于往尹氏嘴里送话。大奶奶下句可就说了:“哪儿能够啊，不能是假的，你是没在，那个鬼特别大，拿着刀数落我一句划一道，数落我一句划一道，这伤你也不是没看见。不单那个，带着几个鬼都是青面獠牙，非常凶恶狰狞。别的我不信，说瞎话，世界上真有鬼。”“你说我劝你什么好?我说没有就是没有，这事儿是假的。”“哪个事儿是假的?”“就是鬼吓唬你这事儿，它是戏法。”尹氏一听，不哆嗦了。“哦，戏法?怎么个戏法，谁变的?你怎么知道世界上没鬼啊?”“呃……”自知失言。

您看，病从口入，祸从口出。人别多说话，显得自己多知多懂，

---

①不吃劲：北京土语，无所谓，没关系，没必要。亦作不吃紧。

话有时候一多，指不定带出话来得罪哪位。

杨万石今天没想到，公母俩在屋里躺炕上聊天儿给自己聊出这么大娄子[1]来。确实看她可怜，想安慰她，想劝她，“思媚妇意”嘛，把话说出来了，说这事儿是假的。可你说出去的话，泼出去的水，再想往回收可就收不回来了。大奶奶逮住他这句话茬儿，刨根问底，打破砂锅问到底，说：“您得跟我实话实说，到底这是怎么个戏法，是什么人变的戏法前来吓唬我？”杨大爷百般推诿：“你别……这不就一聊么？”“一聊不成，咱俩是髽鬏儿夫妻，我跟着您了，您要知道怎么回事您可得说，您要不说我可不高兴。”尹氏一瞪眼，杨万石也不知怎么，就怕她瞪眼。本来这些日子他净跟尹氏瞪眼来了，看尹氏一瞪眼，他又㞞了：“哟嗬，别瞪眼，他……他这事儿不好说。”“谁变的戏法？”“是盟弟马介甫。”“哦，我就知道是他。”

“扑棱”一下儿，尹氏翻身坐起来了，把被卧一扬，在床上一掐腰：“杨万石！”“咕噔”，杨大爷顺床帮轱辘下去了，往床底下一趴。“哈哈，我说的呢，敢情是你勾结外人前来陷害为妻。你跟大奶奶什么仇，咱俩什么过节儿[2]，竟然变恶鬼前来相伤，骂得这个难听，手段之残忍，世所未闻，稀世罕见。你跟我从头实话实说地讲。”逼到这儿了，杨万石想不说实话可就瞒不住了，全说了，把底儿全撂了，跪在床头里直抽自己嘴巴。“大奶奶，您原谅我，我也不知道您吓成这样，这不现在挺好么？”敢情抽完四个嘴巴再抬头一看，尹氏脸儿铁青，眼眉也挑起来了，眼睛也瞪起来了，脸气得都紫了，上下嘴唇直哆嗦，“嘎巴嘎巴”直咬自己的后槽牙，恶狠狠目露凶光盯着杨万石。她这样杨万石见过啊，一看：坏了，你说今儿晚上这觉睡得，

①娄子：北京土语，麻烦，乱子，祸事。亦作漏子。

②过节儿：北京土语，一指细枝末节，琐细的事情；一指矛盾，嫌隙。此处是后一种意思。亦作过结儿。

我一句话失言错出唇，和盘托出，招得她这样，现在再求她什么也没用了。

杨万石不敢跟尹氏对眼神，“嗞溜”，钻床底下去了，钻下头可就不敢出来，但嘴里没闲着：“大奶奶，您别这么看我，我心里发毛。您赏句话，今儿这是怎么着？您消消气儿，消消气儿。”她喘粗气。“不是，马介甫也走了，您……他这不为咱们好吗？原先您对我们那样，后来他在时候又那样，我们没主意，他跟您一那样，结果您这样。后来这几个月吧，您也知道，大概其……仿佛……所以……可能……也许，归了包堆[①]，包了归齐，事情都是多方面的，它不怨我。”说着说着，他哭出来了。大奶奶一听：这都什么乱七八糟的？拿手一擂床帮：“别哭！”“哎，没哭，他现在人已经逃走了，您有什么话等他再来拿他出气得了。”“我拿着他，我拿他出气；我拿不着他，我就拿你出气。”说白了，尹氏这句话可是自欺欺人。为什么？她怕马介甫。两次马介甫管教她，一次一指她，她衣裳就都脱了，当街羞辱；一次变戏法拿恶鬼吓唬她。她知道马介甫这人不好斗，马介甫要没走，今儿这事儿还好办了。上回书咱说了，倒霉倒在马介甫这一走上，她也知道马介甫走了。所以今天她要变本加厉把自己受的这个罪找回来。

应了那句话，叫“江山易姓，本性难移”，也有人说“江山易改”。江山老换，今儿姓赵，明儿姓朱，后儿又姓爱新觉罗。您看吧，我说的还是年头儿多的朝代，要看五代十国，南北朝，宋齐梁陈那会儿，三天一换，最短一皇上做俩月，就让别人捅下来了。谋朝篡位的事情比比皆是，兄杀弟、子杀父、翁夺婿业，多了去了。

①归了包堆：北京土语，总共，都算在一起。堆，音zui，读一声。包了归齐也是这个意思。

人的脾气秉性，一辈子拧，改不了。尹氏大奶奶就这样。她一旦知道敢情是马介甫变戏法吓唬她，她的胆儿又上来了，她想拿杨万石出气，但一时想不出来怎么拿杨万石出气才顶得过她受的罪，她得研究。杨万石在底下趴着，工夫一大，不知道她上边干吗呢。“大奶奶，大半夜的我求求您咱别折腾，您把我饶了吧，有什么话咱明儿再说得了。”他顺床底下往外爬，爬到外头一扭脸儿，往床上看尹氏。尹氏掐着腰，坐在床上低头看他，眉毛一挑，眼珠一转，计上心头。“哈哈，杨万石呢杨万石，我想出招儿来了，要报仇血恨，出我胸中一口恶气。你把衣裳脱了，当初那鬼怎么在我胸前拿刀刺，今儿我怎么拿刀刺你，在你胸前横竖连划几十道，也让我数落你一顿，今天咱俩这事儿算完。”“啊!”杨万石一听：这可要我命啊。“大奶奶，您是万万不可!”往外就爬。“噌”的一下儿，尹氏还真利索，顺炕上蹿下来了。他往外爬，尹氏往下蹿，正骑在杨万石脖子上，一揪杨万石的发髻，一扬手，没头给脸，“啪啪啪”，正反先给了几个大耳切子①。“你让我刺。”“那我命就完了，您饶了我。”“你让刺不让刺?”“我……我不能让刺。”“由不得你了，刀呢?”她说得出来做得到啊，尹氏跟疯魔似的，在屋里找刀。这屋哪儿有刀啊，她顺杨万石身上爬起来找刀，杨万石也爬起来跟着她屁股转。“你别……哪儿有刀啊。”“对，厨房有刀。”“咣当”，大奶奶把门打开，她黑灯瞎火进厨房，开门再进去摸，这得好半天的工夫呢。

杨万石一看，她顺这屋跑出去真奔厨房了，吓了一个亡魂皆冒：哎呀，坏了，真拿刀剐我啊，今天吾命休矣。“来人呐，来人呐……”大半夜连唤几声，无人答应。杨万石心说：我还在这院，非让她把我剐了不成。他穿的是睡觉的衣裳，也没穿长大的衣裳，这会儿还

①耳切子：北京土语，耳光。切，读一声。亦作耳贴子、耳刮子、耳茄子。

挺凉，都顾不得了，夺门而出，奔前院就跑。哪儿知道尹氏大奶奶在厨房已经摸着一把切菜的钢刀，在手里一提，也没穿鞋，没顾上，光着脚可就出来了。“杨万石，你今儿不让我把你剁了，咱俩算是没完。”说干吗还亮个架势？我也不知道她亮什么架势。头里杨万石跟头把式跑，尹氏在后头恶狠狠拿着刀就追。院子里可就乱了营了。

有伺候他们的丫鬟、仆妇这会儿穿上衣裳可就出来了，各屋灯也都点亮了。大伙儿一看，好狼狈。大爷杨万石头里转圈儿跑，这院跑那院，那院跑这院，围着柱子来回转。再看尹氏大奶奶，提着菜刀，形同疯魔，头也没梳，鞋也没穿，穿着睡觉衣裳就跑出来了，也管不了冷了，恶狠狠就要剁杨万石。“去去去，叫二爷去。”“是。”二爷早听见了，穿好衣裳开开门出来再一看：嘀，这日子怎么过的？刚吃几天消停饭，刚对我们几个人不错，怎么又这样了？“大哥。”“兄弟。”往这儿就跑。尹氏可就追到切近了，万石往万钟身后一藏。“她要剁我。”“因为什么啊？”“你甭费话。老二闪开，今儿我非剁他不成！”“大嫂，大嫂，您给我个面子。”“呸！你的面子值几个钱啊？先剁他，后剁你。起开！”抡刀就剁。万钟一看：连我一块儿剁，跑吧。

哥儿俩在头里跑，你推着我，我搡着你，尹氏在后边追，抡着菜刀，杀红了眼了。杨万钟心里这个气啊：这大半夜成何体统，人家街坊邻居能听不见吗？你闹也就完了，这叫谋杀亲夫，我哥哥怎么就这么屃呢？怎么就不敢跟她斗争呢？怎么劝也不行了，她连我也剁，连送殡的都埋坟里了。哎呀，心火腾腾往上攻，想不出个万全之策。

追来追去，他们家有小花园，就追到小花园这儿了。一看花园，哥儿俩都乐了。为什么？花园有树，有花有草，有太湖石，围着太湖石能跟她转腰子[1]，她且砍不上呢。两个人围着太湖石可就跑上了。尹氏还真实心眼儿，跟这哥儿俩就玩上捉迷藏了，拿着刀围这儿转，工夫可就大了，谁都拦不住，谁到跟前儿她拿刀剁谁。离老远这些丫鬟、仆妇就嚷："大奶奶，你别冻着，先把刀撂下，出人命了。阿弥陀佛。"净说这个。

追着追着，坏了，老头儿出来了，披着衣裳，拄着拐棍，一听家宅大乱，老头儿也生气啊，颤颤巍巍、哆里哆嗦由前头往后头走。马介甫搬走了，老头儿没搬，就在马介甫住那屋一直忍着，带着孙子，七岁的小喜儿。今天带着小喜儿往后来，到花园一看，尹氏拿刀剁两个儿子，老头儿眼泪下来了：我怎么养的这俩孩子，刚吃几天消停饭，交个好朋友马介甫，他前脚走后头我们家就乱了。"住手！"老头儿拄着拐棍哆里哆嗦往前走："尹氏！"大奶奶攥刀回头一看，"腾"的一下儿，无名火动。她不看见杨老丈还则罢了，一见杨老丈叫怒从心头起，恶向胆边生。她看老头儿不大紧要，主要是看老头儿穿的新衣裳。老头儿现在比原先胖了，衣裳又是量体裁的，马介甫掏钱做的都是新的、好的。她平常看老头儿穿那套看惯了，今天仔细一看："哦，我当是谁，是我的公爹您来了。公爹，这厢来。""尹氏，你要与我住手。""公爹，您这厢来。""你要做什么？""嘭"，尹氏往前一跟步，一伸手，把老头儿衣裳前襟就攥在手里了，往怀里一扽，老头儿让她扽了一个趔趄。"你意欲何为啊？"老头儿声儿都岔了。万石、万钟一看："哎哟，爸爸哎，您怎么这会儿出来？您……"谁也不敢过来，这儿攥着刀呢。哥儿俩急得连话都说不出来了。

---

①转腰子：北京土语，来回转悠，形容说话语无伦次或躲避主题绕着说，亦有为难、束手无策的意思。转，读四声。

尹氏柳眉倒竖，杏眼圆翻，一亮明晃晃、亮堂堂的切菜刀：“公爹，好啊，穿得不错啊，这身儿衣裳是哪里来的啊?”“马介甫老贤侄……”“呸!”下话没让老头儿说出来。“我叫你穿好衣服!”她攥着老头儿衣裳前襟，拿菜刀在前胸这儿，“刺啦”，就刺一大口子。老头儿一害怕，往地上一坐。她一矮身，踩住了袍子，拿刀往下剁：“我叫你穿，我叫你穿，我叫你穿好的!”“噗噗噗”，“刺啦刺啦刺啦”，给老头儿这衣裳刺碎了。一会儿的工夫，老头儿穿的衣裳成墩布了，全成碎布条子了。老头儿又急又气，躺在地上哆嗦成一个儿。她光刺衣裳还好办，刺半天一看，衣裳零碎了，没地儿刺了，她拿刀一转个儿，刀刃没敢砍老头儿，刀背一顶老头儿的脖梗子：“别动!”老头儿真没敢动。“你要把我怎么样啊?”“我把你怎么样啊?”她这只手攥着刀顶着老头儿，腾出这只手来，一伸手，“嘭”，把老头儿胡子攥住了：“干脆咱们今儿连根儿拔了吧!”老头儿惨号一声：“哎哟!”一把胡子可就连血带肉扽下来了，在手中一扬，随风吹絮。一扬手，“啪”，又给老头儿一大嘴巴。“打今儿起，打你们家三辈儿，先打你，再打他们俩，再拿刀剁小喜儿。不让我好过啊，谁他娘的都甭过了!”她骑在老头儿身上，拿刀顶住老头儿嗓轴子，抡起巴掌来这顿打，薅头发，薅胡子，抓眼睛，打嘴巴，拳打脚踢，老头儿受的罪可大了。

万石看了万钟一眼，再看杨万钟，脸憋得通红，气得浑身直哆嗦。“兄弟，她打咱爸爸。”“啊!”万钟猛然间一回头，听他哥哥说出这么一句话来，可把万钟气坏了。“大哥，你你你……哎呀!”亲哥哥能说什么呀?眼看着爸爸跟那儿挨打，他不过去拉，他告诉我，我又能怎么样呢?二爷也搭着今天真急了：“好吧大哥，既然你管不了我那不良的嫂嫂，我管!”“老二，你怎么管啊?”“我就这么管!”一回手，“嘭”，也搭着二爷急了，一个猛劲儿，顺太湖石这假山石上搬下一块大石头。这块大石头要说二爷这劲儿抱不动，今天是真急了，高高举过头顶。“尹氏！”尹氏正打老头儿呢，一听万钟叫她，猛然间一回头：“你要干什么？”“我今儿就跟你把命兑了吧！”万钟真急了，举着这块大石头，“噔噔噔”跑几步，恶狠狠照着尹氏的脑袋可就砸下来了。尹氏跟他脸对脸，往旁边一侧头，没侧利落，正打在脑袋上，一下儿就把尹氏打死了，“噹啷啷”，菜刀落地，死尸往旁边一倒，脑袋上血流如注，打一大窟窿，咕嘟咕嘟往外冒血。

杨万钟举着大石头，没想到急劲儿愣把尹氏打死了，把石头往旁边一扔：“咣当！”“爹，您受苦了。”说着话，伸手搀老头儿。老头儿吓坏了，这是一条人命啊。“万钟，你快些跑吧。”杨万石也看见了：“哎呀，万钟，你你你……”几步跑过来一看，尹氏已经死了，血流如注。“二弟，你……”杨万钟抖搂抖搂手，把老头儿搀起来交给杨万石。小喜儿在旁边都不会哭了，吓傻了。“喜儿过来，让大爷领着你。”杨万石伸手攥着小喜儿。万钟一指祖孙三辈儿这爷儿仨：“拼着我一己之身，我换来咱们合家的性命，再容尹氏如此嚣张残忍，你我父子皆要丧在她之手啊。”“那你把她打死了，你倒是跑啊，还是怎么办呢？”“我也不打算活着了，打到当官，就说是我一语不和，失手杀死嫂嫂，现在已然畏罪自杀。”杨万石一听：“怎么着，老二？”这手架老头儿，这手领着孩子，他腾不出手来。“你可不能……”不能死这死字没说出来呢，二爷万钟一掉脸儿，花园有井，墙边有一口八角琉璃井，二爷站在井边上，回头看了看年迈老父、七岁的孩子，把袍袖一撩，一盖脸，大头儿冲下，“扑通”，投井自尽。二爷跳井了，“咕咚咕咚咕咚”转了仨圈儿，这井深啊，再往下可就什么都看不见了。

好可怜，刹那间两条人命，吓坏了在场的杨老丈、杨万石、七岁的小喜儿，还有家里这些手底下人。夜半三更，您说这玩意儿瘆人不瘆人？刚才活蹦乱跳的两个大活人，这么会儿一个砸死，一个自杀投井，想救都没来得及，全吓傻了。真有胆大的过来一推杨万石："大爷，大爷。"他这儿喘粗气。"爹，您带着孩子先回屋，别吓着孩子，就手儿跟弟妹说一声。"老头儿心说：我怎么跟人家说啊？"走，找你娘去。"拉着孩子去找二奶奶。杨万石吩咐手底下人："把二爷打上来。""哎。"大伙儿七手八脚，拿大杆子下去擢弄[①]。擢弄半天，勾着东西了，带上劲儿了。"来来来，多来几个人。"往上搭吧。顺井底下把二爷万钟勾上来，已然闭气多时，算活不了了。呛死的人脸都是紫的，憋得啊。尸首往这儿一停，旁边躺的就是尹氏。"去上屋里拿被单盖上点儿。""哎。"找两床被子暂时先给盖上。

被子往二爷身上一盖，没事。往尹氏身上一盖，尹氏躺在这儿出声了："哼……"哟，别看咕嘟咕嘟冒血，没死。丫鬟吓一跳："哎哟妈耶，大爷您看看吧，大奶奶没死。""啊，没死？没死就好，没死就好。"大爷过来把大奶奶抱起来一看，不省人事，但确实没死，还能哼哼，有气儿，救吧。只能先顾活的，不能顾死的，二爷就停起来了，把大奶奶救过来了。请郎中看，她是外伤，砸个大窟窿，脑子没什么毛病。说现在话，大概有点儿轻微脑震荡。

晕了几天尹氏好了，这才问当天晚上怎么回事。杨万石也不敢瞎说，一五一十把以往经过一说。尹氏一看，二爷已然投井自尽了，也没再说出什么来，也不好意思再说什么了。那就得给二爷办白事，得惊官动府。找地方一验，一填尸格，确实是投井自尽。那只能说二爷跟嫂子口角几句，一时不和，给了嫂子一石头，以为把嫂子打死了，畏罪自杀，但嫂子又没死。这样，又花了几个钱，把这场官司可就应付过去了。亲戚朋友来吊唁一番，选个好日子，就把二爷

①擢弄：北京土语，搅动，拨弄。弄，读轻声。亦作和弄、擢喽。

发送[1]了。一个这么好的书生，这么正直的杨万钟，不明不白就死了，埋在杨氏祖坟。

万钟还有老婆、孩子呢，落后娘手里[2]了。大奶奶找二太太谈话。“你看，咱们家这事儿可不少。当然，老二怎么死的你最清楚，他也够狠的，那么大石头愣往我脑袋上砸，这也是我的命硬，福大命大造化大。我还告诉你，打算害我的人还没出生呢，谁想让我死，谁就得先死。告诉你，你别觉着老二一死，你们娘儿俩打这儿以后就吃我们喝我们，妄想，你别做那梦。我劝你明明白白赶紧嫁人，这个孩子不能带走就给我们留下，也算我们老杨家一子两门不绝，谁让我跟大爷没孩子呢，有老二这孩子好传宗接代续我们的香烟。你找人家吧。”二奶奶一听：哪儿就找人家，哪儿有这么说话的呀？过去鼓励女人不嫁人，让她守三从、知四德，这才是节烈之妇，怎么这还逼着往外嫁人呢？“我不想嫁。”“不想嫁不行，你痛快说吧，你嫁不嫁吧？”“我不嫁。”“好，有志气，有出息，好好替老二守着，我看你能守到哪一天。”说完，把二奶奶打发回去了。

二奶奶现在是居孀守寡，带着这么一个孩子，每天连门都不出了。饭怎么办啊？说按点儿得有人送？没有，没人送饭，饿着。头一天是喜儿上爷爷那儿要了半拉窝头给妈送来了；第二天干脆上厨房偷了一口吃的给娘送来了；第三天厨房看得紧了，连偷都偷不来了。二奶奶心说：大奶奶是够狠的啊。要找她理论，知道这个人不是人，禽兽之辈，跟她讲不出理来，有眼泪不敢往外流，只能往回瞪，牙打碎了得往肚子里咽，这委屈没地儿说去。怎么办呢？把管

①发送：北京土语，殡葬，泛指衣衾、棺木、丧仪等有关的事情。发，读二声；送，读轻声。

②落后娘手里：北京土语，并不是指真落在继母手中受其虐待，而是指落在能惩罚或虐待自己的人手中，自此受气受罚，没有好结果好下场。落，音涝。

家婆找来了。“是不是大奶奶不让你们给我吃的?”“谁说的，哪儿能不让给您吃的?您想吃饭也行，干活儿。”“我是二奶奶。”“啊，几奶奶也不管用，人人都有一双手，不能吃闲饭。咱们是按劳取酬，您干多少活儿给您多少吃的。”“我干什么呀?”“跟着我上院子里看啊，什么活儿您能干，您干什么。”手一指，厨房旁边有柴房。“这儿还有二百斤劈柴没劈呢，您受累劈了吧。”她饿啊，没辙，二奶奶坐在院子里劈劈柴，好不容易把这点儿劈柴劈完了。“行，今儿的活完了少一半儿了。”“啊?”这累得胳膊就抬不起来了。“还要怎么样呢?”“水缸的水得挑啊，厨房的火得烧啊，好多零碎活儿呢。对了，您当奶奶当惯了，您使奴唤婢，吃来张口，茶来伸手，您净支使我们了。现在大奶奶有话，我们也不敢说别的，干脆您痛痛快快把这点儿活都干完了，今儿有您的吃的，您还没耽误着。您要紧利儿[①]耽误着，没空给您留这饭，我们可就喂了狗了。”“啊?”二奶奶一听，又臊又气，心说：这个势利的小人，二爷万钟死得不值啊。心里埋怨自己的丈夫，可人已经死了，又能怎么样呢?

二奶奶忍住这口气对付了几天，受着这种非人的虐待，最后实在受不了了，让人找大爷万石。“我愿意嫁人。”杨万石如释重负：“弟妹，难为你啊。”“您不用跟我说这个，您找个人家儿把我嫁了也就是了，可咱们有句丑话说在头里。”“弟妹你说。”“小喜儿……”说着，眼泪下来了。“可就托付于您了。”“啊，他是一子两门不绝，我拿他当亲生自养，我拿他当亲儿子看还不行吗?”“恐怕未必啊，大爷您能拿小喜儿当亲儿子，那狠毒的尹氏她……她必然不允呐。”“哎。”就这句话戳大爷的心坎儿，他管不了尹氏啊。“那介甫在日曾说此子‘福寿过于其父’啊。”马介甫在的时候说过这么句话，

①紧利儿：北京土语，尽着，一味地。

说小喜儿比他爸爸造化大。“倘若让介甫贤弟这句话说中了呢？这个孩子日后还有出头成人之日。但你要把孩子给我，我实在的我……”二奶奶一看大爷这个所作所为，一听说的这话，心里更生气了，暗骂死鬼万钟不提，咬牙一狠心，嫁人了。孩子顾不了了，你改嫁不能再带一孩子去，人那家也不要，这边尹氏也不给啊。也就是说，很草率地逼着万钟的太太二奶奶可就嫁人了。

前脚嫁出去，后脚这孩子，您琢磨琢磨，他能得到好的待遇吗？又恢复到马介甫没来之先的那样。原文写“积半岁”，就是半年的光景，这孩子已经病弱成人灯的模样，原文写“尪羸”两个字，羸是瘦弱，尪就是跟鬼一样，形同病鬼。七八岁的孩子，让人打老远一看，以为家里养活一个猴，不像个孩子模样。原文写“仅存气息”，就是这孩子还有一点儿出来进去的气儿。至于说具体怎样虐待这个孩子，我也不必细表。对杨老丈变本加厉，好衣裳全部没收，还穿最次的、最破的，天天打，日日骂，让老头儿干最累的活儿。

杨万石就因为一己之念，一时失言，把所有的秘密告诉尹氏，到如今落得一个家败人亡。弟弟也死了，弟媳妇也改嫁了，孩子眼看要死，就剩一口气儿。他又惹不起大奶奶尹氏，每日闷闷不乐，愁眉不展，心说：要想改变如此局面，还有一思之念，就是我那盟弟马介甫，如果马介甫再次到来，恐怕能够扭转乾坤。同志们，马介甫来了！

第六回

说良心话，这个环境勾起我一点儿回忆来。因为我小时候说书就是这样，观众都围着坐，比这还小。我们那书场有多大面积呢？不到四十平米。这四十平米里都有什么呢？有一卖茶的栏柜；有六张八仙桌子，一张八仙桌子配三条板凳，一共十八条板凳；还有一张书桌，一把我坐的椅子。您算算，三十多平米这就刨去多一半儿了。最多的时候也跟今天一样，卖过八十多人，搁在这三十多平米里，您说怎么坐？就是我这张桌子，挨着的都是人。这样说书有什么好处呢？难说。说我们行话，叫对面审贼。

您看，审贼都是这样，陪审团都坐那儿，一个人坐这儿。但是有一主发问的，您知道吧？"你姓什么叫什么啊？"姓什么叫什么。"那天晚上案发现场你干吗去了？""我在天桥唱快板来着。"[①]"都谁作证啊？"您看，他审你。

您各位就好比陪审团，我们就好比刑事犯一样。对面审贼，不好说但又好说。一个距离拉近了，感情容易沟通；再有，观众的表情都看得特清楚。那位说，你看观众干吗？您不知道，敢情现在舞台上灯光一打，看底下都是黑的，只能靠感觉来交流，就是演员跟观众的交流。看不见观众的表情，对演员是一个很大的阻力，也是一种艺术上的损失。观众爱听不爱听，对哪句感兴趣对哪句不感兴趣，包括观众睡没睡觉。您看，为什么有人说书老拍这木头？就为

---

①此处还是拿李菁砸挂，一笑耳。

把那位叫醒了。所以还是书馆好说，我也愿意这么说书。今天格外显得人还多，其实人没增加，但搁大屋跟小屋的感觉不一样。今天对观众还有一个好处，比如说平常您要上厕所，就听不见说书了，今儿不耽误，那儿也能听见，闹肚子多蹲会儿都成。①所以说有利有弊。

我说良心话，这个书说的是人情。好多人认为《聊斋》是鬼狐传，要神乎其神。当然，在神话部分我们有渲染，有夸张。为什么？它得区别于其他书。比如说您刚才听这段《三国》，说掐指一算，过去就那么说，说水镜先生、诸葛亮、庞统有那么大能耐，未卜先知。您再听别的书，比如《薛丁山征西》有王禅老祖，这事儿他都知道，闷坐洞中忽然心血来潮，掐指一算，几万里地以外的事情他就知道了。就那么说，观众也不抬杠，但它不是神话书，你说出神话事儿来不服人。咱这本身是神话书，所以就得有这些东西，但您听的还是人情。书文戏理，要不然您说您花钱净听点儿故事，也没什么意思。还是那句话，您回去看原文好不好，蒲松龄本来写得就很精彩。

《马介甫》这段书我已经连续讲了几讲了，围绕杨万石杨大爷惧内怕老婆这么一段故事，要听全了您知道，那怕得已经不能再怕了，什么样的屈辱都受了，什么样的罪也都忍了，但没有到至情的地方。上回书咱们已经说到了，因为他惧内，导致家破人亡。他媳妇尹氏大奶奶打他爸爸，二爷万钟实在忍不下去了，拿大石头把大奶奶打死了。这人命案怎么交待啊？交待不下去，最后投井身亡。他死了，尹氏又缓醒过来了。说现在的医学名词，假死、休克，当时不成了，

① 当时我们在崇文区文化馆说书。剧场外有个厅，厅的一侧是卫生间。说这场书时，剧场临时被占用了，我们只好在厅里演出，离卫生间就近了。现场评书偶有突发情况，故记之。

过会儿又缓醒了。您看，活活坑杀一条好人的人命，二爷死得不值，让谁说也是太屈了、太冤了。你要真把她打死，一命抵一命，还说得过去。以为把嫂子打死了，自己自杀，嫂子又活了。嫂子这一活，变本加厉，杨万钟也有媳妇啊，逼着二奶奶改嫁。

您看，过去旧社会这对女人是最严厉的惩罚、最大的侮辱。女人以立贞节牌坊为最高荣誉，丈夫死了我要守，有的都没见过丈夫的面，望门寡，连爷们什么模样都不知道就开始守寡。订了亲了，放了小定了，过了大帖了，眼看就要迎娶了，丈夫死了，怎么办？你已经是人家那边的人了，所以从当姑娘开始一直守寡守到死，守几十年寡，这叫守活寡。您琢磨琢磨，村里也好，乡里也好，当地各级政府也罢，要给她立个牌坊叫贞节牌坊，以资表彰。这是她的最高荣誉，叫忠孝节义，四美俱全。知三从、晓四德，这是过去对女人的要求。

您说二奶奶能不明白吗？她本来跟二爷万钟感情很好，而且还有孩子，割舍不下，她要带着孩子守着过，尹氏不容，逼着她嫁人。说我不嫁，好，饿着你，不管饭吃。想吃饭吗？嫁人。最后二奶奶实在没办法了，临走的时候把二爷万钟留下的这个孩子小喜儿托付给大爷万石，但说的话就很难听了。杨万石掉着眼泪说："我拿他当自己儿子还不行吗？"二奶奶说："恐怕您做不到。"这话厉害，已经把您看透了，我丈夫杨万钟就是没看透您，你们是亲哥儿俩，对您还有一丝幻想，希望您管管自己的媳妇，您管不了。家里都闹到这个地步了，您竟然袖手旁观，挤兑得老二拿大石头砍她，最后给她抵偿兑命，投井身亡，现在又来迫害我。我可以改嫁，可以走，但我对得起你们老杨家，我现在就心疼我的孩子。过去的女人没有权利带走自己的孩子。为什么？这孩子姓杨，是老杨家人，你是外姓人。

这孩子就算落到后娘手里了，实际是落到大娘手里了，尹氏是他亲大妈，而且一子两门不绝，名义上他就得管尹氏叫娘，尹氏这个虐待啊。原先这个孩子身体就不好。为什么？几岁的孩子就操持家务，让他干重活儿，就没拿他当小少爷那么对待，现在简直不管饭吃，有病不给看，非打即骂。所以原文写“尫羸”两个字，跟小鬼一样，简直都不成人形了。仅存一丝气息，比死人多口气儿，就到这份儿上了，跟死人差不多。说他死了，他能喘气儿；说他是活人，快跟死人一样了。您说还活什么劲儿啊？就是这样的条件下，杨万石都不敢管，您说杨万石绝了后怎么办？他惹不起尹氏，但他也盼着。盼什么？盼着把兄弟马介甫。为什么？当初治自己媳妇的是马介甫，甭管他用什么手段把我媳妇治了，它管用。所以他又想让马介甫来，又不想让马介甫来，这个矛盾。人就是这样，你说他对尹氏是爱是恨，是惧是怕？这恐怕我说书的一时还说不清楚，他又想让马介甫来，又不想让马介甫来，他知道马介甫一来，他们家准得乱。那马介甫来没来？来了。当初我说马介甫不该走，就是这么回事。

一年左右，马介甫又来了。那位说，干吗来了？把兄弟啊。过去人对把兄弟很看重的，就跟亲哥们儿一样，一个头碰在地上，自己的把兄弟大哥、二哥，家里还有老盟爹，一年不来这就很失礼了。所以又到直隶大名府来看杨氏昆仲。当然，从外表上看不出他们家办丧事。为什么？一年了。过去很看重这个，家里要有丧事，一望可知，死的男的、女的，死的什么身份人，从他们家办的这个白事摆设就能看出来。但这都过一年了，家里就都撤去了，马介甫不知道。

一叫门，家院们脸上先不好看，开门一看是马三爷来了，心说：好，我们这三员外爷马介甫一来，家宅不宁，就要大乱。怎么又来了？您不走也行啊，您一走二爷也死了，这不倒霉催的吗？“三爷。”“怎么了？我大哥、二哥在家吗？”“大员外在家呢。”他说话您可听明白，有学问，他说大员外在家，就是杨万石在家，他不敢提二爷万钟已经死了。“我给您回一声。”“这还回什么啊？你头里走，我后边跟着。”“您……您少待，还是回一声吧。”转头往里跑。马介甫带着手底下人可就上台阶过门槛进头道院门了，多少有点儿不痛快。为什么？自己不是一般的客人，熟人就不用通禀，何况自己是本家儿三爷。再者，我不是说就来一趟两趟，还有点儿磨不开[①]，我在你们家一住住多少个月，你们家的家务事都是我调解呀，怎么拿我当外人呢？

就在这会儿，正赶上杨万石他爸爸杨老丈从二道院往前走，正在二道院门以外、头道院子中间这儿跟马介甫打一对脸儿。老头儿眼花，腿脚也慢，赶他走到近前看清楚马介甫的时候想跑已经来不及了，脸先一白，紧接着“腾”的一下儿就红了，拄着棍儿抹头往里就要走。可马介甫也看明白了，抬头一看，非是旁人，老盟父杨老丈啊，他很吃惊。吃惊在哪儿？这扮相怎么又变了？前文书说了，马介甫在的时候里外三新，四季的衣裳全是新的，做多少套。老头儿跟着马介甫搭伙，吃得又白又胖，脑门倍儿亮。原文上没后边这句啊，头里这句也没有。今儿一看，又跟自己刚来的时候看见老头儿那模样。马介甫头一回上杨家来，老头儿什么模样？拿他当手底下的老奴了，在门口曝阳扪虱，晒太阳捉虱子，浑身那个脏，穿得那个破。他给买的那身儿袍子让尹氏拿刀剌成墩布了，就不给换衣裳了。这一年没别的，就这个，现在老头儿还穿碎布条呢。您琢磨琢磨，老头儿这模样好得了好不了？所以不敢见马介甫，抹头要走。

①磨不开：北京土语，面子上过不去，不好意思。磨，读四声。亦作抹不开。

马介甫上前一把就给攥住了。“啊!”老头儿一挣，没挣开，他不敢跟老头儿动劲，撒手了。“老盟父，不要走，您这是……怎么样了呢?”这话不能问：您怎么又变成这样了？一定有变故啊。老头儿哆里哆嗦回过头来一看马介甫：“唉，介甫啊介甫，你不该呀。”这一句话把马介甫说懵了。“老盟父，我怎么样的不该呢?”“你……不该走啊。”这一句话，“唰”的一下儿，眼泪往下流。马介甫一看：“这个……老盟父，您不要悲伤，您慢慢儿说，家里出什么变故了吗?”“我……”老头儿要说，不好意思往外说。这怎么说啊？难以启齿。为什么？家丑不可外扬，当公公的不能说儿媳妇不对，这话老头儿说不出来。可眼睁二儿子死了，儿媳妇逼得改嫁了，小孙子要死，他能不难受吗？各位，他这话堵了一年多说不出来，今儿可看见亲人马介甫了，又不好意思张嘴，过来过不去，老头儿干嘎巴嘴儿，浑身都哆嗦了。

正赶上这工夫杨万石慌慌张张往外走，一边走一边嘱咐报事的家人：“千万别让大奶奶知道。这个……介甫在哪里，介甫在哪里啊?”脚步踉跄往外走，正看见爸爸跟马介甫手拉手这儿说话。杨万石怵怵忐忐、战战兢兢挪过来了。怎么叫挪过来了？就不是走过来的，不是迈步走过来的，走一步退半步。“爹，介甫。”马介甫一掉脸儿，一看大哥杨万石：“大哥，老爷子怎么了?”“他……他还那样。”“还那样？还哪样？还跟当初我刚来那样可不成。还那样什么意思?”“就是……凑合。”“凑合就是?”“不离儿。”“不离儿就是?”“差不多。”“你会说人话吗？不离儿、凑合、差不多，这都一样啊。我问你，老头儿怎么了?”“他……”他回头看身边的人，身边的人都远远站着，谁都不敢过来。为什么？都有火儿不敢说啊，大伙儿全委屈啊。

马介甫心里一翻个儿，这不定家里出多大乱子呢，万般无奈一琢磨，家里唯一敢说一点儿实话的，能够跟自己过心的，就是二哥万钟。既然问老爷子，老爷子不好往外说；问老大万石，万石不敢跟我说，唯唯诺诺，这事儿我找二哥说。“我二哥呢？盟父，二哥上哪儿去了？”可了不得了，马介甫不提二爷还则罢了，一提杨万钟老头儿实在控制不住了。“啊，介甫，万钟他……”老头儿一捶前胸，眼泪往下一流。马介甫一看：不好。“二哥他怎么样了呢？”“介甫你就不要再问了。”老头儿以袖搌泪，老泪纵横，马介甫就知二爷不好。“莫非说二哥他……他死了吗？”“唉，我的儿啊！”老头儿往地上一堆乎[①]，马介甫伸手把老头儿架住了。痛失挚友，不亚如半悬空打个霹雷，马介甫没想到啊，一载未见，好朋友、把兄弟二爷万钟会死了。他可还没往别的上想，以为万钟是得病或者怎么样死。“老盟父，您先别哭，您说我二哥他……他怎么会死了呢？他是怎么死的？哎呀，痛煞我也！”老头儿说不出来——是因为尹氏打我，二爷万钟拿大石头把尹氏打死，为抵偿兑命，投井身亡——这话不好意思往外说。马介甫问不出来干着急，回头问杨万石：“大哥，您还不说话吗？您就不能实话实讲，二哥万钟到底是怎么死的？您得让我明白明白啊。”杨万石更不敢抬头了，臊得连耳根台子都紫了。“老爷子不让你……我……”一句整话说不出来。

正在这么会儿工夫，马介甫就觉得有人拽他，有人拽他衣裳角儿。马介甫这手架着老头儿，一回头，这儿站着一孩子，七八岁光景，瘦骨嶙峋，没有人模样，就剩俩大眼睛，还没有什么神。敢情人一瘦，脑袋就显大，这孩子跟个大头娃娃似的。您看电影《烈火中永生》，小萝卜头儿为什么显得脑袋大？人瘦，显得脑袋就大。这孩子脑袋上净是疮，有的疮还破了，往外流脓流血，脸上净是伤，

①堆乎：天津土语，形容因惊吓、疾病等导致瘫软在地的状态。乎，读轻声。

那都是鞭子抽的，身上衣不蔽体，露肉的地方青一块、紫一块，站在这儿直打晃，连站都站不住了，拽马介甫的衣裳角儿，眼泪汪汪看着马介甫。马介甫认不出来啊。“你是什么人呐？”这一问，孩子委屈啊。“马叔、三叔，您连我都不认识了吗？”孩子一哭，马介甫一看：“啊！你……”“嘭”，把孩子搂在怀里，拿他的眼泪一胡噜脸：“是喜儿吗？”孩子哇的一下儿就哭出来了，一头扎到马介甫怀里：“三叔。”“孩子，不要啼哭，你父亲呢？”“我爸爸跳井了。”“那你娘呢？”“我娘让大娘打跑了。”“啊！好泼妇！”孩子不会说瞎话啊，小喜儿哇哇一哭，马介甫动了心了，受不了啊。马介甫欲哭无泪，想哭都哭不出声儿来，就知道这事儿出在尹氏身上。所以老头儿才不好意思说，杨万石才不敢说。

祖孙三人抱头失声痛哭，这地方杨万石都没敢过来劝一句，说“爹、孩子，你们别哭了。介甫兄弟，你别着急”，连这么句人情话都没有。马介甫语带哽咽：“老盟父，孩子说的是真的吗？”老头儿一看，孩子说一半儿留半拉的，不说是不成啊。“那个……事情是这样的。”简单说吧，老头儿说话也不能跟我似的说得这么仔细、这么圆全[①]，支支吾吾，把大概经过跟马介甫说了。马介甫一听，无名火动啊：哦，敢情到现在家破人亡，七岁的喜儿成了无父无娘的孤儿，皆是尹氏一人之罪。

马介甫冷不丁往起一长身儿，一指大爷杨万石：“杨万石！”杨万石一听：“啊！”为什么？没这么叫过，大哥长，大哥短，毕恭毕敬，今天急了。“杨老大，我原先就说过你不是人。”各位，蒲松龄写得比我还狠，原文写“我曩道兄非人”。原来我就讲过这样的话，你所作所为绝非人类，你丧了天伦了，天地君亲师，人伦五常，你一条都

①圆全：北京土语，圆满，无懈可击。全，读轻声。

不占，你不是个人。“今天一看，我没说错，我没说屈了你。杨万石，你爸爸你可以不要，你兄弟你可以不要，你兄弟媳妇你也可以不要，但一子两门不绝的这个孩子招谁惹谁了？倘若杀却，这孩子如果死了，断你杨氏一脉香烟，你们老杨家到你这辈儿就算绝了，你想过没想过？你们为什么对孩子这样？”说得杨万石闭口无言，一句话还不上嘴来，一句话都说不上来，马介甫今天这话也重点儿。“你们既然对孩子这样，杨万石，我可跟你说，打今儿起这爸爸就不是你爸爸，这儿子就不是你儿子了。这爸爸是我马介甫的爸爸，这儿子是我马介甫的儿子。谁要再打老头儿，就是打我马介甫的爸爸；谁要再打这孩子，就是打我马介甫的儿子。你要不管，我马介甫管，你可别说我不客气。”杨万石也知道马介甫说得出来就做得到，而且马介甫有能耐，有法术，杨万石是了解的，他媳妇吃了马介甫两次亏了。马介甫一撒狠儿，杨万石说：“兄弟，你这又是何必呢？我没说不管啊。你要知道，具体的事情具体地分析。”马介甫一听：“还分析，分析什么？你们这还像家吗？”

这儿正说着，从后边来一小丫鬟，神色慌张，到跟前儿捅杨万石，杨万石紧着扒拉。马介甫一看：“干吗？说，找你们杨大爷什么事？”丫鬟吓一跳：“哎哟，马三爷，我没……”杨万石一看：“说说说，什么事？”“是……大奶奶叫您进内宅。”“哈哈。”马介甫一听：这可是茬巴儿①。

您看，来朋友往回叫自己的男人，这很不礼貌，还甭说把兄弟，什么朋友也不成。男的还腻味②这个，今天我得罪在座的各位女同志，女同胞们。好比这儿正打着牌呢，就怕来电话。“什么时候回

①茬巴儿：北京土语，指二人之间的矛盾或事情的关键所在。巴，读轻声。
②腻味：北京土语，厌烦，反感，厌倦。味，读轻声。亦作腻畏、腻歪。

家啊？打到几点？”“北风[①]了，北风上还两把，快了快了，你别忙。掷骰子，快着快着，抓牌。对对，没事儿，都是熟人，你认识……都是我们这几个同事，没……不带钱，带什么钱？一会儿就出去吃饭了。那什么，你去不去？”其实没打算带人去。“行，一会儿再打吧。”“吧唧”，关机了，腻味这个。这把要和了好办，“看见没有，我媳妇来电话，和了”；这把要输牌可麻烦了，“你说早不打电话，晚不打电话，非这会儿给我打电话”。

这还是打个牌打电话，咱说的是外边正说着话愣往回叫，而且是有针对性的，就因为马介甫来了，所以才往回叫你。马介甫明白，微微冷笑几声，一指杨万石：“大哥，去，进内宅见我大嫂尹氏贤人，问一问她要干什么。并且您明着跟她说，马介甫我来了，每回来我没登堂拜嫂，没见过我这嫂子。今天赏兄弟我一个薄面，让她梳洗打扮，坐在正堂之上，弟要给嫂子行一行礼，我要见一见嫂夫人。”马介甫憋着斗来的，杨万石哪儿敢让见啊。“不是，她没事儿，这两天本身就闹心口疼，我……我进去这就出来，你呀，这不……别哭了，爸爸您别跟着裹乱[②]了。您搀着老头儿、带着孩子上那屋，一会儿咱们好吃饭，我这就出来。”交待几句话，抹头跟着丫鬟可就进内宅了。

到了内宅，杨万石走到门口先定定心，准知今儿好受不了啊。丫鬟打帘笼，大爷进来了，先偷着抬眼皮撩了尹氏一眼，看尹氏居中而坐，面沉似水，断梁眉横着，三角眼翻着，正运气呢，就知道今天好不了，蹑足潜踪过来了，规规矩矩、屏气凝神往这儿一站。“大奶奶。”“叫谁呢？”“大……大奶奶我叫您呢，不是您让丫鬟把

①北风：麻将术语。一局谓一锅，共四圈，每圈一人坐一次庄，第一圈为东风圈，以下为南风圈、西风圈，最后一圈为北风圈，简称北风。

②裹乱：北京土语，打扰，添乱，捣乱。

我叫回来，您有何训教?”尹氏白了他一眼:“哦，咱们髽鬏儿夫妻这么多年了，什么训教不训教的，为妻我可不敢担，让外人听了去，也笑话咱们夫妻。大爷，谁来了?”说着话，二目凝神一瞪杨万石。杨万石激灵一下子，就一哆嗦:“没……没谁。”“说中国话，谁来了?可别让我费事，讲实话。”“来个朋友，就是马介甫，三弟他来了。”马介甫三字出唇，尹氏心里也“咯噔”一下儿，她怕马介甫。要依着尹氏原先的脾气，早就打到头里去了，必然要大吵大闹，今儿没有。为什么?马介甫这两次把她治得够呛，尤其第二次，把她吓着了，要不是杨万石说破了，到今天她还得害怕。杨万石把马介甫变戏法这个秘密告诉尹氏了，尹氏现在最恨的就是马介甫。但说带着人到头里公然叫嚣，找马介甫斗去?不敢。那只能回来治杨万石，治自己的丈夫。“哦，马介甫就完了，干吗还三弟啊，叫得怪亲的，你们是一娘肠子里爬出来的?”“不是。”“你有兄弟啊，杨万钟杀人的凶手，他是你弟弟。”这句话说出来，杨万石想哭不敢啊：谁杀的谁呀?是我兄弟拿大石头砸你来着，你没死，他死了，投井身亡。那同胞手足万钟死了，万石就不难受吗?也难受啊，不敢还言。“是。”“你就一个兄弟，这马介甫是干什么的，我可没听你说过。当初嫁你们家时候要说你们家有仨，奶奶我也不来。还告诉你，打今儿起死了一个天杀的杨万钟，别人我也不容。大爷，不是我欺负你，你想明白点儿，现在你就上头里，左手拿一簸箕，右手拿一笤帚，把他什么马介甫马三爷搓将出去，关上大门，从此不许他登咱们杨家门。你要把这事儿办漂亮了，是你的便宜；你要不把姓马的轰出去，哈哈，杨万石，我扒了你的皮。”

杨万石真害怕，但跟马介甫绝交这话说不出来啊。“不是，大奶奶，您不清楚。”还想对付，尹氏往前一长身子，一够他，“啪”，扬手就是一大耳贴子，大嘴巴实实着着就给大爷做上了。大爷护疼，一捂脸：“哎哟！”还没缓过神来，“啪”，又一下儿。“把手拿开！”杨万石挨打挨惯了，把手往后一背，一梗梗脖子，一扬脸，“啪啪啪啪”，四个大嘴巴下去，当时血檩子就起来了，脸肿得老高，手指头印儿就在这儿留着，打得大爷这半边儿都木了，眼泪、鼻涕全下来了，不敢说疼啊。“您，您……”“去，上头里跟他说，让他给我滚蛋！”原文写四个字，叫“批使绝马”。批就是打脸，打大嘴巴；绝马，跟马介甫绝交。大爷捂着脸，护着腮帮子，哭着往前走，来见马介甫，叫“批痕俨然”。大奶奶是“批使绝马”，他是“批痕俨然”，带着嘴巴印儿就来了。

同志们，丈夫在外边交朋友，挨媳妇一嘴巴，您说能见朋友吗？还甭说挨上嘴巴印儿了，就是成心闹着玩，挠破了，朋友一看：“嗬，大哥，行啊，我嫂子手够快的。”“胡说八道，没有，你这……嗐，家养活小猫，我逗那猫，没留神。”“您逗猫干吗？”“我平常也不好逗，也不怎么，这猫今儿护食，‘啪’，挠我一下儿。怎么，你看出来啦？我还觉得没理会儿呢。要不一会儿找一创可贴按上，这怪寒碜的。”还得遮[①]着说。

杨万石没辙，带着眼泪，扛着嘴巴印儿，觍着脸，愣见马介甫来了。马介甫还回一年前跟老头儿住的那屋，这会儿老头儿也稍微稳当点儿了，孩子也不哭了，弄点儿水正哄这爷儿俩，门一开，杨万石进来了。马介甫一看就知道怎么回事，扛着嘴巴印儿进来的，不问别的，就问这个，“批痕俨然”嘛。“大哥，您挺讲究啊，兄弟我来您还特意化化妆，这是怎么个扮相啊？两边还不匀实呢，怎么意思？”杨万石捂着脸，槽牙都松了，肿得挺高，火烧火燎的疼。“介甫，借一步讲话。”“甭来这套，这是外人吗？你爸爸、你儿

①遮：北京土语，遮掩，掩饰。遮，读三声。

子，我是你兄弟，有什么话这儿说，当着我们爷儿仨说。不告诉你了么，打今儿起这是我爸爸，这是我儿子了，痛痛快快的，想说什么?”“你不能再在我们家住了。”“为什么呢?”“咱俩别交了。”“怎么呢?”“当初跟你好，也是你二哥万钟跟你好，说良心话，咱哥儿俩就那么档子事儿。可你来了家没少费心受罪，为的都是谁呢?也为的是我杨万石，我不是不明白，我也不是那没心没肝没肺的人。按说咱哥儿俩这朋友交到这步上，不应该再说出别的来，可是她……”说着话，往后一指:“兄弟，你也都明白，我既然能扛着嘴巴印儿来见你，你也不必拿刀子往哥哥我胸口上扎，到现在我对亲爸爸、亲儿子都能这样，何况咱俩是把兄弟呢?什么叫割袍断义、划地绝交，打哥哥我嘴里也说不出来，你要非挤兑我说我不交这朋友了，我们家庙小也容不下您这么大菩萨。干脆兄弟你饶了哥哥，你走吧。”说着话，一揖到地。“唉!”马介甫长叹一口气，看来给哥哥杨万石挤兑得不善啊。“这话是出于你杨万石本心来说呢，还是我嫂子尹氏夫人叫你来说呢?”“兄弟，她叫不叫我说也是这套词儿啊。”“你说说你为什么就那么怕她呢?”

这是咱们这段书的关键，为什么杨万石这么怕她?网上有的同志给我留言，也讨论这问题，不理解，男人怕女人怎么会怕到杨万石这个份儿上?后来有人解释，爱之深就怕之切，就是说杨万石还是爱尹氏大奶奶的，这在后文书也确实有所体现。您别忙，说到那儿您兴许就明白了。但我说书说到这儿得跟大家说，因为我这个年龄偏小，生活阅历也不是很丰富，我跟我爱人也没这样过，我们结婚二年也没大嘴巴抽过我，来朋友她也挺高兴，还主动沏茶、倒水、做饭去。当然，咱也不是大男子主义，是不是?这个惧内我认为没什么丢人的，怕老婆也是正常的。按说咱不体会不理解杨万石这种心情，这书就说不好，所以我也是奓着胆子给您说这段《马介甫》，也多方面地向大家求教。您哪位是这样的人，您下来您跟我交流交流，现在别举手啊，散了书偷偷在门口等着我。“兄弟，我跟你说，我就这样。”我请您喝酒。咱们这书不好说就在这地方。

今天马介甫问杨万石为什么这么怕她，原文写：“兄不能威，独不能断‘出’耶？殴父杀弟，安然忍受，何以为人！”这话太狠，蒲松龄骂人就是狠呐，都说鲁迅先生骂人狠，比蒲松龄差远了，蒲松龄确实骂人不带脏字儿，戳你的肺管子，咬就咬颏啦嗉[①]，就是哽嗓咽喉，都是致命的地方。说你不能立威，夫纲不振，不能管老婆，但当时的社会是保护男性的。因为当时是明末清初，那会儿的人多封建，大男子主义了不得啊。尤其由宋朝以来，朱子理学遍天下，孔孟之道深入人心，女人没有地位、没有主权。对女人有七出之条，就是你犯了这七出，说休就把你休了，无条件的，不叫离婚，你就走了，有娘家就领回娘家，没娘家就轰出大门，这就吹了。至于你的生活，今后事业发展，全不管。那尹氏占不占？全犯，差不多占全了。当然，不孝顺是很重要的一条；不生养也是很重要的一条；闹口舌，这个女人嘴不好，不是指她有口腔上的问题，豁了缝、掉一牙，这都没关系，而是张家长，李家短，三个蛤蟆五个眼，东家走，西家串，来回挑唆家务不和，拉这个说那不好，拉那个说这不好。

马介甫说：“你既然怕她，又不愿意跟她一块儿过，过不了，为什么不能把她休了呢？从社会舆论、国家法律都是保护你的，你为什么做不到这一步？所以导致现在你们家是什么情况呢？殴父杀弟，都能安然忍受，你怎能做人呢？你不够一撇一捺。”这几句话说出

①颏啦嗉：北京土语，即喉结，男子颈部由甲状软骨构成的隆起部分。啦，音lē。亦作喀拉脖、克拉嗉。

来，原文写“万石欠伸，似有动容”。可能说到杨万石心里了，杨万石有反应了，一抬头，一长身子：“啊，那么我愿意这样吗？”“是啊，您好好想想，您占不占理，占不占势？有权有柄，为什么要受制于他人？这事儿我想不通。我不是挑唆你们家务不和，而是现在已经让尹氏一个人闹得家破人亡。眼睁老二死了，老二媳妇让她逼走了，孩子奄奄一息要死，您自己就不心疼吗？您就不能做出正确的判断吗？”这句话说出来，杨万石一琢磨：对呀，他说得不是没有道理，平常怎么没人跟我说这话呢？他一咬牙，一转眼珠，马介甫眼里不揉沙子，一看：行，有门儿，再给他几句。“大哥。”这回不叫杨老大了。您看，说话逻辑上得有科学技巧，什么地方要强硬，什么地方要软弱。“大哥，这样的媳妇您甭说把她休了，让她滚蛋回家都是她的便宜。”这句话一说，杨万石眼睛一动。“哦，那要是不便宜呢？”“杀却何惧？您现在就到后边把她宰了，又有什么可害怕的？于情于理，她打老爷子这一条就有宰的罪。”

过去的法律，儿子打爸爸忤逆不孝，现在也不成啊，同志们。儿子把爹打了，说良心话，法院绝不向着你，你再有理也不行。过去法律更严，就是不打，跟老头儿一戗戗[1]，“啪”，老头儿自己一拍脑袋，到衙门就把你送[2]下来。衙门一问：“你这怎么回事？”“我儿子打的。”到那儿就把儿子抓来。“不是我打的。”“不是你打的，你爸爸送你？”忤逆不孝，当时就号枷，衙门门口有一站笼，也叫立枷，先枷一天，回来再审再说。得他爸、他妈上衙门求去：“得，您帮我们教育教育就行了。”再领回家。你爸爸不说这句话，老跟这儿枷着。过去就这制度，就这法律。

①戗戗：北京土语，争吵、争执。第一个戗，读一声；第二个戗，读轻声。亦作呛呛。
②送：北京土语，将下人或晚辈交官府法办。

马介甫说："还甭说你把她休了，你把她宰了也没有什么可怕的，家里老老少少、街坊邻居，包括我，做个人证、干证，走到哪儿您也吃不了人命官司。大哥。"底下这句话更关键："我有几个好朋友。"原文写"仆有二三知交"。"全在衙门口。"这就是马介甫犯坏的地方。因为杨万石是个没有主心骨的人，他惧内，光说占理不行，得触动他心灵深处，怎么让他相信你呢？马介甫愣说出这么一番话来："就是真把她宰了，打人命官司，到衙门咱也不吃亏，我的哥们儿朋友全在衙门里，过堂准向着您，绝不能向着尹氏。她们娘家要有人找您打人命官司来，那算行了，算打着了，咱也闹她个家败人亡。"您可听明白，这是马介甫说的，后来实际情况可不是这样。尹氏娘家的态度不仅不闹，而且拒收，尹氏根本不是我们家人。这是后文，咱们不提，到时候再给您说。

杨万石听完这番话，往起拔了拔腰板儿。"那么介甫贤弟，你说我要重振乾纲，打算治一治尹氏，出得的？""出得的。她早犯七出了，甭费话。""打得的？""您痛痛快快打，看她怎么样。""杀得的？""嘿嘿，杀了泼妇尹氏那个贱人，自有弟我一己承担，我给您盯着。头一回杀，不是您亲兄弟杨万钟抵偿兑命吗？这回您要把她宰了，还有把兄弟马老三替您盯着，我马介甫打人命官司，跟大哥您没关系。"旁边老头儿听着也痛快啊，心里话儿说：我养这儿子，不如外边认的这干儿子。甭管怎么说，老头儿听着心里痛快啊。马介甫说完，杨万石一听："好嘞，如此说来，兄弟你给哥哥我撑腰，哥哥我受了这小半辈子罪，今天就算到头儿了。哈哈，打了吧，闹了吧，今天到后堂我就审一审、问一问泼妇尹氏这些年所作所为，这些非人的行径。要是有个好招对，咱们还则罢了；要是说个不字，再跟我那样，今天我就宰了她。""对，就这么办，我瞧着您的，您去。""好。"

得了马介甫这句话，大爷杨万石雄赳赳，气昂昂，这回好，心里有主心骨了，更了不得了，迈大步，原先在家里没这么走过道，“腾腾腾”就奔后头。有人没有？有，丫鬟、仆妇平常见面都跟他客气，这会儿都没人张嘴。“靠边儿，起开！”全都扒拉一边。大爷到大奶奶这屋一抬腿：“噔！”“咣当”，把门就踹开了，门分左右。“尹氏！”杨万石一指坐在那儿的大奶奶尹氏，脸色煞白，浑身气得直哆嗦，攥拳瞪眼要玩命。尹氏稳稳当当坐这儿一看，走时候那样走的，来时候这样来的，不知道什么毛病啊。原文写“叱问”，叱，大声责骂。再一指杨万石：“何为？”你要干什么？再看杨万石，就跟了泄气的皮球一样，“扑哧”，好可怜，外边说的那些话满忘。原文写“以手据地”，往地上一趴：“大奶奶，‘马生教余出妇’。”就是马介甫让我进来把你休了，让你滚蛋。“哈哈！”尹氏勃然大怒，寻刀杖要打杨大爷，杨大爷慌忙往外就逃。他头里跑出来，后头追，马介甫可就看见了，一看：嘿，我这条计又算白用了。现在要想让我哥哥重振纲常，唯有给哥哥下这么一副药，叫丈夫再造散。

第七回

上回书正说到马介甫撺掇杨万石，你跟你媳妇愣打一回怎么样，这通儿做思想工作呀，最后说到这份儿上了，“杀却，勿惧”，你愣把她宰了都别害怕，有人命官司我马介甫替你盯着。杨万石有点儿动心，一听马介甫说得在理，回想自己所作所为也确实太难点儿了，鼓足了勇气，杀到后边去了，夺门而入。大奶奶尹氏夫人一指杨万石，原文写俩字叫“何为”，你要干什么？“扑通”，杨大爷给大奶奶又跪下了，在外边打半天气白打了，“以手据地”，拿俩手撑着，给大奶奶磕头。“‘马生教余出妇。’”就是说马介甫让我把你休了，和盘托出，全招了。您说这人怎么就那么怕媳妇呢？白鼓了半天气，白打气了。尹氏一听，能不急吗？好，要造反啊。“杨老大，你要疯啊。”“寻刀杖”，抄着什么算什么，要摸着刀就给他一刀，要摸着棍就给他一棍，要打杨大爷。杨大爷能不害怕么，跑出来了。

跑到前边，马介甫、自己的父亲和侄子都在这屋，杨万石一进门儿，泪流满面。马介甫一看，吓一跳：“大哥，怎么了？”“我都说了。”“说什么了？”“我就说你让我把她休了。”“她呢？”“拿刀剁我。”“你呢？”“跑了。”“那刚才您拍胸脯横打鼻梁要揍她一顿那劲头儿呢？”“我一进门儿就满忘了。”“我告诉您，杀却何惧，就给她宰了都甭害怕。”“我是真不敢啊，一看见她我就肝儿颤。”马介甫指着杨万石，“唾之”，拿唾沫啐他。“呸！”原文写“兄真不可教也已”。“大哥，您完了，朽木不可雕，顽玉不成器，您算彻底的失败，人生太悲哀了，现在您让我说您什么好。”杨万石也哭啊：“兄弟，我不是不听你的啊。有道是‘忠言逆耳利于行，良药苦口利于病’。你说的话我都听明白了，我是动了心了，我也想找她，哪怕不说宰她，不说打她，骂她几句我出出气都行。可一见着她我张不开嘴，她一瞪眼睛我腿就软。你可千万别灰心，你不能对我丧失信心啊。老三，你得想个法儿救救哥哥我，怎么能让我也来一回这个丈夫气概，让我也揍一回她。”这话说绝了，确实有悔过之意，就是没胆儿。

您说人的胆量是怎么培养出来的？说这人贼大胆儿，天生就胆儿大，可说这胆量要培养，太难了。

马介甫也没什么个别的招儿，但看着大哥太可怜。“哎，得了，我真不想救你，可是不救你，老盟父跟这孩子招谁惹谁了，一块儿受罪，受这个欺凌。完了，就冲咱哥儿俩一个头磕在地上拜了回把子，我救救您。”“哦，有招儿？”“有招儿，我轻易不用。”“甭客气啊，有什么后果哥哥我盯着，只要你能让我做主，我来回大男子主义就行。”“是这话？”“是这话。”“好嘞。来，喜儿，把书箱搬过来。”他随身背着个书箱，喜儿把书箱背来了，打开一看，里边乱七八糟、稀里哗啦，这爷儿仨眼巴巴看着，也不知他找什么。“您找什么？”“别忙。”找半天，拿出个小瓶来，上边也没字，把箱子盖儿又盖上了。“您找个碗去。”“干吗？”“吃药。”“吃药？我这可不是身体有病。”“您甭管了。”

把碗找来，把水找来，马介甫把小瓶打开，拿小拇哥上里边挑药，挑不点儿①，往碗里一弹。“这什么药？”“嘿嘿，大哥，我真舍不得拿出来，此药有个名，叫丈夫再造散。”“嗯，好名字，好名字。吃药就得对症，不对症医药罔效啊。我就是没有丈夫气概，此药名

①不点儿：北京土语，很少的，或形容年岁小，或形容量少，或形容个儿小。从小不点儿引申而来。

叫丈夫再造散?”“对。”“您这用药算用对了症了，多搁点儿，多搁点儿，你别舍不得。”“足矣，足矣。”“再来点儿，再来点儿。”紧着对付。“吃药不能多吃，回头您再吃错了。得，再挑点儿。”又挑点儿。“今儿量可大点儿，就这样吧。”把小瓶塞上，打开箱子盖儿又搁里头。“你那里还有什么?”“您甭看。”原文写“合水授万石饮”，拿点儿水一擢弄，也没什么味儿，也不苦，杨大爷把丈夫再造散可就喝下去了。“这药有什么副作用没有?”“‘所以不轻用者，以能病人故耳。’”就是说这药能让人大病一场。为什么？说现在话吧，同志们，大概这药有点儿兴奋剂的作用，当时挺精神，就跟吸毒似的，吸完以后连着能睡三天醒不了。

您都看得出来，吸毒的人都面黄肌瘦，二百多斤大胖子，又白又胖，保证没吸过毒。有人跟我介绍减肥，原先住平房胡同就有一个。“哎，胖子，减肥不减?”我说:“减啊。”“抽白面儿，减得倍儿快。”“那玩意儿贵吗?”“我给你啊，前三天我白给你。”“前三天你白给我？那三天以后呢?”“从我这儿买啊。”“那你是贩毒的啊。”您说这多坏。当然，这是说着玩。

“这药你当时吃下去精神，吃完以后萎靡不振，所以我轻易不愿意给人用，怕人受伤害。您现在已经病入膏肓了，命在须臾之间，我要再不给您治，您就算死在大嫂手里了。”病入膏肓，离心脏最近，心脏跟肺中间这地方叫膏肓。这病已经过了肺了，都到膏肓了，再有一步就到心脏，这人就死了，毒归心那就完了。“你已经这个地步了，喝了它没事儿。”“喝完我倒没觉得不舒服，就是觉得有点儿热，浑身燥得慌。”“这药力就快行开了，您借着这药劲儿要行一行您丈夫之本色。”“啊!”杨万石等他这句话说完，拍案而起。怎么？药劲儿上来了，杨万石就觉着有一股气由丹田这儿起来了，顺十二重楼在肺腑当中“咕噜咕噜”一转悠，就奔嗓子眼儿了，由嗓子眼儿可没奔嘴，奔顶梁门了，脑后摘筋儿，奔脑袋了。也不是打哪儿来这么一股邪火，“腾楞”一下儿就上来了，叫怒火中烧、愤火填胸，眼也睁起来了，眉毛也挑起来了，就跟有什么附了体似的。杨大爷一瞪眼，说话声儿也大了：“介甫，这药不错啊。”“是啊，错我也不能给您用啊。”“丈夫再造散必有它的功效，哈哈，我现在恨者非别。”“您恨哪一个?”“就是你那嫂嫂不良人尹氏。”“那您又如之何呢?”“我到后堂去与她算账。”“多要小心。”“你甭费话了。”杨老头儿一看，儿子又来劲了。“老大，别进门儿又给人家跪下了。”“爸爸，您这说哪儿的话，兄弟给我用了药了，您瞅我这回的。”

杨万石开门出去，“噔噔噔”往外走，走半道儿还捡一块大石头，他们家院子里怎么那么方便的石头咱也不知道，石头在手里一握，怒气冲冲往后就走。杨老头儿不放心呐，出来喊家里人：“老三、老四、老五、老六，你们都过来。”手底下人什么名字咱就甭细说了。“太公您说。”“跟着点儿你们大爷啊。”“大爷干吗?”“找大奶奶玩命去了。”“不能吧，找大奶奶玩命? 您……您放心，我们甭跟着，到那儿大奶奶一嘴巴就𥕢[①]回来，我们跟着干吗?”“不，这回马贤侄给他用了药了，丈夫再造散，这家伙已经血灌瞳仁了，你们快跟着吧。”“是啊? 跟着吧。”七八个人在后边跟着，杨万石攥着大石头可就到后头了。还有丫鬟、仆妇呢，一看：“哟，大爷，您干吗?”“少要多问。”到这儿一踹门，“咣当”，杨万石又进来了。刚才就踹门进来的，一进门儿，尹氏一指：“‘何为?’”“啪”，杨万石跪下了：“‘马生教余出妇。’”实话实说。这回又踹门进来了。

尹氏嫌他絮烦[②]了，坐那儿都没动地方。“哟，又来啦，干吗

①𥕢：北京土语，一指瓷器、玉器、玻璃等物品摔碎、打破，一指打架或打耳光。此处是后一种意思。𥕢，音cèi。

②絮烦：北京土语，厌烦，腻烦。烦，读轻声。

呢？你烦不烦啊？小点儿声儿。”这难免啊，突然间接电话，不接也不行，大家注意力还得在我这儿。[①]尹氏一指杨万石：“杨老大，今天看来要不挨上这顿打，你是有点儿难受啊。刚才踹门进来说马介甫让你把我休了，我就没找着家伙揍你，这么会儿你又踹门进来了，看来我要不打上你，今天你是过不去啊。”说着话，一挽袖子，往上一闯，扬手要打杨万石。杨万石连言语都没言语，大石头往身后一背，容得尹氏走到切近，杨大爷腿脚还挺利索，一抬脚，这是头一回，也给尹氏大奶奶来一冷不防。为什么？她就没想到杨大爷敢动手打她。这一脚踹一正着，蹬到肚子上，“噔噔噔”，“扑通”，一个仰巴脚子[②]就躺地上了。“哎，你……”下边这句街还没骂出来呢，杨万石走到近前，往她身上一骑，一薅她头发。“哈哈，尹氏，好贱人，你今天不是要打我吗？你打一个样儿让大爷我看看。”“我打你还新鲜。”“我先打你！”原文写“握石如拳”，攥着石头当拳头用，拿拳头打手疼，而且力量太小，握住大石头，照着尹氏的脑袋没头没脸，“梆梆梆”，就是三下儿。这三下儿可把大奶奶打蒙了，想张嘴骂街没容工夫啊，有一拳还正好打到腮帮子上，槽牙打掉三个，顺嘴往下流血，再骂街嘴里不清楚，直说法国话[③]。杨万石骑在她身上，连着就是十几下儿，两只手左右开弓这通儿打，不解气啊，“梆梆”，拿脚还踹两下儿。

像那个尹氏你就别说话了，就别骂街了，她没受过这个，别看挨了打了，嘴还挺硬。“好啊，哎哟，杨老大，你今天敢打……哎哟，你今儿打不死我，你他妈不姓杨！”还骂。杨万石一听：怎么着，打

①现场说书经常发生类似于手机铃声响这样的现象，故保留以示原貌。

②仰巴脚子：北京土语，仰面跌倒的姿势。巴，读轻声。亦作仰八脚子、仰八脚儿、仰巴脚儿。

③法国话：北京土语，并非法语，而是泛指胡言乱语。法，读四声。

不死你不姓杨?“好嘞，我今儿就姓回杨，我活生生打死你个贱人!”还打。打着打着，这一下儿打过了，石头没攥住，“噌”的一下儿，扔出去了。杨万石手里没家伙了，满屋找家伙。外边有人看着，七八个人连本身后院的丫鬟，十来位进来了。怎么了这是?刚才老爷子说丈夫再造散吃下去，真管用啊，这玩意儿咱们家要乱啊。每天都是大奶奶骑在他身上打，今天大爷这是怎么了?拿着大石头，打得体无完肤，浑身是血，顺嘴里往外冒血，石头打丢了还找家伙。谁也不敢进去劝啊。

趁这么个工夫，尹氏站起来了，用手一指:“你，你……你找什么，难道说你还敢拿把刀杀了我吗?”大伙儿一听，公母俩还要唱《乌龙院》，宋江坐楼杀惜，戏词儿都出来了。这一句话把杨万石提醒了。“哈哈，好贱人呐，你要不说我倒忘了。”一伸手，“噌”，把佩刀拽出来了。什么叫佩刀?挂腰上的，这个刀是饰物，没什么实用性。说现在话，它唯一的实用性就是因为杨万石是个文人，裁个纸用。当然，咱不知道那会儿削苹果用不用这刀，是不是能起到水果刀的作用，反正我没考究过。佩刀本身最主要的功能是装饰。杨万石这刀很快，虽然不大，但很锋利。一攥刀鞘，一按刀背，“噌”，杨大爷把小刀拽出来了。一看他亮了刀，一般人要识趣就得跑，尹氏不介，不跑，还骂。为什么?她作威作福惯了，万也没想到杨大爷今天真起了杀人心了。“杨万石，好，你把刀拽出来了，你给奶奶来个脆的，你今儿要不捅我，你不是人!”您说这不是戗火吗?

有道是“羞刀难入鞘”，杨大爷一扬手中的刀，“嘭”，就把大奶奶尹氏攥住了。“这可是你说的。”“是我说的怎么样?”“我就要你的命!”一扬手，拿刀往下一杵，大奶奶“嗷唠”一嗓子，腿一软，“咕噔”，就坐地上了。杨万石就势一脚把她蹬躺下，往她身上一骑，拿刀在她身上一划，“哧噗”，就把她衣裳挑开了。干吗?刺她身上的肉。“一刀把你捅死今儿就算便宜你，我也让你受点儿零碎儿罪，你对我欺负得太狠了。”杨万石照她大腿上，“噗”，就是一刀。“你让我穿女人的衣裳，你羞辱我，我乃孔孟子弟，你让我穿女人的衣裳上大街千人瞅、万人瞧，你这个不良之人。”“噗”，又一刀。“你欺负我就完了，还打我爸爸，你说你七出之条占了多少，我把你休了都不算过分。今天我看看是你硬，是我硬。”“噗”，又一刀。“你逼得我二弟杨万钟投井身亡，好可怜，我那贤德的弟媳让你活生生逼出杨家门。”“噗”，又一刀。“我那七八岁的侄儿小喜儿多可怜，让你天天打、日日骂，不管饱，还让干重活儿，现在已然奄奄一息，就跟死人一样啊。”说着话，又气又恼，眼泪也下来了。左一刀，右一刀，尹大奶奶零碎儿了，身上没好肉了。真刺啊？啊！

像那个尹氏你就别骂了，还骂。说实在的，《马介甫》这书写得好，尹氏太横了，这样的女人也确实难找。“嘿，我说姓杨的，今儿我算走单了，外边都是死人，他们也不进来劝。你别拿刀给我零碎罪，你给我来个痛快的，咱们是一命抵一命。我不把你二弟杨万钟逼死了么？弟媳妇二奶奶不挤兑走了吗？奶奶我给他们抵偿兑命。你甭费话，陈芝麻烂谷子说这干吗？你照奶奶心口来，一刀你捅在这儿，算你小子豪横，算你够一撇一捺，是爹娘生、父母养。”尹氏也不知在哪儿学这么一套娘家嗑儿，还真利索，“啪啪啪”一说，说得杨大爷恼羞成怒：看来今天不宰你是不成啊。“割股上肉”，就是大腿上的肉割下巴掌这么大一块，半斤多。当然，它不能是一块方肉，腿上刺不下那么大块肉。连皮带肉反正刺下一块来，“唰”，血就下来了。这下儿尹氏可害怕了。为什么？就算不扎心口，这么刺，甭多了，刺三块，这人就活不了了。为什么？失血过多啊。刺巴掌大一块肉，受得了受不了？这才改点儿口。“哎哟！”惨号一声。“大爷，您真刺啊？”“对了，我都这样了，我还跟你客气什么？”“噗”，又一块。这块好，瘦点儿。头里那块肥，这块就瘦点儿。往旁边一搁，杨大爷举刀还要剌。

尹氏一看，真要死他手，知道求他已经没用了，叫外边这些人："你们就这么看着，倒是把大爷拉拉啊。"大伙儿这才明白：对，咱们拽着点儿大爷。稀里胡噜全进来，可得拉得动啊，敢情丈夫再造散力量太大了，跟狂人一样。您经常看电视都知道，这人也不知吃点儿喝点儿什么，跟大力水手似的，吃完菠菜就了不得了，跟小宇宙爆发①了似的，这会儿力量异于常人。四五个大小伙子拽不动杨大爷，杨万石就在尹氏身上这么骑着，拿着刀，两个人掰腕子掰不住，刀还往下走。大伙儿一块儿往起拽，好不容易算从大奶奶身上把大爷拽起来了，有几个丫鬟就把尹氏从地上抢到床上去了，赶紧拿点儿衣裳、被卧，扯开了就堵伤口，哗哗往外流血啊。又赶紧指挥这几个人："抱出去，抱出去，把大爷赶紧抱出去。"那哪儿抱得动啊。

这么会儿工夫，马介甫来了。马介甫溜溜达达，顺头里往后走，一看正打呢，不过去；骑在身上打，不言语；拿刀剌，数落大奶奶，还不过去；割肉了，他过来了，两块肉下去了。"大哥，行了，行了，都冲兄弟我了。这干吗呢？鸡飞狗跳，吵吵闹闹。完了，大哥。"一伸手，一攥杨大爷手腕子："咱哥儿俩上头里喝茶去啊。"也怪了，七八个人拽不住，拿着刀还往前冲，马介甫就一领他腕子："走。"杨大爷真听话，行尸走肉相仿。"啊？哦，喝茶去。好，前厅待茶。"跟着就回来了，到头里客厅分宾主落座，有从人献茶。刀还攥着呢，"啪"，杨大爷恶狠狠往桌上一拍，大口喘粗气。"气煞我也，今儿我可出口气，痛快！兄弟，这再造散你得给我留下，拿小拇哥挑这么

①大力水手、吃菠菜、小宇宙爆发：这都是卡通片里的人物或情节，一笑耳。

点儿就有用，我看你那儿还多半瓶呢。再跟我炸刺儿[①]，再要跟我抬杠拌嘴，再打算欺负我，门儿都没有，这药我天天吃，我看够半年的。你可别闲着，给我配去，花多少银子哥哥我给，给我配个三瓶五瓶的，我就不信我管不了她。”这药劲儿还没过去呢。“得了，得了，您消停消停。来来来，喝点儿水，压压寒气儿，一会儿再骂。”这茶水也晾得温凉不盏儿了，杨大爷拿茶壶倒茶碗里大口喝。“再来一碗，再来一碗。”两碗水下去，心神定了点儿了。

马介甫冷眼观瞧：行了，药劲儿过去了。“大哥，刚才您都干什么了?”“啊?”杨万石低头一看桌上这把刀：“刚才我是不是打你嫂娘来着?”“什么嫂娘?”“我在家叫她娘叫惯了。”“打来着，拿大石头左右开弓，把脑袋砸好几个窟窿，哗哗冒血。”“哦，还怎么着来着?”“骑她身上，就拿这把刀，都刺零碎了，这么大的肉刺下两块来，咕嘟咕嘟冒血，七八个人拽不住您。”“我怎么这样啊?”“怎么这样啊？皆因为弟给您服了一料药啊。”“什么药?”“丈夫再造散。”“哦，丈夫再造散。嗯嗯，我想起来了，我觉得我现在浑身有劲儿，出气儿比原先都顺畅了，都痛快。我多谢贤弟再造之恩。”“哥，我得说您几句。您知道您为什么一贯这么怕我嫂子吗?”“你说。”“这不是一天两天，我纵有良药，治不了您的心病。有道是‘冰冻三尺，非一日之寒’，您怕她时间太长了，这么多年您就没敢跟她大声说过话，就没想跟她翻斥[②]过，今天我用这点儿药无非就是壮壮您的胆色。可您听明白了，打这儿以后她算怕了您了，怕可是怕，您自己可盯住了，不能再㞞了。不是我出坏主意，

①炸刺儿：北京土语，一指故意挑衅或滋事闹事，一指突然恼怒或急躁的情绪爆发。此处是前一种意思。炸，音诈。亦作乍刺儿、扎刺儿。

②翻斥：北京土语，一指吵嘴，斥责；一指翻白眼珠。此处是前一种意思。斥，读轻声。亦作翻哧、翻扯。

您要是再露出一点儿让着她、怕她这个形色来，我这药可就白用了。‘再一馁，则不可为矣。’我就没辙了，就没法儿办了，您自己琢磨。”“不能，这回我说什么也不怕她了。”“您怎么知道打今儿起她就怕了您了？”“咕嘟咕嘟冒血，都那样了还不怕？甭说她怕，我都怕，我都后怕。”“这不行，您哪儿能后怕啊，您得咬住牙。丈夫再造散我给您留点儿也不要紧，可您不能指着这个药，主要是您自己精神思想方面的问题。”“是是是，你说得对，那我看看去。”“看什么？”“我上内宅瞅瞅她怕我没有。”“那您可厉害着点儿。”“是，我现在有根，不成我出来你再给我药吃啊。”“您别老惦记药，您自己阳刚些，从此夫纲大振。”“好吧，我到后边去探听探听。”

杨万石头里把马介甫安排好，自己迈大步往后走。这回有底了，什么底？有药啊，不成我出来还吃药。走到后宅，没进屋先痰嗽一声：“嗯哼！”就这一嗓子，就听里边说话：“哎哟，赶紧搀我下炕。”都下不来炕了。您琢磨，挨那么些刀，刺两大块肉，这会儿工夫请大夫上点儿刀伤药，虽说外伤，那也受不了啊，满面含羞带愧，涕泪两行，尹氏就下了床了。杨大爷一撩袍袖，迈步进屋，斜楞眼睛一看尹氏。尹氏跪在这儿站不起来啊，那意思要以膝当步，跪爬往前走，说：“奴家给大爷行礼，大爷您来了。”往前一蹭。丫鬟过来要扶，杨万石一瞪眼：“别扶她，这还差不多，尹氏别爬了，干吗呢？装这个可怜相给谁瞧啊？你以为这个样子我就不打你了吗？”就这一个打字出唇，尹氏是亡魂皆冒，本来是跪在这儿，“扑通”，趴下了。血还往外渗呢，尹氏拿手一护伤口，这只手往面前一推：“大爷，您别打我了。”杨万石哪儿受过这个啊，就觉得两脚飘飘摇摇要往起飞，一拔胸脯：“你想想你的所作所为，当着这些丫鬟、仆妇，我是不给你留脸吗？当然，我也甭背着她们，你扪心自问，你这些年办的都叫人事吗？我打你，着是不着？”“着。”“我骂你，对也不对?”“您骂得对，您骂得轻，您打得轻。”“今天割下你两块肉都不足以泄我之怒，不足以平我之恨。告诉你，我这口恶气就没出来。”“那您还要怎么样啊?”“等你养好了还打。我把你养得白白胖胖，照样再剌肉，然后再养着你，还剌你的肉。”杨万石平常没说过这狠话，今天有再造散盯着，“当当当”一数落尹氏，尹氏是唯唯诺诺，俯首认罪。“您说得都对，怎么打我都成。”“打今天起，你还打不打我爸爸了?”“再也不敢了。”“你还欺负不欺负小喜儿了?”“绝不能够。”“好吧。我可告诉你，长记性，打今儿起稍微要有点儿让我不痛快，就是这个下场，我也没工夫跟你多说话，自己看着办。”

拽下两句闲话，一转身，杨大爷出来，迈步往外走。嗬，天也蓝了，云也碧了，看哪儿哪儿顺眼。“你说我们家这房子怎么盖得这么格局[①]，小院这四致，水缸是水缸，海棠是海棠。水缸里的金鱼平常我看哪个都不喜欢，今天你看这雍容华贵，找鱼把式，打今儿起把鱼给我伺候好了。干吗？打今儿起我玩，什么叫提笼架鸟，逗蛐蛐、养蝈蝈，花鸟鱼虫、风花雪月，打今儿起我胡来了。为什么？没人敢管我了。小妾我再娶，这回不光王氏了，我李氏，我何氏，我张氏，我赵氏……到那儿我可着样儿挑，我把她们都弄家来。”您瞧，人逢喜事精神爽。

头里马介甫跟他爸爸、侄子一看杨万石这模样，就知道胜利而归，探听消息有实底了，叫父子相贺，爷儿仨这回是喜极而泣。“咱们可有出头之日了。告诉厨子，改善生活，打今儿起吃剩下的给后边送去，咱们头里，四个凉的、四个热的、四个荤的、四个素的，问我爸爸爱吃什么，可着样儿挑，想吃什么做什么。把家里多少年

①格局：在北京土语中，不是名词，而是形容词，有规整、周正、妥帖的意思。局，读轻声。

藏着不动的酒都拿出来，什么叫‘状元红’‘葡萄露’，多年的花雕陈酿，咱们今天是一醉方休。”马介甫一看：“您也不至于这样啊，这么造于身体也有伤，咱们还是量力而行。”“你甭管，吃不了我倒，我吃一顿、倒一顿你甭管，倒地沟我也不给那个贱人吃，当家作主了嘛。”马介甫一看：“咱先甭说别的，老爷子这衣裳得换换啊，当初就是我花钱买的衣裳，咱们重新给老头儿做衣裳。”“干吗你花钱啊？我花，连喜儿的带你的，去外边喊裁缝去。”这儿做着饭等着，裁缝就来了。“看这爷儿仨没有，一人先做四十套。”裁缝一听：“大爷，您要疯啊，做四十套干吗？”“费话，我有钱。”“有钱您也别这么花。”“对，原先我没花过，这么多年钱就没让我花过，万一以后还不让我花呢，这一回我花痛快了。”马介甫说：“那咱也别四十套，一人做个三套两套的不就得了么？”“你们看着办，喜欢什么就做什么，手底下人每人做两身新衣裳，每人赏二两银子。”为什么？我又掌政了。大伙儿都非常高兴，合宅欢庆。除了后堂哭哭啼啼、悲悲惨惨、凄凄切切，大伙儿出来进去全扬眉吐气、喜气洋洋。这一宿闹过去了，小喜儿也高兴。

第二天早上起来，早点也丰盛了。吃完早点，马介甫说：“大哥，这回算顺过把[①]、变过天来了。”“对，怎么着？”“我的任务可就完了。”“嗯？什么任务？”“我该走了。”“怎么着，走？哎哟，兄弟，别介。”甭说杨万石不让走，连杨老丈跟小喜儿也不让走。“上回您把她治服了您走了，您是走了，我们可又受苦了。这回您好不容易把她又治服了，干吗又走啊？您要再走了，我们可又坏了。”“我说大哥，您这病还是没好，您不能指着我。昨天您上内宅，嫂子怕您不

①顺过把：即顺把，北京土语，一指听从支派、调遣，一指顺手、顺当。此处是前一种意思。

怕您?”“怕我啊。”“完了，打今儿起她怕您了就是，我在与不在都一样。我不告诉您了么，不可馁，‘再一馁，则不可为矣’。只要您盯住了，咬紧牙关不再㞞，我保您无事。”“这个话我信，我也绝对照着你的话做去，但兄弟你别走，咱们再盘桓几日，我替你死去的二哥招待你几天。”一提杨万钟，马介甫伤心啊。“得了，您要这么说，我就再多住几日。”

这几天每天杨万石吃饱了喝足了玩痛快了，先得上后堂发一顿威。原文写尹氏“宾事良人”。什么意思?打今儿起叫洗心革面，真学好了，不是光怕的问题，从心眼儿里恭敬杨万石，整个儿变一人，对手底下人也不那样了。外伤容易好啊，没多少日子，她这伤见好，能下床了，这就抢着干活儿，虽然不会干什么，但态度是好的啊。杨大爷每天后堂说一通儿闲话，骂一顿闲街，有时候高兴还掴击[①]两下儿，给尹氏来顿小嘴巴，反正你怕了我了，抖抖威风。然后上头里找介甫一块儿下下棋，喝喝茶，外边转转玩玩，散散心。杨万石原先就好交朋友，就因为这大奶奶，朋友都不上门了，主动拜望人家去，张家、李家、王家，到人家那儿也招待饭，吃人一顿不落忍，一招呼:“明儿上我们家吃去。”家里大排筵宴招朋友，日子一多，门庭若市。你请大伙儿，大伙儿还不来吗?再说，大伙儿也得瞧瞧这希希罕儿[②]。都是老街坊、老邻居，都知道他们家这情况，听他外边吹牛说这回把媳妇管过来，耳听是虚，眼见为实，得上你们家看看去。上家来一看还真是那么回事，大伙儿是交口称赞，杨万石在人前的面子算赚足了。

日子差不多了，介甫又提出来了:“大哥，够瞧的了吧?您这脸

---

①掴击：北京土语，用巴掌拍击。掴，音乖；击，读轻声。亦作乖击。

②希希罕儿：北京土语，稀奇、罕见的事物。亦作稀稀罕儿、嘻嘻哈儿。后者源自哈哈镜传入中国后大家觉得新奇，以嘻嘻哈儿名之。

都露到天上去了，每天鼓着腮帮子吹得乌丢乌丢[①]的。好，天是王大，您是王二，杀七个宰八个门后头戳二十四个，简直搁不下您了。您这庙小，我也待不住，干脆我活动活动，我就走了。”“别介别介，这会儿我不怕你嫂子了，我不指着你了，但我真想留兄弟你再待几天。”“我确实有事。”

收拾好行囊，马介甫带着从人要离开杨家。杨老丈跟小喜儿实在舍不得啊，小喜儿哭着拽着马介甫：“三叔啊三叔，您别走。”“干吗？你为什么不让我走啊？”“我大爷不怕，我怕。”小孩儿可不说瞎话，孩子说出这句话来，马介甫激灵灵打个冷战。“哎呀，孩儿，你怕者何来？”“我看我大爷可管不了我大娘啊。”“啊？怎么见得呢？”“三叔，只要您一走，我们家兴许还能变回去。”“不会吧？”“您要是疼我，您就别走。”“我不能不走啊。”杨老丈也过来劝：“介甫，你要能不走就不走，甭说孩子怕，我也怕。”“我一剂良药治不了你们爷儿仨啊，怕也枉然，只要我大哥万石不怕，就没事。”“你保得准吗？”“我保得准。”“是这话？”“是这话。”“那你干吗去呢？”“东海有事，我访朋友去。我就打这儿路过，来看看，一待又是好几个月，就耽误赴约了。我要爽约，那些朋友也不干，我还必须要去。还有相会之时，等我从东海办完事回来，咱们还能相见。”老头儿一听：“这就好办。得，介甫，我信你，你走不要紧，只要还回来就行。不管时间长短，我可盼着你。”“老盟父，您把心放在肚子里，只要办完事，我准回来看望盟父与侄儿小喜儿。”“得了，你走吧。”

同志们，可了不得了，还是这句话，马介甫不该走啊。马介甫这一走不大要紧，还得再说一个月。

---

①乌丢乌丢：北京土语，本意是吹得十分响，后引申为吹牛吹得大或吹捧得过分了。

第八回

这段《徐母骂曹》是《三国》当中非常经典的段落，“男骂曹”、“女骂曹”都比较难说，得说曹操怎么不地道。其实还有一段是“暗骂曹”，就是讨曹檄，那是一篇文章，不是面对面骂，愣给曹操的头风病治好了。您往后听，都是比较难说的书目。《聊斋》相对贴近一点儿生活，尤其《马介甫》，太贴近生活了，咱们生活中都碰上过这样的人，惧内。咱们老说惧内，《马介甫》这段书里的杨万石是惧内的代表人物，也是典型人物。那天跟一个听书的观众交流，他说：“我听这书生气。”我说：“您生什么气啊？我哪儿说得不好？”“不是，这个人怎么这么窝囊？”再一个，我进度慢他也着急，这也难怪。

上回书咱们说到马介甫又走了。这次按说应该把这位尹氏大奶奶调理过来了，搁谁听这书，听到这儿也该到头儿了。为什么？给杨万石吃了丈夫再造散，这个药具体有没有，什么配方，《聊斋》没写，但分要写了，我先配点儿去。有这个药物的支持，杨万石胆量见壮。可马介甫也一再说：“这毛病在你这儿，你要是把胆子练出来了，你媳妇自然就怕你了。”按说生活中一阴一阳、一反一正，也是这么个道理。老说“困难像弹簧，你弱他就强”，这话有它的哲理性。两口子也这样，有一个横的，那个就得软着点儿，就得服点儿软。俩人都横，那就得打离婚了，就闹起来了。当初她那么横，现在她愣怕了杨万石了。马介甫要走，爷儿三个不愿意马介甫也得走，人家说了：“我有东海之约，我上东海会朋友，在您这儿就耽误好几个月了，我办完事还回来。”他走了。这个家怎么样呢？得过啊。说她怕杨万石吗？怕。但原文说了这么一句话：“久觉黔驴无技。”

黔驴技穷，说的是唐宋八大家之一的柳宗元写过一故事。“黔无驴”，柳宗元考证过没有咱不知道，说贵州那地方没见过驴，有个人带着一头驴到了黔地，把驴搁到山脚下，他办事儿去了。来一老虎，人没见过驴，老虎也没见过驴，老虎一看：这是什么？“以为神”，就拿这驴当神仙了。“耳朵大来鼻子白，叫声老虎你才来。昨天许了我两只虎，今天怎么就带一个来？”[①]这是相声里说的，根据这个典故编的。老虎害怕，看着这驴不敢过来，驴认识老虎。怎么？驴经得多见得广，拉磨的时候，有的磨房门口跑的小孩儿戴那老虎头，它知道老虎厉害，它也不敢过来。可老虎一看，这驴没什么能耐，刨地、打滚儿，就这么几招儿。虎属于猫科动物，您看猫逗什么东西就是探着来，虎先开始过去，一点儿一点儿试着步来，玩着玩着一看，这不灵，“吭哧”一口，把驴按倒下就搓[②]了。落这么一个成语一个典故，叫黔驴技穷。

“久觉黔驴无技。”说谁？说杨万石。日子一长，就发现杨万石没有新鲜招儿。那位说，为什么？他不是恶人。您看尹氏治他的时候花样百出，招儿多了，她愣能让他扮上女人衣裳出去，这要没看过《三国》，想不出这招儿来。尹氏能想出这招儿治杨万石，就说明羞辱男性已经到头儿了。反过来杨万石想不想治她？想治她。有了家庭地位了，她也怕我了，怎么治她呢？没恶招儿，天天打下不去手，一打二吓唬，日子一长招儿没了，尹氏觉出来了：哦，黔驴技穷了。那怎么样？就要登鼻子上脸[③]。

①这是传统相声《山中奇兽》中的台词，一笑耳。

②搓：北京土语，吃。

③登鼻子上脸：北京土语，耍赖皮，骄矜，得意忘形，含有嬉皮笑脸的意思，但属于为取悦某人笑脸逢迎而逐渐滋生的随意和任性，含贬义。上，音善。亦作蹬鼻子上脸。上脸，亦作讪脸。

您看，这是北京话，有外埠的朋友我没法儿给您解释。好多北京话我打小听过，会说，也明白什么意思，落在笔上写，写不了，包括好多新北京话，不是旧北京话。“嘿嘿，你得了，你歇菜[①]。”歇菜怎么讲？您说哪俩字儿？他又不是卖菜的，怎么叫歇菜呢？咱就不知道这话是怎么演变过来的。旧北京话说“你看你这衣裳怎么翘楞[②]着”，翘楞俩字儿不会写。“你捯饬捯饬，老折裂[③]着。”折裂，怎么写？“您受累，像这天儿您这鞋拿出去‘呲楞[④]呲楞’。”呲楞呲楞，怎么写？这就给您随便举例子，话都明白，要说您各位也懂，落在笔上哪俩字？琢磨半天不敢下笔。

尹氏要登鼻子上脸，怎么上脸？各位，她也得试着步来。这天晚巴晌儿，杨大爷吃饱了喝足了，罗汉床上一歪，那年头儿还没大烟呢，要有他也得抽，为摆这谱、放这份，甭管是旱烟是水烟，大奶奶得给点上。“大爷，您吃饱了？”“费话，吃完了可不吃饱了吗？我自己家吃饭我饿着，吃一半饱儿，我对得起自己吗？”“我随便一问。”“你问这话就不是人话，就不该问。”“是是是，您别生气，只要您不揍我，怎么都行。”“可我看你最近有点儿找揍。”也就到这儿，痛快痛快嘴，真打他还舍不得。“大爷，您渴不渴啊？”“我刚吃完就渴？我不渴。”“您困不困啊？”“我吃完饭就睡，我成猪啦？我不困。”“是，那您歇会儿，我给您捶捶腿。”“哎，这还像句话，捶吧。”捶着腿，她得琢磨招儿。“大爷，原先都是您给我捶腿。”“嗯？”“现如今可是我给您捶腿，您原先也没打过我也没骂过

①歇菜：新北京俚语，一种含义是表示事情完结、终了，一种含义是表示对他人言行的否定。

②翘楞：北京土语，翘起来、支楞起来的样子。翘，音桥；楞，读轻声。

③折裂：北京土语，敞开、裂开的样子。折，音奢；裂，读轻声。

④呲楞：北京土语，一指吹一吹，过一下风；一指随意责怪，训斥。此处是前一种意思。楞，读轻声。

我，咱们小两口真得说是新婚燕尔。”这都什么词儿？杨大爷不知她要说什么。“你要跟我说什么？”“是，可这阵子光景呢，我也该伺候您，您要打我一下儿，我得还您十下儿，给您捶十下儿腿，您看行不行？”这叫半开玩笑半说实话。“扑哧”一下儿，杨大爷乐了：“哪儿那么些费话啊，捶捶腿就捶捶腿，咸了淡了的干吗啊？”过去了。

转过天来，还是捶腿。“您看昨天我给您捶腿手重不重啊？”“我倒没理会儿。”“那今儿我使点儿劲儿，您看怎么样啊？”“你使点劲儿我更解气。”“您要不觉得疼，这么着舒服，我每天就这么使劲儿捶。”“也好。”

捶了三天五天的，这天又来了。“今儿我别给您捶腿了，咱们说会子话吧。”“说会子话就说会子话。”“您最近可有点儿发福。”“心宽则体胖，我心里没事儿。”“是，可当初您多清瘦啊。”“是啊，当初你是那样我是那样，我吃不上喝不上的，现在好粳米白面，有鱼有肉，我就长得胖，这也顺气儿，吃下去也顺溜，下得去。”“对，您说得都对，可您不知道我下得去下不去啊。”“哦？那你是吃得下去是吃不下去啊？”“跟您说，我吃不下去。”“你为什么吃不下去呢？”“我难过啊，咱们这老夫老妻的。”“前儿还新婚燕尔呢，怎么今儿又老夫老妻了？”“是，挤兑得我胡说八道，语无伦次的。我跟您说，咱们是髽鬏儿夫妻，您就因为受了坏人的挑唆、上了外人的当，才对我那样，我知道您本心是不想这样对我的。大爷，您说是不是？”“呃……是，我能对你那样吗？”“就是，这两天我是奓着胆子跟您说，前些日子您把我打成那样，您看我这肉，那么大块肉您愣狠心从我腿上往下剜，我说点儿您不爱听的话。”“你说。”“当初我剌过您的肉吗？”“你还想剌我的肉是怎么着？”“不是，我就这么说，我对您那样，您对我这样，您说我能不难受吗？”“也有你这么一说，我不爱聊这个，咱聊点儿别的。”聊过去了。

又过些日子。“前些日子咱俩聊天儿，我跟您说您打我骂我，后来我也琢磨了，您看这些日子您就没打我没骂我，咱们这不也过得挺好吗？那倘亏[①]往后您不打我骂我，咱们不也一样过吗？”“你要是好好过，我就能好好过啊。”“是啊？那从今天开始您还打不打我了？”“我就不打你了。”“您还骂不骂我了？”“我可以不骂你。”“咱可就这么定了。”“就这么定了，丈夫说话，如白染皂。”大家看，这手段得一步一步的。

又过了几天。“这几天咱们也没怎么说话，我也没给您捶腰捶腿的，您难受不难受啊？您腿酸不酸呢？”“我也没觉出太酸来，反正捶捶是舒服。”“您也知道捶捶舒服，那咱俩都定君子协定了，打这儿以后息兵罢战、不吵不斗、不打不闹了，既是夫妻两口子，您怎么就不能给我捶捶腿呢？”“倒是也没什么不可以的。可我是大丈夫啊，我吃了丈夫再造散，怎能给你捶腿呢？”“怎么您就不能给我捶腿？您自当咱们家里小孩儿玩，您给我捶一下儿，您看掉块肉是怎么着？”“他……大概也掉不了。”“那您试试。”“哎。”大奶奶把腿一伸，“当当当”，大爷捶几下儿。“您哪儿疼啊？”“我哪儿也不疼啊。”“您怎么别扭？”“我怎么也不别扭，我不别扭我找别扭。”“那不完了么？”

同志们，蒲松龄写六个字，“渐狎，渐嘲，渐骂”。渐狎，逗着玩，半开玩笑。渐嘲，嘲笑你、鄙视你，拿你开着。渐骂，嬉笑怒骂，登鼻子上脸，假不指的劲儿大了。六个字，这个过程淋漓尽致。我老说蒲松龄下笔如神，他做文章用字简练，但又经琢磨。原文没写捶腿这些事，这是我们说书人琢磨的：她要打算旧态复萌，怎么办呢？就得动脑子想办法，尹氏也是个聪明人。“渐狎，渐嘲，渐骂；

①倘亏：北京土语，倘若，假如。

居无何，旧态全作矣。”这是蒲松龄写的。

原先什么样儿还什么样儿，到了骂这一关，离打可就不远了。一开始就捶几下儿，慢慢儿捶的就多了，三天一捶改天天捶，捶完腿捶腰，捶完腰捶脑袋，怎么舒服怎么来。可哪下儿使劲儿使重了，张嘴就骂，骂完杨大爷不敢还言。过两天又捶重了，这回不光骂，上手了，“啪”，扬手来个嘴巴。杨大爷把丈夫再造散那碴儿可就忘了，尹氏怕他那碴儿也想不起来了，他打心眼儿里还是那么怕大奶奶尹氏。您说这怎么弄？当尹氏同志重新又夺取政权之后，怎么办呢？就要换另外一个班子。一朝权在手，便把令来行，她把手底下人都找来开会。“你们要造反呐？你们以为我就此沉沦啦，我就不冒泡了？嘿嘿，你们想错了。现在看怎么样？我坐着他站着，我吃着他看着。你们得放明白点儿、放聪明点儿，这个家还是我当，还是我说了算。当然，咱们不揪辫子，也不翻老碴儿，可打今天起你们得明白明白听谁的。”大伙儿唯唯诺诺，心里话儿说：大爷啊大爷，这变得也太快点儿了，这才几个月的光景，怎么您又下了人家又上来了？大伙儿心里替大爷不平，嘴上可不敢说。

既然旧态全复又那样了，您说杨老丈跟喜儿爷儿俩能好得了吗？好衣裳不给穿了，好饭不给吃了，全都按原先那样来。老头儿也不知道儿子是怎么回事，想找儿子谈谈，儿子老躲着他，杨大爷跟爸爸不敢照面儿，孩子小，更不懂什么啊。老头儿一看尹氏这个状态、这个情况，在家里实在是待不下去了，就要走，走还不能跟杨万石说，更不能让尹氏知道，那就走不了，非把老命要了不成。

就在某一天晚上，老头儿也没有什么可收拾的细软，也没有什么值钱的东西，无外乎就是割舍不下这个小孙子，就把喜儿叫到跟前，说：“爷爷我要走。”“您上哪儿啊？”“我也不知我上哪儿。”“您什么时候回来啊？”“我就不回来了。”喜儿吓坏了：“爷爷，您要干吗去?”“唰”的一下儿，眼泪下来了。喜儿往这儿一跪，一抱老头儿腿：“我不让您走。”老头儿说：“孩子你不懂啊，我不走不行啊。”“那您带我一块儿走。”“我又带不了你。”“为什么?”“我这个年纪我养活不了你，你只能听天由命，谁让你倒霉生到这样的家庭。人各有命，福祸在天。咱们老杨家祖上没积德，不行善，传到我这辈儿上，一辈子没走过错脚步，不敢说行得端、走得正，可没坑过人、没害过人，平常爷爷都教给过你。可是我生下这两个孩子，一个是你父亲，老二杨万钟；一个是你大爷，老大杨万石。惜乎你生身之父被挤兑得跳了井了，自杀了；你这个大爷的所作所为，恐怕一时爷爷也跟你讲不清楚、说不明白，你只能自认倒霉。喜儿啊喜儿，人的命，天注定，能活则活，不能活爷爷也就顾不了你了。”祖孙两个人抱头痛哭。哭这么一报儿[①]，老头儿一狠心、一咬牙，把孩子一推，拔步就走，原文写“翁不能堪，宵遁，至河南，隶道士籍”。宵遁，晚上跑的，白天不能走，白天逮着活不了，跟做贼一样。老头儿是一家之长，大半夜深一脚、浅一脚顺自己家跑出来了。往哪儿跑?本来没目的。他们家是哪儿啊?您要听前文书，直隶大名府，河北省。往南跑吧，一个孤老头儿又没钱，那年头儿只能要着走，但年迈苍苍，有善男信女好心人周济着，一步一步往前挨，到了河南省界。隶道士籍，他当道士了。不定走到哪个道观，有好心的出家人一看，这老头儿奄奄一息就要死了，给救进来，姜水下去，人命活了，老头儿说：“我出家吧。”

书写到这儿，同志们，蒲松龄写得好，出家人都是没辙才出家呢。在座的不知哪位是居士，跳出三界外，不在五行中，您是吃斋礼佛的人，我说这个可能得罪您。有那么一批人是指佛穿衣、赖佛

---

①一报儿：北京土语，一回。

吃饭，那就不提了。还有很多人是被逼无奈。比如觉远，上少林寺学功夫，家破人亡他才去呢。比如贾宝玉。包括您听《童林传》，后文的童林童海川也出家了，因为政治斗争太厉害。童林本来是个侠客，是个武术家，是农民出身，没有什么文化，武功很好，真正参与到政治当中，就是四贝勒胤禛当了雍亲王。大伙儿知道，电视剧老演这个，他是四阿哥四爷，跟十四爷，还有当时没倒的太子大爷，大爷废了以后又是二爷，大爷、二爷、四爷、十四爷这些人争夺皇权，是非常惨烈的政治斗争，人死扯了。当然，这中间还有五爷、八爷和十爷他们两头倒，也有向着老十四的，也有向着老四的。这个童林崴咕①不了，不懂不明白。而且跟着雍亲王，就是后来登基的雍正打天下的这些功臣，包括马上要出现的这个关键人物年羹尧，他跟四贝勒是甥舅关系，最后都让胤禛宰了，您琢磨童林行么？被逼无奈，才出家。所以出家的人大部分都有很曲折的身世。

杨老丈一家之主，家趁人值，坐地的员外爷，站着有房，躺着有地，家里有吃有喝，不说儿孙满堂，但有儿子、有儿媳妇、有孙子，膝下承欢，颐养天年、寿终正寝这才是他的归根结宿。那蒲松龄怎么那么狠，让七十多岁老头子出家当道士去呢？没办法，就是让悍妇所逼，让儿媳妇挤兑得愣出了家，也不能在家待着。至于他真想当道士吗？您往后听。这小节最后一句写得好，神来之笔，“万石亦不敢寻”。杨万石知道不知道他爸爸跑了？知道，没找。

第二天早上起来，喜儿就找大爷去了，哇哇一哭。“怎么了？”“我爷爷走了。”“你爷爷上哪儿了？”“不知道。”“跟你说什么了？”小孩儿不会说瞎话啊，一学舌，杨万石傻了，吓了一个手脚冰

①崴咕：北京土语，整治，对付，解决。崴，音歪，读三声；咕，读轻声。亦作歪咕、崴股。

凉。他倒不怕他爸爸跑别地儿去，他怕他爸爸上官府把他告下来，他是有功名的人。上回书说了，那会儿封建啊，爸爸拍脑袋就送儿子忤逆不孝，人的头行大罪。“万恶淫为首，百善孝当先。”人要不孝顺，在那会儿是重罪。你愣把爸爸顺家挤兑得跑出来，他要跑到衙门把你告下来，这事儿杨万石可含糊，细审这孩子，孩子说不出所以然来，他只能跟家等着。等什么？等信儿。等三天没信儿，你应该派人出去找去，不找。为什么？不敢找。这会儿尹氏可也就知道了。“这老东西我怎么这几天没见着啊？”“跑了。”“跑了？跑哪儿去了？”“我不知道。”“你可太废物了，你怎么连爸爸都看不住啊？”“是，我不对，我有罪；我不好，我检讨。”尹氏骂骂咧咧，捜些个闲咧子也就完了，老头儿是死是活她不管，她也不知道杨万石真正担心的是什么。所以原文写“万石亦不敢寻”，不敢找去。

我为什么说原文写到这儿算一小节，因为已经把尹氏所作所为，一次、两次、三次的反复写到头儿了。到头儿是什么？小叔子杨万钟让她逼死了；弟妹让她逼得再嫁人了；孩子让她将近治死了；杨万石的小妾让她打了个死去活来，愣把肚子里没降生的婴儿打掉了；打自己的爷们；最后把爸爸也挤兑走了。她这就快到头儿了，也就是说倒霉起首快来了。有观众生气，别忙，马上就到您出气的地方了。说书我不掖着不藏着，您往后听，连您各位带杨万石，就快扬眉吐气了。

“年余，马至。”年余，一年多。马至，马介甫又回来了。干吗去了？上东海看完朋友得回来，跟老头儿有约会儿啊，只要那儿事情办完了，我准回来看你们爷儿俩。当初说过这个话，人就得践这个约，就要赴约。为什么要说“年余，马至”？给您都说清楚了，咱们得算年头儿，到后边都有用，书不说废话。您看，我们说书要说哪怕吃饭、拉屎这么点儿事，只要细说，这里就有书，就有用，没用不成。

那会儿有位老前辈说《包公案》。包公坐在堂上："包兴儿，拿茶来。"包兴儿点头："是。"但则见书童包兴儿转身出书房，过前厅，过二道院，过三道院，来到水房，上台阶，迈门槛，来到屋内一看，灶上火正旺，水正开，伸手从碗橱里拿茶壶，拿茶碗，拿茶叶筒，抓茶叶，回手火上提起水吊子沏水，沏好水把水吊子还搁火上，打开水缸舀了一瓢水，把水吊子又续上，把瓢扔在水缸里，把缸盖盖上，回头看茶叶已然落了底，水开嘛，伸手提起茶壶，捧起茶碗，转身出水房。观众一听：书快来了，这点儿语速加快，长调门儿嘛。包兴儿过三道院，过二道院，过前厅，来到书房，欠身形，拿头顶帘笼，闪身进书房。"相爷，茶水到。"说着话，伸手斟茶，双手捧过茶杯。包大人伸手接茶没喝，撂在旁边。"包兴儿。""在。""一旁伺候。""是。"这段书没用。说半天包兴儿续水这么麻烦，上水房折腾，什么茶叶、什么茶壶、什么盖碗，比我说得还细，可那会儿观众爱听，说老先生知道真多，一个茶壶说出多少样来。我也赶上过这样的先生，确实有能耐。"荸荠扁儿"茶壶，咱们常用。饭馆吃饭，您看那茶壶白的，椭圆的，"荸荠扁儿"。"螃蟹篓"，高帮的，带壶套。这叫什么，这叫什么……全能叫上名字来，跟书本身没关系。所以说书不能说费话。我受老先生这些熏陶，谨记前辈们的这些艺谚。

到时候我得给您算年头儿，头里马介甫什么时候来的，那会儿咱说了，"半载余"，半年多头一回登门；后边这几次来、几次走，都多长时间，最后得算。一年多，马介甫又来了，这回都没进门儿就知道他们家又有事。为什么？街门紧闭，大白天插着门。"啪啪啪"一砸门，手底下人把门开开，一看是马介甫，四目相对，一打愣，脸上一转色，马介甫就知道：得，又有变故。"大爷在哪里？""您……您进府自己找吧。"马介甫一听：好干脆。小驴拴在门口，自己推开一扇门，往院子里一走一看，院子还是这个院子，物是人非，这人蔫头耷脑、无精打采，见着自己也不跟原先似的三爷长、三爷短那么叫着，都躲眼神，就知道恐怕尹氏又变了。这回也不找老头儿，也不找杨大爷了，满院子里找。找谁？找喜儿。“喜儿，喜儿啊，儿啊，你在哪厢？叔父我来了。”前院奔后院，他紧利儿一找，一嚷嚷，后院的尹氏可就听见了。

尹氏大奶奶在上房屋一听，外边有人喊喜儿，声音很熟悉，一时想不起是谁来。“哎呀，谁啊？大白天鸡猫子喊叫，谁这么放肆，敢在我们尹杨氏门前……”您听明白了啊。“如此的喧哗。”说着话，把手里乱七八糟东西撂下，拐哒拐哒奔门那儿，把门打开，插着腰，大奶奶在台阶上往院里看，要看见是谁，张嘴就骂。正赶上马介甫找喜儿往后走，边走边喊：“儿啊，喜儿，你……”你在哪里说半截儿，一抬头看见尹氏，尹氏插着腰可也看见马介甫了。说现在话，零点一秒眨么眼的工夫，再看尹氏，往回一缩身子，一褪脑袋，“咣当”“咕噜咕噜咕噜……”那位说，有这么些门扦关儿吗？“嗞溜”一下儿，就上了炕了，把大被卧抖搂开了往身上一蒙。干吗？怕马介甫，这可不是一般的怕，从心底看见他就哆嗦。那位说，她这么豪横，逮谁骂谁、逮谁打谁的主儿，怎么怕马介甫？挨三回治了，而且都不是一般的治，要她的命啊。她就怕马介甫来，一看见马介甫，一句话都没敢说，销上门，大被卧蒙头，躲起来了。

马介甫哪儿有工夫跟她逗牙签子啊，看着她关上门，点了点头，也知道她怕自己。“喜儿在哪里？”柱子后头转出来小喜儿。“三叔，您又来了？”“啊，我又来了。”孩子鼻子一酸，眼泪在眼眶里一转，马介甫看着腌心啊。“孩子，别哭。”这句话就像给孩子提了醒一样，他能不哭吗？喜儿眼泪下来了，往前一扑，扑到马介甫怀里：“三叔，爷爷走了。”“爷爷怎么走的？”孩子哽咽几声，连哭带说，就把事情经过简单一学舌。"好吧，爷爷走也就走了，你也得走。""三叔，我上哪儿去?""跟三叔走。"孩子一听，把眼泪擦了擦："早就该走，我再也不能受这种气了，挨她的打，挨她的骂。刚才我在柱子后头看见了，跟您一对眼神，这么一搭须。""我成蛐蛐儿了。""'嗞溜'就跑了，她怕您啊。""也谈不上怕我，三叔这次来就是接你来的。""行，您上哪儿我上哪儿，咱们找爷爷去。""好孩子，跟三叔走。""我得跟大爷说一声。""这个……"马介甫一沉吟："不用了，走吧。""不说一声行吗?""我看行，走。"马介甫领着孩子迈大步往外就走。家里有人，谁敢拦？谁敢惹马介甫？知道这位厉害，有能耐。

马介甫领着孩子顺后头过三道院、二道院、前厅，到大门，往门外走，门外有驴，把驴缰绳解开，把孩子往驴背上一搁，自己一骗腿儿，骑到驴上，有柳条鞭子，拿起柳条鞭子要打这驴。手刚抬起来，脚步踉跄，杨万石顺里边跑出来了。"哎，介甫。"就这一句话，马介甫搂着孩子一回头："啊，大哥，别来无恙啊。""老三，这就是你的不是了。""我怎么那么些不是啊?""你做事有差。""何差之有?""你怎么上我们家当了崩子手、拍花的[①]了？一言不对，你根本不说话，也没经过谁，领着我们孩子往外就跑。你哪儿去啊?"马介甫骑在驴上，瞪着杨万石："哦，你想问我带这孩子上哪儿吗?""啊，你给他带哪儿去啊？我听家里人说，你要带孩子走，这不成啊。你带他上哪儿，我这当亲大爷的得问问呐。""那你父亲我老盟父走，你怎么不问问呢?""啊!""杨大哥，当初跟二哥万钟，咱们哥儿仨可是一个头碰在地下，不是亲生胜似亲生，咱们是异姓手足啊。二哥怎么死的，当着孩子我不愿意多说，心知肚明，您清

①崩子手、拍花的：江湖术语。崩子手，指骗子，又指拐卖人口的人。拍花的，又叫拍花子的，用迷药控制幼童或妇女后拐卖。迷药是一种药饼，拍在人脑门上或口鼻处。因小姑娘的江湖术语是斗花子，所以叫拍花的。

楚，我明白。老头儿怎么走的，您比我更清楚。爸爸丢了您都不问，这孩子又不是您亲生自养，哈哈……”马介甫冷笑几声：“杨万石啊，你问不着。”就这几句话，把杨万石说了一个哑口无言。

“杨大哥，这孩子搁您这儿干吗，非治死算啊？还是那句话，他是你杨氏门中一脉香烟，我不忍心看他死在你手里，看咱们弟兄好这么一场，杨大哥。”“马贤弟。”“您大慈大悲，有点儿好生之德，让我把孩子带走，小性命能得活也就是了，我可对不起您了。话已说尽，少陪。”一举柳条鞭子，还要走。杨万石真急了，下台阶紧跑几步，一伸手，“嘭”，可就把马介甫的衣裳袖子拽住了。“老三，你带孩子走我不说什么，你带他上哪儿啊？”“告诉了，你问不着啊。打今儿起咱们就是两姓旁人，割袍断义、划地绝交，您走您的阳关道，我走我的独木桥。老盟父跟这孩子是生是死、是好是歹，打今儿起您也不必过问了，您就守着我那贤惠的嫂夫人过您自己的好日子也就是了。撒手！”一抖搂手，把袖子扽回来了，一举柳条鞭子，“啪啪啪”，照着驴后座三鞭子。驴什么脾气？不让打啊，一犯驴脾气，马介甫抢了小喜儿，绝尘而去。只把杨万石也呆呆、愣磕磕一个人干在自家门外，半天没缓过神来，这还是尹氏让丫鬟又给拽回去，才回过味儿来。

杨万石回到家里，跟尹氏把事儿对付过去，自己回到头里，往这儿一坐，顺着门往外一看这院子，冷冷清清。好好一家子人家，现在就剩下公母两个人，还有个小妾不让见面，这叫什么日子？是怨尹氏不对，还是怨我自己不对呢？上辈子做了什么坏事，我杨万石怎么落得这个地步？好不容易交一个朋友，今天说下这样绝情断义的话来，遇人不淑啊，他怎能这样对我呢？看看二爷万钟那屋，看看老头儿跟小喜儿这屋，看哪儿哪儿别扭，晚饭也咽不下。

打这儿往后，杨万石更加惧怕尹氏，尹氏对杨万石这种非人的待遇是变本加厉，杨万石自作自受，这罪可受大了。街坊邻居和手底下这些人知道不知道？知道。当着面都怕，背后能不说吗？家里这些事，手底下人都告诉外边。好事不出门，坏事传千里，传这个传得快着呢。何况尹氏这个令人发指的行为，能让大伙儿不说，压得住大伙儿的口舌吗？大伙儿背后的议论太多了。自此以后，“乡人皆不齿万石”。不齿这两个字太狠，提都不成，提不得。谁要一提这人名字，旁边就有人说：“你看杨万石。”“嘿，别提他，我这儿还吃饭呢，你提他干吗？好好说着话，你提点儿好人，对不对？别跟我说。”提不到嘴边来。谁要提他，寒碜、丢人，就跟犯多大罪似的。大伙儿没一个瞧得起杨万石的。

再出村办事，杨万石走头里，后边可就有戳脊梁骨的。先开始杨万石又有功名，又是先生，家里又趁落儿、有钱，村子里的人谁见着不客气两句？“杨大爷，您出门儿啊？”“是是是。”“杨大爷，您办事啊？”“对，出门儿办点儿事。”“家里都好？”“托您惦记。”有客气话儿，一般的见面话儿啊。打这儿不介，走到马路上一看杨万石，一低头，这还是规矩老实人。稍微刺儿点儿的，有点儿青皮的那个，一揣手，看着你打跟前儿走过去也不理你，可杨万石刚过去，冲他后影儿一指：“看看，衣冠禽兽，不是别人，就是咱们村跺脚村里乱颤的人物字号杨万石杨大爷，有什么能耐，我说你们各位听。人家能把爸爸挤兑走，能把亲兄弟逼死，能把亲兄弟的孩子、两门单传的孩子让别人抢走。这在咱们村可说得出去，学啊，学人家这样的。”当着你面骂街，杨万石不敢还言，抹头就走。说回头找这位理论理论？不敢，怕犯众怒。

又过了几个月，“学使案临”，这四个字是原文。学使就是学政，叫提督学政，这个官品级虽说不高，但他管着一省的秀才，包括老师，教人念书的老师他也管，上学的学生他也管。那么一个地方，朝廷规定他三年之内最少得去两回。他到这个县里，都有花名册啊，谁是念书的，谁是秀才，谁是童生，谁中过举，家里什么情况，都有账。按着花名册都传来，甭管在四书五经上找个什么题目考考你。你要答上来，对你一番嘉奖；你要答不上来，或是鼓励你几句让你再好好温书，或是训教你几句，这都是有的。所以这个官别看品级不高，管着一省的读书人，他是大伙儿所有人的老师。他查来查去，就查到大名府了。别看杨万石有家有业，有妻有室，但你是秀才的功名啊，就得上学使跟前儿报到去，让人家问你。杨万石的学问倒是不小，提督学政问的这些话他都能答上来，但神不守舍，话说得有点儿颠倒，有点儿语无伦次。大人一看，这个人仪表堂堂，谈吐也不凡，怎么说话有点儿恍惚啊？他就要跟别人了解了解情况。这下儿大伙儿可逮着机会了，这眼药儿攒得可不少，这也给上，那也给上[①]，跟提督学政左进一言，右进一语。大人一听：这是什么人呢？这行为都是真的吗？有道是："三人成虎。"您琢磨琢磨，大伙儿异口同声全说这个，不由得他不信。

就这样，这位提督学政亲自把杨万石叫到自己面前，说："你跟我说话的时候老是闪烁其辞的，神不守舍，恍恍惚惚，你有什么心事吧？""回老公祖，学生没有什么心事。""恐怕是你家宅不和。"这一句话戳他肺管子啊，"唰"的一下儿，杨万石脸就变了。"啊，老公祖何以知晓？""哇！有众位秀才学生联名说你这些所作所为，我本还不信。今天一语道破，你说这些事都是不是你们家的事？"杨万石让人问短了，不得不承认："回老公祖，皆是学生一时不察，家出悍妇，这其中恐怕也有些误会。"什么误会？原文写"以劣行黜名"。

①上眼药儿：北京土语，在长辈、上级或其他有关人面前诋毁、揭发、贬低别人，说别人的坏话。

功名革去，这秀才没了。

那位说，这秀才有什么用？好，有功名的秀才帽子上有帽正，立的是武的，武秀才；横的是文的，文秀才。你有这个，出门人家一看，这是秀才，大伙儿都尊敬你，士农工商，人分等级，念书人最受尊敬。见官不拜，多大品级的官，因为你有功名你是秀才，上得堂去不给大人行礼，一揖到地："与老父母见礼。"这就很大面子。县太爷跟你说话，得赐座，得让你坐这儿。因为你有学问有文化，当初我也是秀才出身，我也是两榜进士的底子，学而优则仕，我考的功名，咱俩是平级的，而且不见得你的学问就比我差。

现在你杨万石的功名革去，不是秀才了，要再有那有皮有碴儿①，犯点儿小错儿，可就不客气了，大伙儿对你也就不那么尊敬了。就因为大伙儿都给上眼药儿，学政大人一生气，"以劣行"，你行为太次，"黜名"，把秀才革了。乘兴而来，败兴而归，杨大爷就跟霜打了一样。回家尹氏得问呢："你怎么今天回来这个德性？""我也不知招着谁惹着谁了，大伙儿都攻击我，上学政那儿诽谤我，把咱们家这些事都说了，把我的功名革去，你说我倒霉不倒霉？喝凉水都塞牙，放屁砸脚后跟，吃糖三角愣把后脊梁烫了。"尹氏一听："吃糖三角怎么会把后脊梁烫了？""一咬糖三角，一流糖，舍不得这点儿糖，拿舌头一舔。你说这倒霉事儿怎么全让我赶上了？"尹氏一听："甭管那个，一个秀才值几个钱？咱们跟家有吃有喝。""看来我还是倒霉。"杨万石以为他这就倒霉到头儿了。同志们，这是他倒霉起首，有一场塌天大祸就要临身，他是尚自不晓。

---

①碴儿：北京土语，原指瓜果或器皿上的疤痕，转指人身上的毛病、缺陷、污点。碴，音眨。亦作玷儿、渣儿、砟儿。

第九回

大家牺牲晚上的休息时间还来听书，虽说这也是消遣娱乐，但不一样。我老对观众表示感激，说实在的，这么冷的天儿，家里看会儿电视多好。现在跟大家正式推荐，元月一号开始，北京二频道将上演一部电视连续剧，每天晚上演，叫《采桑子》，清末民国的戏，大概是这么个时间。里面有一位福晋，福晋就是王妃，这位大福晋的表演者连丽如。老太太老不好意思跟您说，我得替我干娘做做宣传，刨去礼拜五晚上，您天天就不要出门了啊。这个电视剧相当不错，拍的时候我们到片场探班，一看都是名演员，我就不给您具体介绍了。连先生演大福晋，本身连先生就在旗，大家有的知道有的不知道，又演一个福晋，刻画得相当不错，大家有工夫可以欣赏欣赏。

当然，礼拜五您还来这儿，听这儿套书，各有不同。我还是强调这个：那头儿[①]仨“大枪杆儿”，《薛丁山征西》《东汉演义》《隋唐演义》，都是两国交兵，列阵对圆，胯下马，掌中枪；这头儿不一样，您听一书一味儿。祝兆良[②]说这个叫“短打”[③]，说我们行话，“短打公案”算一类书，高来高去，万丈高楼任脚踩，就地剜坑不嫌窄。您听《童林传》，就是《雍正剑侠图》，有段书叫“平行十三丈五”。

---

①那头儿：指宣南书馆，当时每周六下午在南二环开阳桥畔原宣武区文化馆演出。

②祝兆良：连丽如先生的三徒弟，比我小一岁，从小追随连先生习学说书，可惜英年早逝。

③“短打”：评书术语。相对于“袍带”“神怪”而言，是用来区分评书内容的，多指武侠类评书。

十三丈五是多远呢？一丈就按现在说，三米多吧，十三丈五……不少了。您算算，说这人能蹿四五十米，要活到现在，奥运会夺冠了。但人家这书说得合理，到时候得给您解释，这位怎么就平行十三丈五了，怎么走出来的。《三国》是连派的力作、代表作，连派评书著名的就是坐谈今古、坐谈《三国》，又一个风味。尤其原著，中国人没看过《三国演义》的太少了，不知道曹操、不知道刘备、不知道关公的太少了。所以说出来还得让您爱听。“走马荐诸葛”之后，下回这“扣儿”更好，“三顾茅庐”。谁不知道“三顾茅庐”？外地人您来了，逛颐和园先讲这个，一进长廊头一个就是“三顾茅庐”。您看，它的位置就这么重要。紧跟着第二个就是“卧冰求鲤”，王祥卧鱼。再往后……我都能背下来啊。外地一来朋友，我就带着上颐和园，发挥我这特长，别的景点不用逛，什么万寿山、佛香阁，全不用去，就在长廊这儿，一天半说不完。给他们讲“二十四孝”，三列国东西汉，水浒聊斋济公传，大五义小五义，五女七贞西游记，薛丁山樊梨花，杨四郎回家看他妈……能说半天。我说这《聊斋》属于神怪书，《聊斋》里有没有不是神怪的呢？也有，我挑一两篇到时候奉献给您。不是神，不是怪，没有狐狸，也好，引人入胜，主要是写得好。这段到现在您听出点儿神怪来了，但还没有暴露他真正的身份。

正说在杨万石杨大爷人生转折开始走下坡路，要倒霉。先是家败人亡，死的死了，走的走了，应了那句话，叫死走逃亡。到现在，头一点是被村人所不齿，提起你来就有罪，生活中要到这份儿上，这人就太次了。刚一提，这位说：“你别提他，提他我跟你急，这酒没法儿喝了，听他我堵，我心里难受。”不齿，连提都不能提，这是头一点。紧跟着“学使案临，以劣行黜名”，这是原文。他有什么劣行学使能知道么？架不住大家给你上眼药儿啊。说普通老百姓的话，不得哥儿们[1]，没人缘儿，都恨你，众矢之的。你一言，我一语，给送下来了。学使一问，他还挺老实，如实一说，结果罢了秀才的功名，毁了他的前程，革去功名您就是白丁一个。

古人以这个为耻。咱上学的时候都学过，“谈笑有鸿儒，往来无白丁”。说什么样的生活最好啊？就是我能交这样的朋友，我们家……吹牛就在这地方，“山不在高，有仙则名；水不在深，有龙则灵”。我们家住这地方没什么高人，就是“谈笑有鸿儒”，来的人都是高凳次[2]的；“往来无白丁”，说普通老百姓的话，上我们家串门的没有大老粗，都得副高职称以上教授级别的。古人追求这个。当然，现在咱们也这样。这朋友谈吐不凡，愿意跟他多说，说现在话，有素质。骂一嘴村街，往哪儿一坐，二郎腿都不会翘，这么横着担着；走到哪儿瓜子儿也吃着，嘴里再叼着烟卷儿，喝着瓶儿啤……您琢磨，就这形象，人家能跟您谈吗？有什么大买卖，说坐这儿谈会儿业务，谈不了。

革去功名对于一个念书人来说是最大的羞辱，也是最大的惩罚。回到家，尹氏不管那个，她不管，她不在乎：“革了革了吧。”她可不知道，这人倒霉打这儿开始。“又四五年，遭回禄。”又过了四五年，遭回禄就是家里遭火灾了。怎么叫遭回禄呢？火神爷的名字叫回禄。说有人纵火？不是，天火，遭了一把天火。说招谁了？不知道，大概是天谴。晚上睡得着着儿的，就听外边刮风，刮大风，突然间不知道谁嚷了一嗓子：“着了！”紧跟着就听见锣响，可不是他这院锣响，是值更下夜的发现他们家火光冲天，家里人还不知道呢。杨万石跟头把式从卧室跑出来一看，可了不得，烈焰冲天，“嘎啦嘎啦”，

①不得哥儿们：北京土语，不招人喜欢，没有人缘，大家都不愿和他交往。

②高凳次：新北京俚语，应为高档次，但京人音凳，故戏称为凳次。一笑耳。

烧得房子直响。又加上风大，风助火势，火借风威，这可救不了。

过去又没有高压水枪，就得是拿桶弄水往上泼，人能泼多高啊，救不了。过去着火怎样自救呢？就要断火道。怎么断火道？说这间房子着了，赶紧找人把它相关联的房子的墙推了。为什么讲究人家的墙都有夹道，房子跟房子不能挨着呢？这间着，就着这一间，旁边那间火够不着，损失降到最小，过去盖房子就讲究。

杨万石是农村的，房子都连了片，他有钱呐，前后有院子，还带小花园，也有街坊邻居，火一着就是一片，又加上风大，一会儿连街坊邻居房全着了。他们家人已经乱了，街坊一看：不成，扒民房吧。大伙儿七手八脚把民房全推躺下了，这一片可就着起来了。救又救不了，大伙儿离着远的跑出来，真有拍巴掌叫好的。“好！对了，让他们作呀，非打即骂，对亲爹、亲儿子、亲兄弟都这样，他们家不着火谁家着火啊？看着吧，着啊，着火苗子，烧！”大伙儿咬着后槽牙那么叫好。杨家不少手底下人呢，先开始还打水，往外抢东西，后来一看火着得太大了，跑吧。跑可不能空手跑，这手底下人也恨疯了大奶奶尹氏了，趁着乱，抢吧。值钱的东西，也不管真值钱假值钱，这瓶子什么朝代的也不知道，抱起就跑。屋子里还有老妈儿呢，一看：“大奶奶，大奶奶，赶紧跑吧！”尹氏也懵了，大衣裳也没穿，穿着睡衣，光着脚，顺屋里就蹿到院里。“您别忙，收拾点儿细软啊。”“是是是。”拿钥匙捅开柜子，打开匣子，把细软包吧包吧，还给大奶奶？“凉锅贴饼子——蔫溜”了，席卷一空。

同志们，三场莫入：刑场莫入，就是法场别去；战场别去；火场别去。刑场、法场你到那儿了，你是看热闹的，贼绑在这儿，这天瞅你不顺眼，一看你：“嗬，好啊，有你在我就放心了。”“贼咬一口，入骨三分。”把他宰了，把你留下了。“你别走了，这是江洋大盗，现在还有八百多万没找着呢，他为什么跟你说这句话？有你在他就放心了，这怎么回事?”“我不知道。”“走吧，官司您盯了吧。”你说你多倒霉，就因为他这一句话。所以刑场莫入。战场别去，为什么？打死白打。两边开了火了，贪热闹去看。“嘿，今儿可真刀真枪啊，轻易赶不上。”“梆”，把你撂这儿了，你找谁去？算哪头儿的？人家就是看见你了，不算误伤，这头儿拿你当那头儿的，那头儿拿你当这头儿的，不知道你是当兵的还是普通老百姓。所以战场别随便去。火场莫入。“嘎啦嘎啦”着火，你进去看热闹。火也完了，房子也倒塌了，本家儿得往外捡东西啊，一查，丢八颗翡翠白菜、四百多两金子。一报官：“我们家有人趁乱打劫。”“着火时候都谁来了?”“大伙儿跟着救火，人不少。闲人就一位，长什么模样，姓什么叫什么，住同村。”“把他找来吧。”重大嫌疑。说他们家有没有八颗翡翠白菜、四百多两黄金呢？那不管，就那么报，讹你一头是一头。所以过去规矩人讲三场莫入。

大伙儿都袖手旁观，全看热闹。其实大伙儿要跟着救，火也不至于着这么大。再加上手底下人也不救了，往外抢东西，连偷带拿。好可怜呐，就是一宿的工夫，尽成瓦砾灰烬，房子除了架子立着，全完了。过去房子盖得好，四梁八柱啊，甭管是地震是着火，最后柱子还跟这儿立着，一时也烧不透，那么顸的木头且烧呢。

就剩下仨人，杨万石杨大爷、大奶奶杨尹氏、小妾杨王氏，不能跑啊，也没怎么穿大衣裳，就是内衣，挎着个小包袱，包袱里有点儿值钱的东西，在自己家门前一站，傻了。一片繁华现在尽成灰烬，不敢想，疑在梦中啊。杨大爷看了看尹氏，瞅了瞅王氏：“这可怎么办呢?”“您问谁啊？我们是跟着您呢。现在咱们家着火了，您看怎么办呢?”“没辙啊，可恨手底下这些人呐，一着火连偷带抢全跑了，到现在连个贴心口的人想说句话都说不上，你说能指上谁?”“指谁啊？眼珠子都指不上，能指上眼眶子吗？你亲兄弟都那样，你亲爸爸都那样，你侄子都那样，还有她，你们俩早就憋着把我琢磨死。谁知道这火是不是她放的啊，她就是笤帚星，她就是丧门神，打她进了门，咱们家就没好过过。”说着话，就要打王氏。王氏委屈啊：家里着火也怨我，哪儿的事啊。她往后退，尹氏大奶奶往上欺乎[①]。杨大爷一看：“哎哟，行了，行了，大奶奶，别闹了，都这节骨眼儿了您还憋着打人呢？咱们够惨的了，琢磨琢磨怎么过吧。”

这儿正说着呢，街坊邻居到这儿一块儿作揖：“杨大爷，杨大爷，哈哈，给您道喜。”“同喜同喜。”“缺德不缺德，谁跟你同喜？我们家也着火？算算账吧。”杨万石一愣：“算账，算什么账？我们家着这么大火，还找我算账？”“对了，算的就是着火的账。我住您东隔壁儿[②]，我们家四间房全着了，来不及断火道了，把东边的房全推了。您看见没有，我们三家是您东边的。”这边又过来几位：“我们几家是您西边的。”“我们是您后边的。”一共十来间。“我们这房子全完了，也来不及往外抢东西，家里反正也不趁吗儿，不跟您似的，家大业大，我们比不了您财大气粗啊，您家里没事放火放着玩，烧完了过两天您再盖，我们比不了您。您拆兑[③]拆兑给我们找几间房，我们先对付着住。是您在原址上给我们盖，我们算回迁，还是另外给我们找地儿，我们算搬迁呢？您看着办吧。”杨万石一听：“我们家着火也不是我放的，照你这么说，我成心烧自己家房子玩，我吃饱撑的？你们说话不通情理啊。再说了，这不是倒霉的事儿么，该着谁家算谁家，我就够堵心的，别给我添乱行不行，你们爱找谁找谁

①欺乎：北京土语，挪动，靠近。乎，读轻声。亦作栖乎、企扈。

②隔壁儿：北京土语，紧挨着的邻居或邻屋。隔壁，音借比。亦作间壁儿、借壁儿、界边儿、界壁儿。

③拆兑：北京土语，一指为应急而采取借用或其他方式筹集财物，一指临时调配。此处是前一种意思。兑，读轻声。

去。”“找谁？就找你。还别不告诉你，已经把你告下来了，一会儿衙门口就来人。”“啊？你们还上衙门口告我去，着火你们也告我？衙门口是你们家开的，你说告我就告我？”“好好好，这会儿你嘴硬，你盯着。杨老大，你也有今天，反正你不赔我们钱，不给我们盖房子，咱没完。”十来家好几十口子，七嘴八舌把这三口子就围在当间儿了，陈芝麻、烂谷子，有荤有素，夹杂着这么一卷，把杨万石骂得脑袋都大了。“哎哟，这哪儿的事情。咱别吵了，我都晕了，行了行了。”

这儿正说着呢，有人高喊：“闪开闪开，靠边靠边，干吗呢这是？”进来俩官人，衙门俩班头。“杨大爷，给您道喜。”“你们就缺德吧，道什么喜，我何喜之有？”“您的差事来了，哈哈，大伙儿联名把您送下来了。走吧，太爷请您。”还真客气，搭一请字。“我连见太爷的衣裳都没有，您看内子都穿成这样，衣不蔽体，冻成这样，半宿了也没吃东西，您让我上衙门跟您打官司，还求您高高手，在太爷面前替我美言。”“不成。官差不由人，上边发签让带您，带到了差事，我们是交差完案；带不到差事，我们替您挨板子，咱不够这交情，不过这个。您甭费话，有什么话堂上跟爷回去。走走走！”“我去不了。”“干吗，还让我们费事啊？杨万石，朝廷的王法，你说不去就不去啊？”您别看尹氏混，这会儿明白，赶紧打小包袱里拿出点儿银子来。“大爷，大爷。”“哦，是是是。”接过银子。“二位头儿，这个买饭不饱，买酒不醉，您二位在太爷面前多替我担待担待，您买双鞋穿，容我们换身儿衣裳，再跟您堂上见太爷去。”“哦，这又何必呢。您留着钱有用啊，谁家着火谁不着急啊。再说了，日后您这个建设还是需要资金的。得了，咱们也不外，本乡本土的，原先好歹您也有前程。说良心话，原先我们见着您，大老远还得给您请安，叫您一声先生。说现在的话，太爷跟前儿我们可盯不了多会儿，您自己可忖量着，要二反投唐[①]，我们再来可就麻烦了。二话不说，锁上就走，我们也费事，您脸上也不好瞧。我的杨大爷，您可放仔细点儿，太爷的公事刻不容缓，您麻利儿[②]就去。”“我随后就到，随后就到。”“得了，再会。”分开人群，俩头儿走了。

大伙儿七嘴八舌：“怎么样，杨老大，我们不是瞎说吧？太爷传你，我们是原告，您就是被告。可话由两来，有一讼就有一诉，我们到那儿不是把您告下来了么？您上堂上跟太爷回去，您赶紧麻利儿的，我们等不了您，快去快去。”“众位高街贵邻，你们这不是打落水的狗吗？这不是落井下石吗？这样，我出钱，谁家有男女的衣裳匀给我们两身儿，我们好堂上回话去啊。”“哎哟，我们家衣裳也都烧了，谁有衣裳啊？再说，您是文明人，我们都是乡下人的衣裳，粗布粗褂的，您穿得了吗？”“是件整衣裳就行。”“好吧，我们发发恻隐，谁让我们都善呢，您也别提买，给个本钱，拿二百两吧。”人在矮檐下，怎能不低头？也搭着杨万石受恶气受惯了，逆来顺受，这人也没气没囊[③]。“大奶奶，二百两咱买身儿衣裳。”“哎。”尹氏这会儿也没主意了，打开小包袱，拿二百两给这几位。这几位回家能拿好衣裳吗？再说也确实没什么好衣裳，有的确实烧了，有的没烧愣讹他，反正家里穿不着的剩衣裳，也有打补丁的，也有脏的，就拿来了。没办法，穿上吧。“走走走，我们带着您一块儿，衙门见太爷去。”“哎。”奔衙门了。

到县衙，“咚咚咚”一击堂鼓，有手底下人出来：“干吗？”“见

①二反投唐：北京土语，本指离开某处，又回到该处；转指从某个话题说到别的话题，而后又回到原来的话题。简单说，就是再来一次、重复的意思。源出书文、戏文，即《隋唐演义》中李密、王伯当双投唐的故事。亦作二返投唐、二马投唐。

②麻利儿：北京土语，立刻，快速，抓紧。利，读一声。

③没气没囊：北京土语，形容性格懦弱，凡事无所谓，不与人争执，亦有缺乏进取心、没有骨气志气的贬义色彩。

太爷。”“叫什么？”“杨万石。”“哦，太爷等着你呢，下站，我们跟太爷回一声。”进去，二堂转屏风，太爷就在屏风后边坐着，想词儿呢。“回太爷，杨万石来了。”“好，擂鼓升堂。”“咚咚咚”一敲升堂鼓，大伙儿一喊堂威，衙役三班列立两旁，太爷居中而坐，肃静、回避牌，堂口稀里哗啦一扔，手铐、脚镣、脖锁三大件，吓唬人用。“带杨万石。”“带杨万石。”有带案的过来：“走吧，杨大爷。”拿根链子往脖子上一搭，这是王法。人把你告下来嘛，可也不锁。“您受点儿累，堂上回话。”“是是是。”“差事一名，杨万石带到，回太爷。”“起过一旁。”“是。”当差的往旁边一站，一掐腰，一瞪眼。大堂之上，有王法的地方，不怒而自威，你但分有点儿亏心事，到衙门就得说出来。

到了堂上，杨万石一看，大老爷那儿坐着，一揖到地：“学生杨万石与老父母见礼。”“杨万石，口称‘学生’二字，本县问你，是什么前程啊？”这一句话，“腾”的一下儿，杨万石臊一大红脸。为什么？“学使案临，以劣行黜名”，他把革去功名这碴儿忘了。他原先上堂都是“学生杨万石……”，不用跪，一揖到地：“与老父母见礼。”就完了。甚至还赐个座：“赐杨先生座。”“谢座。”就得坐这儿，跟县太爷平起平坐。今儿他把这碴儿忘了，县太爷坏，成心问：“杨万石，口称‘学生’二字，本县问你，是什么前程啊？”这句话问得，杨万石差点儿没噎死。“呃……我……欸。”一撩袍袖，磕膝盖一软，“扑通”，杨万石有文化，懂法啊，自己是白丁一个，见了父母官哪儿能不下跪啊？“草民杨万石与太爷见礼。”“这还罢了。身旁站的什么人呐？”“内子杨尹氏、小妾杨王氏。”“为何见了本县不跪？藐视朝廷的王法、本官的堂威吗？”“内人不懂，还望太爷多多海涵。跪下，跪下。”尹氏哪儿跪过人呢，一到大堂也有点儿蒙，跟王氏往这儿一跪。太爷一拍惊堂木：“脸朝外跪！”妇人不许脸朝里跪，脸朝外跪。

“杨万石，看见没有?”说着话，太爷一伸手，一摞诉状，可不是现写的，早写好了，就等着他们家着火呢。

那位说，大伙儿怎么知道的？给他的材料都记下来了。有代笔的先生，专门有调词架讼的刀笔师爷，写这个一门儿灵。大伙儿花钱，跟他说:“您给我们写，告倒了杨万石我们给您钱。”也有早写好的，也有现写的，这么一摞，告什么的都有。也有告这回着火烧了他们家房子，烧了东西的；也有说他不孝顺爸爸的；也有说他逼兄弟死的……反正告什么的都有。

“哗啦”，太爷把这摞状纸往堂口一扔:“你自己看看，多少人告你。杨万石，罄南山之竹难写你之罪，决北海之堤难冲你之恶。本县我的治下出了你这样的刁民，当然有本县的不是，但既然大家到堂上把你告下来了，你挨张看看，怎么办呐?”杨万石都晕了，一看:嚯，这么多人告我。不能都捡起来，捡起一张来一看，东隔壁儿张三告烧毁他们家民房四间。好家伙，丢的东西有玉的观音佛，有翡翠镯子四对，有一张八仙桌，海南黄花梨的。你见过海南黄花梨吗？这张三东隔壁儿开磨房，拴俩驴拉磨，卖豆腐，他们家趁这么些值钱东西，这不讹我吗？把状子一翻个儿，往脑袋上一顶，杨万石口喊冤枉:“太爷，我冤啊。”“哇！大胆刁民，堂口喊冤，冲这个就先值二十个嘴巴，你有什么冤枉的?”“我……我遭的是天火啊。”“那我不管，大伙儿把你告下来了，你也不必都看了。你就说，这东西你赔不赔吧?”尹氏在后边捅他:“咱可不能赔啊。”“太爷，我就有心赔我也赔不起啊。”“你还有什么东西啊?”“我什么都没有了，家里烧得一穷二白，夷为平地，都成瓦砾了，就是随身跟我媳妇带这么个小包袱。”“包袱里都什么啊?”“就有几件破衣裳。”“当堂验来。”

当差的不管那个，过去一抢小包袱。尹氏食亲财黑啊，是儿不死，是财不散，抢她钱她能干吗？她往怀里一拽小包袱，当差的过去一扬手，“啪”，就给一脖溜儿[1]。“拿过来吧你！”拿到堂上：“太爷过目。”当堂把小包袱打开，黄白之物，有点儿簪环首饰，有点儿细软，还有一沓子银票。太爷大概其翻了翻，够两千来两。“大胆刁民，还说没有，这点儿浮财东边这儿家也就够赔的了。西边这儿间呢？”“太爷，我真没了，就这么一小包袱。”“说，还有什么？”“真没有了。”“带原告。”

把原告都带来，黑压压跪一堂。“你们看见没有，桌上的小包袱有些黄白之物、金银细软，他愿意赔你们，可要都赔你们恐怕也不够，他们家还有什么东西啊？”老百姓多坏，恨疯了他们了。“回太爷，他们家浮财也就这些了，还有地。”杨万石一听：太损了，地契都烧了，我不承认。“老父母，我没有地啊，即便有地，地契都烧了，哪个地是我的？”“哪个地是你的？太爷，他们家有地，老爷庙下坡那四十八亩地不是你的吗？”“哪个？”“老爷庙下坡四十八亩地。”“那是侯老庆……”“侯老庆兑给你了，侯老庆倒给你了。”[2]杨万石心里骂街啊：侯老庆把地倒给我他都知道。“啊，是我的怎么样？”“是你的就行，赔我们，太爷给小民等做主。”“杨万石，看来不动大刑谅尔不招。你要知道，人心似铁非似铁，官法如炉果如炉。让太爷我动手打你，可你原先也是有功名念书的秀才，有辱斯文于你体面有碍。杨万石，说！”杨万石这会儿吓坏了：“我说，我所有的都赔上了。”“梆梆梆”，直磕响头。太爷一挡脸，差点儿乐出声来，一看左右三班，三班冲太爷挤咕眼儿：差不多了，行了。“好吧，画押具结。”有师爷写好了，供招事实，认罪伏法，大伙儿告你全认了。

①脖溜儿：北京土语，用手掌打脖颈到耳际部分。溜，读一声。亦作脖儿拐。

②这几句是传统相声《学四省》中的台词，一笑耳。

过去写好他的名字，杨万石，画一十字，按一手印。拿到尹氏跟王氏面前，也都按好手印。“这些东西连同地契，你也甭管了，我如数分给大家。下堂去吧，以后弃恶从善，洗心革面，好好做人。本县我嘱咐你两句，不要再办坏事了，杨大爷。”“太爷。”“这样的媳妇以后你就别娶了。”“惭愧啊。”“蝉蜕啊，药铺买去。退堂。”

太爷退了堂了，三班衙役一哄而散。银子大伙儿一分，地契随便写吧，反正杨家有的是地。这叫什么？打倒土豪分田地，落一个皆大欢喜。

杨万石站都站不起来了，尹氏在左边，王氏在右边，现往起搁杨大爷，磕膝盖朝后转，腿都软了。“哎哟，妻呀。”“夫。”“妾呀。”“大爷。”“咱们走啊。”“走啊。”你搀着我，我搀着你，步履蹒跚、踉踉跄跄走到县衙门外头。衙门以外，长街之上，奔哪儿去啊？家都没了，烧了；钱也没了，赔了。剩公母三口，哪儿去啊？你看我，我看你。“咱们哪儿啊？”“饭馆吧。”“呸！到饭馆吃完喝完拿什么给人家？”“那怎么办啊？”“咱们今儿晚上得拆兑个地儿住。”“是，您做主吧。”这会儿尹氏让杨万石做主了，她也没脾气了，也不横了。两人搀着杨万石往回走。

街坊邻居还有没烧坏的房子呢，“啪啪啪”，砸人家门。人家开门一看，杨万石三口。“杨大爷，少拜望您，您也不上我们这儿来，什么事儿啊？”“我跟您商量点儿事儿。”“说吧。”“我们家不是着火了吗？”“给您道喜。”“您就别寒碜我了，我抢出点儿钱也都赔这些高街贵邻了，我想跟您借间房子，您容下我们三口能睡一宿两宿的就行。看在咱们多少年老街坊面上，您无论如何得帮我一把。”“哦，借房子，您辛苦两步，您上台阶。”杨万石跟他上台阶。“别进门儿，别进门儿，站台阶上，别跨门槛。您看见没有，我这儿是一小四合，四合房。正房是三间，东西厢房各一间，倒座儿[1]南房两间，加起来一共六七间房子。可我们家就三口，公母俩带一孩子，别说您借一间住三口，一人借一间都借得出来。可是杨大爷，不借。”“您干吗不借?”“我怕着火，您这个行为我们太不作兴[2]，您可别不爱听，您家里这么大家产怎么就着了火了？这是您行出来的，我的杨大爷。我胆儿小，我们小三口温饱家庭，乐道小康，我们就忍了。庙小容不下大菩萨，房子有的是，不借。‘俩山落一块儿——请出。’”连门都没让进，“咣当”，街门一关。这么大杨大爷，差点儿没噎死。“哎，不借我再走一间。走走走。”

三个人又奔这边，“啪啪啪”一砸门，出来了，妇道。“哟嗬，杨大爷、杨大奶奶、杨二奶奶，您三位什么事啊?”一看妇道，好说话，心软呐。“大妹妹。”“别玩笑，我爷们在家呢。什么哥哥、妹妹的，您可别玩笑，让他听见我跟生人说话，就跟我动菜刀。您有什么话，台阶下头。”“我跟您借间房。”“哎哟，您可不行，我们借不了。”“怎么不行?”“我们家人口多，还净是女的，除了我爷们，我们仨闺女，长妇少女一家子妇道。要是光这两位奶奶，我们还好商量。可我爷们这人呐，说实在的，行为很不正当，我对他很不放心。而且我还跟您说，大爷，我这家丑今儿也外扬，我也不要我这张脸了，我们公公在世的时候是非打即骂，天天让我公公干这干那，最后愣把我公公挤兑走了；我们原先也有过男孩儿，愣跑了不要了。您说他是个人吗？他还算人吗?”当面骂街啊。“那还算什么人呢，再会再会。”转头又下来了，杨万石心里暗恨：你们这帮势利的东西，我有钱的时候，你们对我那样；我现在家里遭这么大难，你们对我

①倒座儿：北京土语，指一院之内与正房相对的房屋，通常坐南朝北。倒，读四声。

②作兴：北京土语，一指可能，也许；一指崇尚，欣赏，认可。此处是后一种意思。作，读二声；兴，读轻声。

这样。

尹氏一看，两家借不出来。“咱甭走了，大爷，这村我看咱借不出房来。”“我看也是。”“咱走吧。”“上哪儿啊？”“上我们娘家，我们娘家有的是房子，跟我回娘家。”杨万石一听：都说我媳妇不好，都说我媳妇打我骂我给我气受，怎么样？要饱还是家常饭，要暖还是粗布衣，知疼知热得是结发的妻。有钱别卖看家狗，没钱别休结发妻。关键的时候怎么样？也让你们看看，我媳妇对我是真好。对，跟她回娘家。“大奶奶，您……我问您点儿事。”“你说。”“您那娘家打您过了门儿咱可没走动过，您回去有把握吗？”“有把握，走。”“哎。”仨人搀着。

也不远，旁边那村，二十来里地，可到那儿天也就黑了，走得慢啊。尹家也是望族，村里说得出去，房子也挺好。“啪啪”一砸门，看门的老不大乐意，刚插上门，天都黑了。“谁啊？大晚巴晌儿，鸡猫子喊叫。”把门打开一看，认识，姑老爷；再往旁边一看，姑奶奶。这可多少年不登门，不走动，假装不认识。“谁啊你，干吗，大晚巴晌儿拍我们家门？”“这不是老刘吗？”“哟嗬，老刘也是你叫的？我是老刘，怎么着？”“您不认得我了？”“你谁啊？”“我是你们家姑老爷。”“我是你们家舅老爷，哪儿的事啊就姑老爷。我们是有个姑奶奶，打嫁出去多少年没回过门，我也不知道怎么这实在亲戚也不走动。您这好，冒认亲戚，哪儿的事情。”“我真是你们姑老爷，我叫杨万石，这就是你们姑奶奶啊。”“是吗？哪位是姑奶奶啊？”尹氏往前一凑合：“老刘，你不认得我了？我就是你们姑奶奶啊。”“哦哦哦，还别说，这几年没见，姑老爷您发福，姑奶奶您也胖了。恕我眼拙，没认出来。您什么事儿啊？”尹氏气坏了：“什么事儿跟你说？把我娘家哥哥、娘家兄弟都叫出来。”“叫出来？好吧，您等会儿。”“我等会儿干吗？把我让进去啊，给我弄口水，我没吃饭，我吃点儿……”

“打您出阁以后，咱们家改门风了，闲人不能随便进。”“我是闲人呐？我是姑奶奶。”“原先您是姑奶奶，现在两说着。您等会儿吧，我给您请大爷、二爷去。”

一会儿的工夫，把尹家老大、老二都找出来，一个是尹氏的哥哥，一个是尹氏的弟弟，也就是杨万石的大舅哥、小舅子。俩人出来，现穿衣裳。本来也刚躺下，一听说姑奶奶、姑老爷回门，再说这模样、这扮相，两个人这乐啊。“大哥，她可回来了。”“啊，好不了。”“你别说话，我盯着。”“是。”二爷走在头里。“嚯，姐夫。哈哈，哎呀，还是接亲那年我见过您一回，您老人家一向倒好啊？”“哎，内弟，我……我还行。这是内兄大人呐。”“不客气，您往旁边站，把我们家姑奶奶请来吧。”尹氏往前一探身，“唰”的一下儿，眼泪下来了，看见娘家人了。“大哥，兄弟。”刚要往过扑，尹氏大爷一看：“嘿嘿嘿，姑奶奶，您站那儿说话，少要前进。跟您说点儿事，咱爹妈也死了，临死之时就嘱咐，不许给您送丧信去，不许报丧，嘱咐我们哥儿俩，咱们是老死不相往来。跟杨大爷要说呢，就是钱货两清，概不退货。这个……怎么跟您说呢，瞅您这模样，混得也不太好，可当初您家里也趁落儿，这么多年也不走动，不知道您怎么又想起我们哥儿俩来了。家有长子，国有大臣。爸爸死了，我就是老尹家一家之主。还跟您说，别哭天抹泪儿的，打您迈出尹家门那天，这儿就给您销了户了，没您这么一号，您也没想得起来看我们来。听说您在家里的所作所为了，丢尽我们老尹家的人。我们这村人指指点点，戳我们哥儿俩后脊梁骨，提起咱爸爸来都没什么好话，养出你这样的姑娘来。可也难说，你在家当姑娘的时候横针不拿，竖线不动，油瓶子洒了你都不带扶的，天天就是倚门卖笑，亚赛过娼妓。告诉你，打今儿起我们也不拦着您过好日子，您跟着杨大爷是乐意过过，不乐意过你们爱干吗干吗去，老尹家没您的炕。

对不起，天晚我们要睡觉了。老二，咱们回去睡觉，可是告诉下夜的，今儿晚上多留神，要有闲人进咱们家，要么是明火打劫，要么是偷盗行窃，把他扭送当官，打折他的狗腿。”“得了大哥，错不了，听您的。老刘，上门。”“咣当”“咕咚”，就听院子里狗叫，放了狗了。

杨大爷听完尹氏大爷这几句话，回头再一看，尹氏脸都紫了。您想，亲哥哥骂妹妹，但分不是恨疯了，能骂出这样的话来？尹氏弟兄拒收，给干到门外头了。尹氏这回真没辙了，哭都没地方哭了。“大爷。”“大奶奶。”“咱怎么办呢？”“您就这一个娘家吧？”“费话，可不就一个娘家么？”“看来今日你我夫妻三人就得找个破庙了。”“有破庙就不错了。”“咱走吧。”

往前走，真有一座小庙，坍塌败坏。“咱就这儿忍忍吧。”推门进去，里边躺着六个，都是行乞之人，晚上这儿寻宿。杨万石现跟人拆兑：“六位，往那边匀匀行吗？”“你们是干吗的？”“我们是那村的员外。”“什么您呐，员外？员外跟我们这儿挤着？我们这儿面积多紧张，这小庙能躺人的地方本身就不多，我们来六个。还告诉你，这六个都是半年前就来了，多少生人想上这儿加盟我们都不要。哪儿你们三口子就进来，你还带着女的，多不方便。”“不是，我们实在没地儿去，您往那边匀匀。跟您说不客气话，还得匀我们两张席子。”“这不倒霉催的吗？得了得了，你们当初有钱的时候保不齐也是为富不仁，现在让你们尝尝穷人受的苦。得了，我们穷人向着穷哥们儿，发发善心，匀你两张席子，明儿你们可找地儿啊，这是我们的地儿。”“是，谢谢您。”千恩万谢。好可怜，杨大爷、大奶奶尹氏、小妾王氏三口破庙当中跟几个行乞之人对付这么一宿。这一宿也没睡，公母三口是抱头痛哭，哭天抹泪儿，骂一阵官，骂一阵街坊邻居，骂一阵尹氏娘家这些人。

第二天早上起来，骂不了了。怎么？饿了。人是铁，饭是钢啊。您想，他们家尹氏天天鸡鸭鱼肉、山珍海味，一通猛招呼，这玩意儿打那天着火到现在两宿没吃东西，整个儿水米没打牙，饿得前心贴后腔了，这饿劲儿一上来，实在扛不住了。“我饿。”“我瞅你就不善呐，你才知道你恶啊。”“那大爷您看怎么办啊？”“现在房没有一间，地没有一垄，你带出来的钱也都让官儿抢走了，我没的可卖了。”“你胡说，谁说你没的可卖了。”“啊？大奶奶，事到如今我还能卖什么啊？”“你卖她！”说着话，尹氏眉毛一挑，眼睛一瞪，一指杨万石的如夫人侧室王氏：“你把她卖了，换出钱来，我要吃饭。”

第十回

> 一上台来喜洋洋，尊声列位听端详。下周请假非我愿，团长[①]的命令不能扛。换我大姑贾连芳，说得可是比我强。若问说的哪一段，是金花夺印下南唐。

贾连芳先生可了不得，刚才连先生给您介绍了，我还得补充补充。现今还能活跃在舞台上的七十六岁的老艺人很少，说了六十几年书的更少，您各位掰着手指头能算过来。贾连芳先生何如人也呢？老一辈评书大家，我不能提您的名字，贾玉老之长女；老一辈评书大家王起老之长徒；老一辈评书大家连阔老的亲儿[②]；评书表演艺术家李鑫荃先生之遗孀；评书表演艺术家连丽如先生之大姑姐；评书表演艺术家田连元先生之大师姐；评书表演艺术家田占义先生之师母；评书表演艺术家王玥波先生之大姑……最末这句不算啊。您十二岁登台，我得给您说这个掌故。当然，我不知道，这是我干爹念叨过。十二岁登台，怎么说呢？给谁说呢？是给王傑魁老前辈

---

①我在中国煤矿文工团工作，经常随团下矿慰问演出。

②贾玉老，指贾玉山（1905—1963）先生，十不闲莲花落前辈，兼说相声、评书；王起老，指王起胜（1918—2010）先生，西河大鼓书前辈，贾连芳、田连元都是其弟子，相声名家王佩元是其公子；连阔老，指连阔如（1903—1971）先生。连、贾二位先生是亲家，因此贾连芳是连阔老的亲儿，连阔老是贾连芳的亲爹。此处亲，音庆。

说“早儿”[1]。什么叫说早儿？正地是王傑魁的，类乎于垫场这么个形式。笼统说吧，这个钟点儿没人，锻炼青年也好，学徒也好，这会儿说又苦又累，还赚不着钱。提起王傑魁，有的了解，有的不了解。同志们，爱听书您要不知道王傑魁可不成，这是我们评书界的旗帜。

自系统地称为评书界以来，所代表的人物是三臣五亮，自三臣五亮之下，就是傑（杰）字辈占据京津两地，甚至于北方评书市场。当时评书界说得上的、数得着的、挣得着钱的，都是傑（杰）字辈的，代表人物就是袁氏三傑跟王傑魁。袁氏三傑是谁？袁傑亭、袁傑英、袁傑武。三爷袁傑武就是现在评书界可说是泰斗级老前辈袁阔成先生的父亲，袁傑英是您二大爷，袁傑亭是您大大爷。这三个人号称袁氏三傑，书说得最好。王傑魁跟他们论师兄弟，有外号，北京人都知道，二十世纪三四十年代，爱听评书的都能告诉您，叫“净街王”。“净街王”，就是一播您的书马路上就没人了。那会儿已经有电台了，买卖铺户为了招揽生意，把收音机搁门口播这个，有急事儿办事儿的不去了，这儿听书了，听王傑魁了。想办事儿的也去不了。为什么？拉车的不拉了，都凑一块儿，找个门口，大伙儿听一个，那会儿叫话匣子[2]，听这电台。得等您的书说完了，街面上才开始有人行。您琢磨琢磨，这得多大魔力。当然，这是评书界的掌故。

能够给王傑魁先生垫场说早儿，这就不是一般的人物了。谁呢？就是贾连芳先生。为什么要说这个呢？我很抱歉，要请假。最近一到年底请假比较频繁，救场如救火，老太太这岁数快八十了，

---

①说“早儿”：评书术语。演员说书一般都是下午场或晚场，这两个时间段最好，称为“正地”。中午十二点到下午两点这个时间段人少，叫说“早儿”，一般初学者都在这个时间段说书。还有两个正地之间的时间段，即下午五点到七点，叫“板凳头儿”。

②话匣子：北京土语，收音机。

您算算，一听说李菁也来不了，玥波也来不了，我干爹、干娘去请去，老太太说："那责无旁贷，这场得救，观众能认我吗？我多少年不登舞台了。"我说："大姑，这样，我跟观众托付[①]托付，您到时候去了，即便老太太有个忘词儿，哪句话有个崩瓜掉字儿[②]，那都不算毛病，观众也不会提意见。"说良心话，下礼拜我都想听，我实在是特别期待这场书，我都愿意老太太说完这一场，下礼拜我回来之后再让老太太说一场，我也听一场，我坐台下跟您一样听一场。行，这工夫差不多了啊。本来钟点儿[③]就亏着呢，还得说，我得头走之前把心里话跟您各位交待清楚。

说尹氏已经改不了了。卖也没的卖了，当也没的当了，吃什么喝什么啊？人别的都能扛，饿扛不了，多豪横的人饿你三天，看你老实不老实。杨万石问尹氏："大奶奶，咱们拉杆儿要饭太寒碜，本乡本土的也行不出来啊，就冲咱们借房大伙儿对咱这态度，你也看出来了，咱这人缘儿混得，没的卖了。"尹氏一瞪眼："谁说没的卖了？""卖什么？"一指侧室王氏："卖她。"这句话出唇不大紧要，王氏吓得面貌焦黄，知道她说得出来就行得出来，这尹氏太狠啊，"扑簌簌"，眼泪可就下来了。这个哭是发自肺腑，不是装模作样。

说她为什么怕尹氏给她卖了？您要想清楚，这会儿要说卖，对她是一种解脱。您都要饭了，好歹卖到一人家儿，他要能花钱买得起你，总归是温饱、衣食不愁，比跟着他强啊。但王氏跟杨万石是有感情的，一是两个人在当时那个情况下，明媒正娶的夫妻两口子跟做贼一样，共过患难。在条件那么艰苦的情况下，王氏还怀了杨

①托付：北京土语，委托，请求别人帮忙、照应。付，读轻声。亦作托咐。与普通话托付略有区别，普通话托付相对更为正式。

②崩瓜掉字儿：曲艺术语，泛指口误。

③钟点儿：北京土语，时间。书馆是两到三名演员一场书，每人说一个小时，说的时间不够叫钟点儿亏着。

万石的一个孩子，但最后生生让尹氏打流产了，小产。前文书咱们有交待。但王氏这个人心存厚道，她对自己有反省，她认为是自己对不起杨万石。为什么娶我啊？开宗明义头一回就说了，“四十无子”，杨万石跟尹氏没孩子。不孝有三，无后为大。过去的人有这种传统的思想，所以才娶你王氏。娶进来要生下一男或半女，扬眉吐气。好不容易怀上一个，不管什么原因打掉了，她觉得发自内心地对不起杨万石，每天以泪洗面。这个人连打带饿，再加这种摧残，消瘦啊，浑身那伤已经折磨得不成人样了。一把天火把家里烧得片瓦无存、尽成灰烬，跟乞丐同居檐下，都到这个地步了，还是一扑纳心儿[①]地要跟杨万石过日子。您往后文书听，这比尹氏就强之百万倍。

王氏说：“您不能卖我。”尹氏一听：“不卖你卖谁？卖我啊？”说嘴打嘴，后来她也给卖了，她自己给自己卖的。王氏一听：“大奶奶。”“扑通”，就跪这儿了，以头碰地如鸡锛[②]碎米，三两下儿额头见血，真碰啊。“您打我骂我可以，让我干什么都成，您千万不能让大爷把我或休或卖啊。大奶奶，您要真把我卖了——”“怎么样啊？”王氏一咬牙，不敢说的话今儿都得说了。“大奶奶，您可就缺了德了。”“哦，你今天才知道我缺德啊，我缺德八辈儿。”一个嘴巴打下去，话到绝情。本来你一哭，我还有点儿心软，照你这一说，非卖你不成了。

杨万石惹不起尹氏，杨万石也不舍得王氏啊，虽不能说如胶似漆，但脾气性格、模样长相、年龄岁数，哪样儿都比尹氏强，尤其两人偷偷摸摸做贼的这个感觉好。杨万石对小妾王氏非常钟爱，能

①一扑纳心儿：北京土语，一心一意，专心，专注，安心。扑，读三声。

②锛：北京土语，一指因用力不当或其他原因，使牙齿、刀刃等断裂缺损，喻损伤；一指啄，如鸡啄米、鸟啄虫的动作。此处是后一种意思。

舍得说卖就卖？但当着尹氏的面不敢说，不敢驳，唯唯诺诺。王氏一看，求已经没用了，绝情话都说了，只能回头再看杨万石。“大爷啊，这辈子我是服侍不上您了，我也对不起您。”杨万石一听，眼泪下来了，当着尹氏不敢哭，但忍不住啊，鼻子一酸，眼圈一红，强往回瞪眼泪瞪不回去，眼泪下来了。“我不能再伺候您，我对不起您。”“这怎么话儿说的，打哪儿说起啊。”“实指望您把我迎娶过门，生下一男、养下半女，我对得起杨氏门中列祖列宗。无奈何我自己肚子不争气，净惹您跟大奶奶生气。直到如今，一把天火把咱们家烧为平地，眼看着衣食不周，难以接济，只可将妾身我典卖出去，我认。”“认什么？”“认命。人的命，天注定，我就这苦命。您也不要因为这个事跟大奶奶失和口角。”还捧着杨万石说呢。杨万石多咱敢跟尹氏口角啊？没有过。您琢磨，都吃了丈夫再造散了，现在还这样呢。“今生今世难以答报，我只盼来世我投身一个好人家，再投女儿身。如果我修行得好，不轮回到畜道，我没投生到畜牲去，还是人，还是女的的话，大爷，咱们下世见。”流泪眼观流泪眼，断肠人对断肠人。把杨大爷说得百爪挠心，不能不勾人的七情六欲，难受啊。

世上千般伤心事，最痛生离与死别。活生生的人，要说得暴病，“嘎嘣儿[①]”一下儿就死了，这还好办。长痛不如短痛，心里难受：“哎哟，可惜。”好比谁传来噩耗，三十多岁，也挣了钱了，怎么没了？可惜。这难受也是真的。就怕好端端的活人，没病没灾儿，从此再不能谋面，这多难受。同志们都离过家，每逢佳节倍思亲，那还见得着呢，住学校一礼拜，就盼着礼拜五回家见爹妈。这就是人的感情在这儿呢。

①嘎嘣儿：象声词，形容猝然，立时。嘎，读一声。

“费话甭说了，这不天也亮了么？走，卖去。”杨万石一看：这怎么卖呢？她是我媳妇，这怎么证明啊？原先有大帖，有婚书——那会儿小妾是可以买卖的，当时封建礼教有法律保护，不算买卖人口，私贩人口有罪，这没罪——现在文书、契约全烧了，她要不承认她是我媳妇，没法儿卖啊。王氏这人好，我干吗不承认啊，在破庙里就乞丐躺的那个草席子，撅了一根草棍儿，颤颤巍巍、哆里哆嗦别在鬓边，插草卖身。“不用您出去卖我，您是大爷，您是大奶奶，我自己去。到长街之上若有人过问，谈好我这个身份，钱人两清，我进门儿把钱交给您，我跟人家走。”杨万石一看：“也只得如此啊。”王氏自己卖自己，插着草棍儿，破庙头里一站。

这屋还六个乞丐呢，直掐自己大腿啊，心说：这什么人呢？听明白了，哪儿找这么两口子去啊，“面茶锅里煮秤砣——混蛋到底带砸锅”，没见过这么混蛋的人了。真有心攒瓣儿[①]揍她一顿，一看太惨了，还不如咱们要饭的呢，哪儿弄这么两身儿衣裳。一看就是养尊处优，当初有钱的人，咱们要欺负人家，“乱葬岗子要大刀——穷鬼剁恶鬼”，咱们就是穷人，还欺负穷人。要赶她有钱的时候揍她一顿，咱们还算杀富济贫，说她为富不仁，揍他一顿出出气。现在人家落魄了，痛打落水狗，落井下石，咱们要饭的都行不出来。这小娘子多惨，说的这话就是铁石心肠的人也不能再卖了，愣看着让人自己卖自己。“哥儿几个，我是没钱，我要有钱，问问她多少钱，我给，给完我把小娘子送走，远走他乡。当着他面儿我跟他说我不买这人，就为给你钱寒碜寒碜你。惜乎咱没钱啊。”几个要饭的在旁边抱打不平，拽闲啊子，尹氏大奶奶自当没听见。

小妇人跪在长街，插着草棍儿，一会儿人就围上了，不知道是

①攒瓣儿：北京土语，凑在一起，合力。攒，音窜，读二声。

什么冤啊。怎么了？告谁？拦道喊冤，头顶状纸，见过，太冤了，有屈，衙门口告不下来，走到马路上穿白戴素，一小寡妇弄一纸状子，托人写的，往脑袋上一顶，打这儿过或喊或跪。看热闹的一问怎么回事，拦轿喊冤，把事儿一说。这我们听说过，偶尔也见过。这没有啊，也没状子，就一个人往这儿一跪，神情惨然，惨凄凄、悲切切。有好事的啊，过来一问："小娘子不言不语，莫非坐地哑人吗？会说话吗？你直愣愣跪在街上，这是要干什么呢？"怎么张嘴啊？我把自己卖了？搁谁谁也说不出来，何况那个年代的一个妇道，话说不出来，头都不敢抬。说翻眼皮看这位一眼都不敢啊，就往这儿一跪，"吧嗒吧嗒"掉眼泪。旁边那个一捅："别别别，没看么，鬓边插着草标，这是插草卖身啊。""哦，卖自个儿啊，不是……她有什么苦啊，大伙儿帮衬帮衬。你说说，大伙儿能凑给你凑点儿，年纪轻轻的，小娘子何必要自卖自身呢？"王氏只是摇头，血泪两行，不能说话。

杨万石实在听不下去了，颤颤巍巍站起来，哆里哆嗦走出庙门，作了个罗圈揖。"列位，我卖媳妇。""啊？您卖媳妇？这小娘子是您什么人呐？""侧室王氏。""哦，卖小妾。我说这位大爷，您做事太荒唐了，特以得造次了，就是卖媳妇也不是这么个卖法儿啊，怎能让小娘子跪在长街之上自卖自身呢？您这个太难点儿了。""不是，非出于我本心所愿，我也不打算卖她。""不打算卖您干吗？""他……"杨万石也说不出来，庙里还一个大老婆呢，大老婆非要卖她，怎么说啊？大伙儿一看："天下之大，无奇不有，哪儿的事情。我们大家看着也帮不上忙啊。"有好心人说："得了得了，您让小娘子起来吧，给您自己家里，说不好听的，也留点儿脸面，留点儿德行，给后辈儿孙也积点儿德，干脆您找那个大户人家、有钱的人家卖去。""哦，对对对，起来吧。"伸手把王氏搀起来："咱们走啊。”“走吧。”尹氏在庙里一看：“干吗去啊？”“我卖她去啊，要不你领着去啊？”杨万石也是急了。尹氏一听：“那你快去快回，倘若半道上有差池，我活剥了你的皮。”“吓死我也不敢。”两个人相互搀着。

真有好事的人跟着出主意：“我说大爷，您真打算卖啊？”“啊。”“这不一有钱人家儿前两天还撒出风儿来，打算买个丫鬟，但我们也没问清楚，是买老妈子，是买丫鬟，还是买妾。”“您知道住哪儿吗？”“知道啊。您往前走，看见没有，路北大门就是，老张家。”“家里怎么个情况？”“有钱，说得出去，有俩钱儿。”“好吧。”到这儿“啪啪啪”一打门，张家出来人了。“您府上用人啊？”“是，您怎么知道？”把经过一谈，本家儿出来跟杨万石见着面，人家买人得要契约，你得拿得出来人家才敢买呢。有这种手段，把人买去了，反口再咬你一口，衙门告你去。人家跟杨万石一要这东西，杨万石没有。“实不瞒您，一把天火我家里都烧了，当初的婚书、大帖什么的全烧没了。”“那我们怎么买您怎么卖啊，对不对？私凭文书官凭印，您没有这东西，我们不敢买。您是真心想卖，我们也打算买，府上用人，可您要没有文书，我们不能买。”“那眼睁我没有怎么办呢？”“您住得不远啊？”“不远，就在邻村。”“您还回邻村，请出族中三老四少，相约地保，大伙儿联名公证，确实她是你媳妇，你是她爷们。大伙儿出这么个东西，给您作保画押，您拿回来，我们才能买呢。”这一句话，杨万石就抖搂手了。为什么？准知村里人不能给我写这个。我借间房，说有片瓦容身都不成，都不借，老街老坊的，这人缘儿混到这儿就算到头儿了。杨万石面有难色。老张家人说了：“得了，您也别为难，对不对？三条腿的蛤蟆不好找，两条腿的活人大把抓，有的是，我们再跟别人那儿买去，也有愿意来的。您别为难，再走一家吧。”“不是，我……”

王氏在旁边听明白了：“大爷，借一步讲话。”“咣当”，人家把门关上了。“您在此少待片刻，或者您回庙跟大奶奶稍安勿躁，我回趟家。”“做什么啊?”“我去求族中三老四少，相约地保，我央告大家把这东西给您拿来。”“哎呀，我的妻啊。”“我的夫。”“你愧煞我七尺男儿啊，我太对不起……”“您别说了，冲您叫我一声妻，今生今愿足矣，您等着我。”杨万石一直把王氏送回自己家的村子里，没敢露面。

单说王氏挨家挨门请人，跪地上给人家磕头。当然，也不能说杨万石要卖自己，就说:“我们家都烧了，现在我们要外边寻房住，大奶奶尹氏跟大爷我们住一块儿不方便。人家有查的有问的，街坊邻居、赁我们房的房东都得问:‘你们一男的俩女的什么关系啊?’我说:‘我是他的侧室，是他的小妾。’他们不信。瞧我的面子，这么多年旧街旧邻，大伙儿作保画押写个文书。”内中有明白人，准知不是这么回事，但要冲着尹氏跟杨万石就不开了，冲王氏这么惨，大伙儿实在是不忍。商量来商量去，有人说:“得了，给这位奶奶开了吧，人家都到这份儿上了。”这样，大家才写了一纸文书，证明杨万石哪年哪月哪日从什么什么地方娶来小妾王氏，我们大家联名公保，签字画押。这东西写好了，王氏小心翼翼叠起来，给大伙儿磕头，千恩万谢，拿着出村。

杨万石接上王氏，这才又回到张家，一砸门，把东西拿出来了。老张家人一看:“好，去得快回来麻利，既然有这个东西，那我们就把人留下。至于这个钱，看这意思我们也不愿意少给，您二位是怎么个隐情我们也不愿意多打听，不是本乡本土，外埠来的谁也是有了难处才行此下策，我们很体谅您。”钱还真没少给，具体多少数原文没写，咱也就不细说了。原文写“质妾于贵家”，贵家就是这家有钱。

杨万石拿着钱回庙了，天也黑了，这一白天没干别的，卖一媳妇。说王氏到人家是为奴为婢，是当使唤大丫头还是老妈子，原文没写，反正地位高不了，后文书再有交待，这会儿咱先搁着。拿钱见尹氏，这回交差了。“卖了多少钱?”“卖了这些钱。”六个要饭的一听：嗬，“砖头打架——真有出手儿的”，真行得出来啊。“哎呀，我们比不了您，这位老兄，您有媳妇能卖啊，还不是一个，俩。小的就卖这么些钱，大娘子值的还多。我们没得卖，是不是？这些穷哥们儿凑一块儿天天就是要着吃，也有要得着的时候，也有要不着的时候。要得着的时候，大伙儿今天就算打打牙祭，造化了，弄好了砂锅里要来半拉丸子，来块肥膘子肉，这就好不错的；要不着的时候，我们六个人伙着吃，谁要着吃谁。我们就想啊，我们娶不上媳妇，甭说卖，这辈子哪怕娶一天，都甭同房，我们就算没白活，作为一个男人没白来世上一回。真比不了您，一娶娶俩，卖一个卖这么些钱。您是不用要着吃要着花，拿这钱出去能买好吃的，整鱼整虾、整鸡整鸭子买回来，您二位大快朵颐，我们绝不眼红。可是老兄，您可加小心，天黑吃东西留神，别噎着。您吃这东西恐怕从头里下不去，都得从您后脖梗子往下走，留神得噎嗝他妈噎死你!”杨大爷跟尹氏愣没敢还言，怕人攒瓣儿揍他们。人家数落着，俩人听着。

尹氏不管那个，把钱给杨万石：“去，买吃的去。”“天都黑了，哪儿买去啊。”“现砸门，有钱能使鬼推磨。”甭管是烧饼铺还是什么买卖吧，砸开门，买回点儿吃的。也饿透了，真饿啊，好家伙，从前天夜里着火到现在水米没打牙，前心贴后背了，二位这通儿吃，狼吞虎咽，什么也没剩下，全吃了，吃完一琢磨，知道在这儿待不下去了。原文写“偕妻南渡”，过黄河，他们是直隶大名府河北人，拿着钱过黄河往南走，至河南界。

您看，您得会听书。说实在的，为什么要办这书馆呢？我给评书下的定义，评书包括什么呢？书目，也就是作品；加上书馆这个阵地；加上评书艺人；加上观众；现在还得再加一点，各个宣传评书的媒体。多元素加在一起，才等于评书这门艺术。光有说书的没有听书的，不成。您要会听书，您得听，这儿有扦关儿。什么叫扦关儿？关门的时候门扦关儿、门插棍儿，合槽对卯榫入鞘，最后得合得上。

头里咱们可说一回河南了。谁上河南了？就是杨万石他爸爸。“宵遁”，夜里走的；“至河南，隶道士籍”，在河南那儿当道士了，没提什么山什么观。河南有嵩山，那是少林寺和尚。不知道河南什么山，甭管哪儿吧，反正是河南一地方出家当老道了。“万石亦不敢寻”，万石也不敢找去，所以不知道在哪儿。现在他们公母俩也到河南了，卖媳妇这点儿钱花完了。那位说，穷了就节省一点儿吧？不，不懂得。

长江有日思无日，莫到无时想有时。人得经济着花钱，对不对？您这花钱似流水，每个月一开支，上半个月天天烧鸭子，不是砂锅居，就是便宜坊[①]，天天这饭；下半个月牛舌饼就豆汁，连焦圈都买不起了，弄点儿咸菜丝儿，咸菜丝儿是白寻[②]来的，豆汁店白给咸菜丝儿。现在可能也没这黄历了[③]，一块钱一碟儿，这么点儿小碟儿，真他妈坑人，味儿还不怎么样。豆汁也不是熬出来的，都勾芡，看着挺凝乎。真正熬得了豆汁，跟那儿搁一会儿，上下两层。您看勾了芡的，老这么浑，吃得出来。

按说俩人得琢磨着花钱，不介，还跟原先一样。尤其是尹氏，

---

①砂锅居、便宜坊：北京餐饮老字号。

②寻：北京土语，一指寻找，请求别人无偿给予；一指婚配。此处是前一种意思。寻，音新，二声。

③没这黄历了：北京土语。黄历，本指历书，引申为时间或日子。没这黄历了，没这日子了，没有这种事情或这种情况了。历，读轻声。

一有钱，手敞，什么好吃什么，什么好喝什么，跟原先一样摆谱儿。从河北到河南，就过一黄河，这点儿钱花没了。“资斧已绝”，这是原文，没钱了，两个人又挨饿了，得要饭了。卖谁啊？真跟尹氏说把她卖了？这回尹氏不提了。不卖她卖谁？卖大爷？谁买啊？买一大爷干吗用？

世界上卖什么的都有，男的卖不出去。说上人家吃头份儿喝头份儿，坐家里充大辈儿？没有。天底下只有一个人，王华，王华买父，这部书叫《回龙传》，买一八千岁回家，到最后摇身一变，王华成少殿下千岁公了。世界上就这么一个人冒傻气，买一爸爸回家。除此以外，没有这样的人。

夫妻二人你看我，我看你，没得卖，只能拉杆儿要饭了，可要饭都不会啊，大奶奶又不能去。“大爷，您去吧。”“我没词儿啊。”“您自己编词儿啊。”“过往的善心的大爷、大奶奶，有吃不了成桌的酒席赏我一桌半桌的。”大伙儿一听：这不是要饭的，这是疯子。吃不了的酒席？我还吃饽饽贴饼子呢，有酒席我赏给你？哪儿的事情。要两天也没要着什么，有那好心的老太太对付点儿馊饽饽、烂饼子、烂菜、菜汤什么的，两人将将就就，难以下咽。尹氏吃惯了好的，吃不下这个。

这天走来走去，长街之上偶然闻到一阵肉香，抬头一看，嗬，头里有个肉杠[①]，生熟两种，有肉案子，两边挑着杉篙竿子，当间横着肉杠子，挂着有成扇的肉，案子上有切得的，这是生的。靠门口有大锅，底下烧着硬劈柴，锅里“咕嘟咕嘟”酱着十几个大肘子，肉香扑鼻啊。尹氏一看见肘子，见着亲戚了，顺着肉味儿就过来了，

①肉杠：北京土语，旧时猪肉铺或猪肉摊。因过去肉铺都有一个大杠子，把肉挂在上面，因此得名。杠，读四声。亦作肉杠子。

差点儿没扎到肉锅里去。杨万石一看，这可不行，这顿揍挨上就不轻，抢人家肘子吃还行。杨大爷伸手就把大奶奶拦住了："我说贤妻，多饿咱们要着吃，可不能公然行抢，不然可得挨揍。""去你的吧！我跟你说，这肉铺掌柜的要给我一肘子，我，我他妈改嫁，就跟他了！"卖肉掌柜一听：还有这事儿呢？"来来来，捞一肘子，大奶奶我要了。"

第十一回

书接前文。为什么要书接前文呢？就是咱们两个礼拜没听了。说书就怕这个，搁过去天天说，现在一礼拜一回，还老停。我请假那礼拜没来，完了又停一礼拜，这就俩礼拜了。所以有人嫌我说书磨烦[①]，不能不磨烦。头里说的什么都忘了，我也忘了，您也忘了。所以就得给您往回，说行话叫“翻瓢子”[②]。网上有人对我这个行为提出很客观的意见，我是接受的，但还得这么说。还不说孩，说含，这是北京方言。您听老前辈的录音，比如天津李润杰[③]先生唱快板书《劫刑车》，“往脸上看，慈眉善目精神好”，这是天津人说的普通话，往（望）脸上看。可您要听北京高凤山[④]先生，“往脸上看”，不说望，说万。什么东西万那儿一搁，不是他念白字，就是北京方言、旧北京话。还有刚才我们二师哥[⑤]说北京评书重在评，这话有待商榷。人家天津评书也得评，四川评书也得评。评书评书，照看念那叫念书，加上评才叫评书，哪儿的评书也得评，不评不叫评书。因为今天有

---

①磨烦：北京土语，一指纠缠；一指磨蹭，延迟时间。此处是后一种意思。磨，读四声；烦，读轻声。

②“翻瓢子”：曲艺术语，再说一次，旧话重提。多用于书馆说演评书时简要回顾上一回的内容。

③李润杰：（1917—1990），快板书表演艺术家、曲艺改革家。对快板、数来宝进行改革创新，创造了快板书这种艺术形式。代表作有《劫刑车》《铸剑》《立井架》等。

④高凤山：（1921—1993），快板表演艺术家、高派快板创始人。代表作有《同仁堂》《诸葛亮押宝》《壮志凌云》等。

⑤二师哥：指连丽如先生的二弟子贾林。因其年长于我，故称二师哥。当时其和我同堂学艺，同场献艺。

天津评书界的同行来，他这一说回头人家不爱听，所以我解释解释。

恭恭敬敬、至至诚诚接演这段《聊斋》志目《马介甫》。正说到杨万石杨大爷倒霉，全赶一块儿了，最后没辙，把小妾也卖了，携妻南渡至河南。他们在直隶大名府，得过黄河到河南。河南某地呢？蒲松龄原文没写，咱也不能瞎编。河南省界大了，反正是河南一地方，小县城。两个人行乞要饭，最难的就是这个。

您看，我们做艺的卖艺为生，要钱的时候特别讲究。老先生特别注重这个，要钱那笸箩这么拿，手心冲下叼着笸箩，手心冲上就是要饭。我们自己美化自己，说相声的、说书的、唱大鼓的，我们不是臭要饭的，我们是靠艺术换取金钱，所以手心冲下，手背冲上。到天津拿小笸箩一打钱："费心。"说费心俩字，人家给钱。甭管在哪儿吧，真让做艺的手心冲上要饭去，您说他难受不难受？

更何况像杨万石这样的财主，他是个员外，当初还是有功名的人，现在不仅斯文扫地，而且衣食窘迫，温饱都已经解决不了了，衣不遮体，食不果腹，混到这地步。就剩公母俩了，跟人家要，不会啊。

各位，乞丐是有门有户的，得正式拜老师学，不是说今儿穷了上马路上说要就要去，有丐帮，穷家门。您看，金庸也好，其他武侠作家也好，写丐帮的势力大了去了。丐帮是不是真有那么大势力，我没考究过，咱不能说；丐帮是不是真有那么神奇的武术，咱也不好说。但丐帮有门户，这个我听故老相传，是有的。入丐帮也有开香堂，也得很正式地拜祖师，拜师父，谁是师爷，谁是师大爷，谁是师叔……跟我们说相声的、说书的大概差不了多少。我那么想，但没参加过啊。

丐帮您得学，杨大爷哪儿会啊，能让大奶奶尹氏抛头露面要去吗？就得他去，站在街上半天张不开嘴。人家常要的都知道，懂规矩，说行话得“把簧”。什么叫“把簧”？走马路上看，什么人能要什么人不能要，这人要得出来要不出来。您看我这模样，走马路上就别跟我要了。丐帮的人眼毒着呢，看这位脸上挂这相儿、这模样就不给钱。为什么？那烟屁[①]在手里拿着不舍得扔，都烧手了还紧嘬两口。您说这样的能跟他要出钱来吗？要不出来。他不懂，反正每天惨啊，也要有得着的时候，也有要不着的时候。真正说能要着几个钱，那还不错呢，能买点儿正经吃的，好坏不说吧，能上饽饽铺买一饽饽，哪怕买个馒头呢，是正经饭食。就怕要不着钱，真饿啊，好汉子盯不了三顿饿，说您多有能耐，架不住饿。人家给剩吃剩喝，那可就好不了了。您琢磨琢磨，有搁三天两宿的，有变了质的、发了霉的，也有杂合菜，真要是杂合菜还不错呢。为什么？油水儿大，算改善生活了。哎呀，食不下咽，这个罪受得太多了。

走到小县城闻见肉香，想起孔夫子老祖宗来了，三月不知肉味啊。杨万石是念书人，当初是秀才底子啊。杨大爷一晃脑袋，回头再看大奶奶尹氏，找不见了。怎么？奔那锅就扑过去了。一锅酱肉，有方子肉；有整个儿的肘子，捆好了的；也有猪蹄，前肘、后肘一大锅。可这个肉杠是生熟两种，肉案子上边摆着刀，成块的肉，两旁边立杉篙，上边横着肉杠。

过去北京干这个的山东人居多，北京过去卖猪肉叫猪肉杠，卖羊肉叫羊肉床子。卖猪肉的山东儿[②]多，您要老听书老听相声您知道，一说肉铺掌柜就是山东人。当然，也有别的地方人。挂着生肉，系着一个牛皮围裙，好家伙，围裙上血丝胡拉[③]，脏啊，什么叫油，

①烟屁：北京土语，烟蒂、烟头儿。
②山东儿：北京土语，山东人。
③血丝胡拉：北京土语，描摹鲜血淋漓、血迹斑斑的样子。丝，读轻声；胡，读一声。亦作血丝呼啦、血丝糊拉、血了呼啦等。

哪叫血，全往这上蹭啊。他为什么穿牛皮围裙呢？有时候杠刀石不称手，抄起牛皮来，“噌噌”两下儿，不快也光，当时也能管点儿用。

五大三粗站着一个肉铺掌柜的，甭开脸儿，您看见我就看见他了，比我胖。他这胖跟我还不一样，咱们这个胖它不寒碜，您知道吧？肉铺掌柜的一脸横肉，相貌狰狞，就仿佛这辈子他要不当屠户，对不起爹妈给他这模样，天生就应该干这个。大奶奶瞅见这锅熟肉就扑过去了。大爷别的不懂啊，这要过去一伸手，烫着你不烫着你人家不管，您这叫一马勺坏一锅，冲肉铺掌柜这模样，这顿打可是我盯着啊。大爷明白这个，在后边就拽大奶奶：“大奶奶，您再饿咱可不能抢人家啊。”大奶奶这会儿都饿晕了，饿得眼前都冒金花了，眼直发蓝。“什……什么抢，肉。”“我知道那是肉，您稍安勿躁。”两个人一屁股就坐墙根儿这儿了。大奶奶这个委屈，多少天没吃着肉了。“杨万石，谁要给我一块肉，我都有心改嫁，我就嫁他。”肉铺掌柜的耳朵真好使，别看有气无力说这么一句话，一耳朵就逮着了。“嗯？嘿！”顺肉案子转出来了。这儿有幌子，张记肉铺，走到幌子底下一看，俩要饭的。先端详端详大奶奶这个貌相，别看脏，瑕不掩瑜，大奶奶有几分姿色，说多漂亮谈不上，瘦啊，饿得。

您看，现在女孩都要求苗条，没有说净心①吃的，说我吃一胖子，然后出去？没有。中国古代有以胖为美的朝代，咱也没赶上。据说杨玉环是我一个半，杨玉环就是大胖子，那个清华池是什么，就为她盖的。清华池，华清池，清华池是北京澡堂子，华清池是西安澡堂子。当初盖的时候墙上有窟窿，那是唐王钉的，他偷偷看。说杨玉环是他媳妇他也看？哎，有这癖，看自己媳妇也过瘾。您说三百多斤一娘们儿，这……有电视台录像，咱就不细说了。有什么

①净心：北京土语，故意、成心。

可看的？不好看。

张屠户一听大奶奶说给块肉就改嫁，说了算吗？他乐了。“哈哈，乞婆，你刚才说什么呀？”抬头一看肉铺掌柜的，没敢言语。“我……没说什么。”“没说什么？我可听见了，你说谁要给你一块肉，你就改嫁，是你说的不是？”杨万石一听：要坏。“大爷，我们小两口儿说着玩呢。”“好吧，有拆兑，能商量商量。”有大钩子，“嘭”，上锅里钩一大肘子上来，开锅烂，提着控控油、控控汤，往地上一甩。“吃吧。”他开这个的他不在乎，一肘子当什么。那位说，在地上不脏吗？这会儿还顾得了脏？饿了吃糠甜如蜜啊，这可是肘子。看见大肘子还管脏不脏，一把就抓起来了。不嫌烫吗？管不了了。“吭哧吭，吭哧吭”，大奶奶就啃上肘子了，嘴里嘟嘟囔囔，也不知说的什么。杨大爷在旁边看着，瞅瞅屠户张：怎么那么好心给我们一大肘子呢？作了个半截揖：“大爷，我们谢谢您积德行善。”“哈哈，还头回有人说我积德行善，我干的就不是积德的行当，做的就不是行善的买卖。我说，大娘子。”没乞婆了，改了，大娘子了。“你看看，我有三间门脸一肉杠，每天不说挣多少钱吧，反正生熟肉加一块儿得卖出两口猪去，吃饭甭提，小日子过得挺好。无奈何啊，就缺一个大奶奶。刚才你那句话倒是打动我的心了，我倒不嫌你这个出身，看你也有几分姿色。你活泛活泛心眼儿，甭跟这臭要饭的了，这肘子也不白吃，跟你爷们商量商量，要有拆兑，定个价儿，我把钱给他，你就跟我吧。”这屠户倒真直，在大街上公开挑明了。当然，那会儿女性地位也低。再说了，到这份儿上也讲不了了，人家就那么说，什么寒碜不寒碜的。屠户说完，回肉铺搬了一把大藤椅往门口一搁，大马金刀往这儿一坐，沏好的茶，拿个大芭蕉叶，喝着茶，扇着扇子，净等回话儿。

再说尹氏，肘子啃下多半拉去了，光吃肘子也确实腻点儿——

您别看这玩意儿好吃，饿急了就着急劲儿来几口，真说一个妇道把大肘子啃下去也够呛——回头再看，杨大爷眼巴巴盯着她这肘子，他也饿了，这才想起来。“郎（狼）啊。”“我是狈，才想起我来。”“您也啃两口吧。”“哎。”杨大爷拿过来，刚要张嘴，尹氏说：“大爷，我跟您商量点儿事儿。”“什么事儿啊？”“他……您吃着，我说着。”“您先说吧。”“这卖肉的几句话可说得不错。有道是：‘良药苦口利于病，忠言逆耳利于行。’咱俩过着也没什么劲，都拉杆儿要饭了，这日子我看也就到头儿了。”“啊？”“大爷，干脆咱们听他的，您活泛活泛心眼儿，一纸休书把我休了，我再转身跟他，无多有少要几个钱，咱俩就甭说谁周济谁了，您也算过上几天好日子，我后边小半辈儿也过上舒坦日子，我就不跟着您……”说到这儿，鼻子一酸，眼睛一红，还真掉下儿滴眼泪来。“跟着您受这个罪了。”杨万石手一松，“啪嚓”一下儿，半拉肘子掉地下，欲哭无泪，欲喊无声啊。真得说叫天天不应，叫地地不灵。没想到自己所遭的这些罪都因为尹氏，结果尹氏今天能说出这样的话来。原文写“聒夫再嫁”，聒噪的聒。“大奶奶，这话既然您说出来了，覆水难收，我要说不乐意恐怕也不成，那您就跟肉铺掌柜的商量商量吧。”“好啊。”

尹氏也吃饱了，“噌”的一下儿，站起来了。“哎，肉铺掌柜的，刚才您跟我说这事儿商量明白了。”“商量明白了，怎么碴儿？”“我乐意。”“你净说你乐意不成，你爷们乐意不乐意啊？”“你管他干吗呀？”“那不成。好，你是有夫之妇，我是鳏寡孤独，一个人无所谓，他要是找后账，到衙门把我告了，你们俩是有婚书的，这不成。他要乐意，找个识文断字之人，写下一纸休书，把你休了，我给他几个钱，就算把你倒给我了。”“哦，好吧，我再跟他商量商量。”杨大爷低头不语。“哎，肉铺掌柜的说了，这么着我跟人家还不成，得找个识文断字之人写下一纸休书，您先把我休了，我再跟他，他给您几个钱。”“我就识文断字啊。”“好啊，掌柜的，我们家里的就识文断字。”“好，找纸找笔。”他这儿还真没有。上街坊那儿找纸找笔，拿块布，把肉案子的肉扒拉开，“噌噌噌”，也不管有油没油，把纸就铺上了。墨盒打开，把笔掭好了，往那儿一放。“写。”

杨万石把这杆笔抄起来，七寸笔杆拿在手里，不亚如万斤之沉，写不下去啊。平常爱写字，秀才底子啊，没事儿舞文弄墨就写点儿什么，今儿写休书休尹氏，下不去笔啊，光掭笔。旁边肉铺掌柜的一看：“写啊，你净掭笔干吗呀？没什么舍不得。我说话你别不爱听，大概你有点儿文化，你们念书人就是迂腐，你们都混到这份儿上了，还有什么了不起啊？不就是个女人么，给我就给我了，我又不白要你的。写。”“哎，写。”还掭笔。尹氏一看：“写啊，又找我跟你着急。我说大爷，说句良心话，咱俩这小半辈儿我有的地方是略微有点儿对不住您。”“哦，略微有点儿对不住我。哎，您有这句话就足显情深呐，就算您有人心呐。”“就是。我跟您说，咱们也是正经的鬒鬏儿夫妻，虽说有吵有闹，但跟您这么多年，我们没有功劳也有苦劳，没有苦劳也有牢骚。”“是，您跟着我净受委屈了。”“现在我再跟他，这日月也不见得就多好，我心里也难受。再者说了，您带着我也是迟累[①]，何必这样割舍不开呢。眼看夫妻就要分别，您痛痛快快就把这纸休书写了吧。小半辈儿件件依从，这最后一件嘛，大爷啊。”“大奶奶您说。”“您也就从了我吧。”“好。”她说得对，小半辈儿我都听你的，什么事儿都听，亲爹我都不要了，亲兄弟我都不要了，现在你让我把你休了，休休休。

杨万石刷刷点点，这纸休书写完了，写得还真好，他有文化啊。

①迟累：北京土语，指精神上、经济上或体力方面的负担。累，读轻声。

拿起来，着风晾了晾，用嘴吹了吹，半拉潮干儿①，杨万石双手一递。“哎，按上手印。”“拿印模来。”“没有，现成儿的猪肉，有血。来来来。”“哎。”打了一个手印。“行了，拿过来吧。”张屠户也不认字。“别忙，我找个人看看。”又上街坊那儿，连还笔墨带让人瞅休书。街坊拿过来一看，大概其是这意思吧。“错不了，是休了。”“好嘞。”拉开钱柜，小抽屉里都是钱，有捆好了的，张屠户伸手拿一串，三百钱，往杨万石跟前儿一递：“给你三百钱，不少吧？”要是一般人，到这会儿怎么也得多争竞②争竞。杨万石是念书人出身，卖妾的时候都牵肠挂肚、百爪挠心，现在卖大奶奶他寒碜啊，三百钱就三百钱吧。“不少，愧领愧领。”“甭客气了，走吧。”休书拿好了，三百钱递过去。“这个女人跟你没关系了，走。”“哎。”杨万石手捧三百钱，转身要走，走两步一回头，“唰”，眼泪下来了，说看看尹氏。不看则已，回头一看，敢情人家尹氏根本就没瞧他，用手一挎张屠户：“你我夫妻二人新婚燕尔，虽是青天白日、朗朗乾坤，咱们洞房了吧。”张屠户一听，咧着乖乖岔儿③一乐：“哈哈，上板儿！”连肉锅都没收，就关张上板儿。此处删去一百三十七个字，这是根据名作家贾平凹的创作风格，咱们说书也要多元化。

杨万石一个人走了，拿着媳妇卖张屠户这三百钱。三百钱什么概念呢？一个钱能买一个饼子，三百钱能买三百个饼子。搁现在说，一个饼子一块钱，那就是三百块钱。叫您各位说，三百块钱够干吗的？天天就吃一饼子，也就够吃一年的。没多久，三百钱就没了。怎么办呢？“丐食于远村近郭间”，这是原文，还是要饭，反正离不开这片儿，老围着卖他媳妇小县城这儿转，远了最多走俩县城，然

①半拉潮干儿：北京土语，半干半湿。拉，读三声。
②争竞：北京土语，争执，计较。竞，读轻声。
③乖乖岔儿：北京土语，嘴。第二个乖，读轻声。

后还回来。日子一长，附近村子的人就认识他了，发现这个人老实，要得着也罢，要不着也罢，也不偷也不抢，也不摸也不拿，规规矩矩一要饭的，跟同行也不怎么连连[①]。有要饭的一看，这人说话文绉绉的，拉他入帮，需要个先生，全面提高丐帮内部人员的素质。人家还出淤泥而不染，很清高，不跟你们连连。可一人儿就不如跟大伙儿，你要不着，有要得着的，回来大伙儿可以一块儿分着吃，穷哥们儿不就这样么？

书说简短，天可就凉了，杨大爷罪又来了。要点儿残羹剩饭行，要不来皮袄啊，对不对？您各位琢磨，要不来一间房啊。天一凉，可就不光是吃饭的问题了，没地儿藏没地儿躲，他身上一件扛时的衣裳都没有，已然入冬了，还是单衣单褂。杨万石俨然走不动了，都没力气出去要去，找个棍儿拄着，手脚上都是冻疮，步履蹒跚，脚步踉跄，扶着墙根儿往前蹭。一段虎皮墙，头里朱漆大门，三级汉白玉台阶，大门楼。杨万石抬头一看天，可要了命了。怎么？天沉了，阴上来了，要下雪。杨大爷心里一翻个儿：完，我杨万石恐怕过不去今夜，只要雪一下，我今天就倒卧[②]，就得冻饿而死在街头。再一看红漆大门，“朱门酒肉臭，路有冻死骨”，杨大爷想起一句来。唉，我怎么混到这份儿上，当初我也在这里住着，我们家也是广亮大门，我们家也趁落儿啊，招谁惹谁了，我混到这份儿上，我办过什么错事儿啊？反省自己。“没招着谁，没惹着谁……我丢了一个电脑啊”[③]，想起这么一句，这句不算啊。杨万石走到台阶这儿，往上蹭，好不容易蹭到门洞这儿，心说：得了，我沾沾有钱人的福气，

①连连：北京土语，联系，交往。第一个连，读一声；第二个连，读轻声。

②倒卧：北京土语，特指因冻、饿、病、祸而死在街头的人，不是动词，是名词。倒，读三声；卧，读轻声。

③这是电影《有话好好说》中的台词，由北京琴书泰斗关学曾先生演唱，当时家喻户晓，一笑耳。

我跟这儿忍了吧，下雪下雪吧，冻死我也不能躺当街上。看得出来，这是个有钱的人家，书香门第。为什么？门心上有对子，“忠厚传家久，诗书继世长”，也不枉我杨万石小半辈儿念了会子书，我死在一个念书人的檐下。杨万石盘腿抱着杆儿，倚着门墩，迷迷糊糊，说现在话吧，半休克，冻得饿得。他看天还挺准，随着一阵风，雪下来了。头片儿雪下，二片儿跟着走，紧跟着片片似鹅毛。

您看，下雪安静，别看纷纷扬扬的，没动静，您得细听。尤其坐当院，夜深人静，听雪。可谁下雪在当院坐着？这就是您自己的生活体验了。说点儿书外话，现在北京下雪少，好多人不喜欢这个，尤其老人愿意下雪。拿学徒我说，我也愿意下雪，最起码空气干净点儿，消消毒。

雪真下来了。杨万石一阵儿迷糊，一阵儿明白，抬眼看看这雪：好啊，清清白白地来，清清白白地走，没想到老天爷还给我杨万石送这么一场雪。

这时，就听大门里有人说话。“来人啊。”“有。”“这要下一宿雪，明天这道儿可就不好走了，咱们可不能做那样的人，各家自扫门前雪，不管他人瓦上霜。咱们哥儿几个、爷儿几个自当活动活动，咱们扫扫雪玩吧。”“好啊，听您的。”“吱扭”，“咣当当当”，朱漆大门开了。杨万石迷迷糊糊，他也听见大门开了，没力气抬头。从里边出来几个人，一个官人带着几个仆人。这官人是个年轻的小伙子，十七八岁，长得不寒碜，挺漂亮，穿着棉袍，外边罩着一个貂绒坎肩，光头没戴着帽子。每人拿着一把大笤帚，一边走一边挽袖面，那意思要出来扫扫雪，连活动活动。低头一看，门口半躺半卧一个人，已然昏死过去了。“官人您看，这儿有个倒卧。”“唉，真可怜啊，这个天气，如此运衰之人倒卧在咱的门前了，你们看看还有气儿没有。如果还有气儿……”“怎么样啊？”“你们就把他唤醒，上门房让老张倒点儿热水，先给他暖和暖和，然后看看后边有什么吃的，周济他点儿，再上账房支几个零钱。眼看就要过年了，穷人就不过年吗?”“好吧，我们看看是活的还是死的，有气儿没有。”把笤帚头往胳肢窝一夹，拿笤帚把儿一捅杨大爷，杨大爷应声而倒，“噗叽”，往地上一趴，死了。“好可怜，怎么死在咱门前啊。我们这儿看着，你们去喊个地方。”“哎。”有人转身去喊地方，门口死个人不能白死啊，大伙儿这儿看着。

杨大爷趴在这儿：“嗯……”“嗯？官人，没死。”“哦，没死啊，把他扶起来。”扶起来，又戗在门墩这儿。“去，倒热水去。”上门房倒了碗热水。有人奔后边厨房，他家里有钱，厨房老有吃的，拿来点儿吃的。先把热水灌下去。还别说，管用，这碗热水下去，十二重楼顺肺腑“叽里咕噜”一响，就算稳住心神了。再把饽饽掰开了，往嘴里填。同志们，甭管这人多饿，饿得一点儿力气都没有了，只要往嘴里塞一块儿吃的，当时就有咀嚼的能力。甭管这个人到什么份儿上，不耽误吃。头一块饼子下去就好办了，二一块接着掰吧……还真没少喂。迷迷糊糊对付一半饱儿，又来一碗热水，杨万石有点儿精神了，睁开眼一看：嗬，真有钱，从穿着打扮上就看得出来，好几个家人在旁边站着。大家一脸殷切，都看着他。“怎么样，你缓过点儿来了?”“哎。”地方来了。“哪儿死人?”“就是他。”“这不拿我玩笑吗？你们真不错，罚我一趟，这不没死，坐着说话么?”“刚才以为死了，又缓醒过来了。”“嗬，你们这捣乱劲儿的，我下午觉睡着着儿的，把我弄这儿来了，这干吗呢?”“不白来。来人，账房支钱。”地方挑眼也得维护着，给地方钱，地方走。

杨万石拄着棍儿要往起站，“别站别站”，小官人一按杨万石，往前一抢步，两个人面对面四目相对这一看。“啊?”小官人眼前一亮，一伸手，本来是按他，“嘭”，就把他的膀子攥住了。“你姓什么呀?”这句话突如其来，要搁平常，杨万石到这个份儿上就不愿意说了。为什么？丢人。这是刚吃饱刚缓醒过来，神智还不太清醒，顺杆儿爬，顺口搭音:“我姓杨。”“哪里人氏?”“直隶大名府人氏。”“你可叫杨万石吗?”这一句话，不亚如五雷轰顶,“咔啦”一下儿。“啊，我就是杨万石啊。”“哎呀，不好!”原文写:“是伯父也!何一贫至此?”

书中代言，您可就听出来了，这个人非是旁人，就是杨万石的亲侄子、二爷万钟的儿子喜儿这个孩子。原文没写他的大名，就写小名儿叫喜儿，咱也就这么说。喜儿小官人现在有钱了，认出杨万石来了。那位说，杨万石就不认识他吗？他走的时候小，开书的时候喜儿七岁，折腾这么些故事过了二年多将近三年，这孩子走的时候十岁，现在十七。十岁的孩子跟十七的孩子，骨骼、模样都有很大变化。那位说，就长成另外一人了？那倒不是，但小孩儿模样变化大，多少年不见，乍一看看不出来。杨万石变不了，开书的时候四十出头儿，现在五十出头儿，就是瘦点儿，还是那模样。“是伯父也！何一贫至此?”这一句话就把身份说出来了。

赶这句话说出来，杨万石也不是傻子，一看这个模样长相，毕竟是一家人啊，而且尤其像二弟万钟，长得跟兄弟几乎差不多，长大了漂亮啊。“你是喜儿吗?”“啊，大爷，可不是我吗?”人要悲到极致，哭都哭不出来，干嘎巴嘴儿。喜儿一看:“往里搭，往里搭。”几个家人也不扫雪了，顺门口搭里边来了，这个过程很复杂啊。定住神之后，做吃的、做喝的、洗澡、换衣裳，就不给您细说了，转眼就是富家翁，这家有钱啊。杨万石吃饱喝足，洗完澡，睡这么一觉。

转过天来，喜儿伺候杨万石起床，请他坐在中堂之上。“我给您见个人呐？昨天晚上因为您惊魂未定，我不敢让您见，今儿您见见啊。”“见谁啊?”还有点儿愣。“出来您就知道了。”“好啊。”喜儿一转身，冲后边一嚷："有请老太爷。"就听后边"嗯哼"，嗬，够口儿了[1]。"扶童子出"，两个小童儿搀着老爷子顺后边出来了，一步三晃，享了几年福，晃晃悠悠。喜儿过去伸手接："祖父，您看看谁来了。""啊，谁来啦？"老头儿往前迈步。"您认认。""不认识。"喜儿一看，您别不认识啊。"您再仔细瞅瞅。""就是不认识。""我不知您说的是气话还是真话，您怎能不认识呢？这是我大伯父啊。"老头儿一瞪眼："谁？""我大伯父杨万石。""哦。"杨万石也认出来了，敢情是自己的爸爸、小喜儿的爷爷，"扑通"一下儿，跪下了，眼泪又下来了："我没想到您老人家还活着呢。"老头儿听完这句话，气乐了："嘿嘿！活着啊，我活得好着呢。杨万石啊杨万石。"喜儿一看，老头儿有点儿激动。"祖父，切不可动气啊。""你甭管。咱们俩商量点儿事儿行不行？"杨万石一听：这么多年不见了，今儿第一次见面，跟我商量什么啊？"爸爸您说。""我求求您，咱们商量商量，您能不能改个姓，不姓杨啊？""啊？""我怎会生出你这样的儿子来呢？我指望着这辈子就瞅不见你了，没想到老天对我这个苦老头儿还要有这么一番磨难。我都行将就木快死的人了，还能让我见着你，我真恨……""行了，爷爷，您跟我大爷也别撒狠儿了。得了，您爷儿俩这就算见着了，您上后边休息吧。""哎。"老头儿都不愿意骂他了，又扶着这两个小童儿，转身走了。

喜儿伸手把杨万石搀起来了："大爷，您别着急。""哎，你爷爷说得对，我不配做他的儿子，我不配做你父亲的哥哥，我也不配做你的大爷啊。""您这是何苦呢。伯父，您怎么落了魄，到了这个地步呢？""一言难尽。"那也得说啊，睡一宿觉也精神了，说吧，"啪啪啪"，把咱这几个礼拜的书一说。当然了，杨万石说得没有我好，而

---

①够口儿了：北京土语，一指够岁数了，一指到一定程度了。此处是前一种意思。

且没有这么慢，很简单就说完了。“我那二大妈呢?”“卖了，卖给一个有钱的人家。”“我那亲大妈呢?”“也卖了。”“卖谁了?”“卖给卖肉的张屠户了。”“卖多少钱啊?”“三百钱。”小喜儿官人听完，没说什么。“大爷，既然咱们祖孙也团聚了，您这些伤心的事情也不必再想了，以后也就不必再提了。”“那你跟我说说，你也让大伯父明白明白，怎么你们爷儿俩又碰一块儿了呢？怎么你们现在会发这么大的财呢?”“是啊，我跟您说。”

前文书说过，这老头儿是气走的，“隶道士籍”，就是出家当老道去了；“万石亦不敢寻”，也不找去，也不敢找。等马介甫三次到家可就急了，直接把喜儿抱上驴，扬长而去，为的是这孩子不能糟践你们手里，就把喜儿带到河南，帮孩子置了一片家产。他能找着老头儿，也不怎么，上哪个道观里把老头儿找着了。老头儿一看是他，掉眼泪了。“别哭，我把您孙子也找来了，您还俗吧。”老头儿一听：“行。只要你说的，我都乐意。”老头儿又还俗了，跟着马介甫回来，到这儿祖孙相见，这就是一家之主，等于马介甫帮衬着这爷儿俩。“十五岁入邑庠”，就是入县学为生员，也就是中了秀才；“次年领乡荐”，乡试中试者为领乡荐，也就是乡里推荐考孝廉，这是要中举的意思，秀才再高一级就是举人，这得通过考试。

您要知道，从三国时期就有举孝廉这一说。孝廉，第一你得孝，第二你得廉。大伙儿公推。《三国演义》里曹操就是孝廉出身。当然，他家庭有背景，上辈就是做官的，家里有一定的势力。所以说是大伙儿公推，实际还是花钱买来的。

喜儿中了举人，再转过年来十七岁完婚。您看，那会儿的人多幸福，十七就完婚了。那会儿的婚姻法大概就这么定的，因为十六就成人了，要举行成人仪式。现在也有成人仪式，但没有过去郑重。十六以前是弱冠之年，再小叫顽童，十二之前是顽童，十二到十六是弱冠，没有帽子，十六以后就戴帽子了。所以您看电影里小孩儿戴帽子是个可乐的事情，家里玩，给弄个小瓜皮帽戴上，跟小大人儿似的。真正成人礼是在十六，从这以后就可以订亲娶媳妇了。马介甫操持主办喜儿的婚事，娶的媳妇很贤良，长得也还可以，原文没有过多的描写，反正小两口挺好。马介甫又提出要走，这回祖孙说什么也不让走了。为什么？“只要您一走，我们爷儿俩就倒霉；只要您不在，我们家准有乱子。说什么不能让您走。”马介甫被逼无奈，因为喜儿也大了，那么能够跟你说实话了，跟老爷子和喜儿可就说了：“我非人，实狐仙耳。”

同志们，《聊斋》嘛，咱们说了几个月马介甫，今天终于暴露他的真实身份：狐狸。上一部说的鸦头是女狐狸，这回咱们给您说一男狐狸，一样富有很强的正义感、责任感。狐狸一般都是好狐狸，也有坏狐狸。在《聊斋》的四百三十一篇当中，好狐狸、坏狐狸都有，我得挑好的给您说，蒲松龄笔下写这些狐狸的寓意就在这个地方。

此时马介甫不说实话不行了。原文写“道侣相候已久”，就是跟我修道的那些位等我很长时间了。为了你们爷儿俩，我已经浪费了很多修行的时间，这几年反反复复。现在你们安顿下来了，再也不会倒霉了，你们就放我走吧。说马介甫，您可听明白，书说到这儿马介甫就没有了，后边跟马介甫也没关系了，但书可没完。爷儿两个眼睁睁瞅着马介甫飘然而去，走了。

没想到刚入冬，把杨万石捡着了。现在祖孙三个人相认，把以往经过都说清楚了，杨万石才明白，敢情拜把兄弟是狐仙。忆前情，想现在，这才洞彻以往经过。小喜儿也有自己患难之人，就是杨万石的小妾王氏。“我这二大妈太不容易了，您不是把她卖给有钱的人家么？”前文书交待了，“质妾于贵家”，给了一个有钱的人。“咱们现在有钱，能不能把二大妈赎回来，那地方您还认识不认识?”“认识啊。”小喜儿带着杨万石，带着很多钱又找去了。这家一看，杨万石现在带着钱带着人来了，再一问王氏，王氏当然同意。就这样，人家也没要很多钱，当初花多少钱还多少钱，真得说通情达理，把王氏又赎回来了。王氏回到杨家之后，“年余”，一年多，给杨万石生下一个儿子。当初怀过，愣让尹氏打掉了。现在又生了一个儿子，“因以为嫡”，就是说虽然是妾生的孩子，但视为嫡出，他是正宗，这么个意思。

按说一家人非常和睦，非常团圆，马介甫也走了，后边的书也没有马介甫，这不就完了吗?不成。马上要过年了，头年前我还指着《马介甫》置办一些年货，所以还不能把这段书说完。杨大爷刚吃两天饱饭，刚暖和过来，又想起大奶奶尹氏：我那苦命的贤妻卖给屠户张，现在不知境遇如何，不知生活怎样。那么下礼拜咱们就要给您说《马介甫》收官结尾，大奶奶尹氏跟屠户张的爱情生活。

第十二回

这个书今天基本就能说完了，咱们努力吧，说到哪儿是哪儿。上回书我跟您说了，后边没马介甫了。上回书暴露出来马介甫是狐仙，这就证实了咱们说的是《聊斋》。其实也不是非有狐狸，有时间再给您说几个不是狐狸的，也好，有意思。比如在宣南我说了一段《素秋》，也说出来了，她是蠹鱼，这书里没有狐狸，但终归还是精灵幻化。还有的书根本没有灵怪，一点儿的变化的色彩都没有，也归在《聊斋》当中，写得不错，那是专门写人的，就是说对人性的揭露非常透彻了。既然没马介甫，为什么还要说呢？因为这个故事没讲完，得给它讲完，关键就是尹氏。

尹氏以三百钱身价卖给张屠户，这就得说人家蒲松龄写到家了。不能说卖肉的身份低，但您要了解当时的历史背景，士农工商，商本身就是最低的，跟现在不一样。现在商最厉害，地位最高。为什么？有钱。腰里硬，说话冲。那年头儿别看你有钱，没有社会地位。比如咱们说了，杨万石原先是秀才，见着县太爷可以不下跪，长揖不拜，作个揖，口称学生，就是有功名。为什么？你也是秀才底子，我也是秀才底子，咱俩身份是平等的。只不过你被国家任命为官，我不是。所以县官还得赐座。可后来把他的功名革去了，再见着官就得跪下。那张屠户这个行业就是屠宰行业，在买卖人里又是最低的。为什么？这个行业损阴功，损阴德。人家猪羊招谁惹谁了，凭什么就死你手里，一托下巴颏儿[①]就捅死，您说是不是？古人也懂得维权，你人也是一条生命，它羊也是一条生命，凭什么你主宰它的命运呢？很同情羊。所以屠户这个行业很被人看不起。

当然，屠户张是有历史的。您要听《三国演义》，了不起的人物，涿州范阳郡张飞张翼德张三爷，乌牛白马祭天地是在人家张家，有的是钱。刘备穷酸，织席贩履，卖草鞋卖多少钱啊？您各位琢磨，卖一只羊，按现在说二十一块五一斤羊肉，一只大羊能下三十多斤肉，您算卖多少钱？卖六百多块。要买草鞋买多少双，不是牛皮鞋，是草鞋。五十块钱一双够价儿了吧？能买十二双。可谁没事儿老买草鞋啊？一天人家能卖四只羊，你可卖不出四双鞋去。所以刘备没钱，织席贩履。关公推车卖枣，您琢磨琢磨。说桃园三结义，您要注意,《三国演义》头一回“宴桃园豪杰三结义，斩黄巾英雄首立功”，头一个字就是宴，您就明白了，他家有的是钱，敢称宴字不是说随便吃饭，要说饭桃园就没劲了，面桃园又差点儿，弄碗炒菜面，没劲，够上宴席了。古人用字是很讲究的，所以体现出张飞家有钱，而且带花园，家里有桃园。称得上桃园，不能一棵、两棵桃树，得够一小片才叫桃园。所以这屠户您别瞧不起，真挣钱，真有钱。

但花很低的价钱，就说明尹氏不值钱,“以钱三百”——这是原文，不是我瞎说的——卖给张屠户。当初大富大贵的大奶奶，到现在衣不蔽体、食不果腹，三百钱把自己卖了。到人家了，家庭环境好了,“狂悖犹昔”，尹氏跟原先那个态度一样，怎么对杨万石，要怎么对人家张屠户。坏了，张屠户不是杨万石呐，而且这经常动刀的人拿动刀就不当回事了，说急眼就抄刀。

您看《水浒传》,“拳打镇关西”，郑屠户跟鲁智深，当时叫鲁达

---

①下巴颏儿：北方方言，下巴。颏，读一声。亦作下巴颏子。

动手，不敢惹，忍着。忍一回行，忍两回行……鲁智深说话太难听了，实在忍不了了，郑屠户就把剔肉钢刀拿在手："拼了吧，兑了吧，不拼不兑又怎么地？"[①]急了，愣敢劈鲁智深。那会儿还不叫花和尚，还是提辖爷呢。

您琢磨，尹氏跟张屠户一瞪眼，一犯棱棱[②]，好得了么？先开始还有点儿新婚燕尔，不忍得打你，以为你有点儿小脾气，人家没言语。这天也搭着张屠户喝点儿酒，不知尹氏怎么又犯着他了，说不过去了，一扬手："啪！"这一巴掌打得尹氏原地转一圈儿，张嘴要骂街。混人就是这样，您碰上混人不要招他，一看这人混就别跟他较劲了。秀才遇见兵，有理说不清。尹氏还要跟张屠户拽杠[③]，张屠户急了，拳打脚踢已经治不服她了，一伸手，肉案子上把剔肉的刀抄起来了。

您看，砍肉的刀是砍肉的刀，剔肉的刀是剔肉的刀。一说成语庖丁解牛、游刃有余，您就知道在屠宰行业人家用刀跟咱们不一样，已经出神入化了。咱们在家做饭，对待牛蹄筋、羊拐骨这些地方，怎么劈开，怎么弄开、弄断，很困难。人家游刃有余，这把刀在人家手里已经到了出神入化、无所不能的境界。那么大一头牛，剔得干干净净，要哪儿有哪儿。

今天张屠户用在尹氏身上了，一脚把尹氏蹬翻了，这只手一攥尹氏的发髻，这只手一攥剔肉的刀。就这把刀，两头儿开刃儿，分儿快[④]分儿快的。这文言用得，同志们，说书的先生有学问啊。这把刀离汗毛近了就觉着冷气袭人，一尺以内耀人胆寒。张屠户把刀一

①这是山东快书《鲁达除霸》中的台词，一笑耳。

②棱棱：北京土语，指人愠怒、气恼时眼或眉凸起的动作。第二个棱，读轻声。亦作睖睖。

③拽杠：北京土语，不服气，抬杠或争论。杠，读二声。

④分儿快：北京土语，实际是锋快，形容刀锋利。分，音芬。

举："别嚷嚷，再嚷嚷老子可拿刀捅你！"尹氏也怪了，天生就爱斗人火儿。你看他已经白眼珠起红线，血灌瞳仁要玩命了，你就别招他了，不介。"你……你拿刀捅我吗？""啊。""我不信。"这手一托尹氏下巴颏儿，一刀可就下去了。不能扎肺腑，一刀就捅死了。真对得起尹氏，"孔其股"。孔，钻一窟窿。哪儿给她钻一窟窿？大腿。一刀下去，正在腿上，"噗"，那头儿冒刀尖，一血窟窿。这一刀下去，没往外拔。"嚷嚷！"您说这招多管用，尹氏连疼都没敢喊，一咬后槽牙，就没敢再嚷嚷。为什么？真捅啊，还嚷嚷还捅。人家天天宰牛宰羊，手底下有分寸，扎大动脉就死了，不能给你放血，扎的都是肉厚的地方，屠户这行业不好干。

一看没嚷嚷，张屠户把刀往外一抽，"哧"，都没发出"噗"的声儿，"哧"的一下儿就出来，刀快，"噌"的一下儿，血蹿起够三尺。您琢磨琢磨，大腿上扎一窟窿。张屠户也狠点儿，扎完这刀不算，找了一条毛绳子，原文写"穿以毛绠"。把毛绳子蓄进去，顺这头儿扽出来。拴哪儿啊？有拴肉的秤钩子，就把绳子拴秤钩子上了。这倒不错，给尹氏大奶奶挂起来了，上半截挨着地，腿半悬空中，大腿这儿来一血窟窿，挂条毛绳子，来回一动，毛绳子来回锯齿。那会儿绳子跟现在绳子不一样，现在绳子多讲究，那会儿的毛绳子，好家伙……同志们，当时这个场面您是没赶上啊，我也没赶上。您闭眼琢磨琢磨，您今天晚上这顿夜餐就算省了。那位说，说《聊斋》干吗说那么恶心？原文这么写的，我不能偷懒儿，尤其我说书又爱往细致上说。

打这儿起，尹氏拴了多长时间？拴了七八天，不管你了。说饿了，这不大锅里有熟肉么，挑出一块来往你跟前儿一扔，最后连血都没得流了。尹氏疼啊，怎么办？嚎。嚎到什么份儿上？声嘶力竭，声儿都岔了，"邻人始知"，街坊邻居才知道。敢情这家天天嚷，一开始听不清楚，后来才听明白，这是人嚷得声儿都岔了。真有胆儿大的过来，趁着张屠户中午冲盹儿[1]睡觉，蹑足潜踪进来了，往他们家一看，惨不忍睹啊，一大活人拿绳子穿腿跟这儿挂着。大伙儿底下议论：不管她犯了什么错误，不管她因为什么招着张屠户了，这个刑罚太残忍了，咱们大伙儿联名保一保吧。

大伙儿都找张屠户来了。“老张，这些日子我们听您这屋鬼哭狼嚎的，这是干吗呀？”张屠户说：“我教育老婆，她骂我，我虽说身份低贱，但一不缺她吃，二不缺她穿，我是明媒正娶。她原先有男人，当着我的面儿，街坊作证，自己写的休书，一纸休书把她休了。她在人家家就是不贤良的妇人，到我这儿还打算这样，不成。虽然我大字不识一个，但是打算在家里她管着我，门儿也没有。说不管用，一打二吓唬全不管用。各位，没办法我才拿刀捅她，我看她以后还撒不撒泼。”大伙儿一看：“您这也太过分了，纵然是您管教媳妇，也不能这样啊。得了，看我们大伙儿的面子上，她知错能改，您就把她饶了吧。”“不成。按理说一人儿驳不了大伙儿的面子，大伙儿既然来了，我也不怕寒碜，多咱她自己出口求饶，多咱算完。”“已经半死了，出口求什么饶啊，哪儿有力气张嘴跟您求饶啊？您每天也不闻不问。您给放下来吧。我们大伙儿也不白让您放，一人买二斤肉，您看怎么样？”“嗯，行。你们人不少，她百十来斤，自当你们买这肉抵她这一堆臭肉。放吧。”自己不去，街坊邻居有好心人给尹氏放下来。

打这儿以后，甭说跟张屠户再滋毛儿[2]、再犯葛[3]，张屠户只要外

①冲盹儿：北京土语，打瞌睡。冲，读四声。

②滋毛儿：北京土语，原形容毛发蓬乱，转指不驯顺、胡闹、挑衅。亦作髭毛儿、龇毛儿。

③犯葛：北京土语，一指古怪，执拗；一指故意抬杠，找茬儿。此处是后一种意思。

出一回来，刚走到门口一咳嗽："嗯哼！"这儿激灵一下子，吓坏了。说腿上有伤，不让养着，该干什么干什么，差一点儿也不行。尹氏每天伺候张屠户无微不至，都得伺候到了。这还是不喝酒，屠户张哪天要是喝酒喝高了兴，抬手就打，张嘴就骂，不客气。三日一小打，五日一大打，年了节了单说，给双饷。尹氏这罪受得呀，到现在明白一句话，叫"己所不欲，勿施于人"。想起当初自己对杨大爷，现在自己受的这个苦当初杨大爷全受过；可我不单对杨大爷一人儿啊，活生生把小妾王氏怀着几个月的身孕打掉了，害一条人命；逼死二爷杨万钟，投井身亡；杨万钟的媳妇让我挤兑得改嫁；王氏让我卖于贵家；我的公爹七旬老翁让我挤兑得当道人去，远走在他乡，有家不能归，上无片瓦遮身，下无锥扎之地可以容身……这都是我干的。最难的是几岁的孩子小喜儿，我这么大的人这些罪都受不了，何况他是个孩子。这还是我的亲人，至于说家下人等，使奴唤婢用的那些奴才，打骂就不在话下了，太平常了，皮鞭子蘸凉水、大嘴巴抽是我的恩典，经常把烙铁烙红了烫人家……现在都加于我一身。尹氏开始反省自己了，但人家张屠户不管，天天还这样。

赶上有这么一天，杨夫人，就是喜儿少官人娘子，和大夫人，就是王氏，两个人游庙烧香还愿去。原文写"烧香普陀寺"，这普陀寺天下大概有几座，他们家是在河南，我考证了考证，河南的普陀寺就有好几座，原文也没写他们家具体住河南哪儿，就说游普陀寺。

您看，阔人游寺、游庙可讲究，前呼后拥不必说了，还有花钱布施，唯独到庙里得带足了钱。老和尚都盯着你呢，那磬不是随便敲的，你磕头不给钱不敲，敲磬的时候得带上一句话。好比你祷告，"什么门什么氏在下，佛爷在上，保佑我什么什么，我怎么怎么还愿，重修庙宇，再造金身"，说这么一套话，最后"阿弥陀佛，奴家这儿给您磕头"。和尚那儿手这样，这手拿磬槌子，一敲磬：

“当！”“别忘撂香钱。”“当！“别忘撂香钱。”说是香钱，那钱够买两吨香的。现在您上庙里也是，平常纸马店卖的香跟庙里卖的香不是一价码儿，正经大鞭杆子香，卖一百块，其实原料也就一块多钱，那您也得买，善男信女嘛。

杨夫人跟大夫人到这儿布施，施舍。舍什么呢？男人来了，舍你馒头，舍你双鞋，舍你十个钱，是男的到这儿排队，到跟前儿就给你。馒头，问你要几个人的。为什么？家里还有人，得带回去啊。好比说这位要十个馒头，加一双新鞋，加十个钱。女人来了，也给馒头，要几个给几个，不给鞋，给布，一丈青布或一丈蓝布，让你做衣裳。那排的队长了去了。附近这些村子里的穷人，尤其是这些贫婆，每到开庙烧香人多的时候就要来领这个。当然，这里也有真穷的，也有家里过得去冒领的，本来有好衣裳不穿，特意穿得破衣拉撒到这儿来。这些贫婆当中就有尹氏，尹氏在家里过不去啊。为什么？虽说张屠户很有钱，但不给她啊，吃也是跟喂牲口一样，她还得天天伺候着，也没有好衣裳穿。她一看庙里有善人，施舍这施舍那，跟在群乞当中，排着队要来领救济，领青布，领钱，领馒头。

排来排去，排去排来，刚开始挨个儿发，人一多，一拥而上，发东西这位可就忙不过来了，有人给维持秩序。尤其大夫人看着这个景象高兴，站在月台上跟大伙儿说：“不要抢，按大伙儿人头份儿我都给到了，大伙儿别着急。”这些贫婆、乞丐就说好话，无非是祝愿大夫人、少奶奶硬硬朗朗的，像您这样的好人长命百岁、合家欢乐。大伙儿都说，唯独尹氏低头不语，知道害臊，她是大家主儿出身，磨磨蹭蹭，不敢向前。可越这样越引人注目，越突出。大夫人可就看见她了，问身旁的丫鬟：“这个人为什么不往前站呢？”“我们哪儿知道啊。”“唤她向前站。”意思是要不好意思的话，你可吃亏。为什么？大伙儿都抢，你要不抢，一会儿发完了你没有，更麻烦。

既然你脸薄不敢向前，我把你叫过来，问你有什么苦处，我专门儿还要施舍你。

有家人过去拽尹氏，尹氏蹭着到跟前儿，不敢抬头，不敢看大夫人和少奶奶。大夫人一看，穿得破衣拉撒，这么瘦。“你们问问她姓什么，家里还有什么人呐。”她说话一长调门儿，尹氏一听：怎么那么耳熟啊？她这头发本来就打绺儿，遮着她，她低着头，微微一抬眼皮，看了一眼大夫人。她这一看不要紧，认识，她变样了，王氏没变样。原先她又白又胖，现在又黑又瘦，都走榫子①了。王氏认不出她来，她可认出王氏来了。哎哟，这不是让我卖给有钱人家的小妾王氏吗？看来天理循环，报应昭彰，我做的事情报应来了，要来要去，我竟然要到她的面前。尹氏更不敢说话了，低着头。丫鬟、老妈子跟审贼似的问了半天，算把尹氏问出来是张屠户之妻，可没敢说姓尹。“近前来。”俩人拽着，一人在后边推着，把尹氏又往前推了一步。

王氏大夫人乐了，一指尹氏，跟身旁的人说，尤其跟侄媳妇说：“少奶奶，你看多可乐。”“大娘，有什么可乐的？”“她是张屠户之妻，那么她爷们是卖肉的，她应该不缺肉吃啊，可笑啊可笑，这妇人何至于羸瘠至此？”羸瘠，瘦弱。怎么会瘦成这样啊？这一句话把尹氏臊得，恨不得有个地缝儿，钻到月台底下才解气呢。“看她这个样子，一定是她男人对她不好，张屠户丧了天良，虐待发妻，做女人好可怜啊。侄媳妇、少奶奶，不瞒你说，就是大娘我想当年也生长在那富贵人家，唉！”说着话，眼圈一红，眼泪往下掉。“还不如此贫妇人呢，她还能自己出来随便走动走动，我如受桎梏，人在监牢、

---

①走榫子：北京土语，此处指脱相，面貌大变。榫卯，是在两个木构件上所采用的一种凹凸结合的连接方式。凸出部分叫榫，凹进部分叫卯。榫和卯咬合，起到连接作用。

鸟入囚笼相仿。我的少奶奶。”“大娘，您说。”“我受的那个非人之虐待啊……”“也是大伯父他对您不好吗？”“要是你大伯父对我有半点不好，那还是我的造化。并不是你大伯父对我不好，是你那原先的大娘视我如仇人相仿，把我比作眼中钉、肉中刺，不除不足以快其心。”这么多年没说过，今天一看见这个贫妇人，“噔噔噔”，心里话说出来了，哪句话都跟小刀子似的，全扎在尹氏心坎上。

说一句，尹氏的头低一点儿；说一句，尹氏的头低一点儿……王氏大夫人这几句话说完，尹氏的脑袋都快扎到裤裆里去了。尹氏心说：她这是没把我认出来，要是把我认出来，见我都这样了，她能说出这样的话来吗？王氏是个好人呐。开书的时候我跟您说过，杨万石“四十无子”，娶的王氏，“旦夕不敢通一语”。旦是白天，夕是晚上，一天连句话都说不上。俩哑巴见面，互相递眼神，要让尹氏看见，就是一顿暴打。尹氏当年是那样对待王氏。尹氏心想：我要说我是尹氏，算落后娘手里，她不定说出什么话来呢。我别领这钱了，我走了吧。趁两旁这些仆妇、家人、老妈子、丫鬟没留神，“嗞溜”，尹氏顺人群当中挤出去，抹头就跑。王氏大夫人一看：“哎，岂有此理啊，她不是来领施舍的吗？我说几句闲话，她跑什么啊？你们把她追上。”还真追不上。尹氏跑得还挺快，跑回家了，到家里又找拴猪捆猪的那个毛绠。干吗呀？不活了。

同志们，书说到这儿我得表扬尹氏，觉悟有所提高，知道害臊了。知耻近乎勇，人最怕就怕他不知道寒碜，不懂得害臊。其实不怎么样，可老觉得自己不赖呆[①]，自己不含糊。结个婚也上报纸，你说他个艺人结婚有什么可上报纸的呢？电视也播，媒体也宣传，好，了不得了。又会唱快板，还会捧哏，还能说书，还拍电影……不怎

①不赖呆：北京土语，不错，不赖。赖，读二声。

么样。[1]说实在的，我也就在这儿跟您说说，我不会背后褒贬人。我们俩这交情，当面我什么都不说，咱就是厚道人。知耻近乎勇，人得懂得好瞧不好瞧，好看不好看。

尹氏这回不知怎么，觉悟进步了，思想上比原先明白点儿了，或者说没有完全泯灭天良，回到家里要找绳子上吊自杀。她把绳子系在房梁上，系了一个瓶子扣儿，找个机凳，往凳子上一站，把扣儿往脖子上一挂。尹氏心想：对不起人家杨家，杨家从上到下所有的人，我就没办过一件对得起人家的事，我活着有什么劲啊。一踹机凳，“咣当”一下儿，尹氏两腿悬空，悬梁自尽。尹氏还真有造化，她找的这条绳子糟朽了，老天爷还不让她死，“嘎巴”一下儿，绳子折了，人掉下来了。

您看，人要上吊，两脚一离地，几秒钟就窒息；稍微挂时间长一点儿，这人就过去了，再救可就救不回来了。说及时救这人，也得会救，唯独上吊的人跟溺水的人，救不好反而就把命害了。现在科学的解救方法我不懂，过去讲人两腿一离空，直着起，直着落，下来以后得拿磕膝盖顶住他的肛门，不能直接撂平，一撂平，气儿回不来，这人就算完了。必须把他直着立在你磕膝盖上，赶紧摩挲，拿拳头就得捶他的后心，“当当当”三下儿，心脏跟里边的气一活动，有进出的气儿了，这人就算缓过来了。只要头脚一撂平，这人就算彻底凉了，就完了。当然，上吊的人也是窒息而死，溺水的人也是窒息而死，这两种人死法从表面上还看得出来，很容易就能分辨出来。

绳子一折，尹氏掉下来了，这口气儿一时没缓过来，处于半昏迷状态。“咣当”一下子，外边张屠户听见了，急急忙忙往后跑。绳

①此处还是拿李菁砸挂，一笑耳。

子一折，人掉下来，张屠户一脚门里一脚门外，正赶上。一看媳妇上吊，他腻味，心说：你要死在我们家多丧气，你上吊自杀，我说不清楚啊，我挤兑媳妇上吊？张屠户恨她，把她提起来，"当当当"三拳，尹氏一咳嗽，一口心头火随着痰往外一吐，悠悠转醒："哎……"张屠户恨她，"咣当"，往地上一摔，一摔气更通了。尹氏眼泪下来了："我活不了了。""谁挤兑你死了？"原文写"益恶之"，打这儿以后张屠户更讨厌她了，更恨她了。

尹氏想上吊死没成功，导致张屠户对她变本加厉，尹氏也是自作自受。但尹氏命大还不在这儿，她的命更大了。过了一个月，张屠户突然病了。那会儿得病也没什么高明的医生诊断，一下儿就落了炕了。尹氏对张屠户还真不错，端屎端尿，喂茶喂饭，请大夫看病，开方子抓药、熬药……他们家有钱啊，买卖也关了，就伺候张屠户这个病，哩哩啦啦[①]一年多。原文写"岁余"，就是一年多一点儿，张屠户死了。

您看，这说书快是真快，慢是真慢。我要想给您说快了，一年多，完了；我要细致给您说怎么看这病，麻烦了，请大夫怎么开方子，怎么抓药，上哪个药铺抓的，回来头煎怎么着，二煎怎么着……过去老先生说书都这么说，怎么吃的头遍药，怎么喝的二遍药，病情怎么发展的，最后怎么死的，都得说仔细了。咱就不费这话了，张屠户死了。

那尹氏就算解放了吗？没有。尹氏倒腾来倒腾去，一场病把肉铺的钱也倒腾光了，买卖也干不了了，还得要着吃，街坊邻居都嫌弃她。为什么？通过张屠户口述，还有那好事之人满世界打听，对

①哩哩啦啦：北京土语，形容连续不断或啰嗦、拖沓。第一个哩，读一声；第二个哩，读轻声。亦作漓漓拉拉、逦逦拉拉。

尹氏以前的罪恶行为多少有点儿了解。张屠户为什么打她大伙儿也清楚，要都要不来，找朋友帮忙没人肯帮，所以又加入乞丐这个行列了。但是她有经验了，哪儿好要啊？庙头里好要。为什么？烧香的都是善男信女，都是好心肠的人，稍微一央告就给。

突然赶上这么一天，从远处缕缕行行，众星捧月相仿来了一拨人。头里女眷过去，后头有两位官人，一年长，一年少。年长之人非是旁人，大爷杨万石。别人看杨万石不在话下，单说尹氏，一看杨万石，眼可就直了。人群中那么些人，也不怎么，杨万石突然一扭头，看有个妇人直勾勾、眼巴巴瞅着他。杨大爷拢二目定睛仔细观瞧："呀！"面貌依稀是尹氏啊。尹氏也看见杨万石了，低头一看自己这身杂儿①，"唰"的一下儿，眼泪就下来了。为什么？杨万石现在容光焕发，前呼后拥，头里女眷就多少人，后头小官人陪着，使奴唤婢，旁边伺候的人，有拿水的，有拿热手巾的……看得出来，发大财了。"扑通"，尹氏跪在这儿。原文写"以膝行，泪下如縻"，哭了，涕泪涟涟，拿膝盖当脚走。干吗？往杨万石跟前儿扑，毕竟多少年的夫妻，而且是髽鬏儿夫妻、结发夫妻。

大伙儿都认不出来尹氏，杨万石一眼就认出来了，看尹氏跪着朝自己扑过来了，他不看别人，回头先看侄子小喜儿官人。没想到小喜儿官人也发现这个妇人了，定睛看了看。相书有云："定睛则有，转睛则无。"看这人有没有心事，看眼睛。一转眼珠，这事儿没有；一定眼神，他有所思考，这事儿八九不离十。他发现尹氏之后，两眼一定神，紧跟着回头就看杨万石，赶杨大爷回头也看他，四目相对。小喜儿官人一瞪杨大爷，他也认出来了，那意思您要当着手底下这些仆妇们敢认她，可别说我对您不客气。小喜儿的亲妈让尹氏

---

①杂儿：北京土语，本意是杂碎，动物的内脏，此处指脏旧的破衣服。

逼着改嫁，亲爸爸二爷杨万钟让尹氏逼得投八角井身亡。您琢磨琢磨，小喜儿能不恨她吗？六七岁刚懂事儿，心灵的深处就烙上了仇恨的伤疤，恨她呀。今天面子是小事，您要当着我敢认她，暗含的意思可就说出来了。就这一看杨大爷，杨大爷激灵灵打个冷战，赶紧拿袍袖一挡自己的面孔，一低头，一皱眉，回头看身旁的仆人，谁都没注意，走。原文写“碍仆”，碍于仆人的面，脸上不好看。杨万石没理尹氏。尹氏张嘴想喊没敢，眼瞅着杨大爷从自己面前走过去了，真得说是万念俱灰，坐在道旁放声痛哭，谁也不知她哭什么呢。

回到家，杨大爷单独找小喜儿官人谈话。“喜儿啊，大爷跟你商量个事情。”“没商量。”“你知道我说什么？”“什么都没商量。”“我还没说呢。”“不用说，今天游庙看见我那位原大娘尹氏大奶奶了，对不对？”“对啊。”“您打算再续前缘，打算认她，是不是啊？”“我‘欲谋珠还’呐。”珠子跟匣已经分开了，现在打算还珠于原椟，回匣子里。“我打算把她认回来。”“为什么？”“太惨了。你看她那模样，你看她看我那眼神，孩子你不懂啊，我心疼啊。我跟你说，这后半天我没着儿没落儿①啊，你不了解。”“我不了解？别说了！哈哈，大爷，我三叔马介甫几次来咱家，把咱家治理成这样，到现在咱们祖孙几代安居乐业，您才吃几天顺心的饭啊，就要把我大娘认回来。我说句不好听的话，大爷，她一回来，咱们这家可又算败了。为什么？马三叔说了，他这一去就不回来了。‘道侣相候已久’，人家是修行之人，不能因为咱们家凡夫俗子这些俗务耽误了人家的修行，耽误了人家美好的前程。您要知道，人家对咱们够可以的了。现在

---

①没着儿没落儿：北京土语，一指没有指靠，不落实；一指心绪不宁，心慌意乱。此处是后一种意思。着，音招；落，音涝。

福星未稳，灾星又至，您要是把大奶奶认回来，也罢，我就带着爷爷，带着我大娘，带着我兄弟，带着我媳妇，我们举家走，您爱跟谁过跟谁过。打今儿起两姓旁人，您可别说喜儿我对不起大爷您，我就不认您了。小时候我没辙，现在我大了，告诉您就这么办，没商量的余地，绝不许认。”杨大爷一听，这话说得太绝了。“完了，算我没说。”

可说是不想，打这儿以后老去。原先不怎么游庙，得王氏夫人跟这小娘子撺掇：“这些日子咱们没出去玩，咱们去一趟吧。”有时候杨万石陪着去一趟。现在不介了，隔三差五庙头里转一圈儿。常赶集没有碰不上亲家的。尹氏打那回也动心了，来不来庙头里转一圈儿。这天又碰上了，两人虽然没当着小喜儿官人，没当着这些仆人，但以目示意，互相递暗号。尹氏往外调杨大爷，跟着走，走这么一百来步。

您看，走马路上经常有不说话，俩人递眼神的，我也赶上过。有回我说书，有一大姑娘坐底下冲我……那会儿我还没搞对象呢，我一看：嗬！王玥波，有点儿意思，你这个艳福来了。我说书，假装不理她。说着说着，没想到冲我……往外调我。三五分钟我就把书说完了，我要想快，特快。散了场，我以为她走了，没有，在后台那儿，跟着你。好，提着包跟着。出门到车站，正好公共汽车来，跟着上车，走。坐了三站，临下车回头冲我……嗯，跟着。到胡同口进胡同，我刚要进去，她一转身：“站住，你干吗？打说书你就看我，一直跟到我这儿，你打算干什么？”我说：“不是你调我吗？”“谁调你了？”“没调你冲我这样？”“我他妈打小就……就这毛病。”这不瞎耽误工夫么？

跟到无人之处，抱头痛哭啊。原文写“犹时就尹废寺中”，找破庙，没人的地方，这个就字用得好，他就和她。当然，通过几次续前情之后，两个人又形同夫妻相仿，只不过是在废寺当中。这是蒲松龄下笔高的地方，“犹时就尹废寺中”，就合[①]着。

慢慢儿他的行踪就被小喜儿官人察觉了，小喜儿官人气坏了，寒碜啊。小喜儿官人这回不找杨大爷，没理他，把家人找来。“去问，他们行乞之人有头儿没有？”“有。”把花子头儿找来了。“给你一笔钱。”“您干吗？”“就在你们这些乞婆中有这么一个人，当初她跟着屠户张。”“我知道这人。”“最近她老在破庙中跟人私会，你们想办法把她给我除掉。”花重金要买尹氏一死。原文写“阴教群乞窘辱之”，寒碜你，大伙儿一块儿骂，骂来骂去，愣把尹氏活生生骂死了。

再往后，蒲松龄写了一句话，“此事余不知其究竟”，最后怎么样了我也不知道。“后数行，乃毕公权撰成之”，我有个朋友，也是资深的秀才，叫毕世持，字公权[②]，这个结尾是毕公权写的，不是我写的。

在这儿我也要答复网上有人提的要求，有人让王玥波说一说，到底为什么杨万石怕尹氏一辈子。都到这份儿上了，都认清尹氏的真实面目了，还上破庙找她去苟合。到底他们俩是爱情，还是杨万石就怕她，她有什么拿人[③]的地方？连蒲松龄都说“此事余不知其究竟”，他都不知道，何况小小的王玥波乎？

这段实际还没有完，蒲松龄在故事的后边写了一篇赋，辞藻华丽，我给它起个名字叫怕婆赋。说男人惧内，他写了一篇赞美的诗赋，实际是讽刺的。我简单数了数，这篇文章中四六句儿的骈文对

---

①就合：北京土语，一指紧缩，靠拢；一指将就。此处是后一种意思。合，音活，读轻声。

②毕世持，字公权，山东淄川人，明末辽东巡抚毕自肃曾孙。蒲松龄在挽诗中称赞其“人才声望压何刘”，“议论丰标都不群”。

③拿人：北京土语，吸引人，受人喜爱。亦作拿人儿。

仗句，其中拉的这些典故有五十多处。按说说《聊斋》应该给您背原文，您看我说书当中能背到的原文，尽量给您背。为什么？您更能领会蒲松龄的笔法跟意境，然后我再把它演绎成评书。唯独这篇赋，我很惭愧地说，我背了三天没背下来，太长了。有机会要说《胭脂》的时候，那必须给您背，后边有一段胭脂判词，不背不算会说《胭脂》。这段老先生没要求，说《马介甫》没说必须把这篇惧内赋、怕婆赋背下来，所以我也没下那功夫。但我劝各位回家您找《马介甫》这篇原文，从头到尾再看一遍，看有没有王玥波胡说的地方，不符合原文的地方。当然，演绎是有。另外，您欣赏欣赏这篇赋，再有机会查查工具书，把这五十多个典故查来，私下咱们交流一下儿，也有助于咱们古文水平的提高。

《聊斋》中非常精彩的一篇作品《马介甫》，说到这儿告一段落，就算我给您说完了。连蒲松龄都说了，“余不知其究竟”，最后我不知道了，是毕公权写的。那我要说呢，就说这个故事是蒲松龄编的，您要不爱听，就说蒲松龄，您也别说我。

瑞云

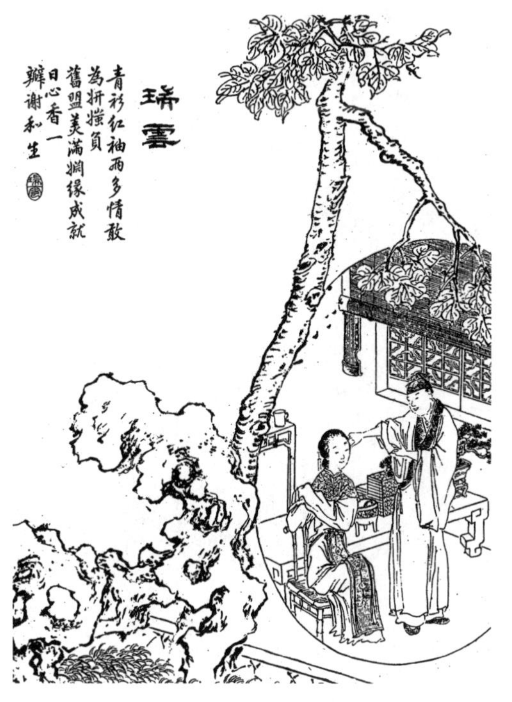

第一回

西湖美景世无双，杭州花草四季香。春游苏堤桃红绿，夏赏荷花映池塘。秋观明月如碧水，冬看瑞雪满山冈。①

这六句能唱，但是得加好多虚词儿垫字儿。为什么要念这么一首定场诗呢？因为从今天开始，咱们要说发生在杭州的一段故事。

说过去“上有天堂，下有苏杭”，杭州这个地方是鱼米之乡，老百姓能够得食温饱。那还有这么句话，叫“饱暖思淫欲，贫寒起盗心”。偷东西为什么呀？是因为家里头穷。饱暖思淫欲，吃饱了喝足了，没事儿干吗去呢？就要寻欢作乐。所以在苏杭这个地方楚馆林立，秦楼楚馆不少。其中就有这么一家儿，领家儿妈妈姓蔡，咱们在书中就管她叫蔡婆子，她比一般的领家儿妈妈鸨儿娘强得多。为什么呢？她对她手下这些姑娘们啊，很少虐待，不打不骂。您常看文学作品、影视作品，鸨儿娘多狠啊。为什么说青楼女子受剥削受压迫，挨打挨骂呢？尤其好人家儿的姑娘干这个，叫逼良为娼，不打行吗？这个蔡婆子对手底下的姑娘不打不骂，说那是她人性善，谁说的？一点儿都不善，她单有另一种手段。她研究人的心理研究得最好，用各种手段笼络人心。当然，吃喝穿戴给钱，这都不算什么，主要是她这个话说得好，能打动人心。所以蔡婆子在这一行中较比有威信。有什么威信呢？别家儿的妓馆来不来的净打人，有时

①这是太平歌词《白蛇传》的前六句，权作定场诗。

候还容易打出人命来，但她这儿没有过，蔡婆子自打入这行儿二十多年了，没出过娄子，就是从她这儿从良的这些妓女们也都说她好，没有说她不好的。你看，鸨儿娘能落一个好名声，落一个好人缘儿，这多难得。社会上嘛，混的就是一个人缘儿。蔡婆子不但落一个好名声，而且经营有道，会干。

她买了这么几个小姑娘，大的不过十三四，小的才七八岁，从小买来干吗？刻意培养。说大姑娘买来就能用，当时就挣钱，可是不趁手称心。这些姑娘年纪小，打小不懂事儿就买回来当闺女养活着，精心培养。培养完了，什么事儿都得听我的，而且“三岁看大，七岁看老”，这姑娘在七八岁上大了以后能出落成什么样儿，蔡婆子有经验，是高是矮，是胖是瘦，是丑是俊，她能断十年后的事儿。把这些小姑娘买回来，在家里当亲闺女一样养活着。那这大一点儿的不提，咱们要提最小的这个，才八岁，名字叫瑞云。这儿就没有什么秘密了，同志们，今天说的是一段《聊斋》志目，名字叫做《瑞云》。

咱们给您说过《素秋》《鸦头》《马介甫》。由杨万石起，说了半天杨万石惧内，这才说出马介甫来；由俞慎俞谨庵到俞士忱字恂九，说了半天哥儿俩交朋友，才能勾出俞素秋来。头两回书，说谁可没谁。说《鸦头》得先说王文进京赴考，碰上赵东楼交朋友，您且听不到主人公出来呢。唯独说《瑞云》快，三两句话，瑞云就出来了。

八岁，苦出身，要不然家大人也不舍得把这么好的姑娘卖了。打听来打听去，说这个行里头蔡婆子不虐待人，说指望这孩子能过上好日子，那是甭想啊，最起码不天天挨打呀，就卖给蔡婆子了。嚯，这蔡婆子对这些大点儿的姑娘还不太精心，唯独对瑞云特别上心。为什么？她聪明。别看才八岁，教什么会什么，举一反三；你有来言，我有去语；你有上句儿，我有下句儿。嗬，小姑娘灵透了，长得也俊。那么既然她是重点培养对象，所以在这个老师的选择上，正经的老师，不是说请那乱七八糟的人教，都是请正经学馆里的先生来教，专门给瑞云请了四个，教给她四门功课，这都是妓女必备要学的。这可是你们几位说的，我没说“说学逗唱”啊。这说书加多大小心，一会儿掉沟里了，你这让我们那些同行得多恨我呀，好好听书啊。[①]可您还别说，沾点儿边儿，这唱还真得学。咱们曾经给您说过有关过去妓院的书，分为几等，头等小班、二等茶室、三等下处，最不济的有流莺暗娼，那叫暗门子；您看老舍先生写的西直门外白房子，那是最低等了。咱们说这小班您可听明白了，打进院到见着姑娘的面儿，说现在话，没有三万两万的您拿不下来，就是陪着您聊聊天儿，喝会儿茶。在二等茶室，就叫打茶围。想到小班来，好，一般人可来不起。

那这姑娘跟着四个老师学什么？吹打弹拉，诗词歌赋，琴棋书画。说丝竹管弦，带眼儿的就能吹，吹出来还好听。说您来来，您能吹，我能随着您吹的这个唱。可来这儿的人多了，会什么的都有，拿起这笛儿来吹昆曲，你就得会唱昆曲。说那年头儿有昆曲吗？我没考证过，我只能给您这么举例子。但南昆南昆，昆曲就是从那边儿来的。说这位拿起来吹，换了一个牌子，哎，你就得知道这牌子；说来的这个主儿，今天喝酒或者喝茶喝高兴了，即兴作了一首诗，你就要和诗一首；说作诗的时间来不及了，要作一副对联，人家有上联，你就得对出下联来。这可不容易，四个专管的老师教弹唱歌舞，琴棋书画。

就这样，瑞云从八岁长到十四岁。《聊斋》原文上写“瑞云”，

①现场说书经常有观众搭茬儿，这就要求演员的台词随时有所调整和变化，即所谓“现挂”。因是现场录音脚本，故保留。

“年十四”。到了十四岁上，因为是重点培养对象，在吃喝上更不抠着，营养也跟得上，出落得跟十六七岁似的，可就像大姑娘了。蔡婆子动上心眼儿了，瑞云这么好的能耐，长得这么漂亮，身量又够了，可就应该让她做买卖了。但她跟一般的鸨儿娘不一样，她单有她笼络人心的一种手段，她就跟瑞云商量，要把这事儿跟瑞云说透了，意思就是你瑞云得按照我说的话来办，顺着我的心气儿来。所以她正式找瑞云谈了一回话。

瑞云正在屋子里做针黹，蔡婆子来了，未曾说话先要轻轻痰嗽这么一声。“嗯哼……”瑞云猛然间一抬头：“妈，您来啦。”“啊。”“您坐，我给您倒水。”“不渴，不渴。姑娘，把手底下的活计撂一撂，妈妈我有两句话要跟你说。”“您说吧。”“啧，这个这个这个……打你来呢，哎，也懂点儿人事，七八岁儿上来的，我虽然不是你的亲娘，这几年你得掏心窝子说，妈妈我对你怎么样?”“恩同再造，对我跟对我那几个姐姐可不一样。从小吃的喝的，穿的戴的，使的用的，铺的盖的，哪一样我都比她们强。”“嘿，你说的这个话太透亮了。姑娘哎，你就拿你这几个姐姐来说，湘云、妙云……”她们都是云字儿的啊，排的字儿，云字儿的。“拿她们来说吧，来的时候比你岁数大，可都比你笨，要多笨有多笨，榆木疙瘩。你说说，娘我操了多少心，教个曲儿都学不会，哪儿像姑娘你呀，教吗儿会吗儿，学什么都是一学就会，所以妈妈我才单给你吃小灶儿。”“那我懂。”“就是。可俨然你也长这么大了，咱们又是这样的人家儿，你懂不懂的，今儿妈妈我也得跟你说。呃……瑞云，妈妈我打算让你开始学着做买卖。”瑞云闻听此话，愣了一下儿，低头不语，把自己的衣裳角儿拿起来，拽衣裳角儿。“瑞云，妈妈我既然张了嘴了，恐怕你也不能驳妈妈我，这几年来妈妈在你身上花了多少钱，你自个儿心里有数儿，咱们这样的人家儿，把姑娘养大了不做买卖可是不成的，这个道理想必你也明白。”“妈，我今年可刚十……”“我知道你十四，你多大岁数妈妈我能不知道吗？一则你这身量高，个儿可不小了；再则你的心眼儿也够用的；三一样说呢，啧，妈妈我可不逼你啊，咱们是商量着来，你乐意咱就算着，你不乐意，打妈妈我这儿说，你自打到咱们家来，动过你一小手指头没有？”“那倒是没有。”“是啊，妈妈我绝行不出她们那样的行为来，咱们商量着来，姑娘你看成不成，呃……咱们来个留客不留宿。”“您再说细致点儿。”“就是说打今儿起，你出手儿挑帘儿做买卖，像你这样的要是一挂牌子，来的人必定不少，也甭管他是张三哪叫李四，姑娘你无非也就是陪他们说会儿话儿，喝点儿茶，高兴了呢下盘儿棋，写写字，哎，弹唱一番也就到这儿了。到了晚巴晌儿，该轰走全轰走，你看行不行啊？”

各位您听，当鸨儿娘的要能把话说到这份儿上，够可以的，也算是仁至义尽。她怕瑞云是个炮竹，“噔”一点，真说不行，导致决裂，那就麻烦了。什么事儿都怕红脸儿，只要红了脸儿再想往回找补[①]，怎么心里也会有点儿劲儿。她这样老拿话儿领着你说，四面儿的风可是八面儿堵，让你先挑不出我的毛病来，你要说真不乐意，我自己也能有撤身步儿，这是妈妈我跟你商量，姑娘你不乐意就说不算。说要真不乐意该怎么办？那再想别的主意。蔡婆子高就高在这地方。

“瑞云，你看我说的这个，你……你听着行不行啊？”瑞云叹了口气：“唉！妈妈，我虽然说十四岁，但我也知道我是什么样的人，我也知道我是什么样身份的人，这也是我的命。妈妈，跟您这

①找补：北京土语，一指弥补欠缺和不足，一指补充少量饮食，一指戏言追究罪责、过错。此处是前一种意思。找，读二声；补，读轻声。

么说吧，‘此奴终身发轫之始，不可草草。价由母定，客则听奴自择之’。”

这两句话是《聊斋》原文。什么意思？瑞云自己说了，“此奴终身发轫之始”，我这一辈子，什么叫发轫呢？轫，车字旁一个刃，就是刃具的刃，过去车站住之后在车轱辘后头别着的那根棍儿叫轫，就是闸。现在咱们停车，为了防止溜车，还是这么个办法；说汽车轱辘没地方插这根棍儿，那就弄块砖头在轱辘后边一塞，道理是一样的。过去车就这样，这根棍儿就叫轫。什么叫发轫呢？车要想走，就得先把这根棍儿拔了，车才好走，所以车走就叫发轫，就是要开车了。“此奴终身”，这是我一辈子；“发轫之始”，我要工作上班儿的开始；“不可草草”，您跟我一说，我一点头就行了，那不成，我是有条件的。什么条件？后边这两句就说了，“价由母定，客则听奴自择之”。多少钱，怎么收费，我是什么行市，这都由妈妈您定，但来的这个人，就是说日后我挂牌儿到留宿那天了，到了我真正要做买卖的那一刻，这个人可得是我自己选择。瑞云这句话说完，不言语了。

蔡婆子自己一掂量一琢磨，瑞云这是同意了，可以挑帘儿做买卖了，但她提出来的这条件可有点儿咬牙，这客人得她自己来拿主意，那意思就是她要乐意，她才同意；她要是不乐意，还就得两说着。别看她岁数小，可主意正。蔡婆子一琢磨：我要说不行，她也摇脑袋说不行，这事儿就没指望了。我要说行，好在还有一句兜底，叫“价由母定”，定多少钱听我的，这就好办，她这价儿我给定得高高儿的。定高了有好处，第一，门槛高，穷人进不来；第二，就凭瑞云，值，配，我这姑娘只要一出手儿，定得多高都有人来，都得想瞅瞅，都得想会会。来的都得是有钱人，那么这些有钱人当中也有良有莠：有钱的当中也有不济的，他就是有钱，但浑了吧唧，俗气得很；有钱的人里也有有学问的，也有那年轻漂亮的，哎，她自己瞅上一个，那会儿她打心眼儿里乐意，这事儿不就行了么？我再从中一撺掇，一撮合，有一位算一位呀，行。原文写：“媪曰：‘诺。’”诺就是成，没打锛儿[①]。瑞云说了，“价由母定，客则听奴自择之”，蔡婆子没打锛儿，成了。

“姑娘，这可是咱娘儿俩商量着办，你要是说不成，妈妈我打心眼儿里可一点儿都没有逼姑娘你的意思，这条件可也是姑娘你自己提的，妈妈我一点儿锛儿都不打，满都听姑娘你的，价钱由我来定，以后这个主儿跟谁，你自己挑。是这话不是？”“就是这个意思。”“行了，妥啦，这不就完了么。唉……姑娘……真要是让你做买卖呀，你这一答应，我这心里倒不好受了……妈妈我呀，是又高兴又难过……”你说她眼泪怎么就那么方便，也不知道顺哪个兜儿里掏出来的，挤咕挤咕，还真就挤咕出几滴答儿来，弄得瑞云还挺别扭。“妈妈，您别难过，这不是我已经都答应了么，再说了，早晚不也得是这么一步嘛。”“可不是么，唉……妈妈我也是个苦命人啊，得啦，等你大了你自然就知道了。我得好好给你布置布置，咱们商量商量这价码儿是多少。”

商量来商量去，给瑞云定的多少啊？好，十五两。那位说十五两是个什么概念呢？像小班你来逛，见没见着这姑娘的面儿，先得给一两银子盘子钱。什么叫盘子钱？就是进了门儿你往这儿一坐，就得交一两银子。他这儿有个盘子，你往里搁，盘子钱。说白了，这就是门票。最损的是瑞云这条件，“客则听奴自择之”，她要是一瞅这主儿不顺眼，不见，这一两银子就算白花了。没瞅见？没瞅见

①打锛儿：北京土语，原指说或唱中间出现不应有的停顿，转指犹豫，推托。亦作打嗙儿。

活该，“小孩儿拉屎——挪挪窝儿”，这就轰啦。一两银子能买多少东西呀？一两银子就是一贯钱，就是一千个铜子儿，一个铜子儿就能买俩烧饼，一两银子就是两千个烧饼。您算吧，现在烧饼是一块钱一个，两千个烧饼就是两千块钱。两千块钱的门票，可还什么都没瞧见呢。这是别人儿，瑞云十五两，十五两盘子钱，进门儿就得先掏十五两。这不算完，按说交完盘子钱，再有其他的，陪你说话儿啊，陪你喝茶啊，陪你下棋啊，就不单收费了，不要钱了。但到瑞云这儿行市满变，说聊着聊着，聊完想下盘儿棋了，下棋钱十五两。瑞云会画画，“姑娘，您给我画个画儿”，拿起墨笔来，这么一下儿，这么一下儿……兰花儿；旁边改粗笔，“欻欻欻”点三下儿，弄块石头，十五两。说“姑娘，你的字好，给写首诗吧”，“春眠不觉晓，处处闻啼鸟”，十五两。这刚两句，那两句还要？十五两。蔡婆子亲自来这个“跟人儿”的。什么叫跟人儿啊？就是她来收钱。交给别人儿不放心，就这么给瑞云定的行市。

蔡婆子可下了血本儿了，瑞云要接客的这儿间屋子，全都粉刷一新，说现在的话，装修。现在有的那会儿不见得有，但这屋子里可阔了，雕梁画栋，柱子上的画儿满贴金，真正找名人写了几幅字画挂这儿，多宝阁上头摆着的那些东西全都是真的，不是从摊儿上十块钱仨抱回来的，哪个拿出来都得瞧得过去，真没少花钱。捯饬这瑞云，那更了不得了。说衣裳，一年四季，皮棉单纱，多少套。一样的衣裳，一天预备四身儿。万一哪个茶没端好，溅到姑娘袖子上一个点儿呢？当时这身儿脱下来，就换那身儿，老得穿干净的，穿新的。簪环首饰，预备了几首饰匣子，下血本儿啊。瑞云也明白，这叫羊毛出在羊身上，她给我花了这么些钱，这些钱还得从我身上挣出来。

打这儿开始，瑞云算是正式下海，出手儿挑班儿，蔡婆子这妓馆可了不得了。就瑞云这一身的本领，这能耐，杭州城里就嚷嚷动了，好风月的人多呀，有钱的人是多的呀。一天、两天，到第三天，门口就挤不动了，车马盈门，排上大队了。瑞云这价儿定得高，高也认头，这瑞云长得要多漂亮有多漂亮。这人的嘴真厉害，到处一给传名，不管好不管坏，只要大家伙儿口口相传，也不知道怎么会那么快，比现在电脑还快，多少里地以外都知道了？啊，知道了，不新鲜。一传十，十传百，百传千，千传万，村传乡，乡传镇，镇传甸，甸传县，嚷嚷动了。“杭州城名妓瑞云，去看去。”“多少钱?”“十五两盘子钱。”“怎么那么贵呀?”“到那儿你就知道值啊。”拿着钱去，“啪”，十五两盘子钱往那儿一搁，刚一看，瑞云一扭头，这个不愿意见。“走走走走走，换下一位。”“哎？我还没瞅见呢。”“上后边再排队去。”人一多，瑞云也有看花眼的时候。其实这位来三回了，瑞云都没见，第四回来了，“哎呀，行行行，聊会儿吧坐这儿”，这才聊会儿。富商巨贾，那些大财主全来了，真有坐这儿十五两、十五两、十五两……一晚上一掷千金的，有的是。

蔡婆子乐得呀，要没有耳根台子[①]挡着，她这嘴能乐到后脑勺儿上去。怎么样？三言两语的好话，打动了瑞云之心，答应我挑帘儿做买卖，这还没留宿呢，就有这么些人来，这钱就挣扯啦。蔡婆子累坏了，每天这胳膊酸啊，天天数钱呐。第二天一早拿着钱就奔钱庄，得给存上，拿着银票回家好收起来呀。

园中的姊妹多少也都跟着沾沾光。为什么？瑞云的门口排大队，他没地儿去呀，都是云字儿的，那在这屋里待会儿。“你这儿怎么样啊?”“我没有瑞云会的那么多，您别看我们都是云字儿的，她是吹打弹拉，诗词歌赋全会，我们就是会一点儿皮毛。”“皮毛也行，

①耳根台子：北京土语，耳朵后面底部突出的骨头。亦作耳跟台子。

会什么就来什么吧。”“那我一人儿来不了，我得把她叫过来一块儿来。”“像你这个值不了十五两，也就仨子儿俩子儿。”“您啊，就跟我们这屋先对付着，这不就是为了耽误工夫么，多咱瑞云那屋腾出来了，您上那屋聊去。”

在杭州城有个学社，学社里有个书生，书生姓贺，原文上写叫贺生。没写名字，咱们也不敢给人家胡起名字，所以说书的也管他叫贺生，贺秀才。家里中产之资，日子过得挺好。可是父母早亡，父母一没，贺生没有什么生产的手段，只知道花不知道挣，几年的光景，家道中落了。万幸住的这所房子是老家儿挣下来的，不用交房租。都卖了都当了，他知道家里这点儿地不能当，最后还剩下十亩薄沙田，也没多大出产，他自己也不懂得耕种，念书人嘛。有这么两户佃户，一人儿租了四亩，一人儿租了六亩，按年头交佃租，靠这个他就能活着。可贺生学问不小，长得也不错。他每天都到学社里去，别人儿要有个刮风下雨的就不来了，可贺生不是，雷打不动，每天都来。有谁算谁，到这儿一块儿吟诗作赋，谈论文章。要都没人儿来，自个儿看书。贺生很本分，别人儿瞎聊他不聊，他就看书。可他心眼儿够用，看着书可不耽误听，你们聊些什么我也都听见了，但从来也不乱插言。不是说张家长，李家短，三个蛤蟆五个眼，跟着一块儿聊。有这样的人，听不了别人儿聊天儿，刚拿起报纸来，一听那儿聊，“嚯，这我知道……”，先说海，后说山，说完大塔说旗杆，海大城门骆驼象，什么大说什么。贺生没有，人家贺生老实巴交，就是自个儿念书。

这两天贺生听这些同窗学友们聊得有点儿不像话了。怎么？天天都聊瑞云，连着听好几天了。这天早上，学社里凑到一块儿，又聊这个。“大哥。”“兄弟。”“瑞云这两天，好，可了不得啦！”“怎么了不得啦？”“昨儿我不是跟您说了一半儿么，您猜昨儿谁去了?”“谁去了?”“昨儿啊，连赵财主都去了。”“是啊？到那儿见面礼儿十五两?”“十五两？一锭大金就过去啦。哎哟，您是没瞅见蔡婆子那样，当时两只手都拍不到一块儿，望空直抓挠儿[①]啊。”“她是得乐，搁谁谁也得乐，养活这么一姑娘，这哪儿是人啊？这就是摇钱树，这就是大钱柜，天天打开门儿往外就拿钱啊。”老聊，都聊好几天了。贺生平常也不是乱搭搁[②]的人，不爱接下语儿，可他们不念书，天天聊，把贺生聊烦了。贺生把手里拿着的书往这儿一扣：“几位学兄学弟。”“哦哦哦……贺学兄。”“咱有点儿别的事儿没有啊？既读孔孟之书，必达周公之礼呀，非礼勿言懂得不懂得呀？你们说好几天了，我不愿意搭茬儿，有你们聊天儿这工夫，多背两首唐诗好不好啊？读书破万卷，下笔如有神。你们可好，天天聊这瑞云，她就算再好也不过一个青楼女子，能好到哪儿去？她懂得什么？你们把她夸得跟仙女似的，叫我看你们也没见过多大世面，也没见过什么高人。我可没去过，我净听人说，这个妓女呀，书上写……唉，说白了，白话儿，婊子无情，戏子无义，朝三暮四，能有什么好处啊？没别的，我谢谢几位，你们来咱们就说咱们的事儿，别老谈论这个了，我不爱听。你们聊点儿咱们素常爱说的那个，再聊这个，唔……我可走啦。”

大伙儿一听：我们聊得挺好的，他……“哎，我说贺生，你瞧不起瑞云啊？嘿，告诉你，比你有能耐。”“越发不成体统了，怎么能拿我一介儒生，堂堂有国家功名的秀才，跟一个青楼女子相提并论呢？这都谈不到一块儿啊，你们这是放肆啊……”“嘿，别急别急。

①抓挠儿：北京土语，原指幼儿初学手一抓一伸的动作，转指期盼、焦急。挠，读一声。如果是抓挠，原指手指连续乱抓，用指甲搔、挠，引申为挣得、捞取财物，着落，可支撑、依托的思想理念，有时还有打架的意思。挠，读轻声。

②搭搁：北京土语，主动找话说，套近乎。搁，读轻声。亦作搭各、搭个。

跟你说，琴棋书画，花鸟鱼虫，吹打弹拉，你也就会点儿诗词歌赋，剩下哪样儿你也不行。”“哦，我是不行，我会那么些那个干吗呀？我……我也没法儿跟她比呀。”“再跟您这么说吧，你是杭州人不是啊？”“是啊。”“杭州生杭州长吗？”“那不假呀，咱们这儿的几位都认识我呀，我可不是杭州生杭州长么。”“你要是杭州生杭州长，没见过这瑞云，你就算白活。你连直溜儿的黄瓜都没吃过，什么叫白面你都没见过。”“我至于不至于呀？”“太至于了。你知道瑞云现在多大名望？人是地理仙，今儿就在东，明儿就在西，两天不见，好几百里地可就出去啦。倘若这两天您游到外埠，外埠的朋友坐一块儿推杯换盏，酒过三巡，菜过五味，突然有一位提出来了，说：‘老兄台贵姓高名？您仙乡何处？’您一拍胸脯，说了：‘我是杭州人氏。’人家一听：‘哦，您是杭州人啊，那在杭州跟您打听一人，您可知道？’‘有名的便知，无名的不晓啊。’‘提起这个人可是大大的有名，就是你们杭州城花界的魁首，这位花魁娘子名叫瑞云，您一定是见过的。’您跟人家说什么呀？‘我跟瑞云未曾谋面，不认识。’‘您是杭州土生土长吗？’‘那错不了啊。’‘那您就是瞒我们，杭州土生土长的人怎会没见过瑞云姑娘呢？您是不好意思说。’您还得跟人家矫情：‘我就是没见过，我实在没见过。’人家和您交浅不言深，不敢跟您抬杠啊，一摆手：‘有劳有劳，承教承教。’人家不理您了。您结完账站起身儿走了，人家戳您的脊梁骨，在背后人言啧啧：‘他不是杭州人，杭州人一定见过瑞云。口口声声说自己是杭州人，却没见过瑞云，不可能啊。这人一定是说瞎话儿，他不是杭州人。’叫贺生你想，你本是杭州人，人家却说你不是杭州人，是杭州人就没有没见过瑞云的。”

贺生一听：“嘿……这可怪了啊。哦，没见过瑞云我就不是杭州人啦？她真有你们说得那么好吗？”“告诉您，您只要看见她一眼，就想二眼。而且您要去了，人家随便掏出点儿耳髓来，您是闻所未闻，见所未见。说出来的话那叫肉头儿，真比您肚子里的那点儿东西宽绰得多。”“啧……”贺生一听：“得，就冲你们这一说，今儿算我不对，是我扰了几位的清雅之兴，几位正在情浓之处，高谈阔论，让我这一盆凉水泼下来，扰了几位算我不懂事。我得罪得罪，告辞告辞。”说着话，贺生站起来，闷闷不乐回家了。

贺生一路之上这个别扭啊：我这么大一个书生，还不如一个妓女呢？让他们一说，这个瑞云了不得呀。再说了，我跟瑞云连面儿都没见过，怎么我就不是杭州人了呢？这是从何说起呀？哎呀，不得不防啊。日后若真有人以此事相问，我何言以对呀？不成，我得见见这个瑞云。贺生回到家里，连晚饭都没吃好，躺在床上彻夜难眠，辗转反侧，自己在床上净烙饼，翻过来掉过去琢磨这点儿事儿。我去到那地方见见这个瑞云又何妨呢？我倒要看看她是怎么回事儿。想得挺好，猛然间激灵灵打了一个冷战：哎呀，不可不可。我一个黉门秀士，怎能去此下贱之地呢？即便去了，我拿什么见瑞云啊？看看我们家，不说家徒四壁吧，可也没吗儿啊。我明儿得问问，见一回瑞云要多少钱，要是无几了[①]俩钱儿呢，那我去见她一回。前两天他们细聊，我也没注意听。

这书生有点儿拧劲儿，第二天上学社一看：“哎，几位，这瑞云……”“哎，怎么意思啊？我们可没提。您这可难点儿，不让我们提，您先提起来了，有毛病吧？”“不是，这个……昨天我也没细问，你们把这瑞云夸得跟仙女似的，这么大能耐，要打算去见她一回，跟那儿待半天儿，得多少钱啊？”“什么什么？待半天儿？嚯，贺生，您可真敢说。您也不怕外边风大闪了您的舌头？”“闪了我的

①无几了：北京土语，不太多，很少。儿，读轻声。

舌头？我这话可不框外[①]。”“还不框外呢？前两天我们说那位赵财主您知道吗?”“我知道啊，赵财主，杭州首富，家资巨万，万贯的家财，挂过千顷牌[②]。”“待了半个时辰，一掷千金，就走啦，后边排大队。待半天儿？您这好……梦话，撒呓挣[③]呢?”“哦……这么厉害啊？哎，就是谋一面，我见见瑞云得多少钱呢?”“十五两。”“多少钱?”“十五两。官价儿，甭管谁到那儿，都是十五两。”“啊……呀……”大伙儿一瞅：昨儿一劝他，他动心啦，他也想去见见瑞云。可大伙儿素知贺生拮据，没有钱。“我说贺生，咱们说归说，聊归聊，我们也就是痛快痛快嘴。我们去也是打秋风沾边光，别人花钱我们蹭着瞅一眼两眼的，真正坐那儿跟瑞云姑娘谈上几句话，我们也没那个造化，您知道吧？哎，咱们量力而行，可别是‘小鸡吃黄豆——硬努’，是不是啊？您这个……”“啊，我也没有要去的意思。哦哦……今日身体不爽，再会再会。”贺生顺学社又出来了。

回到家，贺生坐屋子里琢磨：十五两，什么玩意儿就十五两啊，多少钱了这家伙。贺生直咬后槽牙，我瞅瞅。就在家里这几间屋子里翻箱倒柜儿，这倒好，大扫除，连墙旮旯都拿笤帚扫了，一共凑出三两吊钱来，整银子是一块没有，往桌上一搁。我怎么就这么点儿钱呢？到那儿人家也不能让我进啊。得啦，我呀，我非得看看这瑞云是怎么回事儿。贺生一咬牙，看这天儿也不很凉了，我把被卧当了吧。贺生把家里的铺盖、厚衣裳，打了俩行李卷儿，往肩上一扛。街坊邻居一看：这是干吗去呀？贺书生文质彬彬，怎么扛着行李卷儿就出来了？“您……这是干吗去呀?”“我这个……串门

①框外：北京土语，一指违规犯法或不合理的，一指见外的。此处是前一种意思。

②千顷牌：封建时代为奖励巨富，地过千顷者官府赐牌，以示褒荣。

③撒呓挣：北方方言，熟睡中说话或做动作，也形容言行没准儿、不切实际。撒，读一声；挣，读轻声。亦作撒呓症、撒呓怔。

儿去。”“串门儿您干吗还扛着行李卷儿啊?”“我……看亲戚。我这个……怕道上耽误,住那么一宿两宿的,我想那什么……”“哦,是是是。”街坊邻居也不敢乐:你爹妈都死了,家里也没亲戚,“房顶子开花——六亲不认”,你们家里大大小小的事儿我们都知道啊。还真有闲着没事儿跟着他的,远远儿哨[①]着,看他干吗去。

贺生也没心眼儿,直接就奔当铺了。到了当铺,把这点儿东西往柜台上一搁。人家看了看,拣了拣:“打算当多少钱啊?”贺生一琢磨:家里有个二两三两的,那几吊钱换成银子也就值个二两三两,自己拿来的这点儿东西怎么也得当十二三两,这才能够呢。“您给当十二两得了。”“什么就当十二两啊?这点儿东西满算一块儿,也就给您八两银子。当就当,不当您还拿走。”实际他拿来的这点儿东西可比八两银子值得多。贺生一琢磨:八两就八两吧,先有八两啊。“那行,您写吧,我当了。”这点儿东西入了号儿,当了八两银子。

贺生拿着八两银子回去,跟这几吊钱搁一块儿,十两出头儿,还是不够啊,没拆兑儿[②]啊。哎,他家里有的是书,翻了两套古书,这当铺可不一定认得,又顺家里出来了,又让街坊看见了。“嚯,贺公子,这么快您就顺亲戚家回来啦?”“我忘了点儿东西,回来拿东西。”“您那铺盖呢?”“哦,我……我存一朋友那儿了。”“您还有当铺的朋友呢?”这位口也冷点儿,把贺生臊得,心说:敢情我去当铺当铺盖,人家都看见了。抱着两本古书就跑,他去找一同学。“你素常就想要我这书,我一直也舍不得给你看。”“那今儿您这是怎么了?”“今儿啊,我这个……有点儿事情,我急等钱用,这两套书我

①哨:北京土语,一指鸟鸣,一指戏言人健谈,一指从侧面留心观察。此处是后一种意思。

②拆兑儿:北京土语,一指为应急而采取借用或其他方式筹集财物,一指临时调配。此处是前一种意思。兑,读轻声。

倒给你，你看着给我钱行不行啊？”“嗐，有难处您说不就完了么，这您是何苦呢？书您还抱家去，我什么时候想看就上您家里看去，我先周济……”“啊，不不不……咱们亲是亲，财是财，书您得留下，您拆兑儿我几两银子就行。”“真格的[①]您缺多少啊？”“我缺四两银子。”“那我给您四两不就完了么。”“那书也先撂您这儿。”

贺生拿着四两银子抹头就跑，到家把这些银子敛吧[②]敛吧搁一堆儿一看，够十五两了。把这些钱一拢，顺家里就出来了。嘿嘿，贺生啊贺生，你也来一回妓院，也瞅瞅这瑞云是何如人也。

一路上叨叨念念，贺生来了，到妓馆门口一看，这钟点儿我睡一觉都翻了身了，人家这门口车水马龙，跟赶集的似的，还都是穿绸裹缎有钱的人，车马盈门。我呀，我溜边儿吧。自己觉着寒碜，攥着十五两银子，溜着边儿走。他已然打听好在哪儿了，直接就奔蔡婆子的妓院来。到门口一看，门道这儿坐着四个人，都是插杆儿龟奴。这四个人最近也换行市了。原先瑞云没出手儿的时候，这四位多咱在门道里也都是站着，最近可不了，都涨行市[③]了，全都坐着了。天天好茶叶沏着，时令的鲜果摆着，在过道弄一小桌，什么叫花生瓜子儿、毛豆栗子，还老吃着。看见有人来了，真是那阔主儿，这才站起来迎呢；要是一般的主儿，准知道十五两银子也交不起，就不逗这牙签子。

正赶上贺生来了，上台阶刚一迈门槛，其中有一位一指他：“站住！”“啊……有劳。”“不客气，干吗的呀？”这一句话就把贺生问住了。“我这……”我是干吗的呀？我净跟人家问，打听到这个地

①真格的：北方方言，真的，当真的，实在的，正经的。亦作真个的。

②敛吧：北京土语，匆忙、迅速地收拾东西。常重叠使用。吧，读轻声。

③涨行市：北京土语，原指市面商品价格上涨，比喻身份地位变了，身价高了。行，音航；市，读轻声。亦作长行市。

儿，到底是不是啊？这可不能瞎说。人家这儿要是民宅，四个人攒瓣儿揍我一顿怎么办呢？也没有那么说话的，即便真是也不能说呀。“他……我……”哎，真格的我是干吗的呀？本来贺生一只脚已经迈进门槛了，又出来了。倒下台阶三步，抬头看了看：对呀，我们那几个同学说的就是这趟街，旁边这门脸儿这字号也都对，应该就是这家儿。“嗯哼……”

贺生奓着胆子，二次上台阶迈门槛，又进来了。“嗬，死得屈又回来啦？干吗的呀你是？”“我……是来玩滴。”“先生，瞅脑袋上这帽正，您是有功名的人啊？念过书，一定是识文断字的主儿啊。”“不才吾是黉门秀士。”“那您怎么不会说人话呢？还非走大字眼儿，上我们这儿‘来玩滴’。您可真能拿我们开心，痛快说！”“啊……非礼勿言，非礼勿视，非礼勿听，非礼勿动。”“哦，您跑我们这儿非礼来啦？我们这儿不用，只要您花钱，随便儿。就奈何一节，怕先生您这么大才情学问，您不老方便的吧？”您听这话，狗眼看人低，可就明明白白说出来了：你别没钱吧？为什么？贺生的穿着打扮就带出来了。“您看看来我们这儿串门儿的都是些什么人？您瞅瞅人家穿的这个、戴的这个，什么叫皮尔·卡丹的西服，哪又叫劳力士的手表，鳄鱼的皮带，老人头的皮鞋；人家大拇哥上那扳指，手上那戒指，正经A翠的。找块红毯子往这儿一铺，当时就能把这块毯子映绿了，把您脑门儿都捎带手儿映绿了。您再瞅瞅您这身儿衣裳，怎么还有个补丁啊？新潮，时尚，就为穿这个来的？您倒是换身儿衣裳再来呀，我的先生。您这么大学问，到我们这儿来不嫌寒碜吗？”“啊……呀呀呀……”

贺生低头不语，让这几个龟奴数说一顿，心里后悔呀：我上这儿受这个气干吗呀？下贱之地，我堂堂一个秀才，竟然让这几个人说我一顿，说得自己瞠目结舌、哑口无言，想还言又不知道打哪儿说起。有心转身儿一走，我把被卧都当啦，我连瑞云的面儿都没见着，让这么样几个人就把我骂走啦？贺生把心一横：“你们也不要如此啰嗦，我呀，是来找瑞云的。”“嚯嚯嚯，行啊，还真叫得上名儿来。瞧这提名带姓的，还怪近乎的，找谁您呐？把你那后槽牙张开再说一遍。”“我是来找瑞云的。”“瑞云跟你沾亲？”“不沾亲。”“带故？”“不带故。”“一不沾亲，二不带故，凭什么你到这儿来就找瑞云呢？你认得谁呀，到这儿就找瑞云？还甭说，我们瑞云姑娘今儿个还真在家，对不起，你看看这院里……”他说的还真不是瞎话儿，站了一院子人。“这些都是来找瑞云的，就算您现在站这儿开始排，到明儿天亮也排不上您。先生……得啦，您手里攥的那是银子呀？”“啊。”“好么，都快攥出水来了，别使那么大劲。奉劝您一句得了，哈哈，家走吧，我们瑞云姑娘光是这个……盘子钱啊，头一回见面儿，就是纹银一十五两。我把实底儿交给您，您也就别跟这儿瞎耽误工夫，哈哈哈……走吧。”

贺生一琢磨，太可气了：我知道是十五两，没有十五两我也不来呀。“照你一说，瑞云在？”“当然在呀。”“不就是十五两吗？”“啊。”“我有。大胆的奴才，只说十五两就完了，何必啰里啰嗦说这一大套？别的没有，要钱，我有的是。”龟奴一听：也别说，单有一路人不好捯饬，包子有肉不在褶儿上啊，这位也保不齐就是哪府的少爷，他就好穿成这样。你瞧，横打鼻梁拍胸脯，有的是钱，兜里头鼓鼓囊囊，这钱都没地方搁，攥着就来了。我干吗不挣他的呀？这样的见着我们瑞云姑娘也就是三言两语，连茶杯都端不起来，就得给轰啦。我要是让进去，最多也就是一坐呀。“得，我给您赔个不是。您有钱啊？嗐，来这儿玩的什么有钱没钱的啊，我们瑞云姑娘就是太忙。得啦，既然话说到这儿了，先生……”说着话，这位站起来了，拿着一个布掸子走上前去，“啪啪啪”，还给贺生掸了掸身上的土。“您往里走吧。”

贺生的脸儿都气红了，迈步往里走，四个龟奴齐刷刷冲里边一喊：“瞧厅儿……”这是行话，就是让里边的人接，这几个就管把门儿。这一句瞧厅儿不要紧，从里边扭着可就出来一位，非是旁人，正是蔡婆子。“哟……嗯？”这四个人不会办事啊，怎么让进一个穷酸来呀？走过来的时候声儿挺大，到贺生这儿后音儿可就没了。“哟……您……找谁呀？”“啊，妈妈……小生不才，是来见瑞云。”

第二回

书接上文，说一段《聊斋》志目《瑞云》。

瑞云是个妓女，但名望太大了。她怎么那么大名望呢？按今天的话说，有炒作的关系。人就是这样，说盛名之下无虚士，一个人有没有那么高的真实本领？不一定。但这个人名望大，必然就得有他独到的地方。瑞云您别看是挑帘红[①]，整个儿杭州城都嚷嚷动啦，把瑞云都说神了，要不是因为这样，公子贺生也不能够去。就因为这么一句话——要是没见过瑞云，我就不算杭州人了——这句话逗火儿，我是杭州生杭州长的，没见过她我就不算杭州人啦？我非得瞅瞅她去不可。难了，这十五两银子要短儿[②]啊，贺生把铺盖当了，书卖了，攒出来这么十五两。没想到拿着这十五两银子，到瑞云所在的妓馆一瞅，这才知道自己的这点儿钱差得太多了。你瞅瞅来瞧瑞云的都是些什么人，车马盈门，都是有钱的主儿。贺生还没见着瑞云呢，就饱受奚落，门口这几个龟奴，嘣，咬牙[③]。

您就记住了，是看门儿的都别惹。甭管哪个单位，该叫什么叫什么，只要嘴甜点儿，“大叔，跟您打听个事儿”，保证没亏吃。一

①挑帘红：戏曲、曲艺术语，指演员初次登台便获得观众高度认可。帘后可加儿化韵。

②要短儿：北京土语，要的恰好是短缺的。

③咬牙：北方方言，指在钱财上把得较紧，或在花销上下决心。此处有在钱财上成心较劲、奚落对方的意思。

般看门儿的都有两下子，都有两把神沙[①]。跟您说，我在我们团看过一回门儿。保安要上厕所，抓着手纸站在传达室门口，着急呀，我正进门儿，一把就把我拽住了："玥波，就盯五分钟，就盯五分钟。"传达室不能没人啊，我一瞧这意思，我说："你去吧。"我就跟那儿盯着。怎么那么倒霉，这会儿来了一位，赶上我在那儿顶班儿，跟我打听道儿。一看我年轻，他隔着玻璃很温柔地跟我说："嘿，第二排练室怎么走啊？"我说："嘿，不知道。"后来他又问了好几个人，总算找着第二排练室了。结果一会儿我也在第二排练室排练，我们俩又碰上了。他说："你不是看门儿的吗？"我说："你才是看门儿的呢。"哪个单位看门儿的您也别招，我就是拿我举例子。

这四个看门儿的，眼皮子杂呀，而且他们见惯达官显贵了，来的都是有钱的主儿。他们正闲着没事儿呢，进来一个穷酸，那还不拿你开开心？要依着贺生的这点儿书生脾气儿，把银子往他们脸上一拽，抹头就走。一则是真穷，舍不得这把钱。为什么？连铺盖都当了啊。二则是我干吗来了？黉门秀士，别看穷，社会地位身份可不低。这就算我折节下交，我看她来，为的是什么？现在无功而返可不值当[②]的。

好不容易贺生才对付进了院，第二关就是蔡婆子。蔡婆子可是人精，拔根儿眼睫毛儿都能当哨儿吹，眼睛里不揉沙子，眼睫毛儿都是空的。她一看贺生这意思："您……见谁呀？""见瑞云。"说着话，贺生一张手，这一把钱，有零的有整的，反正是十五两，就给蔡婆子递过去了。蔡婆子这个人有这点儿好处，不管来的人是老是小，是高是矮，是胖是瘦，是丑是俊，是什么身份什么等级，只

①两把神沙：语出《封神演义》"没有三把神沙，怎敢倒反西岐"的典故。神沙，代指法宝。亦说两把神沙。

②不值当：北方方言，不值得，不合算。当，读四声。

要有钱，怎么都好办。说着话儿一伸手，蔡婆子把这十五两可就接过来了。“您这是干吗呀？您这又是何必呢？太着急啦！还没见着呢，十五两，您这个……”“妈妈，我就是想见瑞云姑娘一面儿。”“哦……”蔡婆子一琢磨：就这位，我们瑞云姑娘不见得见。为什么？瑞云不傻呀。每天上这儿来的都是些什么人物？就这位，瑞云一摇脑袋：“不见。”这位就得怎么来的怎么回去，这十五两我就算干落[①]。“好啊，正好我们姑娘这会儿得闲，刚送走一位，您这……这样吧，我们姑娘，她这个见客呀，呃……有点儿小脾气儿。”“什么脾气儿啊？”“这也是我们这儿一个不成文的规矩。”“您说。”“就是这人她要是乐意见，她就见；她要是不乐意见，您别看我是领家儿妈妈，我可做不了孩子的主。”“哦……”

也搭着贺生没来过这种地方，他根本不懂这里的规矩。哦，敢情这儿这么大规矩呢？乐意见就见，不乐意见就不见。我要去见县太爷，递张名片儿进去，太爷都得见我呀。贺生是秀才，他有功名，而且见着县太爷都可以不跪。为什么？太爷也是秀才出身，也是念书的，我也是秀才出身，平级，太爷高兴还得给我个座儿坐，得让让我。

“好吧。那烦劳妈妈您去问问瑞云小姐，她能不能得暇见我一面儿，不吝赐见呢？”“行，我给您去问问。您别跟这儿站着，您屋里喝茶呀。”“好，有劳妈妈。”

贺生跟着蔡婆子可就到屋里了。赶一进这屋，贺生一看，可不错。为什么？他虽说从来没嫖过院，但他进屋一看，不俗不俗。墙上满是名人的字画，挑山对联，尤其靠西墙这儿挂着俩扇面儿，挂着四个小片儿，画得很简单，梅兰竹菊，但底下的落款儿叫“瑞云涂鸦”“瑞云草书”“瑞云自娱”，都是这样的落款儿，连年月日都没

①干落：北方方言，净得，白白得到的好处。干，读一声；落，音涝。

有，也没有上款儿。别的字画都来不及细看，贺生站在堂屋这儿一看落款儿是瑞云，学社里那哥儿几个把瑞云捧得，说瑞云好，琴棋书画、花鸟鱼虫、吹打弹拉，六场通透的人物，什么都会，现在一看，反正远瞧这笔字儿、这两笔画儿可不错，我得近瞧。蔡婆子上那屋，他也没理会儿，他就站这儿看，看着看着可就看进去了。“呜呼呀……”贺生倒吸一口凉气：“地道啊。”这是杭州话。

您还别说，明朝那会儿真有这话，叫道地，不叫地道。您看《三国》《水浒》都有这个词儿，叫道地。包括过去药铺都写地道药材，有的就写道地药材。这俩词儿大概是怎么写都行，反正说道地更准确一点儿。

贺生一瞧：好啊，看得出来，这不是说自己跟家写着玩练着玩，这叫有传授。为什么？欧柳颜赵，苏黄米蔡，人家这个归一体儿。这字不是一般的写，一看就是学过。说这是书法家写的字儿，那也有点儿过，但最起码不是瞎写呀。撇撇如刀，点点似桃，有章可循，有据可查。冲这笔字儿，这人就不错。

同志们，看人就看字，这个人字写得怎么样，能体现出这个人的性格，能体现出这个人的才情。过去考试对字儿最看重，一张考卷拿来，考官先看字儿，一看字儿就不济，马上就拿朱砂笔写个大叉子，“欻欻”，然后往卷子堆里头一扔，这就废了，不看了，完啦。说您看看文章的内容，写得好着呢，没用，这就算废了。说这个文章差点儿，但字好，主考官舍不得这字，一个字儿一个字儿念，能把这篇文章念完，这就不含糊。

先入为主，贺生看着，点了点头。这会儿，就听后边蔡婆子说话了。“公子。”“啊……啊啊，哦，妈妈。”“她这个……”贺生一看：完，屋安完，蔡婆子欲言又止，吞吞吐吐，必定是人家瑞云姑娘不愿意见。“妈妈，瑞云小姐可肯不吝赐见否啊？”“她……见您。”“既然见我，你这是干吗呀？你吓我一身冷汗，见我您干吗那么不……”

“不是，她这个……”蔡婆子心里话儿说：我，我……还纳闷儿呢，瑞云怎么会就肯见了呢？

敢情她拿着这把银子到了瑞云那儿一说，瑞云就是隔着软帘儿刚瞟了那么一眼。“我见，我见我见我见……”“干吗，烫着了是怎么着呀？见就见吧，稳重点儿啊。您现在不说是大家闺秀，不说是名门秀女，但现在上咱们这儿来串门儿的，来见你的，那都是些什么人啊？除了皇上没来，全来啦。这杭州城中的达官显贵，有一位算一位呀，怎么你见个穷秀才就乐成这样，美成这样啊？你怎么了，不要紧的啊？”瑞云一听：“那我见。”蔡婆子出来了。

“那既然姑娘乐意见您，您……您跟我里边请吧。”“哦，还不在这屋见？好，烦妈妈带路。”

一挑软帘儿，贺生跟着蔡婆子可就进里间儿了。好嘛，套间儿，一进这屋先闻这味儿。各位，人家屋里没有腌臜之气。腌臜，恶味①，没有那味儿；腥臊恶臭，统统的没有。这屋里不知道人家点的什么香，讲究啊，不是说艳香艳香的。头一鼻子闻着挺好，第二鼻子闻着还凑合，坐时间长了，第三鼻子闻这屋里就觉着有点儿晕，不是，淡淡的幽香。再看屋里的环境，摆设清奇，颇有古风。不像一个姑娘住的房子，就即便说她们家有钱，大家闺秀也不会住这样的绣房。靠着墙有琴桌，墙上挂着琵琶丝弦，这边是多宝阁，上边的东西可都是真的，蔡婆子下本儿。为什么？来的都是名人显贵，你弄个塑料瓶子摆那儿不成，摆着的都是定窑瓶、郎窑镜、宣窑的盖碗儿，有点儿真东西。

“公子，这就是我们姑娘，瑞云。”“瑞云啊，这就是……那

①恶味：北京土语，臭味。恶，音鹅；味，读轻声。

个……哎，您贵姓来着?”“哦，贱姓贺。”“是是是，瑞云啊，这就是贺公子。”“哦，如此说来，贺公子，这厢万福了。”说着话，瑞云盈盈下拜。贺生可没敢正眼看，就是低着头，微微抬眼皮一瞅：呜呼呀……又吃二惊。这姑娘长得漂亮，前文书说了，就不给您细说了啊。主要是因为瑞云通文墨，在当时那个社会当中，本来识文断字的女性就不多，可不跟现在似的，现在是男女平等，大学毕业，硕士生，博士后，这都不新鲜。可过去那会儿，本来识文断字的女性就少，瑞云又是这样一个出身，她身上有书卷气。说现在话，素质很高，由里到外能带出这个气质来，这可不含糊。所以贺生一看瑞云，大吃一惊。敢情他看瑞云，瑞云也看他。

“呃……姑娘，这么着，既然贺公子来了呢，人家很大方，一进门儿十五两银子就先给了，你可得好好儿陪陪贺公子啊。你们二位叙谈叙谈，聊上一聊。但是呢，这两天你偶感风寒，有点儿咳嗽痰喘，这可不能坐下病根儿，聊工夫大了，妈妈我可不让。妈妈疼你呀，呃……小聊会儿，好不好？但一定得陪好贺公子，妈妈给你们沏茶去。注意你这病啊，啊。”

那位说，这是干吗呀？工夫大了耽误下一个。时间？好，就是金钱，就是生命。对于蔡婆子来说，这一白天儿加上这一晚上，打瑞云身上就得挣个万儿八的。净是那一掷千金的大老板、大财阀盯着呢，这一个穷书生，你紧着跟他聊？耽误不起那工夫啊。本来瑞云没病，愣说她有病，这就是拿话领着你，三两句话，就赶紧把这位轰走。

瑞云心里明白不明白？当然明白。“唔，我……我知道。我这两天……嗯，是身体不太好，那您先忙去吧，去吧您。”您赶紧躲开点儿吧。“公子请坐。”“啊，小姐请坐。”

两个人分宾主落座，开始谈话，这一谈就能谈出来您到底怎么回事儿。瑞云您别看岁数不大，阅人很多，眼皮子杂，您得说她是干什么的，这不含糊，三两句话一套就知道您怎么回事儿，您什么出身，有钱没钱。像贺生这样的，又比较老实，连瞎话儿都不会说，有一说一，有二说二，"啪啪啪"，如实一回答，瑞云就明白了：贺生是个穷主儿。但瑞云爱跟贺生聊。为什么？瑞云没碰上过这样的人。怎么？上瑞云这儿来串门儿的，都不是好好儿聊天儿。

说这儿没有动手动脚，我一再给您交代，同志们，您可一定听明白了：第一，当初瑞云跟蔡婆子定的是留客不留宿，这是原则，就是陪着您聊天儿，弹唱，下棋，写字儿，画画儿，这都行，肌肤上的接触没有。这是瑞云绝对不能同意的。第二，就是"价由母定，客则听奴自择之"，客人得是我自己说了算，我挑着接。那来的这人要不好好儿聊，他怎么着呢？老看她呀。没有像贺生这样的，坐这儿老僧入定相仿，眼观鼻，鼻对口，口问心，规规矩矩往这儿一坐，您不问我我绝不先问您。

那贺生这儿干吗呢？贺生琢磨：怎么我没见过她我就不能算杭州人了呢？这回我也瞅见她了，也是一个鼻子俩眼睛，确实是不错，可也没出奇到哪儿去呀，这我就能算杭州人了。他净琢磨这个，因为他戗着火来的呀。

一般来到瑞云这儿的人，姑娘长姑娘短，上三眼下三眼，左三眼右三眼，一句话得打量瑞云三七二十一眼，拿眼睛往人家姑娘的肉里盯，恨不得能看出点儿水儿来。您琢磨琢磨，瑞云受得了受不了？而且经常有很多人是在外边吃了喝了来的，满嘴酒气，顺嘴胡说，到这儿来虽然说不能动手动脚，口头儿上也得占点儿便宜，要不然他不过瘾，就跟这钱白花了似的。疯言疯语，花说柳说，一通儿胡说，那瑞云能高兴吗？无外乎她也明白蔡婆子这个心理，就是要拿我挣钱，她花了大笔银子，自己要是不敷衍敷衍，蔡婆子这一关自己也过不去。这就得说老鸨子跟妓女的这个关系，蔡婆子跟瑞云这样就算比较融洽的，互相还能理解理解。因为蔡婆子对瑞云从来没打没骂过，这在行院当中是少有的。

但今天您瞅人家贺生这个小伙子，头是头，脚是脚，模样是模样，学问是学问，就是穷点儿。哎，我乐意，我跟他说话不累得慌，不用加小心。为什么？净是我问人家，人家多一句都没问我，连多大岁数都没问。其实瑞云还挺盼着贺生能问问她，咱们俩也好聊聊。“那么贺公子，您到我这儿来，您……您是怎么知道我的呢？”这一句话就问到根儿上了。“他……这……在我那个学社里，他们净讲究①您。”“哟，我这个名字，还能蒙劳各位秀才们、老爷们挂齿吗？”“嗬，您可不知道，瑞云小姐，这些日子都没别的啦，天天净说您了。”“那他们都说我些什么呢，您给学一学？”“嚯，他们一个个伸出拇指把你夸呀。”“哦，是啊？”“说你怎么好怎么好……”这夸人不露痕迹，不是我说的，是他们说的。其实贺生也是心里话，他没想着借别人的嘴夸瑞云，就是把众书生品头论足、讲究瑞云的这些话一学舌，那瑞云听着也高兴，谁能不爱听说自己好呀。“哟，我可不敢当，我哪儿有他们说得那么好啊。”“不不不，好，所以我来这儿啊，我……我跟他们不一样。”“我也瞅着您跟他们不一样。”“我是那什么……他们说我要没见过您，就不算杭州人啦。”贺生把实话都说出来了。可把瑞云乐坏了，“噗哧”一下儿，都乐出声儿来了。“哎哟，那今天您见着我了又怎么样呢？”“那我……我就算杭州人啦，我，我出去好跟他们……”

这儿正说着呢，就听见外边有人说话。“呃……姑娘啊，那谁……刘，刘老爷来啦，怎么着你也得照个面儿，见一下子呀。”“哦，刘

①讲究：此处是谈论、品评的意思。究，读轻声。

老爷来啦?”“啊。”“您先把他让到别的屋里吧，我这儿还有事情没有谈完。”“姑娘，你谈的工夫大了，你这身体……”“我还盯得住。您把刘老爷先让到别的屋，我一会儿再过去，好吧?”“哎……”这叫什么？这叫催驾。这就是蔡婆子给瑞云递暗号儿，刘老爷没来，就是让你赶紧把这个轰走了，别在这儿紧利儿慎着①。

可贺生一听这话，赶忙说道：“小姐，一个是您贵体欠安，一个是又有其他朋友来访，小生我是不是应该就……”“您先别忙，别忙，我还有事情要问您。”“哦，既是那样，那您说。”“适方才您在外间屋的时候，我见您对着西墙上那几幅画儿，您看来着?”“哈哈，是，我瞻仰小姐大作。”“哎哟，什么话，实在是拿不出手，是她们胡乱挂着玩的。您……看啦?”“啊，看了。”“那您觉着怎么样呢?”“好啊，平心而论，确实小姐有一定的功力……”“您别捧，您要是捧我，我可就不爱跟您说话儿了。我们是才学乍练，您在文墨上一定比我精深得多，您能不能给我提点儿意见？我不想听好的，就想听您说点儿不好的，您一定得实话实说。”“哦，实话实说……好吧，既然瑞云小姐您问到这儿了，我还依稀能记得，您有一个扇面儿上抄的唐诗。”“对，我抄了一首唐诗。”“这个诗嘛，当然是旧有的，您这字写得也不错，要是让我说实话，那么在这个间架结构上，您还是稍微差了这么一点儿。”“嗯嗯嗯……”

贺生是个书生，书生气重，一聊到文墨上，他可来了兴趣了，也就显出他的能耐来了。说着话儿，在她屋子里有文房四宝，贺生就把笔抄起来了，桌子旁边就有纸，他拿过一张来，掭饱了笔。“您这个字啊，如果我没记错的话，您大概其是这么写的，我写得不太像啊，但您看看，如果您这么写，就更好一点儿……”他可就看了

①慎着：北京土语，消极等待，耽搁，延迟。着，读轻声。亦作渗着。

一遍儿，就能大概记住姑娘的笔体儿，哎哟，写得这个像啊。瑞云看着贺生写的这个字儿，可就有点儿出神。“哟，您写得真好。”“嗐，我这字也不成。”“不是，您写得真像我。”“我像你哪儿换钱去啊？我也就没被卧啦，我就是看了一遍记了个大概其。”“我不是说您写得像我就是写得好了，我是说您就看了一遍，怎么就记得这么清楚呢？真跟我写的那个一样一样的。哦，我要是这么写……这么着，您把笔给我，我写一个您给我看看。”她写一个。“不成，您这个还是不成，您把笔给我……”“哦，是这么写。行，那我再写一个。”俩人儿这儿写上字儿了，从头到尾把这首唐诗又抄一遍。

“那我那画儿……”“那画儿啊，也画得不错。”“不是，我不听好的，我就想听听不好。”“哦，梅兰竹菊，这个……梅呀、竹呀、菊呀，笔画儿多，都还勉强。唯独这个兰花，草兰最难画，因为它笔画儿少，别看就是几笔的墨兰，但最难画，难就难在不容易画出韵味来。而且您在旁边呢，大概有染卷之处，有俩墨点儿，所以您又添了两块怪石。”“哟，您怎么知道的？连这个您都看出来了？”“对，它是勾上去的，不是您原先就想着那么画的，这能看得出来。”“哎哟，简直神了。”“这怪石点缀得也不错，就是太怪了。”“这……这张搁旁边，我得留着。您再拿一张，您再给来来。”“哦，那……那我可就斗胆不恭了啊。”

“欻欻欻”，贺生一画，外边又嚷上了。“姑娘啊，姑娘，他不是……那谁呀……”“我知道了，刘老爷来了，您先把他让到别的屋去。”“不是，那个……赵老爷又要走，你怎么也得送送。”“您替我代送了吧……有什么不周之处，哪天他再来，我再给他赔不是。”“不是，他那个……姑娘，你这身子骨儿①……”“我倒是觉着没什么。”“他那

①身子骨儿：北方方言，身体，体格。亦作身子股儿。

个……你们俩是下棋呢，还是这个……写诗啊？”为什么？下棋又是十五两，写诗又是十五两，这是规矩。你要紧着还跟她这儿坐着，那就要收费了，不是你给十五两就能跟这儿待一天。这是提醒提醒瑞云，该跟他要钱了。“我那什么……妈呀，我没给他写诗，他给我写诗呢。”“嗯？”蔡婆子一听：这不能跟人家要钱啊，人家在我这儿写诗，我跟人家要十五两？这叫什么钱啊？“他跟咱这儿写诗啊，那……行，那你们就先……写着啊。好，我先替你送送赵老爷去。”

就算贺生再是个书呆子，这两句话也听得出来呀。“要不咱们……赶明儿个再说得了。”“哦，赶明儿个再说呀？十五两呢？”“啊呀……”贺生闻听此话，这股热乎劲儿就凉了半截儿，把笔往这儿一放，剩下两笔也画不下去了。对呀，聊得挺高兴，贺生啊贺生，你忘啦？你是当了被卧来的呀。自己觍着脸还跟人家说赶明儿个来呢，赶明儿个我拿什么来呀？“嗯……天色不早，小姐，我这厢告辞了。”贺生真得说是乘兴而来，扫兴而回，他这脸上带得出来，因为他这样的人心里装不住事儿。

瑞云可就看出来了：“公子，您甭听我娘瞎咋唬[①]，您坐。这么办，诗咱们也不写了，兰花咱们也不画了，我唱个曲儿，您听听吧？”“哦，有……不听。”“怎么了您，您怎么这么说话呀？”“小姐，我听不起。”本来贺生是想说“有劳小姐”，话说了一半儿，想起来十五两自己没有，“不听”。“那……我陪公子手谈手谈？”“也……不谈。”想说“也罢”，一想下棋又是十五两，“不谈”。“哦，是是是，奴倒明白了。”瑞云明白了，他是真没钱，就是来见我的这十五两盘子钱，都不定是怎么拆兑儿来的，是真穷。可看他这意思，捉襟见

①咋唬：北方方言，一指说话大吵大嚷，一指有意炫耀自己或威吓他人。此处是前一种意思。咋，音乍；唬，读轻声。亦作咋呼、咋乎、诈唬、诈呼、炸呼。

肘，坐这儿别别扭扭，自己要再要求可有点儿成心挤兑这位公子了，那就不合适了。“既然您一意要走，临别之时我也无物相赠，我给您写几行字，您拿回去给我圈点圈点。”您听，瑞云这话说得可客气。我给您写这个字是什么意思呢？圈点圈点，也就是评判评判，给我打个分儿，就算交作业一样。“哎呀，小姐，越发得不敢。”

说着话，瑞云姑娘轻伸玉腕，慢探笋指，拿起这管笔来。这张纸可不是由桌子上拿出来的，是拉开连三[①]的抽屉，从里边拿出来的，是一纸香笺，好纸。桌上搁的也就是一般的宣纸，但瑞云拿出来这张纸不介，讲究，高级。把这张纸铺好了，摩挲平了，拿镇纸都熨平了，这才能提笔往上写字。可人家瑞云在这儿写字儿，贺生规矩，不能说姑娘写字儿自己站起来抻着脖子，“您给我写什么呢”，那不成，贺生就是规规矩矩跟这儿坐着等着。一会儿的工夫，瑞云写完了，拿起来自己先端详端详，觉着还能拿得出手儿。“呼……”把它吹干了，旁边有细绢，搁上边又拿手摁了摁，把墨彻底吸干了。又吹了吹，提起笔来这才落款儿。这回学书啊、戏墨啊、自娱啊都没有，全没写，就写了瑞云两个字。“公子，献丑了。”“哦哦哦……”

瑞云把这张纸，也就是香笺往过一递，贺生不由得站起来了，恭恭敬敬地接过来，低头一看：“何事求浆者，蓝桥叩晓关？有心寻玉杵，端只在人间。”四五二十个字，这么一首五言绝句。贺生不看还则罢了，一看这四句诗：呜呼呀！三惊（更）了，这就离天亮不远了。这四句厉害，是《聊斋》原文，这是个典。

典出在唐朝，有这么个裴航裴生，走到蓝桥这地方，蓝桥驿是个驿站，看见一个姑娘叫云英。“何事求浆者”，什么意思？他走到这儿口渴了，讨水喝，“啪啪啪”一敲门，云英一开门，看上了。就

①连三：一种老式桌子，并排有三个抽屉。

因为要水喝这么个事儿，裴生看上云英姑娘了，姑娘可也看上裴航了。“蓝桥叩晓关”，就是说是早上起来的事儿，裴航在蓝桥驿这地方早上起来叫门。“有心寻玉杵”，这是一个题目。什么题目呢？就是云英的祖母，这个老奶奶说了：“打算要聘我们家这姑娘啊，可以，有个条件儿，需要玉杵臼。因为我们家有一粒金丹，是太上老君的，能把人医活了，但这粒金丹砸不开，非得有专门儿捣金丹的玉杵臼，臼跟杵都是玉的，才能把金丹捣开，这样才能医活了人。限你在百日之内把玉杵臼找来，我们就把姑娘聘给你。”就这么个题目。裴航就找去吧，他认为这是神仙用的东西，求了多少仙人都找不着，九十九天过去了，最后一天终于把这东西找着了。“端只在人间”，实际玉杵臼就在人间。裴航把玉杵臼拿来，把这粒金丹砸开，也把云英姑娘领走了。这是蓝桥会，爱情的故事。

今天瑞云姑娘给贺生写了这么四句话，拉了一个蓝桥会的典，实际就是告诉贺生，咱俩之间就跟裴航和云英一样，存在相同之处。第一，咱们有一见钟情的可能；第二，咱们经过困苦的磨难和不懈的追求，就有可能走到一起；第三，“有心寻玉杵，端只在人间”，这事情你不要把它想得很难，别看你穷，但只要是你想办这个事儿，是能够办到的，不要打退堂鼓。所以这一纸香笺有示爱之意。另外，就有委身相随，脱离乐籍，弃娼而从良的这个含义在里边。

贺生别的看不懂，他是个念书人，这个典故他知道啊，四句话可就看明白了。他手拿这张诗笺，也呆呆发怔，半晌无言，看了一眼小姐瑞云，心里难受啊。说着容易做着难，我见你一面，十五两银子是当被卧换来的，下盘棋不敢，听你唱首歌不敢，多聊一会儿不敢，我有心赎你从良，我上哪里去找这钱？甭说问，就算想想你这位领家儿的妈妈，得跟我狮子大张口要多少钱？多了甭要，要个万儿八的可不新鲜。甭说我找去凑去，想都不能想，提都不能提。

我跟人家借个三两五两的，人家都不见得借给我。为什么？我无力偿还啊。怎么办呢？但这个男女之间啊，同志们，您都是过来人，您说这个能当面儿回绝吗？脸上带出难色来，就够难的了。小姐是一腔热火，自己怎能以冷水相泼呢？“唉！小姐，此诗小生我珍藏。话不多叙，告辞告辞。”没敢说什么，转身儿可就出来了。

把门开开，蔡婆子就在门口站着呢。“您写完字儿啦？”看贺生手里拿着一张纸。“这是您写的呀？好，跑我们这儿练书法来了。真可以，我们还是头回碰上您这样的。写的什么，让我瞜瞜啊。”这能给她看吗？“妈妈不要取笑，告辞告辞。”一低头，提蓝衫，贺生迈步往外就走，蔡婆子连个“送”字儿都没有。“哼！一股子穷酸味儿，你瞅那倒霉模样……哎哎哎，干吗呀？哎哟，怎么啦？不要紧的啊，还瞧啊？走啦！”怎么意思？瑞云倚门相望，还看呢，目送啊。

贺生知道，门道这四位嘴不饶人，把瑞云给他的诗笺往袖口里一揣，一抬手，拿袖子一挡脸，“腾腾腾”一溜小跑就跑出去了，这四位还真没反应过来。“哎……哟嗬，走啦？这是刚才进来的那个书生吗？”“大概其是。”“跑什么呀？”“估计呀，咱们那蔡妈儿没给人家什么好听的。”“嗯，这就应该少来，干吗来呀。”

贺生一溜小跑回家了，到家里什么都没管，饭都没做，急急忙忙先把诗笺拿出来，打开了。“嗬……”这是瑞云给我写的，向我示爱，我不仅见着瑞云了，还谈了很长时间，我还教她写字儿，还教她画画儿，人家姑娘给我写诗，送给我东西，话里话外还有示爱的表现。小子们，我杭州人啦，这回算行啦，可惜呀，我辜负了小姐一片的好心啊。贺生拿着诗笺这个爱看。四句话当得了什么啊？一会儿就背下来了。那他还看，也不饿了。天黑了，把灯点上，接着看，躲着点儿光，别烧着。他没钱啊，灯油都快没啦，不看了。“噗”，把灯一吹，贺生躺在床上：唉，睡觉。今儿这一天没白过呀。

睡不着啊，在床上一烙饼，猛然间一看：嚯，举头望明月，低头思故乡啦。今儿月亮地儿挺好，借着皎洁的月光，又看。贺生魔怔了，看了一宿。

第二天早上起来，也不困，把诗笺藏好了，贺生上学社了，往学社里一坐，意思是一会儿你们来了，我得好好儿跟你们说说。说什么？昨儿我上妓院去了，就是你们夸得天花乱坠，怎么怎么好的这位瑞云，我见着了，不仅见着了，怎么说的，说的什么，还送我东西，不信你们瞧，意思就是想要卖派卖派。陆陆续续的，众学友来了。赶这帮人一进来呀，贺生这东西不往外拿了，心说：跟你们说你们也不懂，瑞云给我的这首诗什么意思，你们懂吗？换句话说，我要真把这东西拿出来，有明白的，甭多了，有一个明白的拿我一开心：“哎哟，瑞云爱上您啦？贺爷、贺公子，这回行啦，赶紧的，我先拿二两，您再跟别人儿借去，把她赎出来从良，来一房一品大奶奶吧？您是人财两得呀。”这酽儿咕话一说我，我受得了受不了啊？我根本没这力量啊。唉！徒遭误议，任人取笑，不谈也罢。贺生站起身形又走了。大伙儿一看：这人干吗来了？“贺学兄，怎么我们一来，你倒走了？”“改日再会，改日再会。”

贺生家去了，到家里把这张诗笺又拿出来了，翻来覆去地看。他们家是没别人儿，但凡再有第二个人，就得搬家。为什么？跟一神经病住一块儿，受得了受不了啊。到中午了，贺生觉出饿了。为什么？两天没吃饭了。贺生把诗笺又藏好了，熬了点儿粥，嘀咕[①]一口吃。吃完又把诗笺拿出来了，接着瞧。瞧着瞧着睡着了，朦胧当中就听得有人低声呼唤：“贺郎啊贺郎，我诗中的意思你看明白没

①嘀咕：北京土语，一指小声自言自语或小声说话；一指疑惑，忐忑不安；一指怀疑，有戒心；一指对付。此处是后一种意思。咕，读轻声。

有啊？要是看明白了，你可得救我出苦海，赎我从良啊。”“啊……”贺生猛然间惊醒，是南柯一梦，低头再看，诗笺还在自己手中。瑞云啊瑞云，你诗中之意我又何尝不知，示爱之情我又何尝不晓？奈何一节呀，我无力赎你，我拿什么赎啊？相见一面还是我当被卧凑出来的十五两银钱，这是天儿暖和了，但分凉点儿，我都见不着你呀。唉，罢了啊罢了。刚把诗笺揣袖子里，“噌”，又拿出来了。不成，难得风尘中有此奇女子，青楼中有此巾帼英雄。别看她岁数不大，向日学社当中众同窗你谈我论，我没瞧得起一个妓女，愧煞我黉门秀士，我这么大学问，到那儿去跟人家瑞云姑娘一见，我都觉着我配不上人家。可人家主动送我诗笺，写了这首诗，我就算无力相救，也得跟瑞云姑娘把话说明白，我得表表我这颗心。再见着瑞云，把这首诗还给人家，我跟姑娘说明白了：你的意思我懂，但我唯一比你好的就是我没进这个苦海，我是个男儿身，替不了你也就是了，不能让人家姑娘傻等着我呀。

贺生想好了，下定了决心，把诗笺带好了，顺家出来，缕缕行行又来到妓馆。一路上都打好腹稿了，见着瑞云我怎么说，把心意表达清楚，还不能伤了姑娘的心，我怎能让瑞云听完我这番话不难受呢？太难了，我怎么就没钱呢？猛然间一抬头，到了。门道里这四位还坐着呢。“嗯？”站起一位来。“哈哈，公子，早点儿啊，这才几儿啊就来了？”“啊哈，相烦通报一声，我要见瑞云小姐。”“哎哟，您来得不凑巧，没在。”“这会儿哪里去了？”“我哪儿知道啊，我们就是看门儿的，不知道瑞云姑娘上哪儿去了。反正来了一辆挺阔的车，四匹马的大马车，后边还有四匹马拉着一车，一共是八匹马……六个六，五魁首，哥儿俩好①……”“你说的是什么呀？”“您

①这是划拳的术语，酒令的一种。

瞧，您不懂吧？反正是拉走啦。跟您说，不是大财主家就是大官家。您知道这叫什么吗？”“这唤作什么？”“说我们行话，这叫‘出条子’，就是说我们瑞云小姐上人家家里吃花酒，陪着有钱的老爷们乐去了，玩去了。要是早呢，就许送回来；要是晚呢，就许睡那儿了。懂吗？”“她她她……她宿在官宦人家？”“这不新鲜啊，我们就是干这个的呀。知道您也很有钱，您老人家拿这十五两不当什么，我们这儿又是让大爷们花钱来玩的地方。所以您平常来个三趟两趟的，您也来得起，可今儿是真不凑巧，我们小姐真没在家。要不您就跟这儿等会儿，可也许今儿晚上不回来，您白等一宿。要不您就改天再来，好不好？”“哎，好。”说着话，贺生把诗笺拿出来了。“什么呀？”“唉！”贺生一跺脚，抹头往家走，心里这叫一个难受：怎么瑞云还“出条子”上人家家里去呀？回到家里，还是把诗笺拿出来看瑞云写的这四句诗。

好不容易捱过这一宿，第二天天刚亮，“噔噔噔”一溜小跑就来了。“咣咣咣”一砸门，伙计披着衣裳，拉开一条门缝儿。“嚯！怎么了您？您小点儿声儿，都睡觉呢。”“我要见小姐瑞云。”“不是，您太难点儿啦，这玩意儿受得了受不了啊，您也不怕别人儿笑话您？我们这儿没有您这钟点儿来的，我们都刚躺下呀，最后一拨儿刚走。我这儿才头脚搿平儿[①]，您这儿就砸门。您小点儿声儿，小点儿声儿。”“小姐瑞云昨夜回来否？”“昨儿晚上啊，根本就没回来。”其实瑞云根本没出去，就在家里呢，这就是瞎话儿。“那她今日何时回来？”“这可说不准。”“好，那我就在此处相等。”“嗬，有能耐，嫖院嫖到您这份儿上算嫖到家了。得嘞，您是里边等啊，是外边等

①头脚搿平儿：北京土语，躺下。

啊?”“这个……我就在门外等。”“这就对啦。什么人啊!”撂高儿[1]的回去睡觉，门外孤零零站着贺生。

天亮就有行人了，大伙儿打门口一过都吓一跳，绕着点儿吧，这位怎么啦?这儿是妓院啊，在妓院门口站一宿?不知道他才来呀，也没有大清早上这儿来的呀。身着蓝衫，头戴书生巾，迎门镶嵌美玉，还是个念书的秀才呢，怎么这样啊?年头儿改良，成何体统啊?大伙儿都面露不屑之色，把贺生臊得呀，难啦。瑞云小姐向我示意，我就想对小姐表白表白，奈何一节，我见不着啊。唉!就是我这么一点儿心思，都办不到吗?可怜啊，可怜穷人啊，真是一文钱憋倒英雄汉。我念了这么多年的书没有用，不如这些年我倒腾俩钱儿。罢了啊罢了，她不过就是一个青楼女子，见不着也就罢了。

贺生攥着这张诗笺负气而走，回家去了。回到家中他想把瑞云忘了，不就见了一面儿么，不就给我写了一首破诗么，我不见了。哪儿知道啊，瑞云是忘不掉的奇女子。

①撂高儿：北京土语，本指在商店高处观察现场情况，转指在某处守护或门前待客。

第三回

书接前文，接演一段《聊斋》志目《瑞云》。

上文书正说到贺生得到瑞云向他示爱的诗笺，坏了，魔怔[①]了。他也知道自己没有力量去赎瑞云，打算怎么样呢？他打算再能见瑞云一面，把这个事儿说开了，但就算这样都不遂人愿，都不能完成。老鸨子蔡氏暗嘱恶奴，把他想见瑞云的门路都拦阻了。贺生回去想瑞云，想着想着自己下决心，自己劝自己，打算把瑞云忘了。同志们，什么叫相思病啊？就是想忘一个人都忘不掉，闭上眼就是她。说你别来，我不想你，不成，非来不可。

他这头儿想瑞云想得五脊六兽[②]，瑞云那头儿也不好受。那瑞云想不想他呢？当然也想他。为什么？每天她迎来送往的都是那些人，像贺生这样的没有。就那天来了这么一位，还走了就不来了。看着挺聪明的一人儿啊，我写的诗说得多明白呀，我爱他呀。古人跟今人不一样就在这地方，今人是大大方方的，你爱我，我爱你，就像老鼠爱大米[③]，“噔噔噔”就说出来了，没有含蓄，没有隐晦，想怎么说就怎么说。说明儿就不爱了，不爱了也直说，连面儿都不见了，就打一个电话。“哎，明儿你别来了啊。”“明儿怎么了？你出差

①魔怔：北方方言，心思过于集中，像有病似的。怔，读轻声。亦作魔症。

②五脊六兽：北京土语，原指房屋建筑屋顶一般有左前、左后、右前、右后和横自左向右五条脊，每条脊的顶端至少有一个，也可以说每个屋顶总共至少有六个“兽头”“鸱吻”饰物。引申为心绪烦乱或闲得难受、无事可做。五，读二声；脊，读一声。

③现挂歌词，一笑耳。

呀？”“我不出差。”“那是你身体不合适？”“我没不合适。”“那……你明天？”“你明儿就是别来啦。”“到底是怎么回事儿啊？”“不让你来了就是不让你来了，什么怎么回事儿啊。”“啪唧”，把电话挂了。那头儿云里一脚雾里一脚，还没弄明白呢，这就吹了，再见了。那会儿的人，好，我说的是明朝的书，多含蓄呀，而且说实在的，瑞云有顾虑。有什么顾虑？就是我再优秀，再好，可我的身份在这儿呢。想来想去，明白了：哦，为什么贺生不来了？纵然贫贱，但人家是黉门秀士，我呢？瑞云就可怜自己这命啊，如花似玉一般的模样、含苞待放的岁数，但身在勾栏院中，人家把我视作残花败柳，自叹命运不济啊。哎哟，这几天客也不见了，也懒梳妆了，也不思茶饭了，连着两天就没吃吗儿。

我发现女同志比男同志扛饿。在座的有女同志，我可得罪了啊，真能不吃，就跟劝药似的。我说：“您吃点儿。”“不吃。”可能是有减肥瘦身各种的原因吧。反正您要让我连着两顿不吃饭，还给您说书？姥姥！先端一屉包子来吧。咱们等会儿再说，我先喂饱了脑袋再说。

瑞云这两天就没怎么吃没怎么喝，也没怎么见客。蔡婆子可就明白了：哦，打那天那个穷秀才一来就犯嘀咕，就不好好儿吃饭，也不好好儿见客了。可当初娘儿俩有约会儿，前文书说了，“价由母定，客则听奴自择之”，你定多少钱都行，但想不想见客，见什么样的客，得我说了算。就因为有这约会儿，蔡婆子还就说不出来道不出来。这样，她就先让手底下“插杆儿王八”这帮人，见着这穷秀才就不准进，而且还不是贺生一个不准进，这一类的人都不准再登门儿了。不是穿着裘皮大衣来的，没有穿着皮尔·卡丹的西服，戴着劳力士的手表，扎着鳄鱼的皮带，穿着老人头的皮鞋，根本就甭想进来。是这穷主儿来了就勾搭我们姑娘，你瞧这是怎么了？魂不守舍的。可是蔡婆子反过头来还得劝这姑娘，蔡婆子就是这点儿好，她跟一般的鸨儿娘不一样，不打不骂，叫软款温柔。

“姑娘，你这是怎么了?”“没事儿，就是这两天我觉着有点儿不合适。”“姑娘，你要知道，人的病都是打七情上生的，喜怒哀思悲恐惊。身上的病好治，心里的病可不好治。你有什么话儿就痛快儿跟妈妈我说，想到心里可是毛病……”这就点给瑞云，你想的什么我都知道。为什么？妈妈我是过来人。你净惦记他，他能有力量赎你出去吗？这不是痴心妄想么？

再过两天，坏了，前两天多少还吃点儿吗儿，喝个粥啊，来个小馄饨啊，还能来点儿。这两天干脆就是水米不打牙了，坐这儿一阵儿一阵儿犯愣，门外偶有人经过，当时就是一惊一乍。一听外边有人，当时就抬眼皮，几步走到门外，开门一看不是。“登哩格儿隆登哩格儿隆登……”那位说，怎么还行弦儿啊？一般戏曲到这儿都是这过门儿。天天就这劲头儿的。蔡婆子一看：这就好几天没怎么正经接客，损失多少钱啊？别的她不明白，你差她一分钱她不干啊。

偏赶上有一位招大爷，叫招人嫌，招大爷。“蔡妈儿，这两天怎么啦?”“您说什么呀?”“我可瞅着瑞云，哼哼，不正经干活儿呀。”“连您都瞧出来啦?”“有两句话，我可不知道当说不当说。”“您说吧。当说不当说您也得说，要不然您也落不了这个名字。招大爷，您说。”“蔡婆子，咱们也甭斗口。自从你这个买卖开门儿以来，你手底下的姑娘，哎，多了没有，我也包着这么三个两个的。就打瑞云挑帘儿做买卖以来，我问问你，姑娘缺什么买什么，我姓招的差过你一分钱没有?”“倒是没有。”“完嘞。当初这孩子小，十四，你们告诉说有规矩，叫留客不留宿。现在这孩子可也十六七了，咱们把话说在头里，可到了该接客的岁数了。我跟你说，蔡婆子，这破瓜头一回，可得我来。”“哟，您这话说的。”“哎，你还别不爱听。要多少钱给多少钱，你还别紧利儿慎着。蔡婆子，我可看出来了，你们这姑娘最近可犯心思。煮熟的鸭子要是飞了，那可不值当的。你是老干家儿[①]了，明白这个道理，有一就有二，有二就有三，什么姑娘也架不住三句好话。再说了，白花花的银子堆她跟前儿，她能不爱？我跟你说，人无千日好，花无百日红。现在她是一块宝贝儿，她正好，日子一长，岁数一大，到时候你想出手儿的时候，可就卖不出这么高的价儿了。等到瑞云人老珠黄、香消玉颓之时，你就是找我招大爷来，招大爷也不吃这口儿。痛快儿跟你说吧，你就认钱，我就是有钱。这么办吧，这头一宿我一口价儿，你也甭还价儿，甭驳我，纹银一万两，当时就给你兑银票。蔡婆子，这事儿你给办办呀？"

"招大爷，您是老照顾主儿[②]了，来也不是一趟两趟，您怎么回事儿我怎么回事儿，咱们都是水贼，谁也别给谁使狗刨儿[③]，全都是明眼人。要说呢，您拿这一万两可不少……""完嘞，办办去呀。""实跟您说，办不了，我还真得跟我们这姑娘商量商量。我们这姑娘要乐意，怎么都好办；我们这姑娘要不乐意，跟招大爷您说，咱们还得从长计议。""嗬，蔡婆子，你算是给领家儿妈妈做倒了行市了，我就没听说在行院当中领家儿妈妈跟姑娘还商量商量，有什么可商量的？我问问你，当初这孩子七八岁儿上买来的时候，她亲爹妈给你写字儿没有啊？""写字儿啦。""那字儿在你手里没有啊？""在我手里呢。""完啦，走到哪儿都是你把她养活大的。别人儿不知道，我姓招的可知道，这些年你在瑞云身上可没少花钱，请高明的教师教育她，诗词歌赋、花鸟鱼虫、琴棋书画、吹打弹拉，

①老干家儿：北京土语，经验阅历丰富，资深的人。干，读四声。

②照顾主儿：北京土语，买主，雇主，顾客。顾，读轻声。

③狗刨儿：一种极简单的游泳姿势，因像狗在水中游动的动作而得名。刨，音袍。

样样精通，你可下了血本儿了。就是没有生恩还有养恩，她要在她亲爹妈手里，现在还指不定什么样儿呢，这就算是她的好归宿。我可跟你说，一万两银子给你，有头一回就有第二回。别人儿都不照顾瑞云，我姓招的照顾瑞云。打这儿往后说，没米供米，没柴供柴，你这里里外外两进的院子，缺什么都冲我姓招的说了。够意思吗？”

“招大爷，您别着急，不是那意思。别人儿跟我说这个话我也不听，要说您真是说得出去，咱们也确实有这份儿交情。可这些年您也接触我们瑞云姑娘了，这孩子跟别的姑娘不太一样。”“怎么不一样啊？”“她这个脾气儿忒倔，犟得很。你说她在我手里十年了，我没打没骂过，因为这么点儿事儿，我们娘儿俩要是闹红了脸儿，戗戗起来，让别人儿也笑话我。”“谁笑话谁呀？哎哟，蔡婆子，您干的是什么买卖呀，还怕人笑话？不是我嘴冷，您是老干家儿，街面儿上混的女混混儿啊。别人儿要提笑话二字，您可谈不到啊。”这话可难听了。姓招的就差说这句了：“你还要脸啊？你们是开窑子的，还有什么脸啊？”“你们开的是店，招的是汉，招的就是我们这样的有钱人，我们只要有钱，上这儿就是玩来了。你还要跟我讲什么母女情深、仁义道德，这不是玩笑吗？”姓招的急啦：“蔡婆子，我跟你说，你可掂量着办。也就是我招大爷乐意拿这么多钱，别看瑞云现在值钱，问问杭州城有没有能当时瞪眼就拿出一万两银子来的。哦……蔡婆子，一万是不是你嫌少啊？回回手儿①，想让我再加点儿？”

“嘿嘿，招大爷，您想哪儿去了，我实在有我的难处。您要非这么说，那就连我老婆子的脸上都不好看了。一万两银子还少吗？再

①回回手儿：指买卖中讨价还价，卖主让买主加钱，或指向人多讨要。第二个回，读轻声。

让您回回手儿，再添点儿？当然也行。”“嘿，我说蔡婆子，跟我说话别转圈儿，嫌少只管说嫌少，你要多少钱我拿多少钱，拿不起是我姓招的事儿，说不了瑞云可就是你蔡婆子的事儿。咱俩死话儿活说着，你只要开得出价码儿，姓招的就给你办来。但你可得跟瑞云说好了，挑个好日子，招大爷我再入洞房，要娶花娘。蔡婆子，到那会儿咱们还不好论了，哈哈哈哈哈……你看着办吧。”清酒红人面，财帛动人心。蔡婆子一听：招人嫌说得也对，我们不就干这个的么。“得，我也甭跟您要定钱了，这事儿我先给您说说，咱们试试看。”“哎，办去吧。”

蔡婆子跟招人嫌算是定了个约会儿，转过头来找瑞云。“哈哈，这个……姑娘……”那位说，怎么这样啊？她得想词儿啊，她想词儿我也得想词儿啊。“妈妈我有点儿事儿跟你商量商量。”“又商量商量？当初您跟我商量商量让我挑帘儿做买卖，我这不是已然挑帘儿做了买卖了么？”“姑娘是亮嗖人儿，这话打这儿说就对啦，是这么个事儿。想当初咱们娘儿俩定的这个规矩，是这么两条：第一条是留客不留宿；第二条是价由我定，客由你自己选。要说自打定了这个规矩以来，咱们实行得怎么样啊？”“倒是不错，没有大差离格儿[①]。”“那就对了，妈妈我什么时候也得依着你们，只要你们对得起妈妈，妈妈绝对对得起你们，是不是呢？可现在你已然又长了两岁了，呃……这两天妈妈我也想了些日子了，一直没敢跟你提，你这身子骨儿最近又不老合适的。妈妈我要跟你一提，你心里一腻歪，许打这儿起就不愿意理妈妈了。妈妈我又不愿意那样，打算跟你好说好算着，这个……姑娘啊，他是……”“您痛快儿说，您到底想怎么着？”“妈妈我打算给你物色一个留宿的客人，你看行吗？”“啊？”

①大差离格儿：北京土语，离谱，出乎范围或不合实际。差，音岔。

“别打愣儿，姑娘，说到这儿可就是你的心事，可妈妈我得把话跟你说透了，早晚都得有这么一步儿。你这个岁数，要说早就应该留客人住了，可妈妈依着你，这也不是长久之计。现在妈妈我跟你提出来，可为着难呢。你要知道，妈妈我最疼的就是你，但分姑娘你心里有点儿不乐意，妈妈也绝不会为难勉强。可实在是过不去了，我这才张嘴跟你提。姑娘你要想，妈妈这片心都是为了你，你也多少得为妈妈担点儿沉重儿①。咱们这院儿里院儿外的，楼上楼下的，人可不在少数，指着谁呀？可都指着姑娘你。姑娘你稍微动动嘴儿，就够咱们老老小小的嚼谷儿②；姑娘你要再活泛活泛心眼儿，妈妈我可不亏心，那就是锦衣玉食，天天吃香的喝辣的。那么你要是说出来肯留宿的话，这头一个主儿，妈妈绝不能跟他少要了钱，可妈妈我一分不要，全给姑娘你攒起来，都是你的。日后你在妈妈这儿三年并二载，妈妈从你身上得到的好处那就多了去了，你这后半辈儿也绝受不了委屈。把话给你说明白了，姑娘你仔细想一想，能不能依了妈妈我这一回？”瑞云听完，半晌无语，黯然泪下，哭了。

“唉……姑娘，别哭，妈妈这心里也不好受。可你总得有这么一回，要说你……”“您别说了，我今年不到十七岁……”“搁别的行院，十五六的可就留客人啦。”“那您这是逼着我……”“姑娘，这话我可不落着。姑娘，掏心窝子说，打八岁上你亲爹妈把你卖给我，打没打过你？骂没骂过你？碰过你一小手指头没有？就是你亲爹妈对你，比妈妈我又如之何呢？”“姑娘我全明白。”“那就是了。可丑话我也得跟你说出来，你打量着是在自己家那样可不成，任着你的性儿挑，任着你的性儿拣。你那意思，一夫一妻白头到老，找一个

①沉重儿：北京土语，责任。重，音众。

②嚼谷儿：北京土语，日常生活基本费用。谷，音过，读轻声。亦作嚼裹儿。

投缘的对劲的，年轻的英俊的，配得上你的。姑娘，你可要知道，咱们是什么样的人家儿，你是什么样的人。干脆妈妈我今天跟你把话说透了吧，早晚也得是这么一步儿。姑娘，这也是你一辈子的归宿。你要是想开了，迈出这第一步儿去，后头是一应百应，一顺百顺；你要是扭头别棒[1]的跟妈妈我别扭，妈妈我认头，留你这么一个老姑娘，到最后看看到底是谁受罪，谁吃苦，也让行院当中的姊妹们笑话咱们母女。说实在的……妈妈我……怎么又舍得……姑娘你呢?”蔡婆子这儿没眼泪愣往外挤呀。

瑞云一看：蔡婆子是真能说。要说她说得没道理吧，听着还有点儿理；要说她说得有道理呀，可真跟自己心里想的不一样。听着蔡婆子说，瑞云两眼无神，可就出神了，脑子里这会儿也不知怎么了，突然就想起贺生来了，心里就琢磨：即便我要留宿，头一宿要是贺公子那样的该多好啊。

蔡婆子还说呢，突然一看瑞云的表情：我这儿给谁说呢?“姑娘，住了吧!”“啊……您接着说。”“说什么我说?我这儿说了半天，满是睡梦之语、耳畔之风，你全没听啊。你是不是又想那个穷酸了?哈哈，姑娘啊姑娘，今儿妈妈我可得说你两句了。”“您说。”“想谁都别再想那个穷书生了，我现在都悔青了肠子了，我愣放他进来见你一回。你能跟他那样的吗?哦，你觉着他懂点儿文墨，有点儿文墨水儿，长得不错，年轻漂亮，你跟他好过日子啊?那妈妈我靠谁呀?妈妈靠的是你，妈妈靠的是你这棵摇钱树。你跟了他，院子里上上下下里里外外这么些人，都喝西北风去吗?我打听过了，他头一回来的那十五两，是他把被卧都当了。”瑞云心说：我知道，人家贺公子都跟我说了。“我没想他。”“那是最好，可不能犯糊涂啊。姑娘，妈妈

①扭头别棒：北京土语，别扭，任性，不听话。别，读四声。

我全是为了你呀，都是一片真心为你，你可得往宽处想哦……”

打这儿开始，“啪啪啪”，蔡婆子真得说是摆事实讲道理，软的也有，硬的也有，一把鼻涕一把眼泪，哭一阵儿笑一阵儿的。这叫什么？软磨硬泡。蔡婆子有点儿功夫，连口水都不喝。那位说，你们说书不也不喝水吗？比人家可差远了。

最后说得瑞云脑袋都大了，晕头转向，昏头胀脑，昏昏沉沉也听不清蔡婆子说的是什么了。“妈妈，您别说了，我都让您说晕了。”“那……妈妈我说这么半天，你倒是乐意，是不乐意呀？”“唉！”瑞云搌去腮边泪：“妈妈，也不枉您半日之功，絮絮叨叨跟我这儿说了这么半天儿，我乐意。”“真的假的？”“那还能是假的吗？您打算给我物色一个什么样的留宿的客人啊？”“人家常来呀，你也见过，招大爷。”“哪个招大爷呀？”“招人嫌招大爷呀。要说起你们小两口……”“什么就小两口啊？”“要说起你们两个人来，那真得说郎才女貌，品貌相当，年龄合适，两……”“您先别说了，我今年不到十七，我打听打听，他老人家今年贵庚啦？”“他……说过一回，属大龙的，今年好像是五十五啊，是五十四啊，反正就是这么个岁数。”“他五十四，我十七，您告诉我们岁数合适，品貌相当？您觉着合适吗？”“不是，他这个……大虽说大了一点儿，但是呢，他知道疼人啊，他来的这几回你还不知道吗？”“我知道，高下去不足五尺，横下去有四尺半，整个儿一坛子，一句正经话都说不出来，喝点儿酒就顺嘴说胡话。就即便是我答应您打今儿起留宿了，您也不能让我跟他这样的人啊。”“不是，那……人家给纹银一万两啊，就这还能有拆兑儿。只要姑娘你乐意，就是两万、三万，全都凭妈妈我跟他说去，想必他也掏。”“哦……明白了，妈妈您就是认钱……”“唉！得嘞，姑娘你这么说，我就这么应着，咱们母女就自当是别的行院中的母女一样，领家儿妈妈可不是就认得钱么？姑娘，你可别亏心，今儿妈妈我承应你这么一句，我就是为了钱，你就看在钱的份儿上，应妈妈我这一回，咱们就多多地跟他要。”“好吧，那也总得有个日子呀。”“日子还不由姑娘你定吗？十天也好，八天也罢，我跟他说让他预备钱，拿来银票之后，咱们这儿布置布置，你就陪他一宿，好不好？”“好。可这钱是您接着，是我接着呀？”“呃……那当然是妈妈我接着呀。我接着可是我接着，咱们话说得明白，这笔钱妈妈我一个子儿都不要，打二回来了咱们再说。头一回的钱妈妈我替你攒着，日后有你脱离乐籍之日，这笔钱原封不动一个子儿不差的都给你。”“不用，您都拿着。十天也好，八天也罢，您跟那招大爷说，带着银票来，没有银票，现银子也行，您就在外头过戥子，一五一十，十五二十……约得清清楚楚，明明白白。那时节妈妈你得了钱之后就要与我走！”蔡婆子一听：“那是呀，我在屋里像话吗？当然妈妈到时候我就走了。”“不是那意思，您远远儿地走，走得越远越好，最好离开杭州城。”“那……又是为什么呢？”“为什么呀？告诉您说，十天也好，八天也罢，这招大爷不来便罢，如若来了，到了瑞云姑娘我的洞房里，我预备下什么叫刀子，什么叫剪子，先把招大爷一剪子捅死，然后姑娘我抹脖子。您要是走了，您就是光得财不见人；您要是在这儿，人财两空不说，您还得跟着闺女我打这场人命的官司。您听明白了吗？”“哎哟……”

蔡婆子气得浑身都哆嗦了，瑞云从来也没这样过呀。瑞云的脸儿也白了，气得浑身也哆嗦了，脸儿冲里，“唰”的一下儿，眼泪又下来了，“哞儿哞儿”这么一哭。蔡婆子心里知道，她可是说得出来就行得出来，这孩子脾气干艮倔栗[1]占全了。“好嘞……好好好……”

①干艮倔栗：北京土语，形容人脾气犟，不灵活，不懂人情世故，态度生硬。干，读一声；艮，读三声；倔，读四声。

恨不得上去“吭哧”咬瑞云一口啊。“哎哟……得，你知道招大爷跟我说什么来着吗?”“不知道。”“妈妈我告诉告诉你，招大爷说了，我蔡婆子算是给领家儿妈妈做倒了行市了，也没有我这样当领家儿妈妈的，也没有姑娘你这么当姑娘的。姑娘你好大的志向，好大的气性啊……妈妈我就恨自己，不会像别的院中那样的鸨儿娘，什么叫板子打，什么叫鞭子抽啊。得嘞，今儿这话是你说的，算妈妈我没说，自当妈妈我放屁，你也别生气了，咱们再会……咱们，咱们再见吧。”

把蔡婆子挤兑得都没词儿了，哆里哆嗦顺瑞云屋里就出来了，真气坏了。好么，好话说了半天儿，实指望瑞云能够同意。哦，憋着把招大爷捅死，然后她自杀，我还得盯着打人命官司?

招大爷这儿还等着呢。“哈哈哈，蔡婆子，怎么样?”“姓招的!”招大爷都没了，改姓招的了。“啊……蔡婆子。”“你知道我是谁吗?”“你是谁呀?”“我是你的救命恩人!”“您这话从何说起呀?哪儿的事儿啊，你就是我救命恩人？到底怎么个碴儿啊?”“怎么个碴儿啊？我们姑娘说了，头一宿留您倒是乐意，十天也好，八天也罢，您把钱预备齐了，我得了钱之后就要远走高飞，人家姑娘屋子里早就预备下不是刀子就是剪子，头一剪子把您捅死，二一下儿人家就抹脖子。我要是不走，我还得盯着打这场人命的官司。我的招大爷哎，我们姑娘就不打算活着了。”“哎哟……蔡婆子，既然你们这位瑞云姑娘这么大气性，得嘞，我们有钱到哪儿都是玩，到哪儿都是花。但是，我奉送您一句话，叫您这位姑娘好自为之，别给脸不要！换句话再跟您说，您要是这么做买卖呀，这买卖可就快到家了。得嘞，我谢谢您的大恩大德，咱们再会吧。”招大爷负气而走。

蔡婆子一琢磨，找工夫再磨她吧，她连这样的话都说出来了，也就有个两三天没理瑞云。倒是瑞云自己觉着有点儿过意不去了，话也确实说得重了点儿，强打精神挑帘儿接客。蔡婆子一看，买卖还得做呀，每天慕名而来的人还是多的呀，放着现成的银子不要也不成啊，大宗的银子没挣着，小的也得先捡着呀。“老虎吃蚂蚱——碎赅搂①。”唉，走一步儿算一步儿吧。这也就是瑞云，其他那姐儿几个恨不得跟招大爷走呢，能傍上招大爷就算混阔啦。说跟招大爷家里待多长时间，最后落得一个什么田地，她们可不想。

这天，瑞云一个人坐在屋子里，正然闷闷不乐。就听外边喊：“瞧厅儿……”就知道又来客人了。瑞云闪目往院子里瞧，自外而入一位公子。这位公子平顶身高在八尺开外，猿臂蜂腰，头戴文生公子巾，迎面镶嵌无瑕的美玉，身穿文生公子氅，还有功名，腰系宝蓝色丝绦，双垂灯笼穗儿，直达迎面骨以下，脚底下是白袜福字履，手里拿着折扇儿。腰里鼓鼓囊囊，可是个有钱的主儿，身上的衣裳也是绸缎的，看得出来不俗。往脸上看，四方大脸，长得挺白净，浓眉阔目，鼻直口正，颔下无须，大耳有轮，长得还挺有造化，就是看着有点儿愣。

这位一进门儿：“这儿谁管事啊？”一说谁管事，蔡婆子可就出来了。“哟，公子，这儿我管事。”“哦，没领教妈妈上姓？”“瞧您说的，贱姓蔡，您叫我蔡婆儿就得了。”“哦，不敢当，我跟您打听个事儿啊。”“您说。”“你们这儿有个瑞云吗？”这位说话还真冲，冲他这一问，蔡婆子就知道这是个雏儿，头一回上妓院来。为什么？到这儿没有嚷嚷的。那位说，那会儿这儿不是公开的社交场所吗？是，但那也得非常客气，尤其这儿又是小班，迎来送往热情寒暄是有的，但提名道姓这么嚷嚷的没有。这位直眉瞪眼一进来，大马金

---

①赅搂：北京土语，一指搜罗，偷摸；一指吃。此处是前一种意思。赅，读二声；搂，读轻声。亦作概搂、该搂。

刀，满不在乎这劲头儿，一看就是个雏儿，而且还能看出来，这位有钱。“哦……您打听瑞云干吗呀？”“我想见上一见。”“我们这姑娘啊……”“我打听了，要纹银十五两的见面儿钱，我所带无多，妈妈您拿去买茶吃。”说着话，这位公子一伸手，掏出一锭银子，是个元宝五十两，伸手就递过去了。蔡婆子可有日子没见着元宝了，这丫头老闹别扭，不怎么正经接客人啊。蔡婆子一看这锭银元宝：“哈哈哈，那老婆子我可就爱财了。”说着话，蔡婆子把这锭银子带起来。“公子，您随我来。”

蔡婆子领着这位公子往里走，一边走一边嚷：“姑娘，瑞云……捯饬捯饬啊，有位公子要见你。”“是。”瑞云言罢之后可就出来了，走到近前深深万福：“公子请。”“哦，哈哈哈……”公子站这儿一回头，问蔡婆子：“她就是瑞云啊？”瑞云心说：怎么都是这样的人啊？就没一个是贺生那样的。看这位公子一表人才，四方大脸，浓眉大眼，而且头上有无瑕的美玉，身上有功名，甭问，也是个识文断字之人，可你瞧说出这话来，“她就是瑞云啊”，唉……蔡婆子也听着不好听。“啊……那什么，她就是瑞云。我让她们给您预备茶去啊。”看在这一锭银子的份儿上，蔡婆子出来预备茶点。这位公子一听：哦，这就是瑞云。打这儿往后也不说话，他就围着瑞云姑娘端详。您算算，瑞云自挑帘儿以来，那眼皮子多杂呀，什么客人没接过？可让这位给看得呀，多少有点儿拘谨，有点儿不好意思了。这位走过来转过去，老围着她转。看着看着，瑞云低头了。这位伸手又拿出一锭银子来，往桌上一撂，然后一抬手，冲着瑞云：“领教领教。”瑞云一听：这人有病。为什么？他说的这句话不挨着。

您走在马路上看见一位：“大爷，您受累，王府井怎么走啊？”“您在这儿坐三站车，下车过马路就是王府井。”然后这位说了：“领教领教。”这句话挨着。“大爷，我跟您打听个事儿，听说全聚德烤鸭子不错，我没尝过。”“那是啊，这烤鸭子有吃法，荷叶饼、羊角葱，蘸上酱一卷，这样您吃。”“哦，领教领教。”总得你问人家点儿吗儿，然后人家告诉你点儿吗儿，你才能说领教领教呢。

可这位公子没有，进门儿之后上三眼下三眼，围着瑞云看了一个六够[①]，完了说出这么一句：“领教领教。”瑞云没下句儿啊，瑞云说什么呀？这位说完敢情还就没下文了，一转身儿，走了。瑞云一看：要是净接这样的客人也行，就看我几眼，然后就给一锭银子。也别让人家白花这银子呀，我送送吧。瑞云迈腿往外送。这位公子在头里走，瑞云就在后边跟着。“先生，您，您慢走。”这一送，送出祸来了。

这位本来要走，转身儿走了几步，到了门口，抬腿迈门槛，一脚门里一脚门外，一听瑞云说先生您慢走，脱口而出：“唉，可惜呀可惜。”先说一句领教领教，后说一句可惜可惜。瑞云心说：怎么我送他，他还说可惜呀？可这位又一回身儿，瑞云正往外送他，俩人儿可就离着很近了。这位手很快，一扬手，在瑞云的额头上两眉间，“啪”，就这么一点。点完之后，这个人一收手，迈门槛，下台阶，叫扬长而去。瑞云让他的手指一点，可也碰上了，下意识往后一闪身儿，用手一捂，抹了一下儿，一看手上什么都没有，也不疼，也不痒痒。这人什么毛病？真怪。瑞云摇了摇头，转身儿又回来了。

这时，蔡婆子跟一个丫环托着茶来了。“姑娘，这……嗯，人呢？”“走了。”刚说到这儿，端茶的小丫环说话了。“哟，您看瑞云姐姐这脸上……”“什么呀？哟……”俩人儿这一惊一乍，瑞云也慌了。“我脸上怎么了？”“嗬，姑娘你可真行，两眉间怎么有一块儿黑呀？”“是吗？”“你照照啊。”小丫环把茶撂下，顺手把镜子就抄起来

①六够：北京土语，形容足够，达到极点。亦作溜够。

了，挪到瑞云面前。瑞云对镜子一看："哟，可不是么……"只见自己额头两眉间这儿，有指肚儿这么大一块儿黑。这是什么时候染上的呀？她下意识用手在眉间一搓，没搓下去，手上什么都没有。可她这一搓，蔡婆子也看出来了。"别搓，别搓，一搓回头更黑了，赶紧洗。"说着话，一伸手，蔡婆子把身上带着的手绢儿拿下来了，她拿着手绢儿，扶住瑞云的脑袋。"姑娘别动啊，妈妈给你擦。"手绢儿是白的，擦半天这块黑还是那么黑。这儿不是有茶水么，把茶碗盖儿拿开，又用手绢儿蘸了点儿茶水，接着擦，还是擦不掉。"哟，这是怎么回事儿啊？别愣着，打水投[①]手巾。去！""哎。"

小丫环撒腿如飞，一会儿用铜盆端来热水，拧热手巾，瑞云拿着镜子，蔡婆子拿着手巾，又一通儿擦，擦得瑞云直叫唤。"哎哟，您别擦了。不成，皮我都觉着搓裂了，怎么了？""这黑擦不掉啊。""是吗？我看看，怎会擦不掉呢？""你问谁呢？怎么回事儿啊？""就是刚才来的那位公子，他看了我几眼，说什么领教领教，然后转身儿就走。我说送送他吧，他一脚门里一脚门外，回过头儿来又说可惜可惜。""然后呢？""然后他就拿手指头跟我这儿戳了一下儿，我也没觉着疼，也没觉着痒，再然后他就走了。""他……走，走啦？不是，那你这黑……""许是这人点上的吧，怎么就黑了一块呢？""不是，那怎会擦不掉呢？""我也不知道啊。""哎哟，这不倒了霉了吗？赶紧找人去，追这个主儿。请大夫，快去！"

这一嚷嚷可了不得了，找来不少大夫，够二十多位，岁数大的、岁数小的，中医、西医，什么大夫都有。明朝那会儿就有西医了，明朝末年郑和下西洋跟外国互通，洋人上中国做买卖就带着大夫。所以蔡婆子让人请来的是什么大夫都有。大伙儿一看：嚯，瑞云的

①投：北京土语，洗完衣物后在清水里涮干净，此处就是指洗。

领家儿妈妈请咱们给瑞云看病，这机会太难得了。平常一见就得十五两，一说话儿又是十五两啊。这回不仅能见着瑞云姑娘，还能摸摸手。为什么？我们得号脉呀。所以您听，来的大夫也不是什么好大夫。人家脸上有块儿黑，你给人家号脉干吗？到这儿大伙儿会诊，你也瞧，我也看，各抒己见。“她怎么就黑了一块呀？”“是啊，黑亮黑亮的。怎么那么黑呀？气死猛张飞，不让黑李逵，亚赛过唐朝的黑敬德呀。没有他来……”“别说啦，还说呢。”蔡婆子一看，这几位也没什么主意。“你们都该干吗干吗去吧。”全轰出去了。

看着瑞云额头上这块黑，一筹莫展，没招儿啊，只能是到晚巴晌儿再擦擦试试。瑞云也烦了：“您也早歇着吧，擦了多半天儿了也没擦下去，先让它黑着吧，明儿早上起来许就好了。”“哎，那就明儿早上再见吧。”

第二天天刚亮，蔡婆子就上瑞云这屋砸门来了，进来一看：“姑娘，这块儿黑……这……”长了，昨儿有指肚儿那么大，今天跟蚕豆那么大了。“怎么不下去，还倒长啦？”“我哪儿知道啊。”“哎哟……”找人瞧吧，又找大夫瞧，全看不好。瑞云脑门儿上这块儿黑，一天大一点儿，一天大一点儿；一天长一小圈儿，一天长一小圈儿。

连着过了七八天，不接客不成了。客人来了，进门儿交十五两盘子钱，然后坐这儿，瑞云出来。瑞云是背着出来的，一转身儿，这位一瞧：“哟，怎么这样啊？”十五两也不要了，抹头就走。二一位进来一看，又走了。您琢磨琢磨，瑞云坐这儿，脸上一个大黑疙瘩，谁愿意瞧啊？说不是还有诗词歌赋，吹打弹拉吗？但到这儿来的人多半都是图瑞云的容颜好，有几个是真懂得才学风情的呀。

这事儿传得快极了，好事不出门，坏事传千里，没有这么半个月，杭州城又嚷嚷动了，瑞云的脸黑了。不到一个月的光景，瑞云这儿原先是门庭若市，现在是门可罗雀。车马盈门，摩肩接踵没有了，即便有客人也是三三两两奔别的姑娘屋里，瑞云这儿一个客人都没有了。蔡婆子也不是不花钱不使劲，但就是去不了瑞云脸上这块黑。

这天，蔡婆子找瑞云来了。“姑娘，你原先是每天四个热菜、四个凉菜。现如今你一不能接客，咱们也就没那么大进项，连前带后这些人吃马喂可就不够挑费了。”“没事儿，您说，我本来也吃不了那么多。”“就是，咱们改四个菜行不行?”“行。”八个菜可就改了四个菜；然后四个菜改两个菜；再然后小灶儿没有了，改大锅饭了，跟大伙儿一块儿吃了。“姑娘，你这五间北房啊……现在是你湘云姐姐还有客人，人家来都说你湘云姐姐那屋黑。暂时的你这儿要没客人，不行就给你湘云姐姐倒出来，你们姐儿俩换换屋?”“不用了，今日给我换到湘云那屋，明日再给我换到庆云那屋……”瑞云、湘云、庆云，都是云字儿的。“干脆您呀，就给我一次换到家，后院有个小屋，我上那儿。”“那姑娘你一人儿多寂寞，多害怕呀。”“我不怕。”北房五间改小柴房了，大锅饭过两天都不让吃了，改折箩[①]了，都是大伙儿吃完剩的，折在一个盆儿里给瑞云端去，乐意吃就吃，不乐意吃就倒泔水桶。

“姑娘，他……这些日子呢，厨房的刘妈儿家里孩子闹时令病，请长假走了，一时可就忙不开了。这个水也没人挑啊，柴也没人劈；葱也没人择呀，是肉也没人切。姑娘你待着也是待着，你看你是不是……”“唉!”瑞云强压心头的火，忍住眼中的泪。“妈妈呀，您让我做什么我自去做什么。”瑞云脱下旧时衣衫，系上围裙，可就下柴房了。

---

①折箩：北方方言，掺合在一起的残羹剩菜。折，音遮。

昔日名噪一时红遍杭州城的花魁头牌，完啦。原文上写“年余，连颧彻准矣”，颧是颧骨，准是鼻子，年余是一年多，连颧彻准就是黑了半拉脸。二年不到，整张脸都黑了，瑞云改包公了，漆黑漆黑一张脸，天天在柴房里干下人干的活儿。姊妹们可就说了：“看见没有，当初人家招大爷破瓜给钱一万两，她还端着臭架子不要。现在怎么样？看起来咱们姐妹呀，还得及时行乐，趁着年轻漂亮，该挣钱挣钱，该享受享受，可千万不能跟瑞云一样。”

瑞云二年多脸黑了，是杭州城的人都知道，唯独不知道的就是贺生。贺生心灰意冷，心都凉到底儿了，走道儿都绕着这趟街。二年多来，无非就是时时把瑞云相赠的诗笺拿出来看一会儿，还不能看的工夫大了，不然掉眼泪伤心心疼啊。学社里的人一琢磨：这么好的新闻不告诉告诉贺生哪儿行啊？他当初癞蛤蟆想吃天鹅肉，还惦记过瑞云呢。干脆把这事儿跟贺生说说，看看贺生听完瑞云脸全黑了，都没人模样了，在妓院里都当人下之人了，他还爱她不爱。

第四回

书接前文，给您说的是《聊斋》志目一段《瑞云》。

瑞云姑娘的脸黑了，让人一点，点到眉心这儿了，越来越黑，最后干脆整张脸全黑了。说就是脸黑吗？人家《聊斋》就写了脸黑，可没写说顺着脖子继续往下黑，没有。脸黑就够瞧的了，一个女同志，脸要是黑了，人还能漂亮到哪儿去呀？尤其她又是搞这个工作的。干了。怎么干了呢？上回书说了，瑞云在妓馆当中的待遇就算完了。原先是几个菜的小灶儿，没有了，改大锅饭；后来连大锅饭都没了，吃折箩了，也就是那些姑娘们吃剩下的给瑞云来点儿；到最后连这个待遇都没了。剩不下怎么办呢？那今儿您就得饿一顿。不能因为你再重新起火，再单给你做一份儿。生活上的待遇就更甭提了。原先瑞云是人上人，专门儿有伺候她的丫环、老妈子，好几个。如今瑞云得伺候别人，还干不上细活儿，巴结不上好差事，什么活儿脏、什么活儿苦、什么活儿累，就让瑞云干什么。劈劈柴烧火，挑水，和[①]煤末子做煤茧儿，搪炉子，安烟囱，上房抹灰铺瓦，修窗户，还是铝合金的窗户，叫塑钢啊。那位说那年头儿有吗？大概其没有，甭大概其也没有，我就是给您举个例子。什么叫木匠活儿、瓦匠活儿，连厨子干的活儿全是瑞云的。

可这人当初红啊，好事不出门，坏事传千里，传得一样快。“听说瑞云了吗？”“听说了。”“原先那么红，现在……”“嗐，别提了。”“那

①和：此处指搅拌。和，音获。

脸黑得，你瞧见了吗?”“瞧见了，那是真黑，好劲[1]，这家伙。”“怎么那么黑呀?”“人家也不说因为什么，反正不是自个儿染的。”“多新鲜啊。自己长得挺漂亮的，然后自己染黑了?”“最邪乎的是她这病还治不好。”“还真是，洗不回本色儿来，而且还是越洗越黑。你说这……真怪。”“唉！这就是天妒英才呀，本来人家吃这碗饭就不易，现在你瞧，连这碗饭都不让吃了。”“要不说呢。”大伙儿纷纷议论。

学社里的众秀才也议论，大伙儿就琢磨：对呀，当初那位贺生可净惦记瑞云啊。“我听他那街坊说，贺生当初愣当了被卧上那儿瞅一回瑞云去。”那个又说了：“对呀，我知道啊，他还把两卷古书送我们家去了，卖给我了。”“就为了见瑞云?”“那……对呀。”“咱们把这碴儿告诉他，看看贺公子能怎么样，你们觉得这怎么样?”“好啊，走，跟他说去。”你说这人不是闲得吗？就为了瞧这希希罕儿，把这话儿就得告诉贺生，让贺生你琢磨琢磨，看看你什么反应。

“贺公子，最近您……看着您这个精神可不是特别好。”“唉！是啊，我这家里啊，也不瞒你们，你们也知道，我这日子过得也不顺心。”“您这个……您还不顺心？您这才叫身在福中不知福。”“你瞧，拿我开心，我怎么就身在福中?”“您可是一人儿吃饱全家不饿呀。好，您家里人口儿多简单，就您一人儿，没迟累。再说穷，别人儿哭穷儿行，您可别哭穷儿。”“怎么?”“您还能嫖去呢。”贺生一看：这人是不能做坏事，他们还记着呢。“嗐，你们怎么还提这个呀，提这碴儿干吗呀?”“好，见瑞云那还了得？当初见一回的盘子钱就得十五两，那是能随便见的吗?”这是贺生的心病啊，这话就跟拿小刀扎他的心一样，多难受啊，就不愿意听这个。贺生心说：我这二年

---

①好劲：粤语中常用的形容词，形容人或事物表现出色，很厉害，了不起。后传至北方，听戏、听曲艺叫好儿常用。

多，倒霉就倒霉在这档子心事上了，一想起来就觉着对不起人家瑞云。“可现如今那就不用提了，到现在去……好，您要去见瑞云一回，那就得给您多少多少钱了。当初您那会儿可是真讲究……”“哎？不是，什么意思？”贺生一听：这是什么话呀？话里有话呀。“我当初见一回瑞云要十五两，如今怎么……什么？怎么还倒给钱，这是……”“哟，您还不知道呢？”

您听，这得是说秃噜[①]了，不是为经心告诉你这事儿，得让你上赶着问我，我才能跟你说这档子事儿呢。这就是说话的艺术。话儿赶话儿，话儿搭话儿，话儿挤兑话儿，挤兑到这儿了，你自己个儿[②]问我，不是我上赶着要告诉你，那成什么人了？这叫什么？甩簧[③]，卖山音[④]，准知道你听见这碴儿就得打听。

“几位说说吧，这到底怎么回事儿啊？”“怎么回事儿？就冲您跟瑞云小姐那关系，您应该比我们知道啊。”“我不知道啊，我连门儿都进不去……”“好么，那我们跟您说说吧，现在这个瑞云可是大不比当初。”“嗯。”“她的脸啊，这个……颜色儿，换啦！”贺生一听：这叫什么话呀？人的脸，颜色儿怎能换了呢？人生下来是什么颜色儿就是什么颜色儿啊。这个人打小儿是红净脸儿，大了还是红净脸儿；这个人打小儿就是黄脸儿，跟秦琼[⑤]似的，那他到老了也是黄脸儿啊。他不能说活着半截儿，改白净了？不能啊。“不是，这是怎么个意思啊？我不懂。”“您这还有什么不懂的呀，瑞云的脸啊，

①秃噜：北方方言，一指用滚开的水烫掉毛，一指脱落，一指事情落空、露了底细或钱财耗尽，一指无意中说出。此处是最后一种意思。噜，读轻声。亦作秃鲁、秃落、吐噜。

②自己个儿：北京土语，自己。个，读三声。亦作自己各儿。

③甩簧：北京土语，一指隐晦地表明自己的意图，一指设骗局。此处是前一种意思。

④卖山音：北京土语，绕弯儿讲话，不直截了当明说，而是旁敲侧击、大声嚷嚷，故意让人听见。

⑤秦琼：评书《隋唐》主要人物，传说是黄脸膛。

黑啦!”“哦，黑点儿，那就是晒得黑了呗?”“要是那个，在屋子里圈两天还能白过来，在屋子里捂两天还能回来。她这个不是，黑了就是彻底黑了。”“怎么?”“就是说现在瑞云的脸啊，如同墨(mèi)染。”“嚯，还上口，还如同墨(mèi)染?”“就跟拿墨墨的一样，就那么黑。”“那要是拿清水洗……”“越洗越黑，越擦越黑。”“洗不回来了?”“啊，现在瑞云已经当小工了，劈劈柴挑水，洗菜做饭，干这个啦。”“哦……”

大伙儿一看：行了，已经达到目的了，贺生动心思了。“当初您说瑞云小姐给您写过一个诗笺?”“啊。”“好像话里话外那意思，还向您示爱?”“对呀。”“那会儿您要想赎她，好像又没有多大力量，至于这个经济上好像稍微差点儿?”“是啊。”“如今机会可来了，您琢磨琢磨，瑞云成了黑脸儿那模样，您要把她赎家去，多有意思呀。”这纯粹叫风凉话儿，您琢磨吧，谁能爱听?哦，脸黑了，让我赎来了?这几位还真错打算盘了。

说者无心，听者有意。贺生听完之后，点点头：“言之有理。”言之有理?“不是，您……打算?”“赎瑞云从良。”“哎哟，贺公子，您是说着玩啊，是真的呀?”“真的呀，这岂能儿戏?”“哎哟嗬，还岂能儿戏?不是，您这个……这厢来。”“做什么?”这位伸手一摸贺生的额头。“哎哎哎，干吗呀?”“不烫啊，今儿早上起来早点吃的什么呀?”“没吃啊。”“那不是撑着了。也没发烧，也没吃撑着，怎么净说胡话呀。瑞云脸黑了，黑得跟黑锅底似的，就跟包公那模样似的啦!”“我赎，赎到家里来做恩爱的夫妻呀。”“给您当明媒正娶的大奶奶?”“然也。”这几位全站起来了，冲贺生一躬到地，深施一礼。“难得贺公子如此雅量，哈哈哈哈哈……您志向可真不小，我等打心眼儿里钦佩，佩服。有喝喜酒的那天，别忘了给我们下帖子，我们一定登门道喜。我们敬候佳音。嗬，真好，太地道啦!”这几位气得，心说：这不疯了么？他们以为贺生在说胡话。

可人家贺生回家呀，坐在屋子里可就盘算上了，赎瑞云。瑞云现在的身价得用多少钱啊？当初见一回就得十五两。当初我没有，现在我也没有啊。就说现在瑞云脸黑了，比当初贱了，便宜了，能……能说三吊两吊就给我吗？我这几间房可不能卖，真要把瑞云赎出来，还得在这几间房里过日子呢，我们这小日子还……还得在这儿往下走呢，得有地儿住啊。要把房子卖了，我们睡大街上去也不像话呀。得了，我还有十亩薄沙田，卖了吧，卖个几十两银子，估计差不多能把瑞云赎出来。把瑞云赎出来，先跟这儿凑合着过，日后凭着我识文断字，到街上卖字去，给人家代写个平安家书，写个词讼什么的，我能够将将就就养活瑞云也就是了。就这个主意。贺生想明白了，心里还挺高兴：这算行了。这念书人也是实心眼儿，他是这么想的，他就这么干。

第二天早晨，贺生换上一身蓝衫，拣那个补丁少的，穿上了，还特意梳梳头，刮刮胡子，捯饬得还挺精神。推推头，刮刮脸，有点儿倒霉也不显嘛。四方步儿稳稳当当儿的，贺生奔妓院了。到妓院门口，“啪啪啪”一打门，“茶壶”把门打开一看：“先生，找谁呀？”“我……我找蔡妈妈。”“哦，找蔡妈妈。这是几点啊，您就来了？真行。看您这穿着打扮儿，还是个识文断字之人。来吧来吧……”把门打开了一扇儿，侧着身儿贺生进来了，“茶壶”就手儿把门带上。“您等会儿，我给您喊一声去。”“好，有劳。”这位转身儿喊蔡婆子去了，贺生就在院子里一站。

院子犄角儿有柴房，“吱呀”一下儿，门开了，正赶上瑞云出来倒水，端着水盆出来倒脏水。瑞云一出来，猛一抬头，正好看见贺生。贺生可也看见她了，他可没认出这是瑞云来。瑞云可认出这是贺生了，手里端着这盆脏水，二年多呀，什么叫辛酸苦辣，哪又叫五味杂陈，瑞云心里这酸劲儿一下儿就上来了。您别瞅脸黑，这二年多来瑞云过的非人的生活，受的这种待遇，但心心念念想的都是贺生。我给他递的诗笺，他不应该不明白，怎么就再也没来瞧过我一趟呢？天天想，夜夜盼，好不容易贺生今天来到眼前了，胸中有千言万语哽咽在喉，瑞云说不出来了，端着这盆脏水就傻了。其实她要是把水一泼，“欻”，提溜着铜盆转身儿就走，贺生也不理会儿。可他看见有一个人站这儿，看着自己直发愣。

贺生一瞧：“嗞……啊?!”见此女子蓬头垢面，面黑如漆。哦，这是瑞云啊。“你是瑞云?”“咣当”，瑞云手里的水盆就撒了手了，盆也摔了，水也洒了，瑞云二目泪下，叫夺眶而出。可不是哇的一下儿哭出来，光流眼泪，没声音，她连头都没点。怎能承认我是瑞云啊？为什么？连这么爱我的人都不认识我了。瑞云抹头可就进柴房了，把柴房的门一堵，俩手一捂门，身子往门上一靠，这才哭出声来。贺生紧抢几步，来到柴房门前，“啪啪啪”打门。“瑞云，瑞云，我有话要对你说。”

这儿正说着呢，“茶壶”把蔡婆子领出来了。“谁呀，这大早晨起来的就找我？哎哟，您……哟，是您啊!”“茶壶”忘性大，二年多早就不认识贺生了。蔡婆子那是老江湖，过目不忘，看一遍就拿下。她也就是不认得字，要认识字，看书也一样。

您听刚才说张松过目成诵，《孟德新书》十三篇，[①]看一遍，“啪”，就背下来了。这样的人在生活当中很多，不新鲜。有的人就是这样，看新闻，看完一遍当时就能背诵。您拿李菁来说，就是说相声的李菁，他就有这本事，脑子就好。这事儿他要是想记，叨唠两遍就能

①前场演员刚说完评书《三国》之《张松献地图》，故有此语。因是现场评书脚本，故保留。

记好几年。比如拿电视连续剧《西游记》来说，他能背全部台词，前二十五集他会背。后边又续的这个他不成，他没怎么看。他自己也承认，前边那二十五集，一到寒暑假就放，他特爱看。一年看两遍，一年看两遍……他说："我能把词儿都背下来。"您说这里头多少人物，台词儿他愣能背下来。你随便说句台词儿，当时他告诉你："这是第十七集，叫'除妖乌鸡国'，大概是第十七分四十二秒的时候说的这句。"我听着生气：怎么那么好的脑子呀？"我问你一句台词儿，你告诉我是哪一集里的。"他说："你问吧。""猴儿哥，这是哪集里的？"他说："呆子、妖精，这我都不知道是哪一集的。这不费话么？就一句猴儿哥，我知道是哪集啊？"就是说他脑子好。

蔡婆子就是这样，别看贺生一共就见了一回，记住了。隔二年多再来，还能认得。"原来是您啊。""哦……妈妈。""好说您呐。您找我有什么事儿啊？屋里说吧。来来来，那儿脏，那儿脏，来这儿……"贺生一琢磨：也罢，先跟她说，再跟瑞云谈，就这么办。他跟着蔡婆子可就到这屋了。

坐定之后，贺生说："妈妈，我跟您打听个人啊。""您说。""在贵行院有个瑞云小姐呀？"哎哟，他还打听她呢。"怎么样啊？""还在吗？""在呀。您什么事？""咱们明说吧，我打算赎她从良。"蔡婆子一听：怎么着，赎瑞云从良？瑞云的脸黑了，难道他不知道？这书生惦记瑞云不是一回两回，后来我让人把他堵在门外，就不让他进来了，瑞云害相思病也就是因为他呀。他要是说有心赎瑞云从良，这话我信，但瑞云脸黑了这件事儿杭州城里全嚷嚷遍了，他愣会不知道？不成，我得问问他。"公子，这个……瑞云倒是在我这儿，可您打算赎她从良，您最近大概没怎么见着她吧？""没见着，想见也见不着，今日被接走，明日'出条子'。我来了几趟，俱被妈妈手下之人阻拦于门外，使我二人是不得相见啊。""哈哈哈，您这一说，都是二年之前的事儿了。大概其您是老没见着她了，您这一不见啊，我们这姑娘最近发生了点儿小变化。”“发生什么变化了？”“她这个脸色儿，最近啊，这个这个这个……略微有那么一点儿……就是比灰稍微颜色儿深了点儿，可不是紫，她就……”“妈妈，她是不是脸黑呀？”“对，她这脸比原先黑了点儿。”“哦，黑到什么份儿上呢？”“黑到什么份儿上啊，大概您也没听说，得了，既然您都要赎她从良了，老太太我也别瞒着您，您要是憋着把她赎走，这是个好事儿，对不对？姑娘跟了我一场，纵然说在我这儿没受过罪，没吃过苦，可老在我这个地方也不是说一辈子的事儿，您算是救她出苦海。她这个脸黑到什么份儿上啊……”“是啊，黑到什么份儿上呢？”“她就是……跟黑锅底似的，气死包公，不让李逵，亚赛过唐朝的黑敬德。东山送过炭，西山挖过煤……”“哦，这么黑呢？”“您还要吗？”“我就是听说她黑我才来的。跟您说，我就为找那模样颜色的，二年多没找着，就因为我嫌这些人都不黑，特意我还上马尔代夫①晒了一礼拜，我就要这黑的。”“这么说，我们瑞云姑娘脸黑了，您不嫌弃？”“对，要是嫌弃，我也不会找妈妈你来。咱们这样，我得问问您，她的这个身价银子是多少啊？”“哦，您问瑞云的身价银子啊……哎呀，当初要是说我们姑娘脸不黑的时候，六万金子您都抬不了走；现如今实不瞒您说，我也不能那么张嘴。可是呢，许我们漫天要价儿，就许您坐地还钱。”贺生一听：好势利的蔡婆子，她拿瑞云就是当一件商品来看。“您痛快儿说，要多少钱？”“我也甭说要多少钱，我瞅公子您也不是那趁多少钱的人。干脆您就痛快儿说，您有多少钱啊？”好，这倒不错，可着我这数儿要。“不瞒妈妈您说，我有十亩薄沙田，按市价能卖上四十多两银子，可不能都给您，

① 书中经常穿插新名词儿，以达到互动、娱乐的效果，一笑耳。

我还得留点儿，跟瑞云我们两个好过日子。家里有现成的房，我不用再赁房去，多少您给我留下点儿过日子的钱，剩下的您都拿走。”贺生不会说瞎话儿，实话实说。

蔡婆子一听：唉！当初招人嫌招大爷跟我说，我把领家儿妈妈的行市都做倒了，我算是应了誓了。十亩薄沙田，卖四十多两银子。瑞云红的时候，见一个十五两，喝杯茶十五两，唱首歌十五两，写幅字十五两……这一晚上得来多少钱啊？这些达官显贵到这儿一掷千金，就送给瑞云的那些首饰簪环，都是价值连城。到如今有人想赎瑞云从良，满打满算有四十多两，还得留下安家费过日子。这四十多两让我怎么张嘴开价儿啊。

“贺公子，您再回回手儿，您家里还有点儿吗儿？”“吗儿也没有了，什么都没有了。还告诉您，就只有这些，您看怎么办吧。”“唉……”蔡婆子一琢磨：我留着瑞云干吗呀？多一人儿的嚼谷儿，多一个吃饭的，我得多费一份儿钱粮啊，干活儿的人有的是啊。“得，谁让我善呢，谁让我心好，谁让妈妈我把瑞云从小拉扯大，这也是我命中注定该她的欠她的。当初我为瑞云花了……”“您现在跟我说那些没用，您就说要多少钱吧。”“贺公子，您不是有十亩薄沙田能卖四十多两吗？”“啊。”“三十两纹银赎瑞云，我给你们留下十几两银子做安家费，你们小两口过日子，对得住良心对不住？”“罢了。妈妈，天地良心，您对得起我们两口子。”这就两口子了。“好嘞，我也积一回德行一回善。咱们把丑话儿可得说在头里，当面儿相，当面儿瞧，我把瑞云喊来。净说不成，您得亲自瞅瞅，净敲锣当不了开戏，您自己瞅清楚瑞云黑成什么样儿。乐意要，明儿您拿三十两银子来，就把人领走；不乐意要，咱俩也别费那唾沫，干脆人还给我留下，您该哪儿哪儿，您玩儿去就完了。”“也成，就请将小姐唤来。”“哎。瑞云啊，瑞云……来，这屋来。”

瑞云止住悲声，低着头推开柴房门，进到上房屋里，不敢抬头。“大大方方的，让贺公子瞅瞅。抬头。”姑娘委屈呀，颤颤巍巍，哆里哆嗦，抬了一下儿头，赶紧又低下了。难为瑞云啊。贺生其实刚才在院里就看见了。“看过了，让小姐回屋去吧。”“您可瞧明白了啊。你回去吧。”瑞云也不知道是什么事，瞧完一眼就回去了。“想当初她父母将她典与妈妈，也有一纸文书吗？”“那当然得有个字儿啊。您放心，三十两银子拿来，原字据当着您的面儿撕毁，我再重新给您写上一份字据。”“如此最好，您等我的好消息，我回去卖我这十亩薄沙田。倘若卖得上价儿去，我还多给您。”“行了，就三十两。我呀，好人做到底，送佛送到西。您能把她领走，我就弥陀佛了，我就不送您了。”“好，等着。”从蔡婆子嘴里得了这么个准信儿，贺生回家了。

《聊斋》原文写“货田倾装”。货田，把田卖了；倾装，就是倾囊，家里有多少钱全凑一块儿。还真不含糊，托出朋友卖去。这个房产地业不是当时就能卖，您得早早儿挂号，说好您家里有什么东西。拿不动产来说吧，您要有块怀表，当时就能卖了；有一对儿耳环，当时就能卖了；说现在话，有个手机，甭管贵贱，当时能卖了。说您家里有二十亩地要卖，不是当天上午说卖，下午就能卖出去的。贺生他现在急碴儿，急等钱用，他托出人去，都跟人家说：“我着急卖。”那您就卖不上价儿了，就得贱卖。好在他托的这几个朋友还真交心，当间儿不骑驴，不是说从他这几亩田上再落个十两八两的，也看得出来贺生真着急，这会儿就算帮兄弟一把，多少钱卖的就给他多少钱。说中间儿跑合儿[①]成三破五[②]得赚钱啊？没有，人家规规

①跑合儿：北京土语，为双方牵线搭桥，促进事成。亦作跑和儿。

②成三破五：旧时为房地产买卖或其他贵重物品买卖做中人的，买卖成交后从买主、卖主两方分别得佣金。成为买方，破指卖方，三为百分之三，五为百分之五，合计占买卖成交价的百分之八。亦有成三破二、成三破四。

矩矩，对付着卖了三十多两银子。家里还有点儿积蓄，一共凑了四十两出头儿。把十多两银子撂家里，拿着三十两纹银，贺生又找蔡婆子来了。

见到蔡婆子之后，贺生把三十两银子往这儿一搁。“妈妈，我领人就走。”“行。好，把瑞云喊来。”底下人把瑞云叫来了。“瑞云啊，贺公子赎你从良。”“呀……”瑞云一听：哦，敢情那天他们说半天就这事儿啊？要赎我从良。她心里一下儿就炸开了花了，也不知是喜，也不知是悲，什么感觉说不出来，两眼乜呆呆望着贺生，一仰脸，意思是你就不知道我脸黑吗？贺生假装儿看不见。“蔡妈妈，三十两银子搁这儿，她父母当初给您写的那字儿拿来。”“已经都给您预备出来了，您当面过目。”贺生拿过来一看，就是瑞云亲生父母当初写的卖身契。“那我可就撕了？”“撕了吧。”“欻欻欻”，三把两把，贺生就把这张卖身契撕碎了。“烦劳妈妈也给我写个字儿。”“呃……我，我不老会写的，您写一个吧。”“好，笔墨伺候。”瑞云站这儿看着。预备好文房四宝，贺生提起笔来，“欻欻欻”，写了一个契约，就是赎瑞云从良。“那您画个押吧。”“哎，这行。”蔡婆子画了押，把这纸契约交给贺生，然后把三十两银子收起来。“哎呀，贺公子，这两天您凑钱的工夫我也琢磨，我也知道您是个好人，我们这姑娘跟了您绝受不了委屈。没想到她变成这样，还能有人儿赎她。她现在要走啊……瑞云啊……妈妈我这心里……”贺生一看，跟瑞云说：“咱们家去吧，别看她表演了。走走走。”瑞云是一语不发，回到柴房，也没什么可收拾的，就找了一块布把脑袋一包，小包袱皮儿里有两件换洗的衣裳。之前所挣的那些钱，一个子儿也没落下，蔡婆子也不可能给她呀。真是赤条条地来，赤条条地走。

一路之上也没有像现在男女搞对象，手拉着手，两个人逛马路，那年头儿哪儿行啊？现在搂着，抱着，挎着，马路上怎么走的都有。

最不济，也最文明的，勾着个小手指头，走在马路上挺高兴。那年头儿行吗？男男女女分行走。瑞云是自己的媳妇，现在我给她赎出来了，她就算是我的人了，那也得离着四五丈远，远远儿跟着。瑞云夹着小包袱，低着头走。贺生也不敢回头，到了要拐弯儿的地方，稍微等一等，一看瑞云知道要拐过来了，贺生接着往前走。到了下一个口儿，又站这儿等着。

这儿净等着，马路上可就有看见的了。“这不是贺公子贺生吗，怎么领着个女的呀？”“是啊，新鲜嘿，瞅瞅瞅瞅。”就有跟着的。等跟近了，假装儿从瑞云身旁边过，偷偷儿瞅一眼。瑞云不是包着吗？那也包不了那么严实。“哎哟，瑞云吧？嘿，真给弄出来啦？”“是啊？这可得赶紧告诉去。”告诉谁去？告诉学社的人去。当天儿可就传遍了。

贺生自己还不知道呢，就把瑞云领到家里来了。家里没别人儿啊，到了家，瑞云撂下东西，把脑袋上的布摘了，坐这儿俩人儿没话，不知道说什么，不知道哪儿是话头儿。“瑞云，这就是咱们的家。”瑞云一听：哎哟，我瑞云愣会有了家了。甭说我脸黑呀，就是脸白的时候我能有家吗？亲生父母把我卖了，那是个什么样的地方？眼泪又下来了。“蒙公子大恩大德呀，这就跟信佛的居士买来生物儿放生一样，您就是救我的残生。”“哎呀，瑞云，说不上这个，我让你高兴高兴。你看看。”说着话，贺生拿出一本书来，把书翻开了，在书里夹着都发黄了的这张诗笺。“你看看这是什么？”瑞云接过来一看：“哎呀……”正是当初送给贺生的那张诗笺。看着上面自己写的四句诗，瑞云心里感动，感激贺生啊。“难得公子深情大义，我愿服侍公子。”原文上写“不敢以伉俪自居，愿备妾媵，以俟来者”。伉俪，就是夫妻。不敢以伉俪自居，我不能跟您是两口子，我就是伺候您，或为妾，或为奴，日后您还得娶大奶奶呢。以俟来者，以后还得有人来，等着她来。“唉！”贺生一听：“这是哪儿的话呀，还‘以俟来者’，您还要当妾？我以后还娶媳妇？您瞅我这模样，我还娶得了媳妇吗？我不是说您不爱听的话，您要是不脸黑了，也到不了我们家。我除了现在站着有这几间房……”

说着话，贺生把连三抽屉一拉。“您看见没有，这抽屉里还有十几两银子。咱家原先还有十亩薄沙田，为了赎您，我把十亩田都卖了，这十几两银子咱们过生活。可要这么坐吃山空，也吃不了仨月俩月的，咱们就算省着吃也不成。过些日子，天儿凉了，咱们还得买厚衣裳，还得买被卧呢，这都是钱啊。我还再娶？我拿什么娶啊？您瞅瞅我这模样。得了，您也别客气，咱们就是两口子了。”

说着话，贺生把蔡婆子画押的契约也拿出来了。“您看见没有？这一撕，也就不算了。瞧得起我，乐意跟我这儿过，您就跟我这儿过；不乐意跟我这儿过，您爱上哪儿上哪儿，我表表我这颗心也就是了。”“完嘞。”瑞云一听：“既然您把话都说到这份儿上了，我上哪儿啊？您把我赎将出来，我就是您这儿了。您只要不嫌弃我是残花败柳，我就跟您做一世的夫妻，生是贺家的人，死是贺家的鬼。跟您说，别看我脸黑，我在妓院这些年可没有任人糟践，到现在奴家我还是清白之体，处子之身。”贺生一听：“这些我都没放在心上，我就是喜欢你，把你赎到家来，就是为了做夫妻。可是……瑞云姑娘，呃……太太，我可是什么都不会，我就是念过书，会写字儿。您跟着我，等把这十几两银子吃完了，以后可就没好日子过了。原先您在青楼当中，虽说您后来倒霉了，但当初您锦衣而玉食，这些咱家里都没有，绫罗绸缎也没有，鸡鸭鱼肉也没有。您跟着我，咱们要是卖字儿卖出钱了，今儿咱们就算吃上饱饭了；要是卖不出钱，您可得做好跟着我挨饿的思想准备。”“那也比我身在青楼之中强啊。再说了，不用您养活我，我来养活您。”“别介，不介不介……您拿什么方法养活我呀？这可玩笑不得……”“您怎么了，您这是怎么话儿说的？干吗一提这个，变颜变色的呀？我怎么养活您，我重操旧业呀?”“不是那意思吗?”“当然不是啊，您把我瑞云看成什么人了？我跟了您，那就是一夫一妻好好儿过日子了。我们在青楼当中很学了些针黹刺绣，就凭这个给别人洗洗浆浆，缝缝连连，就能够咱们夫妻糊口的。闲着没事儿，我还可以绣点儿花儿，弄点儿鞋样子，只不过就得麻烦您到长街之上去卖而已。”“行，我去给别人儿写写平安家书，闹好了我再教上一馆学生，也颇能有些个束脩银子。这样，咱们往后这日子可就有盼头儿了。”“当然有盼头儿了。咱们是蜜里调油，小日子错不了。”“嘿，您这话说得对，给劲。咱们……那也不省着了，还有十几两银子，今儿晚上咱们打打牙祭。你这些日子在妓院里也没吃着什么，也吃不着什么好的，我这两天满世界跑着卖田去，也没吃什么正经饭，今儿晚上咱们结结实实熬一颗白菜，咱们今儿晚上搁油熬白菜。”瑞云一听：哎哟，我就这命儿啊。“熬白菜也行啊，这就是好饭食。”两口子熬白菜吃。

就这样，这日子就算过起来了。您别瞅瑞云，真跟她自己说的那样，不嫌苦，不嫌累。为什么？经受过在青楼之中，在蔡婆子手底下那样的待遇，再苦还能苦得过那个去吗？在那儿得伺候多少人，干多少活儿啊？家里就是两口子，瑞云也就伺候贺生一人儿。“您也甭着急找事由儿，您就念您的书。”在街坊当中，什么叫婶子大娘，瑞云撒出话儿去：“我会做衣裳，有那个忙不开的活儿您匀给我，可不要钱，您看或米或面，给我们送点儿来就行。您有些衣裳没洗，我给洗；有破的地方，我给补上。”瑞云手巧啊，翻过衣裳来一看，这活儿做得，看不出针脚来，又细又密。街坊大娘一看，这姑娘有志向，有出息，可着杭州城敛活儿去。敛着敛着，可就不是做破衣裳了。

先开始这活儿不济，谁的大褂儿撕了，给缝缝，给一碗米；谁家里鞋赶不上做了，拿个三双五双来，上旋子，纳鞋底子，净干这个。日后慢慢儿就都看出这工好来了，瑞云手巧啊，就有细活儿了，也总做好衣裳了，手工是真好。说让人上家里量？不用，就是您受累自己量。量好尺寸，把尺寸拿来就得。或者有旧衣裳合体的，送一件来，照着原衣裳给您做。或是增肥，或是减瘦，做出样式来拿出去，比亲自量做得还好。为什么不让人家上家里来？第一，怕吓着人家，自己脸太黑；第二，自己当初出身不好。人家来了要一问："贺大奶奶，原先您是哪府的小姐啊，手这么巧？"这怎么回答？就这样，瑞云不见生人，无非也就是近邻的几位婶子大娘张罗活儿，这小日子还真过得去。可巧贺生外边有人给他推荐，设了一馆，有这么七八个小学生，贺生教他们念书，又进了一笔钱。真跟瑞云说的似的，小日子过得还真挺滋润。

这下儿学社里大伙儿又议论上了。怎么？瞅着眼红啊。本以为贺生说着玩，这黑脸的太太他不能要，哪儿知道他真把瑞云赎回来了。哎哟，瑞云可是杭州城的人物字号，怎么会就归他了呢？再打听打听，敢情是三十两银子赎回来的。我也有啊，我怎么就没去呀？嫉妒人家。这一嫉妒人家，就得要编派[①]编派人家。大伙儿又都凑到一块儿，可不当着贺生还不说，非得当着贺生的面儿。"贺公子，给您道喜。您怎么也没撒帖请我们哥儿几个呀？好，我们礼钱都预备出来了，想上您府上热闹热闹。""唉！一时匆忙，家里地方也窄小，招待不了大家伙儿。各位别挑理啊……""不是我们挑理，您这儿好，如花似玉的太太。想当年有个卖油郎独占花魁，卖油郎娶的

①编派：北京土语，捏造或歪曲、夸饰，描述别人的言行举动、缺欠过失，借以嘲弄讥讽。派，读轻声。亦作编排。

就是花魁娘子，最后单跟他了。您这好，贺公子独占钟馗……”贺生一听：这不是捧我呀。不理他们了，走了。大伙儿在背后怎么说的都有，看着生气，眼儿红。贺生不管，我就闷嘚儿蜜[①]，踏踏实实过我的小日子，好好过。

过了二年，惟差一点儿的就是瑞云足不出户，瑞云从来也不出门儿。说天儿好的时候，贺生带她出去遛遛？办不到。上街逛逛？没有。买东西都是在家里说好了，拉出一个单子来，买个花儿，买个线，都是贺生出去买，要不就烦劳婶子大娘带回来，自己从来不出门儿。贺生也觉着瑞云在家里一人儿怪闷得慌的，可她这实际情况确实也出不去，两口子在家也不谈这个。平常什么天儿都聊，就是不聊出门儿的事儿。

可你越躲这个吧，还就越来事儿。贺生有个多年不见的老朋友给贺生来了一封信，也是蒙着来的。这么多年没联系了，也不知道贺生搬家没搬家。贺生也是，把所有东西都卖了，就是这所老宅子没卖，还就是没搬家。这个老朋友就托朋友给贺生带了一封信，信上说您要是还在那儿住，咱们还能联系上，我现在苏州混得不错，您有工夫，烦劳玉趾大驾光临，您上苏州来，我招待您几天，朋友嘛。由于贺生老陪着瑞云在家里待着，他也不愿意出门儿，一看老朋友来的这封信，还真有点儿活泛心眼儿。苏州好啊，苏杭二州啊，我在杭州，苏州我真没去过。现在我这朋友在苏州发迹了，约我去，可信上也没写让我带夫人去，就算他信上写了，瑞云也出不去呀，还是算了吧。

可瑞云还就看见这封信了，拿着信问贺生：“您这个朋友，怎么

①闷嘚儿蜜：北京土语，背着人谈话或做事，或描述闭门独处、悠然自得的状态。后随着网络语言及环境变化，使用场景扩展至表达个人沉浸于某事的愉悦状态。闷，读一声。

素常也没听您提过呀?”“哎呀，多少年都没在一块儿了。您看，他信里不说了么，他都以为我搬家了。要联系不上也就算了。”“那这都联系上了，人家请您您得去呀。”“我干吗去呀？我这儿还教着学生，要去还得请假，还得跟人家家长说话。再说了，你这儿也怪忙的，这些日子好像黑线又没了吧？该……”“那些您都甭管，您乐意去不乐意去呀?”“我不乐意去。”“说实话。”“他……那什么……也成。”“什么叫也成啊？您乐意去就去呗。”“不是，你一人儿跟家里，那多不……”“没事儿，我乐意您出去，您想的什么我都知道。您疑惑着是我脸黑我不愿意出去，所以也不愿意让您出去？不是。您净在家里陪着我，这我都明白。我不出去就不出去，我在家里有事由儿，有活儿干。您出去一趟，又不是出去仨月俩月的，也就是到他那儿你们聊聊，是不是啊？您给人家买点儿礼物，咱们现在也有这份儿心，也有这份儿力，您待上个三天五天的，还不就回来啊？苏州离咱们又这么近。当初……苏州我还去过呢。”当年真有那有钱的，包着瑞云到苏州待几天，说现在话就是住宾馆。瑞云跟贺生不避讳，这个话都可以直接说。

贺生一听：“您真不往心里去啊?”“我真不往心里去，您去吧，我今儿就给您收拾衣裳。带两本书，多带点儿钱，穷家富路嘛。咱们虽说不是多有钱的家庭，那到外边也别瘪[①]了，您带着点儿钱走，走您的，玩儿去。”“那行。”贺生一听，瑞云太明白了，太痛快了，得了。欢天喜地，一宿无书。

第二天起来一看，包袱都已经打好了，带着这几天换洗的衣裳，带了两本闲书，最底下还带着有钱。另外一个小包袱，预备的是干粮饽饽。“道上您要是饿了，也好垫垫。杭州到苏州虽然近，那

---

①瘪：北京土语，指陷入窘迫境地。亦作瞥。

您也得垫垫啊。您走您的吧。”“要看紧门户。”“您放心吧。您走之后，我跟旁边婶子大娘都说好了，就搬到咱家里住来了，陪我这几天。”“那最好不过，那我可走了。”“走您的吧。”瑞云痛痛快快儿安排贺生走了。

从杭州到苏州确实近，近可是近，您可听明白了，也不是说当天就能到，路上得住一宿。就拿北京到天津来说吧，二百四十里地，那年头儿就得走着，没有交通工具，生拿脚走。您算算，二百四十里，一百二十公里，您可听明白了，可不是打这儿走，是顺朝阳门算。解这儿到朝阳门，就得走一钟头。解朝阳门到天津西关，那是一百二十公里，二百四十里。您算算，得走多长时间？要像我这样胖，平常不善走的，走会儿歇会儿，一天一宿也不见得能走得到。您走得快，急行军，练过这个，也得走一天多，一个白天儿恐怕也够呛，也得搭上半宿。这还是平常您爱走，也有体力有精神才行。所以从杭州到苏州也得住一宿，第二天到苏州了。

按照信里写的这个地址，一打听这朋友家，嗬，真有钱，混整了[①]。人家一看，贺生真来了，高兴啊。“您……您现在一个人儿，还是……”“我已娶妻在家。”“是啊？怎么没带着嫂夫人一块儿来呀？”“你这信里也没写……”“这……我知道您娶没娶媳妇啊？您既是有媳妇了，就应该带着一块儿来呀。”“下回来，下次一定带着我媳妇来。您要是到杭州，也带着弟妹去。”“那行，现在咱先说这回，到了苏州想吃什么，您说？”“嗐，咱们就家里吧。”“不不不，外边外边。”还真热情，带着贺生在苏州一逛，三天。贺生惦记家里的瑞云啊。“行了，这我不差么儿[②]的就回去了。”“好好好，我都给您准

①混整了：北方方言，混好了，成功了，但带有一些调侃的味道。混，读四声；整，读轻声。

②不差么儿：北京土语，差不多。差，读四声。亦作不差嘛儿。

备好了。”给预备了点儿苏州的土特产，还带了一块好料子、一副簪环。“这是给嫂夫人的。”“别介，她也没来，你何必……”“不，这是您弟妹给她的，回头我还得带着您弟妹上您那儿去呢。”“得，那我就带着，替你嫂子谢谢你。”“完了，我送送您。”“不用送了，我自己走。”“我送送您。”亲自把贺生送出苏州城外。

贺生高高兴兴往回赶，心说：这朋友真好，联系上了，接待我这几天满如意，另外还给瑞云带回一块好料子和一副簪环。说人家有，但自己家里确实还买不起这个。人家现在送给她的，这我带回去能讨瑞云一个高兴。

从苏州往回来，路上还得住一宿啊，贺生就又住店了。晚巴晌儿心里高兴，他也睡不着，辗转反侧。既是睡不着，索性站起来活动活动吧。贺生起来，站在屋子里背着手走了两步，觉着稍微有点儿闷得慌，把窗子可就推开了。一抬头，皓月当空，月明星稀，风清月朗。得了，我上院子里遛遛。贺生把窗户带上，把房门可就推开了，站在自己房檐儿底下一抬头：嗯？院里有一位，抬头看月亮，后脑勺儿正冲着贺生，这位背手儿站着，正赏月呢。贺生一看：在这儿也有同道中人，也有跟我一样晚上睡不着觉的人。“仁兄。”贺生一说话，这位一回头：“哦，这位仁兄。”贺生一看，好相貌，白白净净，非常魁梧，四方脸，浓眉大眼，鼻直口正，这主儿长得还挺漂亮。“先生，您晚上也睡不着？”“哎呀，深夜寂寞，无聊得很啊。”“正好我也睡不着，那咱俩不妨聊聊。”

第五回

书接上回，接说一段《聊斋》志目《瑞云》。

瑞云让贺生从妓院里赎出来到家，小两口过了二年的小日子，赶上贺生出门儿要上苏州去。贺生到苏州访完朋友，带着礼物，在回家途中住店，他心里有事儿睡不着。为什么呢？这个不常出门儿的人就是这样。您拿我们来说，还是出惯了差了，那到外地这头一宿也不成，说老百姓的话就是择席①，也就是说换个地方睡觉不太适应。大概贺生就属于这样的人，他闹得慌。怎么办呢？得了，他一看外边是大月亮地儿，我出去赏会儿月吧。出来一看，还真有跟他一样的，院子里站着一个。贺生心说：这可有点儿意思。有什么意思呢？院子里有个人，这么半天他也不出声儿，我要是不开门出来看，我都不知道院子里站着个人。贺生一看这位，扬着脸儿也看月亮呢。可贺生这儿门一响，一有声儿，这位可就听见了，一回头。贺生一看，这位长得可不俗，四方大脸，浓眉大眼，鼻直口正，挺精神，而且穿着也不俗，穿绸裹缎的，看着像挺阔的主儿。这位看见贺生了，贺生也看见这位了。店里的人都睡觉了，就是他们俩，所以不能紧着在这儿客气。"您贵姓？""您贵姓？"站这儿一聊，容易吵别人睡觉。这主儿冲贺生打了一个嘘声，贺生凑过去了。

"仁兄，您也睡不着啊？""是啊，我一看外边这大月亮地

---

①择席：北方方言，在自己经常睡觉的地方睡得好，偶然换了地方睡不踏实。择，音宅。

儿，我就站这儿赏月，看半天了。”“是是是，您好雅兴。”“您也是……”“我这是回家，我家就在杭州，明儿我再赶一天的路就到家了。”“哦……杭州，好地方。来来来，我那屋有酒，您上我那屋聊去吧？”“好啊。”贺生一琢磨：反正也没事儿，倒不是贪你这点儿酒，想占你的便宜，确实是俩人儿大半夜的老站在院子里说话不合适，也怕吵到别人儿。“那您等我把门带上。”“好。”贺生回到自己这屋，把房门带上，二次返回来，跟着这主儿可就进旁边这屋了。

“您刚才说您是……”“我是杭州人。”“哦，您贵姓？”“我姓贺，您贵姓啊？”“我姓和。”“姓和？就是禾木旁，这边一个……”“对对对，我就姓这个和。您这是……”“我在苏州有个同窗，请我去待了两天。”“那现在呢？”“我这就回杭州了。哈哈，家里就是我妻子一人儿在家，我有点儿惦念不下，想着赶紧回去。”“那就是了。您既是杭州人，我跟您打听点儿事儿啊？”“您问吧。”“您是杭州土生土长的人吗？”“生在杭州，长在杭州，土生土长。”贺生心里话儿说：我现在可算是杭州人了。原先我是生在杭州，长在杭州，我没见过瑞云，我不算是杭州人啊。现在我不仅见着瑞云了，而且瑞云都是我媳妇了，我给她赎出来了。我是杭州人。“杭州可好啊。”“哎呀，这个传言有虚。眼见为实，耳听为虚。您到过杭州吗？”“我到过杭州，确实好，美景、美食、美女。我就想跟您打听个美女。”“是谁呀？”“杭州有一位花魁娘子瑞云，贺公子，您听说过吗？”“哦，您打听瑞云？”“啊。您是杭州人啊？”“我是杭州人啊。”“那怎么瑞云这个名字，您仿佛还很生疏似的？”“不不不，不是不是……”贺生心里话儿说：我媳妇这蔓儿[1]，都这么多年了，还有人打听呢。人的名儿，树的影儿，你不服这蔓儿不成，还是真有名望。

①蔓儿：原为江湖隐语“万儿”，即名号。后写作蔓儿，亦作腕儿。

“哦，您说瑞云啊，我确实知道。您想打听她什么呀?”“这位瑞云姑娘是杭州城的名妓，花魁娘子，可以说在行院当中占了头沟[①]了，瑞云就是第一呀。我就是想跟您打听打听，现如今这个女子怎么样了？因为我去杭州还是几年前。这个瑞云时隔几年还是不是像当年那样红，那样紫？我就是打算问问这事儿。”“您问这个呀，呃……她嫁人了。”“哦?”和生一听：“瑞云嫁人了？她怎会嫁人了呢?”“她是有人赎她从良，嫁人了。”“哦，好，嫁得好。甭问，她嫁的这个主儿非富即贵。为什么呢？瑞云我可知道，见一面就是十五两，唱首歌十五两，下盘棋十五两。要打算赎瑞云从良，没有个万儿八银子的都甭想。既然能有这么些钱，瑞云这日子现在可阔了，甭问，阔奶奶了，不定是哪个大官儿的姨太太，掌印的如夫人，要不然就是哪个大商贾的姨太太，家里趁多少多少钱……”“哎哎哎，都不对都不对。干吗非当姨太太啊，人家正经当奶奶了。”“怎么?”“这个瑞云现在是一夫一妻过日子，正经人家儿，嫁了个秀才。”和生一听，满面惊诧之色。“这个……瑞云嫁了个秀才？她嫁给什么样的秀才呢？是穷主儿，还是富主儿啊?”贺生心里话儿说：这位倒还真爱打听。“‘其人率与仆等。’”这是原文。其人，就是这个人，瑞云嫁的这个爷们。仆当我讲。其人率与仆等，就是说瑞云嫁的这个人跟我这意思差不多。家里的穷富状况，岁数年龄，身高戳个儿[②]，胖瘦穿戴，举止端方，言谈话语，待人接物……各方面反正都跟我类乎，差不多。

和生一听：“哦？瑞云嫁了一个贺公子您这样的人啊？‘若能如君，可谓得人矣。不知其价几何?’”若能如君，就是像您这样的；

①头沟：江湖隐语，出类拔萃，名列前茅。
②戳个儿：北京土语，指人的身材、体态、气质、风度等。戳，读三声。

可谓得人矣，就是说瑞云能够嫁一个像您这样的，对她来说这归宿可不错，适得其人。底下他问的这个问题稍微有点儿八卦，很敏感。就是说这主儿，跟您差不多的这个人，他把瑞云从行院当中赎出来，花了多少钱呢？她身价银子是多少？为什么要问这事儿呢？也在情理之中。

“您要不说这个人跟您差不多，我也就不问了。为什么呢？我瞅您这意思，您看您住的这个店。”北京过去说，这人啊，住小店儿。什么叫小店儿？就是他要住可住不了大客店。但你要让他住大车店，睡大通铺，他又觉着栽得慌。那怎么办呢？他就住小店儿。过去北京单有这么一路店，后来就让澡堂子代替了。澡堂子单有一帮人是晚上才去，这批人洗不洗澡的就不在乎了，他就为了睡澡堂子的铺。可第二天一早，天也就刚亮，清晨未起汤先热嘛，红日喷薄客满堂啊。这澡堂子早上起来只要天一亮，就有来洗的，还不见得都是上岁数的。为什么？这是人的心理，他得洗这头一锅儿，因为这会儿的水干净。所以晚上来的这伙人就不能占着铺，您交的就是睡觉的钱。天刚亮，就全都叫起来了，轰走了，该干吗干吗去了。这就是住小店儿。

“我看您这意思，您不是个趁落儿的主儿。这主儿要是跟您条件差不多，他怎么……凭什么就能赎得起瑞云，能娶瑞云这样身份的人呢？”这值得怀疑。所以和生就问出来了：他多少钱赎的瑞云呢？贺生一听，也不会说瞎话儿啊，冲和生伸出仨手指头。“哦，三万两？”“嗯……”“三十万两？”“嗯……”“三百（bó）万两……”“您就甭上口啦。干脆跟您说，纹银三十两。”“啊？您这可玩笑了，您这是拿我玩笑，您这是骗我。区区三十两银子，那鸨儿娘就能许瑞云的身价银吗？”“真就是三十两。跟您说，这个秀才卖了十亩薄沙田，一共凑了四十多两银子，留下十来两跟瑞云过日子，三十两赎的瑞云。”“嘿!”和生一听：还有这事儿呢。“怎么这么贱就能把瑞云赎出来呢？这个钱也太少了。”“钱少啊？钱少有钱少的原因。”“哦，那是什么原因呢?”

一说到这儿，贺生本来不想喝，他可就把桌上的茶杯端起来了，这里倒的可是酒，喝了一口。“唉！皆因为这个瑞云得了一种怪病。”“什么怪病?”“她这个脸先开始有一点儿黑，后来越来越黑，最后整个儿脸都黑满了，就成了一张黑脸，洗也洗不掉，擦也擦不净。您算算，行院当中的姑娘，要是脸黑了，还有什么人肯光顾啊？由此实价渐落，到最后是仆妇不如，这个瑞云很凄惨。就是这个秀才卖掉十亩薄沙田，以三十两纹银之贱价，把她从行院中赎出来的。”“哦……这我才了然，敢情是这么档子事情。三十两银子就赎出来了，就因为得了脸黑这么个毛病。那赎出来之后，二位的生活怎么样呢?”“这个秀才卖点儿字，还教了一馆学生，有几个小学生，束脩银子也有一些。而且瑞云的手太巧了，瑞云能够缝缝补补，洗洗连连，到最后活儿多了，也颇有些收入。两个人的小日子过得蜜里调油①，挺美。”“您怎么知道得那么清楚呢?”“呃……他……大概我们住街坊。”“什么叫大概你们住街坊啊？到底是不是住街坊啊?”“是，我们是住街坊。原先我也不知道这是我们街坊，后来我一打听，敢情我们街坊就是赎瑞云的这个人。”“那真格的，这位瑞云娘子您见过没有啊?”“见过。”“脸儿是特黑吗?”“特黑。”“两个人蜜里调油，日子过得挺好?”“是。”“那她嫁的这个爷们，就是说这位秀才，‘果能如君否’?”这也是《聊斋》原文。和生问出一句话来，就是说瑞云从良后所嫁的这个人，是不是真的像贺公子您这

①蜜里调油：北京土语，一是形容关系极为亲密，感情深厚；一是形容夫妻相亲相爱，和睦美满。此处是后一种意思。里，读轻声。

样啊?

贺生一听：怎么问出这么一句话来呀?“您干吗问这个呀?这……这有什么含义吗？要是……就是说这个人真跟我差不多，您就假设这个人跟我一样，有什么说辞吗?”“太有了。这个人要跟您一样，那我这个心就算没白费，我这个手段就算没白使。”“嗯?”贺生一听：“来吧，喝口儿吧喝口儿吧。”“不客气不客气。”“不是，您这两句话我没听懂，怎么叫您这个心没白费，您这个手段没白使？难道说瑞云得的这个病，她脸黑，跟和公子您……有些个瓜葛吗?”“什么叫有些个瓜葛吗？这事儿是我办的呀。”“哦，怎么是您……”“嗐，这个瑞云当时名满杭州，我是打杭州过，有几个朋友就天天跟我说，说来到杭州可以不看杭州的风景，可以不吃杭州的美食，要没见过瑞云姑娘，那就自当你没到过杭州一样。”“嗯嗯嗯，这样的舆论我听说过，是有这样的舆论。”“就是嘛，这话气人啊。我分明到过杭州了，怎么没见着瑞云就算没到过杭州呢？有道是‘人离乡贱，物离乡贵’，这东西在当地不见得值钱，到千里之外价格成着倍往上翻。人可不一样，这个人在当地有名，要是真拿出去，就不见得了。全国各地这么些地方，美女如云，光拿我来说，就见过不计其数。所以这瑞云也不见得真是如此出色。我思量着杭州人眼皮子窄，没见过什么漂亮姑娘，我就跟他们一抬杠。谁知道他们众口一词，都这么说，不管年长的、年少的，还是为学业的、为商业的、为军界的，都这么说。我一听：那我来到杭州，要不见见这瑞云，我……我就算白来了。不就是十五两吗？我瞅瞅她去。”

贺生一听：“理解，您这心气儿我太理解了。为什么？当初我就是这心气儿来着。他们告诉我说，没见过瑞云就不算是杭州人。我在杭州土生土长，二十好几了，我干吗呀？我非得见见。我就是这么去见的瑞云。”“是啊，后来我就到这所妓院去了。我去的时候，正好瑞云姑娘没接客，就把我让进去了。我一看瑞云姑娘……”“和公子，怎么样啊？”“确实好。这个人要有名望还是有道理的，盛名之下无虚士啊。我一瞅瑞云，模样是模样，个儿是个儿，而且她的素质好，能透出一股书卷气来。所以我一看这位瑞云姑娘传言不虚，确实值这十五两，我也就没说什么。当时我一拱手，说了一句‘领教领教’。”“是是是。那您跟瑞云还干什么了？”“什么也没干啊，因为她下盘棋也要十五两，唱个歌也要十五两，写个字也要十五两。我见着这人就完了，我有钱也不能这么花呀。”“那倒是。”“所以我看见了瑞云姑娘，就算心满意足了。我说完‘领教领教’之后，转身儿可就走了。”贺生一听：哎呀，好悬啊。贺生心里话儿说：承让承让。

“那您就此而去了吗？”“也不然。我在前边走，瑞云姑娘跟我客气，在后边送我，她说‘先生您慢走’。我一脚门里，一脚门外，当时可就触动了我的心思。”“和公子，您想起什么来了？”“我想那瑞云年轻貌美，品才双绝，每日里就这样迎来而送往，送走那穿红的又迎来这戴绿的，我这样的人扔下十五两谋一面倒不算什么，真有那一掷千金花多少钱来见她一回的，她好端端一个女子，这么样的年轻，岂不就被害死在行院当中了吗？”“她每日里日进斗金，何害之有啊？”“哎呀，贺兄，您不知道，她只不过是那鸨儿娘的一棵摇钱树，到了人老珠黄、香消玉颓之时，可就没人管她了。更何况那瑞云，据我看是个巾帼丈夫、女中豪杰，难得她这个岁数有如此大的才情，我可惜她。我一觉着她可惜，又说了这么一句话……”“您说‘可惜可惜’。”“哎，你怎么知道的？”“我这不顺着您的心气儿说的么？换了我是和兄您，我也得这么说。”“你说可惜不可惜？”“是可惜。那您说完这句‘可惜可惜’之后又怎么样了呢？”“我说完这句‘可惜可惜’，她不是送我么，我一回身儿，她正好来在我眼头里，我顺手一抬手，就在她额头上两眉间点了一下儿。”“嗯嗯嗯。”“我就给她点了一个黑点儿。这个黑点儿日后会越来越大，越来越黑，擦也擦不掉，洗也洗不净。这是我略施小术，‘晦其光而保其璞，留待怜才者之真赏耳’。”“哦，原来如此。”好的玉是在玉璞里，没有光芒。但现在瑞云的璞已经打开了，她的美玉光芒可就出来了，人见人爱，那就要争夺她，就要抢夺她，就要摧毁她。晦其光，通过点她的脸这个事儿，让她的脸变黑了，重新把她的光隐去；保其璞，我把玉壳再给她盖上。我这样做的目的是什么呢？留待怜才者，留给真正懂得瑞云的人，真正爱她的人，真正因为她的才学才情而爱上她的人；之真赏耳，这样的人前来真正欣赏她。这就是我把她的脸点黑了的目的，没有坏心。

贺生听完，这才明白：没想到踏破铁鞋无觅处，得来全不费功夫，点瑞云的这个人让我在这儿碰上了。“哎呀，和公子，此术由您而施，是您点的，那您能不能把她这个再……再想办法弄下去呀？”“能啊，这又算得了什么呀，这个法术是我施的，当然我就有办法解。”“您真有办法吗？太好了，您跟我回杭州，您把瑞云的脸再弄回原来那相儿，给她弄白了，好不好？”“哎呀，恐怕不成。”“这又是为什么呢？难道……需要给您钱吗？”“我又不是江湖术士，怎能图钱呢？恐怕瑞云她自己不愿意她的脸白了。”“不能，不能不能不能……怎么会呢？跟您说，瑞云每天足不出户，根本就不见人。按说她嫁的这个秀才，他们俩日子过得挺好，可是所不足的就是她根本不出他们院门儿。很长时间了，一个生人都不见，您说她心里得多难受啊。所以瑞云一定特别愿意把脸再洗白了。”

“她是怎么想的，您又怎么知道的呢？”“她……您……您琢磨这事儿啊，您揣摩她这心理呀。”“我怎么个揣摩法儿呢？”“她这个……姑娘家都是好美的，爱美之心，人皆有之。像咱们男的平常还得细发儿[①]细发儿呢，人家那么漂亮一女的，脸黑了，但分有办法能白，她能不想白吗？”“恐怕是不想白。”“您这根据又从哪儿来呢？”“我当然有根据。瑞云在脸白之时，没一天是她乐意的时候，她每天所面对的这些凡夫俗子，纸醉金迷、灯红酒绿，她看见这些心里并不高兴。自从她脸黑之后，得嫁如意郎君，而且过着这样恬适的生活。所以她一定愿意过脸黑以后的生活，而不愿意过脸白时候的生活。现在有人把她的脸恢复白了，跟原先一样，她就有可能走上回头路，再过过去那样的日子。叫您说，她打心眼儿里能乐意吗？”“哎呀，也有先生您这一说。和公子，那要是瑞云愿意的话，您能不能给她弄成原来那模样呢？”“能啊。”“那您就帮帮忙吧，您就去一趟，她要是乐意，您就施法术再给她弄白了。”“那也不必，她又与我何干呢？我又不认识她爷们。她嫁的这位秀才，就说是这位公子，倘若……也别说给我三百三、六百六，花多少钱请我吃顿好的，哪怕给我作个揖，求我一句，那我也能去呀。”“哦，给您作个揖，您就能去？”“此人若在眼前给我深鞠一躬，我是愿施此术啊。”“完嘞，和公子在上，小生不才，这厢有礼了。”贺生一揖到地，给和生鞠了一个大躬。

“贺……贺兄，这……这是怎么碴儿啊？这是唱的哪一出啊？干吗您给我鞠个躬啊？”“他这个……他……小生实乃瑞云婿也。”我说半天，瑞云嫁的那个人，赎瑞云从良的那个主儿，就是我。“哈哈哈……哦，说半天，瑞云嫁的敢情就是您啊？您造化不小啊。”“哎哟，您何必挖苦我，取笑我呢？我可给您鞠躬了。您要多少钱我也没有，咱们萍水相逢，就算有缘，您能不能把我媳妇的脸洗回来

①细发儿：北京土语，原指纹路平直细密，转指细腻，细腻入微，此处有好捯饬、爱美的意思。发，读轻声。

呀?”“我都说了呀，你给我鞠躬我就去呀。”“那走吧，走走走。”拉着往外就跑。和生一看:“别介别介，您这……天儿还没亮呢，这会儿跑了，人家店里追，还以为咱们拐走人家点儿什么呢。咱们等到天亮，结算完店饭账再走。”“不成，我等不得了，我现在……”“别别，您稳当住了。”

这几个时辰熬得，说现在话，几个钟头吧。人家都说度日如年，贺生现在是度时如年，心急如焚啊。猛然间听得外边金鸡三唱，“咯儿咯儿咯儿”一叫。“行嘞，哥们儿，天亮了。”和生一看:“得，咱俩叫伙计去。”“我叫去。”贺生来到柜房，“咣咣咣”一砸门。伙计起得最早，一听砸门，还以为着火了呢，连衣裳都没顾得上穿，抱着水桶就出来了。“哟嗬，公子，您……您这是怎么了?”“你先回屋穿衣裳去。”伙计回去穿好衣裳又出来了。“您什么事儿啊?您干吗呀这是?”“算账，我们走人。”“走人算账啊?您这好，急碴儿啊，天儿刚蒙蒙亮，干吗这么赶啊?”“对啊，我们着急赶路，快着点儿快着点儿。”“那昨儿晚上您把账算了多好，这会儿先生还没起呢，我可算不了账。”“我就住了一晚上，还有我们那院儿那位公子，一块儿都算我账上。也没住好几天，你大概其算算，我反正给得有富余。”“那……那我可给您大概其算啊。”“啪啪啪”一算账，俩人儿都算一块儿了，一钱多银子。贺生心里着急，给了二钱银子。“你也甭找了，剩下都是你的。”伙计一看：早起点儿也有好处，发了笔小财儿。伺候两位公子拴扎什物，全都收拾好了，贺生还带着好多礼物啊，都得拿着。

二位顺店房可就出来了，这通儿往家跑，贺生拉着和生跑。和生一看:“您不至于的，好家伙，甭着急，稳当住了。”

书要简短，到家了。贺生一到家，“纸糊的驴——大嗓儿筒儿”，一进门儿就嚷嚷:“瑞云……瑞云……”瑞云在屋里听见了，吓一跳:

坏啦！怎么？自己的爱人这位贺公子，那是多文明的人儿啊，湿衣不乱步啊。哗哗下雨，走道儿都亮靴底儿，迈方步儿。说衣裳都湿透了，没关系。快跑？没有。今儿在外边，这不是遭了贼了，就是有了事儿了。瑞云慌慌张张往外走，门刚拉开一半儿，一看：哟，不是。不是什么？不是一个人，院里进来俩人。瑞云本来想拉开门出去，“咣当”，把门又关上了。怎么？脸黑，不见生人。

这下儿贺生可急了，一看叫不出来，过来就擂屋门，“咣咣咣”“咣咣咣”“瑞云，开门开门！”“您嚷嚷什么呀？”“哎哟，瑞云，可了不得了，你这脸黑，这就要白。你，你明白吧？”“我不明白，您说的话都不成句儿啊。”“怎么意思？”和生过来了。“我说贺兄，咱们这屋，咱们这屋。哈哈，我不用当面施法，她不愿意见生人。这样，我给您一个药，您拿一个铜盆打一盆清水，还不要热水，就是凉水，您把药澥[①]在这盆水里，然后我教您几句咒语。您把咒语学会了，就端着水进去，往嫂夫人脸上一洗，黑脸洗哪儿哪儿白，立竿见影，当时就见效。”“这么容易？”“本来就不费事嘛，我施法的时候一点就完了。其实要是能见面儿，我再往黑脸上一点，‘欻’，当时就全白了。这不是不能见面儿么，咱们就来个折中的办法，这还算是费事的呢。”“哦哦哦，这也行，您这药在哪儿呢？”“你干吗，自己拿呀？急什么呀您？这怎么话儿说的，您先拿铜盆去。”“哎哎哎。”贺生拿着铜盆，从水缸里舀了两舀子清水，然后端着铜盆往这儿一搁。

就见和生拿出一个小药瓶，用小拇指在药瓶里挑了一点儿药。“您多来点儿……”“这东西是药，不是饭。越多越好？不是，这点儿药力就够了。”“啪”，往铜盆里一弹，然后用手在水里一擢

①澥：北方方言，凝结、粘稠状变松散、溶解状。亦作泄。

弄，“哗啦……哗啦……”“瞧瞧。”“瞧什么？还是这盆水呀，也没变颜色儿啊。您这……这行吗？”“你瞧，不信就算了。”“信，信信信！就您说得全对。先说一个‘领教领教’，后说一个‘可惜可惜’，没错儿，没错儿了。”贺生端起这盆水来就走。“别忙，还没教咒语呢。”“对了对了，咒语……不费事吧？”“您是念书人，背两句词儿还费事吗？对不对呀？我教给您，您记住了。咱们可说在头里，这可别上外边说去，让人听见可了不得。”“是，这我知道，我心诚。”“心诚最好。”“那我进去之后怎么说呀？”“您进去之后，将令正请至上首，铜盆放于桌案之上，以白布蘸此药水儿，往令正脸上擦拭，同时口念仙人之语。”“好，洗耳恭听。”“一二三四五，金木水火土。要得戏法儿变……”“还得抓把土？”“此法奏效。”“这不用您教我呀，自打我穿开裆裤的时候我就知道这几句，这在街面儿上变戏法儿的还得配个铜锣呢，‘当当当’一敲。”“是，你既然知道，我也就无须赘言了，您辛苦吧。”“哦哦哦，领教领教。”“擦白了之后可得谢谢我呀。”“那是，大恩没齿难忘啊。”

贺生端着这盆水，又到了这屋。“瑞云，开门来。”瑞云一听：今儿这是怎么了？“您同着朋友上家来，也不先说一声儿。”“他在那屋呢，没事儿，开门开门。”瑞云开开门，贺生端着铜盆进来了，往桌上一搁。瑞云一看，明白了。这是走远路跑回来的，要擦擦脸，烫烫脚。“我给您擦擦。”“你给我擦擦干吗？是我给你擦擦。”“我在家里待着，您给我擦什么呀？”“擦擦你这脸。”“嗯？我脸脏？我脸上不干净？”瑞云为什么这样？她不爱听这个。关起门来就是小两口逗，跟外人瑞云可不能逗，他们家里也见不着外人，脸黑的人就不愿意听这擦脸的事儿。所以这会儿贺生一说要给她擦脸，不乐意了。“你瞧，你这脸本来不白嘛。”“再说我可不理你了啊。”“别介别介，我碰上一朋友。”“那怎么了？”“这样这样这样……他就是当初施法把你的脸点黑了的那个人。”“哦，您碰上他又怎么样呢?”“解铃儿还得系铃儿人啊，这个人现在有药，已经搁在这盆水里，说只要用手巾蘸着水一擦，擦哪儿哪儿白，能把你的脸色儿还变成当初那样，能让你白了。”

说者无心，听者有意。贺生一言未落，再看瑞云，滴滴答答，二目垂泪。“君啊，你待怎讲?”“能让你的脸复旧如初。”“唉！提起此话，叫奴好不伤情啊。我白了又能怎么样呢?”瑞云一句话，贺生一听：人家和公子说得对，她不愿意再白了，黑着挺好。

同志们，蒲松龄写这部《聊斋》，高就高在这地方了：愣有貌美如花的女子愿意脸黑，不愿意脸白，我乐意黑着。现在一听能白了，倒不愿意了。写得深刻，也就在这地方。您琢磨琢磨瑞云这几年过的生活，这点儿委屈、这点儿苦，从来没哭过。说因为脸黑委屈，哇哇哭？没有。说因为从良，贺生真心相爱，自己感动哭？没有。可现在一听说脸能白了，哭了。我的这个命啊，现在我脸白了有什么好处啊？

瑞云也呆呆二目落泪，眼望贺生：“君啊，就是不白也罢。”“妻呀，你说的这不是气话吗？能白了咱们为什么不白呀？你思量原先，再想如今，咱们还能过过去那样的日子吗？现在你我夫妻鱼水和谐，咱们过的是多么好的日子啊。难得让我碰上和公子，人家当初为什么要让你脸黑？人家说了，‘晦其光而保其璞，留待怜才者之真赏耳’。你是一块无瑕的美玉，人家让你的脸变黑了，就是要把你留给我这样的怜才之人。现在来了，我得瞅瞅你的庐山真面目。您原先这白我就瞅过一回，这回再白了我天天瞅，夜夜瞅。我……我从现在开始，我就瞅你了。”“是啊？我觉着您还是干点儿别的吧。”“也干别的，也得瞅你。得嘞，你别费话了。走……”贺生上去就是一把。他也不敢使劲，怕不灵啊。贺生拿着手巾，“欻”的一下儿。真得说是“卤水点豆腐——一物降一物”，什么钥匙对什么锁，人家给的这个药水儿就是管用，就是灵。这一擦，行了，当时瑞云脸上这块黑应手而去，里头可就露出原先皮肤这色儿来了。您算算，女同志做面膜也就二十分钟，瑞云三年啊，这皮肤保养得，就这一小块儿，“唰唰”往外冒光。

一看灵，贺生可寸不住[①]了，这一大把，“噌噌噌”，瑞云直往后躲。“您轻着点儿，我自个儿来来吧。”瑞云接过这块手巾，“欻欻欻”，旁边贺生早把镜子拿过来了。“我的妻呀，你来看。”“呀……”瑞云低头一看，已然恢复旧日容颜。“君啊。”“妻呀……”“你我夫妻二人，如此才有出头之日。”“谁说不是啊。”“那位恩人他在哪里呀？”“就在那屋，我带着你去呀？”“好啊。”

夫妻两个人打开门，“噔噔噔”，到这屋了。再看屋里，没人，这位和公子踪迹不见。夫妻二人在房前屋后一找，到院门这儿一看，院门自里边还上着呢，可和公子这个人就找不着了。两个人无奈，只得跪在自家院子里望空而拜，多谢这位和公子。

《聊斋》志目一段《瑞云》，说到此处告一段落。

①寸不住：北京土语，忍不住，等不起。

张诚

第一回

今天《聊斋志异》开一部新书。

说的是“豫人张氏者，其先齐人”。其先，就是原来的时候。豫人，哪个豫呢？河南，河南简称豫。河南人张氏，要按咱们说书就叫张河南。为什么呢？他没有名字。原先是齐人，齐是山东。您可听明白了，现在叫山东，但过去齐国跟鲁国是分着的，可现在要说山东那是齐鲁大地。为什么说齐鲁大地，不说鲁齐大地呢？这就因为当年齐国的势大，鲁国的势小。春秋五霸强出了一个齐桓公，所以齐国势大，而鲁国一直就是个小国。这两个国家的疆土基本都在而今山东境内，所以现在管山东就叫齐鲁大地。那这个人到底是哪儿的人呢？山东东昌府人。这地方您要听过《隋唐》就熟了，程咬金就是东昌府的人。您要常听《聊斋》，这地方就更熟了，因为《聊斋》这部书中所写大半都是山东境内的事情，离不开山东，有好几段故事都发生在东昌府。

这个豫人张氏，河南人张某，他有没有名字呢？有。那有名字为什么不说？这也是一个伏笔，这个人的名姓得到后文书才能给您交代，这又是蒲松龄的一个创新。蒲松龄在一篇文章开篇头两句话往往是最主要的，开宗明义，姓什么叫什么，住哪儿，这个人什么性格，要给这篇文章定个调子。那我们讲故事得讲人物的性格，我塑造人物都是按照蒲松龄原文头两句给他定的调子来塑造。他说他是什么人，我就塑造他是什么人。这回来了一个“迷魂掌”，糊里糊涂，就说“豫人张氏者，其先齐人”。那位说你怎么知道他是东昌府的人呢？其实是后边说的，包括他姓什么叫什么，都在后边呢，到最后都得说清楚。可这里又有问题了，就是说他本来是山东东昌人，怎么又跑到河南去了呢？而且就算你到河南去住，也得说你是山东人，为什么要写豫人张氏呢？底下就来故事了，咱们这段故事就打张氏身上说起。

皆因为他生不逢时，生在明末，正是动荡时期。山东这个地方，三面儿的势力天天在这儿打仗。哪三面儿？一面儿来自李闯，闯王造反。一面儿来自东边，日本，当年可不叫日本，就是倭寇，经常骚扰沿海地带，也就是辽宁、山东，再往南，江苏、浙江、福建，这一溜遭到的侵害最多。还有第三面儿就是来自于东北的皇太极，大清。明末宦官专权，这您都知道，国力软弱，甭说三面儿，一面儿都打不了。就是一个李闯王，势如破竹，摧枯拉朽相仿，就打破北京城，愣挤兑得皇上在煤山上吊了，大明朝就亡国了。这就给了清人一个空子。也搭着吴三桂借着复明的缘由去请清兵，其实是假公济私，皆因为李闯王的大将刘宗勉把他的媳妇[①]霸占了，把陈圆圆霸占了，所以吴三桂生气。你不是造反吗？你不是打大明朝吗？你看看有没有横的来管你。就为了陈圆圆，吴三桂冲冠一怒为红颜，多尔衮带二十万清兵进关，确实厉害，把李闯又灭了。但吴三桂请神容易送神难，说："我们这儿的事儿完了，谢谢您大哥，您走吧。""我别走啊，你们这儿不好管理，我来来吧。"这下儿吴三桂傻了。吴三桂是请清兵入关的人，却为清兵所猜忌。就是说你这人今儿大明，明儿大顺，后儿又大清，本身就反复无常，根本不能让你在京畿之地待着，远远儿搁到云南去，要不怎么后来三藩乱了呢，愣把吴三桂搁在西南边陲。您说吴三桂这反造得，可受了罪了。

---

①陈圆圆是吴三桂的情人，并不是他的妻子，此处说媳妇是约定俗成。

咱们重点不提明末清初的这段历史，就说那会儿的老百姓，所以山东这个地方不说天天打仗，可也差不多。蒲松龄也是这会儿生人，对这一时期的历史知道得最为详尽，但不敢明写，他对清人是有仇恨的，像《夜叉国》等等一些回目，矛头直指清廷，所以《聊斋》一度被视为禁书，绝对是封杀的。蒲松龄的成名也因为这个起来的，就是往往越封杀，老百姓越好奇，本来都不知道《聊斋志异》。“你看过《聊斋志异》吗？哪儿能帮着淘换一套？”“什么《聊斋志异》？不知道啊。”“这是禁书。”哎哟，一听是禁书……错不了。托人弄戗[①]，底下这小手抄本儿，一传十，十传百，蒲松龄倒火了。实际《聊斋志异》的成名也是这么一个过程，一开始是地下刊物，也正因为如此，所以现在《聊斋志异》的版本文字不尽相同。一个是当年印刷技术也不过关；另一个就是在手抄的过程中有些字抄得比较潦草，写错了的，丢字落字是经常的。现在我们通读的就是上海古籍出版社出版的“三会本”[②]，比较权威。

蒲松龄对清廷这么恨，这段也是。开篇就写了，当时天下大乱，山东东昌府的张氏在家里待不下去了。为什么？当兵的所过之处，除了吃你的、喝你的、拿你的，最主要的还要抢你。抢你干吗？征人啊。部队里也不单单打仗征人，很多活儿也得抓人，男女都抓。所以老百姓饱受涂炭。而且一打仗，也没法儿种地了，一个是壮劳力都抓走了，家里净剩下老弱妇残；再一个是眼看快到麦收了，几方面儿的势力都盯着呢，山东也是种粮大省，都算计着麦子熟了好抢啊。大伙儿都要争着在麦熟前把粮食抢了，时间越提越前，甚至出现了这样的笑话，麦子还没熟他就给抢了。

---

①托人弄戗：北京土语，为达到某种目的千方百计找关系，托人情，走门路。弄，音能，读四声。

②“三会本”：指上海古籍出版社出版张友鹤辑校《聊斋志异（会校会注会评本）》。

我记着给您说过一个小段，就是《瓜异》。蒲松龄自己会种菜，一个嫁接的黄瓜长出小西瓜来了，为什么他特地用几十字篇幅去描述，还在《聊斋》四百多篇中单成一篇，他竟然当新闻来说呢？今天答复大家，这是讽刺，因为已经开始胡来了。

这个人不等粮食不等菜长好了就开始抢，那种地的老百姓不懂别的呀，他知道这东西没熟，你得等熟了。纵然我种完归您了，您把它抢走，那也得等它熟了呀，这么着不是糟践东西么？老百姓想跟他们讲理，那可没理可讲。闯王的兵哪儿的都有，干吗的都有。您要看史书，扣以“闯贼”，也就是说他手下这些人跟土匪差不多，要不然一进北京，公然住在宫里，公然霸占陈圆圆，实行烧杀政策，您就琢磨琢磨这些人的素质怎么样吧。他们不说理，清人就更不说理了，对汉人绝对实行“三光”政策，要不然也就没有扬州十日、嘉定三屠这样的惨案发生了。老百姓不让摘？宰！成村儿成村儿屠人，蒲松龄幼小时是亲身经历的。所以张氏实际是当时那个年代大半山东百姓的缩影，活不了，战争太残酷。

但张氏家里还能维计，因为他还有点儿积蓄。他老婆赶上这么一档子事情，要说是好事儿也是好事儿，要说是不好的事儿也是不好的事儿——怀孕了。按说当然是喜事，尤其中国人，封建时代的农民，对于香火传续、添丁进口是最看重的，这可是大事儿。

婚丧嫁娶生孩子，是中国人心目中头等大事，到今天结婚变了，白事变了，生孩子还是没变。为什么？您看结婚现在越变越简单，理儿也不讲了。说俩人不办事儿，外边一旅游，或者秘密一领证，见着人说我们是两口子就完了。还有连证都不领的，不新鲜，因为省得离婚，就觉着反正长不了，省得打仗。那白事呢？更简单了，实行火化，也不存在埋这事儿了，除了一些少数民族，比如说回族还有这样的习俗，国家有政策，可以埋在坟地里，汉民基本都是火葬，然后把骨灰寄存起来，有的人想得更开，连骨灰都不要了，这在过去可不行。但生孩子可比过去更重要了。为什么？都是独生子，也就是说两家儿一单传。有不要孩子的，说我“丁克”了，那单说。只要要孩子的，反而对孩子更重视了。

但在动乱年代，孩子生下来就受罪，活得了活不了啊？更有一定的可能就是还没等孩子生下来，他爹妈就保全不住他。所以张氏的老婆一怀孕，张氏紧张了，原先仗着还有点儿积蓄，藏好了，但凡能不背井离乡，谁愿意走啊？

您常听我说这句话：“人离乡贱，物离乡贵。”背井离乡的滋味儿特别难受。我走到北京大马路上，哪个饭馆，我干什么，就连我上厕所都有人跟我打招呼。可是甭远了，您把我往外埠一带，走马路上没人认识我，当时就能感觉到有失落感。甚至于说在国外，我出国要是碰上一个北京来的，一打招呼：“哎，这不是那谁谁谁吗？”嗬，马上心里就觉着……你瞧这意思，虚荣心就会得到极大的满足。这还算是好事儿。要是背井离乡逃难，老婆又怀着孕，得多难啊。

现在眼睁睁家园不保，家里好在没什么人了，张氏这才把攒下来的积蓄拿出来，跟老婆商量好了，所幸趁着现在还没显怀，刚刚两三个月，你还能走，咱们快走。北兵已然下来了，清兵入关是自北而南，也就是说越往南走，越往中原走越安全。张氏也不知道应该奔哪儿去，但他做过小买卖，原文写“张常客豫”，这个客不是做客的意思，而是买卖客商的意思，过去管买卖人就叫老客儿。所以张氏跑买卖常走河南，山东跟河南又临界，咱们先由山东进河南再说。要是河南再不稳，咱们就再往西南方向走。

您看，抗日战争时期日本侵略中国，大后方最后就是西南，就是重庆。您看清兵来的时候，大后方也是西南，那个地方轻易进不去。李白都说了：“蜀道难，难于上青天。”就算你船坚炮利，有多少人马，进不了川，道路不通。西南四川盆地又是富庶之所在，本身出产很多，所以中原人大批往那儿逃。在明朝乃至历朝历代动乱年代，可以说都往那儿跑。所以先到河南再说。

但从现在开始您可记着，张氏之妻身怀有孕，已然两三个月了，在后文书这是很重要的一个环节。同时我要跟您说，就是蒲松龄这支笔的厉害，他对清廷的恨就在体现在这地方。怎么样他能报仇雪恨，出胸中这口恶气？最后他要对清廷这些当官儿的进行侮辱，就在张氏之妻怀孕这件事儿上。您往后听就知道了。

简单收拾收拾家里值钱的东西，还要有一些伪装，把一些破烂儿的东西也装到车上，车上铺着数床棉被，垫得又厚又暄。大车拴扎好了，也不敢跟人家说，趁着夜色摇鞭儿赶车，一挂大车拉着媳妇可就顺家里出来了。一路之上这一看，遍地饿殍，已然十室九空，赤地千里了。人烟罕见，到处看的都是残垣断壁，都是战后的荒凉。张氏越走心越寒，越走心越寒。

就在山东、河南两交界的地方，张氏正往前行，一看：敢情逃难的人多了，都成了队了。为什么一下儿看见这么些人呢？到了黄河口了。大伙儿都争着过黄河，过黄河以后就能相对安全点儿了。那这个地方有没有当兵的把守呢？本来应该有，但现在大明朝的兵都已经望风而逃了，老百姓也是疯了一样抢时间。过去渡口跟现在不一样，现在有黄河大桥，那过黄河多快呀，过去不成，就得靠摆渡，没有桥，最窄的地方也架不起桥来。而且渡口又没人管了，这船可就了不得了，再加上有发国难财的，船家不打过河钱，本来不能渡人的小船都超载，为了挣钱啊，大骡子、大马也敢上船。真有赶上水湍浪急之所在，连人带船都扣了的，那就是死无葬身之地了。可就算这样，老百姓要能得着一条小船，哪怕扒着船帮，都愿意跟着一块儿走。所以越往前走，队伍行进的速度越缓慢，人也越来越多。

张氏心里起急，老婆怀着孕，跟着也着急。他还得顾着媳妇，还得赶着车。而且穷人越来越多，好多都是乞丐，饿得俩眼发蓝啊。虽然他这辆大车经过伪装，但那些破桌子、破板凳也有人要呀，再一看车上好几床棉被，扽你一床棉被也是好的呀。所以大伙儿围着这辆大车转，打坏主意的人也不少。张氏也瞧出来了，但没办法，只能跟着人群走吧。到最后，干脆走不动了。怎么？头里全叉[①]严了，就听人声鼎沸，乱乱哄哄，也不知头里到底有什么事，反正车跟人全叉住了。也有喊的，也有叫的；也有哭的，也有闹的。

正在纷乱之际，也不知道谁来了这么一嗓子："快跑哇……清兵来啦……"这一下儿，人群就炸了窝了，往哪边跑的都有啊。张氏抱着车鞭儿上大车，站在车上就高了一块，扒着行李垛扬脖子一看："哎哟，妈耶！"远处尘沙荡漾，土雨翻飞。原文写"北兵至"，来了一支铁骑。这清兵是步兵少，骑兵多，机动部队战斗力也强。其实这支清兵没多少人，二三百人，那四周围都是徒手老百姓啊，离老远就看见好多人被枪挑的、刀砍的，已然死一片了。这会儿的老百姓谁能组织起来打呀？说大伙儿合起来反抗，谁敢啊？纷纷作鸟兽散。这支铁骑清兵如入无人之境，大杀大砍，逢人就扎，遇人就剁。也不知道这是一支什么队伍，也不知道奉的是什么命令。张氏一瞧：跑吧。大车掉头是掉不了了，就算掉过来也不可能比骑兵跑得快呀。张氏顺车上把媳妇捆起来。说车上还有好些东西呢，那也就顾不了了。拉车的牲口还惊了，头里一闹，牲口一乱，带着大车一动，好在张氏刚把媳妇抱起来，"咣当"，大车就翻了。车辕上还驾着牲口

① 叉：北京土语，一指因交错、穿插而相互牵制，堵塞；一指相互斗殴。此处是前一种意思。叉，读二声。亦作碴。

呢，牲口也跑不了啊，四腿儿蹬空，也摘不下来。

老百姓一乱一跑，张氏背起媳妇就要跑，那哪儿跑得动啊，清兵由打后头就追上来了。也不知道哪位拿起手里的马鞭儿，照着张氏的脑袋，“啪”，“扑通”，媳妇也撒手了，张氏也趴下了，俩手一捂脑袋，得顾命儿啊。当兵的也不是专为宰他，那是逢人就打，遇人就杀，一看把他打趴下了，也不管死活，又奔那个去了。可张氏的老婆一看丈夫趴下了，赶紧爬起来，还真没摔坏，一边喊，一边往这边跑，想跟丈夫会合一处。

这二三百兵有个带队的，这位官长打马往前冲，猛然间一抬头：“嗯？”一瞧头里全趴着，有个妇人站起来往那边跑，扎煞[①]着手儿。那位说，她这几步不就跑过去了吗？他摔躺下，他媳妇由他身上轱辘出去，能摔多远啊？那也不成。为什么？过去女的都是小脚儿，跑不快。这位官长没看见别人，就瞧见张氏他媳妇了。说这大忙忙的百忙当中，他一瞧，张氏他媳妇还是颇有几分姿色。他要想抢个女人，如同家常便饭一样，习以为常。在今天逃难的这些女子当中，您还别说，张氏他媳妇就算头脚整齐，容颜较比好。这位连马都没下，把军刃交在左手，还真有功夫，镫里藏身，到了张氏他媳妇跟前儿，一下腰，这只手一抄，可就把张氏之妻抄到胳膊弯儿里，借着马劲儿，快呀，往起一带，就势往马鞍韂上一按，一催马，“啊呀呀呀呀呀”，下去了，跑了。

赶老张由打地上爬起来，往四外一看，没瞧见媳妇。媳妇呢？没了。嘴里喊着媳妇的名字，也不敢站起来，站起来就给宰了，只能蹲在地上喊。您琢磨琢磨，他媳妇顺他身上扔出去，他一抱脑袋

①扎煞：北京土语，一指手、胳膊等伸张开；一指直竖，挺立。此处是前一种意思。煞，读轻声。亦作挓挲。

这么个工夫，媳妇人就没了，也没看明白。其实他没看见，是那位官长骑着马掳走了。那么些匹马，他能知道是哪个呀？这队兵敢情来得快，去得也快，一阵旋风一样，“呼啦”一下儿过去了，留下死伤一地。老百姓渐渐安顿下来，死了的人就管不了了，哭声一片，血流满地。有那没伤着的，别人被宰了，看见人家的东西，偷人家点儿什么拿人家点儿什么，然后继续往前走的。这地方就是爹死娘嫁人，各人顾各人。老张爬起来一瞧，大车也翻了，牲口别看没死，自己要想把大车搁起来卸牲口，根本没有这个力量，媳妇也没了，自己车上都有什么东西他知道啊，把最值钱的那个包袱拿出来，里边有金银细软，在手中一抱，围着大车转悠了好几圈儿也找不着媳妇。老张抬头再一看，人又渐渐往一个方向走，没办法，含着眼泪低着头，跟着往前走，媳妇就算丢了。

这回倒省事了，媳妇丢了，就剩他一人了，一人吃饱，全家不饿呀。包袱就在自己怀里抱着，别人也甭惦记了，也拿不走了。赶真到小船上，那才叫同舟共济。大伙儿知道彼此都是山东老乡，互相之间总得有个帮衬啊，你有多少钱也架不住没人卖你东西，有带着干粮的，这个掰给他一块饼子，那个掰给他一块馍馍，对对付付总算到河南了，河南还真是相对太平点儿。自己当初做买卖的那些关系户还都在，赶找着相熟的朋友安顿下来，老张是大病一场。这场惊吓可不比一般的惊吓，每每思想起妻儿，虽然还没生下来，那甭管男女也都是自己的骨血，老张是一个劲儿掉眼泪。人家问他：“你媳妇哪儿去啦？”这怎么说啊，也寒碜啊。原文写“妻为北兵掠去”，被清兵抢走了。跟人家一说，人家很安慰他。“那你打算怎么样呢？是在河南安顿下来，还是回老家呀？”“家暂时回不去呀。”河南这儿相对太平些，清兵没拐弯儿，由打山东直接奔江苏、浙江了，没往河南这边来。

您要知道，清初的时候重灾区就是江苏、浙江，因为南人的反抗比北人还厉害。从明朝中后叶开始，北人就经常跟清兵打交道，因为清兵时常入关，入关之后抢完就走，所以北人受到这种掳掠已然习以为常了。也就是说，从辽宁进了山海关，首当其冲北直隶和山东这两省，对于清兵的这种暴虐已然麻木了。但南方人没受过这个，而且想倚仗长江天险，当时组织起来对抗清兵，展开最顽强的斗争。清兵统一北方几省的时候，势如破竹，到南方受到阻力了。所以清兵到南方所实行的强压政策，比北方还要加倍。这也是从努尔哈赤、多尔衮到顺治这几朝，一直到后来康雍乾所灌输的，知道南方人比北方人还厉害。怎么办？向南方人学习，笼络汉人。从顺治朝开始实行怀柔，汉人好，我们向汉人学习。我们入关是帮明朝的忙，所以明陵我们不动。历史上哪有不扒前朝坟墓的？来了以后首先不干别的，都要把前朝所有遗毒排除掉，一点儿都不能剩。唯独清朝，派清兵保护明陵，明陵一草一木动了，都归为偷坟掘墓，太祖章皇帝有明文示下，何况您把人家的殿座儿拆了修乾清宫了，您琢磨琢磨，这叫什么？这叫有违祖训，知法犯法，罪加三等。乾隆一琢磨："那你把我剐了得了。"①说白了就是开始哄，用汉人当官，可以入阁拜相。您可听明白了，"满不点元，汉不统兵"，直到曾国藩时代这种局面才被扭转，汉人文人开始带兵打仗了，也是南方人，湘军，湖南兵。后来各位北洋大佬几乎都出自曾氏门下，那是后文书。

您琢磨琢磨，清初那会儿，虽然河南这个地方离山东、直隶这么近，但受到的涂炭相对于山东、江苏等地来说，可以说很便宜了，

①这是单口相声《君臣斗》的台词，非常经典，耳熟能详。放在这里，不过是现场的一个"包袱儿"。

相对少多了。但即便这样，河南的气氛也很紧张，也知道国破家亡了，老百姓人心惶惶，买卖也不正经做了。老张家也回不去，只能就在河南住了。安顿倒是安顿下来了，花着这点儿积蓄，自己一人也好办，朋友们也都周济帮忙，朋友家里也有房，也甭给钱，就住着吧。但老张想念妻儿，得出去找。朋友倒是说了："不妨事，对机会再给你说一个，说完之后……这个，重新再给你组建一个家庭，以后你在河南住就行了。等到太平了，你愿意再回山东也可以。"老张说："不。"老张还挺忠于爱情。"我得找媳妇去。"

一开始是托人找，把自己媳妇原籍是哪儿，娘家姓什么，家里都有什么人，自己什么情况，都跟人家说了。"要看见有这个怀孕大肚子的妇女，您帮着多问一声儿。"那上哪儿找去？大海捞针一样。有从北边来的，再或者由打南边往北边去的，本身往来交通就不便，几个月也不见得能打一趟来回，哪儿还有工夫给您找人呢？所以托了很多人都未果。最后老张一咬牙一狠心，亲自找去，多带干粮少带钱，带钱也得让人抢了去。身上净藏饼子，渴了就地儿找个水坑就喝水，也不怕闹肚子，形同乞丐。几次由河南动身往北找，有一次都快走到山海关了，都过了广平府了，就是现在的秦皇岛还往北边去，都没找着，跟人家打听也打听不出来，这日子可就多了。

书中代言，老张找了多长时间？找了十多年，实在是找不着了，老张岁数也大了。多大了？快四十了。当初顺山东老家走的时候才二十多岁，找了十多年的媳妇，过去了十大几年。大伙儿一瞧："老张，别找了，干脆给你再说个媳妇吧。"

在朋友的鼓动下，给老张又说了一房媳妇，转过年来生了一个男孩儿，起个名字叫讷，木讷的讷。说家大人怎么给孩子起这么个名字啊？这是好名字，老实啊。张氏多本分，他是经过涂炭的人啊，低调吧，老老实实的吧。木讷，讷点儿好，省得出去惹祸去。这孩子长到三四岁上，这老张也是苦命人，这个老婆又死了，张讷他妈得了一场暴病，一病不起，最后身亡。嗬，可把老张腻歪坏了。怎么？我这命怎么那么苦啊。头一个媳妇怀着孕可能让清兵抢走了，我苦苦找了十多年都没找着，要依着我，这辈子也就鳏居了，大伙儿都让我想开点儿，可是又有家了，我剩下这点儿积蓄也花得差不多了。我刚说要跟大伙儿一块儿做点儿买卖挣点儿钱，把之前那碴儿揭过去了，这老婆又死了，给我留下这么一个儿子，才三四岁，你说让我一个人可怎么往开处想？

老张天天喝闷酒儿，那三四岁的小孩儿刚学会说话，要吃要喝要拉要撒，他一个人哪儿摆弄得了啊？还寄居在朋友家呢。朋友一瞧，老张还真难。“我说老张，孩子我们帮你带些日子行，嫂子、弟妹都能帮你带，可你自己这家不成家不成啊，再续娶一位得了。”“我呀？我别介了。人家都说女的克夫，我大概是克妻，我这人命不好，讨一个死一个，够瞧的了。这孩子我瞧也不是个好命儿，多苦啊，有家回不了。您说以后要是我死了，他还以为他就是河南人呢，实际不是，我们是山东东昌人。我再娶还不一定怎么样呢，大伙儿的好意我心领了，我谢谢大伙儿，算了吧。”大伙儿一瞧，丢妻丧偶，老张一人全赶上了，这心气儿且顺不过来呢。“那行，先不忙，有合适的我们先帮你张罗着。”

老张自己漫答应着，可爷儿俩得活呀，也得奔嚼谷儿啊。朋友帮着凑了点儿本钱，自己也把剩下的一点儿积蓄都拿出来，做一份儿小买卖。河南这儿哪儿有你的地呀？哎，两条腿走路吧，做小买卖连着两档子还算顺手，刨去本儿还完账，还有点儿结余。他一瞧，二亩地也得先买下，先买二亩地就饿不死。老张买了二亩地，自己可种不了，他还带着一孩子呢；雇人种吧，又不上算；看着地荒着，又难受。大伙儿一瞧：“你说你这日子算是怎么过的呀？干脆还真有这么一家儿，也不是很富裕，人家也不挑您这岁数。”您琢磨琢磨，四十多岁的人在那会儿就是老头儿了。“人家就乐意跟您，您也就别挑了，这女的娘家姓牛。这个牛氏我们已经替您说好了，也找人看过八字儿了，倒是很能干，五大三粗的，反正过了门儿就能帮您过日子，最起码看家没问题。”老张一听：“我还娶呀？那你们都说好了？”“都说好了，你只要同意，马上就过门儿。”“那还相看相看吗？”“您要是愿意，就相看相看呀。”“好，那就看看吧。”

老张跟牛氏一见面，还真不错，别看牛氏岁数不大，长得五大三粗的，也不嫌老张岁数大，人家娘家也乐意，彩礼钱要的也不多。老张一瞧：孩子五岁了，就为这孩子，要不然自己这个家不像话呀，自己出去做买卖也不放心啊。得了，又续娶一房。牛氏过门儿，三口之家，这可就择兑[①]开了。孩子交给媳妇，老张自己到外边能接着做买卖去，地也有人种了，两口子带着个孩子，生活也不算有什么负担。大伙儿一瞧，这算是安顿下来了。老张的心情也渐开朗，小日子也渐缓，张讷也是白白胖胖的，很不错。

赶再转过年来，牛氏怀孕了，孩子还没生呢，牛氏瞅着张讷就开始有点儿不顺眼了。头年过门儿的时候还不显，因为她自己没孩子，现在她有孩子了，甭管是男女，她瞅着这个前房的就有点儿不老顺序[②]的。按说五岁的小孩儿干不了什么，她就开始让孩子买东到西，支使这孩子。有的活儿他干不了，愣让他去。说老张瞧见没有？瞧见了。老张想的是什么？就得这样，严母慈父，教子有方，管孩子本来就是女人的事儿，她管我就不管。再说了，张讷这孩子命不好，从小亲妈就没了，穷人的孩子早当家嘛。我们家虽然说没

①择兑：北京土语，有秩序，有办法。择，音宅。兑，读轻声。
②不老顺序：北京土语，不顺眼，别扭。序，读轻声。

穷到底儿掉[①]，在山东也是有房子有地，现在抛家舍业为避战乱跑到这儿来，就是白手起家，孩子多干点儿就多干点儿吧。老张就没往心里去。

在张讷六岁的时候，牛氏生了，还真争气，也生了个小子。这回老张心里痛快了，没想到这个老婆落住了，而且一大一小俩儿子，虽然不是一窝儿的，但这俩孩子都随爸爸，打小瞧着就随我。当初生张讷的时候没那么兴奋，这回牛氏一生二的，老张还是真高兴，很拿出几个钱来约帮忙的这些朋友，大办满月，摆了几桌席。大伙儿也都替老张高兴。除了随份子，到满月酒这天，大伙儿拉着老张这么一吃一喝，净说恭维话儿。“行了，张哥。”也有叫兄弟的。“您这岁数，四十好几了，这就算圆满。您琢磨琢磨二十年前您受的那罪，谁比得了啊。”“得了，我知足。”大伙儿都问：“老张，您这孩子叫什么呀?”“我给这孩子起个名儿啊……得了，就叫张诚吧。”老大张讷，言字旁一个内；老二张诚，言字旁一个成。一个木讷，一个诚实。讷诚，本身就有这词儿，这也是老张做人厚道本分的一面儿。但他可没想到，牛氏自从有了自己的孩子，跟原先可大不一样了，越看张讷越别扭。这牛氏一个农村人儿、农村媳妇，蛇蝎之心。

古时的故事里，继母娘虐待前房子，比比皆是，最著名的就是闵子骞单衣顺母。要不怎么“二十四孝”里，现在能讲的故事并不多。您要让我讲“二十四孝”，我不能讲王祥卧冰求鲤。妈妈要喝鲤鱼汤，大冬天儿在冰面儿上趴着，违反科学。哪个孩子真听我说完书，奔陶然亭、龙潭湖[②]了，冰面儿上一趴，这出了危险算谁的？过去愣拿这个教育人，这本身就不可能。用体温把河面上的冰焐化了，

①底儿掉：北方方言，达到极点，彻底，详尽。

②陶然亭、龙潭湖：北京地名，都有水，冬天有冰面。现在都是北京的公园。

然后鲤鱼自己顺冰窟窿里往外蹦，就算说这人孝，也不能这样。还有孝感动天，孟宗哭竹。爸爸要吃笋，多损啊，三九天儿大雪地儿要吃笋，孟宗是个孝子，上竹林子里，那竹子连叶儿都没有，一棵棵枯竹。您想，竹林里风一吹，那竹涛在古人的诗词中是一种享受。学国画先得写竹，没有说画竹的，都说写竹，就跟写中国字一样写这个竹子。竹林这么好的地方，说的都是春夏季儿，秋天还勉勉强强，冬天就是一根儿根儿单摆浮搁着，没有笋。小孩儿冻得手都皴了，都是大口子，一棵棵竹子底下刨。哪儿有笋啊？没办法，坐这儿哭。"我爸爸要吃笋……"①"啪"的一下儿，眼泪掉地上了，掉竹子根儿上了。"小种子，快发芽，长绿叶儿呀开红花。"②跟人参娃娃似的，眼睁睁，好嘛，长出来了。"欻欻欻"，一会儿笋出来了，冬笋。说是这么讲吗？我要是说长出嫩笋，这玩意儿不是胡天儿③么？也没带刨笋的工具，就是拿手挖，挖得几个手指头都是血，把笋拿回家去给爸爸。我要是讲"二十四孝"，尤其到学校，这故事我都不能讲。我也就是在这儿给您各位讲行，就算让孩子孝也不能这么孝。

我现在讲，讲什么呀？老莱子斑衣娱亲，这个行。老莱子都七八十了，老爹、老妈都还有，每天跟唱双簧似的，弄一小辫儿，穿着花衣裳，在爹妈面前学自己小时候，经常躺地上打滚儿，拿着拨浪鼓儿，"老爹、老妈，我要这个……"老头儿、老太太看着他可乐，"嘎嘎"一乐，多吃一碗饭。这个我觉得现在还可以歌颂，甭管人活多大也有爹妈，想要哄老头儿、老太太高兴，那就得无所不用其极，就是什么招儿都得用。所以说如果现在有斑衣娱亲，我觉着也不为过。

---

①这是相声大师马三立一段作品中的台词。

②这是动画片《人参娃娃》中的唱词。

③胡天儿：天津土语，没有根据的胡说。

那么两个人离婚了，重新建立家庭，前房子这孩子懂事，这个可以讲，因为这种社会情况现实是有的。就是闵子骞，孔圣人的徒弟，七十二贤人之一。爸爸闵德公员外续娶李氏，又生了两个孩子，闵华、闵全。李氏光让闵子骞干活儿还不算，到冬天儿给闵子骞的衣裳里蓄芦花、芦絮，就是一到春天儿刮的那东西。北京虽然没有芦絮，但有杨絮，有柳絮，您瞅见那个就行了。李氏愣往闵子骞的单衣裳里蓄这个，那能搪寒吗？看着倒也挺厚实。给闵华、闵全的棉衣里上的可全是好丝绵。闵德公不知道，带着大的跟二的出去赴宴，闵全还小，才怀抱儿[①]。正赶上下雪，围炉赏雪。有火跟饭盯着，闵子骞还没觉得凉。赶吃完出来，老爷子喝多了，就对大儿子说："我在车上忍会儿，子骞，你来赶会儿车吧。"闵子骞坐在车外头，摇着鞭儿，越走越僵，到最后马鞭儿都拿不住了，"吧唧"一下儿，马鞭儿掉地上了，人冻僵了，马不走了。老头儿在车里一瞧："怎么意思，车怎么不动了？"掀开车帘儿一瞧："你这孩子多奸，我让你赶会儿车怎么还睡着了？"哪儿睡着了？那是冻死过去了。老头儿顺车上一扒拉，"啪唧"，躺这儿了。老头儿你倒是瞧瞧啊，闵德公喝多了，醉眼乜斜，顺地上伸手把马鞭儿抄起来了。"你怎么意思？爸爸就是扒拉你一下儿，躺地上你还不起来了？""啪啪啪"，就是三鞭子，把衣裳抽破了，风一吹，芦絮满天。闵德公傻了，过去伸手一抄，好么，都冻僵了。他赶紧把闵子骞抱到车里，把自己的大衣脱下来给孩子盖上，跟闵华说："看着你哥哥，胡噜着。"闵德公把闵华的衣裳撕开一瞧，里边都是上等的丝绵，又厚又暄，这个气实在难以平复。

到了家里，闵德公把孩子抱到屋里，直接奔厨房砸生姜，然后

①怀抱儿：北京土语，指婴儿时期。

把可乐煮开了。那年头儿有吗？反正就是红糖水吧，红糖姜汁儿。闵华已经懂点儿事儿了，闵德公说："伺候你哥哥把这个喝下去发汗，大棉被给他焐好了。"自己拿着这件棉衣裳直奔上房屋。李氏还不知道呢，抱着最小的儿子闵权这儿正美呢，"风儿轻，月儿明……"①还唱呢。闵德公进来了。"把孩子撂炕上，仨孩子的棉衣裳是你做的吗?""是我做的呀。""里边蓄的什么呀?""嗯？蓄的棉花呀，不信您瞧。""我不瞧这个。""那您瞧闵华。""我也不看闵华，子骞的衣裳里你蓄的什么呀?""我……""这你就没有，一样的孩儿两样看，他也是儿子，这俩也是儿子。你让他干点儿活儿我没说过什么，你虐待他不成，冻死怎么办呢？似你这样的不贤之妇，我不要了!"写休书，决裂。"欻"，一纸休书往下一扔，李氏傻了，拣也不是，不拣也不是。拣起来，在过去妇女没有带走俩儿子的权利，恋子心切；不拣起来，看员外已经恼了，说什么都没用了。仗着自己有养子之功，我给你养了俩儿子，赌气坐这儿哭，那意思看你怎么下场，反正我也不走，休书我也不拣。

这时，门一开，闵子骞进来了，伸手把地上这张休书拿起来，"扑通"，往爸爸跟前儿一跪。"爹，您不能休我妈。母在一子单，母不在三子同寒。"同志们，十二岁的闵子骞，母在一子单，她在这儿是我一人受苦；母不在三子同寒，她不在这儿是我们哥儿仨一起受苦。您再娶不娶？您不娶，我带俩弟弟带不了，您又当爹又当妈，仨孩子也顾不过来，咱们这家不是个家；您再娶，倘若娶回来还像继母娘李氏一样，我受的那个罪俩兄弟还得从头儿再来一遍，不成。"望父亲大人收回成命。"愣把一纸休书顶在脑袋上，给闵德公跪着。闵德公转过身，咬着牙，当着李氏的面儿不能哭，浑身直哆嗦。

①这是歌曲《摇篮曲》中的唱词。

闵子骞一看，老爷子这是铁了心不要继母娘了，转过身儿来到李氏面前。同志们，听到“母在一子单，母不在三子同寒”，大伙儿就掉眼泪，但闵子骞底下说出来的这话更掉眼泪。“妈呀，您只当是为了我俩兄弟，过去给我爸爸下上一跪，求求他老人家，说两句好话，让我父亲收回成命。”李氏受感动，没想到我这样对待人家孩子，人家孩子确实这样对我。李氏把休书接过来，把闵子骞拉起来，让闵子骞坐在这儿，自己来到闵德公面前，往这儿一跪。大团圆，闵德公把休书扯碎，原谅了李氏，李氏也痛改前非，对待闵子骞也不那样了。同志们，我认为这个故事还是很有教育意义。

那么现在说的这段《聊斋》志目名叫《张诚》，张诚可就是闵华、闵权那么个角儿，张讷可就是闵子骞这么个角儿。自从有了张诚，牛氏对待张讷比李氏对待闵子骞还要狠毒。背着老张，原文上写对待张讷“奴畜之”，就如同对待畜牲一样奴役，使牛使马那样使唤张讷。可您别忘了，张讷才六岁，干的都不是六岁孩子能干的活儿，受苦啊。背着老张挨的那个打、挨的那个骂、受的那个气，可就扯了去了。人如其名，木讷，可不是傻，心里满明白。渐渐张讷长大了，小时候净听大人说我的命不好，自己还不理解，现在明白了，就是受罪来的。听说我有个大妈，据说让清兵抢跑了，我爸爸找了十多年，当时大妈已经怀孕了，也不知道生了孩子没有。后来亲妈过门儿，我爸爸已经四十了，生下了我，没想到亲妈在我三四岁上死了，我对生母模模糊糊有那么一点儿印象。三四岁的孩子不记事儿，对生母有点儿印象，但很模糊。后来我爸爸又娶了继母牛氏，到现在生下我这小弟弟之后，继母娘是这样虐待于我，我也只有忍耐。张讷跟爸爸一句话都没说过，老张倒是时常问一问：“怎么样，你母亲对你好吗？”“好。”张讷抢着干家里的活儿，可就算这样也换不来牛氏对他的一份爱心。

渐渐的，张诚也长大了，张诚五岁、张讷十一岁这一年，有件事情令张讷不能容忍了。怎么？就是李氏把张诚送到学房，这让张讷太难受了。正赶上这一年，老张的买卖还做得非常顺手，风生水起，说现在话，连着接了几单生意，需要自己在外边跑业务，家里的事情完全交给牛氏料理，经常是早出晚归，顾不上家里的事儿。要再赶上出差，到外边办业务，就许走个十天半个月的。那牛氏跟没跟他说送学房的事儿呢？说了。老张也知道，听了个大概其。“孩子五六岁了，该学认字了。以后改换门庭倒是不求识文断字，发财当官儿，日后只要会写字，会管账，长大之后不也是您的一个帮手吗？”“这话对。”“老大当初是因为咱们家境不好，又兵荒马乱的，所以没送学房。家里还多亏有这么一个孩子，别看才十一，当壮劳力使啊，家里的活儿还都指着老大呢，老二可别再耽误了。”“那行了，让他哥哥带着他，每天送到学房。”牛氏一看，老张同意了，她在背地里可有动作了。根本没跟张讷提，哪儿能让他送学房去啊？牛氏亲自把自己的儿子张诚送到私塾去跟人家念书。

张诚五岁，学龄前，跟着人家这些学生一学，还学不会什么，背书也背不明白，讲道理也不知道。学了个人手足刀尺，小猫三只四只，春天来了，大雁来了，一会儿排成一字儿，一会儿排成人字儿，就这个。张诚学了一脑袋糨子，半学期就回来了。“妈，我不去了。”“怎么不去了？”“我学不明白。”“那行，等来年再去吧，这下半学期咱们不上了。”你看，这二的不愿意学，大的还不给送。张讷生气，有心跟爸爸张嘴提：“我也想上学，我拉着弟弟一块儿去不就行了吗？”可是他不敢提，怕继母娘打自己骂自己，也知道就算提了也必然没有结果。小孩儿心重，又忍了。

可架不住好奇呀，每天散了学张诚一回来，他得看着弟弟呀，弟弟是他从小看大的。张讷背着继母娘就问：“你上学都学什么了？”

张诚小孩儿学舌还学不圆全。“一……一……我今天，学……”“你都学什么了？”“学……”这一字儿还没说明白呢，牛氏看见了，过来就打。“你问这干什么呀？你有那上学的造化吗？就凭你这脑袋，你爸爸给你起的这名字，你还想识文断字？日后怎么着，还想考个功名当官儿发财吗？你怎么想的？去，倒泔水去，喂猪去。”净给张讷派这活儿，什么脏、什么苦、什么累，就让他干什么。“告诉你，以后少跟你兄弟说话，你兄弟老跟你在一块儿，把你兄弟带得都成穷命了。再敢跟你兄弟说话，看我撕你的嘴。去，砍柴去。”每天张讷得上山里砍柴。“几点起我不管，把家里的活儿都干完你就走，中午饭在外边吃。”那你倒是给饭钱啊，那能给吗？最多让他带一块饼就不错了。“天黑之前必须回来，晚上家里还有好些活儿呢。我做饭之前你得回来生火，每天要是打不够一担干柴，看我撕你的皮。”

十二岁的孩子，轰到山里砍柴去？一根扁担，两挂绳子，腰掖一把钝板斧，跟着众位樵夫一进山，大伙儿看着掉眼泪呀，也有知道他们家这情况的。“小兄弟儿，你多大呀？”“十二了。”“啊？个子倒不矮，像十五六的。十二岁跟着进山砍柴？深一脚浅一脚且不说，山中多虎豹，家大人真狠啊，真狠得下心让这么点儿的孩子干这个？你们家一天能烧多少柴？让孩子一天得打一担柴，打不够数不让回家，还不管饭吃。”那位说，牛氏他们家一天烧得了那么些柴吗？烧不了。那湿柴砍回来就在院子里晾着晒着，晒成干柴还让张讷挑出去卖去，还赶集呢，卖回钱来全都没收。孩子每天那么大劳动量，你倒是管饱啊，一天两顿饭都不管。

要是老张在家，那没法子，到饭点儿得一块儿吃饭，张讷是长子，不能说不让大儿子吃饭啊。可吃饭的时候，张讷伸筷子，牛氏也伸筷子，弄得孩子都不敢夹菜，就是拿着饼拿着干粮干往下噎。为什么？一伸筷子，继母娘也伸筷子，眼睛老瞪着他，吓得张讷不敢动筷子。有时候老张看在眼里了："儿啊，你吃菜呀。""爸，我这两天闹口疮，我吃不下去。"还得遮着，还得替她说话儿。张讷这孩子罪可受大了。要是老张不在家，一天就一顿饭，娘儿俩吃完剩吗儿算吗儿，今儿要是做得富余点儿，张诚胃口不太好，剩多了，那算能管个半饱儿。您琢磨琢磨，张诚又白又胖，正吃的时候，每天也剩不下什么，有时候剩下来的东西愣折泔水桶，都不给张讷留着。孩子干完活儿回到家，一拉柜橱，空的。合着就是早上进山前给的那块饼子，盯一天。那没吃的怎么办呢？拿凉水找齐儿[①]呗，反正自己挑水去，先在井台儿上饮饱了才回家呢。

这孩子一天比一天瘦，一天比一天瘦。先开始小时候那几年，张讷底子还不错，白白胖胖挺漂亮；这几年过去，让牛氏摧残得不成人形。老张看在眼里，痛在心头，每每跟牛氏谈及，就问："老大这孩子怎么回事儿啊？""我也不知道这孩子怎么回事儿，干活儿也惜力，大概是有病，对机会我找个大夫瞧瞧吧。"大夫来了一瞧，倒是没什么病，人家不知道他们家里是这情况啊，就说让他多歇着，多注意身体，休养休养也就是了，哪儿知道孩子在家里亏嘴受虐待呀。

老张出去得越来越勤，又转过二年来，张诚到了七八岁上，又给他送入学房当中，这回看出张诚长大了。为什么？问一答十，求知欲跟他哥哥一样。他哥哥张讷去打柴，有的时候顺手，多半天儿就把柴禾打完了，借着看弟弟，挑着柴禾先不回家，到学房门口把柴禾一撂，有时候还多打出小半捆儿给先生，先生也知道张讷是张诚的亲哥哥。张讷有时就在这儿蹭听，听不懂，一句都听不懂，他从小没念过书，不识字啊。但他羡慕，一看兄弟穿得干干净净、整

①找齐儿：北京土语，弥补不足。

整齐齐，小书包背着，家里还给钉个小课桌，小课桌在学房里搁着，先生这儿有滑石笔，经常给他们写字；父母也给兄弟预备了小砚台、毛笔，现在就已经开始学写字了。张诚也用功，也知道哥哥对自己好，在家里是哥哥从小把自己看大的，可怎么爹妈就不让他上学呢？

这一天，张诚来到学房，先生说给他上书。上的什么书呢？《三字经》，这叫幼学童蒙。头里那些句，“人之初，性本善。性相近，习相远。苟不教，性乃迁。教之道，贵以专。昔孟母，择邻处。子不学，断机杼。窦燕山，有义方。教五子，名俱扬……”都念过去了。念来念去念到今天，上几趟儿呢？上五趟儿。“父子恩，夫妇从。”三从四德，过去古人从小孩儿开始就灌输这个思想。底下说的是什么呢？“兄则友，弟则恭。长幼序，友与朋。君则敬，臣则忠。此十义，人所同。”这五句必然连着教。说的是什么呢？人的五伦，君臣、父子、兄弟、夫妻、朋友，这都算上。要讲天地人伦的时候，每一对儿，比如夫妇是一男一女，父子是一父一子，或者父女都算上，一兄一弟……这样，五伦变为十义。就是说只要是人，就得这样，不能逃出这个去。背好背，小孩儿脑子多聪明，一会儿的工夫就背下来了。但讲怎么讲啊？先生要给他说。

张诚不等先生说，他自己问：“先生，什么叫‘兄则友’？”“你哥哥对待你要像朋友一样，自己的兄弟，有打骂，有拍脑袋送[①]的权力。长兄如父。你爸爸在，他是你爸爸；你爸爸不在，你哥哥就是你爸爸。他在一个家庭中是起到决定性作用的，那么叫做‘国有大臣，家有长子’。当哥哥的有这样的权威，但不能欺负弟弟，对弟弟

①拍脑袋送：北京土语。本来这句话叫送忤逆不孝，父亲可以到衙门告儿子不孝顺，是忤逆子。如果是自己用石头把脑袋拍破了，到衙门告状，也会判当儿子的罪，不算诬告。长兄如父，也有这样的权力。

要像对朋友那样和蔼，交朋友，弟弟不懂哥哥告诉他。”“哦？”张诚岁数小，但是很聪明，尤其学龄前又上过半年学，他的基础就比同龄七八岁的孩子要好。先生给他一讲，暗含着他一揣摩：哥哥张讷比自己大六岁，对自己可就不单单是对朋友那样了。

张诚跟先生可就说了：“我哥哥对我可好了，我哥哥张讷每天进山砍柴支应着我们全家，全家的活儿都是我哥哥干。”“哟！”先生一听：这孩子懂事啊，一般的孩子说不出这样的话来。“那你哥哥每天都干些什么呀？”“每天都得干家里的活儿啊，挑水、劈柴、拢火、做早饭，伺候我父母起床，伺候我起床。我们爷儿几个都吃完了，我爸爸出去跑买卖，我妈妈在家归置屋子，我上学来，我哥哥掖着板斧就进山砍柴去了。”“哦，你哥哥比你大几岁呀？”“我哥哥比我大六岁。”“你八岁，你哥哥十四，十四岁就进山砍柴吗？”“那可不，我哥哥十二的时候就进山砍柴了。”“你父母舍得呀？”“我爸不管，都是我妈的主意。”“哦，那你们是一奶同胞吗？”“不是。我头里有俩妈，丢了一个，死了一个。”“那你哥哥的妈妈是丢的那个，还是死的那个？”“他是我死了的那个妈生的。”先生听完，可就不能再问了，八岁的孩子没瞎话。先生饱读诗书，一听就明白了，他们哥儿俩不是一窝儿，那么他母亲必然对他哥哥张讷不好。

打这儿说，先生知道他们哥儿俩是这样的情况了，底下再讲就要讲得深点儿了。“张诚，你知道下句这个‘弟则恭’吗？”“我不知道，先生您给我说说吧。”“你对哥哥就要像对待父亲、母亲那样恭敬。头里不是跟你说了么，‘父子恩，夫妇从’，你爸爸对你是负有责任的，同时你对你爸爸是有义务的。”因为在《三字经》开篇和讲到这五句之前还有，什么“养不教，父之过。教不严，师之惰”，这些先生都给张诚讲过，那么孩子朦朦胧胧把这些句全串一块儿，这点事儿可就懂了。“你要记住，你哥哥今天对你这么好，你能够享这样的福，完全是基于你哥哥的辛苦。可你日后长大成人有所作为了，你应该对你哥哥怎么样呢?”“那我得孝顺他。”“对喽，‘长幼序，孝与从’。这两句恐怕先生我不说，学生你也就明白了。”“先生，我明白了，我得像孝顺我爸、我妈那样孝顺我大哥。”“好，孺子可教也!”先生暗含着可就积了德了。

自此开始，这个孩子再来，先生专门还要在这上头给他讲一些典故，都是兄疼弟爱这样一些小故事。在张诚幼小的心灵里，对大哥张讷可就不是一般的有好感了。

那先生对张讷怎么样呢？再看见张讷，哪怕天要黑了，张讷正急着往家赶，先生也会把张讷叫进来，卸下担子歇会儿，让学生们给他沏碗水喝。哎哟，张讷受感动。怎么？张讷一瞧，弟弟每天在学房跟着这么好的先生学习，日后真得说前途不可限量，纵然受到继母娘的虐待，自己也心甘情愿。张讷真是爱弟如子，百般呵护，每天都是看着兄弟进了学房，这才奔山里打柴去。着急麻慌[①]地砍，玩着命地把柴禾砍齐了，挑回来路过学房，总要驻足一会儿，倒不是贪图这碗热水，主要是看兄弟念会儿书，这会儿仿佛就是每天最心满意足之时。要是在家里背着继母娘，跟兄弟说上几句话，那简直是太美了，因为哥儿俩在家说话都跟做贼一样。当张诚发现这个问题之后，张诚就要故意制造机会了。趁他妈不在，他就要和哥哥玩，找他哥哥说话儿去，但他就是不知道他哥哥每天上哪儿砍柴，一回他也没去过，张诚可就留心眼儿了。

突然有那么一天，张诚进了学房可没进屋，就在门道这儿一藏身儿，往外一探头，看大哥挑着扁担走了，暗暗从学房里跑出来了，跟着大哥一路出城，看着大哥一直奔郊外了，他撒腿就往回跑。为

---

①着急麻慌：北京土语，急急忙忙。亦作着急忙慌。

什么？他不敢再跟着了。您琢磨琢磨，七八岁的小孩儿，胆子再大也不敢随便出城，怕让人家发现了说自己。再说了，学房里迟到，先生也不让啊。那么转天呢，他就又多跟几步。一来二去，他就明白了，知道哥哥是奔山上去了，自己可从来没进过山，也就是清明扫坟，扫坟也是他姥爷这边的，他爸爸这边一个亲戚都没有。爹妈领着他踏青去，带着食物，就是个郊游、春游的意思。也就是那会儿出过城，可那也都是找平整地方，不会上山里去。张诚就出过那么几回城，也就是到山边上转一圈儿，没进过山。但他心里明白，哥哥的工作环境、生存环境是十分恶劣的。一年小，二年大。随着书学得越来越多，事情知道得越多，他对哥哥越来越同情，甚至于开始有点儿厌恶母亲了。他对母亲的这种行为，由打内心里就打了一个大大的问号：是不是我妈不对呀？

这天吃完饭，张诚把碗摞一块儿，打算刷家伙洗碗。牛氏一瞧："哎哎哎，你干吗呀？""我刷碗啊。""你刷碗？你干吗刷碗啊？有你哥哥刷碗呢。""我也有手，我哥哥也有手，为什么吃完饭就非得我哥哥刷碗呢？小时候您老告诉我烫，别把碗摔了，摔了碗扎着。现在我都十来岁了，还刷不了几个碗吗？您干吗不让我刷，非让我哥哥刷呢？"牛氏一听：这孩子怎么了，从没跟我犟过嘴呀？"嘿，我……"她还下不去手。牛氏一琢磨：张诚长这么大娇生惯养，没打过呀。"你……学房里先生教你跟母亲就这么说话吗？""没有啊，先生说了，'父子恩，夫妇从'，您自打嫁了我爸爸，生了我，我就得拿您当天当地那么对待，不许犟嘴呀。""对呀，那今儿怎么突然跟妈我这么说话呢？""妈，这后边还有两句呢，头二年先生就教我了，我回来一直想教给您，不得机会。今儿既然母亲大人您问下了，我把这两句跟您说说，'兄则友，弟则恭。长幼序，孝与从'。""这两句怎么讲啊？""妈，您想听我就跟您说说。哥哥对兄弟得当朋友那么对待，兄弟对哥哥得当爹妈那样的敬重。”“哟，这学不能上了，先生净教坏。我交着束脩银子，他怎么净教我儿子这个呀？谁跟你再说这个，也不许瞎听。你哥哥呀，哼……天生的贱种，你跟他好啊，你出息不了！再敢跟妈犟嘴，怎么打他就怎么打你，今儿就打个样子让你瞧瞧。老大！”说着话，撸胳膊挽袖子。

张讷正在厨房收拾家伙呢，不知什么事啊，吃完晚饭得封火呀。“哎！”撂下手里的活儿，一进门儿，牛氏一扬手，“啪”，继母娘就给他一个大嘴巴。张讷挨打挨惯了，用手一捂脸，护疼啊，“扑通”，就跪下了。“娘，我错了。”什么事儿就错了？不知道，也不问，反正态度好就能少打两下儿。牛氏是上边嘴巴下边脚，薅住张讷这通儿打。张诚一瞧：我妈怎么这么不讲理呀？小孩儿也搭着真急了，倒退两步，“噔噔噔”，“咣”，给自己的妈玩儿了一个羊头[①]。牛氏还真没防备这手儿，没想着十岁的孩子能撞她一跟头。咱们说了，牛氏五大三粗，她没防备，正撞胯骨轴子[②]上头。您琢磨琢磨，这儿一不给劲，一失重，能不躺下么？张诚俩手一搀他哥哥：“跑啊。”他哥哥没动。往哪儿跑啊？这儿是家，外边挨打往家跑，家里挨打往哪儿跑啊？“兄弟，你在学房念的书是白念了，我往哪儿跑啊？妈，您别生气。”张诚一瞧：嘿，怨不得我妈说你是贱种呢，你是有点儿。

哥儿俩过去把牛氏搀起来，牛氏气坏了：这是要造反啊？“你们俩要干什么？”“得了得了，妈，我们跟您闹着玩儿呢。您腰疼不疼？”“我疼。”“疼您歇会儿得了，你还不刷碗去？哥，快去快去……”小孩儿真懂事儿，张讷灰溜溜出来了。张诚两句话，过去给妈一揉胯骨轴儿，牛氏又乐了。“哎哟，我的儿子，还是你疼我，

①羊头：北京土语。撞羊头，低头像山羊一样向前撞。

②胯骨轴子：北京土语，人体髋骨，亦比喻极疏远的关系。骨，读轻声；轴，读二声。亦作胯骨轴儿。

你瞧他，天天丧着个脸，天天咒我死，他心里想的什么我都明白。把我撞成这样，你看看他，连屁都不放一个，你能跟他学吗？”“得了得了，妈，您别生气了。明儿还是让他砍柴去，我不跟他学，我是您的乖儿子，行了吧？”“孩子，这书没白念，还是得好好念书去。”牛氏也搭着没文化，儿子一哄，一会儿又哄过来了。每天还是这样，张讷进山砍柴，张诚到学房念书。

再转过一年来，张诚长到十一岁，张讷比张诚大六岁，可就长到十七岁。按说该给张讷娶媳妇了，但牛氏不言语。过去都是当妈的管这个，老张就是在外边忙，他儿子都十七了，他都不理会儿。他这一喇乎[①]，把孩子的婚事也耽误了。怎么样变着法儿的张讷也知道了，他大了，十七了，大小伙子了，成人了。就是饿着你，每天打的这个柴禾要是够数，还管饭；要是不够数，赶上下大雪、下大雨，出去也是白出去，山里待不住人啊。那些樵夫看着张讷从小到大，大伙儿都有感情啊，有时候下雨，张讷还玩命砍呢，大伙儿愣给拽出来，东一把，西一把，对付半担回家好交差去。这样的时候就是饿着，饭都不管了。后来张讷也习以为常了，天天就一顿饭，到了晚饭点儿都想不起吃来，也没这要求，回家从来不问，反正没我的饭。还是兄弟瞧不过去，有时候喊他吃饭。如果爸爸在家或者兄弟在家，他算能吃顿饭，不喊他就没饭。

单说这一天，张讷早上起来看着兄弟进了学房，自己提溜着扁担，拿着斧子，跟着大伙儿进山。刚一进山，天就变了。天有不测风云，人有旦夕祸福。一霎时乌云滚滚，把天就压黑了，一下儿就又严了。众樵夫一瞧：今儿又吹了。“张讷，走吧。”张讷一看：不成，中午这饼子已经吃完了，我想领明天的饼子，怎么也得对付个

①喇乎：北方方言，做事马虎，漫不经心，粗心大意。乎，读轻声。

半担啊。“几位大哥，你们出山吧，我再干会儿。”“啊？你瞧瞧，今儿可不同往日，你瞧这片云彩来得多快，天黑得跟锅底似的，远处雷声阵阵，这场大雨拍下来可不是善碴儿。山里还有些狼虫虎豹，咱们也不是没碰上过。得了，小兄弟儿，今儿个都没开张呢，也没法儿给你凑，饼子明天我们给你凑都行，今儿咱们顾命要紧，走吧。”“我不走。”木讷嘛。“你们走吧。”大伙儿再拽他跟小时候不一样了，小时候一拽就走，他小啊，现在他十七了，大小伙子，大伙儿拽不动他。三拽两拽，你不跟人家走，那人家还干吗呀？“行行，你砍会儿，砍会儿可是砍会儿，兄弟，不是几个大哥说，顾命，可别死气白咧①的，对付半担回去就得，能把饼子换来就得。”“您哥儿几个放心吧，我这就出去。”众樵夫下山，人人叹气，个个伤情。这孩子顾家不说，太明事理了，从小就受后妈的虐待，大伙儿管不着，敢怒而不敢发，外人管得了人家家务事吗？看着这孩子从小十二岁进山砍柴，现在都十七了，一天好日子都没过过，大伙儿真有背地里掉眼泪的。

就这样，大伙儿各自回家，唯有张讷一人，手起斧落，“嘁哧咔嚓”就砍。没砍几下儿，“轰隆”一个雷，“嘎啦”一个闪，“哗……”大雨倾盆而下。说现在话，也就几秒钟时间，张讷浑身就全湿透了。说身上湿了，天儿一下儿凉了，打几个喷嚏再接着干？不成了。为什么？风雨齐下，人在山里根本站不住。紧跟着万树齐摇，风是雨的头，风比雨还厉害，裹着雨打在人的脸上生疼。说身子扛得住，脸可扛不住，睁不开眼了，大雨下来都是斜碴儿的，跟一个一个钉子似的，“乒乓”往脸上一砸，可把张讷浇坏了。这一阵大雨，淋得

①死气白咧：北京土语，一味缠磨，纠缠。气，读轻声；白，读一声；咧，读一声。亦作死乞白赖、死气白赖。

不能抬头。张讷把板斧往腰里一插，把捆柴的绳子往身上一捆，牵拉个扣儿，这头儿找棵小树一拴，往树底下一避。倒是有经验，别找大树，躲大树底下再让雷劈着。张讷就在树下一抱，二次把斧子亮出来，在雨里眯着眼，举着斧子。怎么着？要有什么东西打我跟前儿过，我得防防身。

这场雨还真有劲，别瞧云彩雨，按说来得快，去得快，今儿这阵儿邪乎了，说现在话，俩钟头，那会儿一个时辰，下了足足两个多小时，雨才渐弱。可雨过去了，还有微风，张讷蹲在树底下，冷劲儿可上来了，腹内无食身上寒啊。中午就一个饼子，在雨地里淋俩钟头，出不去。说淋着雨往家跑？山里头，你敢跑？还真不错，算对得起张讷，雨过天晴，云开日出，看林子外一片光明。“唉！”一根儿柴没有。为什么？刚才砍的那点儿也都冲跑了，眼睁着再干可就干不了了。为什么？太阳往西转了，原文写“日已暮”，天要是一黑，想出林子都出不了了。今天在林中白挨了一顿雨浇，现在饥寒交迫，回家一根儿柴交不上去，那继母娘她，她她她……不定又是怎样一场责骂。顶着一脑门子官司，抱着扁担，掖着斧子，张讷就回到家中。

第二回

书接上回，接说这段《聊斋》志目叫做《张诚》。

张诚他哥哥叫张讷。他母亲张牛氏娇宠张诚，对前房之子张讷是百般虐待，每天除了打骂，连最基本的温饱都提供不了，保证不了。对张诚呢？这是自己亲生的呀，给他留好吃的，原文写“脆饵”。脆饵是什么呢？排叉儿？不是。蹦豆儿？也不是。甘脆之饵，就是好吃的留着给张诚。逼着大儿子从十几岁开始就进山砍柴，一块儿砍柴的那些同伴樵夫看着张讷很可怜，时常周济他。但您琢磨琢磨，个人的力量是有限的，樵夫嘛，都是苦哥们儿，能有多大力量周济他呀？所以张讷还是饥一顿，饱一顿。对于这些个情况，老张似有所知，又似无所知，他也不完全了解。他在外边买卖很多，应酬也多，家里大儿子张讷受到这样的虐待，他还是不完全了解情况。

上回书正说到张讷进山砍柴，“值大风雨”，张讷树下避雨，赶雨也住了，也“日已暮”了，今儿的柴禾算是一根儿没砍上。没办法，张讷心知回家交不了差，可真说在山里待一宿，实没有这个胆量。为什么？十七岁不到十八岁，再成熟也是个孩子，搁现在话说，高中生或者大一，也就是这意思。一个人敢在山里待一宿吗？经常听一块儿砍柴的这些伙伴说，山中多虎豹，没办法，只能收拾绳子、扁担，地上让雨冲落的湿柴拣几根儿吧。随着往山外走，深一脚浅一脚，“嗞溜”，摔个大马趴。您琢磨琢磨，下完雨，山里多滑呀。就这样，跌跌撞撞，磕磕绊绊，跟头把式，张讷算是出了山了。出了山就跑，今天回家倒好，跑得快，顶着太阳落山儿就到家了。为什么？柴禾轻啊。到了家，把这点儿湿柴连砍柴用的东西都立在门外，自己身上倒是潮干儿了，来到屋中见母亲牛氏。牛氏明知道外边刚才是倾盆大雨，正在翘首企盼。为什么？儿子在学房呢，准知道这阵雨儿子回不来，先生也不放。雨过去了，先生应该放儿子回来了，在家里给张诚预备好好吃的了。

正在这时，门一响，牛氏伸手就抄桌上的小笸箩，里边是给儿子预备的点心，但一看影子，就知道不对。怎么？个儿高，张讷比张诚大呀，张诚比张讷小六岁。牛氏伸手把笸箩又塞回去了，就势把柜橱的门一带，一回头，正是张讷进屋。“呱唧”，牛氏的脸就下来了，一看张讷，不知这股子邪火儿是打哪儿来的，用手一指：“你怎么这会儿才回来呀？”张讷准知道躲不了这一顿，“扑通”一下儿，跪这儿了，哆里哆嗦，张嘴也不敢说。牛氏一瞧：哦，不用问了，今儿这柴禾一定是交不上数了。这个地方要说评语：太狠毒了。怎么？还用问还用想吗？刚才那一阵大雨，你上学的小儿子连从学房到家都回不来，他一个半大孩子在山里，能砍着柴禾吗？要真说山洪暴发，给孩子冲走了，那这孩子就没了。结果牛氏明知道今天这柴交不上数，偏偏得问这柴。“你跪着干什么呀？打来的柴拿来给为娘我瞧。”后妈，后妈也是妈呀，牛氏可不是老张娶的妾，是续的弦，那就跟妈一样。一听说要柴，张讷为难，跪在这儿没敢动地方。“您也甭瞧了，妈呀，没有拣几根儿，适方才山中……”“住口！别说了，瞎话儿啊。不错，城里倒是掉了几个滴答儿，城外就能下多大的雨吗？似这样的小雨儿就打不了柴了吗？你是不肯拿来给我瞧，那么我去瞅，我瞅瞅到底有多少。”说着话，牛氏也不理张讷，往外就走。张讷也不能拦呀，站起身形跟着往院里走。

到院里一瞧，不过是一小把儿，还不错，今天没打，牛氏当时微微冷笑："哼哼，好啊，你要是不干活儿，也就甭吃饭。今天还跟你这么说，打明儿个起，你乐意去就去，不乐意去还就甭去，别在这儿蹭棱子[①]。我儿子现在已然读书了，日后做了官，我也不实指着你这一把儿两把儿的柴禾，这么大个子在家里吃闲饭，怎么就会不害臊？你死了的那妈我是没瞧见，你大概就随你那妈，天生的贱种。你呀，躲开我这儿，别找我生气了，今儿晚上不许吃饭。"张讷对于这种惩罚叫习以为常，所万幸的是今天愣没打，每回有没有的也得掴击几下儿。张讷没办法，身上冷，肚子里饿。您琢磨琢磨，每天就管一个饼子，十七八正吃啊，这叫吃壮饭。

这我是深有体会呀，我这胖就是那会儿吃起来的，现在回想起来，那会儿的食量是惊人的，也是不可思议的。我受到过围观啊，我一人吃，旁边大伙儿瞧，这也是家父引以为自豪的一件事情。我爸看着我吃饭高兴："吃。"我上谁家串门儿去，都特别欢迎。为什么？我吃饭让人家有成就感，什么好吃不好吃，我都能给打扫喽。人家还自以为手艺很高，其实就是我能吃。那会儿都是单开门儿的小冰箱，雪花牌儿，我们家那冰箱几乎没用，也就是夏天儿我父亲镇点儿啤酒什么的，就这意思，根本剩不下吃的。您想，我跟我哥哥俩人，好家伙，那会儿都是正能吃的岁数。

所以这个岁数不管他饱，肚里没食身上寒，这一阵大雨把张讷浇得不轻，暗含着张讷已然就得了寒症了。霎时间觉着头重脚轻，身上衣裳也没干。像那个，您说到家里把衣裳脱下来，躺在被窝里，反正肚子饿就忍着吧，一会儿弄个空饱儿睡着了也行，等衣裳干了再说吧。哪儿有啊？哪儿有替的换的呀？到了天凉的时候，能给床

①蹭棱子：北京土语，一指故意耽误时间，消极劳动；一指执拗，不肯顺从。此处是前一种意思。

棉被就不错。现在天儿也不是很凉，哪儿有被子？每天就是和衣而卧。衣裳脏了，自己到外边找个井口或者找条小河沟涮涮，晾干了，或者干活儿的时候往树杈子上一挂，干了马上再穿上。就那样，这妈根本就不管。说上山里干活儿衣裳划了个口子，回来找妈缝缝，从来没有过。

现在张讷往这儿一躺，这不好受的劲儿就上来了，你要是找病，那病找上你就轻不了。连惊带怕，这阵雨一拍，又搭着饿，躺在这儿，原文写“僵卧”二字，写得好。怎么？躺跟躺可不一样。要是睡舒服了，四仰八叉，什么姿势都有，人要是进入熟睡状态，全身心放松。这僵卧您琢磨琢磨，可不是好卧，不敢动，怎么待着都不好受。一会儿就哼哼起来了，扛不住了。“嗯……嗯……”小孩儿挨不住啊。您得知道，十七岁多不到十八呀。

这会儿老二也回来了，张诚下学了。先生还真留了，一看外边的雨太大了，这孩子要是出去，好家伙，再摔趴下几个，明儿家大人就该找来了。先生一想：得了，拖堂吧，再给上两趟儿书吧。留下的学生可就多了，不能挨个儿细掰持[①]，过去先生教书也是爱才，哪个灵教哪个。谁灵？张诚灵啊，真聪明，而且能够举一反三，对于所学的跟先生还能有个交流，不知道的还张嘴问。先生怎么样？单独把张诚留下来，好好儿又给上了两趟儿书。一会儿雨过去了，看外边也挺干松的了，确实不像要再下的样儿了，先生说：“行了，散学吧。”天儿也黑了，不让回家不行啊。过去上学都是就近分配，不能说住东城把孩子送西城上学去，没那事儿，家里离学房都不远。顺先生家里的学房出来，小学生们走到胡同口各自一散，各自回

①掰持：北京土语，一指辩白，争执；一指分析，判别。此处是后一种意思。持，读轻声。亦作掰哧、掰扯、掰拆。

家了。

张诚回到家里一喊妈，您再瞅牛氏，跟刚才可是截然不同。“哎哟，娘的肉哦，快来吧，刚才那阵雨没淋着吧？这先生也不对，就不知道把你送回来吗？”“妈，您怎么了？我们学房里十来个孩子呢，先生送谁不送谁呀？”“你跟别人能一样吗？日后我儿是做宰相的命啊。”“哎哟，妈，您怎么改诸葛亮马前神课了，能掐会算？您怎么就准知道我能当上宰相啊，我还能有宰相的命呢？”“错不了。来，孩子，先点心[①]点心，一定饿了，妈这就给你做饭去。”柜橱打开，伸手把小笸箩拿出来了，烙的小饼，多搁红糖，多搁麻酱，红糖麻酱小饼早就烙得了。“来来来，快吃快吃，撕着吃着玩儿，一会儿还有炖肉。”

张诚坐这儿吃着饼，问他妈：“妈，我哥回来了吗？”“回来了。”“我哥在哪儿呢？”“在他自己屋里呢。”“那行，您做完饭我喊他去。”“甭喊了，今儿没他的饭。”张诚一听，手里拿着这半块饼，知道大哥又要挨饿，自己要不吃，妈就该留神加小心了。他怕他妈动心眼儿，“吭吭吭”，几口先把这块糖饼扔嘴里了。“您做饭吧，我还有功课，我得温书。”“哎哟，温什么书啊，累着你。先玩会儿，吃完饭再说。”“吃完饭天儿就全黑了，那费灯熬火的，咱又不是那家庭。再说了，您不是还憋着让我当宰相吗？”“你瞧瞧，这孩子，天天跟我这儿犟嘴，哪天要不跟我犟嘴你难受。”牛氏也就是拿着饭铲子虚一比划：“我拍你。”“妈，您打，您打您打您打……”“我还真舍不得。”对张诚就这样，对张讷就那样。

趁他妈做饭的工夫，张诚“嗞溜”一下儿到哥哥屋里来了。赶他拉门进来，回身儿把屋门带上，一回头，张讷抱着肩正忍着呢。

---

①点心：北京土语，吃少量的食物解饿。常重叠使用。

"嗯……嗯……"张诚瞧出哥哥不好受来了。"哥。""啊……""哥?""啊……"怎么意思啊?听见兄弟叫自己，可睁不开眼，嘴里漫答应着，心里已经糊涂了，烧起来了。张诚一瞧：我哥这是怎么了?过去一扒大哥肩头，稍微一歪身儿，拿手一摸：哎哟，我哥发着烧呢。"哥，您怎么了?"十二的孩子哪儿懂啊，头疼脑热，发烧感冒，大哥这是怎么回事儿啊?张诚从鼻子里往外喘粗气儿，费了半天劲。"饿……"那位说你这书说得不对，发烧的人不想吃东西，谁一着凉一发烧，这会儿要是拿大鱼大肉，他吃不下喝不下的。家大人也说："行了行了，少吃吧，多喝水，一会儿喝点儿粥得了，今儿吃清淡点儿吧。"那是您家里有，内火外寒，发烧感冒。张讷这可不是，饥寒交迫，真饿。甭管多难受，里边受不了啊，饥火难挨，真饿呀。他看见兄弟从来没说过饿，多咱见着兄弟，知道兄弟吃得好，让兄弟给自己弄点儿什么吃?没有过。忍着，一天就一顿饭。张诚也不知道这病是怎么意思，但别的不懂，饿他懂啊。"哎，您等着。"张诚转身儿又出去了，跑到上房屋里坐着。

那位说张诚干吗去了?偷去了。他妈做的饭他不能偷。张诚机灵，每天老太太做多少饭她能不知道吗?说今天烙了四张糖饼，刚才张诚吃了一张，小笸箩里还剩仨，一会儿吃的时候剩俩了，那张糖饼哪儿去了?你什么时候吃的呀?就在柜橱里搁着，她老在这儿守着，你交代不下去。趁着他妈做饭的这工夫，他不偷他妈做好了的，他偷面。有面缸，他转不动面缸，就把缸盖儿打开，里面有扤面的小碗儿，扤出面来他也没地儿搁，就往自己袖子里倒。趁他妈一回头，又一下儿，等于把袖子当成个小口袋，自己一兜袖口儿，跑出去了。牛氏瞧见没有?瞧见了，提溜饭铲子在后边追。"饭马上就得了，你干吗去呀?""我转个圈儿，这就回来。"张诚说完，撒腿就跑。牛氏这儿火上还坐着锅呢，不能追他呀。"赶紧的，熟啦!”“哎……我知道了，妈。”

那位说张诚跑哪儿去了？跑隔壁儿[①]去了。敢情张诚在这片儿街坊当中有人缘儿。怎么意思？小孩儿嘴儿甜，聪明，长得白白胖胖，跟我小时候似的。您别说，我小时候就是白白胖胖，这一胡同有半条胡同都认得我，好说话儿，好聊天儿啊。在门口见谁叫谁，占便宜。张诚就是这样，他跑街坊家去了，原文写请“邻妇为之”。邻妇，是东隔壁儿还是西隔壁儿没细说，就是个街坊阿姨。张诚进了人家家，人家也正吃饭呢，一看张诚来了。“哟，这不是张诚吗?”“哎，大娘。”“你吃了没有啊?”“我还没吃呢。”“没吃就跟我们这儿吃吧。”“您这儿吃什么?”“今儿我们烙饼。”“不成，蓄着了。我们家也是烙饼炖肉，我妈提前烙了一张芝麻糖饼，我已经吃下去了。呃……您家里吃烙饼吗不是？这么着行不行，我央告您点儿事儿。”“什么事儿?”“您先找一碗来。”“干吗呀?”“您找一碗来。”街坊大娘拿出一个碗，搁这儿了。张诚就跟变戏法儿一样，往外一掸，顺袖子里倒出一碗面来。老太太一瞧：这是哪一出啊?“张诚，你这是……什么意思呢?”“您也甭多问，我求您点儿事儿，您别跟我妈说。”“啊，不说。”“这碗面啊，您给烙俩饼子，我有用，一会儿我来取，我现在还得赶紧家走。”“不是，你烙俩饼干吗，得跟我说清楚了。”“哎呀，您就帮我烙了得了，搁点儿油、搁点儿盐就成。呃……我得赶紧走。”

张诚又撒腿往家跑，临进家门的时候把袖子又掸了掸，把袖子里剩下的这点儿面全抖搂干净了。他妈一瞧，去得快，回来得快。“你这么会儿工夫又跑外边干吗去了?”“我想起来有句话问同学，回来了，没事儿了。”“那就把门关上吧，天儿都黑了，别外头瞎跑了，

①隔壁儿：北京土语，同“隔壁”，但读音不同。隔，音借；壁，音比。

吃饭吧。”牛氏是真疼这孩子，烙的饼，炖的肉，还炒了俩菜。张诚有一张糖饼垫底儿啊，吃不下什么去，心里还惦记着那屋的大哥呢，赶紧吃。牛氏不吃，真疼儿子，净给儿子夹。“来来，吃肉。”霎时间风卷残云，这顿饭吃完了。“那儿熬的有粥。”“我不爱喝稀的。”“你喝一碗。”“不喝。”

牛氏在这儿吃饭，张诚假模三道[①]回屋，又把书拿起来了。“哎呀，这句怎么讲来的？先生跟我说了，明天还得问我呢。妈，您瞧瞧这句怎么讲啊？”牛氏吃着饭，心里骂街：这倒霉孩子，我不认字你问我干吗？没瞧见妈我这儿吃着饭呢。累累巴巴一天了，给你做得了饭，让你成心气我？“先生上课的时候怎么教你的？你好好想想。”“这句我还是真马虎了，这么着得了，妈，我还得上同学那儿去一趟。”“哦，那你快去吧。”牛氏对张诚还是百依百顺，说什么全行，他糊弄他妈有一套。

张诚夹着书顺家里又出来了，两步跑到街坊家。一顿饭的工夫，大娘把饼也烙得了，搁的椒盐儿，搁的香油，瓷瓷实实烙了仨大饼子，热气腾腾。“张诚，把饼子拿走吧。”“哎，谢谢您。”糊里糊涂，也不知道干吗用，街坊大娘烙了仨大饼子。正好自己带着书呢，一裹这饼子，这书油了就油了吧，张诚往胳肢窝底下一夹。回到家就手儿把书就搁院里了，不可能拿屋里去，不能让他妈瞧见啊。天黑了，进屋把门带上，院里怎么回事儿不知道。牛氏也吃完饭了，正刷家伙呢，他跟他妈面前三晃两晃。“妈，我有点儿累了，我回屋了。”“行，你回屋去吧。”他怕院里有猫，把那仨饼子再啃了，赶紧出来，推哥哥这屋门，把仨饼子拿进来。

您再瞅张讷躺在那儿，一开始还哼哼，闻见饼子味儿可就不哼

①假模三道：北京土语，假装，故作姿态掩饰实情。模，音门，读轻声。

哼了。您琢磨琢磨，香油椒盐儿热饼子，肚子里这个……这受得了受不了？一闻这味儿，愣拽起来了，眼睛没睁开，脖子可是梗梗[①]起来了。张诚一瞧，可把我哥哥饿坏喽。“哥，别说话，赶紧吃。”仨大饼子往前一递，张讷也搭着真饿急了，伸手抓起一个饼子，又撂下了。那位说饿成这样还顾得上吗？顾得上，他就这性格，要不怎么叫讷呢。“哪儿来的呀？”“干吗呀？您问什么？”“我问你哪儿来的，谁让你给我送的？”“干吗谁让我给您送的？您是我哥，我是您兄弟，‘兄则友，弟则恭’，您没吃饭，我给您弄几个饼子，您吃不就完了么？饿不饿？”“饿呀。”“饿就吃啊。”“不是，那你说清楚，这是哪儿来的呀？”“这么着行不行？干旋[②]这饼子你也旋不下去，你这儿吃着，我给你弄口水去。”也不等他哥哥答复他，一闪身儿，“嗞溜”，又出去了。

一会儿端来一大碗水，张诚还真有办法，是热水。他怎么糊弄他妈做的热水您就甭提了。再瞅张讷，一个大饼子已经下去了，这俩没敢吃。为什么？怕犯案，不知道哪儿来的呀。但真饿，瞅着饼子不能忍着呀。“吃啊，接着吃啊。”“不是，我这行了，有一个饼子打底儿，我觉着好多了。”“喝水喝水。”您琢磨琢磨，张讷受的是寒症，又搭着饿，这一大碗开水下去，倒是舒服多了，竟然微微见汗儿，那会儿也没有消炎药、退烧药，那也管用啊。身上也仿佛暖和点儿了，肚子里有食，张讷当时就精神，再说这天儿也不是那冷天儿。下阵雨的天儿您都知道，是夏天儿，暖和啊。

“这回跟哥哥说，哪儿来的饼子？”“再吃一个，再吃一个我就告诉你。”“你不告诉我我不吃。”“你不吃我不告诉你。”还真拿他

①梗梗：北京土语，脖子扬起来，直挺。第一个梗，读三声；第二个梗，读轻声。

②旋：北京土语，原意是用车床切削或用刀子旋转着削，此处指吃咽。旋，读四声。

没辙。没办法，张讷又来了一个饼子。赶俩大饼子又搭着一大碗白开水，都下去之后，剩下的这个饼子还舍不得吃了，明天还得进山呢，把这饼子可就搁这儿了。“这回跟哥哥说吧。”“再来点儿水怎么样？”“不来了，这么俩大饼子下去，干吗？你这儿灌大眼贼儿[①]呢？一会儿肚子里胀起来，倒难受了。”“怎么？”“你不懂，我天天就吃一顿饭，冷不丁今儿吃两顿，这晚饭太茁实[②]，还有点儿撑得慌了。”那位说真的？真的。您都知道，这胃天天饿着饿着就饿小了，突然来这么一顿，倒受不了了。好在是没肉，要真茁茁实实来顿炖肉烙饼，非吃坏了不成。

这俩素饼子下去，张讷精神了，不让张诚走了。“老二，跟哥哥说，哪儿来的？”“偷的。”“我抽你！你敢偷人家的？”“我偷人家的干吗？我偷咱自己的。”“啊？妈在上房屋烙饼的时候你偷饼子了？那要让妈知道了……”“去去去，谁偷饼子呀？咱妈烙得出来这么好吃的饼子吗？我闻着这饼子烙得都香，真不错，细椒盐儿过箩，大大的香油儿，一面儿软，一面儿硬，瞧这劲头儿多难拿呀。”“那这不是妈烙的，是谁烙的呀？”“街坊大娘烙的，她儿子跟我是同学，她可喜欢我了。”“面呢？”“面我是偷家里的，我上面缸里扤了两碗面。”“啊？”张讷一听，不干了。“兄弟，这可不成。你偷家里的也是偷啊，凡事要禀明娘亲，你得跟妈说呀。妈给我做饭我就吃，不给我做饭我就不吃，每日一餐，恐不至于饿死。”您说这书说得，打张讷嘴里说出这么一句话来。原文写“且日一啖，饥当不死”，我一天一顿，能维持我身体的基本需求，我能生存，能活着就行了，恐怕饿不死我。

---

①大眼贼儿：一指黄鼠，一指一种大眼睛金鱼。

②茁实：北京土语，瓷实，结实。茁，音昨。

张诚一听："对呀，您说得太对了。您一天吃一顿饿不死，我眼睁瞧着，是饿不死。我怎么一天三顿呢？我妈怎么一天三顿呢？她怎么知道给我做三顿饭不知道给您做呀？我原先没念过书没上过学，我不懂事儿就罢了，现在我大了，我明白了，妈这样做她就不……""别说，妈对不对不是你能说的。兄弟，既读孔孟书，必达周公礼，我常在学房跟先生聊天儿说话儿，你们上的书我听不明白，但这两句话我明白。你识文断字，首先你要知道孝道。妈哪儿有不对的呀？你疼哥哥，哥哥知道，但这样不成。哥哥每天吃一顿也习惯了，刚才这俩饼子下去蛮好，这个饼子留着我明天吃。我……没事儿，你赶紧回屋睡觉，让妈知道了还要责罚你我二人。打你是小，我因为你受迟累，你倒把我害了。"

张诚一听："哦，您是怕这个呀。那我得跟您说点儿事儿，您因为什么挨饿呀？""柴没打够。""因为什么没打够啊？""今天下大雨。""素常素往不下雨，您就不挨饿了吗？""有的时候进山，就晕在山里了。""还是的，您这叫低血糖①，不吃饭行吗？我告诉您，皆因为您一天就吃一顿饭，妈就给你一个饼子，吃不饱您就没力气，到了山里没力气砍柴，回来您老交不足数，交不足数就还得挨饿，挨了饿第二天就更累。日复一日，这叫恶性循环，就没有够数的时候了。真把您这小身子骨累趴下，我的哥哥哎，早晚您就得饿死了。""饿死也不让你偷，哥哥饿死是哥哥的事儿，你再敢这样定不与你答应，我可不能容你。""完了完了，得了得了，我错了还不行吗？你瞧，我……送饭倒送出娄子来了。哎呀，一会儿我就抠你嗓子眼儿，你把这俩饼子啐出来。把碗给我。""哎，偷偷的别让妈知道。""您放心吧。"张诚把大碗连书往胳肢窝底下一夹。"哥，您早歇

① 书中多现代语言，为找"包袱儿"，一笑耳。

着吧。”说完话，把门带上了。

张讷的心怦怦直跳，眼泪都快下来了：兄弟对自己真好啊。要不是说这个家庭之中爸爸和兄弟对自己还有怜悯之情，能够这样帮助自己，外边穷哥们儿们也很照看自己，几次自己进山都不打算活着了，这苦日子什么时候算是个头儿啊？这叫受的什么罪呀？要是说从小就受这个罪，习惯了，人有奴性，他认为他就应该受这个罪，可架不住身边有这个兄弟天天比着呀。兄弟打五六岁就送到学房，因为念书念得不好，还送回来一回，转年又去的，一直念了这么几年书，眼看就可以参加考试了。十二三过去就是大学生了。现在我不到十八，兄弟不到十二，兄弟每天锦衣玉食吃小灶儿，我连一顿正经饭都吃不上，一比就比出来了。后妈的歹毒心肠自己最清楚，但一是性格问题，二来在那个年代你也反抗不了，有制度。所以张讷真怕兄弟偷东西哪天暴露了，他偷的名字也得冠到我脑袋上，非得说是我挑唆兄弟不成。所以张讷明令禁止，你要再拿，我也不吃。扒着门缝儿瞧兄弟确实回屋了，自己肚子里也有食，张讷一觉睡得这个香，哪天晚上也没这么睡过，今天因祸得福，反而吃了一顿饱饭。

那么张诚偷饼饵兄这个行为，说实在的，对于张诚一个十二岁的小孩儿来说，实属不易。上文书我说到“二十四孝”，有的可以提倡，有的就不能提倡，今天看愚忠愚孝是不对的，咱们说书这地方还得普及一些情操问题。这您就看出来了，咱们这篇《聊斋》志目的名字就叫《张诚》，对于这样的孩子，蒲松龄一定是要眷顾的，一定要给他有个好的结局、好的归宿，您往后文书听就知道了。但是蒲松龄妙笔生花，这里曲折的事情还很多。

第二天天刚亮，张讷自然醒。为什么？每天他都是这点儿醒，已经成习惯了。他起来一看，大饼子还在，心里高兴，把饼子藏起来，上妈那儿领那饼子去。您琢磨琢磨，那上房屋里的脸儿好瞧不好瞧？张讷早上起来不是说直接就进山砍柴去了，还得先把家里的活儿都干了，劈柴、挑水……该干什么干什么。拢着了火，牛氏起来做早饭，二的上学还不着急，他顶着太阳就得出去砍柴去。这儿偎窝子[①]舍不得叫张诚，甩着个脸子，嘴里嘟嘟囔囔净拽闲咧子。可她一瞧，张讷还挺精神。为什么？昨天晚上吃了俩大饼子呀。手底下挺勤快，“嘁哧咔嚓”，把活儿都干完了，老老实实往那儿一坐，牛氏打心里就腻歪。“嗬，就柱柱儿坐这儿等着吃啊？你也没别的事儿了。我告诉你，昨天我就没打你，今天你进山要再像昨天那样，那就不是说光今天不管饭了，打这儿往后就不让你吃饭了。”说着话，头天烙的饼还剩下一张。“拿走。”张讷欢欢喜喜接过来，每天都这样。“妈妈，谢谢您。”张讷把这张饼一卷，往怀里一揣，心说：今儿个行，我两套儿，我先吃这个，再吃那好的，今天我饿不着了。

张讷到外边一瞧天儿，别看他才十七，早就能辨别天气了。虽然天还没大亮，云彩挺厚，但越这样越下不了雨，就怕晴空万里来片黑云彩，今儿个我得加着倍把昨天那点儿也找补回来。张讷拿着斧子，拿着扁担，拿着绳子，高高兴兴出城进山。到了山里，坐好了，这才吃饼子，渴了就喝山泉水，找个小河沟趴那儿就饮。那张饼子留着，一会儿干活儿干累了饿了再吃。

一会儿的工夫，这些个砍柴的伙伴，都是樵夫，三三两两，他们这一小伙儿有七八个人吧，全都陆陆续续进山了。大伙儿一瞧：张讷今天已然砍了有小半捆儿了。“行啊，小兄弟儿。”在这些人里，张讷算是岁数最小的。“怎么今儿来得这么早啊，几点就来了？我们这就不晚啊。这家伙，都弄小半捆儿了。”大伙儿一看，张讷干得正

①偎窝子：北京土语，偎依在被窝里不起床。偎，读三声。

起劲儿。“昨天这场大雨，我们临出山的时候让你走，你非不走，拍着了吧?”“还真是，没听几位大哥的，困在山里了。”“那也没法儿砍柴了。”“是啊，等雨停了，捡了几根儿就回家了。”“你后妈又没管你饭吃?”“没有，管了，给我个饼子吃。”“是啊？怎么了，你后妈良心发现啦?”“哎呀，瞧您这话说的，我是她儿子，她能不管我饭吃吗？我刚才已经吃下一个去了，您看我这儿还有一个呢，一会儿大伙儿一块儿掰着吃吧。”“别介别介，好不容易多发一个饼子，你自己留着吃得了。这大饼子看着挺暄腾[①]，一面儿焦一面儿软的，闻着还挺香。好，烙得不错，你后妈这手艺见长啊。”张讷心说：也不是她烙的呀，这是我兄弟央告街坊大娘烙的呀。“行了行了，您甭费话了，咱们赶紧干活儿吧。”大伙儿这就干起来了。

眼看将午，大伙儿该吃饭了，都带着干粮，这个带饽饽，那个带饼，大伙儿找个小河沟子，弄几块石头往这儿一坐，一看基本都已经完工了，要没有特殊的情况，半天儿出山，下午就不来了。也有的时候等钱用，把这一担挑回家去卸下来，然后带着空扁担，离太阳下山之前进山，再多少砍点儿。或者赶上不好的天气，准知道第二天要下雪，瞅出来这天儿阴着，连夜儿就许下起来，那第二天就进不了山了。怎么办呢？头天多打点儿，那就得来两趟。干着干着一看，不够一担，那也得先出山，撂家里赶紧再回来抢一担。哎，得合理安排时间。张讷也是这样。大伙儿一看，今天每人一担柴，基本都齐了。“行了，一会儿吃完饭，咱们就伴儿出去，咱们就走。”张讷一瞧：“我还是不成。跟您各位说，吃完饭我还得干会儿。”“怎么?”“我这担柴，一是今天也不太足实，另外我昨天没打多少，我今天还得表现表现，我妈到时候多给我烙张饼子。”“嗬，小孩儿还

①暄腾：北京土语，因内有空隙，松软而有弹性。腾，读轻声。亦作宣腾。

是真难，你还砍啊?”“对。一会儿吃完饭，你们要是觉得差不多了就走，我还得再来会儿。”大伙儿一瞧:“得了，好在今儿天儿好，倒没什么事儿，你要是乐意干就再干会儿。吃吧吃吧……”

大伙儿正吃着饭，就瞧小河那边有个人扒着树探头探脑的。“嘿，真在这儿呢。”大伙儿一听有人说话，一块儿抬头一看，连蹿带蹦过来一小孩儿。“呼啦”一下儿，大伙儿都站起来了。“哎，哪儿来一孩子呀?”张讷没理会儿，正嚼饼子呢，猛然一抬头，饼子好悬没撒了手，张诚跑来了，奔这哥儿几个就过来了。他跟前儿有道小河，他也不管那个，蹚着河水，“稀里哗啦”就过来了。过来之后他一瞧:“敢情您这儿砍柴这么些人呢，我以为每回您进山就一个人呢。”大伙儿一瞧:“这是谁呀?”张讷一看:“这是我兄弟。”“哦……”众樵夫一瞧张诚穿的这衣裳，大学生，知道这是张讷后妈的亲生之子，这俩孩子在家里待遇不一样，没想到能差这么些。

比方说，张讷衣裳破了，没人管缝，有的时候只能央告一块儿砍柴的。“大哥，我这小褂您受累，您带家去让我大嫂帮忙绗两针吧。”“行行行，兄弟你甭管了。”把自己的小褂脱下来。“你先穿我这个。”然后把孩子这小褂拿回家去给媳妇。“这是一块儿砍柴的张讷的，小伙子。”“哎哟，听你回来说过，那孩子挺苦的。”“他衣裳剐破了，你帮忙缝缝。”“好吧。”大嫂子一看，心疼这孩子。好，打三层铺陈儿，跟纳鞋底子一样，找那禁磨的地方全都钉上补丁，细针密线一通儿钉，最后这衣裳比平常沉二两。大哥一看，不乐意了:“干吗这是？给我补衣裳都没这么精心。”“费话，人家孩子多不容易。听说后妈对他不好，孩子衣裳剐了她都不给孩子缝，还得拿咱家缝。跟孩子说，以后有活儿就往这儿送。那他衣裳给了你，他穿什么呢?”“你没瞧我是光着膀子回来的吗?”“哎，这还算办点儿人事儿，明天你把衣裳给孩子吧。”“得嘞，谢谢您呐。”第二天他把衣裳给张讷。牛氏在家里能看见啊，看见也不问，不管。谁给你缝的？怎么回事儿？谢谢人家去？没这话，活该，你外边有能耐你就让人家给你缝去，我是不管，就这个。

大伙儿今儿一瞧，张诚头上脚下，这家伙，这孩子穿得多棒啊，他也不知道珍惜。他脚底下穿的鞋，都是上学穿的鞋，那是履。学生嘛，到学房念书有专门儿的服装，头上戴着方巾，身上穿着蓝衫，足下蹬着福履，怀里抱着书包，一步三摇来到学房。[①]那学生走道不能一路小跑，湿衣不乱步，走路高抬腿，轻落足，亮靴底儿迈方步，嘴里哼哼唧唧。什么毛病啊？就要这个派头儿，念书人嘛。

张诚也是念书的学生，也是这样的打扮，今儿好，一见着哥哥，一见到劳动的场面，心里高兴。您琢磨琢磨，他也没上过山，蹅[②]这两脚泥，又顺着小河蹚过来，下边全湿了，他也不在乎，反正他回到家有人洗，有人归置。他站这儿拉着他哥哥挺兴奋，把他哥哥吓坏了。张讷一看："兄弟，你怎么来了？""怎么不许来呀？我来是为了瞧瞧你劳动工作的地点，我看看你们怎么砍柴。你们这柴都是哪儿砍的呀？"众位大哥乐了："张家老二，小张诚，这你就不知道了吧？砍个样子给你看看。"有一位拿着斧子就站起来了，也顾不上吃饭，走到一棵树跟前儿，树上有杈儿啊，这位过来"咔咔咔"几斧子，把树杈儿砍断了，提溜着树杈儿，拿着斧子一削，连枝儿带叶儿都削了去，把头里细的一剁，大概这么长，把这根树杈子往旁边一扔，"咔咔咔"又剁一枝儿，把上边的粗枝儿大叶儿一削，然后又是一斧子。两根儿柴禾往一块儿一搁，长短虽然说不是特别齐，可也差不多。"看见没有？一根儿一根儿就是这么砍。"要是有够不着的

①这是京韵大鼓传统曲目《丑末寅初》中的唱词。

②蹅：北方方言，一指踏，踩；一指在雨雪、泥水里走或踩。此处是后一种意思。亦作跴。另外，齐如山先生选了一个字，踷，详见《北京土语》。

时候，也不能净砍底下的，樵夫也不能说围着圈儿把底下的杈子都砍了，砍几根儿还得留点儿，就等于间苗儿那意思似的，对树实际上还是有帮助的。像张讷，您别看干的年头儿不少了，但人小，还没完全摸清楚门道儿，也没这心眼儿。

张诚就更甭提，一瞧人家拿着斧子砍得挺溜，他来劲儿了。“哥，你吃饭了吗?”“我这不是还有半拉饼子正啃着么?”“好，你吃，我来。”“啊？你来?”张讷一听:“你这不胡来吗？放着学你不好好上，书你不好好念，怎么跑这儿帮我砍柴来了?”“对呀，你一人完不成任务啊，一人是死的，俩人是活的。她一人再机灵，也闹不过咱哥儿俩啊。[①]为了对抗妈，为了跟妈进行坚决的斗争，打这儿以后我打算半工半学。”“啊?!”张讷一听：这孩子要疯。“这可不成。”“爱成不成，你甭管。”说着话，小张诚撒腿就往林子里跑，他也没斧子，拿手就掰小树杈儿。张讷提溜着斧子追进来一看，手还挺快，小孩儿有劲儿啊，天天吃得好啊，有那小矮棵的拿手撅，已然连枝儿带叶儿撅下来好几根儿了。“哥，你看怎么样?”“你那手没扎着啊?”“哎哟……”敢情刚才不觉着，哥哥这一说，张诚低头一瞧，手也扎破了，衣裳也剐了，鞋也跐了，绽了。小孩儿哪儿懂这个，他穿的鞋又不是专门进山干活儿的鞋，鞋头里都开绽了，刹那之间狼狈不堪，拿手一护疼。“哟……哥，敢情砍柴这么费劲呢？好疼啊，你把斧子给我。”“我还把斧子给你？你赶紧出山，太不像话了，胡闹啊。慢说你干不了这个，纵然能干，爹妈拿钱供你上学，是为了让你进山砍柴的吗？你念了书，以后当了官，哥哥就用不着砍柴了，那时节你还能不给哥哥一碗闲饭吗？念书才是你的出头正路。”“哥，我看你每天为了这点儿柴禾愁眉苦脸，挨打受骂，妈还

①这是传统相声《酒令》中的台词，一笑耳。

不管你饱，我打算帮帮你。”

念兄劬劳。您看，有人听相声《白事会》，说养孩子勤劳，背这个贯口。实际不是勤，是劬，应该是十月劬劳，怀孩子。原文写“不忍兄劬，阴劝母”，就是他曾经给他妈讲过这些道理，先生教他了，“兄则友，弟则恭”，回家跟他妈讲道理。他妈不讲道理，反而申斥他：“你不能听你哥的，这都是你哥挑唆的。人的命不一样，我就得这么对待他。”他母亲牛氏不听他劝。这孩子心重，昨天他哥哥僵卧室中，饥饿成那样，除了偷饼饵兄之外，今天决定进山助兄断柴。但他没有斧头，手破鞋绽。

张讷真急了，一瞪眼：“张诚，你胆子太大了，这要让母亲知道，定要责罚你我弟兄，咱哥儿俩都得挨打挨骂。先生也不答应，你逃学哪儿行啊？这书都白念啦？几位大哥，我得送他走。”挑起柴禾，拉着张诚，往山外就走，一直把张诚领到山外，送到学校。看着张诚进了学校，张讷才转身挑着柴禾回家，到了家门口可没敢见母亲牛氏，把柴禾扁担往过道里一搁，转身又出来了。怎么？找先生来了。

张讷一看，学房里小张诚坐那儿跟学生们一块儿摇头晃脑正念书呢，先生冲盹儿呢。张讷走到学房窗户外头。咱们之前说了，先生对张讷也不错，知道他看弟弟来，有时还给他碗水喝，也陪他聊会儿天儿。通过张诚的口，先生知道他受继母的虐待，但张诚这孩子知道要对哥哥好，所以先生在这方面也特意跟张诚讲过一些道理，这先生功不可没。张讷一露头，先生一瞧：“啊……”张嘴刚要说，张讷食指撮唇打了个嘘声，往外一请，这么一调先生。先生一看，孩子们都念书呢，站起身来，假装在屋里看看这个，瞅瞅那个。“都好好念啊，我去方便方便。”转身往外走，离开学房，多走了几步，张讷过来了。

“先生。”“你有事吗?”“我有事，我兄弟张诚今天是不是逃学了?”“啊，午前不见。”就是正午该吃饭的时候，我找不着他了。“我还挺着急，后来他倒是回来了。”“是。您没看他衣裳也剐了，鞋也绽了吗?”“我问他了，他说是他摔的。”“他没说实话。”“怎么了?”“先生，他进山找我去了。”“他进山找你去了?”“我不是每天都要进山砍柴么，他今天去山里非要帮我砍柴。”“哦……我们这劳动课倒是还没开这个科目，也就是缝缝沙包，做点儿小手工小制作，也就是这意思，砍柴倒还没有涉及。”“是啊，别涉及了。先生，我找您就是问您，他逃学这半日您罚他没有?”“呃……我看他摔成那样，我没舍得罚。再说了，你兄弟是个聪明孩子，学习知道努力，知道上进，这一班的学生我看就他是个有出息的，我也不忍得责罚他。”

“先生，您错了。”“哎，啊?!”先生是饱学儒士，听一个砍柴的小子说自己错了，心里微微有点儿不悦。“张讷，先生我何差之有?我错在哪儿了?”“您得罚他呀。学房不是有制度么，先生不是允许打学生么?他逃了这半日的学，您怎么就不问呢?他说他摔了，实际不是啊，那山里哪个学生能进啊?您要知道，山中有虎豹出没，进山不是那么简单的。到了山里要是碰上个野兽把孩子害了，您有责任，您是先生啊。另外，他回来没跟您说实话。这么跟您说吧，我不愿意让他进山，您今天无论如何也得打他一顿，把他的实话问出来，不许让他再进山找我。”“他为什么要进山找你呀?”“他……他非要帮我砍柴呀。”“他为什么要帮你砍柴呀?”“先生，这一言也说不尽，是我们的家务事。兄弟是好兄弟，我求求您了。”说着话，“扑通”一下儿，张讷腿一软，跪在先生面前。“我就这么一个兄弟，您一定得帮我父亲我母亲好好教育他，万不能让他再进山寻我。我给您磕头，我谢谢您了。”“梆梆梆”，趴这儿给先生磕头。先生伸手相搀："你起来，你起来……我也不知道他进山去了。也不用你说，我要是知道他进山，一定不允，他跟我说瞎话儿也不对。好吧，既然有你这个托付，嗯……我责骂他就是了。""不，您得掴击他两下儿，要不他不长记性。我看他连我母亲都不怕，就怕先生您。""是是是。好吧，你还有别的事情吗?""没有了，您一定得办到，我托付您您可记住了。""我知道了，你回去吧。""哎。"张讷转身出学房回家不提。

单说先生，看张讷出去之后，背身一听学房内众学子朗朗书声，先生不傻，再一琢磨：哦，张诚是个好孩子，一定是心疼哥哥了，看哥哥每日进山辛劳，打算以一己之力以助兄长，到山中帮兄斧薪。可是孩子呀，你才十二岁，你哥哥就是从十一二岁开始进山砍柴，他知道山中之苦，又焉能够让你再受啊？你一家大小把你送到学房，盼着你学而优则仕，日后改换门庭，光宗耀祖也就是了。你的心对，但这个方法大可不必。先生刹那之间把这件事情想明白了，来到学房之内，一看天儿也差不多了，把书拿起来，叫张三，叫李四……挨着个儿一一复习，今天教你们的课目当天你得背上来，怎么讲都得给先生说。然后先生分别留下作业，好比这个是写两篇大字，那个是回家背三趟儿书，学生也有能完成的，也有完不成的。说这个两句，批那个两句，可就散学了，独单[①]把张诚留下了。"张诚别走。"

张诚已然归置好书包打算家走了，一听先生叫，来到先生面前。"先生，您好。""你午前跑出去，过午才回，衣裳也破了，鞋也绽了，手上还带伤。我问你的时候，你告诉我是怎样造成的呢?""啊？先生，您好大的忘性啊，我不是回答过您了么，我摔得

①独单：就是单独的意思。过去老先生都说"独单如何如何"，从俗，从旧。

呀。我是跑急了，摔了个大马趴，衣裳也搓破了，鞋也开绽了，手也搓破了。”“哦……手搓破了是一片一片的，你手上怎么净是窟窿眼儿啊？是搓的，还是扎的呀？”“呃，您不知道，这个树上啊……不是，这个路上啊……”“到底是树上，还是路上？”“是路上，路上它有那个小碎石头，正赶上一片砂石地，我这手就按在小石头子儿上了。”“哦……还真难为你，偌小年纪，设计情节合理，瞎话儿编得挺圆全。但是照先生我瞧，你不是在路上受的伤，你是在树上受的伤。”“不能，先生，哪儿来的那么方便的树啊？”“确由来呀，哪儿来的那么方便的砂石地呀？今日午前你进山斧薪，砍柴去了，着是不着啊？”“哟，先生能耐大了，我不单单得跟您学文化，还得学算卦呀。家里我妈就会算，学房里先生您也会算，有两大仙师教育我，日后我前途不可限量啊。先生您怎么……”“我夸你呢？少要贫嘴，适方才你兄长到学房见过我了。”“啊？我哥找您干吗？”“把你进山之事都对我说了。这次不打，惯了你的下次。一是你放着好好的书不念，进山砍柴，辜负了你父母的一片心意。你父母花钱给你交束脩银子，辛辛苦苦给你打课桌买书本，把你送到我这儿，盼的是什么？盼的就是你三篇文章，日后高中金榜，从而改换你张氏门庭，这才是正理，你又是个有心的孩子。可你要跑到山中一野，就念不下书去了。不是老师我说你，你也就辜负了老师我这几年对你的栽培之恩，这且不提。二是你回来后不该跟老师我说瞎话儿。你要知道，自从上学以来，老师天天教导你们，当着老师不许说瞎话儿，你忘了《三字经》了？‘教不严，师之惰’，老师我有责任。你要是学得不好，日后你父母领着你来，老师我又何言以对呀？伸手。”“哎。”

说着话，张诚一伸手，先生一瞧，上边让树刺儿扎的净是血窟窿。张诚小孩儿哪儿受过这罪呀，本身手就疼，这一下午捧着书本就净倒手了。先生也真不客气，拿起来，这个叫戒尺，要打一打学生张诚。但先生一看张诚这手心板儿，可打不下去了。先生就用手一托张诚的手，一翻个儿，照着手背上，“啪”，轻轻打了一下儿。就这样，拿手一掐他的手。那张诚也疼啊，也搭着故意表演，“哎哟哟哟哟……”先生一瞧：“打疼了？”“您这话……瞧您说的，挨打还能不疼吗？”“不打你这一回怕你不长记性，回家见着你母亲怎么说呀？”“我妈要问，就说是先生打的。”“对，你把我就告下来了。要问你手上的伤呢？”“我说我进山砍柴……让树杈儿扎的……”“那就不对了，还得说摔在砂石地上了，这样才不辜负……唉，你兄长来找我之事，你哥哥不能白找我这一趟啊。”先生昧着心得教孩子说瞎话儿。“这要是你到家说漏了，那能成吗？”先生知道这哥儿俩兄疼弟爱，难得我教了这么一个好学生，他还有这么一个好哥哥。先生也不忍得真打，又嘱咐了张诚几句：“你回家去吧。”张诚规规矩矩给先生鞠了一个大躬，抱着书包，捧着两只小手回家了。

张诚回到家里，进屋撂下书包，先洗了洗手。“咝……嘀……”一沾凉水，手还是真疼。看手上这些红点儿，血已经没有了，把伤口的地方又摩挲摩挲，让妈瞧不出来。再一看，他妈正和面，今儿又吃烙饼。张诚跑过去，拿肩膀一扛他妈：“妈，您起来，我来两下儿。”先弄了一手白面。干吗？他先把他的手伪装起来。那位说，杀[①]得慌不杀得慌啊？当然杀得慌，小孩儿咬着牙忍得住疼。“妈，我来……”“你哪儿会干啊？去，洗手去。”“哎。”他也不去洗，弄一手白面就为了让他妈瞧不出手上的伤口来。但衣裳是破的，鞋是绽的呀，一会儿再跟妈说瞎话儿。张诚往外溜达，他贼[②]着他妈，张

①杀：此处是受有刺激性的东西刺激，感到疼痛的意思。杀，读一声。
②贼：此处是别有用心地盯着的意思。贼，读一声。

讷还贼着他呢。张讷把自己的房门推开了，今天是挑着整捆的柴回来的，已经说好了，今天一会儿烙得了饼，给他一张。

“过来。”一看他妈正做饭，张诚噘着嘴进来了。“在学房里是不是挨了先生的说，挨了先生的打呀?”“对呀，您不告诉他，我这顿打能挨上吗？您这嘴可真够欠的。您什么时候到的学房，我怎么都不知道啊?”“对了，让你知道，我还怎么当你哥哥呀？我说老二，你胆子也太大了，先生的话你不能不听啊，先生责罚你是轻的。你要是再敢去山里，明天先生还打你。不是哥哥我吓唬你，那样你就算出息不了啦。去，赶紧洗手，洗完手上屋里吃饭去吧。”“哎，没事儿啦?”“没事儿了。”张讷看张诚衣裳也破了，鞋也绽了，心里发慌，不知道这一关过得去过不去呀。

张诚倒是泰然自若，回到屋里，饼也烙得了，菜也炒好了，他伸手就抓饼。牛氏一瞧：“哎哎哎，你这一手是怎么回事儿?”“这不刚才帮您和面来着么?”“那你倒是洗手去呀。”“可这也不脏啊。”说着话，张诚把饼拿起来，往嘴里就送。牛氏给他夹菜，看张诚的衣裳肩头这儿都破了。“你这衣裳是怎么回事儿啊?”“嗐，我还没来得及跟您说呢，这一大跟头摔的。我跑急了，门框上有个大钉子我没瞧见，正剐上，半拉身子都带出去了，衣裳也破了，人也摔躺下了。起来一瞧，您猜怎么着?”“摔坏了?”“摔坏倒是没摔坏。”说着话，张诚一抬脚。“您看见没有，鞋都绽了。”老太太一瞧：这是什么跟头啊？衣裳让钉子剐了还说得过去——这瞎话儿编得挺圆全，树杈儿剐得跟钉子剐得也差不多——门框上有个大钉子帽儿没看见，这倒有可能。可摔一跟头，怎么连鞋都摔开了绽了?“你是不是跟人家打架了？哎哟，你是不是挨打了?”“姥姥！我是谁儿子？我是您儿子，只许我打人，不许人打我，我不打他们就是好事儿了。挨了打得有伤啊，您瞧瞧，浑身上下一点儿伤都没有。”牛氏除了张诚这双手没瞧，浑身上下还真瞧遍了。“还真是，没受伤。行了，吃完饭洗完手，把衣裳脱下来，鞋也脱下来。”说着话，开箱子拿出一双新鞋来，有的是啊。您琢磨琢磨，张诚能就一双鞋吗？哪年都做新的，哪年都买新的，外边还净给他买现成的鞋去。衣裳也是，也有牛氏做的，也有街坊邻居做的，也有成衣铺做的，年年都做新衣裳。这孩子一年一年的长，小衣服都穿不得了，那也不说几件拼一件给老大穿，哪儿有那事儿啊，打袼褙儿①了都不能给他。当时把一件新衣裳、一双新鞋拿出来，这身儿旧的脱下来牛氏怎么缝怎么补，咱们也不必细说。张诚手挺疼，晚巴晌儿也就早睡了，今天也卖力气了，往山里跑了一趟，又撅了几根树杈儿，早早就睡了。

张讷帮牛氏把家里这些零碎活儿都干完了。“妈，我也睡了。”“睡去吧。”自己回屋一睡，这颗心才算落在肚子里。一瞧老二还真成，说瞎话儿比我灵，到山里手也扎破了，衣裳也剐了，三两句话，大事化小，小事化无，一天云彩满散，妈就愣能信。这要是掉一个儿让我说，姥姥也不成啊，她也不管我呀。哎哟，我兄弟胆儿真大，但愿得先生之言他能够听，他能够往耳朵里去。

第二天天亮，张讷领饼子，喝了点儿水，顺家里又出来了，提溜着扁担，拿着绳子、斧头进山，众伙友也都刚到山里。“张讷。”“各位大哥。”“行啊，你兄弟对你可不错。”“可不是么，亲哥儿俩呀。”“别说后妈对你不好，兄弟……”“您别老提这个，我们家里的家务事，您也提不着。”大伙儿说这话张讷心里明白，是替自己鸣不平，但张讷也不愿意让大伙儿议论家里人，尤其说他母亲不好，他还说不出什么来，就是闷头儿干活儿。

---

①打袼褙儿：几层布粘在一起，特别厚，做鞋底子。一般都用旧布头，也有用整布的。大鞋店为招揽顾客，把新鞋切开，让大家瞧里面的几层布都是新布，但平常人家不可能用新布。

眼看太阳往正当间儿转，一个是太阳也热了，大伙儿得歇会儿，等太阳再往下落落才好接着干活儿；再一个是也该吃饭了。大伙儿拿出干粮来，谦谦让让，别瞧都是穷哥儿们，还得互相瞧瞧。“今儿你什么呀?”“今儿个好，我是发面饼。”“哟嗬，吃上细粮了。”“您怎么样?”“我是大眼儿窝头啊。”“那完了，我掰您半拉饼子。”“那你不就不够吃了么?”“您给我半拉窝头啊。”你瞧，穷哥儿们在一块儿有感情，互相谦谦让让，还换着吃。张讷怎么样啊？由于昨天表现不错，今天还真给他一张大饼。

张讷把大饼拿出来，正吃着呢，小河沟对过儿探头探脑。头天都有经验了，大伙儿一瞧：“张讷。”“大哥。”“是不是你兄弟又来了?”“昨儿他挨打了，他不……嗯?”张讷一瞧：可不是我兄弟么?敢情张诚不过来，在小河沟那边，腰里一伸手，“噌”，拿出一把斧子来，冲张讷一比划，心里话儿说了：哥哥，你当我傻啊？我灵着呢，长记性留心眼儿了，今儿我也带了把斧子。哪儿来的呢？张讷家里有斧子。

您琢磨，“工欲善其事，必先利其器”，张讷打十二岁进山，今年十八，砍了六年的柴，能没几把斧子吗？每天回家都得磨斧子。张讷自己使的这把斧子又利又快，长杆儿的，抡起来，高的地方也能砍。砍柴的斧子有两种，一种是长杆儿的，跟伐木工人那大斧子似的；一种是短把儿的，就在腰里别着。张讷小时候就是用这短把儿的，那会儿进山张讷最苦，人也小，也没力气，只能舞短把儿的，沉的也抡不动，也没力气，只能拣那矮的地方劈点儿柴禾。现在张讷岁数大了，个儿也高了，长杆儿的斧子也抡得动了，那么也是在腰里别着，把长杆儿的斜插着，这杆儿往这么甩，这儿留一斧子头儿，扽的时候也是大扽，一把扽不出来就两把，也能扽出来。其实扽习惯了也就是一转圈儿，“噌”，就出来了，都是习以为常。可家里还有他小时候用的那把短把儿的，这几年不常用，那把斧子就钝了。张诚是多灵的小孩儿啊，斧子在哪儿搁着他都知道，顺家里摸出一把当初他哥哥小时候用过的斧子，他现在用正合适，一掂量，也拿得动。你说他怎么带出来的？是书包里夹着，还是搁衣裳里裹着？愣带着上学去了，先生也没发现。到中午该吃饭的时候，趁着乱，他提溜着斧子又出来了。昨儿来过一回了，道儿就熟了，今天更快了。今天手持利刃，那就不用过河来了。

“哥，你吃着，我干活儿了啊。”张诚拿着斧子就开始砍柴。张讷一瞧：我这兄弟怎么不长记性啊？昨儿不是先生说他了吗？打了他了，怎么今天又来了？张讷可管不了这些人了，“噔噔噔”，过河到了这边。“别砍啦！”跑过来一伸手，就把这把斧子顺张诚手里夺过来了。张诚一瞧：这是真急了。“哥，您干吗？”“干吗？我不让你来，你怎么又来了？昨天先生不是打骂于你了吗？你手上那伤还没好呢。”“您瞧，我拿布条儿都勒好了，我今天有防备。”“有防备也不行。”张讷心说：我兄弟还真聪明，我小时候是挨了多少回扎之后才长的这心眼儿，他挨了一回扎就知道包扎。“这钝斧子也砍不了柴呀，兄弟你不是该干这个的。”“您瞧，您又来了，那怎么您就该砍柴呢？”“我……我该不该砍柴轮不上你说，我是当哥哥的，你是当兄弟的，你就得听我的。走，回家！”“我不走，我就得帮您砍柴。”张诚拧劲儿也上来了。

张讷是真没辙，猛然间把手里这把钝斧子一摆。“你走不走？你走不走？”“怎么着这意思？怎么着哥哥，你要剁我？”“我剁你干吗？你不走，我剁自己。”说着话，张讷把这把斧子刃往里，往脖子上一担。“你不走，今儿我就剌脖子。”张诚一瞧：哥哥是真急了。“哥，您别生气，我走我走我走，剌脖子干什么呀？怪疼的。这是哪儿的事情啊。您瞧，我就是想帮帮您的忙，倒帮出娄子来了。不让来就不让来吧，至于瞪眼吗？”把手上的布条儿也都拆了，攒吧攒吧往怀里一揣。要是不要了，往地上一扔不就完了么？张诚还留着心眼儿呢，往怀里一揣。“把斧子给我。”“你拿斧子干什么呀？”“我回家怎么交差呀？家里丢了把斧子，回头你不是又得挨打吗？你不是有长把儿的斧子吗？把短把儿的给我，我拿家去。”“行了，我一会儿就带家去了。走走走，我送你出山。走！”张讷把斧子往腰里一别，领着他过小河。“几位大哥看着点儿我这堆东西，我这就回来。”“你干吗去？”“我送兄弟去。”大伙儿一瞧：这孩子真不错，真仁义。昨天帮哥哥撅树杈儿把手扎伤了，今天愣带着斧子来了，小孩儿也不懂，钝斧子能砍得下来柴禾吗？“赶紧送他回去吧。山里也乱，我们一会儿一人多砍几斧子，把你那份儿也就砍出来了。”“行，那我就多谢几位大哥了。走走走。”张讷连斧子带扁担、绳子什么的都扔山里了，拉着张诚就出来了。

出山以后，张讷拉起张诚就跑，可就奔学房了。到了学房，张讷一指：“进去。”张诚进去了。“念书去。”张讷在门口堵着。张诚一看，他哥哥真急了，上屋里见了先生也没言语。先生一看，吃中午饭这工夫他又没了。“你……”再抬头往窗户外头一看，张讷气哼哼在院子里站着呢。“你先念书。”先生出来了。“张讷，今天是怎么回事儿？”“先生，我昨儿那片话全白说了。先生，您怎么个意思？”“我怎么了？”“我不是让您管他吗？您怎么没管住啊？”“他……”“今儿又进山了，非上山里找我去。先生，不能让他进山，不能让他跟我砍柴，就得让他跟着您好好念书。”说着话，“扑通”一下儿，张讷又跪这儿了。“您要是再管不了他，就没人能管得了他了，我给您磕头了。昨天他是拿手撅，今天愣拿把破斧子，带着一块儿上山里去了，您说他这不是要疯吗？”先生心里跟明镜儿似的，心说：他全是为了你呀。但这话哥儿俩来回说，怎么办呢？“好吧，我今天重重责罚于他，保证不让他再去也就是了。你先回去吧。”“哎，山里还有好多伙伴等着我呢。先生，我把他可就托付给您了。”挤兑得张讷直哭。“好好好，你不要难过，我替你教训于他就是了。你只顾忙你的去吧。”“哎。”张讷站起来，又给先生鞠了一躬，这才一步两回头，三步一回首，跑回山里了。

到山里一瞧，穷哥儿们真不错，除了砍完自己的，这个一斧子，那个一斧子，还真没少砍，张讷回来赌[①]现成的呀。本来他上午半天儿就砍了不少，把这些都归拢到一块儿，提溜着长短两把斧子，挑着担子，跟大伙儿一块儿回家。

再说先生。先生看张讷走了，单把张诚叫出来。“张诚，你跟我说实话，今天你是不是又进山了？”张讷在院子里都跟先生说了，张诚都瞧见了，也就甭撒谎了。“是。”“昨天我不是跟你说了不让你去，怎么今天还去呀？”张诚一抬眼，“唰”的一下儿，眼泪下来了。“先生，您让我去我也得去，您不让我去我也得去。”“啊？！”先生一瞧，张诚落泪，十二岁的孩子在自己面前哭得是悲悲切切。先生一看，其他同学都专心看书呢，自己亲手顺壶套里把壶提溜起来了，这儿有温白开水，倒了一碗，推在张诚面前。“学生你坐这儿，好好跟老师说说你是怎么想的，你为什么非要进山助兄斧薪呢？”“先生您要问，我跟您说实在的吧。自从那天您给我讲了那段书之后，‘兄则友，弟则恭’，我回家再看我哥哥跟原先可就不一样了。”“有什么区别呢？”“我哥哥太苦了，我妈她不对呀。”“啊？为人子者，焉能够褒贬亲生父母？世上只有不孝的儿孙，焉有不对的爷娘？你怎么能言说你母亲不对呢？”“她对不起我哥哥。我爸爸头一房……二一

① 赌：北京土语，一指等待接受某种不可避免的后果，一指轻易得到某种成果。此处是后一种意思。亦作擎。

房……三一房就是我母亲。自从产下我之后，我六岁的哥哥就受了苦了……”

小孩儿知道事儿也早，说话也利索，“啪啪啪”，把妈妈在家中怎么样虐待哥哥张讷，所有经过跟先生一说，行说行哭，行哭行诉，哭了一个凄凄惨惨、悲悲切切，不由得先生脸上动容。“哦……确由来。”难得张诚，这孩子别看人小，明大义、懂是非，他知道他母亲做得不对。确实，这孩子如果说的是实话，牛氏你可太恶毒了。似前日那场大雨，何等之凶险，我们在学房之内都不敢放学生回家。但想那张诚之兄张讷，不过年满十七尚不到十八，独自一人被困山中，回到家来竟不闻不问，孩子真说要饿死可怎么办呢？纵不是你亲生自养，也总是张氏骨血。你为人妻者竟如此之恶毒，天理不容啊。没想到亲生之子竟然不随他母亲，随了老张家的忠厚，知道哥哥这样不容易，偷饼饵兄、助兄斧薪之事，令人可圈可点。就是我年迈之人，别看饱读诗书，自愧不如孺子也。先生听完张诚这片话，竟然反省，二目发呆，看着这孩子是频频点头。

张诚也说完了，也哭得差不多了，先生伸手把手绢拿出来了。“来，你擦一擦，不要如此形容回去见你母亲，见你兄长。”“先生，我都说完了，您说是不是我应当进山去帮帮我哥哥？”“好吧，可你哥哥苦苦哀求，让我管束于你，我要是纵着你进山助他，倒是不怕耽误你的学业。这样吧，上午半天儿我好好加着倍给你用功，吃完饭你就走，去帮你哥哥斧薪。那他要是问我，我可不能说我知道这事儿。纵是日后你父母要来找我，我也只能矢口否认。”“先生，您放心，只要您答应我，我绝不能把您出卖了。”“好吧，既是你跟我说出这番话来，我要再不让你去，那就是为师我的不对了。”先生还真开通，等于点头默许，而且暗含着帮助张诚。

打这儿说，上午半天儿先生先不顾别的学生，把张诚的作业检查完了，然后给张诚念新书，念完之后布置新作业。张诚也聪明，知道为了讨先生欢心，每天晚上回家把头天的作业都做好了，温书也温到一定程度，第二天在先生面前对答如流。先生一看，他还是真努力真上进。就这样，下午半天儿完全可以放学，让他进山帮他哥哥砍柴去。这可就成了不成文的规定了，张诚是上午半天儿学习，下午半天儿劳动，这才叫劳学相结合，又动脑子又动手，孩子的身体倒壮实了。为什么？每天下午真干活儿啊。

那位说，他哥哥张讷呢？他哥哥没辙了。怎么？敢情先生跟他说了："你要想帮你哥哥砍好柴，先得跟你哥哥学磨斧子。你那把钝斧子你哥哥给我瞧了，不灵。""先生，磨斧子你也会？""我不会。我打小也是念书，没砍过柴。但架不住这街上卖柴的多了，干脆我找一个上学房里教你来。"所以其他小孩儿都是念整天儿书，张诚念半天儿书，把小斧子磨得倍儿快。也搭着这两天吃得多，每天都活动开了，劲儿也长了，张诚带着小斧子，中午吃完饭撒腿就跑，书包什么的就撂在学校。然后等跟着哥哥一块儿从山里回来，再到学校领书包回家，就瞒着他妈一人。

张诚转天又到山里来了，张讷当然不干啊，夺过斧子来一瞧就愣了：我兄弟是神童啊。头天拿手撅树杈儿；第二天就学会把手包扎好了，还知道拿斧子；第三天连磨斧子都学会了。"这斧子谁给你磨的？""我自个儿磨的。""你自己能磨出来这么快的斧子？""跟人学啊。""跟谁学的？""街上有卖柴的呀，我跟他学磨斧子。""你在哪儿学的？在家学的？""在家学能行吗？在家学你妈不乐意呀。"您瞧，这话说得多有学问。明明是他妈，他不说是他妈，他说是张讷的妈，他气张讷。你妈不乐意，那肯定不乐意啊。"那你是在哪儿学的？""在先生那儿。""对……啊？在先生那儿？学房里先生能让你跟人学磨斧子？""对呀，老师都是人家先生找的。""这先生怎么吃里扒外呀？我给先生跪了两回，哭成那样，先生答应我管束于你，怎么反而倒把我治了？先生就愣允许你进山帮我斧薪吗？”“当然是不允许，可他管不了我呀。我说哥哥，得了，我学习特别好，上午半天儿先生也没什么可教的，下午我也不帮您多干。您看见没有？两捆儿算一担，咱们也不平均。这么着，您七成我三成，我每天帮您弄这么两把儿，就算多半捆儿，就算我完成任务，然后我就赶回学房，把斧子就藏在先生那儿，然后领书包回家。天知地知，你知我知，剩下的人全不知道。哥哥，您就让兄弟我帮帮您得了，您别轰我了。”

张诚这么一央告张讷，张讷心里难受极了。兄弟这样帮着自己，自己能不高兴吗？所怕的就是继母娘知道啊。可一听张诚把整个儿经过一讲，把他自己的设计一说，张讷一琢磨：要是斧子不往家里带，藏起来，继母娘倒是知道不了。而且再一看，张诚这孩子真有心眼儿，手上勒上布条儿了不说，他衣裳好啊，把衣裳脱了，敢情里边这身儿也是破衣裳，不知道他从哪儿拾翻[①]出一件自己小时候的衣裳来，他现在个儿高了，衣裳本身就露肉，然后都扎好了，有的地方他又央告街坊大娘，给他打上厚的袼褙儿。这张诚是全副武装，好衣裳、好鞋进山就脱了，专门带一套干活儿的衣裳，真聪明啊。张讷一瞧：这家伙已经武装起来了，不让干也不行啊。“好吧，哥儿俩商量商量，划划价儿。”“划什么价儿？”“二八开怎么样？我砍八成，你砍两成，中午吃完饭你就赶紧到山里来，我在山口接你。接你进山之后，咱哥儿俩一块儿干，你来一小捆儿就行。每天上午半天儿我也基本都干出来了，咱哥儿俩一块儿干倒是比我一人快点儿，与你的身体其实也有好处。我天天进山砍柴我还不知道吗？这几年

①拾翻：北京土语，翻检，翻找。拾，读一声；翻，读轻声。

我长个儿、长劲儿全在砍柴上啊。”

哥儿俩就这么干起来了，也禁止不了了。可一同砍柴的众伙伴，大伙儿一瞧，可了不得了，什么都有个口碑，回家都得学舌呀。没想到家大人对人家张讷那样，生的孩子张诚会对哥哥这样，大伙儿都为之感动。每天张诚一来，嘴儿也甜，这大哥那大哥一叫，大伙儿都高兴。嗬，每天最高兴的事儿就是等下午张诚来，张诚要不来，大伙儿还别扭了。张诚也有个头疼脑热呀，稍微一哼哼，牛氏就不让上学去了。张诚要是今天没来，大伙儿还都问张讷：“你兄弟今儿怎么没来呀?”“早晨起来有点儿不合适，我妈不让他上学了。今儿算是管起来了，出不来了。”“行行行，咱们大伙儿帮你把那二成干出来吧。”“啊？我还非得让人帮着呀？我兄弟不来，我自己来不就完了么?”

都不瞒，可就是瞒牛氏一个人。牛氏瞧着儿子倒是挺喜欢。为什么？个儿越蹿越高，越来越壮，每天饭量还见长。鱼是一条没钓来呀，改仨糖饼了。[①]原先饭前就吃一张糖饼，现在饭前就得来仨糖饼，念会儿书接着来。而且不用督促，每天就是看书，要不先生那关过不了啊。学习要不好，先生就不让他进山帮哥哥砍柴去了。哎哟，这孩子太有出息了。

那么这段《张诚》要说到这儿，各位，可就没毛病了，蒲松龄这支笔厉害呀。这一天，弟兄们进山砍柴，天过正午，众樵子跟张诚说说笑笑，张讷、张诚哥儿俩也挺高兴。大伙儿正吃干粮之时，猛然间一阵山风吹过，带来一阵刺鼻腥臭。众樵夫都有经验，坏了，有大野兽来了。刚反应到这儿，还没等大伙儿站起来，眼前一花，就在深草当中蹿出一只斑斓大虫。

①这是高英培、范振钰先生经典相声《钓鱼》中的台词，一笑耳。

第三回

书接上回，接说这段《聊斋》志目叫做《张诚》。

上回书说到张诚偷饼饵兄、助兄斧薪，帮哥哥砍柴。当然大哥张讷不让他去，头一样孩子小，第二样让他亲妈牛氏知道肯定不成。最后就是哥儿两个糊弄她一人。但是咱们前文书说了，张诚这孩子第一是孝顺哥哥，尊敬哥哥；第二是看哥哥太苦了；第三是在于先生对他一番正确的教导。张诚在家里受到的教育是错误的，他母亲跟他说远离他哥哥，从小就告诉他你比你哥哥高，他是下贱之人。但学校里的先生了解完这个情况，对张诚予以正面引导，张诚对哥哥太好了。再者，张诚每天进山帮哥哥砍柴，等于是上午学习半天儿，下午劳动半天儿，回到家里吃得还多，出力他就长力。结果张诚比一般十二岁的孩子还高点儿，还结实，身体还越来越好。那牛氏看着儿子学习也好，身体也好，她可不知道每天儿子都去山里帮张讷砍柴去。打这儿说，哥儿俩倒是比一个人干活儿干得多。原先张讷一个人要想完成任务，砍满一担柴是很吃力的。哥儿俩一块儿干，张诚再小也是个帮手，而且张诚是有算计的，一看砍多了。"砍多了就都挑家去，您傻不傻呀？打成捆儿存在山里，山里又没人动您的柴禾。赶上刮风下雨，有个阴天，您不得砍柴怎么办呢？这儿有现成的呀。'常将有日思无日，莫到无时想有时。'"张讷一琢磨：倒是念过几天儿书，比我这脑筋开化得多。就在小孩儿张诚全面统筹计谋之下，牛氏愣没发现。

但是，这样美好的光景也就是不到一年，半年多的时间，哥儿俩又都长一岁，一个快十三了，一个可就快十九了，俩人差着六岁。这天，张诚又到山中帮哥哥砍柴。每天他都是半天儿工，上午他得上学去，赶着中午饭的时间上山里跟这些大哥们团聚。大伙儿正歇晌儿吃饭，突然就是一阵山风。风是雨的头，看得出来，闹天儿的风跟来的这阵风不一样。一阵怪风吹来，紧跟着腥气扑鼻。常在山里砍柴的这些人都有经验，有大野兽要来了。大伙儿不等野兽露面儿，掣扁担的掣扁担，抄斧子的抄斧子，就开始看地形。你得看来的是什么野兽，要是一只大豹子，你会上树，它也会上树，那你就不能上树。怎么办呢？大伙儿凑一块儿就得跟它练，豹子再大也没老虎大，这个一扁担，那个一斧子，跟它搏斗就能把它打跑了，不至于伤人。就算抓伤咬伤人，那也是轻伤。要是来了大老虎，就不能搏斗了，老虎的力量太大，大家纵有利刃，也没有打虎之能，更没有打虎之勇。

我在宣南说《水浒》，打虎的有谁呀？不就是武松吗？说李逵比武松厉害。武松打死一只虎，结果猎户们假装老虎，把武松吓坏了，浑身瘫软。为什么？刚才三拳两脚打死猛虎，浑身的力量都使尽了，要再来俩虎，自己就完了，没想到是两个猎户披着虎皮。那李逵呢？李逵力杀四虎，杀了俩小老虎，还杀了俩大老虎，那他比武松勇得多呀？不然，咱们得讲理。

武松打虎是喝多了，人家三碗不过冈，他玩了十八碗。人家说了，我们这酒纯，高度酒，大碗您来三碗就够瞧的了。满算武松是海量，一般的人喝三碗就醉了，您喝一倍，六碗；再来三碗，您一人顶仨，九碗也就行了。不介，武松逞能，越不让喝越喝。这酒敢情喝到一定份儿上就不是酒了，气死白开水，到嘴里也没酒味儿了，喝吧。哎，去他的了。武松也有点儿这劲头儿。十八碗下去了，人家跟他说冈上有老虎，他不信，什么老虎啊，唬你行，唬不了我，愣要去。他也没想到他今儿就能碰上，赶老虎一来，武松借着酒劲儿，上去真跟老虎轱辘，把老虎打死了，酒劲儿也过去了，吓坏了，他跟老虎没仇。

李逵不成。李逵的妈让老虎开了，老虎逮着李逵的母亲喂小老虎，小老虎吃不了肉，但大老虎得下奶，母老虎吃完人喂小老虎。李逵上家里接妈是为了让老太太上山享福，《水浒》本身写这点儿就有问题，因为只有李逵这么认为，让他妈上山当土匪是享福的事儿。李逵的思维跟一般人不一样，就因为我大哥在梁山当领袖了，宋江是水泊梁山第一把金交椅，那李逵就认为自己第二。实际宋江下边有卢俊义、吴用、公孙胜等等等，梁山排座次的时候李逵且往后呢。但在李逵心目当中，大哥只有一个，就是宋江，除了宋江就是我，宋江老大、我老二、皇上老三，当今天子都得往后排，这是李逵的想法。那我现在跟着大哥混得这么壮，我得让我妈来享享福。您琢磨琢磨，放着好日子不过，愣要背着妈上梁山。你当土匪也就完了，干吗还要让老太太加入黑社会呢？他竟然有这样幼稚的想法。结果半道上妈让老虎开了。您琢磨琢磨，李逵能跟这老虎善了吗？所以他跟老虎有杀母之仇。他杀虎跟武松还不一样。武松赤手空拳，头一下儿棍就折了。武松喝多了，"啪"，拿棍一抡，没打着老虎，打在树上了，力气太大了，先把棍崩折了。本来这哨棒就没刃儿，就是一根棍子，现在两截儿了，改捅火棍儿了，那还打什么劲啊？李逵不介，李逵有朴刀，而且李逵不是说把老虎按那儿拿刀捅，是顺老虎的后门捅进去，老虎带着他的刀就跑了，坠崖身亡。然后，李逵又把小老虎摔死了。所以李逵力杀四虎是这样，不是说赤手空拳，跟武松似的，真拿拳头跟老虎斗，给老虎揳[①]死。您琢磨琢磨，这得

①揳：原指把楔子、钉子等捶打到物体里面，此处就是打、揍的意思。揳，音些。

多大力气。

实际您要看《水浒》，武松的武艺远在李逵之上。武松是少林寺俗家，真正练过把式的。西门庆、蒋门神，都不是善碴儿。这套书要讲打架过瘾，鲁智深都不行，就得听武松。斗庆杀嫂，快活林醉打蒋忠，飞云浦掰枷断锁，夜跳孟州城，大闹鸳鸯楼，怒杀张都监……您听哪段里武松都好。武松的武术确实好，到最后单臂擒方腊，守六和塔给大师守灵。所以武松是英雄。李逵呢？李逵是江州城一个狱警，牢头儿，专门欺负人，欺行霸市。走在街上瞅见谁，没事儿就给人家一下儿，离着远的踹一脚，离着近的来一拳，晃里晃荡，常在街北，就在路南，就这么一个无赖。但咱也不知道，这个江州的牢头跟郓城的衙司怎么就能认他，也不知道宋江的个人魅力在哪儿。要说宋江在江州当官——江州有官，有戴宗，李逵的大哥实际是“神行太保”戴宗，他应该服戴宗——山东“呼保义”“及时雨”宋江是郓城的衙司，也没领导过李逵，也没跟李逵共过事，就是江湖一传名，李逵就愣服他。自从李逵结识宋江之后，大闹江州劫法场，拿大斧子把排头砍去，他是第一功劳。打这儿以后连戴宗的话都不听了，就听宋江的，就认宋江这么一个大哥，谁说也不成了。李逵的武艺一般，而且嗜杀成性，说现在话就是暴徒。

所以要按打虎来说，既得有打虎之能，还要有打虎之勇。大伙儿有经验没有？有经验。碰上老虎怎么办？上树。一般的野兽可以跟它搏斗，可真要说虎来了，就得赶紧上树。那位说，老虎会上树吗？老虎不会，因为猫没教它，就留了这一手，剩下的老虎全会，连耗子都能逮，但不会上树。

大伙儿纷纷把家伙抄起来，见腥风过去，草里乱晃，正是气氛紧张之时，可就忘了这儿还有一个孩子呢。人都是这样，忙中有错。张诚可不知道，他才进山半年多，也没碰上过这样的情况。您琢磨琢磨，他进山砍柴是头年，下大雨嘛，下雨是夏秋之际，然后冬天进山就少了，这才将将开春儿，大野兽是最饿的时候。冬天儿什么吃的东西都没有，老虎也不好逮食儿去，都等着开春儿，万物复苏，小动物也都出来了，都活泛起来了，这会儿最活跃。大伙儿都找这老虎，看这草丛，“噌”的一下儿，“嗷”的一声，真蹿出一只斑斓猛虎。您看，这个瘦虎伤人最厉害。老虎吃饱了，跟猫一样，你就算在它跟前儿站着，它也不理你，跟猫的习性基本差不多，吃饱了一睡。说它真说要逮你，那也是玩，倒不一定真吃。猫也是这样，吃不吃它也扒拉着玩。老虎属于大型猫科动物，也是这样，看什么东西都有点儿好奇心。但现在来的这只虎可不一样，正饿着，瘦虎拦路。

大伙儿一看，真是老虎来了，发一声喊：“跑啊！”都跑，张讷不能跑。为什么？这儿有亲兄弟呀。张诚一看这只老虎，就愣在当场，老虎都过来了，张诚还没反应过来呢，小张诚二目发呆。赶他瞧出来这老虎是奔他来的，再想转身跑，那可跑得了啊？就觉着裆里一热，“哗……”吓尿了。毕竟才是十三岁的小孩儿，腿肚子朝前转，磕膝盖往后转，当时一转筋，可就算拉不开栓[①]了。就觉着浑身瘫软无力，“扑通”，孩子往这儿一歪[②]，可把张讷急坏了。他离着远啊，赶把斧子抄起来，冲老虎“啊……”一喊，意思是想把老虎吓唬跑了。那位说，有可能吗？有可能，但也得大伙儿全上，跟前儿这七八位都抄家伙，都奔这老虎冲，老虎觉得害怕，它就会走。野兽就是这样，什么野兽也怕惊吓，它没见过的东西它都害怕。实际野兽是避人的，再有家伙，找石头子儿一拽一砍，大伙儿往上一冲，

①拉不开栓：北京土语，比喻处于极其忙乱、慌乱的境地。栓，指枪栓。
②歪：北京土语，音伟。

老虎就许往后退，那你也得先把这孩子救出来再说。

原文写“众惧而伏”，都害怕趴下了，该上树上树，该钻草棵儿钻草棵儿，谁不怕老虎啊？就剩下张讷、张诚哥儿俩了，光你一人冲老虎喊哪儿行啊？老虎到了跟前儿，这张诚是老实的。老虎要是跟猫似的，过来细闻闻，张讷得机会过来一搏斗，也许能把兄弟救了，纵然受伤，能把弟弟救了。老虎一瞧，那儿站着一个，拿着斧子，它也知道，自己想消消停停吃顿饭，这位也不容工夫。老虎过来，大脑袋一伸，张开血盆大口，一歪脑袋，往起一叼，这分寸可不好拿。

我们看“动物世界”，我老想这个，那大老虎、大狮子叼幼崽儿，愣会伤不着，它会使劲。鳄鱼也是，您看鳄鱼崽儿都在大鳄鱼嘴里待着，从旱地儿带到水地儿，然后一张嘴，那些小鳄鱼自己爬出来游。可当它在旱地儿的时候，就是拿它那大长嘴叼着，往起甩，甩得高高的再拿嘴接住。您瞧这玩意儿，愣就伤不着。大狮子也是，叼着小狮子，小狮子也不会受伤。

这只老虎就把张诚含在嘴里了，抹头就要走。走可是走，咱们说了，张诚比一般孩子要壮点儿，虽然是十三岁的小孩儿，也百十来斤呢，沉啊。老虎在山里逮野兽，逮个鹿，逮个羊，最大的羊也就六七十斤。家里养的羊能够八十斤，百十来斤的羊那就是最大的羊了，野生的没有那么大的，都是几十斤儿。今儿瞅冷子有个百十来斤儿的，老虎还拽不动。叼是叼起来了，一转身，它走起来可就慢了。

张讷真急了，兄弟要让老虎叼跑了，那能让吗？打仗亲兄弟，上阵父子兵。弟兄连心，焉能让兄弟落身于虎口啊？张讷抡斧子在后就追，还真追上了。老虎要把张诚啐出去，回过头再扑张讷，张讷活不了，按那儿就能给咬死。但老虎到了嘴里的肉还舍不得撒嘴，瞧见有人追它了，它还走。那张讷赶到且近，斧子把儿也长，照着老虎这一斧子就下去了。老虎往过一蹿，身子让过去了，“噗”，这一斧子正剁在老虎屁股上。都说老虎的屁股摸不得，这回摸上了。这下儿老虎不干了。您要知道，虎有三绝：一扑；二胯打；三是拿尾巴抽，亚赛一把钢鞭。老虎借着疼劲儿，往前一长腰，把尾巴往后一甩，卷着地往起一立，“啪”，“噗”，正抽在张讷身上。张讷也没挨过呀，谁能跟老虎打过呀？让老虎这一尾巴就打了一跟头，斧子也撒手了。老虎护疼，挨了这斧子一瞧：我要是翻回头去再搏斗，真许就吃亏。老虎叼起张诚，跑得倒快了，“噌噌噌”，猫蹿狗闪，老虎也是，形容老虎叫蹿山跳涧。

咱说老虎，就拿猫来形容，你认为它上不去的地方它全能上去，你认为它蹿不了那么远它全能蹿那么远，这个动物很神奇。因为我家有四只猫，没有猫去不了的地方，往往你想不到它能钻那里头去，它就能钻那里头去。说你观察，瞧瞧它到底怎么进去的，可是你逮不着，观察不到，都在你意料之外，很神奇。有专家研究过，猫的骨骼构造是最先进的，是一种适合于捕猎的凶猛的动物。只不过家猫已经驯化退化得很温柔了，那野猫是很厉害的。外边多少鸟啊，您认为它逮不着，全能逮着，能逮飞鸟，您说这种动物是不是很厉害？

野生的大老虎是力量型的，叼起张诚来，它也真急了，“噌噌噌”，三下儿就没影儿了，赶再往草里一钻，灌木当中就什么也瞧不见了。张讷半天才爬起来，抄起斧子，“噔噔噔”，往前追。“日……啪”“扑通”“噔唧唧唧唧……”忙中有错，脚底下不利索，又绊一大跟头，斧子又扔出去了。张讷一边喊着张诚的名字，一边赶紧又站起来，抄起斧子再追，深一脚，浅一脚，跌跌撞撞往灌木丛里追，那老虎已经早去多时了，根本就没影儿了。张讷可傻了。

这会儿众樵夫才渐渐聚拢，顺树上也下来了，顺草里也钻出来了，大伙儿凑一块儿，人多胆子大，全瞧见了，提溜着家伙跟着张讷漫山遍野一找。“张诚哎……兄弟哎……”张讷把嗓子都喊劈了，没用啊，兄弟让虎叼跑了，那还活什么劲啊？大伙儿一看，天要黑，要是太阳一下山儿，这山就出不去了。大伙儿找着张讷，拉着张讷往外走。张讷说：“还走什么呀，我还能回得去呀？家里有后妈，我见着后妈怎么说呀？我把后妈的亲生儿子弄丢了。怎么丢的？让老虎叼跑了。这小一年兄弟帮我砍柴这事儿，后妈可不知道，她也不许就能信啊，到家我也是死啊。再说了，兄弟丢了，我说什么也得找兄弟呀。”大伙儿一听：“你找兄弟也得等明天啊。这么着，咱们先回家，明日报官，让县里组织人，咱们再一块儿进山找你兄弟去。”“那我兄弟早喂老虎了，我这兄弟可不是一般的兄弟呀。”原文写“非犹夫人之弟”，意思就是说我这弟弟不同于别人家的弟弟。按说后妈的孩子我就不找了。为什么？那是分家产的呀。我亲妈死了，我爸爸又娶了一个后妈，可张诚不是带过来的。咱们得说明白，张诚是他爸爸跟后妈生的，那是他的亲兄弟，只不过同父异母而已，在过去来说，跟亲兄弟是一样的。那后妈的孩子丢了，这不正合适吗？不一样，他是后妈的孩子，但不是一般后妈的孩子。“我后妈是对我不好，可我后妈生的这个儿子对我太好了，打小就护着我。后妈打我，他不让打；后妈骂我，他不让骂；后妈不给我做饭吃，他从家里偷面让街坊给我烙饼吃。我今天还能活着，不是我后妈让我活着呀，是这兄弟让我活着呀。自从这一年，兄弟每天上午上学，下午进山帮我砍柴，这么好的兄弟今天让老虎叼跑了，我还回家呀？我回不去家了。各位，到家里见着我爸爸，见着我后妈，您替我带句话吧，我找兄弟去了。”

大伙儿都以为他要翻身再进林子里，张讷心里明白：再进林子，白天儿都找不着，晚上能找得着吗？自己绝不能活着出林子了。一时间羞愤难当，抡起斧子照着自己的脖子，“噗”，这一斧子就剁上了。双手一使劲，往下一刺，“噌”的一下儿，血就出来了。大伙儿一看：“哎哟！”“噔啷啷”，斧子落地，“扑通”一下儿，人就躺这儿了。有一位手还真快，过去一哈腰，一把就把脖子捂住了。别看是土办法，抓起土来往脖子上就糊，先得把血止住。那位一伸手，照裤子上一撕裤腿儿，“刺啦”一下儿，撕下一条子布，把他脑袋捆起来，“噌噌噌”，照脖子这儿三圈儿一勒。您说这玩意儿，土办法有土办法的好处，紧急包扎就是这快劲儿。哪边儿是食嗓儿，哪边儿是气嗓儿啊？可能刺的是食嗓儿这边，气嗓儿这边没刺。要当时就这么晾着，那肯定死了。这几位手疾眼快，一番土办法一包扎，张讷愣没死，但昏过去了。大伙儿一瞧：还砍什么柴呀，先顾他吧。临时砍下两根大木头，拴了一个简单的担架，把张讷往上一搭，大伙儿一块儿帮忙，抬起张讷，撒腿往山外就跑。

真不含糊，头天黑下山进城了，一路上血滴滴答答往下流，大伙儿一通儿快跑。往哪儿送？就得往他们家送了。“啪啪啪”，一打门。牛氏在家一天一阵儿一阵儿耳鸣眼跳，心头发热，就觉着今天不老好受的，现在听见外边打门，紧跟着大伙儿叫门都不是人声儿了。“开开开……开门，快开门……”牛氏也吓坏了。

牛氏干吗呢？正给儿子做点心呢。每天张诚一回来，您琢磨琢磨，下午帮着哥哥砍柴多累呀？十二三正吃的时候，进门儿就嚷嚷饿呀。原先下学回来之后就是一张糖饼，现在是三张糖饼，所以牛氏每天得盯着他这顿点心。有时老张也回来，四个人一块儿吃饭，她还得给大伙儿做饭呢，那老张在外头挣钱也不能吃次的，小儿子是自己的心头肉就更不能吃次的。牛氏这点儿倒不错，宁可委屈自己，也不委屈这爷儿俩。到张讷那儿就没饭，剩下吗儿算吗儿。说今儿剩下了，你就吃一口；今儿一家子吃完没剩下吗儿，那张讷就饿着了。

牛氏正做饭呢，外边叫门，慌里慌张从屋里出来，一边拿围裙擦着手，一边问："谁，谁谁谁……谁呀?""快开门，快开门……是张大婶吗?""是是是……""您，您赶紧开门吧!""怎么了?""您儿子出事儿啦!""啊?!"牛氏一听儿子出事了，赶紧把门打开一看，一帮泥腿子。您琢磨琢磨，砍柴的樵夫那模样，头一样说也俊不到哪儿去；二一样说天天都在山里砍柴，身上也脏，再说也没有好衣裳啊。担着一个担架，担架上横着躺着一个，面无人色，顺脖子滴滴答答往下淌血。"哟……嗯？你们是干吗的？你们这都是哪儿轰来的？谁呀?""张讷，是您儿子不是?""啊?"牛氏过来一瞧，可不是么，担架上躺着的正是大儿子张讷。"哟，他怎么了?""这您还瞧不出来吗？脖子这儿来了一斧子，人没死，还有气儿。我们紧急包扎了一下儿，往屋里给您抬。""别忙，怎么就挨了一斧子呀？谁砍的呀？他每天进山砍柴，拿斧子砍树，他不能拿斧子往自己身上砍啊。"您看，牛氏有心眼儿，这得说清楚了。"对不对呀？是你们谁给了他一斧子，打架了还是怎么意思啊？你们得说明白了啊。"大伙儿一听：您问吧，问着问着您就不问了。"是他自己给自己一斧子。""哎哟，这孩子什么时候这么明白了？早就该给他一斧子，我是下不去这手啊，我有这心没这能耐。他自己给他自己一斧子，太可人疼了。他为吗①给自己一斧子呀?""啊？他……他大概是心里害怕，畏罪自杀。""哟，他惹什么祸了，还得给自己一斧子畏罪自杀?""他把兄弟丢了。""嗐，那该……"

这话一说，牛氏心头一惊，"啪嚓"一下儿，手里的围裙就掉脚

①为吗：吗，北京土语读二声，天津土语读四声。可以加儿化韵。

面上了，这只手一扶门框，好悬没坐在门槛上。“您说什么?”“他把兄弟丢了。”“丢哪儿了？丢山里啦？哎哟，好冤家，你带你兄弟进山干什么？你们别愣着啊，找去呀……”“您，您甭找了。别嚷嚷，别嚷嚷……来。”大伙儿一瞧：早知道你这个娘们儿不地道，你怎会养出张诚那样的好儿子来？真就纳了闷儿了。天天跟着张讷小哥们儿一块儿砍柴，他从六七岁上你就开始虐待，十二岁你就把他轰出来让他进山砍柴。你儿子现在也十二三，你养活的儿子就是儿子，人家养活的儿子就不是儿子，一样的孩儿两样看待，两样吃喝，两样穿戴，你这个心眼儿我们都知道。进山砍柴这么多年，别看张讷岁数最小，现在也十九二十啷当[①]了，你也不张罗着给人家说媳妇，天天就是逼着孩子出去砍柴换钱，连饭都不管，哪儿有你这么当妈的呀？你这小儿子比你强，这才叫老天爷不长眼呢。大伙儿恨她：“来，先搭到院里去。”“你们先别……你们说清楚了……”“一会儿告诉你。”

众位樵夫烦她了，大伙儿七手八脚就把张讷往屋里抬，张讷是人事不省，把张讷抬到屋中。其实这不是张讷的屋子，大伙儿直接就抬到上房屋去了，也就是老张、牛氏两口子还有张诚住的地方。把张讷由打这张简单的担架上搭到床上，大伙儿一瞧，这人就跟死了也差不多。把勒着脖子的这块布打开一看，这血才刚刚止住，一个是也流得差不多了，再一个就是这把土也起效果了。这些樵夫也没文化，都是粗人，看床上是挺白的炕单子，腰里有斧子，“刺啦”，刺一口儿又扯下一块来。“去，他们家有水，扤点儿水来。”拿水照脖子这儿一冲，泥土都冲下去，这血还真定住嘎巴儿了。这得等大夫来瞧，人只要不死就行，咱们不摊人命。这回又轻轻地拿白炕单子

①啷当：北方方言，左右，上下。当，读一声。

把张讷的脖子二次包上，就给上这手术。

牛氏在外边就这么瞧着，都吓哆嗦了："那……那我儿子这是怎么回事儿?""你儿子？这不是包扎了没死么?""哎哟，没问他，我问他干吗呀？我问的是那小的。""小的？丢啦!""怎么丢啦？他带着上山里去了?""他带着上山里去的？张诚是自己上山里去的，我们大伙儿都能作证。干脆跟您说吧，小的去山里快一年了。""什么?"牛氏一听："去了快一年了？他进山去干吗呀?""砍柴。""砍砍砍……砍柴？他一个十二的孩子，进山砍的什么柴呀?""对呀，可张讷当年也十二岁，他又进山砍的什么柴呀?""嗯?"这帮人可不管那个，头一样得把自己的责任择出去，这经官动府的，到时候打大伙儿一个救护不力也不成啊。之后先得保住张讷这条命，知道张讷是好人，只要这条命顾过来，张讷能给大伙儿择兑清楚了。那儿还丢了一个人呢，可是被老虎叼跑了的，但张讷要不活过来，张讷要不亲口说，大伙儿可说不清楚。你们互相作证不行，非得张诚的亲哥哥张讷跟衙门说："对，我兄弟是让老虎叼跑了，我一时羞愤难当，我自杀了，是大伙儿把我救了。"那大伙儿才能择落[①]干净呢。所以大伙儿跟牛氏也没好脸儿，骂骂咧咧、嘟嘟囔囔，嘴里也不干不净，这个一句，那个一句，七嘴八舌，把今天这事儿反正说清楚了。

"听明白了吗，张大婶子？您这小儿子是这个[②]，您大儿子也是这个。"言下的话就甭说了——您呢，是这个[③]——不说了。"人我们给您搭回来了，反正没死，您自己看着办。""没死？哦，我儿子让老虎叼跑了，你没死就完啦?"牛氏一时狠上心头，灶台上一伸手，"噌"，把切菜刀可就抄起来了，恶狠狠一指床上躺着的张讷："你拿

①择落：北京土语，抖落，洗刷。择，音宅；落，读轻声。

②表演时伸大指，赞美，褒义。

③表演时伸尾指，贬义。

斧子剌脖子，拍头抹血、寻死觅活这一套，跟别人使成，跟妈妈我这儿使可不成。你当着这就躲过去了？我要你的命！”说着话，过来抢菜刀，恶狠狠照张讷脑袋上就剁。大伙儿一瞧，上去就给抱住了，这些人多有劲啊。有一位过来一伸手，就把菜刀夺过来了，这时也顾不了男女有别了，两位一搂一抱，就给抱到当院，“咣当”，往地上一扔。“你要干吗？告诉你啊，你儿子丢了是老虎叼走的，他自杀有我们大伙儿作证，一会儿他醒过来你可以问他。你要是拿刀把他剁死，我们大伙儿全说不清楚。对了，人命全搁我们脑袋上了，你是妈妈剁儿子，怎么说都行。我们不为你，也不为他，也不为你丢的那个儿子，我们是为我们大伙儿。你要是再敢胡来，我们可揍你！”好么，众樵夫把他们家霸占了。“去，你看着她；我在里头看着他；你在院子里把门儿；你去找张讷他爸爸去；你去找个大夫去；你去报官……”嚯，这几位还全分配出去了，屋里坐着一位樵夫统帅。您瞧这玩意儿，运筹帷幄，派将有方，眼前这几位还是各司其职。有一位溜溜达达走过来一瞧，张大婶子正做着半截儿饭。“行，您甭管了，我帮您都弄好了，哥儿几个也都饿着呢。”“叮当”，这位还炒上菜了。

牛氏也打不过这哥儿几个呀，坐在院里哭天抹泪儿一号丧，骂一声张讷，哭一声张诚。“天杀的张讷呀，你把你兄弟害了，你安的什么心？你那份意思娘我明白，你嫌你兄弟碍你的事了，夺你的家产了，勾搭着你兄弟学坏，跟着你进山，千方百计把你兄弟算计了，你好独得这份家财呀。你是痴心妄想！一会儿我就放火烧房，我全给他点了，你们老张家不是人啊……我嫁给你爸爸瞎了眼了……”老张家怎么长，老张家怎么短，爹娘祖奶奶这么一通儿骂，胡骂呀。一会儿又想起小儿子来了，也不知道小儿子是死是活，让老虎叼跑了还能活吗？“我的儿哎……娘我的肉啊……我正给你做饭呢，你爱吃糖饼啊……搁了一斤面啊，放了半斤糖啊……我的儿啊，嗨嗨嗨呀……”全想起来了。

过了一会儿，大夫先来了。大夫背着药箱子一进门儿，不知道这是哪一出啊。“这是怎么个意思？神经病我可治不了。”“谁让您看神经病了？外伤，挨了一斧子。”“哦，哪屋呢？”“在那屋呢，您跟我来吧。”大夫进来，把药箱子打开，一看张讷这伤口：“这是谁给包的？”“我给包的。”“嚯，包得还真不错。”“是啊，常在山里，保不准就受伤，倒是有点儿经验。”“打开我瞧瞧。哟……”大夫一瞧，肉都翻着，伤口剌得挺深。您琢磨琢磨，刚才张讷那急劲儿，一斧子抡上，回手再一剌，也就是自己砍自己，要砍别人就砍死了。那位说，他自己下手手里有分寸？不是，自己剌自己其实挺费劲的。这一下儿下去，没剌着气嗓儿，剌在食嗓儿这边，全都剌开了，这人愣没死。但大夫一瞧，虽说伤这么重，可就是一斧之伤，这归为外伤，没别的毛病。缝上自己长，长好一定嘎巴儿，嘎渣儿一掉，好人一样。别瞧伤口这么深，真不算难治。

大夫一看：“你们几位算是把他救了。”“怎么意思？”“谁挨这一斧子从山里搭出来，血也流干了，怎么也是死。你们这土办法还真有用。行了，我先上药吧。”把原先这些血迹、脏土，拿清水都洗干净，重新给张讷上药面儿，这药面儿是有助于生肌的，然后再给张讷缝合伤口。大夫当然是会手术，缝好之后，重新拿细纱布把伤口都包扎好。脖子上的伤口处理完了，大夫又留下几种药。“有药面儿，这个是外敷的，到时候得给他拆洗；还有内服的，保住他的血脉的，让他不起心火。”外伤就容易着急，心里起急起火，还得给他开些清凉散热的药。“他家里没人啊？”“我们都是他的哥们儿弟兄。”“外头哭的那女的是谁呀？”“那是他后妈。”“那我是跟你们说，还是跟她说呀？”“别跟她说呀，跟她说她敢往里搁耗子药，您跟我们说得了。

然后等他爸爸回来，我们再跟老爷子说就是了。”“呃，那我这个出诊费……”“您先别忙，您也得等他爸爸回来，您先坐这儿喝碗水歇会儿。”那位已然把饭做得了。“您要是饿了，您先吃。”把张家霸占了。

这时，天也黑了，老张也回来了。老头儿在外边做买卖有应酬，正跟人谈着事，请人家吃饭呢。好，您琢磨琢磨，这么大县城，樵夫也没见过他，上哪儿找去呀？逢人就问，遇人就讲，等找着他天都黑了。老头儿正喝着半截儿酒，顺饭铺可就拉出来了，一听说家里出了这么大事儿，跟着樵夫就跑，半道上还摔了三回，摔得鼻青脸肿。老张一进门儿，看媳妇坐在房檐底下，也没劲儿了，闹了一晚上了，坐这儿直抽搭，上气不接下气。“这是怎么啦？”牛氏猛然一抬头：“哟！”这恨又上来了。“你个老天杀的……”猛然站起身形，“噔噔噔”，“咣”，就是一羊头。他们两口子玩命，樵夫们就不管了，大伙儿全都闪着，看着两口子在院里摔跤。老张还真不错。您琢磨琢磨，从山东东昌府带着一家子往河南跑，老头儿当年不容易，年轻时候也有两下子。现在一看媳妇是真疯了，脚底下一使绊儿，一个泼脚[①]，“啪唧”，就把牛氏扔那儿了。“再闹？再起来，给你来个德合勒[②]。你们几个是干吗的？”“您先甭管我们是干吗的，这是谁？”“这是我大儿子。”“对，你大儿子快死了，是这位大夫看的病。张大叔，拿钱，先把大夫打发走。”“哎。”老头儿拿出钱来，把大夫打发走，众樵夫这才一句一句把事情的前因后果一说，老头儿可傻了。

前文书交代了，老张带着自己怀着孕的老婆顺东昌府往河南跑，

①泼脚：摔跤术语，指通过快速踢击对方小腿或脚踝破坏其平衡，强调上下肢配合与巧劲运用。脚，读轻声。

②德合勒：原为摔跤术语，指一种摔跤动作，具有一定的攻击性和技巧性。后来用于土语中，尤其在双方推搡打闹时，将其作为一种招式技巧开玩笑似的说出来，但并非真的使用。

半道让清兵把老婆抢跑了。为了这个老婆，自己十几年都没再娶媳妇。等到娶张讷的妈的时候，他都四十多了。您琢磨琢磨，现在张讷都十九了，老爷子都六十开外了。那年头儿六十大几的人就是老得不能再老的老头儿了，仗着这几年做买卖，有俩钱儿，保养得还不错。那么续娶的这个媳妇牛氏还给自己生了一个张诚，自己也算老来有靠，想着自己少年时命运很不好，现在老了老了，有二子傍身。总算张讷、张诚都是忠厚的孩子，一个每天帮家里干活儿，进山砍柴，能够贴补家用，家里大大小小的活儿都是张讷干；另一个从小进学房，日后不说当官改换门庭，能够认识几个字，也总算可以继承自己的这份事业。所以老头儿心情挺好。哪儿知道眨眼间家败人亡，大儿子自杀未遂，小儿子让老虎叼跑了，媳妇也快疯了。牛氏一阵儿明白一阵儿糊涂，嘴里净是胡话，跟自己要死要活。

老头儿坐这儿，也开始捯气儿。大伙儿一瞧："大夫别走，这是怎么意思？""这我先扎两针吧。"一会儿老头儿也缓过来了。"啊……这这这……"老头儿直哆嗦。大伙儿一看："您瞧，都后半夜儿了，快折腾一宿了，咱们有点儿事儿可得先说清楚了。老爷子，我们都是穷哥儿们，您这小儿子呀，唉，天底下找不出这么一个好孩子了，进山帮哥哥砍柴不是一天两天了，我们大伙儿都能作证，眼睁是让老虎叼跑了。天一亮，没别的，我们哥儿几个一块儿奔衙门报官，头一样先让县里派人进山，逮老虎救孩子。倘若老虎松了口，这孩子失落在山中，没准儿还能找回来。"老张一听：哪儿有那事儿啊？"这老虎还不把孩子吃了？""您不知道，这只老虎让您大儿子给了一斧子，护疼受伤，没准儿也就跑了。我们大伙儿再动员起人来，明天一块儿进山帮着找。另外，家里您可看住了您的大儿子，等他明白了得到衙门里去给我们打干证，不然我们就全摊上人命官司了。本来就都是穷苦人，张大叔您行行好吧。""唉，这我就感恩不尽，你们把我大儿子救回来了……”老头儿这会儿已经开始想了，真得想：二儿子没了，我还得指着大儿子呢。应该是仨儿子的命，桃园三结义，现在孤独一枝了[①]，就独单剩下他这一枝了。再让这个死了，我这半辈子白忙活呀。还不如我当初在老家摊上兵乱受灾荒，我死在家里也算是死得其所，落叶归根啊。哦，放着家不待，四十多年亡命，跑到河南来，最后我落得一个老绝户？这儿子说什么也不能死啊。“我都明白。”老头儿已经稳住心神了。“行了，不怨你们。”怨谁呀？怨我这牛氏媳妇，我哪儿知道她这么虐待张讷呀？那只能怨我自己做事糊涂。“唉，你们几位受累，喊来地方你们报官吧，明天我跟着到衙门里去也就是了。”老头儿坐这儿哭。大伙儿一瞧，天都快亮了，都没吃东西呢。“得了，我们先找个早点摊儿，我们先喝老豆腐去了。回见吧您。”

哥儿几个出去，找个背风的地方一待，都甭回家了。有俩还住城外的，那也回不去了，城门早关了。不一会儿，天儿也亮了，哥儿几个找地儿吃点儿东西，又都奔衙门了。到了衙门怎么样啊？报官，衙门里再派人出榜安民，进山去找，咱们就搁下暂且不提了，一切公事公办。

单说众樵夫走后，老头子一看，大夫已然包扎完了，张讷昏迷不醒，来到院里先把牛氏搀起来，回到屋中。牛氏要疯这会儿也没劲儿了，天也亮了，愣磕磕看着老张。老张怕她再出事儿啊，就问：“你可犯的什么愣啊？”给了牛氏一嘴巴。“哇”，这下儿牛氏才哭出来。“我的儿啊……”这可是真的。您琢磨琢磨，哪个妈儿子死了不是真难受啊？这一点儿假都没有，真恨张讷，真疼张诚，要不她也不能对张讷那样。“你赶紧进山去找。”“去了去了，派人去了，

①这是传统相声《大相面》中的台词，一笑耳。

天一亮衙门里就派人了，到时候你我夫妻一同去找。”“小畜生张讷呢?”“啊?牛氏，说别的我都能让你，张诚是死是活暂且不提，你要再敢动张讷，别说我不顾夫妻之情，那时节为夫我定不与你善罢甘休!”哟，自打牛氏过门儿，没这个，两口子没红过脸，总有这么点儿老夫少妻的意思吧。老张又是受过苦受过罪的人，对媳妇总有一分疼爱。尤其现在媳妇的亲生儿子张诚没有了，能说出绝情的话来，但他知道，这地方要再不给大儿子张讷说句话，自己出去报官的这工夫，牛氏就许把张讷害死在家里。牛氏当然还是不依不饶：“我明白，他就是想把张诚害了，谋夺这片家产。”

牛氏越这么说，老张心里越别扭。怎么?我这俩儿子不是那样的人啊。张诚还小不提，张讷三岁看大，七岁看老，从小长起来，对你是多么样的尊敬。你别忘了，你可是后妈呀。说你多虐待这孩子我倒是没瞧见，平常打骂我可是瞧见了，他们跟我说的那些事儿有的我知道，有的我不知道，但你没给过这孩子好脸儿啊。你对张诚什么样，对张讷又什么样，你打量着我不知道吗?只不过是你没有出圈儿框外的事情。现在要听他们大伙儿这一说，你不够做人妻之资格、不够做人母之资格，为人妻、为人母焉能如此蛇蝎心肠?老张是个老实人，说不出这话来，这就是最狠的话了：你要是再敢招他，别说我跟你急。牛氏呢?也没想到老张能跟她翻脸，自己纵然哭闹，儿子反正是找不着了。

这时候，天也亮了。一会儿的工夫，外边有人叫门，衙门还真来人了，还是众樵夫陪着，地方也跟着来了。到这儿进门儿先看看病，找哪个大夫瞧的，确实是斧子伤，大夫到时候也得出证词啊。“他这儿缓过来没有啊?”县里也来人了，张讷也明白过来了，以为自己死了呢，悠悠转醒。睁眼一看，父亲坐在床头；再往外一瞟，砍柴的穷哥儿们都在外头，大伙儿满面殷切之情。“唰”的一下儿，张讷眼泪下来了。“爹呀……我兄弟找着了吗?”就这一句话，老头儿说找着也不成，说没找着也不成。说找着了，当时要兄弟，拿不出来；说没找着，大儿子心里一着急，还许就死了去，自己也看不住啊，真要是他自己想死，谁也拦不住。老头儿把张讷的手攥起来说:“儿啊，你看看，县里衙门都派人了，你这些大哥们也都在，你兄弟丢不了，为父我亲自进山寻他，儿你可莫要再寻拙志啊。你的娘她……她她她……她对你不好，爹爹我也是今日才知道啊。儿啊，不必多想了吧，有为父在此，我的儿不要担惊害怕。”当爸爸的，六十好几的老头子，跟自己的儿子可说什么呢?“有爸爸在没事儿，老张家完不了。孩子，看见没有，这么多人呢，这就找你兄弟去，你就好好等着把你兄弟……给找回来……”老头儿有眼泪往回瞪，当爹的在儿子面前得要出一份儿派头儿来，就得说点儿狠话。

张讷明知道爸爸说的是瞎话，也搭着脖子上的伤太重了，身上一点儿力气都没有，一闭眼，眼泪往下一流，不言语了。“哗”的一下儿，穷哥儿们围上来了。“兄弟，小兄弟儿，咱们多少年了？打你十二岁进山，咱们在一块儿滚。老爷子说得对，我们这就动身进山，保证把小弟弟给你带回来。”说着话，大伙儿缕缕行行往外就走。

衙门里来的人一瞧，这不是装的，跟众樵夫禀明的一样，回复太爷也就是了。可公差一琢磨：怎么县里也得派几个人啊，对不对？县里的小孩子进山让老虎叼跑了，县衙门也得有个姿态问题呀。“你们谁对山里的道路熟悉呀？出事儿的地点在哪儿啊？带着点儿啊。”“那几位上差辛苦，跟着我们走吧。”您琢磨琢磨，官人儿要到寻常人家，这笔敲诈是免不了的了，你不拿出几个钱把这几位公差打点明白，县里肯派人去找吗？但公差们一听老张家里这情况，人心都是肉长的，众衙役并没有为难张家之人，跟着众樵夫，哪怕是走走形式呢，还真就去了一趟山里。

他们不经心找，各位樵夫大哥可是经心找，大伙儿约好了，三人一组，各带家伙可就进山了。从早晨开始一直找到晚上，顶到太阳都落山儿了，大伙儿都瞧不见道儿了，还点着火把在山里转悠，这通儿喊啊，没找着。

回来见老张，把事情都说明了，老张心里有这个准备，知道寻子未果，给大伙儿道乏，拿出钱来买吃的，置酒酬劳，自己也没心思陪大伙儿，大伙儿也没心思在人家吃啊，连酒带菜无非就是拿走，拿回去吃也就完了。牛氏还是不依不饶："他们不尽心找，他们跟张讷都是一伙儿，衙门也不给办事，我要儿子呀……"这一天哭死过去好几回，想子心切，确实这会儿也后悔，但是晚了。

学房里也知道了，同学们都知道张诚是好样的，先生闻听，心里也难过，张诚是他最好的一个学生啊。甚至于说张诚进山助兄斧薪这个事情得到自己的默许，等于是自己同意的，半天儿上学半天儿砍柴嘛。现在先生一听说张诚失落虎口，迷失于深山，定然是以果野兽之腹，先生这份自责就甭提了。先生买了慰问品到家里，见老张，见牛氏，见张讷。张讷看先生来了，更是感慨了。先生到底是会说话儿，连老带少一通儿安慰，让张家人听着心里稍微好点儿，可先生也无回天之力呀，又带着同学们都走了。

就这样，三四天之后，事情渐渐平复，老张还得顾着这个大儿子呀。大夫又来过两回，拆包扎换药，留下点儿药，人家也就不盯着了，大夫也走了。县里呢？这个事情已然有所安排，就是让你们家找儿子，儿子要找不着，过一段时间算是死了也就完了。但牛氏越看张讷越别扭。张讷在屋中养伤，老张不能天天在家呀，他可就出去了。家里就剩下这娘儿俩的时候，牛氏几次想把张讷置于死地，他也无力反抗，可牛氏也知道，自己要动手把张讷治死，老张回来必然也得把自己弄死。老张临走时说了："我不在家，你要是错待了张讷，我跟你没完！”她知道张家人都是实心眼儿，说得到办得到，所以牛氏也不敢过来打他，她有她自己的办法。

这娘们儿还真狠，头一样说不给张讷做饭，不是说光不给大儿子做，连老张的饭也不做了，假装失心疯，我儿子没有了，每天是疯疯癫癫。她自己吃不吃？她吃，这爷儿俩的饭她都不给做。老张在外边忙完了，回来还得给自己和儿子做饭。熬药她也不管熬。另外，只要看老张一出去，她往张讷门外一坐，就开骂，什么难听骂什么，什么难听说什么，连张讷的生母带张讷一通儿卷，她也不嫌累。骂累了，吃点儿东西，喝点儿水，回来坐这儿接着骂。算计着老张快回来了，再往屋里一坐，以泪洗面，装出一副样子让老张瞧。老张回来熬药、做饭、伺候儿子，还得安慰牛氏，没几天老张的身子就有点儿顶不住了。至于张讷脖子上的伤是能好，但真疼啊，疼痛难忍，再加上白天挨牛氏的窝心骂，一天一天的骂。您琢磨琢磨，这样的环境能有利于养病吗？起急冒火呀。最主要的，日子越长，兄弟就越没有生还的希望。白天哭，晚上当着爸爸还不能哭，故作一份坚强之态。

这天晚上，牛氏睡了，老张把药跟吃的端到张讷面前，准备一口一口地喂，张讷可就不张嘴了。老张一看：“儿啊，你怎么样了？”张讷声音微弱，语带悲哀。“爹呀，我吃不下去，你搁那儿吧，一会儿饿了我拿这只手够着呀，我自己能吃。您在外边忙了一天，您歇着吧，我没事儿。”老张不知道他又起了寻死之心，一琢磨：“你要是吃不下去，就一会儿再说吧。”老张睡了。本就有丧子之痛，现在大儿子又是这样，但耐不住太累了，又是年迈之人，心里真着急，能活着就不容易呀，一会儿老张睡着了。张讷把这个菜、饭，连药都算上，勉强着扒着床帮全倒炕洞儿了。

天亮了，老张过来收盘子，还以为大儿子真都吃了呢，张讷闭着眼睛不言语，装睡。老头儿把家伙敛走。第二天如是一样。三日不食，饿了自己三天。

赶老张这天再回家，上房屋里见牛氏，两口子说了两句话，然后老张来到下房屋，推门一进就觉着不对。看张讷脑袋整个儿在床帮下边垂着，手里提溜着盘子，临走的时候自己给他留的饭，半盘子饭菜都折地上了，人已然气绝身亡多时，张讷活生生把自己饿死了。“扑通”一下儿，老张坐在屋里了，半天才缓上来，爬至近前，把大儿子的尸首往怀里一抱：“唉，我这个命啊。”

您琢磨琢磨，年少之时家里正赶上打仗，清兵下来了，山东最乱，活不下去，老婆又怀孕了，连房子、地都没工夫卖，就是家里这点儿浮财，敛吧敛吧带着媳妇跑，半道上媳妇让人抢跑了，自己摔了一个跟头站起来，媳妇就没了。那媳妇儿跟她怀着的那个孩子身落在何方？自己根本不知道。找媳妇可费了劲了，逢人就问，遇人就打听，十多年我不娶为的是什么？就盼着夫妻再团圆。这是时间隔太长了，大伙儿又给我说了一个媳妇，过门儿不到一年怀孕了，转过年生下张讷，挺虎实，也挺漂亮。哪儿知道他的娘命运不好，早早儿的又死了，我又等了几年，那意思也就不再娶了。一是我命硬，克媳妇；二是给孩子娶后妈，哪个人来了能跟亲妈一样？可大伙儿说您这家不像个家，鳏居老头子带这么一个孩子，这哪儿成啊？您又当爹又当妈的可不成。我一时心活泛，这才娶了牛氏进门儿，又生了一个张诚。应当我有三子之命，现在呢？丢一个，死一个，老虎叼跑一个。这就是我老张的命吗？我活着还有什么劲呢？

老张在屋里抱着儿子的尸首，越想越别扭，最后失声痛哭，一人哭了半宿。他这儿哭着，牛氏在上房屋里听着：小畜生可算是死了，这方消我的心头之恨，这三天我没白骂，活生生把小畜生骂死了。然后假装听见哭声，来到下房屋。“哟，这孩子他怎么样了？”老张抱着大儿子的尸首，猛然抬头一看，牛氏一脚门里一脚门外在这儿站着，似乎有所觉察：这孩子的死别是跟她有关系吧？“你，你你你……”急火攻心，眼前一黑，“扑通”，老张也死过去了。牛氏跑出去喊人，大伙儿来了是顾活不顾死啊，都是哭着出去的。为什么？大伙儿都说这一家子太倒霉了，小儿子让老虎叼跑了，大儿子自己抹脖子，好不容易救过来，你说这是怎么死的呢？可那也得先顾这老头子啊，把老头子抢救过来，人家可就顾不得这死的了。

张讷死了没有？死了，但一灵不泯，张讷的魂灵恍惚惚已然出窍，在屋子里转悠了一圈儿，一回头，看自己脑袋垂在炕沿儿下边，半盘子饭菜都泼在地上了。哦，我死了，明白过来了。有心遘奔上房屋，还还嘴儿，我闹闹她去，又一琢磨：唉，她是我兄弟张诚亲生之母，张诚其死罪在我而不在她呀，她对我不好，对兄弟可好，我找兄弟去吧。我把自己饿死，第一，躲后妈这骂；第二，兄弟，哥哥我就能跟你相见了，咱们哥儿俩地下见吧。

张讷的魂灵夺门而出，一缕灵魂顺家里往外飘，飘飘摇恍惚惚一看，道路依稀认识。我自幼生在此处，哪条道路我不认得啊？我活了一十九岁，家门口我能不认得吗？怎么有的道儿认识，有的道儿不认识呢？哦，头里有个城门洞子，这是城关厢，出去之后就奔山里了。对，我上山里找兄弟去。可张讷到了城门洞子里一瞧，道路全不认识了，哪条路是奔山里的路啊？往前走吧。

正往前行，头里来了一个人，这个人一瞅张讷，可就站住了，鼻子里“嗯”了一声儿，很诧异。“嗯？”那位说，这位什么意思呢？意思就是这孩子怎么死了，魂儿怎么跑这儿来了？我认得他，没他呀。

那位说，这位是干吗的呀？“村中有巫走无常者”，就是说他们这片儿有个巫师，善走无常。走无常是怎么个意思呢？就是阳间跟阴间的阴差。阴间跟阳间不一样，阳间是机构臃肿，人浮于事。那位说，你怎么知道的呀？蒲松龄说的，蒲松龄说清朝就那样。据蒲松龄说，阳间的官儿，“官虎而吏狼者，比比也”，哪怕当个小差事，都是虎狼之辈。当然他偏激，但也可见那会儿的社会和制度确实比较畸形，有问题。可阴间不是那样。

那位说，阴间什么样啊？阴间的人还不够用的。为什么呢？阳间有生有死，阴间不成，净是死的。说不是有六道轮回么，再让他活过去呀？不成。有些人不够这资格，再想活都不让活了，就滞留于阴间。所以阴间管的事儿还挺多，导致阴间这些官儿还不够用，临到拘魂的时候无常鬼少。怎么办呢？就上阳间找个人去，跟他说好了，由你来管这事儿。“你看见没有，这儿有个单子，这上头都是该死的啊。何某某、应某某[①]……这一大溜。一个地儿，到一个园子就全找着了，全拘走，听明白没有？拘走可是拘走，你还回到阳间。不是说你拘他们到那儿去，就连你一块儿都扣下了，你是阴间委派的官差。到那儿你办完事儿，你还回阳间。与你有好处，不给钱，不给米，不关点儿吗儿的，但你们家里人每个人长一岁，多活一年。好比你爸爸应该活七十四，这回就能活到七十五了。”过些日子又不够人手了，又把他找来了。“你再辛苦一趟，帮个忙，这回你们家里人又长一岁。”阴间就有这个权力，可以给阳间的阴差家里人谋点儿福利。但这也不是扒拉脑袋就是一个，谁都行，也有一定的考核标准。再一个，找你这回就是试用，你干得好，才能让你转正，正式干这活儿。你要是不灵，对了，上园子里一逮，逮走七对儿十四个，到阴间一数十三个，丢了一个。“哎，应该是七对儿十四个都死啊，怎么丢了一个？”“不是不是，有个胖子改说书了，人不错。”这胖子

①何某某、应某某：暗指何沄伟、应宁，砸挂，一笑耳。

改说书了，没带来，那十三个完了。那阴间不干，你不够数啊，下回就不找你了，你家里人这点儿寿数也就不给了。

现在看见张讷这位，“有巫走无常者”，就是他已经干过好几回阴差了，往返于阴阳两界。头一样说这人是死是活，别人瞧不出来，他能瞧得出来。他一瞧，头里有个魂儿。整个儿这片儿都归我管啊，我看看这是谁呀。到跟前儿一看，张讷，认识啊，这就是我们门口的孩子，十九，身体棒着呢，天天进山砍柴。家里人口儿别看不多，可都挺好啊，老张、牛氏，加上他们小哥儿俩，听说他那兄弟还上学念书。怎么这孩子死了？我也没得通知啊，再说怎么也没人领着他呀？没人领着他，他一人这是要奔哪儿啊？他怎么死的呀？这大叔惯走无常，他也不害怕，瞅见张讷的魂儿，他站住了。

张讷道路正不熟，好不容易碰见一个人，赶这位站住，张讷也站住了。“哎哟，这不是巫大叔吗？”那位说，巫大叔是谁呀？他不姓巫。原文写巫术的巫，他是个巫师，但是没写名姓，我就给他编了这么个名字，因为这个人不错。巫大叔，也有姓巫的。“这不是巫大叔吗？”“啊，你怎么个意思啊？”这会儿也就明问了。“你怎么死了？”“我把自己饿死了。”“绝食？什么事想不开呀？哦，知道了，我耳目着[①]你后妈对你不太好，是不是跟你后妈怄气呀？”张讷摇头。“那是你兄弟对你不好？”一提兄弟，张讷眼泪又下来了，“扑通”一下儿，跪这儿了。“我想起来了，巫大叔，您惯走无常，我正找不着道儿呢，是这么这么这么一回事。我兄弟帮我进山砍柴，让老虎叼跑了，我给了自己一斧子，没想到没死了。到家里我后妈不但不给我瞧，不给我饭吃，还堵着我门口骂了我好几天。我又想我亲妈，又想我兄弟，干脆我死了得了，我跟他们就团圆了。”

①耳目着：北京土语，打听，听说。目，读轻声。

巫大叔一听:“别哭，别哭，你起来。你这个不合制度啊，爷们儿。就是说该死的人不死不行，不该死的人死了也不行，你没有自己选择的权利。”“啊？我死了还错了?”“倒不是错了，我也不知道五殿阎君那儿有你名字没有。你兄弟……哪天丢的呀?”“我这是饿了三天自己绝食死的，她骂了我四五天，四五天之前我爸爸在家看了我两天，得有十天往上了吧。”“哦，别忙，十天往上没出这个月，这个月都是我的班儿，没你兄弟呀。你兄弟要是去，就得打我手里经过呀。为什么？这个月我当班儿啊。那里头没下条儿，能随便带人吗?”“哟，我兄弟不是您带走的啊?”“不是。”“可咱们门口又不是您一人干这个……”“啊，各管一条路。这么办吧，我带你找找去。”“好啊。”张讷高兴了，站起来了。哎哟，这一起猛了，脖子疼啊。“你怎么了?”“我给了自己一斧子，伤还没好呢。”“好么，斧子没砍死，愣把自己饿死了，要不要我带你先吃点儿东西?”“不不不，不麻烦了，我不饿，我跟着您走。哎，我问您点儿事儿。”“你说。”“我在那边把自己饿死了，这边不会再饿活了吧?”“你啊，你暂时活不了了。”“那我就不吃饭了，找我兄弟要紧。”

巫大叔一琢磨：这事儿也怪呀，整个儿一县城的人要死，都得经过我手，他跟他兄弟都死了，我愣都不知道。这也就是让我碰上了，要不碰上，他自己胡溜达，指不定就溜达到哪儿去了，那我这责任可大了。我干了这么多年，给一家子的寿数都奔下来了，老了老了快圆满了，别出岔头儿啊。您看，巫大叔这人还挺认真负责。“来，跟我走。”“跟您上哪儿?”“别打听。”

拐弯儿抹角儿，抹角儿拐弯儿，猛然间头里雾昭昭一座城楼。远望城楼三滴水，近瞧垛口数不清。远处瞧，是雾气沉沉；离近了一瞧，好热闹了，连出带进，人流不断。也有自己走的，也有押着走的，捆着的，拴着的，拉着的。有的不情愿，都到城门这儿了，拿脚跐[①]着城门。“我不去……”后边有人拿狼牙棒轰着。“不去也得去，谁让你逗哏[②]来着，去!”还是这几位，愣往里轰啊。巫大叔看着这些人进出，拉着张讷可就不撒手了。“爷们儿，跟着大叔溜边儿啊。”敢情人家这儿有把守城门的。“站住!”“哟，上差，有一股差事。”他惯走无常，按说到跟前儿得拿路条儿。为什么？得里边派人，门口验条儿。“带着谁呀?”“呃，带着一名差事，叫张讷。”“哦，过来看看。”一看条儿上写着，现派谁谁谁拘张讷之魂，阳寿十九岁。大概一问籍贯、年龄、姓名，各种身份吧，都跟条儿上相符合。“进去吧。”这才让进呢。但巫大叔惯走无常，跟门儿上一递嘻哈儿[③]，也挺熟。“公事我带着呢，您还瞧瞧?”“甭瞧了甭瞧了，进去吧。”你瞧，挺松泛，没严查，巫大叔领着张讷可就进了酆都城。

到了城里，张讷眼睛快不够用的了。正往前走，头里有个衙门口，巫大叔看得出来有点儿紧张。“站这儿别动，千万别胡溜达，谁过来跟你说话也别搭茬儿，假装看不见，看见什么都别问。看见没有，这儿有个石头狮子。”衙门门口有石狮子。“就在石狮子根儿底下蹲着，我不出来，跟别人谁也不许说话。”“您干吗?”“我进去找人啊，找判官去。”“哎哟妈耶，这就到阴间啦?”“啊，别多说，别多问，见了判官我问问你兄弟这事儿。”“哎哎哎，巫大叔您费心吧，一定得把我兄弟找着。”“是是是，我知道。”巫大叔低着头，进这大衙门。嗬，去了老半天，这工夫净过来人。石头狮子根儿底下蹲着个人，还真有人过来搭搁。“你干吗的呀，怎么回事儿啊，怎么也到这儿了？岁数不大，挺年轻的，怎么脖子上还有伤啊?”张讷就是抱

①跐：北京土语，脚后跟翘起，用脚尖蹬踩。跐，音此。

②因为我说相声捧哏，所以拿逗哏玩笑。前文说抓走何某某、应某某，暗指相声演员何沄伟、应宁，盖因其逗哏也。

③递嘻哈儿：北京土语，点头哈腰，恭维讨好，但和对方需相熟。

着脑袋，也不敢说话，看见谁都是看脚丫子看腿，连头都不敢抬。

一会儿有人过来拍他："抬头。""巫大叔，您回来了，怎么去这么半天啊?""嘘……"拉着他离衙门口远了，找个僻静的所在，一看路上没什么鬼魂了。"没有你兄弟呀，我问了。""哎哟，坏了。""怎么会坏了？应该是好啊。""嗯?""这儿没你兄弟，说明你兄弟没死啊。""哦……对呀。"张讷一琢磨：是啊，这儿没我兄弟，就说明我兄弟没死。一个十二三的孩子，深山老林失身于虎口，难道竟然没死吗?"巫大叔，您查清楚了吗?""反正本儿上没他。这么着，我是走无常，我是阳间那边的。真正人家阴间这边管的还有两个勾魂鬼，我跟他们虽说是阴阳两界，但帮他们办差事办得不错，我们现在是把兄弟。这么着，惯走咱们家这一路的跟我都相熟，我带着你去，嘴儿甜着点儿，再让他给瞧瞧。""好啊。要是我兄弟没死，那太好了。""好什么呀?""您不是说好吗?""对呀，你死啦。""哦……那本儿上有我吗?""有。""啊?"张讷一听：本儿上没兄弟的名字，有我的名字，看来我是该死啊。哎哟，我这死得不值了。我是为找亲妈为找兄弟，才自己把自己饿死的。现在兄弟没死，我却难以转回阳间，这便如何是好?"唉……苦啊，巫大叔……我死得不值……""别哭别哭，先跟我找人。"

又拐了两趟街，头里猛然间拐过一个人来，腆胸叠肚，撇着嘴，咧着唇，叼着一根儿牙签，不知道刚吃的什么，正剔牙呢。拐过犄角儿，巫大叔一碰上他。"哎哟，大哥。"这位一抬头："哦，兄弟呀，什么事儿？哎，这两天没你的差事啊，你怎么进来的?""是没我的差事，门口那儿也没严查，我溜进来的，我这不是想大哥您了么?""想大哥我？跟判官说呀，本儿上写上你名字，彻底咱哥儿俩就就伴儿[①]了。”“您这不是拿我开着么，我可是为您效力。”“是啊，这几年你倒是干得不错。身后头是谁呀?”“身后头是一股差事，本儿上倒有他，我也是今天才瞧见，但不该归我办，我给办来了。”“这可胡来。他叫什么呀?”“他叫张讷。”“嗯？别忙，别忙别忙别忙……这归我呀。你看，这不是写着张讷的名字么?”说着话，这名阴差把条儿往前一递，巫大叔跟张讷爷儿俩都往过凑。其实张讷不认字，他看也是瞎看。巫大叔一瞧：“对对对……这个这个，第二个就是他。”“我还没办，你怎么给办了?”“这不是您喝酒去了么，有人请啊，我怕耽误差事，我先办来了。”“这不胡来么，多咱也没让……”“这里有段事情，这么着，您吃得怎么样啊?”“什么吃得怎么样?”“他们请您吃的什么?”“嗐，早点能吃什么，是不是？也就是吃的……豆腐脑儿。”“豆腐脑儿？吃豆腐脑儿您剔什么牙呀？喝豆腐脑儿愣把牙塞着了?”“不是，你就说你什么意思吧。”“还能什么意思啊，这么着，我请您咱们再坐坐，我把这孩子的事儿原原本本跟您说说，就是我听着也发恻隐之心，您受累再查查有他兄弟没有。”“哦……他是上阴间找兄弟来了。走，找个没人的地方说话。”

阴差跟着巫大叔，领着张讷，又找了一个僻静所在。阴间也有小茶馆，挺清净，没人。就是这爷儿仨往这儿一坐，巫大叔这才原原本本把张讷活生生饿死自己，到阴间前来找兄弟的事儿跟这大哥说了。这位一听，鬼脸儿一动：“嗯……鼻子发酸，多少年我都没听过这么感人的故事了。”“他兄弟叫张诚。”“没有。”“您再想想。”“不用想，不说是十多天前死的吗？连着这一年多，是咱们手底下办的，挨个儿都能背下来，还用得着找判爷看本儿去吗？哥哥干这个是专业的，怎么也比你这个业余的强啊。”“大哥，您的业务

①就伴儿：北方方言，做伴儿。

能力当然是强，不会喇乎吧?”这位一听，往下一掉脸儿:“说没有就没有，绝没有叫张诚的。张讷既然办来了，他可也就回不去了。得了兄弟，你费心，按条儿上的名字，这孩子得留下，你自回阳间办你的事去吧。”“大哥，这可不成。他来阴间是找兄弟，兄弟没找着，我还得送他回去，您再单办他咱们再单说。”“哎，那可不成。你敢犯规矩，我可不敢犯规矩。终归你是那边的人，我是这边的人，这边跟那边可不大一样。”

张讷一听：坏了，巫大叔把我领来见这位，我还回不去了。趁着他们俩说话没留神，张讷站起身形，反身往外就跑，我得回转阳间。

第四回

书接上回，接说这段《聊斋》志目叫做《张诚》。

上回书咱们说到张讷寻弟。因为哥儿俩一块儿进山打柴，兄弟让老虎叼走了，回家来后妈不饶，左右活不了。张讷就用了一个笨办法，药也不吃，饭也不吃，愣把自己饿死，一缕阴魂不散，遘奔阴曹地府。上文书咱们交代，碰见巫大叔了，这是村中常走无常者，能够阴阳两界来回转悠。巫大叔带着张讷到阴间一查呀，没有他兄弟。像那个没有你兄弟你就回去吧？不死心，还得找。结果碰见一个阴差，原文写“皂衫人”，穿一身黑，人家有勾牒。勾牒是怎么个意思？勾魂的名册，按牒拿人，勾牒上有名字的，谁也活不了，都得带到阴间。这位一查账，没有张诚，可有张讷。你来了，来了就走不了了，正合适，省我的事了。吃完饭，喝完茶，你直接跟我走，去见阎王爷。说怎么发落你，那是阎王爷的事儿。

每天有四值功曹，年月日时，记述人一天办的善恶贤愚好歹这些事情。这四位在哪儿呢？不知道。据说这四位每天都出来记述人间的事儿，但我不知道是每个人都跟着四位呢，还是这四位管着所有的人？据我想，要是就他们四位管大伙儿的事儿可管不过来，可要一个人就跟着四位，那阴间对阳间的监察力度也太大点儿了。到阎王爷那儿您说不了瞎话儿，这边您说瞎话儿怎么都行，到那边没有，你在阳间的一言一行都记着呢。哪年哪月哪日什么时候，你办的什么什么事儿，说的什么什么话，应该怎么发落你，再投生是投生一有钱人家儿还是一穷家儿，是投生男还是女，甚至于说你连人都托生不了了，六道轮回，胎卵湿化，指不定你投生什么，这还算不错的。

比如说吧,《聊斋》有一段《三生》。由他这辈儿死，因为他没喝迷魂汤，往生的人喝了迷魂汤之后，上辈子的事儿就不记得了，可他没喝，没喝他就全知道。阎王爷让他赎罪，让他托生为一匹马。他也像张讷似的，自己把自己饿死，不吃草料。可再到阎王爷这儿，阎王爷一瞧：怎么又是你呀？一查账不对呀，你这马得活四十年，得受四十年的罪呀，驮着人，拉着车，挨着打，挨着骂，吃着料豆，喝着生水，每天勒着嚼子，挨着鞭子，受够四十年你才能灾消难满呢。现在不够啊，刚小马驹儿你就又回来了，那不成，你还得走。那就别投生马了，来个狗；又来一条蛇。他连着三辈儿回来，最后罚他当蛇，立志食素，不伤行人，最后自己蹿到马路上让车轧死，他这才又成人回到阳间。《三生》这个故事也很有趣，咱们哪天对机会再给您单说这段。

就是说，到阎王爷这儿能托生成这个还是好的，只要你灾消难满，受够这个罪了，还能回来当人。就怕永世不得翻身的那个，押入十八层地狱，每天烧开铜汁儿灌，下油锅炸，炸完出来淋油，搁大铁笊篱里控着……这都是《聊斋》里写的，原文就有啊。然后有个皮摭子，给你插进去，再给你吹气儿摭鼓了，然后你又活了，跟原先一样了。再拿叉子叉起来，接着下油锅，拿出来控油。旁边有判官瞧着：“不不，不成，这色儿不对，再炸会儿，再炸会儿。”二遍上色儿，这才拿出来，什么时候搁作料不知道。[①]每天重复多少遍，就这个。说什么时候能罚我哪怕投生一条狗呢？没有，永远是这个，让你受罪。那您琢磨琢磨，这在阳间得办多少恶事啊，干多少坏事

①这段是描写炸丸子、炸豆腐的过程，一笑耳。

啊，说多少瞎话儿啊。

现在你张讷到了阴间，怎么发落你我不管，但我就管这个工作，这边的制度很严格，跟着我走吧。张讷一听：我合着是送死来了，我干吗上阴间啊？我是来找兄弟，饶着兄弟没找着，还把我自己搭这儿了。不成，我得跑。因为仨人儿是在小茶馆里喝茶嘛，二荤铺，弄俩菜，喝点儿酒，是这么个地方，也比较开阔，得跑。趁着巫大叔跟阴差说着话儿，张讷猛然间站起来，抹头往外就跑，可把巫大叔吓坏了。

为什么？巫大叔干这份差事不容易，往返于阴阳两界。咱们说了，他是有图，也不关饷。干吗呢？你当差当得好，就给你的家里人添上几年阳寿。阎王爷一瞧，比如本来他父亲应该活七十三，明年到坎儿上就收，这回不介，添上三年，七十六；再表现得好，给他母亲再添两年，就这意思。巫大叔自从当了这份儿差，兢兢业业、恪尽职守，没出过错儿。现在带着张讷到阴间游逛，本身就担着干系。为什么他要帮着张讷呀？张讷孝啊，后妈那样虐待他，他都没有任何的反抗。而且这哥儿俩事迹感人，张诚头里偷饼饵兄，后来为了哥哥少受点儿苦，每天上午上学，下午进山帮哥哥砍柴，这谁听着不感动啊？街里街坊老邻居都知道这哥儿俩，人家才愿意帮这个忙。但现在你跑了可不行，尤其现在阴差的勾牒上已然带出张讷的名字来了，要是不执行，张讷要跑了，阴差那儿有干系，再往下查就得查到我脑袋上，我这么多年就白干了。

巫大叔比阴差还紧张。“张讷，别跑！”在后就追。阴差倒乐了：“嘁……这能跑得了吗？忘了那句话了，‘阎王叫你三更死，谁人敢留到五更’啊？我勾了那么些人都不想去，净是耍赖的，‘不介，我还想再活两年’。姥姥！到时候就完。”阴差拿人拿惯了，他勾魂儿勾得很有经验，所以他不着急，站起来在后边追。但张讷是真玩命啊，撒腿就跑。奈何一节，阴间的道路他不熟悉，他没来过。巫大叔惯走无常，他老来呀，会抄近道儿。看张讷一门心思奔城门跑，那人家可就抄近道儿了，三拐两绕，就拦在张讷头里了。老头儿跑得还真不慢，过去一伸腿，“日……啪唧……”给张讷玩一大马趴。张讷小伙子溜啊，天天进山砍柴的主儿，翻身起来还想接着跑，这位巫大叔往上一扑，就把张讷按住了。“别跑!”“巫大叔，您得让我走……”“我不能让你走。好么，你走了，连我都完了。”

这时候，阴差也赶到了。阴差往腰里一伸手，“哗楞”，把链子就扽出来了，链子一抖，照张讷脖子上就锁，“嘎巴”，锁上了。俩人一个在头里拽，一个在后头赶，押着张讷就奔阎王殿走。

这时候，街上的人就堵严了。为什么？阴间没这事，到这儿人就都踏实了，跑不了了，回是肯定回不去了，所以在这儿没有拒捕的，人都死了还往哪儿跑啊？老老实实听宣判也就完了。这马路上一赛跑，一看张讷玩着命往回跑，大伙儿看着可乐。“大哥，您来了有多少年了?”“我来了有两千七百多年了。”“嚯，打秦朝您就来了，您怎么还没托生去呢?”“啊，我也不知道怎么回事儿，反正一直没判我。”“您来了两千七百多年了，瞧见过有跑的吗?”“瞧见过也跑不了，这能跑出去吗？这小伙子怎么个意思啊?”一瞅巫大叔和阴差把他绊住了，抓着走，大伙儿都拿这个当新鲜景儿，街上人来人往，男女老幼，什么人都有。

张讷不干啊，一边走，一边嚷:“放开我……我要去找我兄弟……”眼泪下来了。“你们不能让我死啊……”我没错儿啊，我办什么错事了？那我这命可太苦了，活了十九二十啷当，每天受罪，打六岁亲妈死了，我爸爸娶过这后妈来，我就一天儿都没享过福。挨打、挨骂、受苦那都不提，最疼爱的这个小弟弟因为帮我进山砍柴被老虎叼走了，到现在我这条命死得多不值啊，有老爹没孝顺那都不提，这兄弟找不着了。你说我爸爸这叫什么命儿，我这又叫什么命儿？这见着阎王爷我真得跟他掰持掰持，你太不公啦！

张讷在这儿挣歪，巫大叔下不去手，人家阴差可下得去手。猛然间一转身：“小子，我告诉你，你别挣歪了，我对你很客气。现在勾牒上有你的名字，你觉着冤，觉着屈，见着阎王爷之后你自己诉去，你跟他说。”说着话，阴差往前一抖铁链子，可了不得了。您琢磨琢磨，张讷怎么死的？张讷是给了自己一斧子，当时经过简单的包扎，回来大夫又重新包好了。这斧子剌的大伤口，可不是一天儿两天儿就能痊愈就能复合的。然后张讷又是不吃药，不吃饭，把自己饿死的，这脖子疼啊，有伤口啊。现在阴差再拿铁链子一拽一秃噜，好家伙，疼痛入骨，彻骨之痛啊。“哎哟”了一声，张讷一拽铁链子，身子跟着往前一走。“老老实实跟着是你的便宜，要不有你的罪受。”张讷一瞧：没办法了，听他的跟着走吧。自己真要就这个命儿，又能怎么办？俩字：认命。见着阎王爷，我再跟阎王爷哭去吧。大伙儿一瞧，这就老老实实跟着走了，那就没什么意思了，散了吧。

大伙儿刚要散，也不知道谁突然间喊了一嗓子：“了不得啦……大伙儿快抬头看啊……”就这一嗓子，大伙儿都抬头瞧，就是张讷不抬头瞧。为什么？张讷哪儿有工夫望天儿啊？有什么新鲜事啊，还得抬头瞧？可拉着他的阴差和巫大叔抬头瞧，街上所有的人都抬头瞧，反正张讷也跑不了，有链子拴着呢，那就跟着也看吧。张讷抬头一看：哟，神了。怎么意思呢？这阴间不是说漆黑一片，但老是雾霾天儿，头顶上老是灰蒙蒙一层，不见天日。这会儿新鲜事儿出来了。怎么？天亮了，还不是说日光的那种亮，仿佛电灯亮似的，越来越亮，越来越亮，“欻”的一下儿，是大放光明，毫光毕现。随着亮度不断增加，半悬空当中有伟人身形。《聊斋》原文就这么写的，“云中有伟人”。这伟人不是现在说的伟人——对于世界人民有贡献，对于全人类有贡献，伟大的人——不是这意思。这里所说的伟人就是伟岸之人，金身罗汉。有人认识，突然提高嗓门儿大喊一声："菩萨来啦!"菩萨来了？菩萨上阴间干吗来了？说着话，"扑通""扑通""扑通""哗……"可着街上跪倒一片，全都望空礼拜。这阴差铁链子也松了，头一个先跪下了，他也望空礼拜。巫大叔一瞧，过来就拽张讷。"爷们儿，快跪!"张讷不知道是什么事啊。"这是谁呀？干吗的?""菩萨，'菩萨几十年一入冥司'。"

那么是哪位菩萨呢？原文并没写，但原文写了一些相关联的动作，我推断可能是观音菩萨。但观音菩萨为什么要几十年入一次地狱呢？不知道，其他的书也没写。原来我在看这篇《张诚》的时候，在把它创作成评书之前，我看到这点儿，当然第一个想到的就是地藏王菩萨，因为他就管这边的事儿。但我一琢磨，也不对。他是老在这边待着，真正上西天去汇报工作，找玉皇大帝商量点儿什么事儿，都应该是他上去。所以他出现不至于让大家这样惊奇，那就是其他菩萨。是文殊，是普贤，还是哪位菩萨?《聊斋》原文没写。干吗来的呢?"几十年一入冥司拔诸苦恼"，就是说你有什么困难事儿，他几十年来一回，赶上谁是谁，这会儿有什么苦恼跟他说，也不用面对面说，就是赶紧祷告礼拜，你给他施礼，他就能听见，他要是觉着能够解决你的痛苦，就给办了。所以张讷这点儿事儿谁也办不了，就得菩萨解决。

各位同志，这个笔法是《西游记》的笔法。为什么？因为猴只要一没辙，菩萨就来了。猴在西天取经这一路之上，很多问题都解决不了。很多人研究《西游记》，提出这个问题：当初他闹天宫是怎么闹的？那么多神仙养的小宠物他都打不过，可当初他竟然能够闹天宫。玉皇大帝派托塔李天王，派国家正规军队，去花果山剿灭他，愣让他打败了，没把他怎么着。最后当然是把他逮着了，逮着归逮着，但这是兴师动众啊，你看这会儿猴这能耐大了去了。可日后西天取经路上九九八十一难，您说哪个是猴打的？谁都打不过，来一个比他厉害，来一个比他厉害，连蝎子精他都治不了，最后得昴日星官大公鸡来，把蝎子逮着，才把他救了。诸如这些，等等吧，一路上就没有什么猴自己能解决的。说妖怪一露面，大战三百合，最后一棒子打死？几乎没有，就一白骨精，白骨精还不够道行。白骨精是冢中枯骨，修炼了一点儿阴气，大概练的是九阴白骨爪什么的，根本就是没血没肉，没有灵魂的一个妖精。简单说吧,《西游记》成书是在蒲松龄《聊斋》成书之前很多年，有很长时间。因为在元朝就已经有《西游记》的雏形了，到明朝就已经相当完善了，而且《西游记》的话本已然出来了。所以在《聊斋志异》中专门有一篇《齐天大圣》，就是写猴的，这一段对机会也可以给您说。但一没招儿就让菩萨来，这是典型的《西游记》的笔法。

菩萨来了，巫大叔显得很激动，跟张讷说：“爷们儿，你赶紧跪下，把你这点儿事儿跟菩萨说，没准儿他就给你办了。”张讷一听：哎哟，菩萨来了，看人家都跪下了，那我也跪吧。“扑通”一下儿，就跪这儿了。抬头一看，已经睁不开眼了，太亮了，晃得眼睛都睁不开。半悬空影影绰绰，云彩眼儿里站着一个人，冲大家微笑，那张讷就说吧。说可是说，大家都说，这底下跪着的人多了，有多少冤鬼呀,“哇哇哇”全说，都说自己这点儿事儿。张讷不说自己的事儿，说的都是兄弟的事儿。“菩萨，您但凡听得见，您得断断这事儿。我兄弟多好啊，打小识文断字有点儿文化，知道他的生母我的后妈对我不好，人家不向着亲妈，向着我这个同父异母的哥哥。从小儿我挨打受饿，他就知道偷面做饼给我吃。长大一点儿了，每天进山帮我砍柴，到现在为虎所伤。阴间既然没有他的名字，那就是我兄弟还没死。望大慈大悲救世的活菩萨能够度信士弟子我转回阳间，找着我兄弟。”

张讷跪这儿把自己的诉求一说，半悬空中这位菩萨怎么样呢？他有一个净水玉瓶，这玉瓶里有半瓶水，据说这半瓶水怎么倒也倒不完，老倒老有，但不能往下倒，这瓶里的水神圣已极。您琢磨琢磨，在五庄观，那树连根儿拔，三滴答儿水①就活了。这要是半瓶子水全泼里头，那好，了不得了。但底下的人多呀，要挨个儿往脑袋上点，也点不过来呀，就把杨柳枝扽下来，把有叶儿的这头儿插到玉瓶中，蘸好净水之后拔出来，往外弹。咱别说抡，其实是抡，但说抡不好听，就得说是弹。菩萨一弹杨柳枝，“啪啪啪”，敢情水珠儿再下来，到半空中就分解了，真正落在人身上细如牛毛，《聊斋》原文写“其细如尘”，就仿佛薄薄儿地下了一阵儿小细雨儿，微然感觉脸上有点儿湿，跟下露水那感觉似的。

要是在夏天儿，我不知道大伙儿有这个经验没有，那会儿道边有台球案子，真有打一宿的，哥儿几个较劲，“乒乓”一通儿打。那案子都很破，不是像台球厅那高级的案子，那球打在库上，其实就是帮，根本就不弹，听那声儿都是“噗噗”的。本来那球打上去应该没声儿，轻轻一点，“啪”，就弹出来，那样才能设计呢，什么叫走位，哪又叫点，你才能有吃儿库，或者说怎么加赛。马路边上那案子，你技术多高也设计不出来了，他跟你想的根本不一样，有的打什么大呲花，拿大头儿捅的，全都有，就是瞎打。但是真来劲，那会儿北京刚兴，我小时候正兴这个，打一宿是经常的。早上起来您看那脑袋上、台球案子上，拿手一摸都是湿的，薄薄儿一层露水。说是下多大的雨？不是，就这么个感觉。

张讷还真就淋上了两滴答儿。也不知怎么那么巧，这两滴答儿

①三滴答儿水：三滴水。

正点在他后脖梗子这儿，顺着后脖梗子往下一流，脖子上的这道伤口立刻就不疼了，觉着还挺舒服。紧跟着天越来越暗，越来越暗，大伙儿再一抬头，天空中又跟原先一样了，灰蒙蒙一片，不见天日，那位菩萨已然踪迹不见了。大伙儿都跪在地上，望着正南方向，因为菩萨住在南海普陀落伽山紫竹林。菩萨平常的时候不是老扮上，有时是披肩发，编鱼篮，光着脚，把脚还泡在水池子里，有点儿足疗那意思。“编呀编呀编花篮”那个形象就是在家里的装束，很随便。猴找他收鲤鱼精的时候，他就正编这个呢。菩萨奔南走了，大伙儿都冲南拜。要是拜如来佛，那就奔西了，各方有各方的神仙。大伙儿都磕头，有摊上甘露圣水的，也有没摊上的，有喜有悲吧。张讷也就是觉着脖子不疼了，别的也没觉着自己怎么样，菩萨到底听见没有也不知道。

张讷站起来了，巫大叔也站起来了。“怎么样?”“巫大叔，什么怎么样啊?”“刚才洒甘露圣水的时候，你得着一滴答儿没有啊?”“一滴答儿可不止，我觉着滴到脖子上好几滴答儿呢，顺着后脖梗子一流，您看我这伤口也不疼了，菩萨这药还真管用。”“药?这可不是止疼的药水儿，得着一滴答儿就了不得了。哦，你得了好几滴答儿？行了，爷们儿，你这点儿事儿不叫事儿了。回去吧，回去兄弟就能找着了，打这儿以后否极泰来，你就算能过上好日子了。”“是啊？我回……回得去么？我项戴铁链，现在被人拘拿，马上拉着我就去见阎王爷了，我能不能走得听这位的呀。”这位阴差也站起来了，他也淋上了几滴答儿。“好，我在阴间供职这么多年了，菩萨几十年一人，每回都淋不上我，今年我是沾了你的造化，要不是你，我也淋不上这几滴答儿。为什么？菩萨离那么远，一看这个需要多弹，‘啪啪啪’，多弹两下儿，这一片下来我就淋上了，不然没我的福分。我跟您说，就这几滴答儿滴在我脑袋上，我就不干这个了。”“哦，那您怎么样?”“我肯定，一会儿我回去工作就得调动，最起码也得来个判官干干。我就不用天天出差了，打这儿我也能坐办公室了。”说着话，阴差一伸手，顺腰里把勾牒拿出来了。“看见没有，勾牒之上你的名字没了。”“啊?!”连巫大叔都纳闷儿。“您说的这是真的吗?”“那还能有错儿吗？就这么一会儿的工夫，我估计这小子这点儿灾就让菩萨驳哧①过去了。你看见没有，勾牒上这趟儿空着呢，他的名字已然没有了。勾牒上没他的名字，那他也就不归我管了。”阴差掏钥匙开锁卸锁链。“谁带着他来的呀?”“我带他来的。”“受累，你还得把他送回去。”“哎。”两个人在当街之上对阴差千恩万谢，这位皂衫人转身回他的衙署，搁下暂且不提。

单说巫大叔拉起张讷，拔步就跑，撒开腿往外就跑。为什么?别瞧你在这儿待了半天儿，家里可不是半天儿。巫大叔一直把张讷领到他们家，就听里边断断续续有哽咽悲声。谁呀？他爸爸老张啊，抱着他尸首正哭呢。没法儿不哭，老头儿琢磨自己这一辈子。在山东东昌府老家娶了媳妇怀孕了，眼看要生孩子了，赶上打仗了，清兵下来了。为了避荒难战乱，带着媳妇跑，半道上媳妇让清兵抢跑了，怀着孕的这个孩子也不知道哪儿去了。自己找媳妇找了十几年，人家又给自己说了个对象，生了张讷，这位在张讷四岁多的时候死了。自己说不再娶了吧，大伙儿不干，说我一个人拉扯个孩子挺苦，又娶了牛氏。牛氏自打生完自己的孩子张诚之后，就开始虐待张讷。到现在，二儿子小张诚让老虎叼跑了，大儿子张讷让牛氏挤兑死了，愣绝食把自己饿死了。自己已然六十多岁了，家破人亡就在须臾之间，原本挺好的一家儿人家儿，现在独对牛氏。牛氏现在已经半疯儿了，亲儿子张诚让老虎叼跑了，纵然张讷让她逼死，她自己也神

①驳哧：北京土语，化解。哧，读轻声。

神道道[①]了。面对这样一个疯婆娘，我还活个什么劲啊？纵然苟活在人间，也是无味得很了。

但对于老张而言，张讷的死比张诚的失踪或者说死，还要痛心。老张要扪心自问，反省反省，自己这个当爹的是不是做得不对？当然不对。你把俩孩子都交给牛氏，那么大儿子张讷在家里受的这个苦，你一点儿都没有察觉吗？现在儿子死了，他全想起来了，确实自己对大儿子张讷是不够关心的，而且以自己的家庭条件，不必要让大儿子那样劳作，每天进山砍柴多危险啊。二儿子是十二岁丢的，大儿子可是十二岁就开始进山砍柴，这都是自己知道的呀。换言之，自己十二岁的时候都没有受过这样的苦。那张讷对待牛氏的这种虐待，能够做到百依百顺，没有任何忤逆之举，冲的是谁？不就冲的是我吗？更何况他疼兄爱弟呀。现在大儿子已经死两天了，还没让人把他的尸首装殓起来，每天不过就是以泪洗面，抱着尸首老泪纵横，痛哭而已，越想心里越难受。

巫大叔拉着张讷进院一看，屋门开着，老头儿在里边抱着尸首正哭。张讷张嘴刚要说话，巫大叔手疾眼快，照着张讷后心之上，“啪嚓”，就是一掌，往前一推。张讷不由得一个踉跄，“噗”的一下儿，归魂入窍，可就扑到自己的腔子里了，“哎哟……”老张抱着儿子的尸首正哭呢，也是六十多岁的人了，老眼昏花，以为自己听差了。为什么？牛氏也净哼哼啊。现在牛氏是死是活他都不想管了，等于我的两个儿子都死在你手里了。没想到这时候，张讷睁眼了。“爹爹……”“啊?!”“啪唧”，把张讷扔地上了。张讷一翻身儿，起来了，一拉老头儿。“爹，我没死。”这也就是至亲骨肉，换旁人早吓死过去了。老张一瞧：“啊？”眼已经哭肿了，本来就老眼

①神神道道：北方方言，言语举止特别或反常。第二个神，读轻声；道，读一声。

昏花，仔细上下看了看。“儿啊，你不要吓唬爹爹我呀，为父我不肯相信，你怎会活了呢？你都死了两天多了。”“爹，我真活了，不仅我活了，我兄弟张诚也能活，他他他……他没死。”“他不是让老虎叼跑了吗？”“是啊，我去了一趟阴间找他。”“你也是疼……嗯？你再疼你兄弟，也不能上阴间找他去呀。这是怎么回事儿？”“我从头跟您说。”张讷就把自己绝食而死，一缕阴魂不散，游地府寻弟这个事情跟爸爸从头至尾一说。“我因何得活呀？赶上菩萨几十年一入地狱。”这才叫无巧不成书呢，这是没辙的辙。蒲松龄也不能随便就让他活了，愣抓出一菩萨来，给了几滴答儿甘露，张讷活了。“反正我活过来了。您看见没有，我脖子上的伤全好了。”老头儿一看，儿子脖子上的布条子啷当着，确实不是说定嘎渣儿的问题，就跟没砍过一样，连个白印儿都没有啊。老头儿恍然似在梦中，但又不由得不信。“哦……哦哦哦，这就好了，这就好了。”

爷儿俩在这屋一说话，牛氏听见了，疯劲儿可就又上来了。一阵风一样刮到这屋一看，张讷死而复生，牛氏上来就扑，嘴里不住地喝骂：“敢情你是装死啊，你可真有两下子。害死你兄弟不算，你给自己一斧子，认为这样回到家里这事儿就能躲过去吗？竟然诈死瞒名，两天之后你又缓醒上来了，你蒙得了谁呀？我跟你拼了，你还我儿子……”上来就要撕吧[①]张讷。老张真急了，这回可不向着她了，站起来抓住牛氏的两只手。“你别折腾了，你还闹呢！”爷儿俩一块儿就把牛氏按在椅子上了。牛氏不干啊，手脚动不了，张嘴就骂，什么难听骂什么。“你们爷儿俩把我亲儿子害死了，你们都是一路货色，我把你们姓张的怎么长，怎么短……”什么难听骂什么，一通儿胡骂。老张一看，简直不可理喻，冲张讷使眼神儿，意思是你先

①撕吧：北京土语，拖拽打闹、连抓带挠。吧，读轻声。

躲开这儿，你走了她就好点儿了。

果不其然，张讷退出去，一会儿牛氏骂累了，也就不那么暴躁了。老张说：“牛氏啊牛氏，你的心肠也太狠毒了。我俩儿子，张诚是我儿子，张讷难道就不是我儿子了吗？对于你来说，你只知道疼张诚，不知道疼张讷。现在张诚已死，张讷要再死了，我乏嗣无后，落得一个绝户啊。现在张讷死而复转，他又活过来了，于咱们张家来说是一喜呀，你又何苦再逼他呢？你要再逼他，那就是逼着咱们一块儿死。我跟你说，再闹我对你不客气！”牛氏也没劲儿闹了，没辙了，赌气不吃饭，也不做饭。老张心说：你爱做不做，爱吃不吃，我们爷儿俩吃。爷儿俩做得了饭吃完了，当然给牛氏也做出一份儿来。但这个事情牛氏不信啊，晚上也不睡觉，熬得两眼通红也得骂，恨不得把张讷骂化了。张讷不堪其辱，听着这些污言秽语，心里难受。

这一天，张讷把爸爸叫到自己的屋中。“爹，您告诉她也别骂了，她这么天天骂，我在这家里也待不下去。另外，我兄弟纵然尚在人间，也不知身在何处，我得找他去。可有一节，我可不是为她，张诚是她儿子，我要是为她可就不去找了。为什么？我们娘儿两个可是母子，她是我妈，您娶的后老伴儿，就是我后妈。但就为人子来说，我已经做到头儿了，尽仁尽义了，我为她死两回了，给自己一斧子没死了，然后我又绝食，那是真死了。现在我又活过来了，再让她这么骂，再把我骂死，那我可就不干了。所以我不是为了她，我是为了您，也为了我，为了我兄弟。从今天开始我去找我兄弟，哪怕是蹿云入海……”张讷心里话儿说：我连阴曹地府都去了，还有什么地方我不能去。“我也得把我兄弟找回来。可有一节，老爹爹您已然年纪高迈，我走后家中又只剩下一个疯婆娘，实难维持度日。儿我一走，哪一个照看年迈的爹爹呀……”说到这儿，“扑通”一下儿，张讷跪在老父亲面前。“我本应当在您膝前尽孝，您老人家百年之后，黄金入柜，就在那坟前化纸，这些都是我为人子的责任，生养死葬嘛。可有一节，我兄弟一天找不着，我不愿意苟活于世上，那么只能靠苍天保佑。儿我一走，愿您老人家硬硬朗朗地等着我，我到外边把兄弟找回来，咱们是一家子人家儿。倘若那时节，纵然上天入地、蹿云入海，找不见我兄弟张诚，哎呀，爹爹呀，儿我唯有一条……”“孩子，你说呀。”“只当您这辈子就是绝户，从来没养过儿子，就得认命。”

这话原本应当老张说，但现在打小张讷嘴里说出来，也不由得老张不认。其实他自己也是这么想的，大儿子在家也活不了，就冲那个疯婆子天天这么骂，每天跟他要死要活的劲头儿，这家里他也待不下去。孩子到外边去找兄弟是正事儿，可自己也得有个考量。为什么？风烛残年啊，自己四十几岁才有的张讷，现在张讷都眼看着二十了，自己已然六十多了，那个年头儿人活七十古来稀，不亚如瓦上之霜、灯前之烛，说完就完啊。那自己怎么样啊？恐怕等不到大儿子带着他兄弟活着回来了。

老头子听完大儿子这番话，一咬牙：“对，儿你说得太对了。儿啊，我盼着你活着，传续张家的香烟。我们是务农为本老老实实的人，为了避战乱才跑到这地方来。说实在的，我已然多活在世上几十年了。想当时咱们的家乡，亲戚、街坊邻居饱受涂炭，死在铁骑之下的那是多少人啊，怎么就该着是爸爸我一人活呢？看起来呀，到头来还是只有这一条路，谁也逃不出去。既然如此，儿子你在家徒受这个罪又有什么意思呢？说是去找兄弟，到外边历练一番，那时节你要是能成人，再说理想点儿，你能成家有子，我纵死也瞑目了。儿啊，甭惦记我，也甭想着非要带你兄弟回来，只要有你能活了，我就已经觉着很好了。你走吧。”老张也不敢留张讷再在家中。

爷儿两个这番话，原文写“引空处”，空就是空白的空，躲开牛氏；“无敢留之”，老张也不敢留，而且就算想留也留不住。“梆梆梆”，张讷给爸爸磕头，站起身形，一搌腮边泪，扬头往外就走。干吗？找兄弟去了。留下老张在家跟牛氏怎么过日子，咱们就不提了。

单说张讷，也没盘缠，也没路费，什么都没有，就是一门心思找兄弟，逢人就问，遇人就讲。可这样从家里出来怎么吃饭呢？那就只能要着吃了。上哪儿去都给人家打零工，赶上人家家里需要工人，那会儿净是雇短工的。好比说正是农忙，抢粮食，自己给人家干几天，吃饱饭不说，还能挣俩零钱，又能往下赶一程。可有的时候人家不用，外乡人可疑呀，人家家里有活儿也不敢让你干，那就挣不着钱。打工打不着，人吃五谷杂粮哪儿有不得病的？张讷心里又有火，饥一顿饱一顿的，还就许病倒了，手里有俩积蓄也就都花完了，到最后干脆就沦为乞丐。你要是有钱，你走到哪儿找个人，人家都愿意告诉你。你是乞丐，谁愿意告诉你呀？你过去跟人家说话，人家都嫌你身上有味儿。

就这样，拉杆儿要饭，张讷真不含糊，大江南北一通儿转悠，但愣没找着兄弟。可阴间有实信儿，兄弟没死啊。我又得了甘露圣水，我有造化，伤也好了，告诉我否极泰来了，就说我现在要饭，要饭也比我在家受的那个罪强啊。我在家里一天儿好日子没过过呀，我一口一个妈叫着，每天陪着小心，连饭都不管我，拿我当猪狗之辈呀。现在我在街上要饭，遭遇的白眼儿多了，可也有好心人呀，真有说倒卧在人家门口，人家发善心给我拿衣裳，给我热水，给我吃的，甚至于说给我瞧病的都有。在外边一转悠就是二年，张讷的阅历可大了，饱受冷暖，人间百态全知道了，酸甜苦辣都尝过来了。走来走去，头里有一座城池，跟人家一打听：“这是什么所在？”来到了金陵城。

同志们，到南京了，蒲松龄高了。为什么？为什么要把故事写到南京去？大前提咱们还得重新复习一遍。蒲松龄是山东人，老张一家子都是山东东昌府人，因为避战乱跑到河南。蒲松龄对当时的清人只有恨，恨疯了清兵了。那他写的这个书矛头直指清廷，但他不能明写，就要借这些故事隐喻地写。怎么写呢？他完全站在山东人的立场上写。您越往后听，越觉着蒲松龄狠，要按老百姓的话儿说："骂人不带脏字儿。"蒲松龄这支笔太厉害了。那为什么蒲松龄要把故事的结局落在金陵城，也就是南京这地方呢？因为南京是明朝的首都。说明朝的首都不是在北京吗？那是后来，燕王朱棣扫北，这才迁都北京。明朝发迹是在南京，金陵城。也就是说清人来到中原之后，南京是务必要使用高压政策管理的，因为明朝的故国臣子都以南京为圣地，以金陵城为他们理想当中的复国中心。那么清人对南省的管理比任何一个北省都要严厉，因为在清人脑子里，南方人要比北方人坏。清人自认为是北方人，实际北方人也认为清人是北方人，但清人觉着直隶、山东、河南等等这些地方还比较好管理，一过长江往南来，人的心眼儿太多。这是清人的想法。

另外，文化上的差异还特别大，清人弄不清楚，弄不明白。怎么办呢？皇上身边有高人，就说了："咱们必须以汉人来治汉人。"对于汉人的文化，首先作为你皇上来说就得会，所以清朝历代皇帝、贵族、皇家子弟，包括文武大员都致力于汉文化研究，有的研究得已经很深了。到四帝乾隆的时候已经了不得了，康熙、乾隆汉字写得都特别好，乾隆这辈子光作诗，仿效唐诗，写了四万多首，他一人写的跟《全唐诗》的数量差不多，据说还要多。曾经有书法家跟我说，乾隆的字写得比康熙还要好，但他的字没康熙的字值钱。因为康熙写字儿少，乾隆不介，走哪儿都题，走到哪儿写到哪儿，吃烧麦还写个“都一处[①]”呢，传说是乾隆写的，实际可能不是。我记着好像人家都一处说是光绪还是同治，也没说准就是乾隆。据说“壹条龙[②]”也是他写的，要不怎么能叫壹条龙呢？反正就这么说吧，乾隆最好题字，好[③]写字。他虽然写得比他爷爷好，但由于他写得太多了，书法家您都知道，物以稀为贵，写得越少越值钱。由乾隆往后，基本就都汉化了，所以说到四朝乾隆年的时候对汉文化的研究就已经很深了。但金陵这个地方是当时清人控制最严厉的一个地方，以金陵为中心，围绕周边才有嘉定三屠、扬州十日等等这种非常残酷的镇压。任何反清的行动和抵抗都必须予以消灭，而且当时清人刚定国，也不能不这样。

简单说吧，张讷来到金陵城了。他到了金陵，沿街一走，心里高兴。怎么？要了二年的饭也要出点儿经验来了，一看金陵城是个繁华之所在。您要饭总不能净串小胡同啊，也得找那热闹地方去呀。您看现在，地铁口还有地下通道为什么要饭的多啊？来来往往人多呀。要饭的没一个上郊区的，都上市区，是不是？要不然就是旅游景点，要不然就是庙头里，要饭的人多。他们也知道，凡是逛庙的都是善男信女，心眼儿好，他容易要得出来。张讷来到金陵地面一看，物阜民丰，最起码不是市面萧条，而是相当繁华，凭着自己要饭的经验，一日三餐是应该能够解决的。另外，在人多的地方也好打听兄弟的下落呀。

张讷拉着杆儿随人群进了金陵城，正往前走，就听见有人轰散闲人。“起开起开起开……”“啵哏哏哏哏哏……”“咵咵咵咵咵咵……”这是蒲松龄对当时社会现象的一种控诉，是给清政府抹黑

①都一处：北京著名的烧卖馆。据传说，字号牌匾是乾隆皇帝御题。
②壹条龙：北京著名老字号饭馆，以涮羊肉享名。
③此处两处“好”是爱好的意思。好，读四声。

的一种描写。什么呀？对子马下来了，十余骑怒马奔驰。按说骑马的在人多的地方得减速，不介，头里有看街的，拿着净街鞭子轰散闲人。“都躲开躲开，官儿老爷过来啦……”官儿老爷可不是汉官，是满官。满官在金陵城内只要出来，就是这样，横冲直撞，怒马鲜衣，十几匹马风驰电掣往过跑。大伙儿都往两旁边躲，那张讷敢不靠边吗？拉着手里的杆儿，赶紧就歪在道旁。抬头一瞧一看，来了十几匹马，正当中拥拥簇簇一位官长，年纪在四十岁上下，是个满官，瞧得出来，是个武职官，骑着马，跟着人，耀武扬威下去了。在后边单有俩人走着，还有一人一骑，原文写“一少年乘小驷”。小驷是什么意思？也是马，但是小马。因为他是个少年，要是“咵咵咵”那么走，第一没有那么好的骑术，驾驭不了；第二也不符合他的身份，跟那位官长不能平起平坐。所以这个少年骑一小驷，单有俩人，头里一个牵着马，后头跟着一个跟马的，保着这位小官人，那走得就很慢了。张讷不敢抬头，拉着杆儿在道旁一待，时不常瞟一眼，心里话儿说：赶紧过去吧，过去之后我才好进行我的业务。什么业务？要饭，今儿还没吃的呢。

这位小官人骑在这匹小马上是信马由缰，他跟头里那位官长不一样，那位有事儿，他可没事儿，“呱嗒儿呱嗒儿……”净往两旁边看，看不够，贪看街景，看三街六市、五行八作新鲜。偶然间一瞟道旁的张讷，这下儿小官人还不走了，“吁……”俩跟班儿赶紧过来了。“少爷，您怎么意思？”“下马。”甩镫离鞍，把马缰绳、马鞭子顺手一递，手下人可就接过去了。这位小官人紧走两步，来在道旁，可就站在张讷面前。赶张讷自从他一下马可就低头了，不知道他要奔哪儿去呀，自己赶紧往旁边闪。他越低头，小官人越看不清就越着急，哈着腰，撅着屁股，低着脑袋围着他转，连着就转了三圈儿。张讷瞧出来了，他在看自己。他越围着张讷转，张讷就越躲。小官人急了:“别躲!”他身边还跟着俩人呢，这俩还纳闷儿呢：我们少爷怎么了？这是实在没得瞧了吧？死气白咧瞧要饭的，一个要饭的值当那么瞧吗？现在一看少爷急了，这俩人也过来了，一指张讷:“别躲，抬头!”张讷一听，这玩意儿多王道，马路边站着都不行，这这这……这也太欺负人了。可自己是个要饭的呀，马路上的平常人都惹不起他们，看街的净街鞭子一下来都得躲开，看来我这顿打跑不了了。张讷战战兢兢、哆里哆嗦这才抬头。

这一少年容得他抬起头来，定睛观瞧:“呀……‘非吾兄耶’?”翻译成白话儿：这不是我哥哥吗？张讷一听，要饭要二年了，也见着些个神经病，穿得这么好，骑着马，还跟着人，病得不轻啊，愣管我一个要饭的叫哥哥。哎呀，叫完哥哥还不定是什么祸呢。“呃……”张讷刚要客气，意思是您可别瞎叫，我是个臭要饭的。可赶他抬头一看这位小官人，瞅着眼熟，哟……可不敢认。为什么？天天找兄弟，突然间有一天他出现在自己面前，敢情是不敢认。面前站定这一少年，看面貌恍惚是兄弟张诚。这是怎么回事儿啊？上上下下又一看，这个穿着打扮，身边跟着的人，不可能啊。张讷赶紧又把头低下来了。一看张讷不敢相认，张诚可急了:“哥哥，我是张诚啊。”“啊?!”“夸嚓”一下儿，盆儿也摔了，木头杆儿也掉了，撒手了。张讷就觉得两腿发软,“扑通”一声，就地一坐。紧跟着，张诚可就扑过来了，往他身上一扑:“哥哥哎，我真是张诚。”“哎……呀……你，你是我兄弟张诚吗?”“不错呀。”张讷天天想兄弟，现在突然兄弟出现在自己面前，张讷的感情可受不了了，“哗……”眼泪下来了。张诚也哭，张讷也哭。俩跟班儿的站这儿拿着马鞭子愣住了：这怎么个意思？咱们少爷今儿这是哪一出啊？管臭要饭的叫大哥，入丐帮了？也不知道到底是什么事啊。

兄弟俩正哭着，头里回来了一位。“怎么个意思？头里老爷问呢，怎么没跟上啊？”“不是，去不了了，这儿正认大哥呢。”“认，认大哥呢？认谁当大哥呢？”“就……就这个，拉杆儿要饭的。”“怎么认拉杆儿要饭的当大哥呀？”“我们不知道啊，你瞧，哭得还挺悲。”“行行，先等等吧，我跟老爷回一声儿去。”这位撒腿又往回跑。一会儿那对子马又下来了，“咵咵咵咵咵咵……”“吁……”马上这位官长勒缰停蹄，甩镫离鞍下马，把马鞭儿冲手下人一递，自己可就迈动官靴过来了。

张诚跟张讷已经哭得死去活来了。官长下腰一拍张诚的肩头：“哎呀，儿啊，你搂着他做什么呀？”张诚一听，一回头，抽抽搭搭。“他是我哥哥……”“啊？他是你哥哥？他是你什么哥哥？”“他是我亲哥哥。哎呀，爹爹呀，他真的是我哥哥……”说着话，张诚就给这位老爷跪下了。老爷一瞧：这寒碜啊。您琢磨琢磨，清朝的官员，在金陵城内当着那么些汉人，自己的儿子衙内跪在街上，认一个要饭的当哥哥，这实在不好看啊。“起来起来，别哭别哭。来人，将这一乞丐带回府去。”过来俩人伸手就搀，意思是要架着走。张诚伸手一拦：“别忙。”把自己这匹小马牵过来了。“哥哥，您上马。”张讷心说：哎，我上马。“不是……这，这马怎么上啊？”“我来。”仨人一使劲，把张讷端起来了，给搁马上了。张讷赶坐在这匹马上，不会动了，他没骑过马呀，他打小净进山砍柴，哪儿骑过马呀？坐在马上直晃。张诚过来一扶张讷的腿：“哥哥，别晃别晃，我扶着您。你们拉着这牲口，慢点儿走。”这位官长在旁边一瞧自己儿子这意思，这应该是真的，这到底是怎么回事呢？回家再说吧。一使眼神儿，跟着他的这些随从往上一围，吆吆喝喝拥簇着张讷骑着这匹小马回府了。

敢情这位官长在金陵城好大的势力，一大片府第。来到府门前，老爷自进内宅更衣不说，张诚带着张讷就回到张诚的屋中，让哥哥坐在炕上。“来人，去，拿衣裳。”“嗯？拿，拿谁的衣裳？”“拿我的衣裳。”“您的衣裳？这大爷穿得了吗？”“那就拿你们的衣裳。”“我们的衣裳可都是下人的衣裳啊。”“那拿我爸爸的衣裳。”“老爷的都是官服啊。”“你哪儿那么些说的呀？给我哥哥把这身儿换下来呀。你，去，上厨房，给我哥哥端吃的；你，去，预备洗澡水，伺候我哥哥洗澡。”哎哟，张诚支使得这帮人团团乱转。张讷一瞧：我兄弟在这儿还真打腰[①]，不知道是什么官级，看来这老爷的官儿还不小，看这意思还是满人，可我兄弟怎么管他叫爸爸？这是怎么意思呢？但不敢问，就坐这儿了。“兄弟。”“哎，哥，您怎么落在这儿了？怎么会要了饭了？”山东人，东昌府的，一说山东话，落魄不叫落魄，叫抱了墩了。“弟儿啊，我抱了墩了。”[②]“哦，您要了饭了，因为什么要饭啊？”“因为你让老虎叼走了。”“是啊，那碍着您要饭什么事儿啊？”“什么叫碍着我要饭什么事儿啊？我给自己一斧子……”“您干吗给自己一斧子啊？”“嗐，这话都说乱了。你别忙，我稳稳心神，我打头儿给你说吧。”

一会儿，水也来了，饭也来了，换衣裳洗澡先不忙，先得吃饭，饿呀。张讷一边吃一边跟兄弟说，从老虎把张诚叼走以后这些事情，自己怎么在山里找你找不着，然后给自己一斧子，众樵夫救回家中，家里你妈怎么骂的我，怎么羞辱的我，也不给我饭吃，老头儿对我倒不错，最后我一生气把自己饿死了，到阴间怎么遇见的熟人巫大叔，怎么找的你，怎么赶上菩萨来，原原本本说了一遍。张诚一听：还有这事儿呢？“哥，您没蒙我吧？”“嗐，这我蒙你干吗呀？行了，我的事儿基本都说清楚了。走，带我洗澡，我泡着澡你再给我说说

---

①打腰：北方方言，指个人或群体因经济实力、才能或处事方式在家庭、单位或社会中受到优待、吃香。

②这是传统相声《学四省》中的台词。此处演员倒口，学山东方言，一笑耳。

你的事儿。”嘿，我哥哥还真会享受。“走走走。”好几个人搀着，张讷一看，好么，专门有浴室，大木桶这儿放着水，张诚亲自过来试试水。“行，正合适，现在水温是四十一度五，温泉的标准。您来吧。”张讷把这身脏衣裳脱下来，整整齐齐一叠。“您叠它干吗？”“一会儿出来还得穿呢。”“这破衣褴褛的还穿？一会儿就绑墩布了，我们府上绑墩布的都比这干净。新衣裳已然给您预备好了。来吧，我亲自给您搓背。”

张讷搓着澡，泡着，问兄弟张诚：“你怎么会跑到人家家里给人家当儿子来了？”张诚打小就好玩笑，跟他哥也逗。“哥哥哎，我不能不给人家当儿子啊，我倒是想在咱家当儿子来着，哎呀，我当的了吗？您瞧我妈那样，我妈也教育不好孩子。”“哎……你又胡说，背后不许嘀咕老人。”“是啊，这不是念了几年书么，我也明白了不少事儿。我让老虎叼跑了，我倒造化了。”“哦，你怎么造化了？”

敢情老虎叼着张诚，他可就死过去了，也不知道老虎把他叼到哪儿去了，就给搁路边了。那位说，老虎怎么不吃了张诚啊？老虎挨了张讷一斧子，中在胯上了，老虎也纳闷儿：平常吃人没这么费事啊，怎么还给我一下子啊？老虎一瞧，自己受伤了，先得治伤要紧，这儿倒是吃着这孩子，那儿失血过多，一会儿休克啦。老虎一琢磨，我找一地儿先养伤去吧。老虎拉着胯，一瘸一点找地方养伤咱们就不管了，它把孩子就啐在马路边上了，吐在这儿了。啐，这词儿多生动。

张诚死过去了。早晨起来，打这儿过一队兵，为首的这个官长一瞧：哟，怎么道旁有个孩子呀？死的活的呀？跟着有军医，过去一瞧：“活的，身上有点儿伤，但也不重，大概是昏厥过去了。”“给喷醒了。”找了点儿凉水一喷，张诚醒了。“你是谁家的孩子啊？”“我姓张，叫张诚，我们家是河南人。”“河南人？这儿是直隶啊。”那位说，老虎叼着他跑了那么远？原文写“则相去已远”，就是离他们家已经很远很远了，从河南都叼到河北了。这位官长一听小孩儿是河南人，心里纳闷儿。“河南人？那你怎会跑这儿来了？你是顺家里跑出来的啊？”再看他的穿着打扮，心说：这孩子是干吗的呢？说话谈吐倒不错。张诚上过学呀，他是先生的重点培养对象，打六岁入学到十二岁，不说饱读诗书吧，也有点儿文化，有点儿墨水儿，所以说话也是之乎者也，文绉绉的。可穿的衣裳呢？他进山砍柴单有一身工作服啊，是布衣。所以这位官长也瞧不出这孩子是什么身份。而且张诚受了这么一场惊吓，自己也说不太清楚，说话有点儿着三不着两①，反正就知道自己是河南人，再就知道自己叫张诚。这位官长一听：“既然没地儿去，那你跟着我吧，你就算从军入伍了。多大？”“十三。”“十三行了，跟着吧。”

张诚从此可就跟在部队当中往下走。奔哪儿？奔北京走。这位是外任官，到北京来述职。在路途当中，有亲随马弁可就跟他说了：“别驾。”这位官至别驾，武职官。这位官长一听：“你说。”“巧了，您也姓张，他也姓张。这么着，嗯……您不是没儿子吗？干脆，您把他收了当儿子得了。”“嗯……合适吗？这孩子十三。”“您三十多了，差二十来岁，当然合适了。”“哦……行，岁数倒是差不多，我当他爸爸有富余。”“那行，回头我问问他。”“好吧。”亲随出完这个主意，张别驾还真动心了。别驾无子，一看张诚说话颇有点儿文墨水儿，长得也挺漂亮，还真动了收干儿子这心了。

敢情跟着部队到了北京之后，由于张别驾这个官做得不错——这个张别驾奇特，别看汉姓张，他可是旗人，而且在旗中还是很有

①着三不着两：北京土语，形容人说话办事不得要领，没准头儿，或前言不搭后语。着，音招。

威望的一个人——在外边打仗又有军功，皇上很赏识，论功行赏，又差外任。临行时可就跟张诚商量了："你要是回家，你又说不清楚你家在哪儿，我也没法儿送你，可我又把你救了。这样，商量商量，咱们两就合，我没有儿子，你认我为父，这样你就在我的跟前，你看怎么样啊？"小孩儿张诚一琢磨：我不跟着他，我跟谁呀？虽然惦念家中的父母和长兄张讷，但现在心里有苦也说不出来呀，只能委身于别驾身旁，只能跟着他。"好吧，那我就跟着您吧。"这么着，张诚就留在张别驾府了。

这位张别驾官越做越大，现在朝廷派他入主金陵，金陵的武官就是这位说了算，在金陵城中的府第也很阔，每天就是带着小少爷张诚出去玩。那位说，他怎么不办公啊？这武职官办不了公，清朝的武官文化都有限，主要还是依靠汉人，也放权给汉人，你们自己管理自己，只要不出乱子就行。所以满官的武官地位高于汉官，这就是在清初的时候。但这位得人缘儿在哪儿呢？别看他是满官，又是旗人，很有资历的一个武职官员，又有军功，但他是汉姓，他自己可说他是汉人，所以是满汉两交着，这位张别驾在两边都有人缘儿，所以他这个官做得是如鱼得水。

张诚把自己身投别驾府以往经过跟哥哥张讷一说，张讷一听："哦，原来如此。"吃饱了喝足了，澡也烫得了，新衣裳穿上，哥儿俩重逢，喜极而泣。这时，有从人来报："少爷，领着您的这个哥哥去见老爷。""好，哥哥，您跟着我去。"一进门儿，"扑通"，哥儿俩就跪这儿了。"爹。"张讷一听：兄弟叫爹了，我……我叫爹也叫不出来呀。"哎呀，叔父大人在上，侄男张讷与叔父大人叩头谢恩。""哦……呵呵，我何曾施恩于你？""幼弟张诚蒙您不弃，将养于府中已有数载之年，他是我亲兄弟，我这次出门就是为了找他来的。更何况我行乞于道旁，蒙您不弃，也带至府中，现在才有我这一身穿戴，我本来是个臭要饭的呀。”别驾一听，捻髯深思：大千世界，无奇不有。没想到我几年前把他兄弟救了，今天把他也救了，他弟兄竟然能在街上相认，这不是奇事吗？“好，你二人都起来，坐下吧，把你家中之事跟我说说。”张讷从头至尾，又跟别驾大人说了一遍，我兄弟从小就对我特别好，怎么帮我进山砍柴，怎么让老虎叼跑了，说得跟张诚当初说得也差不多。

张别驾一听：“唉，都是苦命的孩子呀。那么张讷，我来问你，你家里还有什么人啊？”“在河南家里就剩父亲，呃，还有我兄弟的生母、我的后妈牛氏。”“哦，是是是，那你们在河南就没有亲戚吗？怎么就是你父母啊？”“对，因为我们不是河南人，我们是山东人。”“哦？巧了，我也是山东人。”“您也是山东人？”“哎，还是同乡。山东九州十府一百单八县，你们归哪一府管呢？”“这我听我父亲说过，我们是东昌府。”“哎哟，这不是巧了么，这不是巧了么，我也是东昌府人氏。”“您看看，越说越近了，您也是东昌府的人？”“我也是东昌府的人。”张诚一听：我怎么不知道我爸爸是东昌府的人？我就知道我爸爸做的是满官，怎么还能是东昌府的人呢？听着纳闷儿。“东昌府，姓张，那你们怎么又到河南了呢？”“这我父亲倒也跟我说过，想当初明末清初的时候，天下大乱，呃……这个……”张讷说到这儿有点儿迟疑。为什么？这位可是清朝的官儿，而且是武官，是满人，自己可不能瞎说。“当时为了避战乱，我们就跑了。”“你爸爸一人跑的？”“不是，带着我那前妈。”“什么叫前妈呀？”“就是我爸爸头一个媳妇。”“那……都落在河南了？”“不是，半道上丢了。”“怎么丢的呀？”“据我爸爸说，我那个妈当时怀了几个月的孕了，走到半道上碰到一股兵，把我那个妈就抢跑了，我爸爸一人去的河南。我爸爸后来找那个妈十来年，然后才娶的我妈。我妈生下我之后，在我四岁那年，我妈死了，然后又娶的他妈。

他妈是在我六岁时生的他，他妈自从生了他之后，就……就不拿我当儿子了，就虐待我……”“后边这些都说过，你别说了。你头一个母亲，也就是你爸爸第一个媳妇，半道让人抢跑了，跑哪儿去了知道吗?”“不知道。”“你爸爸姓什么叫什么，你知道吗?”“您……您这不是费话么？大叔，您怎么了？我虽然不跟我兄弟似的识文断字上过几年学，那我也得知道我爸爸叫什么呀。”“你爸爸叫什么呀?”“我爸爸叫……”那位说，你怎么不说呀？书上这点儿还没写呢，到后边可有，但这会儿就是不能说，这是蒲松龄写得高的地方。

“你再说一遍，你爸爸叫什么?”“我爸爸叫……”张别驾听完，愣这儿了，直勾勾瞧着张讷，把张讷瞧得直发毛。“老二，你这爸爸怎么了?”“不知道啊，我也不知道他……爹。”“打住！唉……”这位转身往里就走，张诚赶忙也站起来了。“您干吗去?”“站住。跟这儿等着，陪你哥哥跟这儿坐着。”张别驾抹头往里就走。

一会儿出来一大帮人，连男带女。再一看，张别驾搀着一个老太太，老太太岁数真不小了，拄着棍儿，哆里哆嗦由打后边往前走，一眼可就看见张讷跟张诚了，她可不理张诚。为什么？张诚管她叫奶奶呀，二年多了，她能不知道么？老太太用手一指张讷：“你你你……你是张炳之之子吗?”这才说出来。打咱们开书就说老张，没办法，原文写“豫人张氏”，这儿才写出来叫张炳之。张讷得承认啊：“对呀，我爸爸就是张炳之啊。”“啊……呀……儿啊……”“啊?”老太太一指张讷，对别驾说：“‘此汝弟也。’”然后冲着张讷，回手又一指张别驾：“此汝之兄也。”全乱了，张讷跟张诚都听糊涂了：这到底怎么意思啊？连张别驾都不知道是怎么回事儿了。“妈，您干脆今儿都说了吧。”老太太眼泪又下来了，用手一指张讷、张诚：“老身我‘适汝父三年’。”我嫁给你爸爸三年。“身怀有孕，跟着你爸爸自老家山东东昌府避战乱，半路上为清兵所掠，掳至北地，才知道抢我的人身为固山，姓黑。我没办法，就因为身怀有孕，怀着张别驾，为了这孩子，我才委身于黑固山。”

各位，固山可了不得了，清是八旗二十四固山，这是一个副旗主的身份。您都知道八旗，黄白蓝红，都有旗主，八旗旗主之下还有固山，固山是个满语，相当于副旗主的职位，后来就是个爵位了。要是封贝勒，头里都要加上固山二字。后来仿照明朝，也有太子、太保、少保等等这些称谓，但固山是清的爵位。您琢磨琢磨，在清初这位就是固山之职了，这官儿可就不小了。定鼎中原之后，这位黑固山是开国的元勋啊。老太太嫁给固山半年，产下一子，就是张别驾。又半年，固山死了。别看才嫁他一年多，有夫妻之名，没有夫妻之实。为什么？跟着黑固山的时候就怀着孕呢，生完这孩子不到半年，固山死了。各位，这会儿您知道蒲松龄狠了吧？他对于当时抢汉人老婆的这些清人，先弄顶绿帽子扣上，还得替汉人养儿子，还得继承他的爵位，这位最后还得姓张，还不能姓黑。文人这支笔确实厉害，蒲松龄写的《聊斋》警世啊，有很深的寓意在其内。

别驾长大之后也念了点儿书，但主要还是习武，然后从军，又继承了他爸爸当初的爵位。虽然说没做到旗主那么高，但那在旗人当中也很有威望。当初他爸爸副旗主的资历，您琢磨琢磨，就这么一个儿子，独子，了得么？也有知道内幕的，知道这不是黑固山的亲儿子，但正好是满汉相融的阶段，由朝廷这儿还很是重用他，就利用他这种特殊的身份。他姓黑其实姓了很多年，直到长大懂事儿了，有了官爵了，又问了老太太，把他们家以往的经过一说，这才自己做主：我不姓黑，我还姓张。所以大伙儿以张别驾而称之。带着老太太南征北战一通儿转悠，现在在金陵城居住。

老太太这才把以往经过跟张讷、张诚一说，底下这句就更狠了，用手一指张别驾：“‘汝以弟为子，折福死矣。’”张别驾哭了：

“妈，这不赖我呀，我见着小兄弟的时候他也没跟我说清楚啊，我哪儿知道他是我同父异母的弟弟呀。”“哎呀，没法儿说了，竟然认弟做子二年余。打这儿说，全不算了，你们哥儿仨论论岁数吧。”那还论什么呀？“别驾四十有一”，这是原文。为什么？头里也没写，打这儿才说出来，咱们这年头儿得对得上。别驾四十有一，张讷二十有二，跟大哥就差十九岁，最小的张诚一十六岁。哥儿仨重新见礼，张别驾可就提出来了：“既然我们弟兄已经团圆，你们夫妻也需相见。”“‘恐不见容’吧？”“欸！”别驾一听：“现在咱们多大势力？妈，咱们还怕那个吗？有我们哥儿仨保着您回去见爹也就是了。走！”

哥儿仨保着老太太，由打南京回河南了。到河南一瞧，家里就剩老头儿一人了，只有一个鳏居老者。大伙儿一打听，敢情牛氏已亡，先疯后死。确实太喜欢张诚了，亲儿子一丢，张讷又找张诚去了，二年多没回来，牛氏已然死了。张诚哭得是死去活来。老头儿也没想到，连自己失散多年的老伴儿带仨儿子，突然间从天而降，竟然都回来了。这点儿描写老头儿可乐，“不能喜，亦不能悲”，这是人生大变故。老头儿乐也没乐，哭也没哭，傻了。张别驾做主，一家子搁一块儿，“延师教两弟”，张讷也有学习的权利，张诚也有学习的权利，打我这儿必须得把俩兄弟培养出来。“马腾于槽，人喧于室，居然大家矣”，竟然是一个大团圆的结局。

一段《聊斋》志目《张诚》，说到此处是告一段落。

后 记

2007年9月，我们跟随连丽如先生创办宣南书馆。书馆当时坐落在宣武区，后来并入西城区了。2008年中秋节，又创办崇文书馆；2009年初，又创办东城书馆。最多的时候三个书馆同时开，周五、周六、周日说三场，我在这三场当中都要表演，所以就要说不同的书目。这样，我在宣南书馆主要说《隋唐演义》，在东城书馆主要说《雍正剑侠图》,这两部书说的时间都比较长。后来说完《隋唐演义》开始说《水浒传》，这两部书加一块儿说了十几年；东城书馆的《雍正剑侠图》一部书就说了十几年。在崇文书馆我说了一些小书，比如《燕骨记》《宋金刚押宝》《康熙私访月明楼》和《聊斋》这些中短篇评书。

到现在,《聊斋》大大小小也说了一百余段，有十几回大篇幅的书，一回约一个多小时；也有每回二三十分钟的小篇幅的书。这些书我小时候有的说过，有的没说过。《聊斋》跟其他评书比起来，有一些特殊的地方。

首先,《聊斋志异》是名著，很多人都比较熟悉。即便不熟悉，找一本《聊斋志异》看也比较方便。所以我说的内容基本要忠于原著。

评书一般都不背诵原著，唯独《聊斋》要求背诵原著，这是我在一个偶然的机会知道的。我小时候通常看完《聊斋志异》就上台演出，也不背原文。后来我十几岁的时候，有一次我说相声的师爷张喜林先生，也就是我师父赵小林先生的师父，您跟我聊天儿。您说:“你说什么书呢?”我告诉您我在说《聊斋》。您说:“《聊斋》哪段啊？”我就说哪段哪段。您说：“原文你背两句我听听。”我说：“我没背过原文。”您说：“你怎能不背原文呢？说《聊斋》都得背原文。”我说：“我不知道。”您就给我讲了当初赵英颇先生、后来齐信英先生说《聊斋》的一些事情，我这才知道说《聊斋》要背诵原文。

另外还有一次，我在“集贤承韵”票房参加曲艺“过排”。“集贤承韵”主人是钱亚东老人，您的老伴儿叫王素，王素老人是东北人。有一次在钱宅的院子里聊天儿，也聊起我说书来了。您也问我说什么书，我说正在说《聊斋》。您一听，很有兴致，就要给我背两句。老太太当时给我背了几句《聊斋志异》原文，我很惊讶，一个老太太竟然有如此学识。老太太说自己很爱看《聊斋志异》，有好的句子就背诵下来。

通过这两件事，我也开始注重背诵《聊斋志异》原文，但也不能通篇背。第一，没有这样的功力；第二，说书的时候也不能都是背诵，但里边关键的句子或段落应该背诵下来。因此，我说的评书《聊斋》有很多原文背诵。

其次，《聊斋志异》是文言文小说，比其他白话文小说晦涩得多，很多地方需要查工具书和资料，所以说《聊斋》可不容易，得下大功夫。我从一开始就非常注重搜集《聊斋志异》的各种版本和相关参考书，还有研究《聊斋志异》的学术文章，以及与《聊斋志异》相关的一些学科知识，都在我的涉猎范围当中。为了说书，我看了有一百多本《聊斋志异》的资料书。

第三，就是《聊斋》这部书虽然此前就有人表演过，但留下来的话本很少，录音、录像资料就更少了。在20世纪20—30年代，说《聊斋》就已经很普遍了，而且颇有几位说得好的大家，但那个年代并没有留下来音像资料。也就是以天津陈士和先生为代表的三代说《聊斋》的艺人，20世纪50年代和80年代先后出版了《劳山道士》《画皮》《梦狼》等一些话本小册子（天津通俗出版社、天津人民出版社等）和6册话本合集（百花文艺出版社）；北京这边80年代出版过齐信英、刘健卿等先生的话本，如《婴宁》《西湖主》（中国曲艺出版社）等，但也很少；还有就是民国报纸连载的一批《白话聊斋》，现在也出书了（齐鲁书社），但只有几十篇而已，并不是全部。

那么现场说《聊斋》，我只是小时候去天津看过刘立福先生的演出。刘立福先生是陈派评书第三代传人。前两代我没有赶上，像陈士和先生只有一段《梦狼》的录音，影像资料只有在电影《六号门》里有您的一些镜头，您演恶霸马八辈儿；第二代健字辈演员说书的音像资料，我都没有看过。由于北京和天津距离比较远，我小时候去现场也仅仅听过几次而已。后来刘立福先生在中央人民广播电台和中央电视台录制了一批音视频资料，我又进行了学习。

之所以说这些，我想表达的就是可供我学习参考的资料特别少。说书管照本宣科叫“墨刻儿”，这种行为也为业内所不足取。所以还要听“道儿活”，比如《隋唐》《三侠五义》《杨家将》等很多书都有很成熟的“道儿活”。这些传统评书都是历经百年几代艺人的雕琢，反复实践，已然非常成熟了，留下来的文字、音像资料也都很丰富，学习起来也比较容易。我的老师连丽如先生不是说《聊斋》的，连派评书以两汉三国为主，连先生没说过《聊斋》，所以能给予我的指导也相对比较少。所以我说成这样，很大一部分都是根据自己的舞台实践不断进行摸索的结果。这次把演出脚本整理刊行出来，也希望为大家提供参考，同时也希望大家多提意见，指正批评，我再不断改进。以后陆陆续续把我这些年说的《聊斋》全都出版，也为后边再学说评书《聊斋》的人提供一点方便。

王玥波

乙巳六月于北京